# 폴라리스
# 랩소디

### 3

이영도 판타지 장편소설

# 폴라리스
# 랩소디

3 새장 속의 왕

황금가지

# 차례

제10장
# 새장 속의 왕

내리떨어지는 산자락들 사이로 개울물이 맑은 소리를 내고 있다.

산골짜기의 돌멩이들은 평원의 돌보다는 훨씬 산의 정수를 많이 간직하고 있다. 그 위로 개울물이 흐를 때 나는 통탕거림은 탄생의 노래이자 필멸에 대한 좀 이른 장송곡이다. 데스필드는 산골 마을 앞의 돌다리 난간에 앉아 있었다. 다리 바깥으로 내민 그의 발 아래쪽에서 개울물이 통탕거리며 흐르고 있었고 그 모습을 보며 데스필드는 휘파람을 불었다. 그의 뒤쪽, 그러니까 다리 상판 쪽에는 세 개의 배낭이 옹기종기 모여 있었다.

물소리와 잘 어울리는 휘파람이 꽤나 길게 이어지고 나서, 데스필드는 천천히 고개를 돌렸다.

다리 저편의 오솔길은 침엽수들의 가지들이 우거져 작은 터널처럼 되어 있었다. 그리고 데스필드가 바라보고 있는 동안 그 터널의 안쪽

어두운 곳에서부터 두 시체가 나타났다.

살아 있냐고 물어보면 회의적인 대답을 할 테니 시체라고 불러도 될 것이다. 파킨슨 신부와 핸솔 추기경은 노련한 도보 여행자가 되기 직전의 가장 고통스러운 때에 처해 있었다. 이 단계만 넘어서면 걸음은 더 이상 고통이 아니라 숨쉬는 것처럼 편안한 활동이 되겠지만, 아직 그 단계를 넘어서지 못한 이 시점이 가장 힘들다는 것 또한 사실이다. 더군다나 그런 상태를 고도 1만 피트 지대에서 맞이하는 것은 그들에게 있어 또다른 불운이었다. 데스필드는 측은한 표정으로 두 성스러운 이들을 바라보았다. 사실 이 무지막지한 노정은 파킨슨 신부의 '오발'에 대한 복수의 의미에서 기획된 것이었지만 데스필드는 자신의 앙갚음이 약간 과하지 않았나 생각했다.─그래서 그는 기뻤다.

오솔길을 빠져나온 핸솔 추기경과 파킨슨 신부는 데스필드가 앉아 있는 다리 난간까지의 거리가 마치 판데모니엄에서 패러다이스까지의 거리라도 되는 것처럼 헉헉거리며 걸어왔다. 데스필드는 몸을 돌려 난간에서 뛰어내린 다음 정중하게 박수를 몇 번 쳐줬다.

다리에 이르자마자 파킨슨 신부는 난간을 짚고 허리를 숙인 채 숨을 몰아쉬었고 핸솔 추기경은 아예 돌다리 바닥에 주저앉아서는 배낭 무더기에 등을 기대었다. 핸솔 추기경은 자신들의 짐까지 지고서 걸어온 데스필드에게 뭐라고 원망할 마음은 들지 않았지만 파킨슨 신부는 마음껏 원망했다.

"너, 허, 일부러, 휴, 빨리, 흐, 걸은, 허어, 거지?"

"제국어로 말하쇼, 제국어로. 그거 엘핀이오, 뭐요?"

"너 일부러 빨리 걸은 거지—익!"

숨이 차다는 이유로 단번에 고함 질러버린 파킨슨 신부는 곧 머리가 띵해지며 양쪽 관자놀이가 두개골 안쪽으로 오그라드는 기분을 느꼈다. 앞이 캄캄해진 파킨슨 신부는 비틀거렸다. 데스필드의 손이 빠르게 움직였다. 데스필드는 신부의 허리 뒤쪽을 움켜잡아 재빨리 신부를 난간 위에 엎드리게 했다. 파킨슨 신부는 데스필드의 처치에 고마워하며 개울을 향해 구토하기 시작했다. 히죽 웃던 데스필드는, 그러나 파킨슨 신부의 구토가(嘔吐歌)를 듣던 핸솔 추기경의 얼굴이 노랗게 변하는 것을 보곤 황급히 그를 안아올렸다. 데스필드는 추기경을 난간 위에 패대기 쳐 놓은 다음 두 사람이 개울 아래로 떨어지지 않도록 양손으로 두 사람의 허리띠를 움켜쥐고는 먼산을 바라보며 피식거렸다.

그들의 머리 위로 뭉게구름 하나가 유유히 흘러갔다.

잠시 후 두 성직자는 손가락 하나 까딱할 힘이 없이 탈진한 상태로 다리 상판에 주저앉았다. 데스필드는 산골마을의 높은 지붕들을 가리켜보이며 두 사람을 다그쳤다.

"바로 저기가 마을이오. 다 왔다고. 조금 더 가서 쉽시다, 예?"

"나…… 농담이 아닌데, 정말 한 걸음도 더 걸어갈 힘이 없다. 데스필드……"

핸솔 추기경의 경우에는 아예 말도 할 힘이 없는 듯했다. 데스필드는 입맛을 쩝쩝 다시고는 배낭들을 획 들어올렸다. 파킨슨 신부는 어딜 가냐고 물었지만 데스필드는 그대로 마을 쪽을 향해 걸어가 버렸다.

시간이 약간 지난 후, 데스필드는 덜커덩거리는 수레 하나를 끌고서

다리로 돌아왔다. 그러곤 아무 말도 없이 신부와 추기경을 수레 위에 안아올렸다. 짐을 부리는 인부처럼 신속한 동작으로 두 사람을 짐칸에 얹은 데스필드는 그대로 수레를 끌며 마을 쪽으로 걸어갔다. 파킨슨 신부는 눈물이 핑 도는 눈을 힘겹게 닦으며 낮게 속삭였다.

"고마워, 데스필드."

아무 말 없이 걸어가던 데스필드는 조금 후에야 대답했다.

"뭐, 두 당신 다 오늘은 꽤 잘해 줬으니까 본인도 이 정도는 해줘야지."

핸솔 추기경 역시 고맙다고 말하고 싶었지만 위액 때문에 입안이 쓰린 데다가 눈앞이 빙빙 돌고 있어 말이 잘 나오지 않았다. 수레에 얹혀서 가는 길이지만 그래도 산길인지라 수레가 덜컹거릴 때마다 신부와 추기경은 숨넘어가는 소리를 내어야 했다.

조금 후 탈진해 버린 두 사람의 귀에 낯선 목소리가 들려왔다.

"이런, 쯧쯧! 그래서 수레를 달라고 하신 거군. 흘리고 온 게 사람이라고 말하지 그랬소. 그럼 나라도 같이 갔을 텐데. 혼자서 끌고 오셨소?"

"별로 무겁진 않수."

"그러고 보니 숨소리도 고르군. 산사람이오?"

"패스파인더요."

역시, 과연, 어쩌고 하는 말이 짧게 이어졌다. 그리고 두 성직자는 힘센 팔에 의해 들어올려지는 자신을 느꼈다. 핸솔 추기경은 자신을 들어올린 사내의 수염 텁수룩한 얼굴을 보며 고맙다고 말했지만 자신이 과연 똑똑히 말했는지 자신이 없었다.

산골 마을에 이른 저녁이 찾아왔을 때에야 핸솔 추기경은 처음 보는 곳에서 깨어났다.

학자이기도 한 핸솔 추기경은, 그래서 정신을 차리자마자 머릿속으로 세상에서 가장 귀한 보물은 물이라는 내용의 성명서 한 편을 탈고하고 말았다. 물을 찾아 일어나던 핸솔 추기경은 침대 옆의 땅이 맨바닥이라는 것을 보았지만 아무 상관 하지 않았다. 맨발에 흙을 묻히며 돌아다니던 추기경은 방안을 한 바퀴 일주하고 나서야 침대 머리 쪽에 놓여진 조그만 질그릇 주전자를 발견했다.

"주여, 감사하나이다!"

성급한 손놀림에 적지 않은 물을 앞가슴에 흘렸지만, 어쨌든 핸솔 추기경은 주전자 부리에 입을 댄 채 물을 다 마셨다. 다시 침대에 주저앉은 핸솔 추기경은 입가를 닦으며 방안을 관찰했다. 조금 전엔 물 이외엔 아무것도 눈에 들어오지 않아서 지나쳤던 것들이 하나씩 그의 눈에 들어왔다.

창문은 방 안쪽을 향해 불그스름한 저녁노을을 뿌리고 있었다. 굵은 나무로 지어진 오두막이었고 돌로 견고하게 만들어진 벽난로는 여름인지라 사용되지 않고 있었다. 그리고 핸솔 추기경 자신은 속옷 바람으로 두툼한 침대 위에 앉아 있었다. 어둑어둑한 방안을 방황하던 그의 눈이 조금 후 그의 옆에 누워 있는 파킨슨 신부를 발견했다. 파킨슨 신부는 파리한 얼굴을 한 채 잠들어 있었다. 그를 깨울까 생각하던 추기경은 신부 역시 일어나면 목이 마를 거라는 데 생각이 미쳤다. 핸솔 추기경은 침대 주위를 살폈고, 조금 더 어두운 곳에 얌전히 놓여 있는 자신의 신발과 겉옷을 발견했다. 옷을 입고 신발을 신은 추기경은 한 손에 빈 주전자를 들고 문을 나섰다.

그리고 추기경은 잠시 문을 닫을 생각도 하지 못한 채 앞을 바라보았다.

울타리 안쪽으로 좀 넓은 텃밭이 있었다. 그리고 그 텃밭에서는 타오르는 메밀꽃들이 붉은 구름처럼 펼쳐져 있었다. 그의 머릿속 학자 영역은 그 순간에도 조파된 여름메밀들이 꽃을 피우고 있다는 사실을 지적하고 있었지만 추기경은 여전히 그것을 황금빛으로 불타오르는 양탄자로 느꼈다. 그래서 핸솔 추기경은 메밀밭 가장자리에 앉아 입에서 연기를 뿜어대는 데스필드를 보았을 때 그가 불타고 있다고 생각하고 말았다.

"데―스필드! 데―스필드 군!"

데스필드는 화들짝 놀라며 고개를 돌렸다. 핸솔 추기경은 그의 당혹한 얼굴, 그리고 무엇보다 그의 손에 쥐어진 작은 파이프를 보고선 자신이 참 말도 되지 않은 상상을 했음을 깨달았다. 데스필드는 추기경을 위아래로 훑어보고는 고개를 갸웃거렸다.

"뭐라도 밟으셨소, 예하 당신?"

"아니, 아니오. 난 잠시 당신이……"

"데스필드! 무슨 일이냐!"

다음 순간 데스필드는 메밀밭 한가운데로 몸을 날렸고 그 모습에 놀라 뒤를 돌아본 핸솔 추기경 역시 기겁하며 쭈그리고 앉았다. 속옷 차림으로 핸드건을 휘두르며 달려나온 파킨슨 신부는 시야에 들어오는 모든 것을 조준하려 애쓰고 있었으며, 그 눈은 아직까지도 반쯤 감겨 있었다. 핸솔 추기경과 데스필드가 고래고래 고함 지르고 악을 써대는 것

은 파킨슨 신부가 이성을 되찾는 데 도움이 되기는커녕 그를 더 어리둥
절하게 만들 뿐이었다.

다행히도 핸드건의 도무지 대책이 없는 파괴력에 대해서 가장 잘 알
고 있었던 것은 파킨슨 신부 자신이었고, 그래서 신부가 얼떨결에 암소
나 거위 등을 쏘아버리는 일은 발생하지 않았다. 어느 정도 사태가 진전
되고 나서 파킨슨 신부는 오두막의 벽 아래 놓여 있는 긴의자에 앉아서
껄껄거리게 되었고 데스필드는 그 앞에서 옷을 털며 투덜거렸다.

"여기가 어디냐?"

"이름은 없고, 그냥 도스 계곡 직전의 마을이오. 한 서른 가구 정도
사는 모양이더군. 여기선 밤에 싱잉 플로라의 노래도 희미하게 들려온다
던데요? 해가 지고 있으니 조금 있으면 직접 들을 수도 있겠지."

"여기 주인은 어디 있지?"

"조금 전에 염소 한 마리 끌고 갔소. 저녁식사 때 대접하려고 잡으러
간 것 같은데, 사실 불필요한 일이지."

"불필요하다니?"

"두고보면 알 거요."

데스필드의 예언은 정확했다. 그날 저녁, 핸솔 추기경과 파킨슨 신부
는 오래간만에 보는 '아궁이로부터 나와 식탁에 올라온' 음식임에도 불
구하고 한 점의 고기도 제대로 삼키지 못해서 집주인을 상심시켰다. 하
지만 플레리라는 이름의 집주인은 고개를 끄덕였다.

"고산 증세일 겁니다. 너무 빨리 높은 곳으로 올라오셔서 그런 거지
요." 파킨슨 신부는 염소 뒷다리를 들고 신나게 뜯고 있는 데스필드에

게 저주 섞인 시선을 날려보냈다. "귓속이 멍멍하거나 하지는 않습니까? 아, 예. 두 분 다 물을 많이 드시고 푹 주무시는 것이 좋겠습니다."

핸솔 추기경은 질 좋은 와인을 간신히 삼키며 말했다.

"이거 죄송하군요. 플레리 씨. 음식 대접을 거부하는 건 예의가 아닐 텐데."

"어, 아시는군요? 그렇지만 여기서도 먹기 싫은 음식을 억지로 먹이는 건 똑같이 실례입니다. 그런 실례를 할 수야 있겠습니까."

플레리는 사람좋게 웃으며 두 성직자가 먹을 수 있는 유일한 음식물인 와인을 한 병 더 꺼내와 테이블에 놓았다. 집 뒤에서 떠온 차가운 샘물을 와인에 타서 파킨슨 신부에게 건넨 플레리는 의자를 삐딱하게 놓고 편한 자세로 앉았다.

"그럼…… 이 자리를 식사 자리 대신 이야기 나누는 자리로 만들까요. 두 분 모두 빨리 주무시고 싶겠지만 식후에 곧장 누우면 더 힘드실 겁니다. 위에 부담이 없어야 잠이 잘 오죠. 그리고 낮에도 많이 주무셨고. 이야기나 좀 하지요. 이렇게 급하게 올라오신 건 뭐 때문입니까? 싱잉 플로라를 구하시기 위해서입니까?"

핸솔 추기경은 데스필드를 보았지만 데스필드는 여전히 걸신들린 듯이 고기를 먹고 있었다. 그가 배고파하는 모습을 본 적이 없었던 추기경은 좀 의아하게 생각했지만 곧 추기경은 데스필드가 먹을 수 있을 때 꽉꽉 채워두는 성격일 거라 짐작했다.

"아닙니다. 주인장. 우린 도스 계곡을 지나서 제국으로 들어갈 생각입니다."

치즈 조각을 씹고 있던 플레리는 고개를 갸웃하며 말했다.

"도스는 위험합니다. 나리."

예하라고 불러야 더 정확하겠지만, 어쨌든 추기경임을 밝힌 적이 없으므로 플레리가 저렇게 부르는 것은 추기경의 행동거지에서 배어나오는 품격을 느꼈기 때문일 것이다. 추기경은 고개를 끄덕였다.

"나 또한 그렇게 생각합니다만 우리 패스파인더가 그쪽으로 가자더군요."

"패스파인더가 찾은 길이라면 저로선 특별히 할말은 없군요."

"그런데, 아까부터 궁금하게 여겼던 것입니다만 부인이나 자녀분은 없습니까?"

"혼자 삽니다. 나리."

핸솔 추기경은 약간 이채롭다는 듯이 플레리를 바라보았다. 덥수룩한 수염이 아니더라도 40대는 넘겨보이는 연배였다. 그런 사내가 이런 곳에서 이렇게 큰 집을 혼자서 유지하고 있다는 것이 그에겐 의외로 느껴졌다. 어쨌든 그와 파킨슨 신부가 잠들어 있었던 침대는 분명히 두 개였다. 핸솔 추기경은 그 점을 지적했고 플레리는 고개를 끄덕였다.

"아내와 딸이 있기는 합니다만 그들은 산 아래쪽에 살고 있습니다. 우리는 타협하기로 했죠. 적당히 떨어져 살면 나도 그들이 보고 싶어질 테고 그들 역시 나를 보고 싶어할 테니까요."

"이해가 잘 안 되는군요. 함께 살면 보기 싫어진단 말입니까?"

"예."

플레리가 그렇게 말할 때 그의 얼굴엔 자조와, 그것보다 더 희미하지만 더 시선을 끄는 무엇인가가 지나갔다. 핸솔 추기경은 고개를 갸웃했고 플레리는 잠시 후 설명했다.

"싱잉 플로라 때문입니다."

"아아."

"아내와 딸은 그 소리를 듣지 못하죠. 하지만 전 그 소리를 들을 수 있고, 그 소리가 없는 곳에선 제가 살 수 없다는 것도 알고 있습니다. 태어나면서부터 들었던 소리니까요. 음, 전 아내에게 제 문제를 설명하고 분란거리와 함께 사느니 그냥 떨어져서 살자고 제의했습니다."

"노랫소리가 어째서 분란거리가 됩니까?"

"됩니다. 나리. 저는 그 노래를 듣다가 아내나 딸이 하는 말을 못 듣곤 무슨 말을 했냐고 되묻는 일이 있지요. 말하는 걸 들어주지 않는 것만큼 사람을 화나게 만드는 것도 드문 모양입니다. 그러다 보니 제가 잠시 이상하게 생긴 구름만 보고 있어도 아내는 또 그 노랫소리를 듣고 있냐고 핀잔을 주지요. 아내 역시 싱잉 플로라는 낮에 노래 부르지 않는다는 것을 알고 있지만, 사람이란 건 화가 치밀 땐 그런 당연한 사실도 잊어버릴 수 있는 모양입니다."

"그렇습니까……"

"예. 그래서 전 함께 살며 매일 서로에게 화를 내느니 약간 떨어져 살더라도 서로 보고 싶어하는 편이 낫지 않겠냐고 말했지요. 아내와 딸도 동의했지요. 아마 딸 쪽이 더 좋아했을 것 같습니다. 남자애들한테 어떻게 보이느냐가 지상 최대의 문제인 나이거든요. 그런데 이 마을의 남자애들이란 것들은 모두 밤이면 정신이 반쯤 나간 상태라서 근사한 연애 상대는커녕 적당한 이야기 상대도 못 됩니다. 껄껄."

"그 노래가 그렇게 요사스러운 것입니까."

무심결에 질문했던 핸솔 추기경은 플레리의 얼굴을 보곤 헛숨을 들이켰다. 플레리는 딱딱하게 말했다.

"전 지난 42년 동안 한번도 그게 요사스럽다고 생각해 본 적은 없습니다."

"미안합니다. 기분 나쁘셨던 모양이군요. 하지만 나로선 사람의 올바른 이성을 마비시키는 것이라면 그게 좋은 것일 리가 없다고 생각되는군요."

"그럼 사랑도 나쁜 것입니까?"

플레리의 질문엔 공박하는 태도가 없었다. 그래서 핸솔 추기경은 반박하기 위한 대답보다는 토론하기 위한 대답을 생각하느라 잠깐 시간을 지체했다. 그때 플레리가 말했다.

"직접 들어보시는 편이 낫겠군요, 시작되었습니다."

핸솔 추기경은 찔끔하며 고개를 돌렸다. 창밖으론 산골 지방의 뿌연 밤하늘이 펼쳐져 있었고 오후에 그를 경탄하게 했던 메밀밭은 젖빛 융단으로 바뀌어 반짝거리고 있었다. 떠도는 별들은 반딧불이일까?

그리고 그 노래가 먼 곳에서 들려오기 시작했다.

커리돈 왕가의 아홉 번째 왕이며 대륙 최고의 말 조련사이자 가끔씩은 자신이 미남일지도 모른다고 생각하지만 쑥스러워서 그 말을 입밖으로 꺼내본 적이 없는 남자는 천막을 요란하게 걷어붙이며 밖으로 달려나왔다.

그 바람에 촛불이 꺼질 뻔했다. 이 흉악 무쌍한 전쟁터에서 국왕 대신 화살을 맞겠다는 심정으로 따라왔던 시종장과 시종들은 황급히 수건과 담요 등을 챙겨들며―그 시종들은 경애하는 국왕의 성격을 잘 알고 있었다―뒤따라 나왔다. 그들의 짐작대로, 마왕 빌레스는 그대로 말구유에 상체를 들이박았다. 풍덩!

대포에 명중당한 것 같은 요란한 소리가 나며 물방울이 위로 치솟았다. 마왕은 그대로 꼼짝을 하지 않았으며 수면 위로는 공기 방울들이 부글부글 끓어올랐다. 시종들은 약간의 씁쓸함도 배어 있는 표정으로, 하지만 공손하게 수건과 담요를 든 채 시립했다.

"푸우하!"

격한 숨소리를 토하며 마왕이 다시 일어났다. 마왕의 얼굴과 가슴에서 물이 뚝뚝 떨어졌고 물방울이 떨어지는 곳마다 말구유에 비치던 달빛이 몇천 조각으로 갈라졌다. 잠시 후 빌레스 국왕은 갈기 같은 그 긴 머리를 거칠게 흔들었다. 다시 물방울이 사방으로 튀었다.

빌레스 국왕은 두 손으로 말구유를 짚은 채 앞쪽을 노려보았다. 그의 입가에 무서운 웃음이 떠올랐다.

"흐음. 그 어린 놈이 나를 능멸했다는 말이지?"

시종장은 차분히 다가가 빌레스 국왕의 머리 위에 수건을 널어놓은 다음 다시 조용히 물러났다. 빌레스 국왕은 뭔가가 눈앞을 가리자 기분

나쁘다는 듯이 그것을 집어들어 땅에 내동댕이쳤다. 시종장은 다시 차분히 다가와 땅에 떨어진 수건을 주워든 다음, 새 수건을 얹어놓았다.

빌레스 국왕은 대범해 보이기 위해 떠올렸던 웃음을 포기하고는 투덜거리며 머리와 상체를 닦았다.

"하빈저 부관!"

시종들과 함께 달려나왔지만 늘상 옆에서 보는 그들과는 달리 마왕의 이런 모습을 소문으로만 들었던, 그래서 처음 목격한 그 모습에 충격을 받아 입을 다물고 있던 하빈저 부관이 앞으로 한 발자국 걸어나왔다. 마왕은 머리에 수건을 얹어둔 채 하빈저 부관을 쏘아보았다.

"노이에스 놈이 다케온과 불침 협정이 맺은 것이 정확히 언제였나?"

"6월 5일입니다, 전하. 그리고, 옥체를 보전하시길."

"옥체인지 급체인지 하는 건 열심히 씻고 닦고 하고 있으니 걱정 마."

"……황공하옵니다. 전하."

빌레스 국왕은 머리에 수건을 얹어둔 채 좌우로 왔다갔다하기 시작했다. 시종들과 하빈저는 목이 아플 지경이었지만 충성스럽게 국왕의 모습을 바라보았고 멀리 서 있던 보초병들은 이 모습을 열심히 구경하고 있었다. 마왕은 여전히 왔다갔다하며 질문했다.

"땅꾼 놈들은 언제쯤이면 도착하지?"

"리저드라이더 말씀이십니까? 빠르면 내일 저녁, 늦어도 모레까지는 도착할 것 같습니다."

"나를 잡아먹겠단 말이지. 그래, 좋다구. 좋은 기백이다."

하빈저 부관은 마음속으로 약간의 놀라움을 느꼈다. 그가 차마 전하지는 못했지만, 실제로 다케온의 리저드라이더들은 '말똥내 나는 늙은 이'의 몸을 먹기 좋은 사이즈로 썰어 목도리도마뱀들에게 나눠 먹이자고 결의하며 달려오고 있었다. 마왕은 다시 대포처럼 고함질렀다.

"발 달린 뱀이나 타는 것들이 감히 나를 무서워할 줄 모르고!"

훔쳐보던 보초병들은 기겁하며 몸을 꼿꼿이 세웠다. 마왕은 계속해서 리저드라이더들을 무시하는 발언을 일삼으며 열심히도 오락가락했고, 하빈저와 시종들은 그들 중 누가 마왕에게 천막 안으로 들어가시면 어떻겠냐는 말을 꺼낼 것인가를 마음속에서 점쳐보고 있었다.

리저드라이더들에 대한 폄하와 모욕의 발언을 계속하고 있는 빌레스 국왕은, 그러나 마음속으론 그 욕설들을 전부 되끌어와 자신에게 퍼붓고 있었다.

'어리석은 늙은이!'

은근한 말 한마디에 속아 대군을 이끌고 록소나로 와버린 자신이 너무나 한심했다. '국왕께서 다케온의 머리를 누르면 제가 그 허리를 치리다. 그리고 저 오만한 광부 놈들에게서 그들이 독식할 권한이 없는 다이아몬드를 빼앗아 전하의 말 편자를 장식하시길.' 참으로 무서운 유혹이었지만 빌레스 국왕도 한번 정도는 조심해 볼 수 있는 인물이었다. '다케온과 국경을 대하고 있지 않은 다벨이 어떻게 그 허리를 치겠다는 것이냐?' 그러자 휘리는 마치 '이렇게 하면 됩니다'라고 말하는 것처럼 팔라레온을 정복해 버렸다. 모든 사람들이 그 신속한 정복에 놀랐지만 그중 가장 크게 놀라고 감동받은 이는 다름아닌 빌레스 국왕이었다. 그리하여 그는 다케온에 쳐들어왔고, 지금 오도가도 못하게 된 상황에 빠져 있었다.

휘리 노이에스가 다케온과 불침 협정을 맺어버린 것이다.

빌레스 국왕은 그제서야 휘리 노이에스의 속셈을 알아차릴 수 있었다. 국왕은 그 깨달음에 경악하며 자신도 모르게 몸을 떨었다. 시종장의 당황한 목소리가 들려왔다.

"전하?"

빌레스 국왕은 고개를 돌리는 대신 손을 들어 귀찮다는 듯이 흔들어 보였다. 자신의 얼굴이 어떤 모습일지 자신이 없었기 때문이다. 시종들은 다시 잠잠해졌다.

그 유혹은 몇 가지나 되는 노림수가 겹쳐져 있는 한 수였다. 휘리는 그 말 한마디로 마왕의 관심이 팔라레온이나 심지어 다벨 본토에 돌아가는 것을 막았고, 그 자신에게 위험이 될 수 있는 다케온을 바쁘게 만들어줬으며, 이로써 팔라레온을 장악할 충분한 시간을 벌었다. 게다가 부록 삼아 다이아몬드 채굴권까지 받아내었다. 마왕은 솔직히 혀를 내두르고 싶었다. 악마 같은 놈!

"전하."

"왜?"

"외람됩니다만, 말씀드리고 싶은 것이 있습니다. 현 상황에서 가장 이성적인 대처 방안은 조속한 회군이라고 생각됩니다."

빌레스 국왕은 오락가락하던 것을 멈추고 하빈저를 바라보았다. 하빈저는 차분한 얼굴을 하고 있었다. 국왕의 출정 결심에 기겁한 왕가의 원로들이 제동 장치 삼아 데리고 갈 것을 강요했던 왕실의 먼 친척 뻘 되는 젊은이였다. 그리고 그는 지금 그 원로들의 요구에 충실히 부응하고 있었다.

"묻지도 않는 말을 해주는군, 하빈저."

"무례를 용서하십시오."

빌레스 국왕은 무의식중에 손을 올려 다시 머리를 닦으면서 하빈저의 말에 대해 생각해 보았다. 그의 말이 옳았다. 원군이 되어주리라 생각했던 다벨군이 움직이지 않게 된 이상, 아직 다케온 내부에 깊숙이 들어오지는 않은 지금이 회군하기엔 가장 좋은 시점이었다.

하지만 동시에 아무런 소득도 없이 돌아가는 것이기도 했다.

"지휘관들을 불러오도록. 대응 태세를 의논하겠다."

하빈저는 국왕의 말에 가슴이 내려앉는 기분을 느꼈다.

"리저드라이더들에게 맞서 싸울 생각이십니까? 이제 여름입니다. 목도리도마뱀들은 거의 날아다닐 겁니다. 우리 말들은 그 모습에 기가 죽어 제대로 움직이지도 못할 테고요."

"그 덩치 큰 도마뱀을 잡아서 군량으로 써야겠다. 고기가 꽤나 나오겠지."

하빈저는 지금 농담하실 때냐는 눈빛으로 그의 국왕을 바라보았지만 몇 가지 점에서 상황이 좋지 않았다. 일단 밤인지라 하빈저의 눈빛이 제대로 보일 리가 없었고, 더 안 좋은 점은, 빌레스 국왕이 그의 얼굴 대신 밤하늘을 바라보고 있었다는 점이다.

"흐음. 좋은 날씨군."

"전하. 무슨 생각을 하고 계신지 모르겠습니다만 이것은 팔라레온을

24

상대로 했던 휘리 노이에스의 경우와는 다릅니다. 다케온은 팔라레온과는 다릅니다. 그들은……"

마왕의 오른손으로부터 수건이 갑자기 날아왔다.

하빈저의 목 뒤로 한 바퀴 돈 수건은 마왕의 왼손에 붙잡혔고 빌레스 국왕은 그대로 수건을 앞으로 콱 끌어당겼다. 가장 성질 사나운 종마도 아직 자유자재로 다루는 마왕의 솜씨다. 하빈저는 목이 부러질 것 같은 기분을 느끼며 앞으로 끌려갔다.

빌레스 국왕은 수건을 올가미처럼 움켜쥔 채 하빈저의 얼굴을 코앞까지 끌어당겼다. 숨이 막혀 시뻘게진 하빈저의 얼굴을 향해 빌레스 국왕은 또렷하게 말했다.

"아까부터 묻지 않은 것을 계속 말하는데, 그 노이에스 놈이 정말 영리했다는 건 나에게 굳이 알려주지 않아도 돼. 그리고 나는 지휘관을 불러오라고 했다. 상관이 두 번 말하도록 만드는 부관은 부관 자격이 없어."

하빈저는 창백해진 얼굴을 어깨 사이에 파묻은 채 급히 떠나갔다. 빌레스 국왕은 그가 수건을 돌려주지 않고 목에 건 채 떠난 것에 대해 짧게 혀를 찬 다음 다시 하늘을 바라보았다.

달은 화환을 둘러쓰고 있었다. 빌레스 국왕은 그 모습을 보며 약간은 애처로운 만족감을 느꼈다. 휘리 노이에스는 그를 속일지 몰라도, 저 달무리는 그를 속이지 않으리라.

"나에게 뭔가 부탁하고 싶은 것 없으시오, 파킨슨 신부?"

핸드건을 홀스터에 꽂았다 갑자기 빼서 전방을 겨냥하는—핸솔 추기경은 도대체 신부가 무슨 짓을 하고 있는 건지 알 수가 없었다. 대포를 빨리 뽑는 연습을 하는 건가? 그렇다면 핸드건을 도로 꽂아넣을 때 저렇게 빙글빙글 돌리는 이유는 뭘까?—행동을 되풀이하던 파킨슨 신부는 핸솔 추기경의 말에 고개를 돌렸다. 추기경은 침대에 걸터앉아 그를 올려다보고 있었다.

신부는 또다시 손가락으로 핸드건을 빙글빙글 돌리다가 그것을 홀스터에 꽂아넣었다.

"부탁? 무슨 말씀이십니까?"

"글쎄요. 넘겨짚는 것을 좋아하는 건 아닙니다만 난 왠지 당신이 성직자를 필요로 하지 않을까 하는 생각이 드는군요."

말 끝에 핸솔 추기경은 허공에 성호를 그어보였다. 그것은 일종의 신호였고, 그래서 파킨슨 신부는 고개를 갸웃거리며 생각에 잠겼다. 성직자가 성직자를 필요로 하는 성사엔 어떤 것이 있지?

"고해 말씀입니까? 예하. 기도는 항상 하고 있으며 질문은 계속 던지고 있습니다만, 전 아직까지도 제가 주님의 배신자라고 생각하지 않습니다. 그리고 그 주제에 대해선 신성 펠라론에 도착할 때까지 거론하지 않기로 약속해 주셨던 것 같은데요. 추기경께서는 약속하셨습니다. 제가 그곳에서……"

"아, 나도 그건 알고 있소. 나는 초조해하지 않아요. 성하를 친견하게 되면…… 관둡시다. 내가 말하고자 하는 것은 저 데스필드 군에 대한 일이오."

파킨슨 신부는 다시 의아해졌다.

"예? 데스필드요?"

"파킨슨 신부. 짧은 기간이지만 난 당신과 데스필드 군을 보아왔고, 당신이 데스필드 군을 대하는 태도는 아무리 좋게 봐주려고 해도 주님의 목자가 그 신도들을 대하는 태도라고 생각하기는 어렵소. 그리고…… 도대체 부랑아나 뒷골목 잡배들이나 할 만한 무지막지한 행동들은 뭐요? 신도의 몸 주위로 핸드건을 쏘다니. 법황청은 교회의 보물이 그런 용도로 사용되었다는 것을 알면 질겁할 것이오."

파킨슨 신부는 그제서야 핸솔 추기경의 말을 이해했다. 신부는 어깨를 으쓱이며 싱긋 웃었다.

"맞추지는 않았습니다."

"파킨슨 신부, 제발! 이 무슨 풋내기 수도사나 꺼널·대답이란 말이오. 굳이 이웃을 해하지 말라는 성전의 율법까지 논할 것도 없이, 당신은 봉사와 희생과 순종을 맹세한 사람이잖소? 형제께서 스스로 한 맹세를 어기고 있음을 내가 지적해야만 하겠소?"

파킨슨 신부는 그제서야 약간 진지해지기로 결심했다. 핸솔 추기경은 근심스럽다는 투로 말했다.

"혹시라도 그를 깔보거나 그를 증오하거나 한 것은 아니오? 그를 업신여긴다거나 조롱한 것은? 성직자에겐 그런 마음가짐조차도 죄가 되는 것 아니겠소. 변명하고 싶지 않습니까?"

파킨슨 신부는 잠깐 동안 자신을 억누르려고 노력했고, 실패했다.

"그럼 신도를 죽여버리는 것은?"

추기경의 얼굴이 조금 창백해졌다. 들기름 등잔에서 피어오르는 약한 빛은 그것을 거의 드러내지 않았지만.

"……신도를 암살하려 한 주제에 군자연하지 말라는 의미인 거요?"

"예하. 어쨌든 우리는 협정을 맺었습니다. 예하께선 제가 질문을 가지고 있다는 것을 아시고는 그런 질문에 대해 가장 높은 권위로써 대답해 줄 수 있는 곳은 오로지 펠라론뿐이라고 하셨습니다. 저 또한 동의했고요. 그래서 예하와 저는 그곳으로 가는 겁니다."

"그렇지요."

"그러니 그곳에 도착할 때까지는 제발 제 행동에 대해 뭐라고 하지 말아주셨으면 좋겠습니다. 저 또한 변명하지 않을 테니까요. 변명하고 싶은 생각은 없습니다."

"형제여. 당신의 말이 나에겐 퍽 위험하게 느껴져요. 성직에 몸을 담은 이가 확신을 가질 곳은 오로지……"

"그만하십시오! 제가 예하께 율리아나 공주 암살건에 대해 후회하거나 변명하실 것이 있으시냐고 물어보고 싶어지기 전에!"

핸솔 추기경은 입을 다물었다. 파킨슨 신부는 문을 열고 밖으로 나갔다.

바깥으로 나온 파킨슨 신부는 문에 등을 기대고 선 채 잠시 호흡을 골랐다. 가슴이 쿵쾅거리고 튀어나오길 바라는 욕설들이 목젖을 간지

럼했다. 분노는 격심했지만, 신부는 그 분노가 어디를 향하는 것인지 알 수 없었다. 분노의 목적을 찾듯 주위를 둘러보던 파킨슨 신부는 저쪽 어둠의 장막 아래에서 데스필드의 모습을 발견했다.

데스필드는 메밀밭 가장자리에 앉아 멀리 보이는 산에 떨어지는 달빛을 바라보고 있었다. 등뒤로부터 다가오는 발자국 소리가 멈춰졌을 때 데스필드는 담배 연기를 내뿜으며 차분히 말했다.

"핏대 올리지 마쇼, 신부님 당신. 고소 적응하는 데 좋을 것이 하나도 없으니까."

"들리더냐?"

"산 속은 고요하거든."

파킨슨 신부는 작게 투덜거린 다음 데스필드의 옆에 앉았다.

산이 고요히 호흡하는 밤기운이 골짜기를 타고 흐르고 있었다. 데스필드는 가끔씩 파이프를 입가로 가져갔다가 희푸른 연기를 날려보내었다. 그리고 그 노래가 흐르고 있었다. 싱잉 플로라의 노랫소리. 하지만 데스필드의 말대로 산 속은 고요했다. 파킨슨 신부는 자신의 감각을 믿기가 어려웠다. 노랫소리가 끊임없이 계속되고 있는데도 불구하고 그의 청각은 주위가 고요하다고, 바람의 맥박 소리까지 들을 수 있을 것 같다고 말하고 있었다. 이것은 어떻게 된 것일까…… 말 없이 기다리는 시간들의 끝에서 파킨슨 신부가 입을 열었다.

"데스필드."

"예?"

"사효적 효력(事效的 效力; ex opere operato)이라는 말을 아느냐?"

"대충."

파킨슨 신부는 데스필드의 대답에 조금 놀랐다.

"안다고? 그럼 인효적 효력(人效的 效力; ex opere operantis)이라는 말은?"

"역시, 대충. 서로 반대 의미죠, 아마? 성사의 효과는 그 성사를 주관하는 당신이 성총을 받았느냐가 아니라 그 법도와 규칙의 올바른 수행에서 나온다는 말일걸. 그 반대가 인효적 효력이고. 교회는 인효적 효력을 부정하고 사효적 효력을 인정하지요. 그러니까…… 급한 상황에서 살인강도범 당신이 해준 세례라도 그 행위가 정확한 규칙을 지켰으면 그 세례 성사는 유효한 것이지요. 사효적 효력이니까."

"허! 정확한 대답이다. 너 신학교에도 다녔냐?"

"본인의 과거 행적이 궁금하쇼?"

"아니, 됐다."

파킨슨 신부는 다시 입을 다물었다.

파이프 한 대를 다 피운 데스필드는 담뱃재를 털어버린 다음 그것을 셔츠 주머니 속에 집어넣었다. 그러고는 두 다리를 편하게 뻗은 다음 밤하늘을 보며 말했다.

"좋아요, 신부님 당신. 들어보리다."

파킨슨 신부는 솔직하게 말했다.

"뭘 말해야 될지 모르겠다, 데스필드."

"글쎄. 당신이 한 일은 마음에 들어요, 신부님 당신. 괴로워하지 마쇼."

"네 입으로 말하지 않았느냐. 성직자는 규칙을 지켜야 한다. 교회는 인효적 효력을 부정한단 말이야."

"어째서 그런 거요?"

"신학교는 안 다닌 모양이군."

데스필드는 피식 웃었다.

"동냥 바가지 들고 다니는 수도사님 당신들도 때론 본인의 패신저가 되곤 하오. 그 당신들은 종교적 열정이 지나쳐서 본인에게 참진리를 전파하기 위해 목숨을 걸 정도라서 피곤하더군. 어쨌든 그런 당신들은 본인으로 하여금 몇 가지 관념 정도는 외우게 했지. 됐소? 계속합시다. 어째서 그런 거요? 성직자 당신은 왜 규칙을 지켜야 하지? 옳은 일이라면 규칙 같은 거 잠시 접어두는 융통성도 필요하잖소."

"사효적 효력이란 말이 때때로 꽉 막힌 말처럼, 어쩌면 규칙 자체에 대한 숭상처럼 보인다는 것은 나도 잘 알고 있다. 그래. 아무리 훌륭한, 예를 들어 성 페이루스가 강림하셔서 집전한 미사라도 그게 규칙에서 틀리면 엉터리 미사인 것이고 포악한 살인강도가 집전한 미사라도 올바르게 행하여졌으면 효력이 있는 미사라…… 이상하게 들리지?"

"그렇소."

"왜냐하면 사람이 사람을 구원하는 것이 아니라 주님이 사람을 구원하기 때문이다."

"흐음."

"어떤 주인이 노예에게 일을 시킨다고 하자. 착하고 똑똑한 노예가 엉터리로 일하는 것과 못되고 어리석은 노예가 주인이 시킨 대로 일하는 것 중 어느 것이 올바른 것이겠느냐?"

"착한 노예 당신이 한 일이 결과적으로 잘한 일일 수도 있잖소. 주인 당신이 시킨 대로 한 건 아닐지 몰라도."

파킨슨 신부는 킥킥 웃었다.

"그렇지. 그 주인이 보통의 사람이라면. 하지만 만일 그 주인이 절대로 틀릴 리가 없는 사람이라면?"

"아아. 주님 당신 말이군요."

"그래. 성사를 수행하는 사람은 그가 아무리 정의로운 사람이고 비할 데 없이 선량하고 일개 군단쯤의 성령이 임하고 있다 하더라도, 역시 사람이다. 무슨 말인지 알겠지? 틀릴 가능성이 있는 사람 말이다. 무류의 인간이란 건 없는 법이다. 따라서 그런 '사람'이 사람을 구원할 수 있다고 믿는다면 그것이야말로 독신이다."

설명을 끝낸 파킨슨 신부는 입을 다물었고 데스필드는 다시 하늘을 바라보았다. 달 주위를 살펴보던 데스필드는 달이 하얀 목걸이를 하고 있는 것을 발견했다. 데스필드는 눈살을 찌푸렸다. 이런 고지대에서 비를 맞으면 두 성직자 당신들은 결딴날지도 모르는데. 골치아프군. 비가 지나가길 기다렸다가 출발해야 할까?

파킨슨 신부가 상처에 아파하는 부상자처럼 말했다.

"나는 배교자일까?"

데스필드는 천천히 고개를 돌려 신부를 바라보았다. 하지만 신부는 무릎에 얼굴을 파묻고 있었다.

"교회가 내 속에 있다는 생각은 내가 테리얼레이드 교구 신부라서 가지게 된 망상은 아닐까? 희망 없는 전도에 매달리고 반드시 무너질

32

교회를 끊임없이 신축하는 동안, 나는 그 무의미하게 보이고 미련스러워 보이는 일을 합리화하기 위해 그런 관념을 자신에게 선물해 버린 것 아닐까?"

"신부님 당신."

"혹시 나는 펠라론이 내게 고마워해야 된다고 믿어버리게 된 건 아닐까? 그래서 펠라론이 하는 일을 심판할 권리가 내게 있다고 생각하게 된 건?"

무릎 사이에서 울려나오는 파킨슨 신부의 목소리는 깊고 우울했다.

"어느 당신이 다른 당신을 죽이는 일은 나쁜 일이오. 어떻게든."

"어쨌든 그건 당연한 일이지 않느냐고 말하는 것이 가장 나쁜 독신이 될 수 있다, 데스필드. 악의적으로, 혹은 이기적 욕심에 의해 율법을 파괴하는 것보다 더 위험한 독신이지."

"젠장. 뭐가 그렇게 지랄같이 어렵소? 쌍! 그럼 뭐가 좋은 것이고 뭐가 나쁜 건지 판단하지 말아야 한다는 거요?"

"성전에 비추어 판단하면 되지. 성전의 율법엔 다 나와 있다."

"그럼 됐군! 본인이 알기로 이웃을 해하지 말라는 율법이 있소. 당신이 한 일은 그 율법에 비추어 어긋남이 없고. 괴로워할 것이 뭐요?"

"그렇게 단순하면 얼마나 편하겠냐."

"저 노래 때문이오?"

데스필드의 질문은 내용상 갑작스러웠다. 파킨슨 신부는 고개를 들어 데스필드를 바라보았다. 파킨슨 신부의 얼굴을 바라보던 데스필드는 어두운 골짜기 쪽을 바라보며 피식 웃었다.

"저 노래 때문이군. 좋을 대로. 본인은 저곳으로 패스를 설정했소. 꼬리는 못 뺄 거요."

"무슨 말이냐?"

"지금 저곳으로 가기 싫어서 이상한 소리 하고 있다는 거 다 아니까 적당히 하라는 말이오. 아시겠소?"

"무슨…… 나는 그런 것이 아니라……"

데스필드는 손가락을 세 번 빠르게 튕겼다. 흡사 마법사를 연상시키는 동작인지라 파킨슨 신부는 흠칫하며 입을 다물었다. 데스필드는 싱긋 웃으며 말했다.

"그만하고 들어가 누우쇼. 밤이 깊소. 내일 걸어가려면 고민은 누워서 해보는 편이 낫겠수다."

리저드라이더들은 그들의 사나운 목도리도마뱀들을 진정시키기는커녕 덩달아 흥분하고 있었다. 만일 진격 명령이 떨어지지 않는다면 그들은 서로를 찔러대기라도 할 태세였다. 군령으로 금하고 있기는 했지만, 다케온군은 리저드라이더들이 목도리도마뱀들에게 사용하는 흥분향을 자기 자신에게도 사용하는 것을 완벽히 막지는 못하고 있었다. 실제로 그것은 인간에게는 아무런 효과도 없다는 것이 정설이다. 하지만 리저드라이더들은 그들의 도마뱀에게 그것을 흡입시킬 때 '순수한 연대감으로' 함께 흡입하고는 도마뱀과 똑같이 미쳐 날뛴다. 아마도 자기 최면일 테지만 그렇게만 설명하기엔 목도리도마뱀과 리저드라이더들의 감정 공유에는 섬뜩한 면이 있다.

"쐐—애애액!"

목도리도마뱀들은 적과의 거리가 터무니없이 먼 데도 불구하고 그 프릴을 펼치며 포효했다. 그리고 리저드라이더들 역시 안장 위에서 울부짖었다. "쐐애애애—액!" 극도로 흥분한 리저드라이더들은 놀랍게도 목도리도마뱀과 비슷한 포효 소리를 내며 손에 든 무기를 휘둘러대었다. 더 시간을 지체했다간 그들이 폭동을 일으키거나 모두 지쳐 쓰러질 것 같다고 판단한 리저드라이더들의 지휘관은 드디어 힘차게 손을 들어올렸다.

"무례한 마구간지기에게 남부 신사의 예의를 가르쳐준다! 돌격—! 앞으로—!"

목도리도마뱀들은 화살처럼 튕겨져나갔다.

화살처럼 어쩌고 하는 낡은 관용구가 이토록 사실과 가까웠던 적도 드물 것이다. 목도리도마뱀들의 강력한 뒷다리가 땅을 박찬 순간, 거칠게 할퀴어진 대지가 자신의 권리를 소리 높이 외치고 있음에도 불구하고 그들은 하늘을 날고 있었다. 물론 대지는 자신의 권리를 다시 확인받았다. 땅이든 수면이든 가리지 않고 달려가는 목도리도마뱀들도 허공을 달릴 수야 없는 것이다. 하지만 다시 땅에 내려섰을 때 그들은 이미 수 로드 앞쪽의 땅을 디디고 있었다. 강인한 꼬리는 약간 들려져 균형을 잡고 있었고 허공에 선들거리는 두 앞빌에는 리지드라이더들이 취향대로 장착시켜 둔 무기들이 끔찍한 빛을 내뿜었다. 그리고 도마뱀들은 바깥을 향해 직각으로 굽힌 두 뒷다리를 좌우로 휘두르며 경쾌하게 달리기 시작했다.

"쐐애애애―애애애―애애액!"

두두두두! 땅이 울리며 도마뱀들이 피워올리는 먼지가 화산 연기처럼 솟아올랐다. 비아냥거리는 것에서 삶의 완성을 느끼는 특출한 냉소주의자라면 그 모습을 보며 웃을 수도 있을 것이다. 정면에서 바라볼 때 좌우로 힘껏 쳐올려지는 목도리도마뱀들의 뒷다리는 분명히 미학적이라고 하긴 어렵다. 하지만 정상적인 판단력을 가진 자들이라면 누구나 그 동작에 내포된 엄청난 힘을 느낄 수 있을 테고, 꼬리를 제외해도 15피트 크기나 되는 생물이 그런 힘을 내뿜으며 달려온다면 그 모습에서 유머의 소지를 발견할 수 있는 사람은 드물다. 록소나의 용감한 기사들도 그런 사정은 마찬가지였으며, 따라서 그들의 입에서 신음처럼 말과 기사의 수호성녀인 성 엑시아의 이름이 흘러나온 것은 당연한 일이다.

"바이저―내렷!"

철컹, 철컹. 기사들의 손이 얼굴 부근을 빠르게 움직였다. 호면(護面)이 내려지며 기사들의 시계는 이제 그들의 말과 마찬가지로 슬릿을 통해 보이는 모습, 즉 전방만으로 좁혀졌다. 옆에 서 있는 동료의 모습 같은 것은 사라지고, 이제 록소나 기사들의 눈에 보이는 것은 오로지 쳐죽여야 되는 적의 모습뿐이었다.

"랜스―앞으로!"

세워들려 있던 랜스가 구령에 따라 앞으로 내뻗어졌다. 다시 철컥거리는 금속성이 울려퍼지며 랜스의 자루 부분이 기사들의 흉갑 옆구리에 고정되었다. 그 끝은 예리하게 번득였다. 지휘관은 마지막으로 대갈했다.

"성 엑시아여, 우리를 가호하소서. 돌격—!"

말들의 발굽 소리가 지축을 진동시켰다.

비극이 무제한의 속도로 피어올랐다.

프릴이 펼쳐지며 톱날같은 이빨들이 번득였다. 검이 살아 있는 몸으로부터 피를 퍼내고 도끼가 살아 있는 머리로부터 추억을 퍼내었다. 희망의 사그라듬 위로 쏟아지는 핏방울들은 인간의 것이든 말의 것이든 목도리도마뱀의 것이든 모두 뜨거웠다. 어떤 악마의 가호를 받은 랜스는 두 마리의 목도리도마뱀을 한꺼번에 꿰뚫기도 했다. 랜스 사용자의 기량보다는 격돌 순간 양자의 끔찍한 속도 때문일 것이다. 너무 흥분해 버린 목도리도마뱀 하나는 앞쪽의 기사의 머리를 짓밟고 뛰어올라 그대로 록소나 기사들의 머리 위로 달려가기도 했다. 목도리도마뱀의 앞발이 자신의 말 머리를 부수는 순간에도 도마뱀의 목을 겨냥하는 록소나 기사의 눈에는 인류의 역사가 그 장식술로 삼아온 영원한 슬픔이 엿보인다. 우리는 여기서 무엇을 하고 있는가. 대답해 다오.

찢어 발겨지는 몸들, 유혈의 강, 검날 위로 떨어지는 눈물. 이미 목이 쉬어버린 사내들은 사랑하는 가족의 이름 대신 불경하고 험상궂은 말들을 외치며 인간애라는 낡은 믿음의 장사를 치른다. 그러나 신이나 악마가 귀기울이는 흔적은 찾기 어렵고 포식을 기다리며 활공하는 독수리들만이 그 소리에 귀를 기울이는 것 같다.

시끄럽고, 시끄럽고, 시끄럽다가

조용해졌다.

구름이 모여들고

전투 후의 벌판에 빗방울이 떨어진다.

피를 핥던 파리들은 분개한 듯한 날개 소리를 내며 황급히 흩어져 갔다. 풀잎에 빗방울이 떨어진다. 얼룩졌던 핏자국이 다시 녹아 흐르고 있었지만 그것은 생명의 흐름과는 다른 것이다. 정신을 잃었던 병사의 볼에도 빗방울이 떨어진다. 회색빛의 빗줄기 사이로 꿈틀 일어서는 병사의 모습은 유령처럼 보인다. 그러나 빗방울이 걱정스럽게 그 볼을 두드려대어도 이미 죽음을 호흡하고 있던 많은 병사들은 일어날 줄 모른다.

쏴아…… 빗줄기가 거세어졌다.

늦은 비다. 달무리는 분명히 하늘에서 어슴푸레하게 반짝였고 비는 확실히 왔지만, 그것은 부상자들을 괴롭히는 비였을 뿐이었다. 빌레스 국왕은 이마에 달라붙은 머리카락 사이로 전장을 바라보았다.

우울한 빗소리와 부상자의 신음들이 록소나 국왕 빌레스가 받은 승전 축가였다.

땡—땡—땡—! 강렬하게 울려퍼지던 종소리는 잠시 후 종 치는 이의 심정을 담아 종이 깨어져라 쳐대는 소리로 바뀌었다. 때대대대댕!

노스윈드 선단의 배 위에서는 일항사나 갑판장들이 목이 터져라 고함을 질러대고 있었다.

"귀함—! 귀함하라고! 빨리 달려라, 이 잡것들아!"

그리고 다림의 부두에서는 각자의 배로 달려가기 위해 인간의 한계 속도를 시험하고 있는 해적들의 모습이 줄을 이었다.

"비켜! 다 비켜!"

"비키라고 외치는 너부터 빨리 내 앞에서 그 엉덩이 치워!"

페가서스호의 갑판 위에서 하리야 선장은 이맛살을 잔뜩 찌푸린 채 그 모습을 바라보았다. 손에 카드장을 든 채 달려오고 있는 해적은 틀림없이 펍에서 카드놀음에 정신을 팔고 있었던 중이었을 것이다. 그리고 치마를 입으려 애쓰면서 달려오는 해적의 경우엔 그들이 어떤 노역에 종사하고 있었는지 추리하고 싶은 기분도 들지 않았다. 어쨌든 오늘 다림 시내에선 바지를 입은 매춘부가 최소한 한 명은 될 것이다. 정신나간 듯이 달려오고 있는 해적들 사이에서 웬 선원의 등에 업혀 달려오고 있는 킬리 선장의 만취한 모습을 본 하리야 선장은 아예 고개를 돌려버렸다.

그들을 탓할 마음은 들지 않았다. 노스윈드 선단의 엄한 기율을 일부러 완화시켜 준 것은 다름아닌 하리야 선장 자신이었기 때문이다. 다림 시민들과의 융화 정책이라는 이름 아래 하리야 선장은 되도록이면 해적들이 적극적으로(하지만 무례하지 않게) 다림 시민들과 접촉하는 것을 장려했다. 그래서 노스윈드의 해적들은 최소 인원만 배에 남겨두고 다림 시내를 쏘다니고 있었으며, 따라서 작금의 사태는 모조리 하리야 선장의 책임이었다.

자유호 쪽으로 고개를 돌린 하리야 선장은 노성을 지르고 있는 식스 일항사의 모습을 발견했다.

"자유호의 일항사!" 하리야는 예의를 아는 사람이었다. "선원들의 귀
함은?"

"물수리호는 완료된 모양이군요."

식스 일항사는 특별히 비아냥거린다기보다는 푸념하듯 말했다. 하리
야 선장이 성전에는 나오지 않는 말들을 퍼부어대지 않은 것도 그 때문
이다.

"물수리호의 형제들이 항상 배에 붙어 있다는 건 나도 잘 아네. 기다
리지 말고 앞바다로 나가게!"

"지금 말입니까?"

"그래! 그리고 누구든 좋으니까 키 큰 친구 하나에게 검은 코트를 입
혀서 선교에 세워. 알았나!"

하리야의 의중을 짐작한 식스는 두말없이 몸을 돌렸다. 명령이 노예
장에게 전달되었고 최고 전투 속력을 요구받은 노들은 선체를 수면 위
로 떠오르게 할 정도로 강렬하게 물을 때렸다. 곧이어 자유호는 육중한
선체를 뒤틀며 앞바다를 향해 나아가기 시작했다. 초조한 표정으로 그
모습을 바라보던 하리야 선장의 뒤에서 약간 근심스러워하는 목소리가
들려왔다.

"저들은 키 드레이번이 이곳에 있다는 것을 알면서도 온 것이다. 그
런 장난이 통할까?"

"통할 거요."

"그렇게도 키 드레이번을 믿나? 저들은 오히려 좋아하며 쏠지도 모르

는데, 자유호가 위험하지 않을까?"

"지금 내가 믿고 있는 것이 키 드레이번이라는 것은 맞습니다. 하지만 정확히 말한다면, 나는 키 드레이번의 안목을 믿고 있지요."

"안목?"

"식스는 키 드레이번이 뽑은 일항사요. 그는 최소한 귀함이 완료될 때까지는 시간을 끌어줄 거요. 그리고 당신 말인데……"

하리야는 그제서야 몸을 돌렸다. 라미는 조용히 그의 얼굴을 마주보았다.

"도와준다고 했지요?"

"어떻게 할까?"

"수면 아래에서 발포가 개시될 때까지 기다려주십시오. 그 이후엔, 말하지 않아도 되겠지요?"

라미는 고개를 한번 끄덕이고는 뱃전 위에 올라섰다. 다음 순간 요란한 물보라가 솟아올랐고 그 물보라가 가라앉았을 때 하리야는 푸른 물속 저편으로 사라지는 희고 굵은 동체를 언뜻 보았다. 하리야는 다시 고개를 돌렸다. 그의 머릿속에선 행동의 우선 순위가 면밀하게 매겨져 있었고 그 순위에서 자유호의 전진, 대사의 배치 다음으로 중요한 것은…… 당연히 강철의 레이디의 점검이다.

"그랜드머더호! 그랜드—머더호! 킬리 선장의 상태는 어떤가?"

"3분만 기다려주십시오! 새신랑만큼이나 말쑥하게 만들어놓겠습니다!"

그랜드머더호의 요리사가 뭔가 인간이 먹어선 안 될 것 같은 시커먼

액체를 큰 잔에 따르며 대답했다. 그의 발치에는 킬리 선장이 불쾌해진 얼굴을 한 채 큰대자로 누워 있었다. 하리야 선장이 바라보고 있는 가운데 그랜드머더호의 조타수가 비장한 얼굴로 킬리 선장의 입을 벌렸다. 하리야는 그랜드머더호의 갑판원들이 그들의 선장에게 먹이려는 것이 뭔지 대충 짐작할 것 같았고, 그래서 쓴웃음을 지으며 고개를 돌렸다. 그 자신도 급히 술에서 깨어나야 할 때는 어쩔 수 없이 저것을 사용하기도 한다. 하지만 누군가 맨정신의 하리야 선장에게 저걸 먹이려 든다면 코가 으스러질 각오쯤은 해둬야 할 것이다…… 잠시 후 킬리 선장의 애절한 비명이 들려왔다.

하리야는 킬리를 위해 짧게 기도한 다음 그랜드파더호를 돌아보았다.

"돌탄 선장!"

대답은 곧장 돌아왔다. "쏠까?"

하리야는 자신도 모르게 다시 수평선을 바라보았다. 그곳에 떠 있는 10개의 마스트를 보던 하리야는 거리를 어림해 보곤 믿을 수 없다는 표정으로 외쳤다.

"맙소사, 이 거리에서도 가능한가?"

"카능해. 약칸 모차라킨 하치만, 파람이 토와추커튼."

"아, 쏘지는 말게. 일단 사격 준비 갖추고 기다려. 강철의 레이디 하나는 쏠 수 있단 말이지…… 제발 빨리빨리 좀 승선해라!"

그 동안 앞바다로 나간 식스는 하리야 선장의 예견대로 시간을 끄는 작업에 착수했다. 주의 깊게 사정 거리 바깥에서 자유호를 정선시킨 식스는 갑판원들에게 석궁을 준비시키는 한편 포수들에게도 발포 준비를 시켰다. 하지만 대포를 쏘지는 않은 채 식스는 깃발 신호를 보내기 시작했다.

'키 드레이번이 정체불명의 선박들에 고한다. 그 자리에서 멈춰라. 더 이상 접근하면 공격하겠다.'

일견 무미건조해 보이지만 그 내용을 자세히 들여다보면 현란하다고까지 말해도 좋을 엄포였다. 식스 같은 노련한 뱃사람이 상대방의 정체를 모를 리는 없었지만 그는 일부러 '정체불명의 선박들'이라는 신호를 선택했다. 과연 망원경을 들여다보고 있는 식스의 눈에 그가 이미 알고있는 정체가 친절히 소개되었다.

'우리는 사트로니아 함대다.'

흘끔 봐도 짐작할 수 있었던 거다, 이 친구들아. 사트로니아 함대가 왜 이곳에 왔는지는 아직 모르겠다만. 식스는 짓궂게 웃으며 깃발 신호의 나머지를 기다렸다.

'바스톨 엔도 장군이 키 드레이번에게 말한다.'

식스는 자신도 모르게 숨넘어가는 소리를 내고 말았다. 그는 그 고명한 무장이 여기에 무슨 일로 왔는지 짐작할 수가 없었다. 심지어 식스는 그들이 자신처럼 바스톨 엔도 장군의 이름을 빌리는 건 아닌가 생각했다. 그 동안에도 깃발 신호는 계속되고 있었다.

'우리 목적은 전투가 아니다. 보트를 보낼 테니 공격하지 마라.'

식스는 잠시 기다렸다. 과연 10척의 롱 갤리어스들은 제자리에 정선했고 그 배들 사이에서 조그만 보트 하나가 이쪽으로 다가오는 것이 보였다. 식스는 재빨리 뒤쪽을 향해 외쳤다. "보오드! 안으로 들어가!"

키 드레이번과 비슷한 신장을 가졌다는 이유로 검은 외투를 걸치고 으스대고 있던 갑판원 보오드는 황급히 갑판 아래로 내려갔다. 그리고 식스는 고물 쪽으로 달려간 다음 부두 쪽을 향해 손짓 신호를 보내었다. 다행히도 망원경으로 식스를 보고 있던 트로포스가 그 신호를 보았다. 트로포스는 페가서스호를 향해 그 신호를 전달해 주었고 하리야는 황당함을 금치 못했다.

"바스톨 엔도 장군? 어, 그렇다면 팔라레온 해방군인가? 저 자들이 여기엔 왜 온 거지?"

사트로니아의 보트가 자유호에 닿았다. 식스는 일단 몇 명의 갑판원들에게 검을 뽑아들게 한 다음 올라오는 사람을 기다렸다.

잠시 후 분명히 사트로니아 해군으로 보이는 수병들 몇 명과 선장 하나가 약간은 창백해진 얼굴을 하고 갑판에 올라왔다. 무리도 아니다. 그들은 자유호에 올라온 것이다. 선장은 헛기침을 한번 한 다음 누가 지휘자냐는 듯이 둘러보았고 식스는 그제서야 앞으로 나섰다. 선장은 식스를 바라보며 고개를 약간 갸웃거렸다.

"나는 사트로니아 해군의 엔도호 선장 파이크 롱버드 벡스요."

"자유호의 일등 항해사요. 선장님께서 직접 오셨다고?"

"그렇소. 당신이 일항사라면, 키 드레이번은 어디 있소?"

"당신들이 암살자일지도 모르는데 어떻게 선장님을 뵙게 해드리겠소?"

이 말을 위해 식스는 일부러 몸수색을 하지 않았다. 파이크 선장은 피식 웃었다.

"헛. 선장을 어떻게 암살자로 쓰겠소?"

"내가 볼 수 있는 건 선장 복장을 하고 있는 한 명의 사트로니아인일 뿐이오."

파이크 선장은 기어코 불쾌한 얼굴이 되었다.

"키 드레이번이라는 자, 알고 보니 겁쟁이군."

"말을 삼가시오."

"그런 말이 듣기 싫으면 낯짝을 내놓으면 될 거 아닌가!"

"그 말투는 마음에 들지 않소."

"내 말투가 마음에 들지 않으면 어쩔 건가, 일항사?"

"내가 알고 있는 말투 교정법은 불행히도 모두 폭력적인 것들뿐입니다."

"뭣이 어째?"

식스로서는 너무도 기쁘게도, 파이크 선장은 식스의 경고를 우습게 여기며 계속해서 오만불손한 언사를 내뱉었다. 자유호의 해적들의 얼굴이 붉으락푸르락하는 것과 비례해서 사트로니아 수병들의 얼굴에선 핏기가 사르르 빠져나갔다. 사트로니아 수병들은 그들의 선장의 허리라도 찌르고 싶었지만 식스는 그들이 나서지 못하도록 계속해서 파이크 선장에게 말을 시키며 부두 쪽을 훔쳐보았다.

마침내 부두 쪽에서 노스윈드 함대의 배들이 움직이기 시작했다. 속으로 환호를 질렀지만, 식스는 귀찮다는 표정으로 손을 들어올리며 말했다.

"선장님은 이 배에 안 계시오."

"뭐라고?"

"안 계시다고 했소. 중대한 볼일이 있으셔서 다림 시내에 계시거든. 전할 말이 있으면 하시지요. 내가 전할 테니까."

"그럼 진작 말해야 했을 것 아닌가! 제길, 떠날 테니 키 드레이번을 불러다 놓도록! 다시 오겠다!"

파이크 선장은 그대로 몸을 돌렸다. 식스는 재빨리 눈짓을 보내었고 그 순간 지금까지 분을 참느라 반쯤 돌아버릴 지경이었던 사내가 표범처럼 움직였다.

파이크 선장은 시야를 가로막는 넓은 가슴에 놀라 걸음을 멈췄다.

고개를 들어올린 파이크 선장은 꽤나 높은 곳에 있는 아피르 족 전사의 얼굴을 발견하곤 허옇게 질려버렸다. 그에겐 안된 일이었지만, 그 아피르 족 전사는 잡아먹을 듯한 얼굴로(너무나도 정확한 표현이었다) 그를 내려다보고 있었다. 식스는 느릿하게 말했다.

"자유호의 조타수 칸나 군을 소개하겠소. 나는 칸나 군이 그 말하기 곤란한 습관을 버렸다고 믿지만, 때때로 어린 시절의 습관은 꽤 오랫동안 남는 법이라지요?"

칸나는 입맛을 다시며 씨익 웃었다. 사트로니아 수병들은 자신도 모르게 뒤로 주춤 물러났고 파이크 선장은 쥐어짜듯이 외쳤다.

"무, 무슨 짓이냐!"

"왔다가 그냥 가시면 섭섭하잖소. 왜 키 선장님께 직접 말해야 된다는 거지요? 나한테 말해도 됩니다."

그로부터 2분 후, 자유호를 향해 최고 속도로 나아가던 페가서스호

위에서 하리야 선장은 당황스럽기 짝이 없는 손짓을 보게 되었다.

"여행하기엔 좋은 날씨입니다."

라이온의 말에 세실리아는 저도 모르게 하늘을 바라보았다. 그러나 잠시 후 세실은 라이온이 하늘의 날씨를 말하는 것이 아닌 것 같다고 판단했다.

"무슨 말이야?"

"온통 전쟁통이니 제국의 공적 1호가 옆을 지나가도 신경 쓸 수 없는 날씨란 말입니다. 키 선장님이 육지를 여행해야 된다면 이보다 좋은 날씨도 없겠군요."

세실은 이해했다. 그러곤 다시 우울한 표정으로 앞쪽의 언덕을 바라보았다.

언덕 위에는 스무 개 남짓 되는 기둥이 서 있었다. 세실의 기나긴 연대기에서 저것과 비슷한 그림이 삽입된 페이지는 제법 많았다. 그래서 그녀는 다가가지 않고도 그것이 무엇인지 알 수 있었다. 사실, 세실과 같은 사람이 아니라도 그것이 무슨 기둥인지 짐작하는 것은 어렵지 않을 것이다.

두 사람의 앞쪽에서 언덕을 바라보던 키는 고삐를 잡아챘다. 말은 불평하듯 투레질을 한번 한 다음 언덕 쪽을 향해 걸어갔다. 언덕 아래를 지나치면서 키와 세실은 언덕 위를 바라보지 않았다. 하지만 라이온은 그것이 대단한 구경거리라도 된다는 것처럼 흘끔거리며 바라보았다.

다음 순간, 라이온은 언덕 위를 향해 달리고 있었다.

"살아 있어요!"

키는 미간을 찌푸리며 말을 멈춰 세웠다. 세실은 어느새 언덕 위로 달리고 있었고 라이온은 벌써 안장 위에서 뛰어내리고 있었다. 시체를 파먹고 있던 까마귀들이 라이온을 향해 깍깍거렸지만 라이온은 팔을 휘둘러 까마귀를 쫓아버렸다. 라이온이 나이프를 꺼내었을 때 언덕 아래쪽으로부터 낮고 엄격한 목소리가 들려왔다.

"뭐 하려는 건가?"

"풀어줘야죠!"

키는 더 이상 말하지 않았다. 라이온 역시 알고 있을 테고, 알면서 하는 행동이니 말해 봐야 소용이 없다. 키는 오만상을 찌푸린 채 언덕 위로 천천히 올라갔다. 그 동안 라이온은 나이프를 휘둘러 조금 전 기침을 했던 여인을 기둥에서 풀어내었다. 밧줄에서 풀리자마자 여인은 라이온의 품에 힘없이 쓰러졌다.

다른 시체들과 마찬가지로 여인 역시 온몸에 화살이 꽂혀 있었다. 살아 있다는 것은 기적에 가까운 일인 것 같다. 라이온은 그녀를 똑바로 눕히고선 화살을 뽑을 것인가 말 것인가를 놓고 고민했다. 지금 화살을 뽑으면 상처가 덧날 것이라고 판단한 라이온은 일단 그대로 내버려두기로 했다. 안장에서 뛰어내린 세실이 황급히 그녀의 눈꺼풀을 뒤집어보고 수통의 물을 입 안에 흘려넣을 때, 그제서야 도착한 키가 느릿하게 말했다.

"내 신발끈을 풀지 않겠다고 말했던 것 같은데."

세실과 라이온 모두 흠칫하며 키를 바라보았다. 두 사람이 아무 대답이 없자 키는 넌더리가 난다는 표정으로 몸을 홱 돌렸다. 그가 저편으로 걸어갔을 때에야 세실은 작게 투덜거렸다.

"뭐 저런 인간이 다 있어. 아무리 바빠도 그렇지 눈앞에서 사람이 이 지경이 되어 있는 걸 어떻게 못 본 체하고 지나간단 말이야?"

라이온은 겸연쩍은 표정으로 말했다.

"저, 세실. 바쁜 게 문제가 아닙니다. 다벨군의 추적을 당하게 됩니다. 아니면 다른 팔라레온인들이 곤욕을 치르게 되거나."

세실은 아차 하는 표정으로 라이온을 보고는 다시 여인을 내려다보았다. 기둥에 매달린 다른 시체들과 마찬가지로 여인은 틀림없이 다벨군에 의해 매달리게 되었을 것이다. 그리고 다벨군은 기둥이 비어 있는 것을 발견하면 눈을 뒤집고서 그녀를 풀어준 자를 찾아다닐 것이다. 세실은 입술을 깨물었다. 그때 그녀의 등뒤로부터 이상한 소리가 들려왔다.

고개를 돌린 세실은 소름이 쫙 돋는 광경을 보게 되었다.

키 드레이번이 어깨에 시체 하나를 메고 걸어오고 있었다. 라이온과 세실이 질린 얼굴로 바라보고 있었지만 키는 두 사람의 시선을 무시한 채 여인이 매달려 있던 기둥에 시체를 묶었다. 시체를 다 묶은 키는 어깨를 털며 언덕 아래로 내려갔다. 라이온과 세실은 그제서야 키가 맨 끝에 있는 기둥으로부터 시체를 풀어내었다는 것을 알아차렸다.

키는 자신의 말로 돌아간 다음 밧줄을 꺼내었다. 말 세 마리와 비어 있는 기둥을 연결한 다음, 키는 그때까지 언덕 위에 있던 두 사람을 향해 한심스럽다는 듯이 으르렁거렸다.

"거기서 살 건가?"

라이온은 황급히 여인을 안아든 다음 언덕을 달음박질쳤다. 라이온과 세실이 언덕 아래로 내려오자 키는 말의 고삐를 잡아당기며 외쳤다.

"이랴아!"

세실도 황급히 자신의 말과 라이온의 말을 독려했다. 밧줄이 팽팽해지고 나서 얼마 후, 기둥은 요란한 소리를 내며 뽑혀나왔다. 기둥이 언덕 아래로 굴러내려오자 키는 말의 목을 쓰다듬어준 다음 라이온에게 다가갔다. 키는 손을 내밀었고, 라이온은 어리둥절한 표정으로 그에게 여인을 건네었다. 여인을 안아든 키는 몸을 돌리며 말했다.

"언덕 위로 가서 기둥 자국을 지워라. 라이온."

"아…… 예! 선장님!"

라이온은 부리나케 언덕 위로 뛰어갔다. 키는 여자의 몸을 내려다보고는 인상을 찌푸린 다음 거칠게 화살을 부러뜨리기 시작했다. 바라보고 있던 세실은 비명을 지를 뻔했다. 여인의 몸에서 튀어나온 화살을 마치 가지를 쳐내듯 대충 부러뜨린 키는 세실을 향해 말했다.

"말 위에 올라가."

세실은 황급히 말 위로 올라갔다. 라이온은 그녀의 무릎 앞에 여인을 올려다주며 말했다.

"잡아."

"많이 흔들릴 텐데."

"흔들리지 않게 해. 잡아."

세실이 두 손 들었다는 표정으로 여인의 허리를 붙잡자 키는 자신의 말로 돌아가 안장 위에 올랐다. 키는 손을 뻗어 라이온의 말 율리아나의 고삐를 쥐며 말했다.

"가자."

"자, 잠깐. 라이온은?"

"벌이야. 가자."

키는 자신의 말과 라이온의 말을 출발시켰다. 세실은 황당하다는 표정으로 말을 출발시켰다. 세 마리의 말 뒤로 기둥이 요란한 소리를 내며 끌려가자 언덕 위에서 땅을 다지고 있던 라이온은 울 것 같은 얼굴이 되었다.

세실은 말을 달리며 한 손으론 여인의 허리를 단단히 쥔 채 탄복했다는 표정으로 말했다.

"똑똑하네? 기둥 자체를 뽑아버리면 하나가 없어진 것은 표시가 안 난단 말이지?"

키는 아무 대답 없이 앞쪽만 바라보았다. 세실은 빙긋 웃었다.

"이보라구, 다벨군이 쫓아올 거란 생각은 못했단 말이야. 그런 상황에서도 머리 굴리는 작자가 이상한 거 아냐? 뭐, 어쨌든 고마워. 음. 이 여자도 고마워할 거야. ……이봐. 조용히 있으면 무섭잖아. 뭐라고 말 좀 해봐?"

키는 세실의 말을 받아들여 입을 열었다. "계속 떠들면 벌받는 사람이 하나 늘 거다."

세실은 찔끔한 표정으로 뒤를 돌아보았다. 기둥 자국을 다 지운 라이온은 이제 기둥이 일으키는 먼지를 다 뒤집어쓰며 달려오고 있었다. 으음. 이 나이에 저 꼴을 당하는 건 아무래도 볼썽사나운 일이겠군.

기둥을 끌면서 가는 것이라 말의 속도는 그다지 빠르지 않았고 그래서 라이온은 키의 눈치를 보다가 율리아나에 살짝 올라탔다. 키는 뒤를 돌아보지 않았다. 반 시간쯤 달려간 후에 키는 손을 들어올려 일행을 서게 한 다음 기둥을 풀어 수풀 속에 차넣었다. 기둥을 처리한 키는 다시 달려갔다.

그림자가 길어질 무렵, 외딴 곳에 있는 반쯤 불탄 농가를 발견한 키는 일행을 서게 했다. 그리고 언덕을 떠난 이후로 처음 입을 열었다.

"라이온. 조사해 봐."

라이온은 찍소리도 내지 않고 집 안으로 달려갔다. 잠시 후 라이온은 창가를 통해 밝은 얼굴로 손을 저었고 키는 세실에게서 여자를 받아든 다음 집 안으로 들어갔다. 여자를 침대에 눕힌 키는 세실에게 그녀를 간호하게 한 다음 말들을 끌고 헛간으로 걸어갔다.

헛간에 말을 숨겨놓은 키가 집 안으로 돌아오자 라이온과 세실이 여인을 간호하는 모습이 보였다. 키는 처음으로 여자의 얼굴을 찬찬히 들여다보았다. 세실은 여자의 이마를 닦아주며 말했다.

"이 아주머니 귀족이었을 거야. 손발 좀 보라구."

"어떤가."

"화살을 뽑아야겠는데……"

키는 의자 하나를 찾아낸 다음 그 위에 걸터앉아서는 구경해 줄 테니 마음대로 해보라는 것처럼 세실과 라이온이 하는 양을 바라보기 시작했다. 라이온으로 하여금 나이프를 뽑아들게 한 세실은 나이프를 향해 짧게 중얼거린 다음 손가락을 빠르게 튕겼다. 잠시 후 나이프가 새빨갛게 달구어졌고 라이온은 작게 탄성을 질렀다.

여자에게 손수건을 물리고 나서, 세실은 여자의 상체를 지그시 누르며 라이온에게 눈짓을 보냈다. 심호흡을 한번 한 라이온은 곧 여인의 몸에 나이프를 꽂아넣었다.

살 타는 냄새와 함께 여인의 찢어지는 비명이 터져나왔다.

하리야는 약간 주춤했다. 그리고 그런 심정을 자연스럽게 감추기 위해 무심하게 주위를 둘러보았다. 자유호의 갑판은 회담을 위해 비워져 있었다. 사트로니아의 수병들이 10여 명 가량 올라와 있었지만 솔직히 하리야는 그 수병들보다는 그들의 호위를 받고 있는 바스톨 장군의 모습에서 더 위압감을 느꼈다. 칸나가 자기 옆에 서 있었다면 좋겠다는, 그보다 이 자리에 앉아 있는 것이 자신이 아니라 키 드레이번이었으면 좋겠다는 생각을 하던 하리야는 다시 책상 너머로 바스톨 장군을 바라보았다.

바스톨 장군의 안색은 태연했다. 하리야 역시 태연했으므로 둘의 모습만 놓고 본다면 이상할 것은 아무것도 없었다. 하지만 그 둘은 자유호의 갑판에 앉아 있었으며, 사트로니아 함정들과 노스윈드 선단의 포수장들은 모두 그들 사이에 떠 있는 자유호를 정조준하고 있었다. 합계

500문 가까운 포문이 겨냥하고 있는 살벌한 회담 자리였지만, 하리야는 차분하게 말했다.

"대사가 이곳에 있다는 것을 어떻게 아셨습니까?"

"나는 철탑으로 갔었소. 하리야 헌처크 선장."

"그냥 하리야라고 부르시면 됩니다. 엔도 장군님."

"그럼 나 또한 바스톨이라고 부르시구려."

하리야는 곤혹스러운 미소를 지었다.

"저를 난처하게 하시는군요. 저 같은 해적놈이 당신과 같은 고명한 무인을 그렇게 부른다면 세인들이 분수도 모르는 자라고 저를 비웃을 겁니다."

비위를 맞춰줘서 나쁠 건 없다는 판단으로 한 말이었지만 아쉽게도 바스톨 장군은 별로 즐거워하는 기색은 아니었다.

"당신은 내가 해적에 대해 그러하리라고 생각했던 모습에서 많이 벗어나는군요. 하리야 선장. 이렇게 부르면 되겠소? 그럼 이야기나 계속합시다. 나는 철탑으로 갔었소. 변론가 린타는 그의 기록 속에 철탑의 위치를 남겨놓았지. 그래서 나는 철탑에 도달했지만, 그 안에서 대사를 찾아내지는 못했소."

"잠깐, 말을 끊어서 죄송합니다. 철탑 내부로 들어가셨다고요? 어떻게?"

"우리에겐 린타가 남겨준 구슬이 있었소. 대사가 그에게 선물했던 것이지. 그것을 이용하여 철탑에 들어갈 수 있었소. 하지만 대사의 모습은 발견할 수 없었소. 그녀가 어쩌면 죽었을지도 모른다고 생각했을 때, 나는 그곳에서 이상한 연 하나를 찾아내었소."

하리야는 고개를 끄덕였다.

"그 연에는 이렇게 적혀 있었소이다. '다림으로 오라. 키 드레이번.' 당황스러운 내용이었지만 나는 일단 그 내용을 믿기로 했소. 그래서 이곳으로 온 것이고."

"알겠습니다. 그 연은 키 선장님이 대사에게 보낸 것입니다. 그런데…… 왜 대사를 찾으시려는 건지 말씀해 주실 수 있습니까?"

바스톨 장군은 잠시 하리야의 눈을 들여다보았다. 잠시 후 바스톨 장군은 '그것은 대사에게 말할 일'이라고 말할 필요는 없다고 판단했다. 하리야 역시 그 정도는 알고 있을 것이다.

"좋소. 내가 아는 바로, 철탑은 오 왕자의 검을 지키는 감시탑이오."

"감시탑이라고 하셨습니까?"

"오 왕자의 검에 대해서는 아는 모양이구려."

"약간은. 말, 철, 밀, 다이아몬드. 오 왕자의 땅에 있는 네 개의 주인 없는 검입니다. 다이아몬드와 밀은 일종의 전략 단위이고 말과 철은 전술 단위겠지요. 개개로 나뉘어 있을 땐 위험이 되지 않지만 하나의 주인에게로 모이면……"

"왕을 태어나게 할 수 있소."

"반왕이지요."

하리야는 부드럽게 노무인의 말을 바로잡았다. 바스톨 장군은 고개를 끄덕였다.

"그렇소. 반왕이오. 그리고 대사는 바로 철탑이라는 감시탑에서 그

네 개의 검이 하나로 모이는 것을 방해하고 있었다고 알고 있소."

바스톨 장군의 설명을 듣고 있던 하리야는 철탑이라는 것이 얼마나 어울리는 이름인가에 대해 잠시 생각해 보았다. 철과 탑, 견고함과 감시, 견고한 감시. 바스톨 장군의 말은 이어졌다.

"그렇다면 누군가가 그 네 개의 검을 가지고 싶다면 대사를 물리쳐야 하오. 얄궂게도 거꾸로 되어버린 거요. 대사가 그 네 개의 검이 하나로 모이는 것을 막기 때문에, 거꾸로 대사를 쓰러뜨리는 검이 바로 다섯 번째의 검이 되는 것이며 동시에 네 개의 검의 소유자가 되게 되는 거지요. 그것이 다섯 번째의 검, 오 왕자의 검이오. 음? 왜 그러시오?"

하리야는 자신이 소리를 지를 뻔한 것이 아니라 그저 뱃속이 좀 안 좋았던 거라고 설명하려 애썼다. 바스톨 장군은 하리야의 설명을 받아들이는 듯했다. 하지만 하리야는 마음속으론 비명을 지르고 싶었다. '대사를 쓰러뜨린 검?'

"그리고 지금, 한 젊은이가 한 일에 대해 세인들이 놀라고 걱정스러워하고 있소."

"휘리 노이에스."

"그렇소. 그래서 나는 그가 다섯 번째의 검인지를 대사에게 묻고 싶소."

"그 답은 저도 할 수 있겠군요. 휘리는 다섯 번째의 검이 아닙니다."

"아니라고?"

하리야는 아슬아슬하게 자신의 입을 단속했다. 대사를 쓰러뜨린 건 키 드레이번이라고 말하는 대신, 하리야는 약간 돌려서 말했다.

"조금 전에 장군께서는 대사를 쓰러뜨린 검이 다섯 번째의 검이 될 것이라 말씀하셨습니다. 하지만 대사는 살아 있습니다. 아무도 그녀를 쓰러뜨리지 않았으니, 다섯 번째의 검 같은 것은 나타나지 않은 것 아니겠습니까?"

바스톨 엔도 장군은 고개를 끄덕였다.

"나도 대사가 이곳에 있다는 것을 알게 되었을 때부터 좀 희망적으로 생각하게 되었소. 하지만 그녀가 철탑의 주인 노릇을 하고 있는 거요?"

"무슨 말씀인지?"

바스톨 장군은 대답 대신 몸을 조금 돌렸다. 그를 따라왔던 호위병들 중 하나가 탁자 위에 조그만 상자를 내려놓았다. 하리야가 호기심 어린 시선으로 바라보는 가운데, 바스톨 장군은 상자를 열어 그 속에서 구슬을 꺼내어보였다.

하리야는 약간 실망했다. 구슬은 마녀들이 사용하는 수정구와 별 다를 바가 없었다. 아니, 어느 마녀의 천막에 놓여 있으면 그대로 어울릴 것 같은 모습이었다. 바스톨 장군은 그 구슬을 하리야에게 건네주며 말했다.

"어떻소?"

"수정구입니까?"

"아니, 아까 말했던 구슬이오. 대사가 린타에게 선물했다는 것. 수정구라. 그러고 보니 그렇게도 보이는군. 하지만 보통의 수정구와는 달리 그건 원래 속으로부터 빛이 흘러나오고 있었소."

"빛이라고요?"

"그래요. 하지만 지금은 보시는 바와 같이 아무런 빛이 없지. 대사가 린타에게 그것을 주며 말하길, 만일 자신이 더 이상 철탑의 주인 노릇을 하지 못하게 된다면 그 구슬이 흐려질 거라 말했소. 그리고 우리가 그 빛이 흐려진 것을 발견하고 나서 얼마 후 휘리 노이에스의 활동이 시작되었소."

"아…… 그렇습니까."

하리야는 구슬을 한번 더 살펴본 다음 조심스럽게 상자 안에 집어넣었다. 그리고 의자 등받이에 몸을 기대며 말했다.

"아까부터 많은 참을성 발휘해 주신 것 압니다만, 한번만 더 이 무례한 해적의 처사를 참아주시겠습니까? 질문이 하나 더 있습니다."

바스톨 장군은 말해 보라는 듯이 턱을 약간 기울인 채 하리야를 바라보았다.

"휘리 노이에스가 다섯 번째의 검이라고 대사가 확언해 준다면, 어쩔 생각이십니까?"

"막을 것이오."

"막는다고요?"

"그의 정복 전쟁을 분쇄하고, 그로 하여금 고향에 돌아가 천사가 선물했다는 그 목소리로 노래나 부르게 할 작정이오. 그리고 당신에겐 우리에게 협력하는 즐거움을 드리겠소."

바스톨 장군은 협박을 하진 않았다. 말을 알아듣는 사람에겐 협박이 필요없었기 때문이다. 그리고 하리야는 말을 알아들었기에 속으로 투덜거렸다.

"예. 아까부터 대충 그런 의도로 말씀하시던 것 같군요. 왜지요? 사트로니아에는 아무런 피해가 없을 텐데요. 왜 아무런 관련이 없는 그곳에서 휘리 노이에스의 정복 전쟁을 막겠다고 나서는 거지요? 약간 조야하게 말해 본다면 마치 남 잘되는 꼴 못 보겠다고 팔 걷어붙이고 나서는 심술쟁이처럼도 보이는군요. 그렇잖으면 사트로니아군은 정의를 수호하기 위해 나선 의용군이라고 주장하실 겁니까?"

바스톨 장군은 씁쓸한 표정으로 고개를 가로저었다.

"아니오. 하리야 선장. 우리가 너무도 고결해서 지상의 한 구석에서 일어나는 죄악을 좌시하지 않는 성격이라고 주장하진 않겠소. 우리 또한 우리의 이해 관계를 위해 움직이는 것일 뿐이오."

"어떤 이해가? 지금 휘리 노이에스의 정복 전쟁은 사트로니아와는 아무런 관계가 없고……"

"사트로니아에 직접적인 관련이 있게 될 무렵에는, 휘리 노이에스의 신발은 너무 커져서 도저히 감당할 수 없게 될 것이기 때문이오."

"예?"

"아직은 네 개의 검이 하나로 모이진 않았소. 휘리 노이에스가 가진 검은 현재 두 개요. 다벨의 철과 팔라레온의 밀. 다케온과 록소나가 버틸 거라 생각하시오? 천만에. 휘리는 합리성에 기반한 정확한 순서를 지키고 있어요. 계획표 짜기를 좋아하는 친구가 아닌가 싶기도 하군. 어쨌든 그는 그런 정확한 순서만이 가져올 수 있는 확실한 결과 또한 얻게 되겠지. 그때가 되면, 휘리 노이에스는 도저히 넘볼 수 없는 존재가 되어 버릴 것이오. 하이낙스가 쥬르노 산을 뭉개버린 바로 그 순간처럼."

하리야는 하이낙스라는 이름에 주춤했다.

"그렇게까지 염려하십니까?"

"하이낙스가 쥬르노 산을 없애버리기 전까지는 모든 사람이 선장과 같은 말을 했소. 그 마법사에 대해 그렇게 염려할 것은 없다고. 그리고 그 다음엔?"

"염려해 봐야 아무 소용이 없는 존재가 되어버렸지요."

하리야는 간단히 응답하며 자신 속으로 잠깐 빠져들었다. 이것이 단지 자라 보고 놀란 작자의 솥뚜껑 환시증일까? 한때 소제국이라고까지 불리웠던 사트로니아의 현재 모습은 그 과거의 영광을 짐작하기 어려울 정도이다. 제국 최고의 정보력을 가지고 있으면서도 하이낙스를 무시했기에 호된 꼴을 당했던 사트로니아를 생각하지 않으면, 이들의 이런 신경질적인 반응을 이해할 수 없을 것이다. 그들은 두번 다시는 그런 실수를 하고 싶지 않겠지.

"무슨 말씀인지 알겠습니다. 아무래도 제가 더 장군님을 귀찮게 해드려서는 안 되겠군요. 대사를 소개시켜 드리겠습니다. 그 전에 먼저 부탁 좀 드립시다."

바스톨 장군은 노골적으로 불쾌한 기색을 비추고 싶은 것을 참으며 참을성 있게 질문했다.

"또 뭐요?"

"아, 별거 아닙니다. 장군님의 부하들에게 대포를 쏘지 말라고 좀 전해 주십시오. 대사는 그들을 놀라게 할 수 있거든요."

바스톨 장군은 사트로니아 해군이 그렇게까지 자기 통제를 모르는 군대는 아니라고 딱 잘라 말했다. 하지만 하리야 선장은 계속 고집을 부렸다.

"원하신다면 저희들 쪽의 선단에도 같은 신호를 보내셔도 무방합니다. 조금 당혹스러운 일이 있을 것이나 발포할 필요는 없다는 내용이면 충분합니다."

바스톨 장군은 약간 언짢은 표정을 지었지만 하리야의 요구에 따랐다.

따라서 대사가 수면 아래로부터 솟구쳤을 때, 사트로니아 함대의 배 한 척이 엉겁결에 발포해 버린 사건에 대해 바스톨 장군은 두고두고 창피스러워해야 했다.

"이 자식, 악취미야."

세실은 난처하다는 표정으로 헛간 외벽을 쳐다보았다. 헛간 벽에는 분필로 커다랗게 '정의의 심판을 받아랏!'이라고 씌어져 있었다. 친절하게도 그 아래쪽엔 '서 슈마허'라는 서명까지 되어 있었다. 세실은 푸념처럼 말했다.

"카밀카르 기사단은 서 슈마허의 용맹무비한 행동을 그들의 전승록에 기록할까?"

"아무리 뻔뻔한 기록관이라도 말을 훔치고 벽에 악취미적인 잡담을 남긴 것을 가지고 용맹무비하다고 기록하긴 어려울 겁니다. 낭만주의자는 못 말린다니까."

"흐음. 그 말은 자기 반성으로 여기겠어."

"……나도 후회합니다. 그 자식을 바다에 던져버리지 않고 곱게 돌려보내준 거. 젠장."

"저 서명의 의도는 뭘까?"

"별거 아닐걸요. 자기가 그랬다는 거 알리지 않고 못 배기겠던 모양이지요. 낭만주의자라니까요."

라이온은 율리아나의 목을 쓰다듬으며 말했다. 어젯밤 야음을 틈타 은밀히 헛간에 침투하여 키 일행의 말들의 고삐를 풀어내어 그들을 모조리 쫓아버린 서 슈마허로서는 복장이 뒤집힐 일이겠지만, 말들은 아침이 되자 모두 농가로 돌아왔던 것이다. 그래서 세실과 라이온은 태평한 심정으로 헛간 벽의 낙서를 보며 시시덕거리고 있을 수 있었다.

"그 친구 그런 끼가 있긴 해도 똑똑한 젊은이로 보이던데. 숨은 의도가 있을지도 몰라."

"난 슈마허의 숨은 의도보단 숨겨놓은 활재주가 있을지 모른다는 것이 더 걱정스럽습니다. 요렇게 되면 어쩌죠?"

라이온은 집게손가락으로 자신의 목을 찌르며 혀를 빼물어보였다. 세실은 라이온의 행동에 섬뜩하다는 표정으로 주위를 둘러보았다. 파르스름한 안개가 끼여 있는 농가의 아침은 고요했고 당장은 화살 맞을 일은 걱정하지 않아도 될 듯했다. 농가의 헛간에서 수탈을 면한 건초와 보리 푸대를 찾아낸 라이온은 말구유에 그것을 쏟아붓고는 몸을 돌렸다.

"어쨌든 빨리 떨쳐내든가 도망치든가 해야겠군요. 슈마허 혼자라면, 음, 우릴 덮치지 않고 말만 풀어버렸으니 혼자일 겁니다. 그 녀석 혼자라면 그렇게 염려하지 않아도 되겠지만 녀석이 다른 사람들을 끌어들인다면 문제입니다. 키 선장님의 현상금이 있으니까 다른 사람들을 끌어들이는 것은 쉬울걸요."

"그렇겠군. 그 친구가 다벨군이라도 끌어들이면 진짜 골치 아프겠어."

잡담을 나누던 두 사람이 집 쪽으로 걸어올 때였다. 키 드레이번이 문을 열고 마당으로 걸어나왔다. 키는 잠시 두 사람을 흘끔 바라보고는 그대로 걸어왔다. 라이온이 밤 동안 슈마허가 치러야 했던 전쟁에 대해 짧고 유익한 정보를 전달하기 위해 말을 가다듬고 있을 때 키가 먼저 말했다.

"고맙다."

라이온은—세실은 도저히 이해할 수 없었지만—흠칫하며 뒤로 물러났다. 경계의 빛으로 얼굴 전부를 물들인 채 라이온은 조심스럽게 대답했다.

"예?"

"고맙다고 했다."

"죽고 싶지 않아요!"

"……식전부터 그 따위 우습지도 않은 농담을 꼭 해야 되나, 빌어먹을."

"그 동안 고마웠다는 인사 아니었습니까?"

"아니다. 피나드 부인이 깨어났다."

세실과 라이온은 집 쪽을 바라보았다.

"그 부인의 이름이 피나드 부인이었습니까?"

"그래. 그리고 그녀는 율리아나 공주와 오스발의 소재를 가르쳐주었다. ……하루 정도는 잘난 체하는 거 봐주겠다."

키의 조처는 충분히 빠른 것이었지만 이미 라이온의 콧대는 하늘을 찌를 듯이 솟아오르고 있었다. 키는 속이 끓는 것을 참는다는 표정으로 겸손하게 라이온을 바라보았고 세실은 배를 움켜쥐고 소리 없이 웃었다.

"다벨군이 그녀를 매달기 전 율리아나와 오스발, 그리고 바탈리언 남작이 그녀의 집에 들렀던 모양이다. 그들은 라트랑으로 간다고 했던 모양이군."

라이온에게 설명하던 키의 시선이 갑자기 헛간 쪽으로 향했다. 키의 얼굴에 미소가 번졌다.

"그러니…… 분필 찾아라."

"어, 예?"

"우리도 라트랑으로 떠난다."

그날 한낮 무렵, 여름의 하늘을 날아가던 참새 한 마리가 갑작스럽게 들려오는 비명에 질겁하는 사건이 벌어졌다. 참새는 비명이 들려온 땅을 내려다보았고, 외딴 농가의 헛간 앞에서 무릎을 꿇은 채 절규하고 있는 한 젊은 사내의 모습을 발견하게 되었다. 아래로 내려간 참새는 헛간 벽에 이상한 무늬가 있는 것은 보았지만 그 무늬와 사내의 절규를 연결짓지는 못했다. 참새가 본 무늬는 달필의 페이노로서 이런 내용이었다.

'그대가 기사라면 상처 입은 과부를 모른 체하진 않겠지. 피나드 부인을 잘 부탁한다.—라이온. PS : 내 말 율리아나가 자네에게 안부 전해달라는군.'

"라이온, 이 개에에자식아!"

남으로 다벨에서부터 북으로는 그리치까지 뻗은 미리온 산맥. 제국의 울타리라 할 수 있는 미리온 산맥은 페인 제국과 그 주위의 군소 국가들 사이에서 지리적 경계 역할뿐만 아니라 심리적 경계의 역할도 수행하고 있었다. 머나먼 변방의 땅인 자마쉬나 레우스, 바다 건너의 카밀카르가 말하는 '제국'과 라트랑, 바이스라, 혹은 록소나 등이 말하는 '제국'이 비슷한 뉘앙스를 가지는 것도 그 때문이다. 자마쉬가 제국으로부터 수평적 거리감을 느낀다면 록소나 등의 나라는 수직적 높이에 의해 역시 거리감을 가지게 된다. 남부 국가들 사이에 페인 제국은, 그 꼭대기에 만년설이 덮인 미리온 산맥 너머 아득히 머나먼 어떤 땅이다. 어쩌면 천국과 비슷할지도 모른다…… 아름답다는 의미에서가 아니라 아득하다는 의미에서.

하지만 미리온 산맥에도 인간이 넘을 수 있는 길은 여럿 있다. 그런 험로를 통해 제국의 손길은 주위의 국가들에 뻗는다. 정치가 전달되고 문화가 오고가며 경제가 소통된다. 물론 그런 교통로 중 상당수는 야만스러운 고산족, 위험한 괴물들의 땅을 통과하기도 한다.—물론 괴물들 중에서도 가장 무서운 괴물은 역시 추위와 굶주림이라는 괴물일 것이다—따라서 미리온 산맥을 넘는 이들은 합리적인 선택으로서 패스파인더를 고용하거나, 그렇잖으면 비합리적인 선택으로 자신의 운에 대한 절대적인 믿음을 가지게 된다.

"우린 패스파인더를 가졌군. 그런데 왜 이렇게 안심이 안 되지?"

"본인의 직업적 자부심을 깔아뭉개면서 즐거움을 느낀다면, 좋으실 대로. 어쨌든 즐거움은 걷는 데 도움되는 감정이니까."

데스필드의 경쾌하기까지 한 대꾸에 파킨슨 신부는 신음을 흘리며 다시 통나무 같은 다리를 끌어당겼다.

고산 지대의 메마르고 거친 돌 위로 세 사람의 발이 힘겹게 움직였다. 미리온 산맥이 높긴 하지만 머리 바로 위로 솟아오른 여름의 태양은 도스 계곡에 폭염을 퍼붓고 있었다. 주위로 만년설이 보이는 이 높은 땅에서 더위를 느낀다는 것이 신부에겐 황당하기 짝이 없는 일로 여겨졌지만, 실제로 온몸에서 땀이 흘러나와 옷이 다 젖을 정도였다. 파킨슨 신부는 마흔세 번째로 이마를 닦으며 지나가는 말처럼 말했다.

"오늘은 더 가까워지겠죠?"

주어가 생략된 말이지만 그의 곁을 걷고 있던 핸솔 추기경은 신부의 말을 알아들었다.

"그렇겠지요."

"글쎄요. 뭐랄까요. 무섭다고 해야 되나."

"부지런히 걸읍시다. 이 지긋지긋한 계곡도 빨리 지나갈 수 있을 테고, 지쳐서 푹 잠들면 노랫소리도 안 듣게 되겠지요."

"그런데, 예하. 그게 그렇게 위험한 것이라 생각되십니까?"

솔직한 심정으로, 핸솔 추기경은 데스필드가 '오늘은 저기까지'라고 말했던 능선에 도달할 때까진 아무 말도 하고 싶지 않았다. 언제나 지칠

줄 모르던 학자의 학구열도 찜통 같은 도스 계곡에선 깡그리 증발된 듯하다. 그래서 핸솔 추기경은 퉁명스럽게 대답했다.

"모르겠소. 파킨슨 신부."

데스필드는 산양처럼 길을 걸어가고 있었다. 아니, 산양이라도 저런 모습으로 달리지는 못할 것이다. 자신의 짐과 두 성직자의 짐─이제 그것은 원래부터 데스필드의 짐이었던 것처럼 보일 지경이다─까지 둘러메고 성직자들이 걸어올 길을 찾아 이리 뛰고 저리 뛰며 길을 선도하는 데스필드의 모습은 가히 초인적이었다.

파킨슨 신부는 계속 무슨 말인가 꺼내려 했다. 하지만 데스필드는 저 앞쪽을 쉬지 않고 걸어가고 있었고 핸솔 추기경은 기어코 짜증을 내기 시작했다. 그렇지만 파킨슨 신부는 계속 말하고 싶었다.

"신학교 초년생이었던 시절이 생각나는군요. 도반들과 함께 저는 고행이랍시고……"

평소 때의 핸솔 추기경이라면 과거로 돌아가는 식의 이런 화법은 이야기를 간절히 하고 싶은 증거임을 쉽게 깨달았을 것이다. 하지만 핸솔 추기경은 숨쉬기조차 버거웠고, 그래서 매몰찬 무시로 파킨슨 신부의 입을 막았다.

햇살은 바위를 두쪽낼 듯 쏟아졌다. 달궈질 대로 달궈진 바위는 평평거리는 소리를 내며 터져버리거나 그 자리에서 녹아내릴 것만 같다. 속눈썹에 맺히는 빛살에 눈이 멀 것 같은 폭염 속에 사방은 고요했다.

이 고지대에서는 벌레 소리 하나 들을 수 없었다.

걷는 것은 두 다리지만 산을 오를 때는 온몸이 아픈 법이다. 파킨슨 신부는 온몸에서 전달되어 오는 악랄하게까지 느껴지는 고통을 잊고자 자신도 모르게 기도했다.

부디 저를 긍휼히 여기시와 제 앞에 나타나주소서. 저는 너무 고통스럽…….

파킨슨 신부는 흠칫하며 기도를 멈췄다. 이런 맙소사! 신부는 자신을 저주하며 성전의 구절을 암송하기 시작했다. 핸솔 추기경은 흘끔 그 모습을 돌아보고는 진절머리가 난다는 표정을 지었다.

'어둠으로써 어둠을 가리시고, 빛으로 빛을 드러내시는 내 주여. 무위(無爲)로 창세하신 세상에 무언(無言)으로 지혜를 설파하시는 내 주여. 나의 원수 중의 원수이신 주여. 나의 고난에 고난을 선사하시는 주여.'

어둠으로 어둠을, 빛으로 빛을. 이 구절은 신이 그 자체로 규칙의 제1원리임을 나타내는 구절이다. 따라서 창조자는 창조 '행위'를 하지 않는다. 행위는 원인을 필요로 하는 것이며 따라서 원인보다 뒤에 오는 단계이다. 돌을 던지는 것은 돌이 있기 때문이고 하품을 하는 것은 피곤하기 때문이다. 사과가 아래로 떨어지는 것은 중력이 있기 때문이고 사랑하는 것은 사랑할 대상이 있기 때문이다…… 원인이 없는 행위는 하나도 없다. 바꿔 말한다면, 모든 상황엔 그에 앞서는 제반 요건이라는 것이 따른다. 그러나 규칙의 제1원리인 창조자는 모든 종류의 행위에 앞선다. 따라서 '무위로써 창세하는 것'이다.

무언으로 지혜를. 신은 보편 개념보다 앞서는 존재다. 그가 바로 보편 개념의 원인이기 때문이다. 따라서 그는 지혜를 말할 필요가 없다. 가장 간단한 지혜, 예를 들어 1+1이 2라고 생각하는가? 그것이 절대로 틀릴 리가 없다고 믿는가? 그렇지 않다. 1+1이 2가 되는 것은, 우리가 그런 결과가 나오는 세상에 살고 있기 때문이다. 이유는 그것뿐이다. 만약 그런 결과가 나오지 않는 세상에 살고 있는 모모한 존재라면 우리의 이런 믿음(지혜)을 어처구니없는 헛소리로 치부할 것이다. 모든 지혜는 단순히 세계에 대한 경험을 취합하여 과거에 그랬으니 미래에도 그럴 것이라 믿는 '믿음'일 뿐이다.—1+1이 항상 2였으니 미래에도 그럴 거라 믿을 뿐이다—따라서 세계 자체의 원인인 창조자는 세계보다 하위 개념인 지혜를 말하지 않는다. 신이 시도 때도 없이 네거리 교차로에 나타나 나를 믿으라고 고함 지르지 않는 것은 바로 그 때문이다. 신이 신도들에게 아무 모습도 보이지 않고 아무런 말도 건네지 않는 것은, 신도들에게 무관심하기 때문이 아니라 그것이 진짜 웃기는, 그야말로 우주론적으로 웃기는 일이기 때문이다. 지혜로는 세계조차 설명할 수 없다. 그런데 세계의 원인인 신을 어떻게 설명하겠는가.

기억의 깊고 어두운 창고에서 신학교에서 배웠던 모든 지식을 악착같이 끌어내며 파킨슨 신부는 이를 사려물었다. 하지만 탐욕스럽게 공기를 찾아 헤매는 파킨슨 신부의 폐는 그 주인의 존엄성을 어딘가로 걷어차버린 채 그 주인을 한없이 헐떡거리게 만들었다. 땀이 솟아났다가 증발하기를 수십 회, 팔다리에는 허연 소금기가 잔뜩 묻어 있다. 파킨슨 신부의 몽롱한 의식 속에서 바라보는 도스 계곡은 꿈 속의 정경 같았다. 일종의 망아 상태 속에서, 파킨슨 신부는 다시 신을 부르고 말았다.

펠라론의 명령을 거부한 제 행위는 역시 배교였습니까?

이건 그 벌이나이까?

그럴 리는 없을 것 같다. 그 암살의 주모자인 핸솔 추기경 역시 그의 옆에서 똑같이 헐떡이고 있었다…… 아니다. 확신할 수 없다. 핸솔 추기경은 펠라론의 명령을 실행하지 못한 벌을 받고 있는 것일지도 모른다…… 답을 알려는 것은 부질없는 소망이다. 신은 '원수 중의 원수이며 고난에 고난을 선사할 뿐'이기 때문이다.

귓속으로 들려오는 이명은 집중된 사고를 방해하고 있었다.

고요한 계곡. 저 위쪽에서 들려오는 주르륵거리는 모래 소리. 데스필드 또한 무게를 가진 현실의 존재임을 나타내어 주는 것은 간혹 들려오는 그런 잡음들뿐이었다. 데스필드는 떠다니듯 움직이고 있었고 그 모든 동작은 비현실적이었다. 가벼운 동작들. 세 사람 몫의 짐을 지고 산을 오르는 것이라고 믿어지지 않는 동작들이다.

지친다는 것이 무슨 말인지 잘 모르는 사람처럼 걸어가던 데스필드가 샘물을 발견하고 성직자들을 멈춰 세운 건 제11시 무렵이었다.

"해가 많이 남아 있긴 하지만, 더 가봐야 이보다 좋은 잠자리는 없겠군. 멈춥시다."

"은총이로다!" 파킨슨 신부는 그렇게 외친 다음 쓰러졌다. 그 모습을 보던 데스필드는 크게 한숨을 쉰 다음 배낭들을 던져놓고는 핸솔 추기경을 업으러 계곡을 성큼성큼 뛰어내려갔다.

데스필드가 혼자서 장작을 모으고 먹을 것을 만드는 동안, 두 성직자는 그렇게 하면 자신들의 죄의식을 잊을 수 있다는 것처럼 기도문을 중얼거렸다. 그러나 데스필드의 서릿발 같은 야유가 날아들자 '접신하셨소들? 그거 방언의 은사요?' 두 사람은 기도도 제대로 올리지 못한 채

70

얌전히 데스필드의 시중을 받아야만 했다.

"너무 고생시키는 것 같구려, 데스필드 군. 우리에게도 일을 시켜주시오. 아, 그리고 내일부턴 우리 짐은 우리가 들겠소."

"됐수. 신경 쓰지 마쇼." 퉁명스럽게 말한 데스필드는 잠시 후 약간 부드러운 어조로 말했다. "본인이 판단할 거요. 당신들이 짐을 멜 만하다고 생각되면, 메기 싫다고 해도 메게 할 거니까 걱정 마시오."

핸솔 추기경은 약간 밝은 표정이 되었다. 아직까지도 남아 있는 고산 증세 때문에 저녁 식사는 그냥 배를 채워놓는다는 의미밖에 없었고 조악한 식사가 끝나자마자 파킨슨 신부와 핸솔 추기경은 급하게 찾아든 고지대의 밤을 이불 삼아 모닥불 주위에 곯아떨어졌다.

데스필드는 두 성직자의 잠든 모습을 바라보다가 모닥불을 약간 줄였다. 짐승들이 볼지도 모르고, 장작을 낭비할 필요도 없으니까. 낮 동안 달구어진 계곡의 돌들이 열기를 뿜어내고 있어서인지 계곡 안은 그다지 춥지 않았다. 데스필드는 자신의 손도 잘 보이지 않을 정도로 불꽃을 줄여놓고는 파이프를 꺼내어들었다.

지금쯤 시작될 건가 하고 생각했을 때, 그 노래가 시작되었다.

데스필드는 의식을 자신의 안쪽으로 돌렸다. 한참 동안 자신의 호흡을 냉철히 관찰하며 그것이 충분히 가늘고 길어졌다고 판단되었을 때, 데스필드는 의식을 바깥으로 돌렸다. 바깥에서 맴돌며 그를 기다리고 있던 노랫소리가 매끄럽게 그의 귓속으로 흘러들어왔다.

아름디운 노래였다.

도스 계곡은 거대한 공명통처럼 싱잉 플로라의 노랫소리를 진동시켰고, 그래서 데스필드는 노랫소리의 진원지를 알 수 없었다. 이곳인가 싶으면 저곳에서, 저곳인가 싶으면 이곳에서 노래가 이어지는 식이었다. 데스필드는 머릿속으로 계곡 여기저기에 피어 있는 싱잉 플로라들이 노래를 부르는 장면을 생각해 보았다. 방향성이 없는 노래가 대충 설명되는 듯했다. 데스필드는 손을 뻗어 불 붙은 잔가지 하나를 들어올린 다음 파이프에 불을 붙였다.

알싸하고 고소한 담배 연기가 코끝을 스쳤다. 데스필드는 모닥불 주위에 쓰러져 있는 두 사람을 돌아보았다.

고산 증세와 강행군 때문에 녹초가 되어 있던 파킨슨 신부와 핸솔 추기경은 아직 저 노래에 크게 반응하고 있지는 않았다. 데스필드는 여행 속도를 조금 늦추면 그들도 덜 지칠 테고, 그럼 저 노래를 들을 수 있지 않을까 생각해 보았다. 하지만 저 노래를 들려줄 필요가 있을까?

어쨌든 가까워지긴 한 모양이다. 어젯밤에 듣던 것보다는 훨씬 더 크고 또렷하게 들려왔다. 데스필드는 음악에 대해서는 별 조예가 없었고 음악을 좋아해 본 경험도 별로 없었다. 그런 그에게도 그 노래는 조금 이상하게 느껴졌다. 뭘까.

내용이 없어.

그것은 내용이 없는 노래였다. 행진가든 애모곡이든 찬가든 장송곡이든, 사람이 부르는 노래에는 어떤 감정이나 내용이 담겨 있다. 그렇기에 야만인들의 노래를 들어도 그것이 대충 어떤 노래인지는 짐작할 수 있는 것이다. 하지만 도스 계곡에서 들려오는 싱잉 플로라의 노래는 노래 자체를 위한 노래였다.

하긴, 꽃들 당신이 사람 당신들의 감정을 노래할 리는 없겠지.

아니, 감정이 있기는 했다. 하지만 데스필드는 그것이 어떤 감정인지를 말할 수는 없었다. 어떤 슬픔에 관계된 것이라고밖에는……. 하지만 어떤 슬픔이 저렇게 아름다운 것일까…….

데스필드는 눈가를 비볐다.

어떻게든 두 성직자를 푹 쉬게 하려고 무리했던 후유증이 나타난 듯했다. 그는 잠이 부족한 상태였다. 담배와 섞어 피운 마약도 누적된 피로를 완전히 씻어내지는 못했다.

조만간 위 아래로 피를 흘리며 쓰러질지도 모르겠군. 자신의 상상에 기분이 나빠진 데스필드는 떫은 표정으로 파이프를 내려놓고는 두 팔을 들어올리며 크게 심호흡했다.

……그녀의……

데스필드는 기지개를 켜던 자세 그대로 굳어버렸다.

호흡을 멈춘 그의 귀에 자신의 맥박 소리가 크게 들려왔다. 데스필드는 이를 악물었고 그 때문에 눈앞에 아지랑이 같은 빛이 떠다니는 것이 보였다. 들었나? 데스필드는 주의 깊게 고개를 돌렸지만 실상 아무것도 발견하지 못할 것임을 잘 알고 있었다. 그것은 싱잉 플로라의 노랫소리였다.

그런데 왜 그게 말소리처럼 들렸던 걸까?

……래의 불꽃……

데스필드는 두 손을 내리고 재빨리 파이프를 껐다. 그는 호흡을 억제하기 위해 애쓰며 싱잉 플로라의 노랫소리에 집중했다. 그것은 어제까지와 마찬가지로 노랫소리였지만 데스필드는 자신이 들었던 것을 무시할 수가 없었다. 데스필드는 어쨌든 자기 부정이나 의혹 따위는 취급하지 않았다. 그는 자신이 느꼈던 것을 긍정하는 것으로부터 세계를 바라보는 데 익숙했다.

'당신들이 세상은 이렇다 저렇다 말해도, 본인은 패스만 봐. 본인은 세상을 걷지 않고 패스를 걷지. 자, 모든 당신들이 노랫소리라고 말하는 것에서 본인이 뭘 들을지 볼까?'

……으로 그녀를……

데스필드는 박수를 치고 싶었다. 그것은 확실히 노래가 아니었다.

"좋다구! 본인은 미치지 않았다고 주장하겠어. 그거야 모든 미치광이 당신들이 하는 말이지만, 어쨌든 다른 말은 생각나지 않으니 본인은 미치지 않았다고 하겠어. 계속해 봐! 들어줄 테니!"

그 순간 노래가 멎었다. 데스필드는 어이없음을, 심지어 불가해한 억울함까지 느끼며 계곡을 내려다보았다.

알버트 선장을 향해 노래 부르고 있던 검은 소녀는 갑자기 고개를 갸웃했다.

알버트 렉슬러 선장 이외에 누군가 다른 사람이 그녀의 노래를 듣고 있었다. 물론 다림항의 모든 사람들이 그녀의 노래를 듣고 있었지만, 소녀는 자신의 노래를 듣는 사람은 단 하나라고 생각하고 있었고 그 사람만을 위해 노래해 왔다. 검은 소녀는 주춤거리며 갑판에서 일어났다.

멀리 자유호에서 물수리호를 바라보고 있던 바스톨 장군은 고개를 갸웃하며 옆을 돌아보았다.

"소녀가 왜 노래를 멈춘 거지요, 라미 님?"

바라미는 고개를 가로저었다. 잔물결을 일으키던 밤바람이 그녀의 옷도 펄럭이게 만들었다. 라미는 수수께끼 같은 미소를 지으며 말했다.

"나도 모른다."

똑바로 일어난 검은 소녀는 물수리호의 갑판 위를 죽 둘러보았다. 그러나 다림항에서 그녀의 노래에 신경 쓰지 않는 유일한 사내들은 이미 갑판 아래로 내려가 잠들었고 그래서 물수리호의 갑판은 고요했다. 천천히 한 바퀴를 돈 검은 소녀는 다시 메인 마스트를 바라보게 되었다.

알버트 선장이 그곳에 있었다. 어디로 갈 리는 없다. 돛대에 못박혀 있으니까. 검은 소녀는 한참 동안 돛대를 바라보았다. 알버트 렉슬러 선장의 무시무시한 육신 위로 쏟아지는 달빛이 그녀를 진정시켰다. 검은 소녀는 다시 갑판에 앉았다. 그리고 단아한 입술을 열어 노래를 부르기 시작했다.

노래가 다시 시작되자 데스필드는 한숨을 쉬었다. 그는 침착하려 애쓰면서 동시에 흥분해 버렸다. 말이 안 되는 상상이지만, 데스필드는 도스 계곡의 싱잉 플로라들이 자신의 목소리에 놀라 노래를 멈췄다는 가설을 버리기 어려웠다. 저것들이 사람의 소리를 '들을' 수도 있나? 데스필드는 문득 담배를 피우고 싶다는 생각을 다시 떠올렸고, 이번엔 마약 없이 담배만으로 파이프를 채웠다. 정신 좀 차리고 들어야겠어.

파이프에 불을 붙인 데스필드는 차분하게 노랫소리에 귀를 기울였다. 이윽고 그 노랫소리가 다시 말소리처럼 들려오기 시작했다.

……그녀의 이름은……

노래가 다시 시작되자 바스톨 장군은 만족한 듯한 표정이 되었다. 가만히 노래를 듣던 바스톨 장군은 갑자기 라미에게 질문했다.

"왜 해적들은 그녀에게 이름을 주지 않았습니까?"

"이름? 글쎄. 그대가 지어보겠나, 바스톨? 그녀에게 어떤 이름이 어울리겠나?"

바스톨 장군은 라미의 대답에 약간 당혹했다. 그는 대답하는 대신 물수리호 쪽을 바라보았다. 달빛이 쏟아지는 은청색 갑판 위에서 검은 소녀의 모습은 검어서 잘 보였다. 노장군은 갑자기 이질감을 느꼈다. 검어서 잘 보인다는 것은 그가 알고 있는 것들 중에서 하나밖에 가지고 있지 않은 특성이었다.

"그림자 같군요."

"그림자?"

"예. 저 소녀의 모습은 그림자 같군요."

"그녀를 그렇게 부르고 싶은가?"

"아니오. 이해하겠습니다. 그녀의 이름을 붙이는 것은 굉장히 어려운 일이겠군요." 노장군은 잠시 주춤거리다가 힘들게 말을 이었다. "그녀는 분명히 다른 존재이기에."

"나처럼?"

바스톨 장군은 라미를 돌아보았지만 대답하지는 않았다. 라미는 싱긋 웃었다.

그녀는 분명히 다르다. 말할 필요가 있을까?

그녀는 지난 천년 동안이나 왕자의 땅을 주시하며 죄 없는 전략가들, 혹은 머리 좋은 이들로 하여금 탁상공론가 취급을 당하게끔 주의 깊게 조절해 온 존재다. 그들로서는 억울하기 짝이 없었을 것이다. 열린 눈을 가지고 있는 그들에게 그것은 너무 뻔한 사실이었다. 왕자의 땅. 그곳을 쟁취하기만 하면 대륙을 제패할 수 있다. 지극히 단순한 사실이다.

하지만 그들이 그렇게 말하면 사람들은 천년의 세월의 힘을 빌려 그들을 비웃었다. 그것이 그토록이나 당연한 일이라면, 왜 지난 천년 동안 아무도 그 땅을 차지하지 않았는가? 십년도 아니고 백년도 아닌, 자그마치 천년이다. 서른 세대에 해당하는 기간 동안 아무도 그 땅을 차지하지 않은, 그래서 대륙을 제패하지 않은 것은 무엇 때문인가? 철탑이나 대사의 존재에 대해 알지 못하고 있었던 지식인들이나 전략가들은 어떤 대답도 할 수가 없었고 사람들은 묵묵부답인 그들을 향해 조소와 비난을 보내며 그것이 머릿속으로나 구현 가능한 지적 유희임을 인정하도록 강요했다. 그러나 그들은 자신들의 주장을 철회할 수 없었다.

바스톨 장군은 잠시 선배 전략가들을 동정했다. 그들이 처해야 했던 상황은 지나치게 난감했을 것이다.

오 왕자의 검이라는 말은, 사실 일종의 타협이다. 자신의 주장을 부정할 수도 없지만, 설명할 수도 없는 난감한 상황에서 그들은 그렇게 한 발 물러나는 투의 말을 만들어내었다. 조건을 단 것이다. 그 땅을 가지기만 하면 대륙을 제패할 수 있지만, '시운과 재능과 행운을 가진 인간만이 그 땅을 가질 수 있다'고.

그 황당한 말이 사실과 약간의 관련이 있다면, 그들이 그것을 '검'이라고 표현한 부분이다. 바스톨 장군은 갑자기 의심을 느꼈다. 그들 중 일부는 대사의 존재에 대해 어렴풋하게나마 알고 있었던 것 아닐까? 그래서 대사를 쓰러뜨려야 그 땅을 차지할 수 있다는 의미를 우회적으로 표현하기 위해서 '검'이라는 말로 표현했던 것이 아닐까? 가능한 일일지도 모른다. 어쨌든 천년 동안의 시간이다. 그러나 사람들은 그 본래의 의미를 알지 못하고 시운의 검날과 재능의 칼자루와 행운의 칼막이를 가진 검, 즉 인간으로 해석했다. 사실은……

"아무나 될 수 있었겠지요."

"뭐라고 했나?"

"잠시 딴생각을 했습니다. 왕자의 땅의 주인 말입니다. 특별한 사람이었을 필요는 전혀 없었지요."

"그래. 나를 쓰러뜨릴 수만 있다면 누구라도, 그래. 저 프란체스코 메르데린 같은 작자라도 다섯 번째의 검이 될 수 있다. 그리고서 대륙을 제패하여 지상의 절대 권력자가 될 수 있다. 메르데린은 과대망상증 환자가 아니다."

"그래도…… 그 천치는 약간 곤란하지요."

바스톨 장군은 곤혹스럽다는 투로 말했고 라미는 방긋 웃었다.

"사트로니아의 침묵에 감사한다. 바스톨."

"제가 받을 감사는 아니군요. 그것은 린타와 사트로니아가 지켜온 비밀이고, 제가 사트로니아에 속하게 된 것은 최근의 일입니다. 저 역시 그 사실을 알게 되었을 때 대단히 놀랐습니다. 오 왕자의 검이라는 것이 그런 뜻일 줄은 짐작도 못했지요."

"그래도 그대는 지금 사트로니아를 대표하고 있다. 내 감사를 받을 수 있겠지."

"그렇습니까. 그럼, 당신의 비밀을 지켜온 사트로니아에게 이제 대답해 주십시오. 휘리 노이에스가 다섯 번째의 검입니까?"

바스톨 장군은 약간 흥분되며 동시에 초조해지는 기분을 느꼈다. 사트로니아는 이미 한번 실수했었다. 그것도 존폐가 위태로울 정도의 큰 실수였고, 그 대가로 사트로니아는 소제국이라는 그 영화로운 이름을 잃었다. 다시 그 이름을 되찾기 위해서는 엄청난 시간과 지독한 고통이 필요할 것이다. 사트로니아는 이를 갈며 두 번째 실수는 하지 않으리라 맹세했었다. 그리고 엔도를 사트로니아에 맡겼던 바스톨 장군 역시 간절한 심정으로 사트로니아의 의지를 지지했다.

더군다나 이번 경우는 무시한다면 실수라고 부를 수도 없는 일이다. 불가해힌 미법을 사용했던 하이낙스의 경우와는 달리, 휘리 노이에스는 그들도 잘 이해할 수 있는 현실적인 무기를 모으고 있었다. 더군다나 그들은 그 휘리 노이에스가 사실은 휘리 타르타니어스임도 알고 있다. 절대 실수할 수 없다.

라미는 몸을 뒤로 조금 기울여 밤하늘을 쳐다보았다. 멜바골의 화살이 하늘의 중심을 겨냥하고 있었다. 그녀는 맥풀린 어조로 말했다.

"그렇기도 하고, 그렇지 않기도 하다."

흥분이 컸던 만큼 당황도 컸다. 바스톨 장군은 어이없다는 표정으로 라미를 바라보았다.

"무슨 말씀이십니까?"

"나는 휘리 노이에스를 한번도 본 적이 없다."

"그럼……?"

"따라서, 네가 말한 대로 나를 쓰러뜨리는 검이 다섯 번째의 검이라면, 휘리 노이에스는 다섯 번째의 검이 아니다. 나는 그를 만난 적도 없으니까."

바스톨 장군은 신음을 흘렸다. 하리야 선장이 이미 그런 말을 내비쳤기 때문에 바스톨 장군은 크게 당황하지는 않았다. 하지만 허탈감이 느껴지는 것은 어쩔 수 없었다.

"그럼, 그렇기도 하다는 것은 무슨 뜻입니까?"

"그 질문에 대한 대답을 듣기에 앞서, 내가 지난 천년 동안 했어야 했을 일에 대해 생각해 볼 것을 권한다."

"당신이 했어야 했을 일이오?"

"그렇다."

바스톨 장군은 다시 당황했다.

"어, 왕자의 땅을 정복하려는 시도를 방해해 오시지 않으셨습니까?"

"그래. 그것을 위해 나는 무엇을 했어야 했을까? 힌트를 주지. 세상엔 전략가만이 있는 것이 아니라 야심가도 있다."

바스톨 장군은 어리둥절했지만 일단 생각해 보기로 했다. 상황과 가설이 종합되며, 잠시 후 그의 머릿속으로 어떤 관념이 떠올랐다. 바스톨 장군은 흠칫하며 라미를 바라보았다. 그녀의 눈가에 떠오른 수수께끼 같은 미소를 본 순간 바스톨 장군은 온몸에 소름이 돋는 것을 느꼈다. 그가 말도 제대로 못하는 모습을 보며 라미는 가벼운 웃음소리를 냈다.

"다, 당신은―?"

"나는?"

라미는 말장난이라도 치는 것처럼 가볍게 대꾸했다. 바스톨 장군은 컥컥거리며 힘겹게 말했다.

"그, 그들을, 왕자의 땅의 가, 가치를 알아보고는 그것을 위, 원했던 자들을."

"그런 자들을?"

그 다음은 말하기 어려웠다. 이해하지 못했기 때문이 아니라, 너무 잘 이해했기 때문이다. 라미는 바스톨 장군을 도와주듯 가볍게 말을 이었다.

"짐작하는 대로다."

바스톨 장군은 이제 달리기라도 한 것처럼 헐떡거리고 있었다. 호흡을 가누기 위해 애쓰며 장군은 대사의 얼굴에서 죄의식, 혹은 슬픔과 같은 감정을 찾아보려 애썼다. 그런 표정을 찾을 수만 있다면 장군은 안심할 수 있을 것 같았다. 심지어 그녀가 했던 일에 동의할 수도 있을 것 같았다. 하지만 그런 것은 보이지 않았다. 라미는 평온하게 말했다.

"자신의 고찰을 그저 타인에게 알리는 데서 즐거움을 느끼려 했던 자들은 상관없었다. 하지만 자신이 깨달은 것을 자신을 위해 사용하려 는 자들은 문젯거리였지. 타인에게 왕자의 땅의 가치를 설명하는 대신, 자신이 그 가치를 이용하려 했던 자들……"

바스톨 장군은 덜덜 떨리는 아랫입술을 깨물며 힘겹게 공포를 참아 내었다. 라미의 말은 높낮이도 없이 계속되었다.

"철탑의 인슬레이버(enslaver). 나의 다른 이름이지. 나의 유혹에 빠 지는 것은, 그들이 유혹을 원했기 때문이지."

그리고 그런 자들은 왕자의 땅으로 몰려들었을 것이다. 자신의 야심 을 실현시키기 위해. 그리고 철탑으로서 왕자의 땅을 지키던 대사는, 그 런 야심가들에겐 인슬레이버였던 것이다. 이 대비되는 두 개의 단어의 결합에 담겨 있는 의미를 곱씹어보며 바스톨 장군은 힘겹게 말했다.

"얼마나…… 되는 숫자였습니까?"

"많았다. 어쨌든 천년의 세월이었으니까."

바스톨 장군은 멍청한 질문이었다고 생각했다. 셀 수조차 없는 것이 당연할 것이다. 라미는 미소를 지었다.

"나를 비난할 건가?"

"모르겠습니다."

"비난한다는 뜻이군. 그럴 수도 있겠지. 그들 중에는 정말 뛰어난 이 들도 있었다. 인간이 아니라 반신이 아닌가 생각될 정도의 영웅도 있었지. 만일 그들이 다른 곳에 관심을 가졌다면, 너희들이 영웅으로 생각하는 리플리나 제부르카스, 타르타니어스 따위는 그 발을 씻을 자격조차 없는 위대한 이름이 될 수도 있었던 이들도 있었지. 그래. 안타까운 손실이었다."

바스톨 장군은 이해할 수 있었다. 왕자의 땅에 관심을 가질 만한 자들이었다면 그만한 역량을 갖춘 인물들이었을 것이다. 그는 자신도 모르게 라미의 몸을 바라보았다. 저 속에 그들이 있단 말인가? 역사에 기록되지 못했을 뿐 혼자서 역사에 기록된 위인들 수십 명에 필적할 자들이, 단지 금지된 욕망을 가졌기 때문에…… 뱀의 먹이가 되었다고?

"당신이 해왔던 일이 무엇인지는 알았습니다." 바스톨 장군의 목소리에는 거친 울림이 섞여 있었다. "이제, 설명해 주십시오. 휘리 노이에스가 다섯 번째의 검일 수도 있다는 것은 무슨 의미입니까?"

"너는 조금 전 아무나 왕자의 땅의 주인이 될 수 있었을 것이라 말했다. 그래, 휘리 노이에스 역시 지난 천년 동안 나를 찾아왔던 이들과 같은 인물일 테고, 그 역시 왕자의 땅을 가질 수 있을 만한 인물일 것이다. 하지만 그에겐 이전의 인물들관 다른 점이 있다."

"다른 점?"

"내가 계속해서 오 왕자의 땅을 감시하고 있었다면 너희들이 휘리 노이에스를 주목하기 훨씬 전에 그를 찾아내어 처리했을 것이다. 하지만 그가 나타났을 때 나는 오 왕자의 땅을 감시할 수가 없었다."

"왜지요?"

"키 드레이번 때문에."

느닷없이 나온 이름에 바스톨 장군은 약간 당황했다. 키 드레이번 때문이라니? 그러나 다음 순간 바스톨 장군은 철탑에서 보았던 연을 생각했다.

'다림으로 오라, 키 드레이번.' 그것은 완전한 명령이었다. 주인이 그 노예에게 하는 듯한 말투.

바스톨 장군은 의자에서 튕기듯 일어났다.

"그가, 당신을 쓰러뜨렸습니까?!"

"그렇다. 그가 다섯 번째의 검이며, 천년 만에 나를 쓰러뜨린 무사이며, 오 왕자의 땅을 지키던 철탑을 정복한 자다. 그리고 그 때문에 나는 오 왕자의 땅을 감시하지 못했고, 그래서 휘리 노이에스를 놓쳐버렸다."

"복수, 그렇군요. 브라도 경의 복수가……" 그 순간 바스톨 장군은 마음속으로 일생의 라이벌을 향해 무수한 욕설을 퍼부어대었다. '이 덜 떨어진 늙은이야. 검을 빼앗긴 것만으로도 무사로서는 죽어 마땅할 일이다만, 네 검을 빼앗아 간 그 해적놈이 그 검으로 한 일을 좀 봐라!' 그가 분을 참지 못해 씩씩거리는 동안에도 라미의 말은 차분하게 이어졌다.

"이제는 휘리 노이에스를 조용히 처리할 수가 없지. 그는 너무 유명해져 버려서. 일이 참 우습게 되었다고 해야 될까."

"우습다고요?"

바스톨 장군은 황당하다는 투로 되물었지만 라미는 실제로 밝게 웃었다.

"그래. 전략가들이 자기 위안 삼아 했던 말. 그게 그만 사실이 되어버렸지."

"그 말씀은."

"시운, 재능, 행운. 휘리 노이에스에겐 시운이 있었지. 프란체스코 메르데린이라는 얼간이가 모든 전쟁 준비를 마쳐놓고 그를 기다리고 있었으니까. 그에겐 재능도 있다. 실제로 일어나자마자 팔라레온을 정복한 재능은 놀라운 재능이지. 그리고 마지막으로 그에겐 행운도 있었다. 키 드레이번이 나를 무력화시켰을 때 일어났다는 것. 확신할 수 없지만, 그 역시 야심을 가졌으니 자신도 모르는 사이에 유혹도 느꼈을 것이다. 아마도 거의 내 근처에까지 왔을 테지. 하지만 그가 나에게 도착하기 직전에 키 드레이번이 나를 쓰러뜨렸기에 그는 살아날 수 있었겠지. 말이라는 것, 말이 가진 힘이라는 건 정말 재미있지 않은가?"

그러나 바스톨 장군은 전혀 재미있다는 표정이 아니었다.

넓은 들판 곳곳에 불길이 치솟고 있었다. 불길의 높이는 사람의 두 배는 되는 것 같다. 매캐하게 솟아오른 연기 때문에 밤하늘의 별이 보이지 않을 정도였고 불길 주위의 밝은 땅 위로는 가끔 끔찍한 그림자들이 길게 늘어졌다. 오가는 병사들의 모습은 하나같이 비틀거리고 있었고 간혹 비명인지 환호성인지 구분할 수 없는 소리가 들려왔다.

들판 한쪽의 언덕 위에서, 바탈리언 남작은 땅에 엎드린 채 그 모습을 보고 있었다. 바탈리언 남작은 인상을 잔뜩 찌푸린 채 투덜거렸다.

"밤하늘을 태워버리기로 작정한 것 같군."

남작의 옆에 엎드려 있던 오스발은 긍정의 의미로 고개를 끄덕이려다가 남작이 아래쪽을 바라보고 있다는 것을 깨닫곤 입을 열었다.

"승전 축하연입니까?"

"그렇긴 한데 저건 좀 너무하군."

"너무하다고 하셨습니까?"

"저건 축하가 아니라 광란이라고 해야겠군. 자네 아까부터 노랫소리를 들은 적이 있나? 그래. 나도 못 들었어. 저 정신나간 모닥불도 그렇고, 도저히 이성이 있는 행동이라 할 수 없군. 저건 마치……"

갑작스러운 외침에 남작의 말이 끊겨졌다. "크아아악!" 이번의 외침은 확실히 비명이었다. 그러나 장작불 주위의 그림자들 중 그 소리에 동요되는 모습을 보이는 사람은 아무도 없었다. 어리둥절한 표정으로 아래를 내려다보던 남작이 조심스럽게 말했다.

"포로를 괴롭히고 있군. 고문하는 건가?"

오스발은 '고문이오? 살해였던 것 같은데요?'라고 되묻지는 않았다. 그리고 남작 역시 자신이 했던 말을 곧 취소했다.

"아냐, 죽이고 있는 거야. 제기랄. 마왕은 도대체 무슨 생각을 하고 있는 거지?"

"저, 노스윈드 선단에서도 가끔 포로를 공개 처형하던데요. 널빤지 걷기라고 들어보셨습니까? 저와 같이 노를 젓던 친구 하나가 말해 주던데 그건 해적 나리들이 잔인해서가 아니라."

"이유가 있어서 하는 행동이라 이거지? 나도 알고 있어. 칼에 피를 먹이는 것과 마찬가지의 일이지. 해적이나 병사같이 싸움을 일상으로 여기는 사람들에겐 가끔 피를 먹여줘야 하지. 마왕도 아마 그런 생각에서 포로를 괴롭히도록 허락했을 테고. 하지만 저건 정도에서 벗어났군. 널빤지 걷기는 밝은 대낮에 모든 사람들이 볼 수 있는 갑판 위에서 벌어질 텐데. 맞나?"

"그렇습니다."

"하지만 저 록소나군은 이 어둠 속에서 포로를 죽이고 있어. 그런 피먹이는 작업을 하려면 모든 사람들이 보는 곳에서…… 엄숙하게 해야 돼. 그래야 광기는 억제되고 올바른 죄의식과 함께 그 효과만 가슴 깊이 간직되지. 하지만 저렇게 어둠 속에서 할 경우에는 광기는 부풀려지고 효과는 망각돼. 죄의식은 없고. 술과 어둠은 눈앞을 흐리게 한다는 점에서 똑같아. 취한 상태에서 하는 일에서 무슨 효과를 얻겠나?"

"그렇습니까."

"어둠 속에서 목숨을 끊고 뭐든 다 태워버리고 내일 쓸 것 같은 건 생각도 안하고…… 안 좋아. 저런 광기는 우두머리 자신이 냉정함을 잃어 부하 통솔도 제대로 못하고 있을 때 나타나는 현상이야. 아무래도 마왕이 걱정스럽군."

바탈리언 남작은 뒤로 물러나자는 신호를 보내었다. 언덕 뒤로 내려온 바탈리언 남작과 오스발은 율리아나 공주가 기다리고 있는 마차로 돌아갔다. 마부석에 앉아서 고삐를 꼭 쥐고 있던 율리아나는 갑자기 나타난 두 사람의 모습에 깜짝 놀랐다. 남작은 낮게 웃었다.

"이런. 우리가 너무 조용히 돌아왔나 보군요."

"조, 조금 놀랐어요. 잘 보셨어요?"

"예. 공주님. 아무래도 아까 제가 했던 말 취소해야겠습니다."

"취소요?"

"예. 국왕 친정이니 잘됐다고 하지 않았습니까? 그런데 그게 아닙니다. 아무래도 우회해야겠습니다."

"우회요?"

"지금 빌레스 국왕에게 도움을 청하면서 다가가봤자 좋은 일은 없고 나쁜 일만 많겠습니다. 저 친구들은 지금 정신의 반쯤은 미쳐 있고 나머지 반쯤은 바지 주머니에 넣어뒀다 흘린 것 같습니다. 마왕은 저럴 사람이 아닙니다. 비록 이겼다지만, 그래도 적국 가운데 있는 것이고 아직 전쟁이 끝난 것도 아닌데 부하들을 저렇게 고삐 풀린 망아지마냥 놀아나게 할 사람이 아닙니다. 뭔가 마왕을 혼란스럽게 하는 일이 있는 듯합니다. 그리고 그가 그런 상태라면, 산발탄원 같은 건 무의미하겠습니다."

"그렇게 심한가요?"

"그렇습니다. 마차 안으로 들어가십시오. 최대한 조용히, 그리고 오늘 밤 내에 최대한 멀리까지 가야겠습니다. 오스발. 자네도 마차 안에 타게. 안에 타고 있다가 혹시라도 마차가 정지하면 자네가 얼굴을 내밀게. 공주님은 의자 아래에 숨기고. 무슨 말인지 알겠나?"

"알겠습니다."

율리아나 공주와 오스발이 마차 안에 오르자 남작은 조용히 마차를 출발시켰다. 고함을 지르고 정신나간 듯이 불을 피우는 록소나군이 멀리서 들려오는 마차 소리를 들을 수는 없겠지만 남작은 최대한 소리를 줄이기 위해 말을 천천히 몰았다.

달빛이 있는 바깥과는 달리 불빛 하나 없는 마차 안은 캄캄하기 짝이 없었다. 자기 코도 보이지 않는 어둠 속에서 율리아나는 답답함과 불안함을 느꼈다. 남작이 마차를 조용히 몰고 있는 것은 마차 안에서도 잘 느낄 수 있는지라 율리아나 공주는 말을 꺼낼 생각도 못했다. 하지만 암흑은 공주를 오그라들게 했고 불안은 그녀를 떨게 했다. 결국 율리아나 공주는 오스발이 앉아 있는 방향을 향해 낮게 속삭였다.

"오스발?"

대답이 없었다. 너무 낮았던 모양이다.

"저, 오스발?"

"예? 부르셨습니까, 공주님?"

"저, 예. 불렀어요."

"시키실 일이라도 있으십니까?"

"아뇨. 없는데요."

"그러십니까."

"어, 당신은 뭐 나한테 부탁할 거 없어요?"

오스발은 웃어버렸다.

"그런 건 없습니다."

"미안해요. 우음. 캄캄한 데서 가만히 앉아 있으려니까 진짜 무섭네요. 폐소공포증 같은 건 없다고 생각했지만, 마차가 자꾸 좁아지는 느낌 비슷한 것이 드는 걸로 봐서 그런 증세가 조금 있는지도 모르겠어요. 노래 부르고 싶어요. 그러면 안 되겠죠?"

물론 공주에게 폐소공포증은 없을 것이다. 아무것도 보지 못하는
상태에서 소리 없이 위험 한가운데를 지나간다면 누구라도 불안할 것
이다.

"지금 내 모습은 내 처지의 축소판 같네요."

"축소판이라고 하셨습니까?"

"캄캄한 마차 안에 갇혀서 뭔지도 모를 위험 사이를 지나가고 있는
거. 내가 지금 이렇죠. 난 왜 스스로 걸어다니지 못할까요. 자유호에서
는 당신, 테리얼레이드에서는 신부님과 데스필드—그 분들은 지금 어디
에 계실까요?—그리고 다림에선 바탈리언 남작님이군요."

"혼자 걷는다는 건 그렇게까지 자랑스러운 일은 아닌 것 같습니다."

"그래도 누군가에게 의지하는 것보다는 내 발로 걷는 것이 멋있잖아
요. 아—아. 나도 알아요. 그게 약간은 유치한 생각이라는 거. 관두지요."

오스발은 공주의 생각을 다른 곳으로 돌려야겠다고 생각했다. 다행
히도 공주와 적지 않은 시간을 함께 보낸 오스발은 약간의 요령을 터득
하고 있었다.

"저, 공주님?"

"예?"

"아까 남작님이 산발탄원이라고 하셨는데, 그게 뭡니까?"

"나 다른 곳에 정신 팔게 만드려고 그러는 거죠?"

오스발의 요령은 이미 들킨 모양이다. 오스발은 어둠 속에서 짧게 웃
었다.

"흠흠. 물었으니 대답은 하죠. 그건 고난에 처했거나 모욕을 당한 과부, 혹은 처녀가 자신을 구제하기 위해 취하는 매우, 매우매우매우 고전적인 수단이죠. 대신 싸워줄 기사—남편이나 연인이겠죠—가 없는 그런 여인들이 머리를 풀고 왕에게로 나아가 탄원하는 거예요. 그럼 왕은 스스로, 혹은 자신의 기사 중 하나에게 명령하여 그 여인의 명예를 지키게 하거나 고난을 해결하게 하는 거죠. 바드들이나 오늘 아침 처음으로 면도날이 필요해진 젊은 친구들이 좋아할 근사한 장면이겠죠."

"아, 예. 머리는 왜 푸는 거죠?"

"아, 머리카락은 여인의 성(城)이니까요. 그걸 푸는 건 자신이 무방비하고 무력함을 나타내는 거죠. 사실 보기 근사하다는 이유도 있을 거예요. 그러니까."

시큰둥하게 시작되었지만 율리아나는 곧 자신의 설명에 빠져버렸다. 율리아나는 설명을 하면서 중간중간 자신에게 묻고 (그런데 정말 그럴까요?) 또 스스로에게 대답하며 (그건 이런 이유에서일 거야. 난 그렇게 생각해요) 열심히 이야기를 계속했다. 율리아나의 설명에 찬성해서 그런 것은 아니지만, 어쨌든 오스발은 안심하게 되었다.

시린 새벽, 까마득한 나무 그림자 위에 매달린 외로운 둥지.

지난밤의 이슬이 나뭇가지에 매달려 반짝인다. 둥지 안쪽, 헝겊 무더기 같은 깃털 더미 사이에서 어린 매의 머리가 비비적거리며 튀어나온

다. 올 봄에 태어난 놈인 듯, 아직 그 어깨와 등에 보송보송한 솜털을 얹어두고 있다. 하지만 그 날개에는 바람을 희롱할 억센 깃털이 자랑스럽게 나 있다.

아침의 향기에 속아 눈을 떴건만 높은 하늘은 아직 어둡다. 그러나 지평선 가까이 낮은 하늘은 발그레한 빛으로 물들어 어린 매의 가슴을 설레게 한다. 다른 새끼들과 어미는 아직 노곤한 잠에 취해 있지만, 어린 매는 동녘 하늘을 물끄러미 바라본다.

동녘의 하늘에 태양이 나타났다.

창공을 향해 비상하기 전, 태양은 빛을 두 손 가득히 쥐어올려 대지를 향해 던졌다. 수줍은 소녀의 볼과도 같은 붉은 빛이 서쪽을 향해 날아갔다. 숲의 머리를 빗질하는 빛, 강물 속으로 스며드는 빛, 바다를 불태우는 빛. 그리고 어린 매의 솜털 사이로 스며드는 빛.

이제, 날아볼 때가 되었을까. 바람이 매를 부른다.

푸드득거리는 날갯짓이 위태롭다. 오른쪽으로 갸우뚱. 이크 이크. 매는 비비적거리며 발을 떼지만 날카롭게 휘어진 발톱을 어떻게 처리할지 몰라 곤혹스러워한다. 어쩌나 어쩌나. 발톱에 걸리는 나뭇가지들이 아우성을 지른다. 삑 삑. 어린 매는 신경질적으로 날개를 퍼득인다.

햇살 머금은 솜털들이 홱 날아오른다.

다음 순간 어린 매는 아침 햇살 속의 그림자가 되어 날고 있다. 어린 매는 자신이 매라는 사실까지 잊어먹을 정도로 놀란다.

삐이―삐이―익!

자마쉬는 이미 햇살 속에 새 날을 맞이하고 테리얼레이드는 아직까지도 새벽빛 속에 잠겨 있을 때, 도스 계곡에서 데스필드는 무릎에 파묻고 있던 얼굴을 천천히 들어올렸다.

높은 봉우리들은 아직 밤 속에 서 있었지만 햇살은 계곡을 거슬러 오르고 있었다. 아침의 낮은 태양 때문에 곳곳에 짙은 그림자가 드리워졌고, 그래서 데스필드의 눈에 들어오는 도스 계곡의 모습은 목탄으로 그린 스케치 같았다. 바위틈에 맺혔던 이슬들이 음영 속에서 반짝였고 계곡 듬성듬성 나 있는 나무들은 햇살을 향해 메마른 손짓을 던진다.

데스필드는 앉은 채로 목을 몇 번 돌려보았다. 별로 반갑지는 않은 소리가 몸 안으로부터 들려왔다. 데스필드는 두 손으로 얼굴을 문지른 다음 동쪽 하늘을 보았다. 오늘의 날씨도 참 굉장하겠다고 생각하며 데스필드는 잠시 멍하니 앉아 있었다.

싱잉플로라가 부르던 노래를 머릿속으로 떠올려보려 했지만 전혀 생각나지 않았다. 하긴, 밤새도록 데스필드가 들었던 것은 노래가 아니라 말이었다. 너무 많이 들어서 잊어먹을 수도 없을 것 같다.

하지만 데스필드는 그 사실에 별로 신경 쓰고 싶지 않았다.

'패러다이스와 판데모니엄의 일은, 그곳에 관심 있는 당신이나 신경 쓰라지. 패스파인더 본인관 상관없는 일이야.'

누구나 마지막으로 걸어야 하는 그 길에는 패스파인더가 필요없다. 만일 거기서 길을 잃는다면 지상 최대의 희극일 것이다. 그러니 데스필드에겐 가장 관심없는 이야기였다. 데스필드는 몸을 일으켰다. 지독하게 더워지기 전에 이동하려면, 지금쯤 두 성스러운 패신저들을 두드려 깨워야 될 것 같다. 데스필드는 휘파람을 불며 핸솔 추기경과 파킨슨 신부의 몸을 흔들기 시작했다.

두 성직자는 절대로 게으른 사람들은 아니었다. 성직에 종사한다는 것은 군대만큼이나, 아니, 어쩌면 더 규칙적인 생활을 필요로 하는 일이다. 복사 3, 4년, 신학교 5년(말 그대로 목자 타입이라 느긋할 경우엔 10년), 부신부 5년 정도를 거치고 나면 절식과 금욕의 생활로 수척해지긴 하지만 단단한 몸을 가지게 된다. 어제 저녁 잠들기 전까지만 해도 장의사들이 보면 반가워할 얼굴을 하고 있었지만, 오늘 아침 두 성직자들은 데스필드를 별로 괴롭히지 않고 쉽게 일어났다. 물론 투덜거리고 약간 고통스러워하지도 않았다는 것은 아니다.

아침 기도와 식사 등은 한 시간 만에 끝났다. 핸솔 추기경은 자신의 말대로 자기 짐은 자신이 지겠다고 나섰다. 파킨슨 신부 역시 같은 주장을 했고, 그래서 데스필드는 좋을 대로 하라는 듯 어깨만 으쓱였다. 태양이 하늘 중심으로 도약하기 위한 발구르기를 하고 있을 때 세 여행자는 야영지를 떠나 도스 계곡의 정상부를 향해 올라갔다.

얼마 걷지 않아, 데스필드는 자신의 패신저들이 어제까지와는 다르다고 느꼈다. 걸음은 느리지만 리듬이 딱딱 맞았고 발디딤은 무거우면서도 큼직했다. 각오가 서린 얼굴을 하고 걷기 시작했던 추기경과 신부도 자신들이 별 고통없이 숨을 쉬는 것에 놀라는 기색이 역력했다. 그들은 드디어 노련한 도보 여행자가 된 것이다. 심지어 파킨슨 신부는 말을 꺼내어볼 수도 있지 않을까 생각했다. 조금 전부터 하늘을 흘끔거리던 신부가 마침내 입을 열었다.

"매인가?"

말은 쉽게 흘러나왔다. 파킨슨 신부는 환한 얼굴로 핸솔 추기경을 돌아보았고 추기경은 하늘을 바라보았다. 저 아래의 땅에서 보는 것보다 훨씬 파란 하늘에서 검은 점이 동그라미치고 있었다.

　"그렇구려, 형제. 매인 것 같소. 이 계곡에 들어와서는 처음 보는 짐승인 것 같군."

　추기경 역시 밝은 얼굴로 쉽게 말했다. 두 사람은 매를 보았다는 것이 너무나 즐겁다는 듯이 서로에게 웃어보였고 상대방의 웃음을 보며 더 즐거워했다.

　"원은 완전성의 상징이지요. 저 난폭한 맹금마저도 주님의 뜻을 표현하고 있는 것이 아닐까요."

　"성 이디오테우스가 그러셨지요. 신학서의 테두리를 장식할 염료를 얻기 위해."

　"신께서 훨씬 더 잘 만들어놓으신 신학서를 겪는 무지몽매함이여."

　말 끝에 두 사람은 유쾌하게 웃었다. 데스필드는 당연히 무슨 말인지 알 수 없었기에 따라 웃지는 않았다.

　하지만 데스필드도 계속 무관심해할 수는 없었다. 유쾌하게 시작된 두 성직자의 대화는 얼마 지나지 않아 불꽃 튀기는 설전으로 바뀌어버린 것이다. 이제 산을 타면서 말하는 것쯤은 우습게 여기게 된 두 성직자들은 지난 며칠 동안 나누지 못했던 말들을 모조리 나누겠다는 태도로 떠들어대었다. 오랜 금욕 생활이 성직자들에게 남겨주는 것은 마르고 난난한 몸뿐만은 아니다. 먹기니 미시거나 자는 등 몸에 신경 쓸 시간을 모조리 정신으로 돌린 결과로 성직자들은 모두 왕성한 상상력과 치열한 토론열을 가지게 된다. 그래서 핸솔 추기경과 파킨슨 신부는, 데스필드로서는 그런 것에 신경을 쓰는 것이 자기 모욕이라고 생각될 정도로 사소한 교리상의 문제를 가지고 끈덕지게 싸워대었다. 마치 린타와 아델토라도 되는 것처럼…….

판데모니엄의 일곱 하이마스터 중 '이름'이 알려진 것은 린타에게 패배했던 황금의 조커 아델토뿐이다. 데스필드는 잠시 그 멍청한 악마를 비웃었다. '인간을 상대로 아흐레 밤낮을 이야기한 것은 실수였어. 그냥 손가락으로 눌러버렸어야지.' 어쨌든 어젯밤 이후로 데스필드는 판데모니엄의 하이마스터들 중 또 한 명의 이름을 알게 되었다. 하지만 그 사실에 크게 신경 쓰지는 않았다. 그가 신경 쓰고 있는 것은 좋은 말로 패신저들을 달랠 것이냐, 아니면 여행 속도를 더 높여서 그들로 하여금 말문이 막히게 하느냐의 문제였다. 그는 후자의 경우에 매력을 느꼈다…….


　　그녀의 이름은
　　노래의 불꽃 벨로린.
　　우리는 슬픔으로
　　그녀를 찬양한다.

"그러고 보니, 라트랑 후작 부인이 바다의 공주님이었지요?"

라이온의 질문에 키는 고개를 끄덕였다. 바다의 왕국 카밀카르엔 세 명의 공주가 있었다. 가장 아름다운 것은 셋째인 율리아나 공주였지만 바다의 공주라고 불리는 것은 둘째인 이루미나 공주였다. 그리고 그녀가 가진 것도 그 호칭뿐이다. 세기의 신부라는 화려한 이름은 역시 율리아나 공주에게 돌아갔다. (율리아나 공주 자신은 그런 것에 아무 관심이 없었지만.)

세실은 까르륵거리며 심술궂게 말했다.

"그 이야기 들어봤나? 라트랑 후작이 결혼 신청을 보내었을 때 카밀카르에선 그가 뭔가를 혼동했다고 생각했다지?"

"셋째와 둘째를 헷갈렸다고 생각했다죠."

"맞아 맞아. 그때 후작의 대답이 일품이었잖아."

"멋을 너무 부려서 별로 근사하지는 않던데요."

"젊잖아. 응? 그러고 보니 너도 젊은 나이인데 왜 그 지경이야?"

키는 깔깔거리며 이야기를 나누는 두 사람을 보며 어이없다는 기분만을 느꼈다. 세실은 겉모습이야 그렇지 않지만 나이를 먹을 대로 먹은 마법사였고 라이온은 (어쨌든) 바다 사나이였건만, 두 사람은 마치 주말에 교회 앞에서 만난 젊은 부인네들처럼 죽이 잘 맞아서 가십거리를 교환하고 있었다. 키는 두 사람을 무시하며 말의 속도를 높였지만 두 사람은 이야기를 나누면서도 키를 곧잘 따라옴으로써 그를 좌절시켰다.

세 사람은 팔라레온 땅을 지나 지금은 다케온의 평원을 달리고 있다.

그들은 다케온과 록소나를 가로지르는 디즐 강 유역에 펼쳐진 평원을 따라 달리다가 디즐 강의 하류 부근에서 라트랑으로 넘어갈 생각이었다. 디즐 강 유역은 말을 달리기 좋은 땅이었고 라트랑까지는 최단 거리인지라 세 사람의 선택은 잘못된 점이 없었다. 하지만 그들이 한 가지 알지 못하고 있었던 것은, 그곳이 전력을 재정비한 다케온과 마왕 빌레스가 서로를 향해 으르렁거리고 있는 땅이라는 점이었다. 사람들에게 접근하여 이야기를 걸어볼 처지가 못 되는 그들은 록소나와 다케온의 전쟁에 대해서도 모르고 있었다.

그래서 강변 언덕 하나를 넘어섰을 때 갑자기 나타난 병사들이 활을 겨눴을 때 라이온은 제국의 공적 제1호의 대륙 여행이 들켰다고만 생각했다. 그가 용맹한 함성을 지르며—뒤로 돌아 달리지 않은 것은 병사들의 외침 때문이었다.

"정지! 정체를 밝혀라!"

키 역시 그 외침에서 자신의 정체를 들킨 것은 아니라는 판단을 내릴 수 있었다. 말을 제자리걸음 시키며 키는 병사들을 관찰했다. 여덟 명 정도의 병사들은 모두 활을 들고 있었고 그들을 빈틈없이 겨냥하고 있었다. 키는 일단 조금 전 고함을 지른 병사를 향해 차분하게 대답했다.

"라트랑으로 돌아가는 여행자요. 당신들은?"

"말에서 내려!"

키의 눈이 확 불타올랐다. 병사들의 어깨가 움찔하는 것이 확연히 드러났고 라이온은 아찔한 기분을 느끼며 마음속으로 해적들을 가호하는 성인이 계시던가 하는 따위의 망상을 잠깐 해보았다. 키는 명령한 병사를 매서운 눈초리로 쏘아보며 말했다.

"한번 더 묻겠는데, 당신들은 뭐요? 강도?"

"어, 말에서 내리시오. 우리는 전쟁중이란 말이오." 말투가 한 계단쯤 올라갔다. "명령에 따르지 않으면 우리의 적으로 간주하겠소. 내리시오!"

키는 말에서 내렸다. 세실과 라이온 역시 말에서 내린 다음 고삐를 쥐고 섰다. 병사들은 아직까지 활을 겨냥하고 있었지만 조금 안심하는 얼굴들이 되었다. 키에게 명령을 내리던 병사는 자신이 골도 백부장이라고 밝히며 질문했다.

"신원을 증명할 것이 있소?"

"말했듯이 우린 여행자일 뿐이오. 그런데 전쟁? 다벨과 팔라레온의 전쟁 말이오?"

골도 백부장은 어리둥절한 표정으로 키를 보다가 미심쩍게 말했다.

"아주 멀리까지 여행을 갔던 모양이군. 어, 난 당연히 우리들이 누군지 짐작할 거라고 생각해서 우리 정체를 밝히지 않았던 거요."

"그러셨소?"

"우린 빌레스 국왕 전하의 군대요. 지금 다케온과 전투중이고."

라이온과 세실은 놀란 눈으로 서로를 쳐다보았다. 키 역시 눈꼬리를 조금 올렸다 낮추며 중얼거렸다.

"록소나와 다케온이 전쟁을?"

키의 반응을 본 골도 백부장은 이들이 간첩이거나 할 리는 없다고 생각했다. 키의 반응은 모르는 척하는 것이 아니었다. 하긴 간첩이라면 이렇게 대낮에 보라는 듯이 달릴 리는 없겠지. 더군다나…… 다음 순간 골도 백부장의 사고는 딱 정지해 버렸다.

키와 라이온은 록소나 병사들의 얼굴이 확 밝아지는 것이 무슨 의미인지 알 수 없었다. 키는 라이온을 돌아보았고 (너 또 무슨 황당한 짓 했냐?) 라이온은 근심스러운 얼굴로 키를 쳐다보았다. (선장님의 정체가 들킨 것 아닐까요?) 그러나 조금 후 키와 라이온은 모두 허탈한 웃음을 지었다. 이것은 하나의 사물에 대한 인식의 차이에서 비롯된 오해였다.

어쨌든 키와 라이온은 세실을 젊고 날씬한 여자로 생각해 본 경험이 별로 없었다. 그렇지 않은 것은 아니지만.

록소나 병사들은 목 말라하는 눈으로 세실을 바라보았고 라이온은 이 불쌍한 이들을 향해 쓴웃음을 지었다. 그리고 세실은 팔짱을 끼고는 병사들의 시선을 일일이 마주 받아주었다. '풋내나는 녀석들이 까불고 있군.' 골도 백부장은 세실을 흘끔거리며 키에게 말했다.

"음. 잘 몰랐으니 여자도 있는 여행객이면서 이렇게 위험한 곳에 오셨군. 어떻소? 우리가 보호해 드리지."

"그럴 필요는 없소."

"아니, 아니오. 이곳은 전쟁터란 말이오. 다케온 놈들이 당신네들에게 무슨 짓을 할지 모른단 말입니다."

"바로 그러니까 싫소."

"뭐요?"

"나는 당신네들과 함께 있다가 다케온 병사들에게 발견되기라도 하는 것을 원하지 않소. 싸움이 벌어지면 위험해질 테니까. 말씀 고맙지만 여행은 우리끼리 계속하겠소."

키의 직설적인 말에 대해 골도 백부장은 뭐라 대답할 말이 없었다.

골도 백부장과 다른 병사들이 주춤거리는 사이에 키는 등자에 발을 올렸다. 그때였다.

"골도 백부장!"

높고 사나운 고함이었다. 병사들은 기겁하며 몸을 돌렸고 키는 맞은편에서 다가오고 있는 몇 명의 기사들을 발견했다. 그리고 그 기사들 가운데에는 투구 대신 간소한 금관을 쓴 사람이 노기충천한 얼굴을 한 채 달려오고 있었다. 키는 입술을 살짝 깨물었다. 빌레스 국왕인가.

순식간에 달려온 기사들은 병사들 앞에서 말을 제자리걸음 시켰다. 전쟁터라 그런지 병사들은 무릎을 꿇지는 않았다. 마왕은 키를 흘끔 바라보고는 골도 백부장을 향해 말했다.

"이들은 뭔가?"

"아, 라트랑인입니다, 전하. 고향으로 돌아가는 여행자라고 하더군요."

"그런데 지금 자넨 뭐하고 있는 건가? 간첩이거나 밀정일지도 모르는 자들을 함부로 보내주려는 건가!"

"그, 그렇지만, 전하. 여자도 있고 해서……"

"이 멍청한 놈. 수녀를 데리고 다녀도 조사는 해봐야지! 조사했나?"

골도 백부장의 얼굴은 파랗게 질려버렸다. 빌레스 국왕은 짧게 혀 차는 소리를 내고는 키를 향해 말을 몰아왔다.

키는 말머리가 자신의 가슴 앞 1피트 거리에 올 때까지 꼼짝도 하지 않고 서 있었다. 마왕은 말 위에서 쌀쌀맞은 눈으로 키를 내려다보았다.

"나는 록소나의 국왕 빌레스다. 그대는 뭐 하는 작자인가?"

"전하. 저는 라트랑에 사는 칼이라 합니다. 팔라레온의 투란에 볼 일이 있어 들렀다가 그곳에 전쟁이 벌어져 고향으로 돌아가는 길입니다. 전하께서 이곳에서 전쟁중이신 줄은 몰랐습니다."

"뒤의 남녀는?"

"제 동생과." 키는 조금 전 죽이 잘 맞아 노닥거리던 두 사람의 모습을 떠올렸다. "동생의 아내입니다."

라이온은 마음속으론 절규를 내지르고 있었지만 겉으론 천연덕스럽게 세실의 어깨에 팔을 얹었고 세실 또한 자연스럽게 라이온에게 기댔다. 빌레스 국왕은 두 사람에게 관심을 잃고는 다시 키를 돌아보았다. 마왕의 눈이 키의 어깨에 잠시 머물렀다.

"등의 그것은 뭔가? 검인가?"

키는 뱃가죽이 당기는 기분을 느꼈다. 알아볼까 싶어 천으로 두른 채 매고 다니던 복수에 마왕의 시선이 닿았던 것이다.

"그렇습니다."

"풀어보라."

라이온은 찔끔한 표정이 되었다. 세실 역시 초조한 표정으로 키의 등을 바라보았다. 그러나 키는 복수를 푸는 대신 마왕을 쏘아보았다.

"싫습니다."

"뭐라고?"

"검을 견식하고 싶으시다면 정중히 요청하십시오. 왕이라도 예를 무시할 수는 없습니다."

빌레스 국왕의 눈꼬리가 둥글어졌다. 미소를 짓던 국왕은 등자에서 오른발을 뺐다.

그리고 그 발이 키의 얼굴을 걷어찼다.

다행히도 국왕의 철화(鐵靴)는 다른 기사들의 철화와는 달리 대보병 공격용의 스파이크가 박혀 있지는 않았다. 하지만 철판으로 되어 있다는 점은 마찬가지였고 그래서 키는 뒤로 쓰러지고 말았다. 세실은 파랗게 질린 얼굴로 그 모습을 바라보았고 라이온은 재빨리 손을 뒤로 돌렸다. 그러나 골도 백부장이 그 모습을 보았다.

"멈춰!"

골도의 검이 먼저 뽑혔고 그러자 칼자루를 쥐었던 라이온의 손이 멈췄다.

빌레스 국왕은 그대로 다리를 안장 위로 돌려 말에서 내려섰다. 갑주가 요란한 소리를 내었다. 마왕은 허리에서 롱 소드를 뽑아들며 키에게로 다가섰다.

"이젠 황야의 부랑자까지도 나를 능멸하는군."

마왕을 호위하고 있던 하빈저 부관은 투구 속에서 이마를 찌푸렸다. 그리고 그의 왕을 저 지경으로 만든 휘리 노이에스를 저주했다. 빌레스 국왕은 노성을 질렀다.

"이 천박하고 오만한 녀석, 한 자루 칼을 차고 있으니 무사라고 주장할 셈이냐? 나는 왕이다! 왕이 무엇인지 모른단 말이더냐! 네가 왕에게 예가 어쩌니 했단 말이냐!"

키는 땅바닥에 주저앉은 채 입술을 훔쳤다. 터진 입술에서 피가 흘러나와 손에 묻어나왔다. 키는 그것을 잠깐 바라보았다가 마왕을 올려다보았다. 마왕은 롱 소드를 그의 가슴에 겨누고 있었다.

"용서를 빌어라!"

"……그러지 않겠다면?"

픽! 잔인한 소리와 함께 키는 다시 뒤로 나가떨어졌다. 쇠신발에 맞은 얼굴과 땅에 부딪힌 뒤통수 중 어느 쪽이 더 아픈지도 잘 모를 지경이었다. 빌레스 국왕은 씨근거리며 걸어와 키의 가슴을 내리밟았다.

"미천한 놈, 선택 같은 것은 없다! 용서를 빌게 해주는 것은 왕의 자비다. 그렇지 않으면 네놈은 죽이고 네 동생 녀석에겐 네 시체를 먹이겠다. 그리고 네 동생의 여편네는 내 병사들에게 봉사하게 하겠다!"

왕의 행동에 당황하고 있던 록소나 병사들은 그 마지막 말에 잔인한 미소를 지었다. 심지어 왕과 함께 달려왔던 기사들도 세실을 흘끔 쳐다보았다. 세실은 어이가 없었고 라이온은 낮게 으르릉거렸다. 하지만 키는 빌레스 국왕의 발에 밟힌 채 차분하게 마왕을 올려다보고 있었다.

"기회를 주는데 받아들이지 않는다면 바보겠지요."

"물론이지."

키는 살짝 한숨을 쉬었다.

"당신은 바보요, 빌레스 국왕."

"뭐라고?"

다음 순간 키는 마왕의 발을 붙잡아 옆으로 팽개쳤다. 마왕은 쓰러지지는 않았지만 몇 번 주춤거려야 했고 그 틈에 굴러 일어난 키는 등에서 검을 빼어 그대로 휘둘렀다. 빌레스 국왕 또한 녹록치 않은 인물인지라 제때에 검을 뿌려 키의 공격을 막아내었다. 덕분에 키의 첫 번째 공격은 마왕의 목을 날리는 대신 그 롱 소드를 부러뜨렸다.

마왕은 믿을 수 없다는 눈으로 검을 바라보다가 다시 키의 손을 들여다보았다. 격돌 순간 찢어진 천이 옆으로 떨어져내리며 복수의 화려한 검신이 드러났다. 빌레스 국왕의 눈이 커졌다.

"그것은?"

"네 사망 증명서지!"

키는 기사들과 병사들이 어떻게 대응하기도 전에 마왕에게 육박한 다음 그대로 마왕을 끌어안으며 쓰러졌다. 그러곤 그 몸에 올라탄 채 부러진 마왕의 검을 움켜쥐어 그 목에 가져다대었다. 하빈저 부관이 비명을 질렀다.

"전하!"

"움직이지 마!"

검을 뽑아들던 기사들과 활을 들어올리던 병사들 모두 찔끔하며 손을 멈췄다. 키는 부러진 칼을 빌레스 국왕의 목에 갖다댄 채 복수로는 사방을 경계하며 낮고 빠르게 말했다.

"서툴게 움직이면 빌레스의 목숨은 없다. 모두 무기를 땅에 버려라!"

록소나군은 하빈저를 쳐다보았고 하빈저는 입술을 깨문 채 키의 명령대로 움직일 것을 명령했다. 키는 다시 마왕을 내려다보며 외쳤다.

"라이온! 세실! 무기를 전부 수거해."

라이온과 세실은 아무 대답 없이 몸을 움직였다. 빌레스 국왕은 하얗게 질린 얼굴로 키를 올려다보고 있었고, 키는 그 얼굴을 향해 싱긋 웃었다. 그리고 그의 손이 위로 올라갔디.

"크으윽!"

"전하!"

키는 부러진 검을 빌레스 국왕의 오른쪽 어깨에 꽂았다. 록소나 기사들이 비명을 질렀지만 키는 이미 빌레스 국왕의 목에 복수를 갖다대고 있었다. 복수의 칼끝을 마왕의 목에 댄 채, 키는 천천히 왕의 몸 위에서 일어났다.

"일어나 앉아라, 빌레스."

빌레스 국왕은 오른쪽 어깨를 움켜쥔 채 일어나 앉았다. 어깨의 통증 때문에 그의 상체가 앞으로 기울었지만 키는 복수의 칼 끝으로 그의 턱을 들어올렸다.

"바보 늙은이 같으니. 난 기회를 줬다. 네가 걷어찼지. 빌레스."

빌레스 국왕은 키의 말에 대해 생각해 볼 겨를이 없었다. 그는 자신의 목을 후벼팔 듯이 찔러오는 검의 모습을 바라보았다.

"너는……?"

"말해 봐."

"키…… 노스윈드 드레이번?"

키는 서늘한 미소를 지었다.

"그래. 내가 제국의 공적 제1호다."

록소나 병사들 사이에서 낮은 비명이 터져나왔다. 바다와는 인연이 없는 록소나인들도 키의 공포에 대해서만은 잘 알고 있었다. 제국의 공적 제1호. 제국 전체의 적이 그들의 왕의 목을 겨냥하고 있는 것이다. 기사들은 창백해진 얼굴로 키를 바라보았고 병사들은 라이온과 세실마저도 공포 어린 시선으로 바라보았다. 라이온은 갑자기 어깨를 펴고 당당하게 보이려 애썼고 세실은 그런 라이온을 비웃었다. 빌레스는 힘겹게 말했다.

"정말 키 드레이번이냐?"

"그렇다."

"네가 육지에는 왜……?"

"왜 올라왔냐고?"

"그, 그래."

키는 다시 미소를 지었다. 그의 얼굴을 보던 빌레스는 그것이 경멸감이라는 것을 깨닫곤 당황해 버렸다. 키는 한마디 한마디를 끊어서 말했다.

"이웃에 싸움을 걸고, 칼 끝으로 부당한 사과를 받아내고, 무사의 예를 비웃고, 죄없는 여행자를 죽이고, 그 육친에게 육친의 시체를 먹게 하고, 남편 있는 여인을 능욕하려고."

빌레스의 얼굴이 급격하게 굳었다. 이건 비난인가? 하지만 빌레스는 왠지 그렇게 생각할 수가 없었다. 키는 그를 비난하고 있는 것이 아니었다. 그래서 빌레스는 네놈 또한 잔인무도한 해적이지 않더냐 따위의 말은 떠올리지 못했다. 키가 말하고 있는 것은…… 그러나 빌레스는 더 이상 생각을 할 수 없었다. 복수의 칼 끝은 늙은 왕의 목을 매섭게 찔러대고 있었고, 키는 냉엄하게 말했다.

"일어나라, 형제. 나와 함께 가줘야겠다."

"노스윈드!"

부관 하빈저가 비명을 질렀지만 키는 냉랭하게 말했다.

"움직이지 마!"

"아, 알겠습니다. 인질이…… 예. 필요하시겠지요. 저, 그런데 전하께선 상처를 입으셨습니다. 내가 그 분을 모시면 안 되겠습니까?"

키는 잠시 하빈저의 얼굴을 똑바로 바라보았다. 하빈저는 대해적의 시선을 거북해하며 고개를 조금 돌렸다. 키는 고개를 끄덕였다.

"너는 누구냐?"

하빈저는 투구를 벗으며 대답했다.

"하빈저라고 합니다."

"서 하빈저. 인질은 한 명이면 충분해."

하빈저는 잠시 키를 바라보다가 말에서 내렸다. 그의 손이 내려오며 투구가 땅에 떨어졌다. 하빈저는 허리로 손을 가져가 검집을 푼 다음 검도 땅에 던졌다. 맨손이 된 하빈저는 키를 바라보며 말했다.

"제발. 나는 인질이 되겠다는 것이 아닙니다. 전하를 모시게 해주십시오. 전하께선 상처를 입으셨습니다. 당신이 안전해진 다음에 전하를 풀어준다 하더라도 전하께선 말을 몰 수 없으십니다. 그러니 내가 전하를 보필하게 해주십시오."

"전하라고 했나?"

키는 대답 대신 이상한 말을 했다. 하빈저는 눈살을 찡그리며 키를 바라보았다.

"무슨 말입니까?"

"그럼 이 자는 너의 왕이란 말이군. 그리고 넌 이 자의 명령을 따른단 말이겠지. 주인이 시키면 아무나 강간하겠군. 넌 발정난 개새끼냐?"

108

하빈저의 성실해 뵈는 얼굴에서 표현될 수 있는 최대한의 분노가 그 얼굴 위로 떠올랐다. 그러나 불길 같은 노성을 토해놓는 대신, 하빈저는 낮게 말했다.

"그것은 그 분의 원래 모습이 아닙니다."

"아니라고?"

"절대로 아닙니다. 전하께서는 좋은 분이십니다. 한 악마 같은 이의 농간에 빠지셨기에 잠시 이성의 가닥을 놓치신 것일 뿐입니다. 그 분은 자신이 그런 지독한 유혹에 빠져, 예, 당신 말대로 자신의 백성들을 전쟁터로 몰아넣은 것에 대해 노여워하시고 슬퍼하시다가 그렇게 되신 겁니다."

빌레스 국왕은 당혹한 얼굴로 하빈저를 바라보았다. 그의 입에서 가느다란 목소리가 새어나왔다. "하빈저……" 하지만 하빈저는 키를 바라보며 말을 이었다.

"그리고 우린 그런 전하의 모습을 증오하기보다는 안타까워하고 있음을 알아주십시오, 키 드레이번 선장. 그 분이 내 왕이냐고 물었습니까? 대답하겠습니다. 그 분은 내 왕이십니다."

빌레스 국왕은 눈물 어린 눈으로 하빈저를 바라보았다. 키는 투덜거리듯 말했다.

"악마 같은 이라니, 무슨 말인지 모르겠군. 마법에라도 걸렸다는 건가?"

"마법보다 더 음험한 것이오. 길게 설명해야 되는 것인데……"

"그렇다면 관둬."

키는 다시 빌레스 국왕을 돌아보았다.

"아니란 말이지."

키는 그것이 매우 중요한 사실이나 되는 것처럼 말했다. 라이온과 세실은 키가 무슨 말을 하고 있는지 알 수 없었지만 그들에게 있어 그것은 중요한 사실도 아니었다. 그들의 주요 관심사는 열 명도 훨씬 넘는 병사들과 기사의 존재뿐이었다. 그들이 애타는 시선으로 바라보다가 마침내 말을 꺼내려 했을 때 키가 빠르게 말했다.

"하긴 혼자선 말 타기도 힘들겠군. 좋아, 서 하빈저. 갑옷을 벗고 빌레스의 갑옷도 벗긴 다음 함께 말에 타도록. 라이온! 활을 들어—." 키는 잠시 말을 끊었다가 마왕을 내려다보며 말했다. "전하를 겨냥하라."

하빈저의 얼굴이 밝아졌다. 빌레스 국왕은 입술을 깨문 채 키를 쳐다보았다. 키는 검을 옆으로 조금 치우다가 생각났다는 듯이 퉁명스럽게 한 마디를 덧붙였다.

"불쌍한 녀석."

"뭐라고?"

"새장의 문을 열어본 적이 있나, 빌레스?"

마왕은 키의 질문을 이해할 수가 없었다. 하빈저는 저 이해할 수 없는 질문이 혹 그의 왕에게 위해가 되는 질문은 아닌가 의심하며 조마조마해했다. 하지만 키는 단조롭게 말했다.

"아마 없겠지. 네 새장은 너무 단단하고, 그 열쇠는 네게 있지 않다. 새장을 떠날 수 없다면 새장과 더불어 행복해야겠지. 네 새장을 껴안고 네 나라로 돌아가라."

몇 분 후 록소나의 병사들은 무장 해제를 당한 채, 멀어져 가는 대해 적과 그들의 왕의 뒷모습을 바라보고 서 있었다.

제11장

# 후회는 부정된 자신에의 그리움

휘리 노이에스는 이마를 짚은 채 생각에 잠겼다. 가만히 서 있기 힘들었던 서 소팔라는 떨떠름한 어조로 말했다.

"마왕이 좀더 버텨줘야 하는 건데, 아쉽군요."

휘리는 아무 대답도 하지 않았다. 그래서 소팔라는 스스로 자신의 말을 완성시켜야 되는 처지에 빠졌다. 소팔라는 다시 조심스럽게 말했다.

"이렇게 쉽게 물러날 거면 왜 쳐들어간 건지……"

"시끄럽다. 서 소팔라. 생각하는 데 방해가 돼. 물러가라."

서 소팔라는 바보같이 서 있을 바엔 차라리 잘됐다고 생각하며 인사를 한 다음 물러났다. 밖으로 나온 소팔라는 대기실에 앉아 있던 동생을 보게 되었다. 서 소사라는 방문 쪽으로 눈짓을 보낸 다음 낮게 말했다.

"어때?"

서 소팔라는 양손의 집게손가락을 머리 위쪽에 세워보였다.

"뭐든 들이받을 기세야. 뭘 보고하러 왔는지 모르겠다만 좋은 소식 아니면 조금 있다가 들어가."

별로 좋은 소식을 가져온 것은 아니기에 소사라는 도로 의자에 앉았다. 소팔라 역시 한숨을 쉬며 의자에 앉은 다음 테이블 위에 발을 올렸다. 휘리의 당번병이 두 장군에게 장군답지 못함을 비난하는 시선을 보내었지만 두 형제는 아랑곳하지 않았다. 더구나 그들은 당번병이 듣건 말건 마음대로 말하기까지 했다.

"아무리 실망했다지만 마왕이 그렇게 물러날 줄은 몰랐는데."

"어? 형도 알고 있었나?"

소팔라는 동생의 머리를 헤집으며 껄껄거렸다.

"물론이지, 아우야. 네 형을 무시하지 마라."

"넘겨짚는 거 아닌가 모르겠군. 한번 말해 보시지."

서 소팔라는 손가락을 깍지껴 목 뒤를 받치며 말했다.

"넘겨짚고 자시고 할 것도 없다. 마왕이 움직이기를 기다렸다는 듯이 맺어버린 불침 조약은 뻔한 거 아니더냐. 팔라레온의 식민지 사업이나 하며 숨을 좀 골랐다가 록소나와 다케온이 모두 비틀거릴 때 한꺼번에 잡아먹겠다는 것이었겠지. 제법 센스 있는 계획이라고 평가하겠어."

"흐음. 나도 그렇게 생각했어. 나도 마왕이 이렇게 도망칠 줄은 몰랐지만. 왜 그랬을까? 리저드라이더들이 겁났던 걸까?"

"그렇진 않을 거야. 피해를 입긴 했지만 두 번이나 그들을 격퇴했잖

아. 평소 성격을 고려한다면 오히려 기세를 올려야 정상이야. 물론 우리 사령관의 배신 때문에 속이 뒤집히기야 하겠지만…… 화를 낸다면 몰라도 꼬리를 감추는 타입은 아니라고 생각했는데.

"거기에 관련해 이상한 소문이 돌더군."

"그거? 아마 회군을 합리화시키기 위해 마왕 자신이 퍼뜨린 소문이겠지. 재미있기는 하더라. 남루한 옷차림의 조그마한 은자가 그를 얕보는 마왕을 단숨에 때려눕히고는 그 전쟁의 무익함을 설파한다라…… 성자들의 전설에서 단골처럼 나오는 패턴이잖아. 왜 꼭 궁핍해 보이고 조그마한 노인이 나와야 되는지 모르겠어. 우람한 거한이 나오면 안 되나?"

"그런가? 앞으로 길을 가다 노인을 보게 되면 주의하겠어. 어쩌면 성자일지도 모르니까."

소팔라는 낄낄거린 다음 아직까지도 그의 발을 노려보며 분노에 찬 시선을 보내는 당번병에게 윙크해 주었다.

"가져온 건 무슨 소식이냐?"

"법황이 서품식을 할 계획이라는군."

소팔라는 고개를 갸웃하며 동생을 바라보았다.

"누가 성자가 되는데? 그럴 사람이 있었던가."

"성자 서품이 아니고 기사 서품이야."

소팔라는 당황해 버렸다. 그는 테이블에서 발을 내리며 소사라를 똑바로 쳐다보았다. 그리고 그제서야 그의 동생이 지금껏 평온을 가장하고 있음을 깨달았다. 소팔라는 낮은 목소리로 추궁하듯 질문했다.

"법황이 기사 서품을 한다니 뭔 말이야? 성기사?"

소사라는 우울한 얼굴로 말했다.

"그런 셈이지. 악덕하고 비열하고 야비한 금수들의 도당인 다벨에 성무 금지를 내린 것으로도 모자라 그들을 쳐부술 주님의 기사까지 준비하겠다는 거지. 아슬아슬하게 그 말은 안 나왔지만, 이젠 완전히 이단 취급이야."

"설마 필마온 기사단이?"

"형님. 정신 차리시오. 필마온 기사단은 이미 교회 기사요. 뭘 또 서품하겠어? 게다가 퓨아리스 4세가 아무리 분통이 터진다 해도 그 해적 놈들을 육지로 끌어들이지는 않을걸. 우리를 끝까지 이단 판정하지 못하는 것도 그 때문이잖아."

"그럼?"

소사라는 히죽 웃었다. 체념한 듯한 웃음이었다.

"아이언 블러드지."

"애져버드!"

"그래. 그 친구들 이름이 또 바뀔 거야. 법황은 그들에게 성 바이올의 이름을 따서 바이올 기사단이라는 이름을 줄 모양이더군. 그래서 우릴 치게 할 생각이지. 머리 좋지? 성 바이올의 상징은 까마귀잖아. 그들은 은근슬쩍 푸른 까마귀 깃발을 다시 쓸 수 있을걸. 세상에서 제일 싸우기 더러운 것이 광신도인데. 그놈들은 자기가 죽어도 이긴 거라고 생각하거든. 아니, 이기는 것보다 죽는 걸 더 좋아하는지도 몰라……"

소팔라는 경악을 금치 못했다. 커다란 놀라움 속에서, 그는 아무래도 동생이 사령관을 만나기 전에 도망치는 것이 낫겠다는 생각만을 떠올릴 수 있었다.

그러나 실제로는 소팔라가 예상한 사고는 일어나지 않았다. 소사라가 사령관실로 걸어들어간 후 소팔라는 휘리가 토해놓은 불길에 화상을 입게 될 동생을 위해 고약을 준비해 놓고 기다렸다. 하지만 태연한 모습으로 걸어나온 소사라는 그의 형을 미쳤냐는 듯이 바라봄으로써 소팔라를 머쓱하게 만들었다. 소팔라와 소사라 형제를 돌려보낸 휘리는 당번병에게 아무도 들여보내지 말라고 명령한 다음 창가로 다가갔다.

그리고 휘리 노이에스는 투란궁의 아름다운 정원을 내려다보며 인간이라는 것에 대해 염증을 내기 시작했다.

그의 짜증은 자신의 작품이 망쳐진 데 대한 분노였다. 팔라레온 병탄까지는 물 흐르듯 진행되었다. 그리고 다음 수순은 록소나와 다케온의 동시 공략이 되어야 한다. 지켜야 할 곳이 너무 늘어나기 때문에 차례차례는 곤란하다. 그래서 그가 생각해 낸 것이 자신이 싸우지 않으면서도 적은 약하게 만들어두는 계획이었다. 그는 록소나가 동원할 수 있는 힘, 그리고 다케온이 반격에 사용할 수 있는 힘을 면밀히 계산해 보았고 록소나 쪽에 근소한 우세가 있다고 판단했다. 하지만 근소한 우세일 뿐이므로 휘리는 그들을 싸우게 만들었다.

실제로 그의 판단에는 잘못이 없었다. 그러나 휘리는 빌레스 국왕이 마음을 바꿔버릴 줄은 생각하지 못했다. 그가 사용한 재료들 중 가장 정교하게 그 성격을 분석했다고 생각했던 재료가 그를 배신한 것이다. 휘리는 떠도는 소문을 믿고 싶은 기분까지 들었다. 혹시 어떤 고약한 악마가 그를 괴롭히기 위해 은자로 변신하여 마왕의 면전에 나타났던 것이 아닐까?

  휘리는 마음을 가라앉히기 위해 창가에 걸터앉았다. 팔라레온의 하늘은 고왔다. 하늘을 바라보는 그의 입술에서 노랫소리가 흘러나왔다.


  성긴 구름 흩어진 자락 아래
  회색빛 대지를 덮은 흰 눈 위로
  형벌의 바람 속을 쉼없이 달려가는
  이리는 푸른 혼을 가졌다.


  이토록 가소로운 세상, 이슬 속에 담긴 천년.
  흩어진 웃음 조각. 돌아보지 않는 눈동자.
  이지러진 달을 바라보며 울부짖는
  이리는 푸른 혼을 가졌다.


  어제 난 상처에서 흘러나온 피로
  어질더분한 세상에서 묻은 때를 씻고
  대지의 머릿돌 위에 서도 더 높은 곳을 찾는
  이리는 푸른 혼을 가졌다.
  지나온 길에 자취를 남겨 무엇할까.
  떠오른 먼지 가라앉으면
  피투성이 발자국도 사라질 테지.
  먼지는 언제나 너무 많다. 너무나도……

"그거 무슨 노래지, 킬리 선장?"

킬리 선장은 류트에 손가락을 얹어둔 채 옆을 돌아보았다. 빙긋 웃던 얼굴은, 그러나 목소리의 주인공을 확인한 순간 굳어버리고 말았다. 물론 킬리 선장은 라미의 목소리를 알고 있었다. 그러나 라미 옆에 검은 소녀가 서 있으리라고는 생각도 못했다.

검은 소녀는 킬리를 물끄러미 바라보고 있었다. 킬리는 당황을 감추기 위해 헛기침을 한 다음 덱체어에서 일어났다.

"혼 족의 노래입니다. 그런데 그 소녀는 왜 데려오신 겁니까?"

"원하니까."

킬리는 잠시 라미의 말을 이해하지 못해서 어리둥절해했다.

"원했……다고요?"

"계속해."

그의 목소리에 이어지듯 튀어나온 것은 라미의 목소리가 아니었다. 킬리는 기겁한 눈으로 검은 소녀를 바라보았고 그랜드머더호의 갑판에 있던 다른 해적들도 당황하여 그들을 쳐다보았다.

"어, 어? 네가 말을 한 거야?"

검은 소녀는 물끄러미 킬리를 바라보다가 고개를 조금 끄덕였다. 그래서 킬리는 더 놀라버렸다.

"마, 말을 알아들을 수도 있고?"

검은 소녀는 뻔한 말을 하는 건 얼간이밖에 없다고 주장하는 눈으로 킬리를 바라보았다. 사실, 검은 소녀의 표정은 조금 전과 똑같았으므로 그건 순전히 킬리 선장 자신의 생각이었을 것이다. 킬리는 당황해 버린 자신을 창피해하며 중얼거렸다.

"그래. 이거, 음. 뻔한 질문들을 계속했군. 좋아. 아, 아니 뭐가 좋다는 건 아니고. (이런 얼간이! 진정하자.) 들을 줄도 알고 말할 줄도 알면, 왜 지금까지 아무에게도 말을 하지 않았지?"

검은 소녀는 고개를 갸웃했다.

"말할 일이 없었는데."

"어, 그런가? 맞아. 말할 일이 없으면 말할 필요가 없지. 그렇군. 그래. 말할 일이 없는데 말하면 안 되지. 아무렴. 라이온이 이 이야길 들었다면 자살하려고 들겠군."

그대로 내버려두면 킬리는 자신의 왼발을 깨문 채 공중제비라도 넘을 것 같았기에 라미가 끼여들었다.

"소개라도 하면 어떨까."

킬리는 자신의 이마를 경쾌하게 때렸다. 경쾌하다는 건 보는 사람들이 그랬다는 것이고, 그 자신은 이마가 꽤나 아팠다. 킬리는 허리를 굽혀 무릎에 손을 짚고 웃었다.

"아, 그렇지. 그래. 안녕? 소녀여. 난 킬리 스타드. 킬리 선장이라고 부르면 돼."

검은 소녀는 물끄러미 킬리를 올려다보다가 한 손을 내밀었다.

"나는 벨로린."

킬리는 당황하여 라미를 바라보았다. 라미는 아무런 표정이 없었고 킬리는 일단 자신을 벨로린이라고 말한 소녀의 손을 잡아 그 손등에 살짝 키스했다.

"벨로린? 누가 그 이름을 지어줬니?"

벨로린은 아무런 대답 없이 킬리를 바라보다가 자신의 손등을 바라보았다.

"입은 왜?"

"응?"

"그거, 계속해 줘."

킬리는 멍한 심정 속에서 사실을 깨달아갔다. 벨로린이 내민 손은 류트를 향하고 있었다. (아이고, 맙소사!) 그리고 그를 더 놀라게 한 것은, 그가 이미 그 사실을 알고 있었다는 점이었다. 하지만 벨로린 앞에서 류트를 탈 생각은 없었기에 그는 그 손을 붙잡아 키스했다…….

"듣고 싶니? 베, 벨로린?"

"그래서 온 거야."

이건 참 난처한 일이 아닐 수 없구나. 내가 들어본 가장 아름다운 소리를 내던 피조물이 내 연주를 듣고 싶다고 말하다니. 킬리는 허리를 조금 펴며 멋쩍게 주위를 돌아보다가 얼굴을 확 붉히고 말았다.

흑기사호에서는 일항사 매슈가 정신 나간 듯이 그를 바라보고 있었다. 매슈는 말을 거는 대신 빠른 손짓을―물론 매슈는 당연하게도 오닉스 선장 다음으로 빠른 손짓을 보낼 수 있다―보내었다. '킬리 선장? 그 아이가 말하는 것 같던데, 말을 했습니까?' 그 선장을 닮아 오만하기 짝이 없는 매슈가 그렇게 당황하여 손짓을 보내는 모습을 보며 킬리는 웃

고 싶어졌다. 킬리가 살짝 고개를 끄덕이자 매슈는 우당탕거리며 주승강구를 달려내려가기 시작했다. 아마도 오닉스를 모시러 가는 모양이다. 그리고 자유호에서는 아예 뻔뻔하게 망원경을 들고 그를 바라보고 있는 식스 일항사의 모습을 발견할 수 있었다. 언제나 자신에게 엄격한 식스는, 자신이 그렇게 한다면 다른 선원들에게도 똑같이 그럴 권리가 있다고 믿는 것처럼 자유호의 선원들 전원에게 구경을 허락한 모양이었다. 그리고 그 옆에는 하리야 선장과 사트로니아의 바스톨 장군(주여!)이 그들이 나누고 있던 뭔가 원대무비한 이야기를 잠시 중단한 채 함께 그랜드머더호를 바라보고 있었다. 고개를 홱 돌린 킬리 선장은 돌탄 선장의 놀란 얼굴과 두캉가 선장의 호기심 어린 얼굴을 보게 되었다. 트로포스 선장은 보트에 올라타고 있는 것이 아무래도 그랜드머더호를 직접 방문할 모양이었다…… 목을 혹사시키며 사방을 둘러본 킬리 선장은 잠시 후 정말 원하지 않는 결론을 얻게 되었다.

그의 시야에 들어오는 세계 전체가 그를 보고 있었다.

우우이, 제기랄! 내가 이런 상황에서 탄젤론 토끼가 되어야 된다고? 세계에 대한 관찰을 끝낸 킬리 선장은 간절한 염원을 담아 벨로린을 돌아보았다. 하지만 벨로린은 무표정한 얼굴 그대로 킬리 선장을 기다리고 있었다. 킬리는 거절을 말하기 위해 입을 열었다.

"여기, 덱체어에 앉으십시오. 라미 님."

"선장은?"

"저는 신경 쓰지 마십시오."

킬리는 자신이 무슨 짓을 하고 있는지 알 수 없었다. 그는 왜 자신이

라미를 덱체어를 앉히고, 벨로린을 살짝 들어올려 물통 위에 앉히는지 알 수 없었다. 그리고 킬리는 뱃전에 걸터앉았다. 킬리는 차분히 류트를 껴안았고, 현 위에 얹혀진 자신의 손가락을 보면서도 마음속으로는 질문을 던지고 있었다. 정말 그러려는 건 아니지? 스스로를 바보로 만들지는 말자구.

킬리는 현을 뜯기 시작했다.

류트의 선율이 고요한 바다 위로 퍼져갔다. 노래만은 부를 수 없었다. 그래서 킬리는 입을 다문 채 손가락만을 잽싸게 놀렸다. 고개를 옆으로 약간 기울인 채 듣고 있던 벨로린은 이상하다는 듯이 킬리를 바라보았다. 류트는 독주용 악기라기보다는 역시 반주용 악기였지만 킬리 선장의 좋은 솜씨 때문에 그럭저럭 들어줄 만한 연주가 되었다. 하지만 벨로린은 불만스러웠다.

다음 순간 킬리 선장의 손가락이 현에 얽힐 뻔했다. 벨로린이 입을 연 것이다.


달려온 길에 흔적은 남겨 무엇하리.
하얗게 드러난 뼈다귀 위로
은린의 물방울이 물거품치면
이름은 언제나 부질없다. 언제라도.


지는 태양은 다시 떠올라도
낙엽 떨어진 나뭇가지에 새잎이 돋아도

쓸쓸한 바다에 물결은 한이 없어도

죽음 다음은 망각뿐. 안 죽을 건가?


마지막에 떠올릴 기억은 필요없다.

수만년의 돌에 백년을 새기지 않는

터져버린 심장으로 맥박치며 달리는

이리는 푸른 혼을 가졌다.


노래가 끝났다. 킬리는 류트에 손을 그대로 얹어둔 채 멍한 표정으로 벨로린을 바라보았다. 하지만 벨로린은 오히려 킬리 선장의 류트 쪽이 참 신기하다는 듯이 바라보고 있었다.

"벨로린? 그 노래는 어떻게 알고 있지?"

"그 남자가 부르는 것을 들었어."

"그 남자? 누굴 말하는 거야?"

벨로린은 고개를 들어 킬리 선장의 얼굴을 바라보았다. 그 얼굴 표정은 킬리를 당혹하게 만들었다. 한두 마디로 설명할 수 없이 복잡한 표정들이 그를 향하고 있었고 킬리 선장이 그 안에서 찾아낼 수 있었던 것은 비난과 의아함 두 가지뿐이었다. 나머지는 뭔지 잘 알 수 없었다. 벨로린은 잠시 고민하다가 약간 가라앉은 목소리로 말했다.

"너 말이야."

"나? 어, 내가 부르는 걸 들었다고? 하지만 뒷부분은 못 들었을 텐데."

하지만 벨로린은 이미 흥미를 잃은 얼굴이 되었다. 벨로린은 다시 류트를 바라보다가 앉아 있던 통 위에서 뛰어내렸다. 그녀는 킬리를 향해 똑바로 걸어왔다. 킬리는 당혹하여 벨로린을 바라보다가 다시 라미를 쳐다보았지만 라미는 덱체어에 기대앉은 채 하늘만 보고 있었다.

킬리 선장은 뱃전에 앉아 있었던지라 뒤로 도망치지는 못했다. 벨로린은 킬리에게 다가와서는 손을 내밀어 킬리의 가슴에 안겨 있던 류트를 살짝 건드렸다. 벨로린이 건드린 건 류트의 몸체였고 그래서 벨로린은 어리둥절한 얼굴이 되었다. 벨로린은 다시 손을 뻗었고, 이번엔 현을 건드렸다. 맑은 소리가 울리자 벨로린의 얼굴도 환해졌다. 킬리 또한 미소를 지을 수 있게 되었다. 킬리는 류트를 앞으로 내밀었다. '만져볼래?' 하지만 벨로린은 자신의 앞으로 다가온 류트를 보더니 두 손을 등뒤로 돌리곤 웃으며 고개를 가로저었다.

"다른 거 해줘."

노련하고 필요한 만큼의 행동력도 얼마든지 끌어낼 수 있는 사람들이 서로의 의사를 존중할 줄도 안다면 전설을 만드는 것도 어려운 일은 아니다. 제일 선결 과제는 국가 수립이라는 것에 바스톨 장군과 하리야 선장은 모두 동의했다. 그리고 사트로니아 함대는 모두 바스톨 장군에게, 노스윈드 함대는 모두 하리야 선장에게 찬성했다. 물론 그들은 두 남자가 태양이 셋이라고 주장해도 별 고민 없이 찬성표를 던졌을 것이다.

6월 33일. 하리야 헌처크 선장은 신생국의 건국을 세계에 공포했다.

놀라운 행동력이라 할 수 있을 것이다. 트로포스 선장의 논평 한 마디.

"외우기 좋은 건국 기념일이군."

신생국의 통치 체계는 기묘했다. 과도기를 슬기롭게 헤쳐나가기 위한 임시 정부라는 이름 아래 설치된 신생국의 통치 체계는 일종의 과두정이라고 하는 것이 정확할 것이다. 최고 의결 및 집행 기구는 노스윈드 선단의 일곱 선장으로 구성된 평의회였다. (사람들은 7인 평의회에 키 드레이번의 이름이 빠져 있는 것을 많은 의미가 담긴 사실로 받아들였다.) 그리고 하리야 헌처크 선장이 그 평의회의 의장이었다. 그러나 그 외의 통치 기구는 작은 정부를 꿈꾸는 이상주의자가 보았다면 기립박수를 보낼 만큼 빈약했다. 신생국은 다림 총독부의 통치 기구를 약간만 손질한 다음 그대로 물려받았고 다림 총독부의 통치 기구 자체가 워낙에 간소했기 때문에 그렇다. 그리고 국방과 치안을 맡는 것이 노스윈드 해적이라는 사실은—가장 강력한 준군사 집단이 그들뿐이므로 당연한 일이기는 하지만—사람들을 꽤나 당혹하게 만들었다. 각국의 광대들과 재담가들은 해적에 의해 유지되는 치안이라는 것을 꽤 오랫동안 유효한 레퍼토리로 써먹을 수 있었다.

다림의 원 소유권자인 레갈루스의 반응은 생각 없는 사람들을 놀라게 만들었다. 레갈루스는 신생국의 건국을 축하하지는 않았지만 그렇다고 해서 반대 의사를 표현하지도 않았다. 그러나 신생국이 레갈루스에 대해 항만세 및 관세 영구 면제, 그리고 최혜국 대우라는 조건을 내세웠다는 것을 알게 된 사람들은 고개를 끄덕일 수 있게 되었다. 언제나 그랬지만, 레갈루스는 항구가 필요했던 것이지 본토에서 터무니없이 멀리

떨어진 곳의 땅조각이 필요했던 것은 아니었다. 그들은 영토욕이 없는 사람들이었고 어찌 보면 해적과도 통하는 면이 있었다. 바다가 전부 그들의 영토라고 여기는 사람들은 지상의 땅엔 별 관심이 없는 것이다.

과격하게 떠들 수 있는 사람들은 언제나 그랬듯이 자신의 능력을 펼쳐보이길 주저하지 않았다.

"악독하고 무지한 해적놈들의 무리가 언필칭 자신을 나라라고 하며 열국과 같은 반열에 서겠다니 어이가 없을 뿐이다. 저 어리석고 무도한 해적놈들을 위하여 개발된 유일한 발명품인 교수대만이 정의와 이성을 지키는 우리들이 저들에게 보낼 수 있는 건국 선물일 것이다."

하리야는 그 욕설들을 모두 접수했고, 말없이 미소만 지어보였다. 정의의 군대가 그들의 국경선을 밟는 것은 당장은 달로 뛰어오르는 것보다 어려울 것이다. 그들의 국경선에 발을 들여놓을 수 있는 나라들은 모두 전쟁중이므로. 따라서 그들이 제아무리 목에 핏대를 세워가며 고함지른다 한들 거위떼들의 꽥꽥거림보다 더 무가치한 일이다.

하리야 선장은 오히려 외부보다는 내부 쪽의 반발을 염려했다. 다림시는 강인한 사나이들의 집단이라 할 수 있다. 은퇴 선원이라는 것은 다 늙어 이빨이 빠졌다는 의미가 아니라 살아서 은퇴할 수 있을 만큼 대가 세고 수완이 좋다는 의미로 해석되어야 한다. 그리고 다림시의 햇볕 좋은 길거리에 앉아 있는 사내들 중 열에 아홉은 그런 인물이다. 하지만 그들은 바로 그런 사내들이었기에 스스로를 기만할 줄은 몰랐다. 그들은 자신들이 힘 대 힘의 대결에서 패했다는 것을 겸허하게 받아들였다. '힘으로는 졌을지 몰라도 우리의 정신까지 지배하지는 못하리' 따위의 말을 순수한 코미디로 즐길 줄 아는 사람들이었던 그들은 일단은 햇볕이나 쬐며 신생국의 앞날을 냉정히 지켜보기로 결정한 듯했다. 하리야 선장으로서는 가장 큰 시름을 던 셈이었다.

그리고 그들 중 때이른 은퇴에 무료해하다가 다시 모험을 찾아 하리야의 건국 사업에 참가해 보기로 한 이들을 얻게 된 것은 뜻밖의 수확이었다. 바닷일을 하기에 힘이 부쳐 은퇴한 사내들은, 그러나 평생 모아둔 재산을 까먹으며 사는 생활에 염증을 내고 있었다. (바다에선 돈 쓸일이 없다. 도박만 멀리할 수 있다면 가장 게으른 은퇴 선원도 남부럽지 않게 여생을 정리할 재산을 모을 수는 있다.) 바다로 돌아가기엔 힘들었지만 모험에는 목말라 있었던 선원 출신자들은 그것을 일종의 도락거리로 생각하며 하리야에게 접근해 왔다. 선원과 해적이지만 그들에겐 바다를 무서워하며 사랑했던 사나이들의 공통점이 있었다. 말재주가 없어 쭈뼛거리며 다가온 그들을, 하리야는 열렬히 반겼다. 그것은 다시 한번 제국의 사람들을 어이없게 만들었다.

그러나 사람들을 가장 어이없게 만든 것은 신생국의 국명이었다. 노스윈드 해적들 사이에 공공연히 퍼져 있는 소문에 따르자면 그 이름을 최초로 꺼내놓은 것은 트로포스 선장이었다고 한다.

"실패한 농담이나 주워담아서 빨리 꺼져버려." 두캉가 선장의 반응이었다. 오닉스 나이트 선장은 소리를 내지는 않았지만 그외의 모든 행동으로써 신음하는 사람의 모습을 정확히 보여주었다. 그러나 돌탄 선장은 좋아했다. "좋은 이름인데? 난 찬성하겠어. 크커 내카 매일 열심히 포는 커치. 하하하!" 그러자 킬리 선장은 그의 가장 친한 친구를 한번 바라본 다음 입을 다물어버렸다. 하리야 선장은 찌푸린 눈으로 트로포스 선장을 바라보다가 고개를 돌렸다. 일종의 옵서버로 참석중이었던 바스톨 엔도 장군은 당황하여 말했다.

"왜 나를 쳐다보시오?"

"실제로 나라를 한번 세워보신 분이잖습니까."

"어, 아시겠지만 난 그저 내 이름을 따서 지었을 뿐이오. 내 용병단의 이름이 그거였기에. 그리고 난 여기서는 발언권이 없을 텐데. 내가 여러분들의 건국에 아무런 협조도 드릴 수 없다는 건 잘 아시지 않소."

"물론 사트로니아의 협조를 원하는 건 아닙니다. 그저 개인적인 감상만 들려주십시오."

"개인적으로 말이오?"

"예."

"글쎄올시다. 국명은 중요한 것이지요. 신생국의 경우 어쩌면 나라의 운명을 좌우할 정도로. 하지만 내 견해로는 이렇소. 한 집단의 이름은, 그 구성원들이 모두 좋아하는 이름이 가장 좋다고. 너무 당연한 말이었지요?"

"흐음."

하리야 선장의 얼굴에 갈등의 빛이 떠오른 것을 알아차린 두캉가 선장은 당혹하여 외쳤다. "웃기지도 않아. 모두들 알다시피 이곳은 대륙 최남단이라고." 그러나 하리야 선장은 어깨를 으쓱해 보였을 뿐이다. 두캉가 선장은 목소리를 높여 "알버트에게도 물어보자고!" 등의 방해 작전을 펼쳤지만 물수리호로 보내어진 질문에 대해 물수리호의 선원들은 아무런 대답도 하지 않았다. 하리야는 그것을 찬성의 의미로 판단했다.

그래서 신생국의 국명은 선원들이 가장 좋아하는 별의 이름을 따서 폴라리스라고 정해졌다. 대륙 최남단의 국가에 북극성의 이름을 붙인 이 처사는 다시 한번 광대와 재담가를 열광케 했다.

모든 신생국가의 골치 아픈 일들은 폴라리스에도 예외없이 찾아왔다. 7인 평의회의 일을 맡게 된 선장들은 눈에 핏발이 설 때까지 일을 했지만 일은 끝이 없었다. 말이 7인 평의회였지만 실제로 일하는 선장은 네 명뿐이었다. 배를 떠날 수 없는 알버트 선장과 말이 안 통하는 오닉스 선장, 그리고 아직 회복이 끝나지 않은 트로포스 선장이 제외되기 때문이다. 부족한 세 명 분의 업무는 자유호의 일항사 식스가 대신 맡아야 했다. 그는 총독부의 통치 기구를 파악하고 이양받는 작업을 맡았으며, 그다운 엄격함으로 나흘 동안 철야 작업을 한 다음 졸도해 버렸다. 그가 졸도한 다음 그 일을 대신 맡은 페가서스호의 도일 일항사와 흑기사호의 매슈 일항사는 식스가 처리하고 있던 일의 방대함에 질겁해 버렸다. (뒷처리만 맡으면 되는데도 불구하고.) 그래서 그들은 졸도한 식스를 놀릴 수는 없게 되었다. 킬리 선장과 돌탄 선장은 합쳐서 열대여섯 개쯤 되는 위원회의 일을 맡게 되었으며 간혹 자신이 출석할 위원회를 혼동했다. 킬리 스타드 선장이 교육위원회에서 퇴장하며 남긴 푸념 한마디.

"난 사람들이 교육에 이렇게 관심이 많은 줄은 몰랐어. 좋은 일이야. 하지만 교육은 사실을 가르쳐야 되는 거 아니던가? 왜 우리가 해적이 아니라 피치 못할 사정으로 육지에서 도망친 혁명가나 영웅이 되어야 하는 거지?"

그에 대답한 돌탄 선장의 한 마디.

"이꽈, 킬리. 폴라리스의 토로 넓이를 얼마로 �켤청하튼 크케 무슨 상 관이치? 마차만 탈릴 수 있으면 퇴는 커 아냐? 크 친쿠틀은 크케 충요 한 컷처럼 말하턴테, 왜 충요한치는 말해 추치 안터라코."

"자네 교통위원회에 갔었나?"

"아니. 산업위원회. 그 차틀은 쿄통위원회를 흡수하려코 눈이 펄캐쳐 있터쿤. 첸창!"

그리고 선장들 중 최연장자인 두캉가 선장은 인력 수급을 맡아서 찬 성파와 참견꾼을 가려내고 반대파와 불평분자를 구분하는 일을 하면서 자신의 사람 보는 눈이 이렇게 낮았던가 하는 깊은 고민 속에 빠져버 렸다.

평의회의 수장인 하리야 선장은 대외 업무를 맡았다. 하지만 그 대외 업무라는 것은 그 말에서 연상되는 것과는 전혀 다른 의미의 일이었다. 하리야는 다림 주재의 각국 대표부들을 차례대로 방문하거나 하지는 않았다. 기실 하리야는 각국으로 통하는 채널로 그 대표부들이 필요했 지만 그것을 공공연히 드러낼 만큼 무지하지는 않았는지라 당분간 무 접촉으로 일관하는 정책을 세웠다. 하리야 선장의 대외 업무는 그보다 좀더 복잡한 일이었다.

모든 신생국가의 고민에 더하여, 하리야에겐 사트로니아 함대를 처리 하는 일이 남아 있었다.

바스톨 장군은 아무런 말을 꺼내지 않았지만 그 의미는 너무도 자명했다. 다림 만에 떠 있는 사트로니아 함대의 존재는 신생국 폴라리스의 목에 들이댄 칼날이나 다름없다. 그 의미를 짤막하게 정리하면 이렇게 될 것이다. '다림을 노이에스 정벌 전쟁의 전진 기지로 제공하고 협조를 아끼지 않는다면, 사트로니아는 폴라리스를 인정할 것이다. 그러나 그렇지 않으면 신생국 폴라리스의 첫 번째 대외 사업은 대 사트로니아 전쟁이 될 것이다.'

하리야는 불쾌한 기분 속에 위궤양을 일으키는 대신 그것을 자신의 목적과 합일시켜 버리기로 결정했다. 어쨌든 사트로니아가 원하는 것은 폴라리스가 아니라 휘리 노이에스다. 그리고 휘리 노이에스는 폴라리스 바로 바깥에서 전쟁중이다. 따라서 사트로니아군을 폴라리스의 국경선 확립에 이용할 수 있을 것이다. 결정을 내린 하리야는 다벨의 정복 전쟁을 탐지하며 사트로니아군을 개입시킬 기회를 찾는 데 모든 노력을 경주했다. 건국 사업을 완료—물론, 진짜 완료라고 말하려면 훨씬 많은 시행착오의 시간이 필요하겠지만—하자마자 전쟁 사업에 몸을 던지는 하리야 선장을 보며 동료 선장들은 경탄을 보내었다.

그리고 하리야는 이 모든 일을 공개리에 진행시켰다. 그랬기에 폴라리스 주재의 대표부들은 본국으로 보내는 보고서를 쉽게 작성할 수 있었다. 보고서들을 받아든 각국은 사트로니아의 의지가 해적들을 인지해 주는 것에 있는 것이 아니라 휘리 노이에스의 견제를 위한 거점을 원하는 것이라 판단하고는 일단은 사트로니아의 의지를 그 정도로 받아들이기로 했다. 그랬기에 그들은 당장은 폴라리스의 건국에 반대하고 나서지는 않았고, 각국 대표부들을 존속시켜 둔 하리야는 즐거워했다.

그리고 퓨아리스 4세 또한 즐거워했다.

"사트로니아와 폴라리스에 축복 있으라! 노병의 도끼가 아주 제대로 때렸군!"

법황은 펜을 들어 벽의 지도에 큼직하게 폴라리스라고 써놓으며 즐거워했다. 그 모습을 보던 플로라는 약간 조바심을 느꼈다.

"성하. 그런 행동은…… 성하께선 폴라리스를 인정하실 생각이십니까?"

"할 거야."

"그들은 해적이자 제국의 공적 제1호……"

"아니, 틀려. 키 드레이번의 이름이 빠져 있다. 그 해적놈들도 머리는 있단 말이야. 물론 그놈들 중 상당수는 여러 나라에서 수배중인 범죄자지만, 제국의 공적은 없어. 인정할 수 있지."

"그렇긴 합니다만, 그건 모든 이들에게 눈 가리고 아웅하는 처사로 받아들여질 것입니다."

"걱정 마. 공식적으로 인정하는 것은 좀더 뒤의 일이 될 테니까. 지금은 기회를 줄 뿐이야. 다른 모든 나라들처럼 나 역시 당장은 폴라리스를 규탄할 수는 없잖아, 플로라?"

"사트로니아를 난처하게 할 테니……"

"바로 그거야! 사트로니아를 난처하게 할 테니. 기가 막히잖아? 다른 나라들도 사트로니아를 난처하게 할까 봐 잠깐 동안은 입을 닫고 있단 말이야. 아주 멋지다고!"

"하리야라는 분, 꽤나 지혜로우신가 보지요."

"그래. 아주 좋은 때를 이용하고 있다. 국경을 마주 대하고 있는 나라들이 전부 전쟁중인 때를 골라, 그들을 처리하고 싶어하는 유일한 나라의 도움을 끌어내어 나라를 일으켰어. 사트로니아는 하이낙스에게 워낙 심하게 당했던지라 두번 다시는 그런 꼴을 당할 수 없다고 신경이 곤두서 있지. 폴라리스호는 거의 최고의 바람을 타고 있어. 나도 도움을 좀 줘야겠어. 좀 조용한 걸로. 자극적이지 않지만 확실한 걸로. 어디 보자. 하리야 헌처크 개인에게 보내는 축하 서신? 아냐. 이건 자극적이야……"

어린아이처럼 신이 나서 이야기하는 법황을 보며 플로라는 방긋 웃었다. 법황은 그 웃음을 보며 덩달아 웃었고 아주 오래간만에 법황 집무실의 분위기가 밝아졌다. 그러나 퓨아리스 4세는 다시 지도를 돌아보았고, 갑자기 웃음을 잃었다. 그는 자신이 휘갈겨놓은 글자를 보며 눈을 가늘게 떴다.

"정말 굉장하지?"

"예?"

"정말 굉장하다고. 나라 하나쯤 뚝딱 세울 수 있는 작자를 거느리고 있단 말이야."

플로라는 법황의 말에서 생략된 단어를 짐작해 낼 수 있었다. 그리고 그 짐작은 그녀를 슬프게 만들었다. 플로라는 법황의 뒷모습을 바라보았다. 퓨아리스 4세는 벽을 바라보며 말했다.

"내 등을 보고 있나, 플로라?"

"그렇습니다."

"뭐가 보이나?"

"……지상에서 가장 고귀한 이의 모습입니다."

"지상 최고의 머저리겠지. 얼간이라고 해도 좋고."

플로라는 잇자국이 나도록 입술을 깨물었다. 잠시 후 그녀는 평온하게 말할 수 있었다.

"성하. 제가 사람의 일을 이야기한다면 우스운 일이겠지만 말씀드리고자 하니 용서하십시오. 성하께서 느끼는 감정들을 비하하실 필요는 없을 것 같습니다. 그건 누구나 느끼는 감정입니다. 감정에 대해서 죄의식을 느끼지는 마시길 바랍니다."

퓨아리스 4세는 고개를 떨구었다. 양탄자의 무늬를 감상하는 것 같은 눈길이었지만 그 눈은 실제론 아무것도 보고 있지 않았다. 그렇게 서 있던 법황은 갑자기 몸을 돌렸다. 그의 시선이 향하는 곳을 바라본 플로라는 집무실 한쪽 구석에 놓여 있는 흉상을 발견했다.

그것은 인자하다는 말의 현현인 것같이 생긴 선대 법황 퓨아리스 3세의 흉상이었다. 어떻게든 그 지위에 어울리는 위엄을 더해 보려 애쓴 조각가의 노고는 눈물겨운 것이었지만, 그 흉상에서 위엄을 느낄 수 있는 사람은 별로 없었다. 퓨아리스 3세는 사람 좋은 얼굴을 한 채 푸근하게 미소 짓고 있었다. 역대 법황들의 흉상 중에서 어린 신도들이 가장 좋아하는 흉상이기도 하다.

흉상을 쳐다보던 법황이 갑자기 움직였다.

퓨아리스 4세는 흉상 쪽으로 다가섰다. 그의 손이 흉상을 붙잡은 순간 플로라는 눈을 감았다. 퓨아리스 4세의 고함이 요란하게 터져나왔다.

"퓨아리스 3세, 이 빌어먹을 영감탱이야! 나를 이 지경으로 만들려고 죽다가 살아나?"

와장창! 플로라가 다시 눈을 떴을 때 퓨아리스 4세는 깨어진 흉상의 잔해 속에서 헉헉거리며 서 있었다. 플로라는 이 집무실에 있다가 법황의 손에 의해 유명을 달리한 것들의 리스트에 퓨아리스 3세의 흉상을 추가한 다음 나직하게 말했다.

"만족하십니까?"

"후, 후우. 좀 낫군. 망할, 음흉한 노인네. 언젠가 꼭 한번 이렇게 해주고 싶었어."

"만족하신다니 다행이군요."

퓨아리스 4세는 플로라를 돌아보며 빙긋 웃었다. 그러나 곧 그 미소가 사라졌고 퓨아리스 4세는 겁먹은 얼굴로 말했다.

"그레이엄에게…… 음음. 이봐. 플로라. 어쩌지? 저, 그러니까 팔이 걸려서 그랬다고…… 믿어줄까?"

플로라는 고개를 가로저을 수밖에 없었다. 법황은 울상이 되어 흉상의 파편을 내려다보았다.

그렇게 모든 나라들은 한 신생국의 운명을 주로 흥미 쪽에 비중을 두고 바라보고 있었다. 위협으로 인식되기엔 폴라리스는 너무 먼 곳에 있었다. 폴라리스가 그들과 같은 자리에 서서 대륙의 내일을 의논하게 될 것인지, 아니면 제국 천년의 역사 속에서 무수히 명멸했던 부초 같은 나라들 중 하나로 끝나버릴지를 또라지게 말할 수 있는 사람은 아무도 없었다. 하지만 그들은 해적과 은퇴 선원들이 어떤 역사를 만들지를 바라보는 것이 흥미로운 일이 될 것임에는 모두 동의했다.

그러나 라트랑에서만은 이 흥미진진한 아이의 미래에 대한 고려 같은 것을 하고 있을 겨를이 없었다. 그들 바로 곁에서 분란을 일으키고 있는 한 성인이 그들의 감성을 더 자극하고 있었기 때문이다.

라트랑 후작 에름은 두 통의 서신에 사인한 다음 한숨을 내쉬었다.

아마도 지금 바이스라와 레모의 지도자들도 똑같은 서신을 쓰고 있을 것이며, 그 수신인의 이름들 또한 똑같을 것이다. 두 통의 서신은 각자 록소나의 국왕 빌레스와 다케온의 백작 네그리파에게 보내어지는 것이다. 전자의 내용은 그 훌륭한 회군 결정을 반갑게 여긴다는 것이며 후자는 근래에 당한 끔찍한 고초에 심심한 위로를 보낸다는 내용이다. 삼국의 지도자가 똑같은 내용의 서신을 쓰는 것은 그들의 공조 체계를 천하에 알리는 결과가 될 것이다.

에름 후작은 당장은 무용지물이 된 삼국 협정에 대해 생각하며 손을 옆으로 뻗었다. 그의 나라가 대륙에 자랑하는 유명한 와인을 마시기 위한 동작이었지만, 그의 손끝에는 그곳에 있으리라 생각했던 디캔터가 닿지 않았다. 에름 후작은 고개를 돌렸다.

"이루미나?"

책상 옆에 서 있던 라트랑 후작 부인 이루미나는 조용히 웃은 다음 손에 든 디캔터를 유리잔에 기울였다. 이루미나는 잔을 채워 그녀의 남편에게 건네었지만 후작은 웃으며 고개를 가로저었다.

"한 잔 더 부어요."

이루미나 후작 부인은 고개를 갸웃하다가 한 잔을 더 따랐다. 에름 후작은 와인잔을 들어올리며 부드럽게 말했다.

"나와 건배해 주겠어요, 이루미나?"

"무엇을 위해서지요, 에름?"

"세상이 우리에게 주는 의외의 즐거움들을 위해."

후작과 후작 부인은 가볍게 잔을 부딪쳤다. 그리고 두 사람은 잔을 든 채 테라스를 향해 걸어갔다.

에름 후작이 부인을 위해 지은 이 카밀궁은 바다를 향해 열려 있는 넓은 테라스를 가지고 있었다. 단단한 돌기둥들이 받치고 있는 테라스는 해수면 위 3피트 정도의 높이에서 수평선을 바라보고 있었다. 테라스라기보다는 나루터처럼 보인다. 궁전이 자리하고 있는 곳이 조용한 만 안쪽이라 파도가 테라스 위까지 치는 일은 거의 없었다. 두 사람이 와인 잔을 들고 찾아갔을 때에도 궁전 앞바다는 물결조차 찾기 힘들만큼 조용히 반짝이고 있었다. 후작은 바다의 공주라 불리는 부인에게 정원 대신 바다를 선물한 셈이었다.

테라스의 의자에 앉은 에름 후작은 수평선을 바라보며 와인을 마셨다. 후작 부인을 위한 의자도 있었지만, 이루미나는 의자에 앉는 대신 후작이 앉아 있는 의자의 팔걸이에 걸터앉았다. 에름은 빙긋 웃으며 부인의 손을 잡아 키스했다.

"설명해 주시겠어요, 에름?"

"빌레스 국왕이 회군했습니다."

이루미나는 작게 탄성을 질렀다. 에름은 두 손으로 부인의 손을 감싸 쥐며 미소 지었다.

"마왕은 승세를 타서 진격할 수도 있었을 겁니다. 그런데 군대를 돌려버렸지요. 다케온의 자랑인 리저드라이더 부대를 두 번이나 격파하고 나서 말입니다. 정말 훌륭한 결정입니다. 나라도 그렇게 할 수 있을지 의심스럽군요."

"당신이 바이스라와 레모와 맺었던 협정을……"

"아니오. 이루미나. 우리는 아직 알리지 않았습니다. 빌레스 국왕은 우리가 압박을 가하기 전에 자신의 결정으로 회군한 겁니다. 덕분에 우리도 볼썽사나운 협박을 보낼 필요도 없게 되었고. 급하게 협정을 성사시키기 위해 뛰어다녔던 특사들에겐 안된 일이지만 그들도 일이 이렇게 품위 있게 끝났으니 반가워하겠지요."

"다행스러운 일이군요."

"난 그렇게 생각하지 않아요, 이루미나."

"에름?"

"내가 마왕에게 재갈을 물려 록소나로 끌어다 놓았다면 당신에게 꽤나 잘난 체할 수 있었을 텐데. 아쉽군요."

에름은 짐짓 아쉽다는 듯이 한숨을 내쉬었다. 이루미나는 쾌활하게 웃었다.

"에름. 내가 지금보다 더 당신을 존경하길 원하나요?"

"아, 그건 곤란하지요. 그랬다간 나는 자신을 대천사 비슷한 인물인 줄 착각하게 될 테니."

부부는 함께 웃은 다음 수평선을 바라보았다. 이루미나는 조심스럽게 몸을 기울여 에름의 어깨에 기대며 속삭였다.

"정말 잘하셨어요, 에름. 당신이 한 일이 쓸모없어졌다 해도, 그리고 아무도 알아줄 수 없다 해도 나는 알고 있어요. 그걸로 만족하시지 않겠어요?"

"이미 만족합니다. 내가 아무 일도 할 필요가 없었다는 것이 정말 기쁩니다."

"다행이네요."

"무익한 전쟁은 없어야 합니다. 이루미나. 사람들이 피를 흘려서는 안 됩니다. 하이낙스가 남겨준 것 중에서 유일하게 쓸 만한 것은 바로 그 교훈이 아닌가 싶군요. 그도 그런 생각을 했겠지만, 사람들의 분쟁이 영영 없게 하려고 선택한 수단이 바로 전쟁이었으니 그는 자가당착에 빠진 셈이었습니다."

"마법사였잖아요? 정신이 이상했을 거예요."

"하하. 이루미나. 그가 좀 괴팍하긴 했지만 정신이상자는 아니었습니다."

"나는 잘 모르겠군요. 내 동생이라면 그의 일대기를 줄줄 불러댈 수 있겠지요. 그것도 입을 쓸 필요가 없는 다른 일 몇 가지를 해가면서."

"그럼 이런 일을 할 땐 못하겠군요."

에름은 어리둥절해하는 이루미나를 끌어당겼다. 이루미나는 곧 남편의 뜻을 이해했고, 다가오는 그의 입술을 향해 자신의 입술을 내밀었다. 부부는 열정보다는 안온함 속에서 서로의 입술을 더듬었다.

……그리고 두 사람의 입술이 떨어졌을 때, 이루미나는 눈물을 감추기 위해 얼굴을 돌렸다.

"미안해요. 에름."

"그런 말 하지 말라고 몇 번이나 부탁했잖아요, 이루미나."

"아무리 부탁해도 소용이 없어요. 감정은 어떻게 할 수 없는 거니까요. 미안해요."

에름은 곤혹스러운 표정으로 이루미나의 옆얼굴을 바라보았다. 그가 원했던 것은 자신의 아내가 미안함을 느끼는 것은 아니었다. 잠깐 고민하던 에름은 의자에서 일어나서는 이루미나를 바라보았다.

"수영하지 않겠어요, 이루미나?"

"지금은 그러고 싶지 않아요."

"나는 하고 싶은데요."

이루미나는 눈을 깜빡거리며 이상하다는 듯이 에름을 바라보았다. 에름 후작은 그의 아내에게 윙크해 보인 다음 테라스의 끝을 향해 걸어갔다. 테라스의 끝에 난간은 없었고, 이루미나는 기겁하며 일어났다.

"에름—!"

에름은 그대로 창공을 향해 몸을 던졌다. 당연한 결과로, 물보라가 튀어오르며 라트랑 후작은 바닷속으로 빠졌다. 어푸거리며 바닷물을 가득 들이마신 에름 후작은 물을 걷어차고 팔을 휘저어대었다. 결과적으로 자신의 머리 위에 더 많은 물을 뒤집어씌웠다. 에름 라트랑은 수영을 할 줄 모른다. 몇 번이나 수면을 들락날락거리던 에름은 테라스 쪽을 얼핏 보았다.

어느새 옷을 벗어던지고 슈미즈 차림이 된 바다의 공주는 허공에 우아한 선을 그리며 바다로 뛰어들고 있었다. 정신없는 와중에도 에름은 짧은 순간 감탄을 토했다. 덕분에 손을 휘젓던 것을 잊고 에름은 바다 아래로 가라앉았다. 하지만 그는 불안감을 느끼는 대신 눈을 크게 떴다.

푸른 바다 저편으로부터 그의 아내가 헤엄쳐 오고 있었다.

두 손을 옆구리에 꼭 붙인 채 이루미나 후작 부인은 남편을 향해 빠른 속도로 다가오고 있었다. 이루미나는 남편이 눈을 뜨고 있는 것을 보고는 눈썹을 곤두세우며 비난의 말을 토해내었다.

"보글보글보글!"

"보글, 보그르르……?"

에름 후작은 어깨를 으쓱이며 물거품을 토해놓았다. 이루미나는 못 말리겠다는 얼굴을 하고선 남편의 허리를 감싸안았다. 그리고 이루미나는 힘차게 헤엄치며 남편을 수면 위로 끌어올렸다. 물 밖으로 나오기 전의 짧은 순간, 에름은 아내의 슈미즈 아래 쪽을 바라보며 슬픈 미소를 지었다.

격세유전되는 카밀카르 왕가의 신비가 그곳에서 꿈틀거리고 있었다. 날씬하며 길다란 꼬리. 맑은 물 속에서 마치 너울처럼 움직이는 지느러미. 바닷물을 통과한 햇살이 부딪힐 때마다 수천 개의 무지개처럼 반짝이는 비늘들…….

에름은 가슴이 터질 것 같은 기분을 느꼈다. 숨이 가빠서만은 아닌 것 같다.

갑자기 짓눌리는 기분이 사라지며 에름은 물 밖으로 나왔다.

에름은 머리를 힘차게 흔들어 물방울을 흩뿌리고는 아내를 바라보았다. 이루미나는 그의 허리를 꼭 껴안은 채 원망과 슬픔, 그리고 당황이 뒤섞인 표정으로 그를 바라보고 있었다. 에름은 크게 웃으며 그의 아내의 두 볼을 감싸쥐고 입맞추었다. 아내의 입술에선 바닷물 맛이 났다.

이루미나는 남편을 다시 테라스에 올려놓은 다음 그녀 자신도 뛰어올랐다. 물고기의 꼬리는 다시 두 다리가 되었다. 에름의 견해로는 세상에서 가장 근사한 다리다. 이루미나는 남편의 시선을 느끼곤 얼굴을 붉히며 슈미즈를 아래로 끌어내렸다. 옷이 젖어서 별 도움은 되지 않지만.

"무슨 생각을 하신 거예요? 수영도 못하시면서!"

"모든 현명한 남편들이 그렇듯이, 아내를 믿었던 거죠."

에름은 셔츠를 벗어 물기를 짜내면서 껄껄거렸다. 그가 다시 사랑하는 아내에게 들려줄 근사한 말을 떠올렸을 때였다.

"로―드 에름―?"

약간 난처한 듯한 고함이 들려온 순간 이루미나는 기겁하며 바닷속으로 뛰어들었고, 에름 역시 당황하여 몸을 돌렸다. 그리고 에름은 테라스 저편, 방 안쪽에서 벽을 보며 고함 지르고 있는 기사 한 명을 보게 되었다. 기사는 두 부부의 좀 지나치게 발랄한 모습을 보곤 황급히 몸을 돌린 모양이다. 에름은 재빨리 아내가 벗어던진 겉옷을 끌어당기며 말했다.

"무, 무슨 일인가, 서 레빌?"

서 레빌은 당혹한 목소리로 대답했다.

"방해해서 죄송합니다. 노크를 해도 대답이 없으시기에 허락 없이 들어왔습니다."

"아, 그래. 무슨 일이지? 야, 약속이 있었던가?"

에름은 아내의 겉옷을 등뒤로 돌렸고 테라스 아래쪽에선 흰 손이 올라와 그 옷을 움켜쥐었다. 서 레빌은 여전히 벽을 노려보며 말했다.

"아닙니다. 로드 에름. 후작님을 뵙기를 간청하는 방문객이 있습니다."

에름은 순간 짜증을 느꼈다. 별볼일 없는 방문객이면 서 레빌이 알아서 처리해야 할 터이고 그가 직접 만나야 할 중요한 방문객이면 당연히 사전 통지가 있었을 것이다. 아무리 생각해 봐도 방문 예고도 없이 찾아온 무례한 방문객 때문에 라트랑 최고의 권력자인 그들 부부가 방해받을 수는 없는 것이다. 하지만 에름은 꾹 참으며 말했다.

"어떤 방문객이시기에 이렇게 급히 나를 찾아온 건가?"

"그것이……"

"언니!"

뭔가가 방 안으로 휙 뛰어들었다. 에름은 당황하여 셔츠를 끌어올렸다. 눈깜짝할 사이에 달려온 그것이 그의 옆을 지나칠 때 에름은 '안녕하세요, 후작님' 어쩌고 하는 말을 들었던 것 같았다. 다음 순간 그의 등뒤로부터 요란한 물소리가 들려왔다.

에름은 기막힌 얼굴로 뒤를 돌아보았다가 뒤로 돈 것의 수십 배나 되는 속도로 다시 앞을 바라보았다. '주여, 이건 실수였나이다.' 그의 등뒤에서는 그의 처제가 아내와 함께 물장구를 치고 있었던 것이다.

"유리? 유리!"

"룸 언니!"

에름은 떨떠름한 얼굴로 서 레빌을 바라보았고 서 레빌은 두 손을 펼쳐보이며 '바로 이런 이유에서입니다'는 뜻의 몸짓을 해보였다. 에름은 얼떨떨한 표정으로 고개를 끄덕이며 황급히 테라스를 떠났다. 그때 열린 문 저편으로부터 남자 두 명이 걸어들어왔다. 남자들은 에름의 차림새에 당황하다가 고개를 숙였다.

"반갑……습니다. 후작님. 저는 바탈리언 남작이라…… 합니다."

에름은 정신이 하나도 없었다. 그는 이 저명한 문객을 만나보고 싶다는 생각은 해봤지만, 그 기념비적인 순간에 자신이 반쯤 벌거벗고 있을 줄은 꿈에도 몰랐다.

"발사—!"

대포가 다시 사납게 불을 뿜었다. 포신이 격렬하게 후퇴하며 파란 포연이 피어올랐다. 수십 회째 계속된 발사 때문에 포신은 달아오를 대로 달아올라 있었다. 그리고 명쾌한 살해 의지의 날개를 단 포환들이 강 건너편의 참호를 향해 날아들었다.

포환은 땅을 할퀴고 나무를 뿌리째 뽑아올렸다. 흙먼지와 모래가 피어올라서 참호를 덮쳤고 참호 안에서는 맹렬한 기침 소리가 들려왔다. 다케온의 기사들은 천식과 더불어 소화불량에 걸릴 지경이었다. 그들이 목숨과 거의 비슷하게 생각하는, 때론 목숨과 혼동하기도 하는 것이 기사의 품위다. 그러나 포화 속의 참호 속에 웅크리고 있으면, 게다가 여름으로 접어든 날씨 때문에 땀을 뻘뻘 흘리며 혹시라도 포환이 참호 안으로 들어올까 봐 전전긍긍하고 있다면 기사나 보병이나 거기서 거기다. 다케온 기사들은 악에 받쳐서 외쳤다.

"저 빌어먹을 다벨 놈들은 대포를 다 부숴먹을 생각인가!"

그러나 초탄 발사 후 돌격을 감행했다가 부상을 입은 기사들은 그런 불평 소리도 내지 못했다. 그렇게 빨리 2탄이 날아든 데 놀라고 있던 기사들에게 숨돌릴 새 없이 3탄이 날아들었다. 그제서야 다케온 기사들은 자신들이 제국 역사상 최초의 연속 사격의 제물이 되어 있음을 깨닫고는 허둥지둥 보병용의 참호로 돌아왔다. 참호 속으로 굴러떨어지면서도 기사들은 자신 있게 외쳤다.

"오래는 못 간다. 대포가 깨지고 말 테니까."

그러나 수십 회째의 사격이 계속되고 있는 지금, 그 말은 왠지 신빙성이 없었다. 그야말로 압도적인 포화 사격이었고, 그래서 몇 번인가 응사하던 다케온의 대포들은 이미 오래전에 결딴난 상태였다.

포격이 잠깐 멎은 순간 용감한 기사 하나가 참호에서 고개를 내밀고 고함 질렀다.

"이 빌어먹을 다벨 놈들아! 대포 다 부술 작정이냐? 그따위 맞지도 않는 대포 집어치우고 전사답게 싸우잔 말이다!"

"너 항문으로 휘파람 불래?"

강 건너편에서 대꾸의 말이 들려온 순간 용감한 기사의 전우들은 기사의 팔다리를 붙잡고 늘어져야 했다. 용감한 기사는 머리끝까지 열이

올라 난동을 부리고 있었고 한 상상력 풍부한 취사병은 잠시 저 기사를 요리에 이용할 수 있지는 않을까 하는 망상에 시달렸다. 그러나 그 대꾸가 누구로부터 나온 것인지 알았다면 용감한 기사는 아예 정수리로부터 용암을 뿜어대었을 것이다.

강 건너편에서 휘리 노이에스는 낄낄거리며 몸을 돌렸다. 포병대 쪽을 흘끔 바라본 휘리는 고개를 끄덕였다.

"저 친구의 말이 맞긴 하군. 슬슬 대포 깨질 때가 되었지?"

"그렇습니다. 팔라레온제 치고는 꽤 오래 버티는군요?"

소팔라는 한가롭게 대답했다. 하지만 소사라는 약간 근심스러워하는 표정이었다.

"웬만하면 깨버리지는 말지요. 아깝잖습니까. 사령관님."

"서 소사라. 안됐지만 저건 벌써 대포가 아니라 고철덩이라고. 지금쯤은 포신 안쪽이 엉망이 되어 있을걸. 탄착점이 제멋대로잖아."

"그렇습니까?"

소사라는 입맛을 다시면서 아까워했다. 휘리는 소팔라를 돌아보며 말했다.

"그럼 작전대로 간다. 서 소팔라. 준비하게."

"알겠습니다, 사령관님!"

소팔라는 지휘소가 있던 언덕에서 달려내려갔다. 휘리 노이에스는 소사라 쪽을 바라보았고 소사라는 깃발을 들어올렸다.

"포격, 중지!"

지루하게 계속되던 포격이 마침내 멎었다. 대포가 폭발할까 봐 조마

조마해하던 다벨 포병들은 성호를 그으며 재빨리 대포에서 도망쳤다. 그리고 강 건너에서는 얼굴 전체를 분노로 물들인 다케온 기사들이 참호 속에서 뛰쳐나왔다.

그리고 다시 말에 오르려던 다케온 기사들은 순간 아연함을 느꼈다.

말을 달릴 수가 없었다. 무자비하게 계속된 포격은 강변 주위의 부드러운 땅을 엉망진창으로 파헤쳐 놓았다. 마치 거대한 쟁기로 갈아 엎어놓은 것 같았다. 말을 달리게 하기는커녕 사람도 제대로 달리기 어려울 것 같은 모습이었다. 그리고 강 건너편의 다벨군 측에서는 이미 도하를 위한 움직임이 시작되고 있었다. 다케온군의 사령관은 신음을 흘리며 기사들에게 하마(下馬)를 명령한 다음 그런 지독한 땅도 달릴 수 있는 유일한 부대에게 진격 명령을 내렸다.

다케온의 자랑 리저드라이더들이 전열로 나섰다.

그러나 초라하기 그지없는 모습이다. 록소나와의 전투에서 두 번이나 패했던, 그리고 두 번째는 거의 궤멸에 가까운 피해를 입었던 리저드라이더 부대는 아직 그 압도적인 모습을 되찾지 못하고 있었다. 다케온 사령관 또한 리저드라이더들이 적의 예봉을 꺾거나, 그렇지 않으면 시간을 끌어주는 것만을 바랄 뿐이었다. 그에게는 기사들을 하마시키고 중장보병을 전진시키기 위한 시간이 필요했다. 리저드라이더들은 사령관의 뜻을 이해했고, 기합보다는 포효에 가까운 외침을 토해내며 강 쪽을 향해 달려가기 시작했다.

"돌겨—억!"

목도리도마뱀은 수면마저 달릴 수 있는 그 기동성을 십분 발휘하며 움푹움푹 패인 땅을 평지처럼 치달아 삽시간에 강변 가까이까지 도달했다. 강 건너편에서 그 모습을 보고 있던 소괄라는 감탄하며 뒤를 돌아보았다.

"좋아, 약속은 다들 기억하지? 도마뱀 꼬리 하나만 잘라와도 자유다. 기사의 갑옷을 가져오는 자에겐 토지까지 따른다. 백부장급 이상의 머리를 가져오는 자는 당장 귀족이다. 알겠냐?"

군대식의 우렁찬 대답 대신 결의에 찬 끄덕임이 돌아왔다. 서 소괄라는 그 핏발선 눈동자들을 보고는 씩 웃으며 팔을 들어올렸다.

"가자!"

"와아아—!"

강물 속에 뛰어든 리저드라이더들은 그들을 향해 돌격해 오는 부대의 모습을 보며 놀랐다. 검과 도끼 등의 무기는 가졌지만 갑옷 등은 전혀 착용하지 않은 부대가 거친 머리를 흩날리며 맨발로 달려오고 있었다. 그들 중 일부는 아예 상의까지 벗어버리고는 농기구를 휘두르며 달려오고 있었다. 리저드라이더들 사이에서 격노한 외침이 터져나왔다.

"노예들!"

리저드라이더와 노예 부대는 얕은 강물 위에서 격돌했다.

목도리도마뱀은 전방에서 다가오는 적을 보며 그 프릴을 떨쳤다. "쐐애애—액!" 하지만 기병들에게는 가공할 효과를 나타내는 목도리도마뱀의 프릴도 독기를 품고 달려드는 노예들에게는 별 소용이 없었다. 리저드라이더들은 노성을 지르며 노예들 사이로 뛰어들었다. 목도리도마뱀의 앞발이 휘둘러질 때마다 노예들의 머리가 박살나고 그 가슴이 갈라졌다. 강물은 삽시간에 붉게 물들었고 물보라 튀는 소리 사이로 비명이 요란했다. 그러나 리저드라이더들은 노예 하나를 쓰러뜨릴 때마다 다른 노예 두서너 명이 도마뱀에게 달려드는 것은 막을 수 없었다. 가벼운 복장을 한 노예들은 도마뱀의 안장 위까지 뛰어올라 리저드라이더들의 목을 노렸다. 어떤 노예는 목도리도마뱀의 다리에 매달리기도 했다. 그것은 마치 개미떼가 그보다 훨씬 더 큰 쥐나 새 등을 공격하는 모습과 흡사했다.

그리고 그들 중 대담한 노예들은 철벅거리며 강을 건너 다케온의 중방보병을 향해 돌격해 갔다. 구렁투성이가 된 땅을 힘겹게 돌진해온 다케온 중장보병들과 기사들은 눈을 뒤집고 달려드는 노예의 모습과 맞닥뜨리게 되었다. 그들은 팔라레온의 넓은 밀밭에서 채찍 아래에서 일하던 노동 노예들이었고, 평생을 계속되어온 불평등에 의해 단련된 살해욕을 가지고 있었으며, 자유라는 대가까지 약속받은 상태였다. 그들은 팔라레온에서 가져온 대포 전부를 파괴할 정도의 사격을 가해서 그들만을 위한 전장을 만들어준 휘리의 요구에 완벽하게 부응했다.

왈칵 솟아나온 피들은 곧 유혈의 강이 되었다. 밀 그루터기처럼 무참히 베어진 수족을 부여잡고 울부짖는 다케온 중장보병의 육신 위로 다시 도리깨와 큰낫과 쇠스랑이 쏟아졌다. 노예들의 놀라운 활약 앞에서는 그들 가운데 서서 수준 높은 검술로 사방의 적을 베어내리고 있는 소팔라의 분전이 무색해질 정도였다. 노예 부대를 통솔하고 있던 소팔라는 어차피 지휘가 불가능하다는 것을 알고 있었기에 차라리 속편하다고 생각하며 사병처럼 검을 휘둘러대고 있었다.

그러나 휘리 노이에스는 노예 부대의 엄청난 활약을 보면서 환호하고 있지 않은 유일한 다벨군이었다. 전장을 세심히 관찰하던 휘리는 곧 고개를 끄덕이며 다시 소사라를 돌아보았다.

"좋아, 서 소사라, 시작해!"

"알겠습니다, 사령관님!"

휘리 노이에스는 자신이 그렇게 공들여 준비한 노예 부대를 믿지 않았다. 그리고 그의 불신은 정확했다. 훈련받은 병사들과 달리, 전투 초반 폭발적인 힘을 보였던 노예들은 곧 지구력의 감퇴를 보이며 주춤하기 시작했다. 반면 그들에 비한다면 베테랑 병사라 할 수 있는 다케온군은 꿋꿋하게 버티며 스스로 진형을 구축하여 노예들을 밀어붙이기 시작했다. 군대의 훈련이라는 건 기실 싸움을 잘하게 하는 훈련이 아니라 싸움을 오랫동안, 그리고 차분히 할 수 있게 하는 훈련이다. 사기가 취약할 수밖에 없는 노예들은 분노하는 것에도 빨랐지만 공포를 느끼는 데도 빨랐다. 주춤거리는 한두 발자국이 곧 정신없는 뒷걸음질이 되고 그 뒷걸음질이 곧 무기까지 팽개친 도주가 되어버리기 직전, 그리고 다케온 보병대의 얼굴에 잔혹한 미소가 떠올랐을 때,

정확한 시간에 돌격했던 다벨 중장보병대가 전장의 우회기동을 성공시켰다.

다케온 보병들 사이에서 비명이 터져나왔다. 노예들의 앞뒤 없는 공격을 방어하기 위해 밀집 대형을 짜고 있던 다케온 중장보병대는 다벨 중장보병대의 돌격을 미연에 막을 수 없었다. 공터나 다름없는 측면 공간을 이용하여 돌격한 소사라는 사기가 오를 대로 오른 다벨 중장보병

들을 다케온군의 측면에 풀어놓았다. 그것은 재정비에 들어간 다케온군의 허리를 무참히 꺾어놓는 일격이었다. 다케온군이 측면 쪽에 가해진 그 일격에 휘청거리는 순간 사그라들던 노예 부대의 사기가 다시 폭발했다.

"으아아아!"

짐승 같은 함성과 함께 노예들은 다케온군에게 달려들었다. 도마뱀 하나에 자유, 갑옷 하나에 토지, 그리고 백부장급 이상이면 곧장 귀족이다. 가진 것이라곤 목숨 하나뿐인 노예들은 거칠 것 없이 달려들었다. 다케온군은 귀신같이 달려드는 그 모습에 먼저 질려버렸고 얼어붙은 팔다리를 제대로 추스리지도 못한 채 쓰러져 갔다.

그들 가운데서 다시 크게 검을 휘둘러 다케온 중장보병 하나를 쓰러뜨린 소팔라는 잠시 호흡을 고르며 주위를 둘러보았다. 전황은 휘리의 작전에서 한치의 벗어남도 없이 전개되고 있었고 소팔라는 자신이 할 일은 그저 개인적인 무용(武勇)을 펼쳐보이는 것뿐이라는 사실을 깨달았다. 그때 등뒤로부터 부드러운 야유가 들려왔다.

"정신 차리시길, 형님. 그러다 목 떨어지겠군. 늙었나 보지?"

소팔라는 돌아보지도 않은 채 투덜거렸다.

"자기 얼굴에 침을 뱉어라, 얼간이. 너하곤 두 살 차이다."

하지만 소팔라는 호흡이 충분히 안정되었다고 판단한 다음에야 고개를 돌렸다. 소사라는 피와 살이 튀는 전장 한가운데라고는 생각되지 않을 만큼 평온한 미소를 지은 채 그를 바라보고 있었다. 소팔라는 고개를 갸웃했다.

"그런데 넌 지휘 안하고 거기서 뭐하냐? 나야 지휘할 일도 없지만."

"글쎄. 나도 별로 그럴 일이 없군. 한마디 해줬더니 눈을 뒤집고 싸우는데."

"뭐라고 말했는데?"

"나의 솔직한 심정을 들려줬지."

"솔직한 심정?"

"다벨 정예병이 팔라레온 노예에게 뒤지는 것을 보면 슬퍼질 거라고."

소사라는 그렇게 말해서 형을 웃긴 다음 허리 쪽으로 손을 가져갔다. 천천히 롱 소드를 뽑아든 소사라는 관찰하는 눈으로 사방을 둘러보더니 고개를 끄덕였다. 척척 걸어간 소사라는 책꽂이에서 책이라도 뽑아드는 듯이 간단한 동작으로 다케온 중장보병 하나를 베어내렸다. 그러곤 그의 형을 흘끔 돌아보며 말했다.

"하나야."

"뭐, 뭐야? 난 안 세고 있었단 말이다!"

"그럼 충고하는데 지금부터라도 세는 편이 좋겠군."

그 시점에서부터 전투는 별다른 변화 없이 다벨군의 승리로 돌아갔다. 포로는 별로 없었는데, 그 수급을 탐낸 노예들이 무기를 버리고 항복하는 자들까지 가차없이 죽였기 때문이다. 휘리는 자신이 원하던 바였기에 별로 신경 쓰지 않았다. 그는 포로까지 먹여살릴 생각이 없었다. 그리고 전투 후 서 소팔라는 동생보다 두 명 적게 쓰러뜨린 것을 알게 되자 세지 않았던 것까지 치면 자신이 이긴 거라고 고래고래 고함을 질렀고, 형을 멀뚱히 바라보던 서 소사라는 담담한 표정으로 '그래. 형이 이겼어'라고 말해 버림으로써 그의 형을 더 참담한 지경에 빠뜨렸다.

그렇게 해서 휘리 노이에스는 다케온과 맺었던 불침 협정을 반 달 만에 폐기해 버렸다. 그리고 다케온 백작 네그리파 다케온에게는 '휘리 노이에스! 이 아비 없는 광대 자식, 죽여버릴 테다, 뼛조각까지 씹어먹어주겠어!' 등의 교양인답지 않은 잠꼬대를 하는 버릇이 생겼다.

하리야 선장은 탁자 위에 펼쳐둔 지도를 혐오스럽다는 듯이 바라보며 말했다.

"이 친구 너무 빠른데요. 코피를 터뜨려주고 싶어도 어디 콧잔등을 볼 수가 있어야죠."

바스톨 장군은 동감의 뜻으로 고개를 끄덕였다. 하리야는 한탄하듯이 말을 이었다.

"장군께서 합리성에 기반한 정확한 순서라고 말씀하신 건 바로 이겁니까?"

"이것?"

"노예 말입니다. 팔라레온의 밀농장 노예들."

바스톨 장군은 고개를 가로저었다.

"휘리 노이에스가 노릴 수 있었던 것은 록소나와 팔라레온이지요. 내가 그랬다 하더라도 팔라레온부터 노렸을 거요. 마왕의 그 무시무시한 기사들보다는 팔라레온 쪽이 상대하기 쉬우니까. 그리고 팔라레온을 점령하면 이후 군량 조달이 쉽다는 장점도 있고. 하지만 나도 팔라레온의 노예들까지는 생각 못했소. 그러고 보니 3국 중 가장 넓은 그 땅은 노예들에게 나눠주고도 남겠군."

"그리고 팔라레온을 잡으면 다케온을 손닿는 거리 내에 둘 수 있다는 장점도 있었겠죠. 그걸 위해서 미리 마왕을 충동질해서 다케온을 약화시켜 둔 걸 겁니다. 치밀한 사전 작업이군요."

"흐음, 동감이오. 틀림없이 그런 것이 있었겠지요. 마왕의 갑작스러운 침공과 갑작스러운 회군은 그런 것의 개입이 아니고는 설명되기 어려우니까."

"순서가 너무 잘 맞아서 소름 끼칠 정도입니다. 다케온이 버티지 못한다고 볼 경우, 그럼 다음 순서는 록소나인 겁니까?" 하리야는 내키지 않는 표정으로 탁자 주위에 앉아 있던 마지막 사람(?)을 바라보았다. "그러면 드디어 휘리 노이에스는 오 왕자의 검을 모두 모으는 것이군요."

라미는 두 손을 모아올려 턱을 받쳤다. 그리고 바스톨 장군은 탁자 위에 올려놓은 주먹을 강하게 움켜쥐며 말했다.

"절대로 그렇게 돼서는 안 되오."

"동감입니다. 어쨌든 록소나가 맨 마지막이라는 건 마왕이 그만큼 까다롭기 때문에 마지막 순서로 돌려놓은 것이겠지요. 마왕은 절대 호락호락하지는 않을 겁니다. 그럼…… 어쩌시겠습니까, 장군님?"

"어쩌시다니?"

"제 생각으론 지금이 장군께서 팔라레온으로 들어가실 적기라고 생각됩니다."

"나도 그렇게 생각하지만, 당신의 설명도 들어보고 싶군요."

"해보지요. 휘리 노이에스는 노예 부대를 편성함으로써 투란에 주둔군을 남겨둘 수 있었습니다. 하지만 그 주둔군은 본대에 비한다면 그렇게 대병력은 못 됩니다. 아마도 휘리는 폴라리스의 건국 소식이나 장군님의 소재 등은 아직 전달받지 못한 모양입니다. 우리는 그의 계획표에는 없는 존재였을 테니까요. 그렇다면, 이건 우리도 꽤 빠르다는 평을 들을 수 있는 기회 아닐까요?"

바스톨 장군은 생각에 잠긴 표정으로 하리야의 말을 경청했다. 하리야는 탁자 위에 펼쳐진 지도에서 손가락을 빠르게 움직이며 말했다.

"투란 주둔군은 농성으로 맞서올 겁니다. 본대가 돌아올 때까지 버티려 들겠지요. 하지만 본대가 돌아오기 전에 기습 작전으로 그들을 함락시킬 수 있다면 휘리 노이에스의 보급을 끊을 수 있을 겁니다. 그리고 그를 팔라레온과 다케온 사이에 가둬버리곤 그 중간의 적당한 지점에서 말라죽게 할 수 있겠지요."

"옳은 말이오. 더 이상의 작전은 생각할 수가 없군. 그렇다면 나는 출발 준비를 하겠소. 그것에 관해서인데……"

"사트로니아군의 병참은 폴라리스가 담당하겠습니다. 그러나 같이 싸울 수는 없습니다. 우리 사천 명은 현재로선 폴라리스 건국 작업에만 매달려야 합니다."

"물론 알고 있소. 그리고 내가 바라는 것도 그것뿐이오, 선장. 아, 선장이라고 불러야 되는 거요?"

하리야는 오래간만에 미소를 지었다.

"제가 제일 좋아하는 호칭입니다. 그리고, 동맹군의 이름은 주셔야겠습니다만."

"물론이오. 선장. 나는 사트로니아—폴라리스 동맹군의 총사령관 자격으로 팔라레온에 들어가겠소. 당신네들이 아직 국기를 정하지 못했다는 것이 안타깝군. 그 대신 나는 다른 모든 방법으로 그것을 알리겠소. 그러면 되겠지요?"

"만족합니다. 그럼 당신의 생각을 듣고 싶습니다만."

하리야는 라미를 돌아보았다. 조용히 앉아 있던 라미는 하리야에게 고개를 끄덕였다.

"별로 지적할 것이 없는 것 같군."

"당신의 거취를 말해 달라는 뜻입니다. 라미. 당신은 우릴 돕겠다고 했습니다. 하지만 당신의 목적은……"

"그것은 일단은 바스톨 장군과 그의 병사들에게 맡겨둘 수 있겠군. 나는 이곳에 남겠다."

"사트로니아군과 함께 떠나시지 않을 겁니까? 내가 이해하기로 당신의 목적은 오 왕자의 땅을 통일하려는 모든 시도를 막는 것입니다. 그렇다면 당신은 저곳으로 가서 휘리 노이에스를 '잡아먹어야' 되는 것 아닙니까?"

특별히 둔감한 사람이라 해도 하리야의 말에 가시가 돋아 있음을 놓치지는 않을 것이다. 그리고 라미는 둔감한 편은 아니었다. 라미는 하얀 미소를 지었다.

"내가 이곳에 있는 것이 싫은가, 하리야?"

"당신의 목적을 상기시켜 드렸을 뿐입니다."

하리야와 라미가 일으키고 있는 불꽃을 보며 바스톨은 난처한 얼굴이 되었다. 라미는 다시 특유의 감정 없이 부드러운 목소리로 말했다.

"내 목적은 내가 잘 알고 있다. 하리야. 그리고 내가 너와 했던 약속은 그렇지 않을 텐데. 우리는 서로의 목적을 도울 것을 약속하지 않았던가? 나는 너희들의 건국을 돕고, 그 대신 내가 필요로 할 때 너희들을 사용할 권한을 원했지. 너는 그것에 동의했다."

"동의했습니다. 하지만 우리 대신 사트로니아군을 이용하셔도 되잖습니까? 그것이 훨씬 현실적일 텐데요. 당신의 목적도 빨리 성취할 수 있을 테고. 당신은 아직 우리를 도운 바가 없으니……"

"그건 네가 나에게 아무것도 부탁하지 않았기 때문이다."

"제기랄, 당신을 내세워 폴라리스가 식인 괴물을 숭배하는 나라로 알려지라고?"

바스톨 장군은 라미가 화를 낼 것이라고 생각했다. 하지만 라미는 여전히 부드러운 표정 그대로였다.

"하리야."

"예?"

"하리야."

"뭐요? 말을 하시죠."

"나는 키 드레이번이 아니다. 나는 복수하지 않는다. 하지만 나에겐 나만의 방법이 있다."

하리야는 라미의 말을 이해하지 못했다. 하지만 뒤이어 계속된 라미의 말은 이해할 수 있었고, 그래서 하리야는 경악 속에 굳어버렸다.

"나는 인슬레이버(enslaver). 유혹자이며 노예 제작자다. 둘은 같은 말이지. 나는 손쉽게 너를 나의 노예(slave)로 바꿔놓을 수 있다. 그것도 네가 일찌기 겪어보지 못했던 커다란 환희를 주면서. 왜냐하면 나는 채찍을 든 노예상이 아니라 유혹을 통해 노예를 만드는 자니까. 그러므로 넌 그 상태에 완벽하게 만족할 것이고 그 상태에서 벗어나는 것을 죽기보다 더 싫어하게 될 것이다. 나로선 더 편한 방법이다."

"당신은…… 내게 그럴 수 없어. 나는 주님의……"

하리야의 헐떡거림에 대해 라미는 차가운 미소만을 보내었다.

"그럴 수 있어, 하리야. 별로 효과가 없으니 멍청한 체하지 말도록. 나는 얼마든지 그럴 수 있어. 키 드레이번이 원하지 않을 테니까 당장은 그럴 생각이 없지만, 나도 변덕이라는 악덕에서 자유롭진 못해."

하리야는 모욕감과 패배감 속에서 몸을 떨었다. 라미는 그 모습을 보며 차분하게 결론지었다.

"너를 모욕하고픈 생각은 없다. 하리야. 나는 다만 이렇게 말하고 싶었다. 불꽃 저편에서 아른거리는 것이 뭔지 확인하고 싶다 하더라도 네 눈동자를 태워버릴 필요는 없지 않을까."

바스톨 장군은 지금이 끼여들 기회라고 여기고는 주의를 자신에게 집중시키는 큰소리를 내었다.

"두 분 모두 적당히들 하십시다. 전쟁에서도 무익한 싸움은 피하는 법입니다. 하물며 동지끼리 이렇게 다퉈서야 되겠습니까. 두 분 모두 서툰 모습이 더 아름다운 젊은이는 아니잖소."

라미는 빙긋 웃었다.

"그럼 내 거취는 다 말한 것 같군. 당장은 휘리 노이에스는 사트로니아군에게 맡기겠다. 사트로니아로서는 원하는 일이었으니까 상관없겠지. 만약 사트로니아가 실패할 경우엔 난 내가 원래 고려해 두었던 수단인 폴라리스를 사용하겠다."

하리야는 으르릉거렸다.

"폴라리스는 당신 것이 아니오."

"계속 멍청한 체하는군, 하리야. 그건 효과가 없다니까. 약속이 있었음을 부정하진 않겠지. 네가 원한다면 나는 뭐든 도울 것이다. 네가 나를 사용하건 사용하지 않건 그건 네 자유지만, 난 필요하다면 그 약속에 따라 얼마든지 폴라리스를 사용할 것이다. 덜 억울하고 싶다면 나를 사용하라고 권하고 싶군. 동료 선장들을 괴롭히는 건 그만두고 말이야."

하리야는 아무 말 없이 라미를 노려보았다. 바스톨 장군은 하리야의 주의를 끌었다.

"하리야 선장. 그럼 병참에 대해 의논합시다. 지금 사트로니아 함대에 실려 있는 식량은……"

바스톨 장군에겐 놀라운 일이었지만 하리야와 라미는 더 이상의 충돌을 일으키지 않고 회의에 임했다. 라미는 다시 조용히 듣기만 하는 자세로 돌아갔고 하리야는 언제 말다툼을 벌였냐는 듯이 빠른 속도로 논의를 전개시켰다. 바스톨 장군은 안도의 한숨을 내쉬었다.

회의가 끝난 것은 밤 늦은 시간이었다.

폴라리스 임시 정부 청사(전 다림 총독부 건물이며, 그래서 여기저기

부서진 곳이 많았다)에서 걸어나온 바스톨 장군은 수행원들과 함께 부두를 향해 떠나갔다. 사트로니아군은 아직 상륙하지 않은 상태였다. 다림 시내의 인구는 현재 노스윈드 해적만으로도 포화 상태였기 때문에 사트로니아군이 진지를 설영할 만한 땅이 없었다. 덕분에 사트로니아군은 상륙하지 못해서 안달하고 있었다. 하지만 사트로니아─폴라리스 동맹군이 정식으로 공표되게 된다면 그들도 곧 육지를 밟을 수 있게 될 것이다. 곧장 전쟁터로 떠나야겠지만.

정부 청사 앞에서 바스톨 장군을 배웅하던 하리야는 몸을 돌려 라미를 흘끔 바라보았다.

"물수리호로 가실 거죠?"

"아니. 벨로린은 킬리 선장과 함께 카밀카르 대사관에 있을 것이다. 그녀에게 그곳으로 찾아가겠다고 약속했다."

"카밀카르 대사관? 킬리 선장은 그곳에서 뭐하는데요?"

"넌 동료 선장들이 뭐하고 있는지도 모를 정도로 바쁜 모양이군." 라미는 하리야의 얼굴이 찡그려지는 것을 보곤 미소 지었다. "하긴, 어젠가는 오닉스가 나에게 너의 소재를 묻더군. 확실히 네 소재를 물었던 건지는 자신할 수는 없군. 나는 그의 손짓을 알아보기가 참 어려웠다."

하리야는 그 모습을 상상하며 약간 웃을 수 있었다. 라미는 옷자락을 추스르며 말했다.

"폴라 대사가 그를 초청했다. 킬리의 부탁을 받아들인 것 같지만, 어쨌든 폴라 대사는 다림 외곽의 대토지 소유주들을 불러다 놓고 파티를 개최한 모양이야. 킬리와 벨로린은 초청 가수인 셈이지."

"아…… 조합 말이군요. 킬리 선장이 거기에 대해 이야기하던 것이 기억납니다. 농산물 쪽에 이야기할 대표자가 없어서 농업조합이라도 하나 만들어줘야겠다고 하더군요. 그겁니까?"

"아마도."

"함께 가도 되겠습니까?"

라미는 하리야를 똑바로 바라보았다. 하리야는 그 눈길을 피할 듯이 고개를 움직였지만, 피하지는 않았다. 라미는 조용히 말했다.

"안으로 돌아가야 하지 않는가? 일이 많을 텐데."

"중요한 건 다 결정되었으니 오늘 밤엔 일이 더 없습니다. 저도 킬리와 벨로린의 노래를 듣고 싶군요. 파티에는 초청받지 않았지만."

라미는 피식 웃었다.

"현재 다림 시내에서 7인 평의회 의장을 쫓아낼 곳이 있을까. 하지만 난 걸어갈 생각인데. 그리 먼 곳도 아니니."

"그럼 저도 걸어가죠."

"그렇다면 좋아."

하리야와 라미는 카밀카르 대사관을 향해 걸어갔다.

늦은 밤이었지만 고요하지는 않았다. 노스윈드 해적의 습격 당시에 입었던 상처를 재건하기 위해 여기저기의 중요 장소에서 철야 작업이 진행되고 있었다. 그리고 그 재건 작업에는 노스윈드 해적들이 동원되었다. 그들은 자신들의 수도의 외관을 아름답게 꾸민다는 자긍심보다는 선장들의 명령에 따라 움직이는 것이었다. 수도의 이름이 정해진다면 해적들도 보다 즐거운 마음으로 일할 수 있을 테지만 아직 수도의 이름은 정해지지 않았기에 이 도시는 여전히 다림이라 불리고 있었다.

횃불을 환히 밝혀놓고 일하던 해적들은 거리를 걸어가는 하리야 선장의 모습을 발견하곤 인사라도 건네기 위해 일손을 잠시 멈췄다. 하지만 그 옆을 걷고 있던 라미의 모습을 보자 그들은 뭔가 묘한 미소를 지은 다음 그들을 못 본 체했다. 하리야는 그런 모습들에 짜증을 느꼈다.

"저 바보 녀석들은 당신을 무서워할 줄도 모르는군요."

"무슨 말이지?"

"녀석들은 내가 당신과 교제하기라도 하는 것처럼 바라보고 있지 않습니까. 녀석들에게 당신의 실체에 대해 조금이라도 무서워하는 마음이 있다면 나와 당신을 연결짓지는 않을 텐데."

쉽게 말하자면, 내가 정신이 나가지 않고서야 당신 같은 괴물을 사귀겠냐는 뜻이다. 라미는 고개를 옆으로 약간 기울였다.

"너도 무서워하기 때문 아닐까?"

"예?"

"서로 어울린다고 생각했을 때 저런 시선도 가능하지 않겠나."

역시 쉽게 말하자면, 괴물에게 괴물이 어울리는 건 당연하니까 저들도 그렇게 생각하는 것 아니겠냐는 뜻이다. 하리야는 붉으락푸르락하며 입을 다물었고 라미는 소리 없이 웃었다. 공사 현장에서 멀어져 다시 어둠과 고요 속으로 걸어들어갔을 때 하리야가 말했다.

"말해 두겠는데 말입니다."

"응."

"그거…… 말입니다."

"응."

"만약에 말입니다. 에, 그러니까."

라미는 재촉하지 않았다. 하리야는 뭔가 알아들을 수 없는 말을 중얼거린 다음 다시 말했다.

"만약 당신이 나를 유혹할 필요가 있다고 판단될 경우가 찾아온다면…… 말입니다."

"찾아온다면?"

"그런 때가 찾아온다면…… 당신 말에 따라 유추해 본 결과 그 일을 당하고 나면 난 자의에 따라 판단하고 행동하지도 못하게 될 것 같으니, 그럴 필요가 생긴다면…… 나를 유혹하는 대신 차라리 날 죽여주십시오."

라미는 길게 한숨을 내뱉었다. 이 말을 하기 위해 함께 걷자고 한 것인가.

"왜 그걸 원하는지는 묻지 않겠다. 하지만 스스로 이상하다고 생각하진 않는가?"

"뭐가 말입니까?"

"침착하게 생각해 봐. 물론 네 말은 옳다. 내가 약간의 조처만 취한다면 넌 네가 아닌 나를 위주로 모든 것을 생각하고 행동하게 될 것이며 거기서 가장 큰 만족감을 느끼게 될 것이다. 너는 조금 전 자의라고 말했지만, 어떤 것이 자의냐고 묻지는 않겠다. 그때가 되면 넌 그것을 자의에 의한 행동이라고 여길 것이다."

"제기랄……"

"그런 상황이 왠지 낯익지 않나?"

"뭐요?"

"나 대신 키 드레이번이라는 이름을 넣어본다면?"

하리야는 심장이 멎을 만큼의 충격을 받았다. 그는 격하게 외쳤다.

"그건 다릅니다! 나는 자의에 따라 키 선장님을⋯⋯"

하리야는 갑자기 말을 멈췄다.

그들은 어느샌가 멈춰 서서 서로를 바라보고 있었다. 어두운 대로에서 밤의 깃털들이 그들의 어깨 위에 소복이 쌓이고 있었고 달빛은 드러냄보다는 감춤을 통해 그들의 얼굴을 다시 그리고 있었다. 라미의 하얀 얼굴을 내려다보며 하리야는 입술을 깨물었다.

"말했지. 그때가 되면 그것을 네 자의라고 여기게 될 거라고. 그렇다면 지금과 뭐가 다르겠는가. 모든 것을 키 드레이번 위주로 생각하는 것과, 모든 것을 나 위주로 생각하는 것. 똑같지 않은가? 그리고 난 네가 지금 느끼고 있는 것과 똑같은 만족감도 줄 수 있으니 넌 더더욱 그 둘을 분간할 수 없을 것이다."

하리야는 힘없이 고개를 떨구었다. 라미는 하리야의 그림자진 얼굴을 바라보다가 다시 걸음을 뗐다. 하지만 하리야는 제자리에 가만히 서 있었다. 라미의 발걸음이 몇 번인가 더 떼어졌을 때였다.

하리야는 갑자기 고개를 들어올렸다. 그는 저 앞에서 걸어가는 라미의 등을 바라보았고, 그리고 느닷없이 외쳤다.

"당신, 날 속였어!"

"하하하⋯⋯!"

경쾌한 웃음 소리가 돌아왔다. 라미는 제자리에 선 채 어깨까지 떨며 웃고 있었고 하리야는 그 뒷모습을 보며 덩달아 웃고 말았다. 하리야는 오른손으로 허리를 짚으며 왼손으론 자신의 머리를 긁적거렸다.

"하하, 이런. 까딱하면 속을 뻔했잖아. 아니, 속인 건 아니군요."

"그래. 이미 말했었지."

"그래요. 당신은 키 드레이번이 아니지. 그처럼 할 수는 없고, 당신 자신의 방법을 쓰는 거지요. 흐음, 아직 이해는 못하겠지만……"

라미는 천천히 몸을 돌렸다. 그녀의 흰 옷자락이 부드럽게 떠올랐다가 가라앉았다. 그녀의 하얀 얼굴이 자신을 향했을 때 하리야 헌처크 선장은 미소를 지었다. 라미가 처음 보는 진짜 미소였다.

철탑의 인슬레이버는, 마치 개구쟁이 소년이 그러하듯 쾌활하게 손을 흔들었다.

"빨리 와! 생각은 천천히 해보고. 킬리와 벨로린이 기다리겠어."

실제로 킬리는 하리야를 별로 기다리지 않고 있었다. 안내를 받아 파티장 안으로 들어간 하리야가 발견한 것은 얼굴이 붉게 된 채 큰소리로 웃고 있는 킬리의 모습이었다. 킬리는 긴 의자 하나를 차지한 채 벨로린과 둘이서만 앉아 있었고 그 주위에는 그 의자에 합석하려는 야망을 지나치게 드러내고 있는 무수한 젊은 숙녀들이 보였다. 하지만 킬리는 부드러운 방법으로 그 모든 접근을 차단하고 있는 듯했다. 하리야는 필요하다고 생각되는 상대에게만 몇 마디의 말과 몇 번의 미소를 던져준 다음 최대한 빠르게 킬리에게 다가갔다. 그랬음에도 불구하고 하리야가 킬리에게 제대로 말이라도 걸어볼 수 있게 된 것은 파티장에 들어선 지

20분이나 지난 뒤였다.

하리야는 킬리 옆에 앉아 있는 벨로린을 흘끔 바라보았지만 벨로린은 아무 표정이 없이 얌전히 과일만 집어먹고 있었다. 하리야는 벨로린의 반대쪽에 주저앉은 다음 거두절미한 채 말했다.

"어떻게 됐나?"

킬리는 갑자기 곤혹스러운 얼굴이 되었다.

"이봐요, 하리야 선장님. 이걸 알아야 해요. 난 정말 노력했어. 하지만 다림의 지주들이란 것들은 모두 지독한 고집쟁이들이었어요. 난 조합을 만들면 훨씬 좋은 값에 작물을 팔 수 있을 거라고 열심히 설명해 줬지요. 젠장. 얼마나 열심히 설명했던지 내가 내 말을 다 믿게 될 정도였어. 그랬는데 그 친구들이 뭐라는지 알아요? 농산물이야 잘 팔면 돈이 생기고 제 값에 못 팔면 자기가 먹으면 된다는 거야. 어이구!"

"그래서?"

"별수 있습니까?"

킬리는 어깨를 으쓱해 보였다. 하리야는 그런 킬리의 얼굴을 똑바로 바라보았고, 잠시 후 그 얼굴에 웃음이 번지는 것을 보았다. 하리야는 덩달아 웃으며 말했다.

"성공했군?"

킬리는 들고 있던 술잔에 남아 있는 술을 한꺼번에 비우곤 고개를 끄덕였다.

"아아. 그 점에 있어서 용서해 줘야 할 것이 있는데. 사실은 사트로니아군 출정 소식을 흘렸습니다."

"흐음. 적당히 했으리라고 믿겠지만, 왜 그래야 했는지 설명 좀 해주겠나?"

"사트로니아 군량으로 얼마나 쓰일지는 주님과 바스톨 엔도 장군만이 알 테지만, 그게 엄청난 양이 될 것임은 당신들도 짐작할 것이다. 그리고 당신들이 머리 터지게 경쟁해 봐야 혼자서는 사트로니아 군량 못댄다. 게다가 서로 경쟁하면 값이 떨어질 거다. 구매자인 우리 입장에서야 값을 떨어뜨려 주면 행복해하겠지만 그 행복은 당신들과 공유하기는 조금 어려운 종류의 행복 아니겠는가. 그러니 차라리 조합을 만들어서 군량을 대는 편이 좋을 것이다. 그리고 우리도 농장마다 돌아다니며 여기서 조금, 저기서 조금 하는 식으로 구매할 필요가 없으니 그 또한 즐거운 일 아니랴……"

"마지막 말엔 나도 찬성이야. 성공을 축하하네."

"아아. 그런데 하리야 선장. 파트너를 너무 오랫동안 혼자 있게 하는 거 아니오?"

하리야는 어리둥절한 표정으로 킬리를 바라보다가 곧 얼굴에 경련을 일으켰다. 킬리는 갑자기 커다란 웃음을 터뜨리고는 벽 가까이에 조용히 서 있는 라미를 가리켜보였다.

"레이디 라미가 외로워 보이는데요."

"……주사로 받아들이겠어. 그러는 자넨 파트너를 어디 둔 건가?"

"여기 계시잖습니까."

킬리는 턱으로 벨로린을 가리켜보였다. 하리야는 두 손 들었다는 표정을 짓고 말했다.

172

"자네와 벨로린을 데리러 온 거야. 쓸데없이 붙잡혀서 시간을 좀 잡아먹었지만. 이만 돌아가자구. 자넨 제법 취했어."

"아아, 그런가요. 그럼 잠깐만."

킬리는 앞쪽의 테이블에 놓여 있는 유리잔 두 개를 주워들었다. 벌떡 일어난 킬리는 그 유리잔들을 가볍게 몇 번 부딪혔다. 카랑카랑─! 맑고 높은 소리가 울려퍼지자 파티장 안에서 웅성거리던 사람들의 주의가 킬리에게로 집중되었다.

"신사, 숙녀, 그리고 신사인 척하는 난봉꾼과 숙녀인 척하는 말괄량이 여러분. 아쉽지만 전 이만 떠나야겠습니다. 방금 들어온 긴급 첩보에 의하면 폴라리스의 건국을 시기하는 무리들이 톱상어와 결탁하여 제 배의 화장실에 구멍을 뚫는 폭거를 감행할 계획이라 합니다. 그래서 전 구멍을 막을 의용 불가사리들을 모집하러 가야겠습니다."

하리야는 약간 위험한 농담이라고 생각했지만 파티장의 다른 손님들은 그렇게 생각하지 않는 듯했다. 적당히 취한 그들은 킬킬거리고 웃으며 킬리에게 박수를 보내었다. 킬리는 정중하게 허리를 숙여보이곤 의자에 놓아두었던 류트를 들어올렸다. 기계적으로 과일만 들어올리던 벨로린의 고개가 옆으로 돌아갔다.

"이건 여러분께 드리는 제 마지막 선물입니다."

킬리는 왼팔을 하리야의 어깨에 두른 채 콧노래를 흥얼거리며 다림

시의 대로를 걸어갔다. 벨로린과 라미는 서로 손을 잡은 채 그들의 약간 앞쪽에서 걸어가고 있었다. 다시 콧노래 몇 개를 연달아 부르던 킬리는 하리야의 어깨에 턱을 얹으며 말했다.

"비밀 하나 가르쳐줄까요?"

"말해 봐."

"나 취했어요."

"……다른 사람에겐 알리지 않겠네."

"그런 대로 마음에 드는 저녁, 거짓말, 다시 말하지. 근래 보기 드물만큼 마음에 드는 저녁이었군요. 왠지 이건 내 성격에 맞는 것 같은데요. 좋은 배와 좋은 부하들은 모든 선장의 바람이고 또한 나의 즐거움이기도 하지만, 음, 딸꾹. 하리야 선장. 고마워요. 이런 모험은 기대했던 적 없지만 맘에 드는데."

"즐겁다니 나도 기쁘군. 난 자네나 돌탄 선장이 익숙지도 않은 일에 염증을 느끼면 어쩌나 고민했어."

"돌탄은…… 그렇게 보일 거야. 암암. 하지만 그 친구도 속으론 재미있어하고 있어. 두캉가 선장님도 마찬가지인 것 같고."

"홀라당 걷어먹고 다시 배를 타고 도망쳐야 될 수도 있네."

하리야는 조심스럽게 비관적 관측을 내보였다. 하지만 킬리는 그냥 웃었다.

"킬킬. 상관없소. 난 푸른 혼을 가졌어."

킬리는 노랫말로 대답했다. 하리야는 그 말에 미소 지으며 조금 전 들었던 킬리와 벨로린의 노래를 떠올렸다. 파티장의 모든 사람들이 넋이 빠졌을 때 하리야 또한 마찬가지였다. 연주가 끝나고도 고요는 한참 동안 계속되었고 그 고요 속에서 서서히 박수 소리가 터져나왔다. 그리고 그 박수는 킬리와 벨로린이 파티장을 떠난 뒤에도 계속되고 있었다.

"나는 음악은 잘 몰라서 자네 솜씨가 좋다는 건 짐작만 하고 있었네. 하지만 아까는 그냥 좋은 정도가 아니더군. 대단히 훌륭했어."

"아, 벨로린의 솜씨였어요. 난 따라가기만 하면 되었으니까."

"벨로린이라. 그러고 보니 그 이름은 도대체 누가 지은 건가?"

"그녀가 갑자기 말하더군요. 나는 벨로린이라고. 염소가 갑자기 입을 열어 나는 염소야, 라고 말한 것과 비슷하다고 할까."

"그런가."

여름밤은 벌레들의 울음 소리 속에 반짝이고 있었다. 해변에서 불어오는 바람이 더위에 지친 다림 시의 이마를 쓰다듬었고 우주의 방랑자 같은 모습으로 걸어가는 넷을 위해서도 불었다. 하리야는 앞쪽을 걸어가는 두 비인간을 바라보았다. 흰 뱀과 검은 꽃. 하리야는 갑자기 불가해한 혼란스러움을 느꼈다. 그리고 그 혼란스러움을 떨쳐내듯이 고개를 조금 가로저었다. 머리를 부딪친 킬리가 낮게 불평했지만 하리야는 이미 결정을 내리고 있었다. 라미에게도 일을 줘야겠군.

다른 모든 것을 차치하더라도, 그녀들이 이렇게 관조하고 있는 것은 더 못 견딜 것 같군.

충차가 육중한 굉음을 울리며 다시 돌격했다. 쿠르르르—! 충차의 앞머리가 성문에 부딪친 순간 옹골차게 버티고 있던 피린데 성의 성문이 마침내 신음을 흘렸다. 대담하게도 방패 하나만을 의지하여 충차 위에 걸터앉아 있던 서 소팔라가 크게 함성을 질렀다.

"좋아, 한번 더—! 이제 끝이야!"

충차를 끌어당기는 노예병들의 어깨에서 힘줄이 툭툭 불거졌다. 어떤 노예는 방패까지 옆으로 던져버리고 두 손으로 충차에 매달려 끌어당겼다. 충차가 다시 물러났다가 부딪친 순간, 서 소팔라의 말대로 굵은 나무판자가 깨어지고 철판이 휘어지며 성문이 파괴되었다. 성벽 위에서 무성의하게 돌과 끓는 기름, 그리고 희망을 쏟아붓던 다케온 병사들도 별로 놀라지는 않았다. 그들이 느낀 감정은 차라리 이제야 끝났구나 하는 안도감 쪽에 가까웠다. 노예병들은 환호를 올렸고 소팔라는 경쾌한 동작으로 충차에서 뛰어내렸다. 그가 발 디딘 곳은 이미 피린데 성 안마당이었다. 소팔라는 롱 소드를 지휘봉처럼 휘두르며 외쳤다.

"돌격—! 강조해 두지만, 술창고와 미인은 돌격 대상에서 제외야!"

"야야! 대장님이 전쟁 안하겠단다. 돌아가자!"

"잘 논다, 군기 빵점이다. 에라이, 무식한 노예놈들아!"

서 소팔라는 질렸다는 표정으로 고개를 가로저었고 노예병들은 사납게 웃어대었다. 충차에 매달아둔 각자의 무기를 집어든 노예병들은 소팔라의 뒤를 따라 피린데 성 안쪽을 향해 돌격했다. 성문 바깥쪽 먼

곳에서 성벽 위를 향한 사격을 지휘하고 있던 서 소사라는 빙긋 웃으며 손을 들어올렸다. 궁병대의 마지막 사격이 실시되었고 그 뒤를 이어 다 벨 중장보병들이 노도와 같은 기세로 성문을 향해 달려들었다.

노예병들을 이끌고 안마당을 가로지른 서 소팔라는 성벽 계단으로 뛰어올랐다. 계단에선 다케온 병사들이 뛰어내려왔다. 방패를 위로 밀어 올리며 그 아래로 검을 휘둘러 첫 번째 병사의 허벅지를 찢어놓은 소팔 라는 숨돌릴 새도 없이 다음 병사의 턱을 방패 끝으로 애무해 줬다. 뭉 개진 턱을 붙잡고 비명을 지르는 두 번째 병사 뒤쪽으로 세 번째 병사 가 뒤로 주춤 물러났을 때 이미 소팔라와 노예병들은 갤러리에 올라섰 다. 약간 대담한 건지 약간 자포자기한 쪽인지 알 수 없지만, 다시 흉맹 하게 생긴 도끼 하나가 소팔라의 어깨를 노리고 내리떨어졌다. 하지만 소팔라는 도끼 아래로 파고들어 어깨로 충돌을 감행하여 상대를 성벽 아래로 떨어뜨렸다. 이 난폭한 난입자를 어떻게 처리할지 고심하는 다 케온 병사들을 향해 소팔라는 크게 외쳤다.

"삶의 가장 신비로운 비밀을 가르쳐주마. 산다는 건, 손에 든 거 다 집 어던지고 머리를 감싸안은 채 엉덩이를 하늘로 향하며 엎어지는 거다!"

서 소팔라의 말에 깊은 감명을 받은 대다수의 다케온 병사들은 그 말을 삶의 지표로 삼았다. 소팔라는 사납게 웃은 다음 그를 따라온 노 예병들에게 성벽 수비대의 처리를 맡기고는 갤러리를 따라 달렸다. 갤러 리 저쪽은 피린데 성의 본관에 연결되어 있었다.

성벽 아래쪽에선 서 소사라가 다벨 중장보병대를 이끌고 안마당을 가로지르고 있었다. 갤러리를 달려가던 소팔라는 아래쪽을 흘끔 보고는 외쳤다.

"열셋이야!"

소사라는 성벽 위쪽을 보며 한숨을 쉬었다. "동생에게 거짓말하면 벼락 맞소, 형님." 그리고 서 소사라는 찔끔한 표정으로 하늘을 바라보는 그의 형을 외면했다. 롱 소드를 뽑아든 소사라는 중장보병대들을 지휘하며, 역시 림파이어 가문의 기사답게 가장 앞쪽을 달렸다.

소사라는 검의 모든 부분을 이용하며 앞쪽으로 달려드는 다케온 병사들을 쓰러뜨렸다. 마치 검 끝은 이렇게 사용하며 검날은 이렇게 사용하며 검신은 이렇게 쓰는 법이라는 것을 친절히 보여주는 듯했다. 찌르고 베고 받아넘기는 모든 동작이 유혈의 폭풍을 이루었고 그의 앞을 가로막던 다케온 병사들은 핏기가 가신 얼굴로 뒤로 물러났다. 소사라는 검을 휘둘러 피를 뿌려낸 다음 간단하게 말했다.

"누워."

다케온 병사들은 무기를 던지고 땅에 엎드렸다. 소사라는 그들을 본체만체하며 곧장 본관의 정문을 걸어차며 안으로 뛰어들었다. 그러곤 제자리에 멈춰 서버렸다.

네그리파 다케온 백작이 홀 가운데 꼿꼿이 서 있었다.

궁이 아닌 전투성인 피린데로 옮겨왔지만 백작은 갑주 대신 화려한 예복을 입고 있었다. 보석과 황금을 아낌없이 사용하여 만든, 그야말로 다케온의 백작 정도나 입을 법한 화려한 복장이었다. 하지만 소사라가 멈춰 선 것은 그 화려한 모습 때문이 아니었다.

소사라는 네그리파 백작의 손에 들려 있는 횃불을 보며 침을 삼켰다. 그리고 백작의 등뒤에는 넓은 홀이 비좁게 보일 정도로 쌓여 있는 상자가 보였다. 소사라의 등뒤를 따라 들어왔던 중장보병들도 그 상자를 알아보곤 얼굴이 창백해졌다. 그때 백작이 입을 열었다.

"네가 휘리 노이에스인가?"

백작의 어조는 침착했다. 소사라는 일단 투구를 벗은 다음 백작을 향해 경례했다.

"아닙니다. 백작님. 본관은 다벨 8군단 2중대장 소사라 림파이어라 합니다. 그런데, 그 뒤의 그건 뭡니까?"

"뭘로 보이나, 서 소사라?"

"제가 보기엔, 백작님. 겉보기엔 화약 상자처럼 보이는군요. 안에 화약이 들어 있는지는 모르겠습니다만."

"물론 들어 있지."

중장보병들은 비명을 지르고 싶었다. 백작을 흥분시키지 않기 위해 애써 참고 있었지만 그런 심정은 소사라 역시 마찬가지였다. 대충 봐도 쉰 상자는 되는 것 같다. 저게 폭발할 경우 피런데 성 전체가 날아가 버릴 것이다. 다벨 8군단이 가진 화약을 다 끌어모아도 저 압도적인 양에 비한다면 폭죽밖에 안 될 것이다.

"어쩌실 생각입니까, 백작님?"

"휘리 노이에스를 데려와라."

"사령관님을 말씀이십니까, 백작님?"

"그래. 놈을 데려와."

소사라는 다시 한번 네그리파 백작을 똑바로 바라보았고, 조금 후 그가 깔끔하게 돌아버렸다고 판단했다. 속으로 쓸모없는 짓이라 여기면서도 소사라는 차분한 어조로 그를 설득했다.

"원하신다면 그렇게 하겠습니다. 백작님. 하지만 그 분을 모셔오기 전에, 그 횃불을 제게 주시지 않겠습니까?"

"허튼소리 하지 마!"

"그 횃불을 제게 주시지 않으면 사령관님을 모셔오기 어렵습니다. 백작님."

소사라는 꼬박꼬박 백작님이라는 말을 붙여 네그리파의 주의가 휘리가 아닌 자신에게 쏠리도록 했다. 그것은 성공한 것 같았지만, 그러나 그 다음 계획은 아직 떠오르지 않았다. 네그리파 백작은 소사라를 노려보며 뭔가를 중얼거리다가 말했다.

"지금 당장 놈을 데려오지 않는다면 여기에 불을 붙이겠다. 이곳까지 왔다는 건 너희놈들 태반이 성 안에 들어와 있다는 뜻이겠지? 어떤가?"

소사라는 이를 악물었다. 그는 어깨 너머로 병사를 돌아보았다. 그때 그의 눈이 이층 난간을 향했다.

성벽 갤러리를 통해 들어온 소팔라가 그곳에 서 있었다. 소팔라는 입 앞에 손가락을 세워보인 다음 조용히 백작의 뒤편을 향했다. 소사라는 일단은 병사에게 말했다.

"가서 사령관님께 백작님의 말씀을 전해 드려라."

명령을 받은 병사는 죽었다 살아난 얼굴을 하고선 벼락처럼 뛰쳐나갔다.

그 동안 소팔라는 이층 난간을 주욱 돌아 백작 뒤편까지 와 섰다. 소사라는 그 모습을 살짝 훔쳐보았지만 별로 희망을 느끼지는 못했다. 그의 형에겐 활이 없었을 뿐만 아니라 설령 활이 있었다손 치더라도 백작을 저격할 수야 없는 노릇이다. 백작은 화약 더미 바로 앞에 서 있었고, 만약 그가 쓰러지면 횃불은 곧장 화약에 옮겨붙을 것이다. 이층 난간에서 백작의 뒤통수를 내려다보고 있던 소팔라도 곤혹스럽다는 얼굴을 하고 있었다. 그때 그가 갑자기 주먹을 움켜쥐더니 어딘가로 사라져 갔다.

물론 어디 가냐고 물어볼 수는 없었던 소사라는 침묵한 채 네그리파 백작을 바라보았다. 백작은 침착한 얼굴을 하고 있었지만 그 어깨의 떨림은 뚜렷이 보일 정도였다. 소사라는 그에게 말을 시켜야겠다고 판단했다. 그리고 그런 경우엔 질문이 가장 좋다.

"백작님. 사령관님께 무엇을 원하시는 건지 여쭤봐도 되겠습니까?"

"원하는 것? 그런 것은 없다. 녀석은 이곳까지 오기만 하면 돼. 그러면 녀석이 할 일은 끝나."

서 소사라는 어금니를 사리물었다. 그 다음은 자폭이라는 건가?

"왜 이러십니까. 백작님. 부질없고 무의미한 일이라고 생각되지 않습니까? 승패가 이미 갈린 마당에 이것은 신사다운 행동이라고 할 수도 없잖습니까."

"이 날강도 같은 놈! 감히 그 입으로 신사도를 말하는 거냐? 내가 비록 똑똑하지 못해서 이런 지경까지 와버렸다만 아직까지 모를 줄 아느냐? 네놈들이 빌레스 국왕을 꼬드겼다는 것!"

소사라는 긍정도 부정도 하지 않은 채 차분히 네그리파 백작을 바라보았다. 그의 목적은 일단 시간을 버는 것이고 따라서 시시비비를 가리는 것 따위에는 관심없었다. 그의 바람대로 네그리파 백작은 점점 언성을 높여가며 계속 말했다.

"네놈들이 이 땅에 쳐들어왔을 때까지만 해도 불침 협정을 깨뜨린 그 처사에 대해 분노했다. 하지만 내가 쓰러지고 나면 다음 차례가 누구인가를 생각해 보게 되었을 때, 난 그 소름 끼치는 사실을 알게 되었다. 이이제이였단 말이지? 그렇게 무섭게 싸워댄 나와 빌레스 국왕은 모두 휘리 녀석의 장기판 위에서 놀아난 장기말들이었단 말이지? 악마 같은 놈, 용서할 수 없어!"

네그리파 백작은 갑자기 뒤쪽으로 횃불을 휘둘렀고 소사라는 정신을 잃을 뻔했다. 하지만 백작은 횃불로 화약 상자를 가리켰을 뿐이다.

"이건 내가 어제의 적이었던 빌레스 국왕에게 보내는 마지막 선물이다. 이 성이 쉽게 무너진 것처럼 보이지? 우쭐거리고 있었겠지? 당연하지. 난 이미 너희놈들이 의심하지 않을 정도만 남겨놓고 나머지 군대는 다 해산시켰으니까!"

"우리들과 함께 자폭하기 위해서 말씀이십니까?"

"그렇다!"

"화약을 꽤 많이 준비하셨군요. 하긴, 어린애들도 다이아몬드로 공기놀이를 한다는 땅의 주인이시니 별로 어려운 일도 아니셨겠지만. 하지만 무의미합니다. 스스로를 돌보아야 되지 않겠습니까. 백작님."

"웃기지 마라! 나를 현혹할 생각이냐?"

하지만 사실 소사라는 엉뚱한 생각을 하고 있었다. 그는 이 불 같은 성격의 백작이라면 진짜로 키 드레이번에게 그런 제안을 했을 법도 하다고 생각했다. 다케온 지방 '전체'의 다이아몬드 채굴권은 좀 과장이겠지만.

"뭐라고 말해도 내 결심은 확고하다. 난 이렇게 쓰러지더라도 너희 다벨놈들이 더 이상 세상에 해를 끼치지는 못하게 할 것이다. 그것은……?"

정신없이 떠들던 백작의 목소리가 갑자기 잦아들었다. 소사라는 이상하다는 듯이 백작을 바라보았고 백작은 불안한 얼굴로 사방을 둘러보았다. 그때 소사라도 뭐가 이상한지를 깨달았다. 네그리파 백작은 입술을 깨물며 말했다.

"왜 이렇게 조용한 거야?"

조금 전까지 들려오던 비명과 병장기 부딪히는 소리 등 전쟁터의 소음이 전혀 들리지 않았다. 전투가 끝났다 하더라도 이렇게 조용해지는 않을 것이다. 소사라와 네그리파 백작이 서로 어리둥절한 표정을 교환하고 있을 때 본관의 문이 열리며 다벨 중장보병 한 명이 걸어들어왔다. 그 모습을 본 소사라는 놀랐다.

병사의 모습은 희한했다. 어디 다치거나 한 것도 아닌데 어깨를 축 늘어뜨리고 고개까지 떨군 채 마치 세상 다 산 사람의 모습으로 걸어왔다. 걸음까지 약간 비틀거리며 걸어온 병사는 먼저 소사라에게 경례했다. 그 경례하는 태도도 절도라곤 찾아볼 수도 없는 힘없는 모습이었다.

"사령관의 전언입니다. 소사라 중대장님."

목소리도 이상했다. 소사라는 그를 꾸짖기에 앞서 의혹에 찬 어투로 질문했다.

"뭔가?"

"다벨군은 모두 성 바깥 안전 지대까지 퇴각했습니다. 그리고 네그리파 백작이 혹 마음을 바꾼다면 다행한 일이겠지만, 그렇지 않다면 전사(戰死)는 군인의 명예임을 기억하라고 하셨습니다."

소사라는 입을 쩍 벌렸고 그건 네그리파 백작 역시 마찬가지였다. 소사라와 함께 있던 다벨병들도 기막힌 얼굴이 되거나 혹은 비명을 질렀다.

"우릴…… 팽개쳤어!"

다벨 병사들 중 어떤 이들은 그대로 본관 밖으로 달아나기도 했지만 네그리파 백작은 경악 때문에 꼼짝도 하지 않았다. 그때 전령이 백작을 향해 몸을 돌렸다.

"그리고, 네그리파 백작님."

"뭐…… 왜?"

"백작님께는 서신을 보내셨습니다."

"서신이라고?"

병사는 풀죽은 모습으로—소사라는 그제서야 병사가 왜 그런 모습인지 알 수 있었다. 그 병사는 흔히들 말하는 '돌아오지 않는 전령'이었던 것이다—품속을 뒤적이더니 곧 하얀 종이를 꺼내었다. 병사는 터덜터덜 백작에게 걸어가 그것을 내밀었다. 일그러진 얼굴로 서신을 내려다보던 백작은 갑자기 폭소를 터뜨렸다.

"크핫하하! 내가 졌다. 내가 졌어! 이렇게까지 지독한 놈일 줄이야. 부하들까지 배신하는 건가? 서 소사라, 안됐군. 휘리 녀석에게 있어 자네라는 존재는 나나 빌레스 국왕과 똑같았어!"

소사라는 뭐라 대답할 생각도 못한 채 다만 창백한 얼굴로 백작을 바라보았다. 백작은 미친 듯이 웃으며 외쳤다.

"그 개자식이 나에게 뭐라고 적어보냈는지 읽어주지. 기다려, 서 소사라!"

흥분한 백작은 거칠게 손을 내밀었고 그래서 전령은 서신을 떨어뜨렸다. 전령은 내키지 않는 듯이 땅에 떨어진 서신을 향해 허리를 숙였다.

그러나 다음 순간, 전령은 서신을 주워드는 대신 갑자기 앞으로 돌진했다.

전혀 뜻밖의 기습이었고 그래서 백작은 어떻게 반응할 새도 없었다. 전령은 백작의 복부에 단검을 꽂아넣으며 동시에 다른 손으론 백작의 오른팔을 움켜쥐었다. 백작은 반항하려 했지만, 그러나 팔에 힘이 들어가지 않았다. 간단히 횃불을 뺏긴 백작은 배를 움켜쥐며 바닥으로 무너졌다.

전령은 횃불을 높이 들어올리며 다른 손으론 투구를 벗어들었다. 그리고 그 순간, 소사라는 희열에 찬 목소리로 외쳤다.

"사령관님!"

다벨 병사들 중 일부는 격심한 긴장 때문에 그만 주저앉고 말았지만 강단이 있는 병사들은 소사라와 마찬가지로 격정에 찬 환호를 내질렀다. 전령이 투구를 벗어들자 그 아래에서는 휘리 노이에스의 얼굴이 나타났다. 휘리 노이에스는 투구를 땅에 떨어뜨린 다음 백작을 내려다보았다.

네그리파 백작 역시 다벨 병사들의 환호를 들었다. 그는 배에 꽂힌 단검을 움켜쥔 채 휘리를 올려다보았다. 그의 입에서 피거품과 함께 말소리가 힘겹게 흘러나왔다.

"네가…… 휘리 노이에스냐?"

휘리는 싱긋 웃었다.

"그렇습니다. 네그리파 백작. 위험한 장난을 치셨더군요."

"병사…… 들을 진짜 물러나게 했……나?"

"아닙니다. 어떻게 그렇게 빨리 철수시키겠습니까? 그들은 모두 입을 다문 채 밖에서 기다리고 있지요. 예, 그렇습니다. 당신이 그대로 점화시켰다면 우린 모두 가루가 되었을 겁니다."

다벨 병사들은 밖을 내다보곤 확인의 탄성을 질렀다. 그리고 바깥에서도 환성이 들려왔다. 네그리파 백작은 다시 뭐라 말할 듯이 입을 벌렸다. 노력한다는 것은 누구의 눈에도 분명했지만, 그러나 네그리파 백작은 말을 꺼내지 못했다. 그는 그저 헐떡거리며 분노에 불타는 눈으로 휘리를 올려다보았다. 휘리는 약간 슬픈 표정으로 말했다.

"할말은 많지만 일단은 치료부터 끝내고 말합시다. 백작."

백작은 간신히 말했다.

"그냥…… 죽여!"

휘리는 슬픈 얼굴 그대로 엷은 미소를 지었다.

"교훈이 컸을 텐데도 아직 깨닫지 못하셨군, 백작. 이제는 똑바로 알아두시오."

"뭐……야?"

"내 허락이 없으면 당신은 죽을 수도 없소."

186

네그리파 백작의 눈이 크게 떠졌다. 그 굉장한 자부심의 표현에는 소사라마저도 감탄해 버렸고 다벨 병사들은 열렬한 환호를 보내었다. 그들의 눈에 비친 사령관의 모습이 마치 태양처럼 스스로 빛을 내고 있는 것처럼 느껴진 바로 그 순간, 그들 모두의 머리 위로부터 괴성이 터져나왔다.

"받아라—앗!"

휘리는 당황한 표정으로 위쪽을 바라보았다. 그러나 다음 순간 뭔가 불투명한 것이 그의 시야를 가렸다. 전망 좋은 자리에 있었기에 소사라는 이층 난간으로부터 쏟아진 폭포수 같은 물줄기를 잘 볼 수 있었다. 그리고 그 물줄기가 끝났을 때 다벨 사령관 휘리 노이에스는 물에 빠진 생쥐 꼴을 한 채 서 있었다.

소사라와 다벨 병사, 그리고 배에 단검을 꽂은 채 땅에 쓰러져 있던 네그리파 백작마저도 황당하기 짝이 없다는 얼굴이 되었다. 완전히 물에 젖어 와들와들 떨고 있던 휘리는 힘겹게 손을 들어올려 얼굴을 닦아낸 다음 이층을 올려다보았다. 그곳에서는 서 소팔라가 커다란 물동이를 든 채 경악하고 있었다.

"사, 사령관님?!"

휘리는 신음을 흘린 다음 자신의 손에 들려 있던 홰를 바라보았다. 물론, 불은 꺼져 있었다. 휘리는 알겠다는 듯이 고개를 끄덕였다.

"좋은…… 아이디어군, 서 소팔라…… 푸우! 그래. 정말 훌륭한 임기응변이었네. 그런데 어떻게 이렇게 물을 준비할 수 있었나? 이, 이층에…… 목욕탕이라도 있었나?"

사령관에게 물벼락을 씌워버린 서 소팔라는 잔뜩 당황한 채 횡설수설했다.

　"아, 아니오. 사령관님. 그러니까, 물을 모으는 게 좀 힘들긴 했습니다. 예, 한번에 불을 끄지 않으면 위험하니까, 물을 많이 준비해야 하잖습니까? 그렇죠. 방마다 돌아다니며 세면실을 다 조사했고 또한 화병이란 화병은 다 뒤져야 했습니다. 그리고 이층뿐만 아니라 삼층까지 돌아다니며……"

　"아, 그래. 알았네. 수고했어, 서 소팔라."

　소팔라는 어찌해야 좋을지 모르겠다는 듯이 허둥대다가 그냥 경례를 붙였다. 휘리는 다시 한번 물에 젖은 얼굴을 닦아낸 다음 풀죽은 어조로 말했다.

　"제법 멋있어 보일 수도 있었는데."

　"지금도 대단히 멋있으십니다."

　소사라는 절대 비아냥이 아닌 진심으로 대답했다. 휘리는 힘겹게 미소를 지어준 다음 고개를 가로저으며 걸어갔다.

　"나 일단 옷 좀 갈아입어야겠네. 이 옷을 빌려준 병사가 화를 낼지도 모르겠군. 뒷수습하고…… 그리고 백작을 부탁하겠네."

　"알겠습니다. 염려하지 마십시오."

　휘리는 다시 미소를 지은 다음 터덜터덜 밖으로 걸어갔다. 소사라는 동정심 가득한 얼굴로 그 뒷모습을 바라보았다. 휘리가 문 밖으로 나가자 이층에서 그의 형의 얼빠진 목소리가 들려왔다.

　"소사라."

"왜, 형?"

"물 모으긴 정말 힘들었어."

"아, 그래. 엉뚱한 곳에 쏟아붓긴 했지만."

"진짜 힘들었다고."

"그래, 알았어. 기발한 생각이었어."

"그렇지? 기발했지?"

"그래."

"그러니까, 내가 물을 모으기 위해 침실의 요강까지 이용해야 했다는 건 비밀로 해줘. 아무래도 안심이 안 돼서 내 것도 좀 섞어야 했지……"

소사라는 숨이 막힐 때까지 웃다가 그만 눈물을 흘리고 말았다.

데스필드는 뒤를 흘끔 돌아보고는, 다시 앞쪽을 바라보았다가, 싱긋 웃으며 사실을 공표했다.

"넘어왔습니다. 이제 페인 제국입니다."

"주님을 찬양하나이다!"

추기경과 신부는 서로 끌어안고 통곡하며 주님을 찬미했다. 행동이 미치광이 짓인지라 그 몰골이라도 좀 정상적이었으면 좋으련만 도스 계곡에서 미리온 산맥의 산기슭을 넘어온 깅행군은 그들의 모습을 흉측하게 바꿔놓았다. 시커멓게 그을린 얼굴, 헤진 걸레 같은 머릿결과 수염,

잠들 때도 벗지 않아 온통 구겨지고 젖고 흙투성이가 된 옷가지들. 그들의 모습을 불난 집에서 뛰쳐나온 자들보다 약간 더 잘 봐줄 수 있다면, 그건 그들에게 자신이 선택한 고난을 자력으로 건너온 사람들에게서만 볼 수 있는 위엄이 있기 때문일 것이다.

두 성직자는 땅바닥에 무릎을 꿇고 펑펑 울다가 그만 흥에 겨워 찬송가까지 몇 곡 불러버리고 나서야 일어났다. 그 동안 데스필드는 바위에 걸터앉아 담배를 피우며 참을성 있게 기다리고 있었다. 힘들게 일어난 파킨슨 신부는 배를 움켜쥐며 말했다.

"배가 고파 죽겠다. 뭐 먹을 거 없냐?"

"그러게 어느 당신이 그렇게 요란을 떨라고 그랬소. 아시다시피 어제 아침에 먹은 게 마지막이오."

"으윽. 그럼 아무것도 없다는 거야?"

"그래도 본인이 계산을 잘했으니까 저 위에서 굶어죽지 않고 내려왔잖아요."

"그건 정말 고맙게 생각한다만, 당장 먹을 게 없다는 사실이 아쉽기는 하군. 좋아. 어디쯤 가면 사람들이 사는 곳이 나오냐?"

"플레리 당신이 말해 준 바에 의하면…… 꼬박 한 나절은 더 가야겠는걸."

파킨슨 신부와 핸솔 추기경은 절망적인 얼굴이 되었다. 파킨슨 신부는 심지어 데스필드가 피우는 담배를 보며 그건 혹시 배 부르냐는 질문까지 던졌지만 신통찮은 대답만 받고는 풀이 죽었다. 결국 두 성직자는 넌더리를 내면서도 다시 일어나 걷기 시작했다.

파킨슨 신부는 걸어가면서도 길가에 혹시 먹을 만한 풀이나 과일이 없을까 주위를 살폈다. 하지만 그런 것은 발견되지 않았고 신부는 우울하게 투덜거렸다.

"황제 폐하의 땅에 들어왔건만 황은은 구경도 못하겠군. 젠장."

"아무것도 일어나지 않는다는 것도 황은이오, 형제여. 제국에서는 그래도 산도적 따위를 만날까 봐 걱정하진 않아도 되니까. 게다가 우린 더 큰 분의 은혜에 힘입어 사는 사람들이잖소."

핸솔 추기경이 텅 빈 위장으로 심포니를 연주하면서도 점잖게 질책했다. 그러나 그들의 앞쪽으로 무장한 인마가 달려오자마자 당장 경계의 빛을 띠었기에 그의 지적은 별로 설득력이 없었다.

"뭐지? 도적인가?"

데스필드는 앞쪽에서 달려오는 인마를 바라보다가 파킨슨 신부에게 눈짓을 보내었다. 그러자 파킨슨 신부는 당당하게 되물었다.

"왜?"

"으으…… 대포 뽑을 준비 하라는 거였소."

"그럼 말을 해. 눈 끔뻑거리지 말고."

"잘못했수. 일단은 차분하게들 걸어갑시다."

데스필드는 패신저들에게 행동 요령을 일러준 다음 허리춤에 찬 대거를 약간 느슨하게 뽑아놓았다. 그러나 잠시 후 인마의 모습이 좀더 커졌을 때 데스필드는 안도의 한숨을 내쉬었다. 그들은 정예 제국병의 모습을 하고 있었다. 그러나 조금 후 데스필드는 순수한 놀라움을 느꼈다.

오랫동안 말을 달려와서 먼지가 켜켜이 쌓여 있었기에 금방 알아볼 수 없었던 것이다. 하지만 가까이 다가서자 그들의 가슴에 새겨진 은빛 문장이 잘 보였다. 데스필드는 그 문장을 알고 있었다. 사실 대륙에 사는 사람들 치고 그 문장을 모르는 이가 몇이나 있을까. 따라서 핸솔 추기경의 말은 완전히 쓸모없는 것이었다.

"이런, 제국 기사단이잖은가?"

파킨슨 신부도 당황한 얼굴로 그 은빛 별의 문장을 바라보았다. 그 동안 그들을 발견한 제국 기사들은 날렵한 동작으로 말을 멈춰 세웠다. 제자리에 가만히 선 기사들은, 그러나 엉뚱하게도 데스필드 일행이 아닌 다른 곳을 바라보았다. 그들은 모두 자신들의 무리 가운데 있는 한 기사를 바라보았다. 그리고 데스필드도 그 기사의 모습을 보곤 의아함을 느꼈다. 흰 수염이 무성하게 자란 기사는 다른 사람들과는 달리 갑주나 무장이 전혀 없이 말을 달리고 있었다.

사람들의 시선을 한 몸에 받게 되자 늙은 기사는 피식 웃으며 이상한 말을 했다.

"이보라고. 아닐세. 저 자들은 그냥 여행자야."

기사들 중 하나가 투구를 벗고는 이마의 땀을 닦았다.

"글쎄요. 하긴 경을 구출하기 위한 인원으론 좀 빈약해 보이긴 하군요."

노기사는 그 말에 다시 웃었다. 데스필드는 아무 말 없이 앞으로 나서서는 자신이 무리의 리더라는 점이 분명해 보이도록 했다. 이마의 땀을 닦은 기사는 데스필드를 향해 말했다.

"여행자십니까?"

"그렇소. 본인은 패스파인더고, 이 분들은 본인의 패신저요."

"우리는 제국 기사들입니다."

제국 기사는 그것만 말하면 충분하지 않냐는 듯 다른 설명은 덧붙이지 않았다. 물론 그들이 기사의 덕목인 겸양의 미덕에서 약간 벗어나 있다 하더라도 탓할 수는 없을 것이다. 어쨌든 제국 기사니까. 그때 핸솔 추기경이 말했다.

"그런데…… 저 분은?"

제국 기사는 약간 떨떠름한 표정으로 노기사를 바라보았다. 핸솔 추기경이 다시 말했다.

"저 분은 서 브라도 아니십니까?"

제국 기사들은 당황하여 핸솔 추기경을 바라보았다. 제국 기사단장 브라도 켄드리드는 자신을 알아보다니 놀랐다는 미소를 짓고는 말에서 훌쩍 뛰어내렸다. 그 모습을 본 다른 제국 기사들은 언짢은 기색을 띠었고 그러자 브라도 경은 다시 웃음을 터뜨렸다.

"아하! 미안. 허락 없이 말에서 내려서 미안하군."

"거동을 주의해 주십시오. 서 브라도."

"알았네, 알았어."

서 브라도는 붙임성 있게 손을 몇 번 휘저어준 다음 핸솔 추기경에게로 걸어왔다. 웃음 띤 얼굴로 핸솔 추기경을 바라보던 브라도 경은 곧 의아쩍은 얼굴이 되었다. 다시 핸솔 추기경의 모습을 꼼꼼히 바라본 브라도 경은 곧 당황하여 외쳤다.

"핸솔 추기경 아니십니까!"

"반갑군요. 서 브라도. 그런데…… 상황이 어떻게 된 겁니까?"

"그건 저 역시 여쭙고 싶은 말이군요. 도대체 예하께서 어떻게 이런 모습으로?"

서 브라도는 핸솔 추기경을 위아래로 훑어보며 어이없어하는 얼굴이 되었다. 핸솔 추기경은 난처하다는 듯이 웃어보였다.

"좀 긴 이야기가 있군요."

"그러십니까? 제 이야기는 짧으니 먼저 말씀드리죠. 전 유배가는 길입니다. 이 젊은 친구들이 저를 호송하고 있지요."

"유……배요?"

핸솔 추기경은 어처구니가 없다는 표정이었지만 브라도 경은 거리낄 것 없다는 듯이 말했다.

"그렇습니다. 어이, 간수 친구들!" 제국 기사들은 곤혹스러운 얼굴이 되었다. "부탁인데 여기서 좀 쉬어가면 안 되겠나? 반가운 분을 만나서 그래. 이 분은 펠라론의 핸솔 추기경일세."

기사들은 놀라워하는 얼굴이 되었지만 질문을 하는 대신 빠르게 움직였다. 그들은 '이곳은 쉬기 좋지 않습니다'고 말한 다음 데스필드와 파킨슨 신부, 핸솔 추기경을 말 뒤에 타게 하고는 얼마를 더 달려갔다. 그리고 그들은 숲속의 적당한 공터에서 말을 멈춰 세웠다. 핸솔 추기경은 집중해서 보았지만 명령을 내리거나 지휘하는 사람을 찾아볼 수 없었기에 누가 우두머리인지 알 수가 없었다. 브라도 경은 '나는 유배를 떠나는 죄인'이라고만 말하고는 꼼짝도 하지 않았지만 기사들은 말을 치우고 자리를 정돈하고 음식을 펼쳐놓고 나서야 그를 정중히 모셨다.

그래 가지고서는 죄인 취급이 아니라 상전 대접이었다.

더군다나 기사들은 자신들이 마련한 자리에 브라도 경과 핸솔 추기경, 데스필드, 파킨슨 신부만이 앉게 하고는 자신들은 따로 떨어져 조촐한 음식을 먹으며 휴식을 취했다. 데스필드는 그들을 흘끔흘끔 돌아보았지만 파킨슨 신부는 이미 입 속으로 음식을 우겨넣고 있었다. 핸솔 추기경 역시 굶주림을 더 참을 수 없었던지라 그가 제대로 이야기라도 꺼내게 된 것은 식사가 꽤 진행되고 나서의 일이었다. 브라도 경은 핸솔 추기경의 식사 태도에 많은 감명을 받았다는 얼굴을 하고 있었다.

"무슨 일인지 모르겠지만 고초가 심하셨던 모양이군요."

"무례를 용서하십시오. 서 브라도."

"무례라니오. 별 말씀을. 더 드시지 않으시겠습니까?"

"솔직히 말하자면 좀더 먹고 싶지만…… 궁금함을 더 참으면 소화도 안 될 것 같군요. 서 브라도. 유배라고 하셨습니까?"

"그렇습니다. 록소나 왕 빌레스의 땅으로 유배를 떠나는 길이지요."

서 브라도가 말하는 '유배'는 핸솔 추기경의 귀에는 꼭 '유람'처럼 들렸다.

"아니, 도대체 무슨 일이 있으셨기에 경과 같은 분이 유배를 떠나신다는 말입니까?"

"아, 모르셨습니까? 이름을 밝힐 수 없는 황실 인사 한 분께서 자마쉬로 가시던 도중 극악무도한 해적이자 제국의 공적 제1호인 키 '노스윈드' 드레이번의 불측한 해적 함대에게 습격당하셨지요. 제가 그 호위를 맡았습니다만, 맡은 바 소임을 다하지 못함으로써 폐하께 심려를 끼처드렸을 뿐만 아니라 저 개인적으로는 검까지 잃고 말았습니다. 그 죄를 씻기 위해 이렇게 유배를 가는 거지요. 목숨으로써 죄를 씻어도 할말이 없을 죄인께 베풀어주신 황은에 감읍할 따름입니다."

핸솔 추기경은 '맙소사, 그런 일이 있었습니까?'라고 외치고 싶은 굉장한 유혹을 느꼈다. 품위 없는 일인지라 그렇게 빈정거리지는 않았지만 추기경은 솔직히 황당함을 느껴야 했다. 정신없이 먹고 마시던 파킨슨 신부도 사레가 들려 켁켁거렸고 그래서 데스필드는 그의 등을 두드려주어야 했다. 브라도 경이 말하는 것은 절대로 뉴스가 아니다. 핸솔 추기경은 그 이름을 밝힐 수 없는 황실 인사가 황제의 사촌동생인 입시놀 후작이라는 사실까지 알고 있었다. 약간만 생각해 보면 4년 전 그때 키드레이번이 받았던 몸값도 떠올릴 수 있을 것 같은데⋯⋯.

"그러시군요." 핸솔 추기경은 모든 질문거리를 머릿속으로 돌려놓고 거기에 자물쇠를 채웠다. "알겠습니다. 아무쪼록 폐하의 진노가 빨리 누그러져 유배에서 벗어나시길 바랍니다."

"감사합니다. 그럼 제가 질문을 드려도 되겠습니까? 예하께선 도대체 이런, 글쎄요, 어울린다고는 볼 수 없는 여행을 하고 계시는 이유가 무엇입니까?"

핸솔 추기경은 그 질문에 잠깐 머뭇거렸다. 그 자신도 정리해 볼 시간이 필요했다.

"음. 저는 메르데린 컬렉션의 경매에 참가하고자 다림에 들렀습니다. 그런데 그 도시가 조금 전 거론되었던 자의 공격을 받았습니다."

그만 짓궂은 호기심을 억누르지 못한 핸솔 추기경은 말을 끊고 서 브라도의 얼굴을 보고 말았다. 하지만 서 브라도는 그의 검을 뺏어간 자에 대한 언급을 듣고도 아무런 내색 없이 자연스럽게 말했다.

"예, 들어 알고 있습니다."

"그곳에서 간신히 탈출한 뒤에는 전쟁터를 전전하며 도피행을 계속하다가…… 이렇게 제국으로 넘어오게 되었습니다. 그래서 꼴이 이 모양입니다."

서 브라도는 진심처럼 보이는 얼굴로 안타까움을 표했다. 노고가 크셨겠다는 둥, 주님의 가호라는 둥의 말이 몇 번 오가고 나서 최근에 벌어진 전쟁의 이야기가 당연히 뒤따랐다. 그 동안 산 위에 있었던 세 사람들은 듣지 못했던 이야기가 서 브라도의 입으로부터 흘러나왔다.

"록소나가 물러났다는 말입니까?"

"그렇습니다. 다케온은 다른 이의 손에 의해 정복당했습니다."

"다른? 누구 말입니까?"

"다벨이죠. 팔라레온을 쳤던 휘리 노이에스가 그대로 동진, 록소나와의 전쟁 때문에 만신창이가 된 다케온을 손쉽게 정복했습니다. 그리고 그 자는 이제 록소나에 대한 명백한 침략 의사를 드러내고 있습니다."

서 브라도의 이야기를 들으며 핸솔 추기경은 의아했던 것들이 아귀가 맞아떨어져 가는 것을 느꼈다. 그는 데스필드를 살짝 돌아보았고 데스필드가 희미한 미소를 짓는 것을 발견했다. 일이 그렇게 된 것이군.

서 브라도는 다시 근심 어린 표정으로 말했다.

"사람들이 있는 곳까지 어떻게 모셔드리고 싶습니다만 죄인의 몸인지라 자유롭지 못하군요. 저 간수들 역시 폐하의 명령을 수행중인지라 예하를 도와드리긴 어려울 테고."

"괜찮습니다. 서 브라도. 다만 가까운 마을을 알려주시면 감사하겠습니다."

"그거야 어렵지 않겠죠. 여보게, 간수!"

기사들 중 하나가 나무 그늘에서 일어나서는 불쾌한 표정으로 다가왔다.

"서 브라도. 제발 저희들을 간수라고 부르지 말아주십시오."

"그럼 뭐라고 부른담?"

"이름을 불러주시면 되잖습니까. 서 스웨지라고 말입니다."

"알았어, 서 스웨지. 부탁인데 추기경과 그분의 동행분들께 가까운 마을까지의 여정과." 브라도 경은 파킨슨 신부를 흘끔 바라본 다음 말을 덧붙였다. "약간의 식량을 베풀어주시지 않겠는가?"

"그렇게 하겠습니다."

잠시 후, 서 브라도는 핸솔 추기경과 파킨슨 신부, 그리고 데스필드와 일일이 악수한 다음 여행길이 즐겁기를 바란다는 인사를 남기곤 기사들과 함께 떠났다. 그들이 떠나고 나서 오랜 여행에 지쳤던 데스필드 일행은 기사들이 골라놓은 자리에 앉아 조금 더 쉬기로 했다. 핸솔 추기경은 아예 땅에 드러누워서―그도 이제 완연한 도보 여행자의 티가 났다―하늘을 보며 말했다.

"데스필드 군. 어떻게 생각하시오?"

파이프에 담배를 채우고 있던 데스필드가 고개도 돌리지 않은 채 말했다.

"뭘 말이오?"

"어느 정도의 힘을 낼 것 같소?"

"생각할 수 있는 최고의 조합이니…… 막강한 힘을 내겠지요." 데스필드는 불을 붙이고 나서 말을 이었다. "그 콧대 높은 당신들도 서 브라도 당신 정도라면 어깨에 힘 뺄 테고. 무리는 없을 거요."

"그렇겠지요."

핸솔 추기경은 동감한다는 표정으로 하늘을 향해 고개를 끄덕였다. 갑자기 하늘을 바라보는 그의 시야 한구석에서 파킨슨 신부의 얼굴이 불쑥 들어왔다. 핸솔 추기경이 놀란 눈으로 바라보는 가운데 파킨슨 신부가 잔뜩 골난 표정으로 말했다.

"우리 주님의 이름으로 부탁하는데, 설명 좀 해주시겠습니까?"

"아, 알았으니 얼굴 좀 치우시오. 원, 깜짝 놀랐잖소?"

파킨슨 신부는 순순히 얼굴을 치웠다. 핸솔 추기경이 일어나 앉자 파킨슨 신부는 질문했다.

"도대체 왜 브라도 켄드리드 경은 4년 전의 일로 유배를 가시는 겁니까? 그게 유배 맞습니까? 무슨 유배가 같이 말 타고 달리며 죄수를 그렇게 대우한답니까?"

"물론 유배가 아니지요. 데스필드 군의 말대로 최고의 조합을 위해 떠나시는 거지."

"최고의 조합? 무슨 말씀입니까?"

"우리 시대 최고의 야전 사령관을 꼽으라면, 서 브라도는 어떤 기준으로 따지든 항상 세 손가락 안에 들어갈 사람이오. 그 중에서도 그는 특히 기병 전투의 제일인자지요. 흔히들 그와 비견되곤 하는 사트로니아의 바스톨 장군의 장기가 종합적인 작전 능력이라면 브라도 경은 엄청난 돌격력으로 단숨에 결판을 내는 야전돌격형 지휘관이라더군요."

"그렇습니까? 제가 관심 있는 분야는 아니군요."

"나도 추기경이라는 자리에 있다 보니 그런 쪽의 전문가들에게 주워들은 거요. 그럼 관심이 없는 신부님에게 묻겠는데, 제국 최고의 기병은 어디에 있지요?"

"아, 록소나!"

데스필드가 담배 연기로 동그라미를 만들어보였다. "맞았수. 신부님 당신." 핸솔 추기경 역시 고개를 끄덕이며 말했다.

"이건 전투 전문가에게 묻지 않아도 말할 수 있을 것 같군. 록소나의 기병과 브라도 경이 결합하면 그건 어마어마한 힘을 발휘할 거요. 폐하께선 록소나를 지원하기로 결정하신 거지."

"록소나를 지원해서……?"

"다벨을 징벌하는 거죠."

"다벨을?"

핸솔 추기경은 경의를 담아 데스필드를 가리켜보였고 데스필드는 그 손짓에 대해 고개를 살짝 숙여보였다.

"데스필드 군이 오래전에 지적했듯이 다벨과 록소나는 아마도 공동 전선을 펴기로 했을 거요. 하지만 그건 다벨의 이이제이의 수법이었겠지. 실제로 다벨은 팔라레온을 정복했지만, 록소나는 다케온을 정복하지 못했소. 다벨이 등을 돌려버렸기 때문에. 그래서 마왕은 그냥 물러나야 했던 거지. 그러자 기다리고 있던 다벨이 나서서는 다케온을 취해 버린 거요."

"아아."

"그래서 폐하께서는 서 브라도를 파견하여 록소나의 기병을 이용, 흥측한 계획을 펼치는 다벨을 견제하시는 거요. 록소나에 제국 최고의 기병이 준비되어 있다는 점을 놓고 본다면 서 브라도 한 명의 파견은 수만의 군대에 값하는 조력이니까. 그 콧대 높은 록소나 기사들도 서 브라도라면 쉽게 다룰 수 있을 거요. 그리고 제국 기사단장의 임무를 맡고 있는 서 브라도를 그 자리에서 빼내어 록소나로 보낼 구실거리를 대기 위해 해묵은 옛이야기를 끼워맞춘 것이겠지."

"왜 당당하게 파견하면 안 되는 거지요? 아무리 꾸미는 거라지만 유배라는 건 그 분의 명성에 누를 끼치는 일일 텐데."

"흐음. 그건 좀 문제가 많소이다. 폐하가 공공연히 록소나를 돕는 건 일단 형평성의 문제도 있거니와…… 다벨은 현재 페인 제국을 상대로 전쟁을 벌인 건 아니잖소. 하지만 폐하께서 공공연히 록소나를 지원할 경우 다벨을 제국의 적으로 간주한다는 의미가 되어버리겠지요. 폐하께서는 그 정도까지 가기를 원하지는 않을 겁니다."

"그렇군요."

"이해되었소? 그럼 나 눈 좀 붙입시다. 데스필드 군. 조금 누웠다가 출발해도 되겠지요?"

네스필드는 고개를 끄덕였고 그러자 파킨슨 신부 역시 냉큼 드러누웠다. 그들은 드러눕자마자 잠들었고 데스필드는 그 모습을 보며 웃은 다음 담배연기를 바람에 섞기 시작했다.

"에름 후작님."

테라스에 서서 밤바다를 보고 있던 에름 후작은 고개를 돌렸다. 등 뒤에는 율리아나 공주가 서 있었다. 에름 후작은 방 안쪽을 흘끔 바라보았지만 방 안쪽에서는 바탈리언 남작과 오스발, 그리고 이루미나 후작 부인이 즐거운 표정을 지은 채 담소하고 있었다. 에름 후작은 처제를 향해 웃음 지었다.

"왜 나오셨습니까, 공주님? 바닷바람이 찹니다."

율리아나는 그를 쳐다보았다가 다시 고개를 돌려 바다를 바라보았다. 그녀의 시선이 몇 번이나 방황한 다음에야 율리아나는 입을 열었다.

"저, 저 말이에요. 후작님. 그러니까……"

"예?"

"전, 에, 그러니까 전 조카를 볼 수 없지요?"

에름 후작은 그제서야 율리아나 공주가 왜 당황해하는 얼굴이었는지 알 수 있었다. 아무렇게나 말하는 공주도 언니의 남편에게 하는 말은 조심스럽고 부담스러웠을 것이다. 게다가 그 당혹스러운 내용이라니. 에름 후작은 그녀의 붉어진 얼굴을 점잖게 외면했다.

"그렇습니다."

"고마워요. 후작님."

"무슨 말씀을. 고마워하실 것이 어디 있습니까."

"그래도 고마워요. 어, 좀 옛날 일이지만, 언니가 시집간 다음에 1년 도 지나지 않아 쫓겨올 거라고 말한 작자가 있었어요."

"그랬나요?"

"예. 그리고 난 그 사람이 다른 곳을 볼 때 실수인 척하며 그 사람의 발등에다 화병을 떨어뜨렸어요. 발가락이 부러졌죠. 며칠 전에 꽃꽂이 에 관심이 생긴 척하며 미리 갖다둔 청동제 화병이었거든요."

에름 후작은 킥킥 웃고 말았다.

"그 가공할 계획 범죄에 대한 고해는 하셨습니까?"

"했어요. 신부님은 친절하게 제 죄를 사해 주셨지만, 다음 번엔 벽에 걸린 장식용 모닝스타를 이용해 볼 계획이라고 고백했더니 약간 난감해 하시긴 하더군요."

"설마, 하셨습니까?"

"아니오. 저도 의심이 생겼거든요."

에름 후작은 부드러운 눈매를 약간 꿈틀거리며 '의심이라고요?'라고 묻는 듯한 눈짓을 보냈다. 율리아나는 자신의 입술을 조금 잡아당기며 말했다.

"전 후작님이 언니를 사랑한다는 것은 믿었어요. 예. 분명히 진실로 사랑하셨을 거예요. 하지만 시간이 지나고 고통이 더 커진다면, 그래도 후작님이 계속 언니를 사랑하실 건지는…… 솔직히 미덥지 못했어요. 심성이라는 긴 바뀔 수 있는 것이고 그게 자연스러운 거잖아요. 그리고 그렇게 된다 해도 후작님을 비난할 수는 없겠죠. 하지만 그건 너무 슬픈 일일 거예요."

"예……"

"그리고 후작님의 백성들을 상대로 언니를 계속 변호하시는 건 너무 힘드셨겠죠. 우리 언니는 후작님의 가문을 끝내 버릴 수도 있으니까. 반대가 심했죠?"

"영특하신 공주님께서 짐작하는 정도입니다."

"예. 하지만 3년 동안 언니가 보낸 서신에서는 그런 의심을 뒷받침할 만한 것은 찾아볼 수 없었어요. 하지만 그게 더 불안하더라고요. 차라리 푸념하고 슬퍼하는 서신을 보내왔다면 저도 덩달아 화내고 슬퍼하긴 하겠지만 불안하지는 않았겠지요. 이곳에 오면서 전 진짜진짜 불안했어요. 그런데, 이곳에 와서 저는 후작님이 언니를 보는 시선을 봤어요. 그리고 언니의 얼굴이 폰스파 궁에서 보던 때와 똑같이 밝은 것도 봤고요. 언니를 여전히 사랑하신다는 것을 깨달았을 때는 너무 고맙고 기뻤어요. 그 말을 꼭 하고 싶어서 나왔어요."

"공주님. 전 희생하고 있다고 생각하지 않습니다. 이루미나가 제게 온 것에 감사할 따름이죠. 그러니 제게 고마워할 필요는 없습니다."

"항상 그러신가요?"

"예?"

"저, 그러니까, 에…… 봄, 그러니까 봄은 참 묘하죠……"

에름 후작은 너털웃음을 터뜨렸고 율리아나의 얼굴은 다시 붉어졌다.

"공주님은 짓궂군요. 저도 이상한 데가 없는 보통 남자고 그래서 때론 봄을 맞아 서로 머리를 부딪치는 숫사슴 흉내를 내고 싶을 때가 있다고 말하는 것을 듣고 싶으신 겁니까? 흐음, 짓궂은 것이 아니라 처녀의 호기심인가요?"

"흐으. 말씀하신 대로 저도 이상한 데가 없는 보통 여자라서요."

에름은 웃으며 부인의 의자를 가리켜보였다. 율리아나 공주가 의자에 앉자 에름은 자신의 의자에 앉았다. 그리고 은월이 부서지는 밤바다를 보며 잠시 할 말을 정리해 보았다. 하지만 막상 그가 입을 열었을 때 그의 말은 오래도록 생각한 것인지 의심스러울 정도로 단순했다.

"저는 이루미나를 사랑합니다."

"너무 사랑해서 몸의 괴로움은 상관없을 정도로?"

또다시 나오는 대로 말해 버리고 만 율리아나는 황급히 입을 가렸다. 하지만 에름은 조용히 고개를 가로저을 뿐이었다.

"전 성자가 아닙니다, 공주님. 상관없다니요. 하지만 전 이것을 말하고 싶군요. 사랑과 고통이 꼭 길항 작용을 하는 걸까요?"

"예?"

"사랑이 크면 다른 사소한 것은 견딜 수 있다. 혹은 사랑 때문에 눈이 먼다. 정말 그럴까요. 다른 사람들은 모르겠지만 제 경우엔 그렇지 않습니다. 전 이루미나를 사랑합니다만 그것 때문에 그녀를 한번 안을 수도 없는 고통을 잊지는 않습니다. 오히려 더 커지더군요. 하지만 그녀를 안을 수 없다는 고통 때문에 그녀에 대한 사랑이 사라지지도 않았습니다."

"그런……가요?"

"그래서 전 그 두 가지 감정을 똑같이 받아들이기로 했습니다. 하나를 위해 다른 것을 희생하지 않기로. 둘 다 정직한 저의 감정이고 그래서 둘 다 저에겐 소중한 겁니다. 전 영원히 이루미나를 사랑할 것이고, 그녀 때문에 겪는 고통 때문에 그 사랑이 바뀌지는 않을 겁니다."

"모르겠군요."

"저도 더 이상은 설명할 수가 없군요. 제 경험에서 느끼는 것들이라 같은 경험을 공유하지 않고서야 어떻게 말할 수가 없어요. 미안합니다."

에름은 웃으며 의자에 등을 기대며 두 다리를 길게 뻗었다. 물끄러미 그 모습을 보던 율리아나는 갑자기 소스라치는 기분을 느꼈다.

에름은 이상한 기척을 느끼곤 다시 율리아나를 돌아보았다. 율리아나는 멍한 눈으로 그를 바라보고 있었다. 에름은 고개를 갸웃거리며 그녀에게 말했다.

"공주님? 불편하신 데라도 있으십니까?"

"예? 아, 아니오. 괜찮아요. 아무렇지도 않아요."

에름은 그런가 보다 하곤 다시 밤바다를 향해 시선을 옮겼다. 율리아나는 숨소리가 들리지 않도록 조심해서 한숨을 내쉬었다. 그녀를 쳐다보는 에름의 모습은 그녀가 알고 있던 모습 그대로였다. 부드럽고 선량한 형부. 율리아나는 자신이 뭔가를 잘못 본 것이리라 생각했다. 하지만 그녀는 자신이 보았던 것을 잊을 수는 없었다. 순간적으로 에름 후작의 모습 위로 떠오른 키 드레이번의 모습은 너무 또렷했다.

키는 손수건으로 복수의 검신을 닦고 있었다. 매서운 눈으로 그를 쏘아보고 있던 세실이 쏘아붙이듯 말했다.

"이보라고, 키 드레이번."

키는 대답하지 않았다. 세실은 대답할 때까지 목소리를 조금씩 높일 것인가 아니면 당장 고함을 지를 것인가를 놓고 짧게 갈등했다. 그리고 후자를 선택했다.

"키 드레이번! 피는 그만 닦아! 다 닦였으니까. 내 쪽을 돌아봐!"

키는, 그러나 다시 한번 복수의 검신을 닦은 다음에야 그것을 칼집에 꽂고는 세실을 돌아보았다. 세실은 불끈 쥔 주먹을 휘두르며 외쳤다.

"왜 죽인 거야!"

세실은 라이온이 치우고 있는 시체를 가리켜보였다. 천 찢어지는 소리가 기분 나쁘게 울려왔다. 라이온은 그들의 옷을 찢어 끈을 만든 다음 그 몸에 커다란 돌을 묶고 있었다. 키는 복수의 칼집에 다시 천을 휘감으며 대답했다.

"장님인가? 그들은 나를 공격했다. 그래서 죽였다. 놈들 자신도 납득할 이유라고 생각되는데."

"마지막 녀석 말이야, 마지막 녀석! 그 녀석은 칼을 버렸잖아. 살려달라고 그랬잖아!"

"살기를 바랐다면 처음부터 공격하지 말았어야지. 앞뒤가 안 맞는다."

"자비심이라는 것이 있잖아!"

"살해욕이라는 것도 있다."

세실은 어처구니없는 얼굴로 키를 바라보기만 했다. 복수를 다시 감싼 키는 그것을 어깨에 멘 다음 세실을 똑바로 바라보았다.

"말도 안 되는 소리 하지 마. 자비심이 더 중요한 거야."

"왜."

"뭐?"

"왜 그게 더 중요한 거냐고 묻고 있다."

"왜가 어디 있어? 그냥 더 중요한 거야!"

"머저리 같은 화법 사용하지 마. 그럼 난 그냥 덜 중요하다고 말해 줄 테니까."

키는 조금의 흔들림도 없이 말했다. 그의 무미건조한 태도 때문에 세실은 키가 그저 라이온이 시체를 처리할 동안만 대답해 줄 작정이라는 것을 알아차릴 수 있을 정도였다.

"좋아, 제기랄. 그게 사람이 더 사람다워지는 감정이기 때문이야. 자비심을 가진다는 것은 사람을……"

"그 웃기는 말은 잠시 접어두고, 왜?"

"뭐가 또 왜야?"

"왜 사람다워져야 되나."

"사람이 사람다워야지!"

"또 머저리 화법이군. 그렇다면 난 사람이 꼭 사람다울 필요는 없다고 말해 주겠다. 이유는, 네가 이번엔 생략했던 '그냥'이고."

"그냥이 아냐! 사람은, 에, 사람으로 태어났으면 당연히 사람다운……"

키의 비웃는 시선을 보며 세실은 입술을 깨물었다. 그녀가 사용했던 '당연히'라는 말은 '그냥'과 똑같은 말이다. 키는 얼마든지 물어올 것이다. 왜 그게 '당연'한가.

"빌어먹을, 그러고 보니 넌 지금 수도사들이 사용하는 방법을 쓰고 있군. 그렇게 왜, 왜, 왜를 계속한 다음 제일 원리인 신의 존재를 증명하는 거? 그건 나도 알아."

"그런가. 나는 몰랐는데."

"살인은 죄야!"

세실의 말에 키는 아예 경멸감까지 드러내며 말했다.

"몰랐나 보군. 난 해적이야."

"무법자라고? 그런 말이 아냐. 법 따위가 어떻게 되었건 살인은 죄야. 그렇잖아."

세실은 이런 한심한 말을 하면서 거의 울고 싶은 것을 간신히 참았다. 하지만 키는 넌더리를 내었다.

"그렇다치고, 왜 죄를 지으면 안 되나."

세실은 말을 잊은 채 키를 바라보았다. 하지만 키의 시선은 다른 곳을 보고 있었다. 그리고 곧 그녀의 뒤쪽에서 풍덩 하는 요란한 소리가 들려왔기 때문이다. 라트랑 국경 감시대원의 시체를 바다에 던진 라이온은 손을 털며 돌아왔다. 그 모습을 보던 키는 말에 올랐다. 키는 말 위에서 세실을 내려다보며 말했다.

"말에 타라."

"키 드레이번. 설명해 줘."

"뭘 설명하라는 건가."

"아무거나 설명해 줘! 그, 그래. 그냥 자기를 좀 합리화시켜 봐. 제발!"

"자기 합리화?"

세실은 고개를 끄덕였다. 난 자기 합리화하는 놈들이 싫었어. 하지만 그것조차 내팽개친 이 무시무시한 녀석에 비한다면 그 녀석들은 차라리 사랑스러울 정도군. 키는 세실을 물끄러미 내려다보았다.

그의 얼굴에 문득 그리움 같은 것이 스치고 지나갔다. 세실은 눈을 크게 뜨고 키를 올려다보았지만 그녀가 보았던 것을 다시 찾을 수는 없었다. 키는 어느새 다시 무표정한 얼굴로 세실을 보고 있었다.

"네가 해."

"뭐?"

"네가 필요한 거라면 네가 해. 네 마음대로 날 합리화한 다음 날 이해했다고 생각해 버리면 될 거 아닌가. 네 경우엔 경험도 훨씬 많았을 테니 더 쉬울 텐데."

세실은 입을 쩍 벌린 채 키를 바라보았다. 하지만 키는 타인을 위해 자신의 신발끈을 풀지 않겠다고 말했던 사람답게 세실에게 두 번 말하지는 않았다. 그는 말을 돌려 이미 해안 절벽을 따라 달려가고 있었다. 그 뒤를 따라 달려가던 라이온이 세실에게 외쳤다.

"세실. 어서 말에 타요. 빨리 갑시다."

세실은 아무 말도 못한 채 허둥지둥 말에 올랐고 그런 자신의 행동을 거의 깨닫지 못했다.

"오스발."

"예, 공주님."

"누구 사랑해 본 적이 있어요?"

"공주님. 제가 있었던 곳에는 여자가 없었습니다."

"남자는? 관두죠. 내 얼굴 빨개졌죠? 창피해라. 다음에 언제 나 놀려 먹고 싶어지면 내가 방금 했던 말 은근히 암시하면 되겠군요. 한두 번 정도는 겸연쩍게 웃어줄 테지만 계속 그러면 나 화낼 거예요. 나 시끄럽죠? 아마도 지금쯤은 알고 있을 텐데요. 나 당황하면 말 많아지는 거. 잠깐. 그건 '평소 때도 말이 참 많으셨습니다'라고 말하는 표정인가요?"

공주의 말 중간에 몇 번인가 대답을 해보려던 오스발은 그냥 포기하고는 멀거니 율리아나를 바라보았다. 그리고 율리아나는 고개를 떨구고는 잠시 산책로만을 내려다보았다. 오스발은 조심스럽게 말했다.

"피곤하시면 이만 돌아가시겠습니까?"

"피곤한 거 아니에요. 잠깐 얼굴 좀 진정시키려고 이러고 있어요. 그러니까 좀 기다려 봐요."

"이해하겠습니다만 그렇게 아래만 보시며 걸으면 위험합니다."

"그렇겠군요."

율리아나는 해죽 웃었다. 그녀는 주위를 획획 둘러보았고 곧 찾던 것을 발견했다. 율리아나는 손에 들고 있던 말채찍을 들어올려 산책로 옆에 있는 퍼걸러를 가리켜보였고 오스발은 고개를 끄덕이며 그 쪽으로 먼저 걸어갔다. 오스발은 손수건을 꺼내어 돌의자의 먼지를 털었다. 의자에 앉은 율리아나는 퍼걸러 중앙의 돌탁자에 팔을 고였다.

"당신도 앉아요."

오스발은 차분히 돌탁자를 사이에 두고 율리아나 공주의 맞은편에 앉았다. 율리아나는 만족했다는 듯이 웃고는 주위를 둘러보았다.

관리를 하지 않는 건지, 아니면 일부러 그렇게 놔둔 건지 알 수 없었지만 (공주는 후자일 거라 생각했다) 퍼걸러의 돌기둥 아랫부분은 이끼가 가득 끼어 있었다. 송림 저편으로부터 기분좋은 목향이 풍겨왔고 그 너머론 바다의 철썩거림이 아련하게 들려왔다. 그리고 오스발은 승마복 차림을 하고 있는 율리아나 공주를 조용히 바라보았다. 옷차림에 맞추어 말채찍까지 들었지만 실은 말은 있지도 않다. 공주는 귀찮아했지만, 그녀의 의상을 담당한 후작 부인의 시녀장은 그런 시녀장만이 할 수 있는 권위적인 태도로 어린 공주를 주눅들게 한 다음 그것을 들고 가게끔 만들었다. 어쨌든 그 시녀장에게 감각이 있다는 것은 인정해야 할 것이다. 라트랑 식의 흰 블라우스와 검은색 바지를 입고 손엔 말채찍을 든 공주의 모습은 소녀라고도 부르기 어렵고 처녀라고도 확언하기 힘든, 퍽 묘한 뉘앙스가 묻어났다. 하지만 그 시녀장은 거꾸로 든 채찍 손잡이에 헌팅캡을 씌워 빙글빙글 돌리고 있는 공주의 지금 모습을 봤다면 신음을 흘리고 말았을 것이다.

접시돌리기를 하는 광대처럼 그렇게 모자를 빙글빙글 돌리던 율리아나 공주는 모자와 채찍을 돌탁자 위에 내려놓곤 오스발을 바라보았다.

"사랑을 해본 적은 없어도 사랑을 해보고 싶다는 생각쯤은 해봤겠죠?"

"왜 그런 질문을 하시는지 여쭙고 싶습니다만."

"나 어제 저녁에 아주 이상한 사랑을 하나 봤어요. 두 남녀는 서로가 좋아하는 방식으로 사랑하면 그만이니 원래는 참견하고 자시고 할 것도 없겠지만, 그 두 사람이 저와 관련된 사람이라 생각을 좀 해봐야겠네요."

"그 두 남녀가 누구입니까?"

"룸 언니와 에름 후작님."

"예? 좀 둔해서 그런지 몰라도 그 분들은 보기 좋은 부부처럼 보였습니다만."

"그렇죠그렇죠그렇죠? 바로 그게 이상한 거라고요."

"설명해 주시겠습니까?"

"이건 뭐 비밀이라고도 할 수 없는 거니까 말해 주겠어요. 그렇다고 해서 공공연히 알리고 다니는 것도 아니지만……. 룸 언니가 바다의 공주라고 불리는 건 카밀카르의 공주이기 때문도 하지만, 그보다는 언니가 머메이드이기 때문이에요."

오스발은 당혹한 표정으로 율리아나를 바라보았다. 물론 노잡이였던 오스발은 머메이드에 대한 이야기들을 많이 들었고, 그 중에선 말하는 당사자조차도 믿기 힘들어하는 이야기도 많았다. 오스발의 표정을 보던 율리아나 공주는 방긋 웃으며 고개를 가로저었다.

"머메이드는 그렇게 괴물 같은 건 아니에요. 적어도 카밀카르 왕가에서는. 왜냐하면 카밀카르 왕가에선 가끔 그런 사람이 태어나거든요. 늙은 시녀들은 왕가의 어린아이들에게 왕가의 어떤 조상님이 해변에 올라온 인어와 결혼했기 때문이라고 설명해 주지만, 믿기가 좀 어려워요."

"왜지요?"

"바로 그것이 문제의 핵심인데, 나 창피한 말 할 거니까 잠시 눈 감고 있어요. 예. 좋아요. 머메이드는 물 속에서만, 그러니까 머메이드의 형태로 바뀌었을 때에만 사랑을 나눌 수가 있거든요. 이제 눈떠도 돼요."

오스발은 눈을 떴다. 그러곤 얼떨떨한 얼굴로 말했다.

"그럼 에름 후작님은……"

율리아나는 뭐라 대답할지 생각해 두지 않았고, 그래서 약간 이상하게 대답했다.

"물론 물 속에선 숨을 쉬실 수가 없죠."

"예……"

당황해하던 율리아나는 이야기의 방향을 약간 바꿨다.

"언니 꼬리는 참 이뻐요. 어릴 때 룸 언니는 내 찬양의 대상이었고 질투의 대상이었고 조그만 꼬마에게 세상이 불공평하다는 사실을 알려준 첫 번째 교사였죠. 같이 수영하러 갈 때마다…… 아니, 돌아오고 나서 이틀쯤 뒤엔 난 꼭 뭔가에 대해 투정을 부리고 화를 내게 되죠. 그러다가 와―악 울음을 터뜨리며 속마음을 털어놓죠. 나에겐 그런 멋진 꼬리가 주어지지 않은 건 불공평하다는 거지요. 나 정말 못된 아이였어요."

"말씀하신 것처럼 아직 사리분별을 못하시던 때였잖습니까."

"그래도 룸 언니에겐 내가 정말 밉게 느껴졌을 거예요. 룸 언니 역시 어릴 때였으니까요. 자기 평생을 불행하게 만들 운명을 가지고 싶다고 떼를 쓰는 동생…… 어땠겠어요? 하지만 룸 언니는 나에게 화를 내지 않았어요. 내가 언니에게 얼마나 잔인한 짓을 했던가, 그리고 언니가 얼마나 놀라운 참을성으로 나를 대해 준 것인가를 알게 된 것은 철이 들고 나서였지요. 정말 창피해서 눈, 코, 입 다 떼버리고 싶더라고요."

오스발은 헛웃음을 터뜨렸다.

"표현이 좀 과격하십니다만 무슨 말인지는 알겠습니다."

"그럼 이제 왜 에름 후작님과 룸 언니의 모습이 이상한 것인가를 알겠죠?"

"예. 두 분은 정상적으로 부부 생활을 할 수가 없으시군요."

"그래요. 서로가 서로를 확인하고 서로에게 위안이 되어줄 수가 없다는 문제도 문제지만…… 그것 말고 외부적인 문제도 있었겠죠. 라트랑인들이 우리 언니를 어떻게 생각할까요. 두 사람 사이에서는 후작가의 다음 세대가 태어날 수 없어요."

"그렇군요."

"그러니 에름 후작님에게는 안팎으로 문제가 있었을 거예요. 자기 자신의 문제, 그리고 다른 사람의 불평으로부터 아내를 지켜야 되는 문제. 그런데, 당신도 알아보았듯이 두 사람은 편안한 눈으로 서로를 보고 있다고요. 필요한 건 대충 다 말해 준 것 같으니, 오스발. 적당한 가정 하나 말해 봐요. 어떻게 그럴 수 있을까요?"

오스발은 잠시 생각에 잠긴 표정으로 돌기둥의 이끼를 바라보았다.

"좀 동화적이기까지 한 가정입니다만, 에름 후작님이 진짜 신사였다고 생각해야 할까요. 그런 무수한 곤란에도 불구하고 그 고통들을 홀로 이겨내며 후작 부인에겐 상처가 돌아가지 않도록 하셨다고…… 그래서 후작 부인의 얼굴에 슬픔이 떠오르지 않도록 보호했다고 해야 하나요."

"나도 그렇게 생각했어요. 그래서 어제 후작님한테 고맙다고 말했고요."

"후작님께서 뭐라 하시던가요."

"자신은 그 고통 이겨내려 한 적 없으니 고마워할 필요가 없다시더군요. 내가 제대로 이해했는지 모르겠지만 후작님은 이렇게 말한 것 같아요. 사랑은 사랑이고 고통은 고통이다. 서로 길항 작용을 하지 않는…… 그러니까 한쪽 때문에 다른 쪽이 방해받지는 않는다. 고통 때문에 사랑이 식는 것도 아니고 사랑 때문에 고통이 약화되는 것도 아니다……"

"둘 다 나의 감정이다."

자연스럽게 말을 이은 오스발은 공주의 동그래진 눈을 보게 되었다. 율리아나 공주는 고개를 끄덕였다.

"맞아요. 그렇게 말씀하셨어요. 어떻게 알았죠?"

"말씀하신 것 들으니 자연스럽게 떠오른 생각이었습니다만."

"어? 그게 자연스러운 거예요? 그럼 난 비자연인인가 보군요. 그게 왜 자연스러운지 모르겠네요."

오스발은 어깨를 살짝 으쓱였다.

"글쎄요. 말씀 들으니 저는 이렇게 이해되는군요. 에름 후작님이 후작 부인을 한결같이 사랑하는 이유는 그것 아닙니까? 그 사랑 때문에 생기는 고통을 구태여 부정하려 들지 않기 때문에."

"구태여 부정하지 않는다?"

"사람이 갈등을 느끼고 고통을 느끼는 건 언제나 선택의 문제잖습니까. 이것 아니면 저것."

"졸리니까 책을 덮고 잠을 자느냐, 읽던 책을 마저 읽느냐."

"하하. 그 경우라면 주무시길 권하고 싶습니다. 어쨌든 선택이 내려지면 행동에 들어가겠지요. 그런데 하나를 선택해도 해야 할 행동은 두 가지인 것 같습니다."

"왜 두 가지이죠?"

"선택한 길에 대한 긍정도 있겠지만, 선택하지 않은 길에 대한 부정도 하겠지요."

"부정?"

"예. 선택한 것을 꾸준히 밀고 나가겠지만, 마음 한구석으론 자기 자신에게 합리화를 해줘야 하지 않을까요. 이게 훨씬 나은 거라는 식으로, 그 길을 선택할 필요는 없었다는 식으로. 합리화는 그렇게 두 가지 방법으로 동시에 이루어지는 것 같습니다. 자기가 선택한 방식에 대한 긍정도 중요하지만, 자기가 선택하지 않은 방식에 대한 부정도 꽤 중요한 것 같습니다."

"음, 음. 그러니까 잠을 자기로 했다면 졸리니까 그런다는 이유 말고도, 안 자고 책 읽어봐야 머리가 멍해서 이해되지도 않았을 거라는 이유도 필요하다는 거죠?"

"공주님의 말씀을 들으니 제가 제 말을 더 잘 이해할 수 있게 되는 것 같군요. 감사합니다. 그런데 선택되지 않은 방식에 대한 부정을 잠깐 볼까요. 이미 포기된 방법이지만, 사실은 그것도 그 자신이잖습니까. 다른 자의 것이 아니라 자신의 것이죠. 따라서 그것은 사실은 자기 부정인 것입니다. 그러나 사람은 자기 부정당하는 것을 싫어하죠. 그래서 부정을 계속하면서도 진짜 그게 필요없었을까? 그게 나빴을까? 하고 한두 번은 되물어보게 되는 거죠. 그걸 간단하게 뭐라고 하나요?"

"후회!"

"그렇습니다. 후회는 선택되지 못했던 자신의 반란이겠지요. 아무리 선택을 잘했어도 한두 번쯤은 생겨나게 마련인 의혹이나 후회는, 부정된 자신이 긍정받고 싶어서 일으키는 반항 아닐까요."

"와아—!"

율리아나 공주는 크게 감탄했다. 오스발은 부드럽게 미소 지으며 말했다.

"결국, 행동에 있어서 뭐가 옳으냐 뭐가 그르냐 하는 것은 중요한 이유가 못 되겠지요. 그것보다는 자기가 긍정되느냐 부정되느냐의 문제 아닐까요."

"자기가 인정되는지 안 되는지가 중요하다고요?"

"그렇게 생각합니다."

"선이나…… 정의 같은 것에 대해선 어떻게 생각해요?"

"그런 것이 있을지도 모릅니다. 하지만 전 믿을 수 없습니다."

218

"적긴 하지만, 죽을 때까지 선을 지키는 분들도 있잖아요."

"바로 그런 분들이 있기 때문에 믿지 못합니다."

"예?"

"선을 지킨다는 말씀을 하셨습니다. 그것은 이미 선은 절대적인 힘이 아니라는 뜻입니다. 산을 지킨다거나 바다를 지킨다는 말은 하지 않습니다. 하지만 성을 지킨다거나 집을 지킨다는 말은 있지요. 같은 것 아닐까요? 무너질 수도 있고 파괴될 수도 있는 것은 절대적인 힘이 아닙니다."

"좀 무서운 말이군요."

"공주님도 후작님의 선을 믿지는 못하셨잖습니까?"

율리아나는 눈을 크게 뜬 채 오스발을 바라보았다. 오스발은 웃으며 눈을 내리깔았고 율리아나는 머뭇머뭇 고개를 끄덕였다.

"맞아요…… 그래서 나도 후작님을 못 믿고 언니를 걱정했던 거예요. 아무리 후작님이 언니를 사랑한다 해도, 그 사랑이 계속해서 고통을 이겨내어줄 거라고 믿지는 못했지요. 그건……"

"선의 힘을 믿지 못하셨던 것 아닙니까."

"그렇군요. 후작님도 인간이니까 계속 자기 부정을 할 수는 없기 때문이군요. 나는 무의식중에 그걸 알았고."

"예. 후작님이 고통에도 불구하고 후작 부인을 계속 사랑하신다면 그건 옳은 일이고 신사다운 일이겠지요. 하지만 그건 계속 자신을 부정하는 일이 될 테니 그것이 아무리 옳은 일이라도 끝까지 가지는 못하게 될 겁니다. 공주님께서 걱정하신 대로. 하지만 후작님은 선한 일과 악한 일을 구분하는 대신 그 두 가지가 다 자신의 것임을 인정하셨고, 둘 다 부정하지 않으신 겁니다. 그래서 후작님은 계속해서 후작 부인을 사랑하실 수 있으신 거겠지요. 계속 자기 부정을 할 필요가 없으니까. 산이나 바다는 부정한다고 부정되는 것이 아닙니다. 그래서 산이나 바다가 그곳에 있다는 사실에 화를 내거나 고통을 느끼는 사람은 없지요. 후작님도 마찬가지 아닐까요."

"음…… 한 마디만 수정하겠어요."

"뭔가요, 공주님?"

"산이나 바다가 단지 그곳에 있다는 사실에 고통을 느끼는 사람이 없다는 거. 난 그럴 수 있는 사람을 하나 알아요."

"누군가요?"

"침착하게 미쳐버렸던 당신 전 주인. 상당한 혐의를 둘 수 있지 않을까요?"

제국력 1024년 여름. 봄부터 시작된 소란은 작열하는 태양의 계절을 맞이하여 대륙의 남부를 뜨겁게 달구고 있었다. 그 서막을 이끌었던 다벨의 휘리 노이에스는 전격전으로 팔라레온을 휩쓴 다음 팔라레온의 내재적 불안 요소를 성공적으로 자극했다. 팔라레온의 불안 요소는 그 넓은 밀밭에서 반드시 사용되어야 하는 노동 노예의 존재였다. 노예와 자유민의 비율이 어느 나라보다도 컸던 팔라레온의 특성을 성공적으로

220

일깨워낸 휘리는 그 힘을 이용하여 다케온에 맹공을 퍼부었다. 엄청난 부로 리저드라이더와 같은 고급 군사력을 보유하고 있었던 다케온도 록소나와의 전쟁 때문에 군사력의 태반을 잃고 있었다. 물론 다케온의 부는 여전했지만, 군사력은 가게에서 돈 주고 구입하는 상품이 아니었다. 록소나와의 전투에서 입은 상처를 아직 추스르지 못하고 있던 다케온은 휘리 노이에스의 공격 아래 지리멸렬하게 무너졌다. 경이로울 정도의 정복 전쟁이 계속되고 있는 가운데 휘리 노이에스의 명성은 한없이 올라가고 있었다. 따라서 사람들은 휘리 노이에스가 록소나를 다음 목표로 지적한 것에 대해 놀라지도 않았다.

그러나 또한 그 여름 휘리 노이에스호(號)의 무사 항해를 믿는 사람은 아무도 없었다. 목전까지 다가온 휘리 노이에스의 칼날에 분통을 터뜨리며 서 하빈저를 못 살게 굴고 있던 록소나 국왕 빌레스는 자신의 땅에 유배되어 온 제국 인사가 누구인지를 안 순간 '명마가 용장을 만났도다!'라는 꽤나 마왕다운 환성을 지르고 말았다. 만인이 박수를 보낸 회군 결정을 통해 제국 최고의 기병대를 보전할 수 있었던 마왕은 그것을 그대로 당대 최고의 기병 지휘관에게 넘겼다. 유배는 여기서도 효과를 발휘하는 현명한 조처였다. 유배 죄인인 브라도 켄드리드의 입장에서 그것은 일종의 백의종군이며, 따라서 제국에 의한, 혹은 브라도 경 자신에 의한 록소나의 내정 간섭의 가능성은 처음부터 존재하지 않았다. 늑대를 막기 위해 사자를 키우는 노릇이라 떠드는 사람들에게 들려준 서 하빈저의 침착한 한마디.

"서 브라도는 언젠가 유배를 끝내고 그의 가족이 있는 제국으로 돌아갈 사람이다. 따라서 그에게 록소나의 무엇을 맡긴다 해도 그것은 단기 대출일 뿐이다. 아니, 더 정확하게는 우리가 폐하로부터 서 브라도를 임차받았다고 보아야 마땅하다. 거의 사기로 여겨질 만큼 쉽게 팔라레온과 다케온을 병탄해 버린 날강도 같은 자가 우리의 문턱까지 온 마당에, 도대체 이런 유익한 임차를 거부할 이유가 어디 있단 말인가."

별로 용맹스러운 말은 아니었지만 그것은 마왕의 가신들을 진정시키는 효과는 충분했다.

그리고 남으로부터는 '왕관을 던진 장군' 바스톨 엔도가 신생국 폴라리스와의 동맹 아래 사트로니아군을 휘몰아 휘리 노이에스의 명줄을 노리고 있었다. 사트로니아―폴라리스 동맹 소식을 받아든 사람들은 바스톨 장군이 신생국 폴라리스의 건국을 배후 조정했다고 생각하게 되었다. 본국 사트로니아에서 멀리 떠나온 바스톨 장군은 안정된 병참이 필요했고, 그래서 해적들을 이용하여 병참선으로 이용할 나라 하나를 급조한 것이다……. 그런 가설은 상당한 설득력을 가진 것이었다. 바스톨 장군에게는 실제로 나라 하나를 세워본 전과가 있었던 것이다.

각자의 명망도 명망이지만 그보다 40년 동안의 경쟁자로 더 잘 알려진 두 용장이 같은 목표를 향해 활시위를 당기고 있음을 알았을 때 사람들은 휘리 노이에스에 대해 측은함마저 느꼈다. 활들이 너무 강해서 과녁이 박살나버리고 말 것이라는, 어쩌면 지도상에서 다벨이라는 이름이 사라지는 지경까지 가버릴지도 모른다는 것이 제국인들의 판단이었다. 그리고 음유시인들은 초록빛 옷을 준비한 다음 록소나 지방을 향해 미친 듯이 달려갔다. 찬란한 두 거성과 새롭게 불타오른 한 신성의 웅대한 대결을 보기 위해 초록빛 옷을 준비하던 사람들 중에는 바탈리언 남작 역시 포함되었다.

"떠나시겠다고요?"

에름 후작은 질문보다는 확인하는 투로 말했다. 그는 바탈리언 남작이 그 험한 곳으로 가겠다는 이유를 짐작할 수 있었다. 남작은 웃으며 고개를 끄덕였다.

"그렇습니다. 후작님."

"위험하실지도 모릅니다."

"어떻게 들릴지 모르겠습니다만 위험하지 않았다면 가지 않을지도 모르겠습니다."

에름은 작은 웃음 소리를 내었다.

"무슨 말인지 알겠습니다. 하긴, 두 명장이 한 곳에 모인 것은 레프토리아 이후 처음인가요. 볼만하겠습니다."

"홀홀단신으로 미리온 산맥을 넘어와 준비되어 있던 군대를 단숨에 움켜쥔 브라도 켄드리드와 차분하게 교두보를 마련하고 병참을 위해 나라 하나가 생길 때까지 끈질기게 기다린 바스톨 엔도…… 두 장군의 성격이 드러나는 것 같지 않습니까? 그리고 그런 모습은 이제 두번 다시는 못 보게 될지도 모릅니다. 그 분들의 연세가 있으니까요. 도저히 안 갈 수가 없군요."

"즐거운 마음으로 남작의 참전기를 기다리겠습니다."

"예. 꼭 살아돌아와 기록을 남기죠. 그리고 라트랑에서 출판하도록 하겠습니다."

"하하. 고마운 선물이 되겠군요."

바탈리언 남작은 에름 후작에게 인사를 남기고 테라스를 떠났다. 후작의 방에서 나온 남작은 통로에서 커다란 책을 들고 걸어오는 오스발과 마주쳤다.

"오스발? 어디로 가는 길인가."

오스발은 손에 들고 있던 책을 들어보이며 말했다.

"공주님께서 도서관에서 책을 가져다달라고 하시더군요."

"자넨 글을 모르잖아. 어떻게 책을 찾았나?"

"그래서 제가 간 겁니다. 특정한 책이 필요하셨다면 다른 사람에게 시키거나 공주님께서 직접 고르셨겠지요. 저에게 아무거나 뽑아오라고 하셨습니다."

"심심파적 삼아 읽으실 모양이군. 그런데 그런 용도라면 책이 너무 두꺼운 거 아닌가?"

"공주님께서 무조건 두꺼운 책으로 가져오라고 하시더군요. 사실 걱정입니다. 무슨 내용인지 모르니 공주님 마음에 안 드는 책일지도 모르고. 얼핏 안을 들여다봤는데 도표 같은 것이 없는 걸로 봐서 최소한 장부 같은 건 아닐 거라 믿고 골라온 겁니다."

"아아. 그렇잖아도 공주님께 가는 길이니 함께 가세나. 어디 무슨 책인지 볼까."

바탈리언 남작은 오스발과 함께 걸으며 그가 들고 있던 책을 받아들었다. 그러곤 곧 미소를 지었다.

"이건, 희한하군. 사로프레의 『레프토리아 회전기』라."

"안 좋은 책입니까?"

"아니. 좋은 책이지. 최소한 이 책은 레프토리아 회전의 결과를 놓고 하이낙스가 악인이라서 패배했다는 식으로 해석하지는 않으니까. 그 사건에 관련된 서적들 중 거의 절대 다수는 그런 식으로 해석해 버리는 걸로 만족하지만 말이야. 내가 놀란 건, 어쩌면 나도 이것과 비슷한 책을 쓰게 될지도 몰라서 그래. 같은 등장인물들도 몇 명은 나올 테고."

"예?"

"나 록소나로 갈 생각이네. 오스발."

"록소나? 그곳은 전쟁 직전이잖습니까. 제가 듣기로 어떤 쟁쟁한 장군님이 그 땅에서 다벨군을 박살낼 준비를 하고 계시다던데요."

"제국 기사단장인 서 브라도야. 그리고 내가 거기로 가는 건, 전쟁을 보러 가는 거니까 당연하잖아."

"연대기를 쓰실 생각이신가 보군요."

"그래. 아, 아냐. 쓰든 못 쓰든 보기는 해야겠어. 쓰는 건 그 다음의 일이고. 꼭 쓸 거지만 말이야."

오스발은 고개를 끄덕였다. 몇 발자국을 더 뗀 다음 남작이 다시 말했다.

"자네 덕분이야. 오스발."

"무슨 말씀이십니까."

"그 날 새벽, 자네가 가르쳐줘서 알았네. 내가 언어에 대해 염증을 느끼고 있다고 해서 그게 문제가 되는 건 아니지. 중요한 건 내가 현재를 보는 걸 좋아한다는 거야. '현재'라는 걸 글로 옮겨놓는 것보다 더."

"그러신가요."

"그렇게 생각하니 언어의 문제는 더 이상 나를 괴롭히지 않게 되었네. 그래, 과도든 명검이든 상대를 벨 수 있으면 무사에겐 좋은 검이겠지. 칼이 어쩌니 저쩌니 하는 건 풋내기 무사의 핑계거리일 테지."

"제가 한 일은 없을 겁니다. 남작님이 찾은 대답은 남작님 속에 있지 않았을까요."

"사람 참 겸손하긴. 어쨌든 좀 화끈하게 살아볼 생각을 하게 되었네. 그러니 이런 좋은 기회를 놓칠 수 있겠나. 아, 내가 전쟁을 찬성하는 건 아니야. 어차피 연대기 작가는 정확하게 쓸 뿐 찬성이나 반대를 표하는 건 후대인에게 맡겨야 되지."

공주의 방이 가까워 왔을 때, 남작은 갑자기 생각난 듯이 말했다.

"아, 그리고 전쟁 구경하면서 틈틈이 소품 하나도 써볼 생각이네. 제목은 '한 노예 이야기' 정도로 생각해 뒀지만, 약간 단조롭지? 주인공은 해적선에 납치된 모 레이디를 구출해 낸 어떤 노잡이 노예일세."

남작은 오스발의 황당해하는 얼굴을 보곤 큰소리로 웃었다.

제12장

# 모루와 망치, 그리고 다섯 번째의 검

그레이엄의 보고를 듣고 있던 법황 퓨아리스 4세는 약간 씁쓸해하는 표정으로 말했다.

"모루와 망치가 서로 바뀌었군."

"예?"

"서 브라도와 바스톨 장군의 위치. 서로 반대쪽에 있어야 어울리겠는 걸."

그레이엄은 고개를 갸웃했다.

"반대쪽이라고 하셨습니까?"

"바스톨 장군이 록소나에서 다벨군을 맡아 싸우고, 서 브라도는 폴라리스로부터 팔라레온을 쳤어야 어울리는 일이었지 않겠나. 그러면 바스톨 장군이 휘리 노이에스를 붙잡아두는 동안 서 브라도가 팔라레온과 다케온을 해방시켜 다벨군을 손쉽게 고사시킬 수 있겠지. 그런데 지금은 돌격전의 대가가 수비전을 준비하고 있고 수비전의 대가는 돌격을 시도하고 있어. 별로 어울리는 일이라고 볼 수 없군."

그레이엄은 고개를 끄덕였다. 단단하고 굳건한 군대 운용을 장기로 삼는 바스톨 장군은 모루라 할 것이다. 실제로 신생국이 건국될 때까지 기다린 다음 그것과 동맹을 맺을 정도니까. 반면 일격에 상대를 분쇄하는 것을 즐기는 서 브라도는 내리떨어지는 망치의 격렬함에 어울린다.

"하지만 서 브라도께서 꼭 모루 역할을 하실 필요는 없겠지요. 그 분이 '망치'답게 록소나에서 다벨군을 분쇄하실 수도 있지 않겠습니까."

"글쎄. 그럴 수도 있겠지. 나도 그렇게 되길 원하고…… 뭐, 잘 되겠지."

"예. 그럼 바이올 기사단의 건인데, 어떻게 하시겠습니까?"

"어떻게 하다니?"

"성하. 이제는 그들이 필요없지 않습니까? 말씀하신 대로 최고의 모루와 최고의 망치가 다벨군의 전횡을 막을 것입니다. 구태여 그들을 교회 기사단으로 임명할 필요가 있을까요. 데샨 카라돔도 문제거니와 발도 로네스 경이 보내오신 서신도 겉으로야 그렇지 않지만 사실 퍽 불쾌해하는 내용이었고……"

발도 로네스의 이름을 들은 순간 퓨아리스 4세의 눈꼬리가 매서워졌다.

"그 녀석이야 그 바닷가에서 바다사자처럼 짖어대라고 해. 건방진 자식. 제깟놈이 감히 법황의 서품에 이래라 저래라 하는 서신을 보내어와?"

"성하."

230

"걱정 말고 그대로 진행해."

"그들이 사용될 일이 있습니까?"

"각국에 질서 유지군이라는 말이 흘러들어가도록 해. 다벨군이 격퇴된 후 폐허가 된 팔라레온, 그리고 다케온에서 질서를 지키는 것을 담당할 부대라고 말이야."

"록소나와 사트로니아가 언짢아할 텐데요. 싸우기는 그들이 싸우고 생색은 펠라론이 내려 한다고 불평할 겁니다."

"그러니까 바로 녀석들을 타깃으로 지적하는 식으로 말을 만들란 말이야. 그래, 만약 사트로니아와 록소나가 다벨로부터 받을 전쟁 배상금 이외에 다른 것, 즉 팔라레온이나 다케온에 대한 야욕을 드러낸다면 법황이 직접 징벌하기 위해…… 무슨 말인지 알겠나?"

"좋게 받아들여지지 않을 듯합니다."

"상관없어. 그대로 진행해."

"알겠습니다. 그런데……" 그레이엄은 말을 멈추곤 잠시 주위를 둘러보는 시늉을 했다. "플로라 양은 어디 있습니까?"

"나도 정확하게 모르는 일이라 설명해 줄 수가 없군. 어쨌든 그녀는 지금 자기 방에 틀어박혀 있네."

"알겠습니다. 그럼."

그레이엄은 정중히 인사를 건네곤 법황의 집무실을 떠났다. 그레이엄이 떠나고 나서 퓨아리스 4세는 잠시 책상에 놓은 서류들을 바라보았다. 서류를 들어올렸지만, 법황의 시선은 다른 곳을 향하고 있었다. 잠시 후 자신이 읽지도 않는 서류를 이렇게 들고 있을 필요는 없다는 사실을 깨달은 법황은 고개를 내두르며 일어났다.

법황의 집무실 한쪽 벽엔 플로라의 방으로 통하는 문이 있었다. 문에 다가선 법황은 짐짓 헛기침을 했다. 그러나 문 저편에선 아무런 반응이 없었다. 퓨아리스 4세는 결국 문을 두드렸다. 똑똑.

"아, 들어오세요."

퓨아리스 4세는 문을 열었다. 일종의 온실처럼 꾸며진 방이 나타났다.

기울어진 천장에선 유리창을 통해 빛이 쏟아지고 있었다. 나뭇가지와 덩굴과 줄기들 사이로 수많은 꽃과 싱그러운 나뭇잎이 햇살을 담뿍 머금고 있었다. 실내의 온도와 습도는 약간 높은 편이라 법황은 먼저 숨을 한번 들이쉰 다음 풀잎과 나뭇잎 사이로 플로라의 모습을 찾았다. 그러나 법황은 플로라가 바닥에서 일어날 때까지 식물들과 잘 어우러진 그녀를 찾지 못했다.

똑바로 일어난 플로라는 법황을 향해 목례했다. 녹색 머릿결이 햇빛 속에서 녹수정처럼 빛났다.

"성하?"

"아, 미안해. 하도 나오지 않아서 걱정이 되어서 말이야. 그제부터 계속 틀어박혀 있었잖아."

"죄송합니다, 성하. 전 아무래도 시간 관념이 좀 다르군요."

"그래, 무슨 성과가 있었나? 아니면 내가 방해한 건가?"

플로라는 대답에 앞서 온실 한구석에서 의자를 찾아 법황에게 내밀었다. 법황이 그 의자에 앉자 플로라는 화분들이 놓여 있는 대리석 대 위에 앉았다. 그녀의 알몸 위에 쏟아지는 햇살은 눈부실 정도여서 법황은 살짝 웃으며 고개를 돌려 덩굴장미를 바라보았다.

"성과가 있다고도 없다고도 말할 수가 없군요. 그녀는 이상합니다……"

"이상하다?"

"예. 일단 그녀를 리포밍시킨 사람을 알아내었습니다. 알버트 렉슬러 선장이라는 분입니다. 노스윈드 선단의…… 아십니까?"

퓨아리스 4세는 어리둥절한 얼굴로 말했다.

"알긴 알아. 알버트 '네일드' 렉슬러 선장. 하지만 그 자는 돛대에 못 박힌 저주받은 시체인걸? 법황청 내의 약간 지나치게 열성적인 신부들과 추기경들이 그 친구를 잡아먹지 못해 안달하고 있지. 그런 지독한 악마의 역사는 펠라론의 모든 힘을 동원하여 처부숴야 된다는 거지. 그 자들의 열정은 갸륵하지만, 난 가끔 그 자들이 펠라론엔 함대는커녕 보트 하나도 없다는 사실도 좀 고려해 줬으면 하고 바라지."

"예. 저도 처음엔 뭐가 뭔지 몰라 어리둥절했습니다. 어떻게 그런 존재가 그녀를 리포밍시킬 수 있는지…… 벨로린의 이상야릇함은 그 때문인지도 모르겠습니다."

"벨로린?"

"그녀의 이름입니다. 하지만 알버트 선장이라는 분이 그 이름을 줬을 리는 없는 것 같고, 다른 누가 줬는지도 모르겠습니다."

"대화한 게 아닌가?"

"예. 그녀는 여전히 저의 존재를 느끼고 있지 않습니다. 정확하게 말하자면, 지금 그녀는 제게 대답하고 있다기보다는 자신 속에서 떠오르는 질문에 대답하는 것처럼 느끼고 있을 겁니다. 그러니 자신이 생각하기에 너무 뻔한 질문 같은 경우 자신이 그걸 왜 이상하게 생각하는가 하는 식으로 의문을 표시하고 있지요."

"아아, 그래. 알았어. 다른 건?"

"그 외에도 이상한 점은 많습니다. 일단 그녀는…… 활동에 제약이 없는 것 같습니다."

"무슨 말이야?"

"저처럼 물을 마시지도 않고 온몸으로 햇볕을 쬐고 있지도 않은 것 같습니다. 사람과 똑같이 움직이고 있습니다. 가설을 세워본다면, 그녀를 리포밍시킨 알버트 렉슬러 선장이라는 분이 돛대에 못 박혀 있기에 그런 것이 아닌가 생각해 봅니다. 욕망의 투사라고 할까요."

"아아! 그 자신이 식물처럼 못 박혀 있으니까 그의 싱잉 플로라는 동물처럼 움직이게 되었다?"

"가설일 뿐입니다. 그리고 그녀의 의식이…… 전 그녀의 의식에 접근할 때마다 상당히 당혹감을 느끼게 됩니다. 살아 있는 시체에 의해 리포밍되어서 그런 건지는 모르겠습니다만, 그녀의 사고 체계는 퍽 이상합니다."

"사고 체계가 이상하다?"

"용서해 주십시오. 전 도무지 어떤 말로 설명해야 될지조차 모르겠습니다."

"설명하지 않아도 좋으니 느껴지는 대로 말해 봐."

플로라는 고개를 끄덕이곤 잠시 화분을 바라보았다. 법황은 온실 천장으로부터 쏟아지는 햇살이 이마에 따갑게 부딪히는 것을 느꼈다. 잠시 후 플로라가 나직이 말했다.

"무섭습니다."

법황은 눈살을 찌푸렸다. "무섭다고?"

"예. 그러나…… 끔찍한 것이나 흉한 것, 위험스러운 것을 대할 때의 무서움과는 다릅니다. 그리고 긴장감 같은 것도 아니고요. 피하고 싶다는 생각도 들지 않습니다…… 죄송합니다."

"아니, 됐어. 괜찮아. 음, 어쨌든 그녀가 아직 널 느끼고 있지 못한다면, 아직은 그녀를 통해 그쪽 사람들과 이야기를 할 수는 없겠군?"

"어려울 것 같습니다."

"당장은 접촉할 일도 없으니 상관없겠지. 좋아. 이제 그녀에게 접근하려는 시도는 그만해도 돼. 어, 그러니 그만 나오지 그래? ……그립더라고."

법황은 뒷말을 꺼낸 것을 놓고 잠시 고민했지만 역시 말하길 잘했다는 판단을 내렸다. 플로라는 법황을 향해 미소 지었다.

"알겠습니다."

라이온은 쾌활하게 웃으며 말했다.

"폴라리스, 재미있는 이름이잖습니까?"

라이온으로서는 의외였지만 키 드레이번은 의외로 여겨질 만큼 담담하게 고개를 끄덕였고 그래서 라이온은 파랗게 질린 얼굴로 '죽고 싶지 않아요!' 등의 말을 외쳐서 키 드레이번을 한숨 짓게 만들었다. 그리고 세실의 경우엔 테이블 아래에서 다리를 덜덜 떨고 있었다. 그녀는 이토록 편안하게 이야기를 나누고 있는 두 남자가 제정신으로 보이지 않았다. 다시 주위를 훔쳐보는 세실을 향해 라이온이 핀잔을 줬다.

"세실. 주위를 훔쳐보는 건 좀 그만둡시다. 예?"

세실은 한숨을 내쉬었다. "너희들 미쳤어."

"연중행사로 제정신으로 돌아올 때도 있어요."

세실은 신음을 흘리며 술잔을 움켜쥐었다. 술잔 속엔 유명한 라트랑 와인이 담겨 있었지만, 세실은 마시지 않았다. 카밀궁이 저 멀리 보이는 이 라트랑 제일 도시 라트라인에서 취하고 싶지는 않았기 때문이다.

라트라인은 모든 점에서 완벽한 항구였다.

파일럿(導船士)이나 선주들에게 그렇다는 것이 아니라 낭만가들에게 그렇다는 것이다. 그곳에는 항구의 향기가 있고 항구의 노래가 있고 항구의 슬픔과 기쁨이 있었다. 라트라인에서는 모든 일은 중요도가 아니라 흥미도에서 결정되었다. 그리고 그 흥미도의 기준은, 점잖은 이들은 약간 당혹하겠지만 그런 대로 멋진 것이었고 멋진 사내들에게 호평받는 것이었다. 그곳은 다음날 동틀녘에 결투 약속이 잡힌 사내들끼리 술잔을 마주치며 상대방의 장점을 조용히 말해 주고 서로 상대방을 그리워하게 될 것을 말없이 확인하는 도시였다. 그곳엔 수십년 전부터 그곳에 앉아 있는 것 같은 착각을 주곤하는 바텐더들이 주점마다 있었고 수십년 전부터 그곳에 고꾸라져 있는 것 같은 전설적인 주정뱅이들—톰이나 잭, 혹은 애꾸눈 릭일 수도 있다—이 구석진 벽에 등을 기대고 테이

236

블 위에 발을 던진 채 주점 문을 들락날락하는 선원들을 바라보고 있었다……. 그럼에도 불구하고 수평선 너머로부터 찾아드는 꿈꾸는 사내들이 매일 수줍게 문을 열고 들어서기에 항상 새로운 얼굴을 볼 수 있는 곳이었다. 수많은 고급 선원들과 그보다 더 많은 부두 노동자들이 흥에 겨워 술잔을 던져댄 주점 벽엔 아무리 천재적인 화가라도 흉내낼 수 없는 복잡한 얼룩 무늬가 번져 있었다. 기교가 아닌 세월에 의해 그려진 것이기 때문이다. 노랫소리는 언제나 충분히 소란스러웠고, 항구의 아가씨를 꼬셔보려는 수다스러운 일항사들이 넘쳐나지만, 희미한 조명 아래 보이는 상대방의 얼굴에서 일항사들은 언제나 고향에 두고 온 그녀를 떠올리곤 했다.

그리고 그 가운데서 세실은 낮게 속삭였다.

"목소리 좀 제발 낮춰라. 선원들이 저렇게 득시글거리는데 너희들을 알아보면 어쩔래?"

그러나 키는 세실의 말을 들은 체 만 체하며 술잔을 만지작거렸다.

"폴라리스라."

"그래서 말입니다만, 선장님."

키는 술잔을 들어올렸다. "왜."

"돌아가시지 않겠습니까?"

술잔을 들어올리던 키는 그것을 잠시 멈춘 채 술잔 너머로 라이온을 바라보았다. 라이온은 그 시선을 살짝 피했고 키는 잠시 후 술잔을 단숨에 비웠다. 라이온은 테이블을 바라보며 말했다.

"따라오라고 초청한 적도 없다고 말씀하실 거죠? 물론 그렇습니다.

하지만 제 말을 조언 삼아 들어주실 수 없겠습니까?"

"해봐."

"이제 율리아나 공주를 죽이는 건 별 의미가 없습니다. 우리의 메인 게스트였던 발도 로네스가 아니라 엉뚱한 광대인 휘리 노이에스가 설치고 있으니까요. 따라서 율리아나 공주는 문제의 핵심에서 벗어나버린 거죠. 그렇다면, 카밀궁 안에 있는 그녀를 노리는 위험을 감수하실 필요가 있으십니까? 오히려 폴라리스에서 선장님을 애타게 기다리고 있을 것입니다."

"나오는 대로 지껄이지 마. 나는 그곳에 없을수록 좋다는 거 모르나?"

라이온은 고개를 끄덕일 수밖에 없었다. 그 역시 알고 있으면서 모르는 척한 내용이다. 키가 돌아간다면 폴라리스는 제국의 공적 제1호가 된다. 현재 동맹중인 사트로니아를 난처하게 할 것은 당연하거니와 제국으로부터 공격당하게 될 것이다. 그리고 그 모든 것에 앞서, 건국 작업에 열심인 하리야의 지도적 위치가 흔들리게 될 것이다.

"뒷말은 실수였습니다. 하지만 앞쪽의 것은 어떻습니까?"

"틀린 말은 아니다."

"그녀는 더 이상 중요하지 않지요?"

"아아."

"그럼 돌아갑시다, 선장님. 무익한 일이기만 하다면야 좋겠지만 위험하기까지 합니다."

세실도 고개를 끄덕이며 라이온의 말에 동조하고 나섰다.

"라이온의 말이 맞아, 키 드레이번. 지금쯤은 다림이나 록소나에서 출발한 소문이 우릴 따라잡았을 거야. 아무리 마왕을 함구시켰다 하더라도 우릴 봤던 부하 녀석들이 있어."

키는 아무 대답을 하지 않았다. 라이온과 세실은 테이블 위로 상체를 내밀며 키의 대답을 기다렸다. 키는 테이블 위에 놓인 빈잔을 만지작거리다가 술병을 붙잡았다.

그러곤 그것을 잔에 따르는 대신 라이온의 머리에 내려쳤다.

끔찍한 소리가 울려퍼지며 술병이 박살났다. 라트랑 와인이 핏방울처럼 튀며 술병 조각이 사방으로 날았다. 경악해 버린 세실이 비명도 지르지 못하는 사이, 스르르 미끄러진 라이온이 바닥에 쓰러졌다. 쿵. 주위에 있던 선원들과 주당들이 당황하며 자리에서 일어났다.

그러나 키는 이미 움직이고 있었다. 자리를 박차며 일어난 키는 테이블을 돌아 라이온의 멱살을 움켜쥐었다. 그들에게 다가서려던 선원들은 주춤하며 멈춰 섰다. 라이온의 도움이 거의 없는 상태에서 키는 두 손도 아닌 한 손만으로 라이온을 일으켜세웠다. 키의 면전까지 끌어올려진 라이온이 정신을 차리며 약한 신음을 흘렸다.

"이봐, 거기! 무슨 짓이야!"

바텐더가 바 뒤에서 노성을 질렀다. 키는 바 쪽을 흘끔 보더니 그대로 문 쪽을 향해 걸어가기 시작했다. 다리가 비틀려버린 라이온이 다시 무너졌지만 키는 라이온을 질질 끌면서 거침없이 걸어갔다. 그때 선원들 몇 명이 키의 앞을 막아섰다.

"어헛! 거기 서! 무슨 짓을 하는 거야?"

"상관 마."

"무슨 일이 있는지 모르지만, 어헛, 사람을 그렇게 때려서 어쩌겠다는 거야?"

키는 두번 말하는 대신 그대로 앞을 막아선 선원들을 밀치며 걸어갔다. 갑자기 밀려난 선원들은 곧 험상궂은 얼굴이 되어 키의 어깨를 붙잡았다.

"어허? 이거 뭐하는 자식이기에. 사람 말이 말 같잖아?"

"남의 일에 신경 쓰지 말고…… 돌아가 술이나 마셔, 얼간아."

키의 말이 아니었다. 그에게 질질 끌려가던 라이온이 힘들게 꺼낸 말이었다. 입장이 우습게 되버린 선원들은 얼빠진 표정으로 라이온을 바라보았고 키는 어깨를 잡아뺀 다음 다시 문을 향해 걸어갔다. 세실은 술값을 테이블에 얹어둔 다음 모든 사람들에게 사과하며, 하지만 따라나올 필요는 절대 없다고 강조하며 재빨리 주점을 빠져나왔다.

그리고 밖으로 나온 세실은 눈앞에 펼쳐진 광경에 넋을 잃을 뻔했다.


"우오오옷! 제기랄, 아프다고요. 우—쌍! 좀 살살해요! 아이 이이익!"

라이온을 치료하던 세실은 이해할 수 없다는 얼굴이 되었다. 키에게 그토록 참혹하게 맞을 때는 비명은커녕 숨소리 하나 내지 않고 얌전히 (?) 맞던 라이온이었다. 세실은 고개를 심하게 가로저으며 붕대의 매듭을 질끈 묶었고 라이온은 다시 죽는 소리를 내었다. 세실은 침대 옆의 의자에 앉아서 라이온을 바라보았다.

"이야기 좀 하자. 불편하면 누워도 좋아."

라이온은 사양 않고 침대에 벌렁 드러누웠다. 여관의 초라한 침대는 라이온의 몸을 받아들이며 삐걱거렸고 라이온의 몸에서도 제법 요란한 소리가 났다. 세실은 누운 라이온의 흉측한 모습을 보곤 깊게 한숨을 내쉬었다.

"꼬락서니 걸작이다."

"우리 어머니도 날 낳아놓곤 그만 감격했지요. 그래서 난 하마터면 '주여제가정말이절세미남을낳았나이까'라는 퍽 길다란 이름을 갖게 될 뻔했습니다. 껄껄껄!"

"돈 놈들과 같이 다니다 보니 정말 미칠 지경이군. 왜 그렇게 맞았냐?"

"첫 번째가 너무 강렬해서 그 다음부턴 피할 새도 없더군요. 하!"

"왜 화를 안 내는 거야?"

"돌았으니까. 몰랐어요?"

"까불지 말고 말해 봐."

라이온은 히죽 웃으며 손을 올렸다. 그러나 머리카락을 쓰다듬으려던 그의 손은 붕대에 걸렸고 그래서 라이온은 고통 때문에 이맛살을 잔뜩 찡그렸다. 세실은 그 모습을 보며 혀를 찼다.

"따지고 보면 요청받은 바도 없는 억지 동행이고, 그러니 내가 선장님에게 이리 가라느니 저리 가라느니 할 수야 없는 일이잖습니까."

"맞는 말이다만 그게 술병으로 이마를 강타당할 만한 일이냐? 게다가 이 끔찍한 폭력은…… 억울하지 않아? 네가 틀린 말을 한 것도 아니잖아."

"사실은 선장님이 복수로 내려치지 않으신 것에 감사하고 있답니다."

세실은 두 손으로 얼굴을 감쌌다. "정말 미치겠어." 그리고 세실은 의자에서 일어났다. 그때 침대에서 라이온의 손이 뻗어나왔다. 손목을 잡힌 세실은 뒤를 돌아보았고 라이온은 웃으며 고개를 가로저었다.

"지금 무슨 생각 하는지 짐작하는데, 안 됩니다."

"내가 무슨 생각 하는데?"

"선장님께 가서 따져볼 생각 아닙니까? 그러지 마십시오."

"왜? 그 미친 자식이 나한테도 이럴까 봐?"

"일단 앉아보시죠, 세실. 나 팔 아파요."

세실은 라이온을 가만히 내려다보다가 다시 의자에 앉았다. 라이온은 두 팔을 머리 뒤로 돌려 베고는 천장을 바라보았다. 부어오르고 찢어지고 긁힌 얼굴이었지만 이상하게도 평온한 얼굴로 라이온은 말했다.

"'나를 때리면서도 선장님은 속으로 눈물을 흘리고 있었을 겁니다'라고 말하면?"

"토해 버릴 거야."

"나도 마찬가지입니다. 그건 못 써먹겠군요."

"나 현기증 느낄 거 같으니까 말 그만 돌리고 말해봐."

"이봐요. 맞은 사람은 나라고요. 내가 가만히 있겠다는데 당신이 나설 필요는 없잖습니까."

"그럼 키가 널 죽여서 토막내더라도 가만히 구경만 하고 있을까? 엉?"

"……그때는 좀 말려주시죠."

세실은 라이온이 누워 있던 침대를 꽝 걷어찼다.

"너도 그렇고 키도 그렇고 도통 모르겠다. 왜 화를 안 내는 거냐?"

242

라이온은 체념하듯이 말했다. "각오했던 일이니까."

"각오? 어떻게 그런 일을 각오할 수 있었냐?"

"키 선장님이 선택할 수 있는 대답이 그거 하나뿐이었으니까."

"상대방의 두개골을 깨버리는 게? 말도 안 돼."

"제기랄, 처음부터 이 추적행은 합리성의 제단에 봉헌된 예물은 아니 었잖습니까!"

세실은 미간을 찌푸리며 라이온을 내려다보았다. 라이온은 두 손을 앞으로 돌려 얼굴을 가렸다.

"뭘 설명하고 뭘 대답하라는 겁니까, 예? 나한테 그런 것 요청하지 마세요. 나도 힘듭니다."

기나긴 세실의 일생에서, 어떤 사람의 가면에 금이 가며 그 너머의 무엇이 언뜻 보였던 경험은 꽤 많았다. 그러나 그 너머의 무엇의 모습 은 항상 그보다 화려한 가면이 일으키는 착시 효과 때문에 흐릿하고 뒤 틀려 있었다. 한때는 세실도 그런 것에 매달렸던 적이 있고 그러고는 그 사람을 다 이해한 척한 적도 있지만 (녀석은 사실 그런 놈이었어) 이제는 그런 짓 포기한 지 오래였다. 설령 상대방의 가면이 완전히 깨진다 하더 라도 그녀 자신의 가면이 남아 있다는 것을 깨달았기 때문이다.

그러나 세실은 라이온에게 다시 한번 다가서보았다.

"넌 누구냐?"

"나? 라이온입니다. 포기해 버리고 망각해 버려야 마땅할 것들을 아 직까지 끌어안고 사는 자신을 비웃어주기 위해 스스로를 희화화하는 얼간이입니다. 차갑기만 한 육지에서 길 잃고 슬픔을 느끼는 갈매기입니다. 비우기에도 애매하고 그냥 놓고 보기에도 못마땅한 반쯤 찬 쓰레기통입니다."

세실은 얼굴을 가린 라이온을 똑바로 바라보았다.

그녀는 오른손을 입으로 가져갔다. 엄지와 집게손가락을 핥은 세실은 촛불을 향해 손을 가져갔다. 머리카락 같은 연기가 피어오른 순간 방 안의 사물이 저 뒤로 쑥 물러나며 암흑이 찾아들었다.

암흑 저편으로부터 라이온의 쉰 목소리가 들려왔다.

"뭡니까."

"팔 내려. 필요한 것이 어둠이었으면."

침묵 후 부스럭거리는 소리가 짧게 들렸다. 세실은 라이온의 숨소리를 들어보려 했지만 그녀 자신의 숨소리가 더 크게 들려왔다. 다시 라이온의 목소리가 들려왔다.

"가서 주무시죠. 치료 고맙습니다."

"너 자는 것 보고 갈 테니 신경 쓰지 마."

"나 외롭지 않습니다. 세실리아."

"알아. 그냥 내가 이래야 안심할 것 같아서 그래."

세실은 다리를 꼬고 의자에 똑바로 앉았다. 오래지 않아 밤으로부터 스며나온 빛이 서서히 사물의 윤곽을 덧칠하기 시작했다.

라이온은 갑작스럽게 말했다.

"애초에 선장님은 이 추적을 설명할 수 없었습니다. 그래서 혼자 떠나려 했었죠."

"그랬지."

"비합리적이라고요."

"그래."

"우리가 알고 있는 가장 거대한 비합리를 볼까요. 안타깝게도 자연계보다는 인간계에서 더 잘 찾아집니다. 전쟁이 있죠. 전쟁에 합리를 말하며 뛰어든 작자는 어떻게 될까요?"

"너처럼 피투성이 시체가 되겠지. 그리고 그건 잘못된 일이야."

"잘못된 일이라. 그건 '죄'입니까?"

"그래."

"인간의 죄?"

"그래."

"어째서?"

"모르겠어."

"모른다는 건 답이 안 됩니다. 모든 전쟁에 뛰어든 모든 이상주의자가 피범벅이 된다면, 그게 잘못되었다고 말하는 건 의미가 없습니다. 수십억 번의 아침에 태양이 떠올랐으니 아침에 태양이 뜨는 것은 법칙이라고 할 수 있는 겁니다. 그게 잘못되었다고 말하면 의미가 없습니다."

"……그래서 키에게 합리적인 충고를 했던 라이온이 이렇게 박살나는 것 또한 그저 법칙으로 받아들여야 할 뿐 잘못되었다고 화낼 일이 아니라는 거냐?"

"법칙에는 좋다거나 나쁘다거나 하는 것이 없으니까요. 물건이 아래로 떨어지는 것이 얼마나 짜증나는 일인지 아십니까? 그것 때문에 특별히 무거운 물건은 많이 쌓지도 못해요. 하지만 아무도 그걸 나쁘다고 말하지는 않아요. 좋다고 말하는 사람도 없지만. 법칙처럼 된 것에는 좋다고도, 나쁘다고도 말하지 않아요."

키는 어두운 여관방 안에 앉아 있었다.

밤의 라트라인으로부터 배어나오는 빛들이 그의 방 창문으로 통해 쏟아져 들어오고 있었다. 캄캄한 방 안에서 빛을 받은 얼굴 윤곽만이 어슴푸레하게 떠올랐다. 그리고 어둠 속에 있는 키의 눈은 도시의 불빛을 뛰어넘어 저편, 도시 외곽쪽의 만 안쪽에 고고히 자리잡고 있는 카밀궁을 잡아챘다. 라트랑 후작이 카밀카르에서 온 그의 아내에게 선물한 궁이라 그런 이름을 가진 궁은 어쩐지 치마를 살짝 걷어올리고 바다에 발목을 담가보는 소녀처럼 보인다. 지배자의 건물이라기보다는 동화 속의 외로운 공주님이 살고 있을 것 같은 아름답고 소박한 건물이었다.

하지만 저 안에 들어갈 수는 없다. 후작의 기사들이 눈에 불을 켜고 지키고 있다. 다림에서처럼 그들이 밖으로 나오길 기다릴 수도 없다. 궁 안에 가족 예배당이 있고 후작은 궁 안의 사람들과 함께 그곳에서 미사를 드린다. 이곳까지 왔고 이제 손에 잡힐 듯한 거리에 섰지만, 키는 더 이상 다가설 수가 없다.

그리고 이곳에 계속 있을 수도 없다. 록소나인들이 그를 보았다. 당장은 목전에 도래한 다벨군에 맞서 싸우는 일 때문에 키에 대한 추적은 하고 있지 않지만 록소나와 라트랑은 바로 이웃지간이다.

키는 의자에서 천천히 일어났다.

창턱에 두 손을 짚은 키는 밤 저편을 뚫어지게 바라보았다. 그리고 달빛 속으로 보이는 카밀궁의 모습을 살폈다. 높은 것은 아니지만 장애

246

가 될 것이 분명한 담장, 숲 사이로 검게 보이는 산책로, 별관들과 마당, 본관.

그리고 본관으로부터 바다로 나온 테라스.

키의 눈은 테라스에 고정되었다. 사실 본다고는 할 수 없다. 너무 멀어서 있는지 없는지조차 알 수 없는 모습이지만 키는 어떤 바텐더로부터 그 테라스에 대해 들어 알고 있었다. '좋은 망원경이 있다면, 그곳에서 헤엄치시는 후작 부인을 볼 수도 있지. 하지만 바로 그렇기 때문에 그 분은 보통 밤에 헤엄치신다네.'

저곳이라면 들어갈 수 있을지도 모른다. 만 바깥쪽으로부터 오랫동안 헤엄치면. 다림에서 라이온이 이미 해보였던 일의 축소판이라고 할 수 있다. 그러나 바다의 공주인 이루미나 후작 부인…… 그녀가 그곳에 있다면? 그녀는 머메이드고 물 속에선 도저히 상대가 안 될 것이다. 그녀가 궁 안에 습격을 알린다면 바다에 뜬 암살자는 꼼짝없이 화살 세례를 받게 될 것이다. 키는 고함을 지르고 싶었다.

'오스발!'

고함 대신 키의 두 팔이 양쪽으로 튕겨나왔다.

키의 두 손이 양쪽 창가를 부여잡았다. 고개는 떨구었지만 시선은 앞을 겨냥한다. 손끝으로부터 시작된 경련이 어깨를 타고 흘러들어 상체 전체가 거미줄에 걸린 나비처럼 떨린다. 달빛은 그의 등뒤 방바닥에 일그러진 그림자를 만들었다.

손톱에 긁힌 벽도제가 힘없이 바스라지며 떨어져내렸다. 이윽고 창문 전체에서 불길한 삐걱거리는 소리가 들려왔다. 하지만 키는 숨소리조차 내지 않았다.

하리야는 빙긋 웃으며 손에 든 두루마리를 흔들어보였다. 단상 위에서 사트로니아군의 훈련을 바라보고 있던 바스톨 장군은 고개를 갸웃거리며 그 모습을 보았다. 장군은 하리야가 뭔가를 자랑하고 싶어하고 있으며 그건 손에 들린 저 서류와 관계된 일이라는 것 또한 짐작할 수 있었다. 하지만 그 서류에 뭐가 적혀 있는지는 알 수 없었다. 하리야는 두루마리를 앞으로 내밀며 말했다.

"선물입니다."

"그런 것 같구려. 그 환한 얼굴을 보니. 이게 뭡니까?"

"직접 보시지요."

바스톨 장군은 끈을 푼 다음 두루마리를 펼쳤다. 하리야는 뒷짐을 지고 훈련중인 사트로니아 병사들을 바라보았다. 수많은 인원들은 단지 그곳에 있다는 것만으로도 박력을 느끼게 하는 법이다. 하물며 그런 인원이 일사불란하게 움직이고 있을 때라면 그 감동은 굉장한 것이 된다. 이 훈련에 찬성하지는 않았던 하리야도 그것이 멋지다는 점은 솔직히 인정했다.

하리야는 법황이 이미 지적했듯이 망치의 역할을 맡은 바스톨 장군이 최대한 빨리, 록소나 침공 준비중인 휘리 노이에스가 돌아올 시간을 주지 않고 팔라레온을 쳐야 된다고 주장했었다. 그러기 위해선 훈련 따위로 허비할 시간은 없다는 것이 하리야의 주장이었다. 그러나 바스톨 장군은 고개를 가로저었다. 장기간의 항해를 거치고 방금 상륙한 사트로니아군은 반드시 적응 훈련이 필요하다는 것이 장군의 주장의 요지였다. 훈련되지 않은 군사로 급히 출발했다간 오히려 행군이 더 늦어질 뿐이라는 장군의 지적에 하리야는 못마땅스러웠지만 일보 후퇴하기로 했다.

그러나 하리야는 장군이 이젠 더 지체할 수 없을 것이라 생각했다. 하리야는 바스톨 장군을 돌아보았고 장군은 감탄한 얼굴로 말했다.

"맙소사, 로드 데자크가 살아 있었군요!"

"그렇습니다."

"이걸 어떻게 받으셨습니까?"

"오늘 아침 제게 어떤 패스파인더가 찾아왔습니다. 로드 데자크로부터 의뢰를 받았다고 하더군요. 벌처라는 재미있는 이름을 가지고 있더군요."

"아, 그 친구. 이름은 들어봤습니다."

"그렇습니까?"

"그렇소. 휘리 노이에스의 스베이 포고문을 우리에게 전달해 줬던 친구지요. 대단히 비싼 패스파인더라고 하던데." 말 끝에 바스톨 장군은 하리야의 눈치를 살폈고 하리야는 싱긋 웃으며 고개를 가로저었다. "아니오. 그 친구는 로드 데자크에게 대금을 받았습니다. 돈이 무진장 아쉬운 우리 처지엔 감사한 일이지요."

"그렇군요. 음, 믿을 수 있는 정보입니까?"

"패스파인더잖습니까?"

"그렇긴 합니다만……"

"그리고 그 벌쳐라는 친구는 로드 데자크에게 받았다는 대금도 보여 줬습니다. 데자크 가(家)의 가보인 스완 대거였습니다."

바스톨 장군의 얼굴이 환해졌다. 하리야는 고개를 끄덕였다.

"예. 다림 시내의 전문가들에게 물어본 결과 스완 대거가 확실하다고 하더군요. 그리고 저도 벌쳐에게 양해를 얻어 확인해 봤고요."

"찔러보셨습니까?"

"저녁 식사에 사용될 거위 한 마리를 찔러봤습니다. 확실하더군요. 고기를 버려놨다고 주방장이 투덜거렸습니다."

"그럼 로드 데자크가 진짜 살아 있는 것이군요. 일이 쉽게 되었습니다."

"예. 그래서 말인데, 이제 출발하셔야 되지 않겠습니까? 로드 데자크가 이런 모험을 한 것은 그의 처지가 위험하다는 증거일지도 모릅니다. 장군의 작전에 대해 뭐라 말하고 싶진 않지만 어쨌든 그의 생존이 확인된 이상 첫 번째 목표는 당연히 공작의 구출이 되어야 하지 않겠습니까?"

"동감이오. 흐음, 서신대로라면 투란으로 진격하는 길과 그런 대로 맞아떨어지는군요. 데자크 공작을 구해 내고 그대로 그분을 모시고 투란으로 진격하는 것이 옳은 순서겠군요. 알았습니다."

하리야는 점잖지 못하다고 생각했지만 어쩔 수 없이 질문했다.

"그럼 언제?"

바스톨 장군은 시원하게 대답함으로써 그를 기쁘게 해줬다.

"모레로 하겠습니다. 열병식엔 참석하시겠지요?"

바스톨 장군에게서 확답을 얻은 하리야는 밝은 얼굴로 돌아올 수 있었다. 동맹군이긴 하지만 어쨌든 너무 많은 수의 무장 집단을 끌어안고 있는 것은 꺼림칙한 일이 아닐 수 없다. 게다가 사트로니아군이 시간을 끌면 끌수록 폴라리스의 전비 부담은 기하급수적으로 높아지게 된다. 따라서 바스톨 장군이 출정 결심을 했다는 것은 하리야에겐 분명히 희소식이었다. 하리야는 임시 정부 청사로 걸어가면서 휘파람이라도 불고 싶은 기분을 느꼈다.

그랬기에 하리야는 임시 정부 청사로 돌아가는 길에 라미를 만났을 때도 반가운 얼굴로 인사를 건넸다.

"야아, 라미? 어디로 가는 길입니까?"

"부두로, 사냥."

하리야의 유쾌했던 기분은 무서운 속도로 하강했다. 라미는 그 모습을 보며 차게 웃었다.

"몇 개월 만의 사냥이니 좋은 결과를 기원해 주지 않겠어? 어차피 쉬운 사냥이 될 것 같지만. 부두의 주정뱅이나 배에서 쫓겨난 선원 따위는 아피르 족과는 비교도 안 될 테니까. 그리고 이번엔 키 같은 무서운 방해자도 없을 테고…… 소문 같은 건 걱정하지 않아도 돼. 말했듯이 내 사냥은 몇 개월에 한번으로 충분하니까."

하리야는 아무 말도 하지 않고 라미를 바라보았다. 라미는 얼굴을 옆으로 약간 기울인 채 하리야 뒤편의 건물을 바라보며 말했다.

"글쎄. 안 만나고 싶었지. 이렇게 빨리 돌아올 줄은……"

라미는 말을 끝내지 못했다. 하리야는 그대로 라미의 옆을 지나쳐 건물 안으로 들어가버렸다. 라미는 잠시 그 뒷모습을 보다가 다시 몸을 돌려 항구 쪽을 향해 걸어갔다.

나흘 뒤, 바스톨 엔도 장군의 지휘 하에 폴라리스를 출발한 사트로니아 군은 팔라레온의 남부 도시 담시나에 들어섰다.

별다른 저항을 받지 않은 상태에서 담시나에 도달한 바스톨 장군은 그곳의 외딴 장원을 점잖게 공격했고, 장원을 지키고 있던 몇 명의 다벨 병사들은 황당한 심정 속에 항복했다. 그리고 바스톨 장군은 장원 내에 유폐되어 있던 팔라레온의 군주 로드 데자크를 구출해 내었다. 로드 데자크 생존 및 구출 소식은 팔라레온 전역에 빠르게 전달되었다. 지하로 잠적했던 자칭 타칭 팔라레온의 우국지사들이 환호를 지르며 은신처에서 뛰쳐나온 것은 당연한 결과였다.

투란에 주둔하고 있던 다벨군은 다케온의 피린데 성에 있던 휘리 노이에스의 본대에 급보를 보냈다. 급보를 받아든 서 소팔라는 자신이 그런 전갈을 전해야 된다는 사실에 대해 공포를 느껴버렸고 그래서 동생을 꼬드겼다.

"같이 가자고, 응? 제발!"

"……형. 화장실도 손잡고 다니는 소녀였나?"

252

무안을 췄지만 그래도 형에게 친절한 소사라는 그의 형과 함께—그러나 손은 잡지 않고—사령관실을 찾았다. 그러나 소팔라의 예상과는 달리 휘리는 별 노여워하는 기색 없이 보고를 받았다.

"사트로니아가 드디어 움직였단 말이지."

보고를 끝낸 소팔라는 조심스럽게 질문을 덧붙였다.

"철군 준비를 할까요, 사령관님?"

"철군?"

"어, 급히 팔라레온으로 돌아가 바스톨 장군을 막아야 하지 않겠습니까?"

"그쪽은 천천히 고민해도 돼. 그러라고 로드 데자크를 담시나에 처박아둔 거니까."

"예?"

"담시나는 투란으로 가는 길목이야. 그래서 데자크 공작을 거기에 놔둔 거지. 내가 제일 걱정하고 있었던 건 투란 자체에 대한 기습 공격이었어. 하지만, 이제 기습은 불가능하겠지."

"아, 하지만 데자크 공작이 사트로니아에 넘어감으로써 팔라레온의 잔존 세력이 그들에게 달라붙을 텐데요. 바스톨 장군은 이제 보급이나 병력 충원에서 훨씬 유리해졌을 겁니다."

"잘됐잖아, 서 소팔라."

"무슨 말씀이신지?"

휘리는 긴 탁자에 놓인 지도를 내려다보며 설명했다.

"원래 내 계획에선 빌레스 국왕과 네그리파 백작이 좀더 열심히 싸워주는 것이었지. 그 동안 팔라레온에서 정지 작업을 할 계획이었거든. 둘 다 짐작했지? 그래, 좋아. 하지만 빌레스 국왕이 그냥 물러나버림으로써 우린 팔라레온을 충분히 장악할 시간을 잃게 되었어. 다케온이 숨돌리기 전에 쳐들어왔어야 했으니까. 그리고 당분간은 그런 편안한 작업이나 하고 있을 시간을 또 얻을 수 있을 것 같지도 않아. 따라서 팔라레온의 잡초를 단기간 내에 확실히 솎아낼 필요가 있었지."

"팔라레온의…… 잔존 세력 말씀입니까?"

휘리는 지도에서 팔라레온 남부를 쿡쿡 찌르며 말했다.

"그래. 이제야말로 팔라레온 놈들의 성향을 단숨에 구분할 수 있게 되었다. 지금 담시나로 달려가 로드 데자크 앞에 무릎을 꿇는 녀석들은, 이번과 같은 계기가 없었어도 조만간 독립 투사가 될 가능성을 가지고 있었던 놈들이다. 쓸어버려야지. 또한 녀석들을 쓸어버리는 것은 좀더 조심성이 있는 녀석들에 대한 본보기도 될 거야."

"말씀은 옳습니다만 바스톨 장군이 있습니다."

소사라가 근심스럽게 말했지만 휘리는 그냥 웃었다.

"더 좋지. 껄껄. 바스톨 장군 정도가 와도 도움이 안 된다는 것을 보여주면 팔라레온의 예비 독립 투사 녀석들은 다시는 독립 운동할 엄두를 못 내게 될 테니까."

소팔라는 이것이 허풍인지 자신감인지 알 수가 없었다. 그래서 마음껏 감탄할 수 없었던 소팔라는 약간 찜찜해하는 표정으로 말했다.

"그런 여러 가지 고려 때문에 로드 데자크를 담시나에 놔두신 것이군요. 일부러 구출해 가라고……"

"그래."

"그럼 사트로니아군을 어떻게 요리하실 생각입니까?"

"투란으로 전갈을 보내. 우리에게 동조했던 팔라레온인들 이끌고 지금 당장 탈출하라고."

"예?"

"예?"

형제는 거의 동시에 당혹하여 외쳤다. 휘리는 어깨를 으쓱였다.

"못 알아듣겠나? 투란 주둔군은 투란의 중요 건물에 불을 지른 다음 재빨리 탈출하는 거다. 그리고 우리한테 넘어왔던 작자들은 거기 남아있어봐야 좋은 꼴 못 볼 테니 도망치게 해줘야 되지 않겠나. 전부 이리로 오라고 그래."

"팔라레온을 내주는 겁니까?"

"그래. 가져가라고 해. 어차피 원하던 것은 다 가져왔다."

"예?"

"밀과 노예. 필요한 거 다 가지고 왔으니 시간 싸움할 준비는 다 되었지."

림파이어 가문의 형제 기사들은 거의 불쌍해 보이는 얼굴로 그들의 사령관을 바라보았다. 사령관은 웃으며 설명했다.

"문제는 시간이야, 시간! 록소나를 치고, 그 다음 팔라레온을 되찾는다. 절대로 그 순서가 바뀌어선 안 돼. 어중간하게 록소나와 팔라레온 사이에 끼여버리면 우린 그야말로 망치와 모루 사이에 끼인 꼴이 될 거란 말이다. 팔라레온을 먼저 수복하는 것도 안 돼. 서 브라도가 록소나 기병들을 끌고 우리 꽁무니에 달라붙을 테니까. 우리가 택할 순서는 딱 하나뿐이야. 록소나와 서 브라도를 먼저 치고, 그리고 그대로 반전하여 팔라레온과 바스톨 장군을 친다. 시간을 허비할 수는 없어. 그래서 밀과 노예 다 가져온 거야. 그러니 바스톨 장군이 팔라레온을 가져가든 말든 상관없어. 우린 록소나에서 기병들을 장악하느라 땀빼고 있을 서 브라도부터 신경 써야 한다. 무슨 말인지 알겠나?"

"아…… 예."

"그럼 진군 준비해. 알겠나? 철군이 아니라 진군이다. 투란 주둔군에는 그들의 주둔지가 바뀌었다고 전해 줘. 여기, 다케온의 피린데 성이 그들의 다음 주둔지다. 그리고 우린 그들을 기다리지 않고 곧장 록소나로 간다. 알겠어? 진군이다, 서 소팔라!"

"알겠습니다, 사령관님."

서 소팔라는 경례를 붙이고 사령관실을 나서려 했다. 그때 휘리의 눈이 소사라를 향했다.

"그런데 자넨 왜 온 건가, 서 소사라?"

소사라는 천연덕스럽게 말했다.

"형이 말하길 혼자서 이곳에…… 우웁!"

"음하하! 소사라는 사령관님이 제게 무슨 지시를 내리는지 듣고 싶어서 따라왔던 것입니다! 질투가 심하죠? 그럼, 이만!"

휘리는 동생의 입을 움켜쥔 채 사령관실을 빠져나가는 소팔라의 등을 바라보며 약간 어이없어하는 얼굴이 되었다.

"애서가로 알려지신 우리 공주님께, 제가 문제 하나 내어볼까요?"

"예! 주세요!"

"어떤 노장군이 전쟁을 앞두고 레모에 급한 서신을 보냈다면 그건 무슨……"

"서 브라도께서 레모에 참전해 달라는 요청을 보냈나 보군요. 설마 그게 문제는 아니겠죠?"

에름 후작은 뜨끔한 내색을 하지 않기 위해 그냥 웃어버렸다. 사실은 그것도 문제였다.

"그야 아니죠. 브라도 경은 그럼 왜……"

"다벨 8군단의 휘리 장군이 머리가 있다면 대포위 공격을 벗어나기 위해 록소나부터 치고 팔라레온을 치는 시간차 공격을 시도할 테고, 그렇다면 록소나 기병을 상대하기 위해 다케온에서 대포란 대포는 다 끌고 갈 테고, 그런 휘리 장군의 공격을 맞이하여 록소나 기병들을 대포밥이 되게 하지 않으려면 브라도 경께선 레모에 포병 파견 요청을 하는 것이 당연하겠지요. 문제는 언제 나와요?"

에름 후작은 다시 웃어버렸다. 하지만 이번엔 이루미나 후작 부인이 남편을 향해 미소를 지어보였다. 살을 맞댄 부부라는 표현은 이 경우 쓸 수 없겠지만, 어쨌든 부부만이 할 수 있는 말 없는 대화가 잠시 있었다.

'우리 동생 어때요? 항복하시죠.'

'당신 말이 맞군요, 이루미나. 입 쓸 필요가 없는 몇 가지 다른 일도

하면서……라고 했던가요?'

라트랑 후작 에름에게는 부인이 수를 놓는 모습을 말없이 바라보는 취미가 있었다. 채광 좋은 후작 부인의 방에서 약간 떨어져 앉아 한 사람은 수를 놓고 한 사람은 그 손에 떨어지는 햇살을 가만히 바라보는 것이다. 그럴 때 두 사람은 서로가 서로를 만질 수 없는 부부임도 잊은 채 고요 속에서 서로를 말없이 사랑하곤 했다.

따라서, 아무 생각 없이 언니의 방을 찾아와 함께 손수건에 수를 놓던 율리아나는 얼마 있지 않아 자신이 멍청하게 끼여든 훼방꾼임을 깨닫곤 당황하고 있었다. 어색하지 않게 도망칠 궁리를 짜내느라 엉덩이를 들썩거리던 그녀를 진정시키기 위해 에름 후작이 생각해 낸 것이 이 이야깃거리였지만 그것은 간단히 격파되고 말았다. 율리아나 공주는 손으로 여전히 수를 놓으며 에름 후작의 질문에 대답해 버렸던 것이다. 에름 후작은 당황을 감추기 위해 머리를 쓸어넘기는 척했다. 그리고 후작 부인은 남편이 이야깃거리를 생각해 낼 수 있도록 잠시 선수 교대에 들어갔다.

"유리. 난 잘 모르겠는데, 왜 휘리 장군이 록소나 기병을 상대하기 위해 대포를 끌고 간다는 거니? 다케온에서처럼 대포까지 망가뜨리면서 말을 못 달리게……"

"아니. 또 그러지야 못하겠지."

"그럼? 보병이라면 몰라도 기병은 순식간에 포병대를 짓밟을 것 같은데. 대포는 너무 느리잖아."

"나도 문제 내볼까. 기병이 이길 수 없는 것이 뭐지?"

"뭔데?"

"성이지. 성벽을 탈 줄 아는 말이 있다면 모르겠지만. 하하하!"

이루미나 후작 부인은 입을 조금 벌린 채 동생을 바라보다가 곧 고개를 끄덕였다. 율리아나는 웃으며 설명했다.

"기병 아닌 군사로 기병을 상대하는 방법은 딱 한 가지밖에 없어. 성을 만드는 거. 중장보병이 성벽이 되는 거야. 그리고 장창병, 장궁병, 대포 중 하나를 중장보병과 결합시켜야 되지. 휘리 장군은 장창병이나 장궁병은 구하지 못할 테니 대포를 쓸 거야. 언니 말대로 기병은 순식간에 포병을 밟아버릴 수 있지만, 성벽이 있다면 말이 좀 달라지지. 대마법사 하이낙스가 증명해 준 거야."

이루미나 후작 부인은 감탄했다는 얼굴로 동생을 바라보았다. 그리고 에름 후작도 잔잔히 웃으며 질문했다.

"맞습니다. 그러니 서 브라도 경은 대포를 상대할 대포가 필요하겠지요. 그렇다면 서 브라도의 요청에 레모는 어떻게 반응할까요?"

"그건 모르겠어요. 레모가 그들의 자랑거리인 포병대를 끌고 참전한다면 휘리 장군은 대단히 곤란해지겠죠. 뭐, 그 분은 지금까지 놀라운 전투를 많이 보여주긴 했지만 그건 모두 팔라레온과 다케온을 상대로 벌였던 전투잖아요. 좀 심하게 말한다면……"

"농부와 광부죠."

"예. 하지만 록소나는 진짜 기사라고 할 수 있죠. 아마 휘리 장군은 양쪽 귀로 녹색 연기를 뿜어댈 정도로 고심해야 될걸요. 거기다가 레모 대포까지 더해지면 무지개빛 연기를 뿜을지도 몰라요…… 말해 놓고 보니 보고 싶어지는 모습이네요?"

이루미나 후작 부인은 그 모습을 상상하며 작게 키득거렸다. 율리아나는 어깨를 으쓱이며 말을 정리했다.

"그러니까 레모로서는 록소나에 호의를 베풀 좋은 기회죠. 그들의 전통적으로 껄끄러웠던 관계도 개선할 수 있을 테고, 더군다나 이번 건은 빌레스 국왕이 아닌 서 브라도의 요청이니까…… 서 브라도는 좋은 중개자 역할도 하실 수 있겠지요. 레모로서는 이 기회를 놓치면 바보예요."

후작 부인은 고개를 갸웃거리며 끼여들었다.

"그렇게 당연하다면 왜 모르겠다고 한 거니?"

"레모는 바보거든."

율리아나 공주는 시원하게 대답했다. 에름 후작은 웃음을 터뜨렸지만 후작 부인은 어처구니없다는 얼굴로 동생을 바라보다가 곧 그녀를 질책했다.

"실례잖니, 유리. 어떻게 그런 험담을."

"어? 어? 난 나쁜 뜻으로 말한 거 아닌데. 으이. 또 나오는 대로 말했나 봐. 거 왜 있잖아. 우직하다고 하던가. 잇속 챙길 줄 모르고 무뚝뚝하고 쇳토막같이 뻣뻣하고 고집은 화강암 같은…… 알지? 레모가 그래요. 언니."

"나도 레모 바위라는 말은 들어봤어. 그게 그런 뜻이었구나."

"응. 그러니까 레모는 아마 요럴 거란 말이야." 의자에서 일어난 공주는 턱을 불쑥 내밀고 두 팔은 가슴 앞에 단단히 팔짱을 낀 채 거친 저음으로 말했다. "어헛, 이게 기횐지 뭔지는 잘 모르겠고, 어—헛, 마왕은 마왕이고 우리는 우리란 말씀. 어허—엇! 그러니까 말씀이야⋯⋯" 후작과 후작 부인은 공주의 흉내를 보며 배를 붙잡고 웃어대었다. 율리아나 공주는 웃어대는 두 부부를 보고는 방긋 웃으며 손수건을 들어올렸다.

"다했어! 나 이제 나가볼게요. 선물해야지."

후작 부부는 웃느라 공주에게 대답하지도 못했다. 그리고 그렇게 자연스럽게 공주가 나가고 나서 한참 후에야 에름 후작은 사실 말재주에 넘어간 쪽은 자신들이 아닌가 의심하게 되었다. 눈물을 닦아낸 에름 후작은 아내에게 그 생각을 물어보기 위해 후작 부인을 돌아보았다.

후작 부인은 부드러운 미소를 지은 채 문 쪽을 바라보고 있었다. 하지만 에름 후작은 아내의 눈가에서 이상한 것을 발견했다. 후작은 의자에서 일어나서는 부인을 향해 걸어갔다. 이루미나 후작 부인은 남편을 올려다보았고, 에름 후작은 그녀의 발치에 앉은 다음 아내의 무릎에 몸을 살짝 기대었다. 후작 부인은 다리를 조금 움츠렸다.

"이루미나?"

"예."

"당신의 동생은 참 재미있는 사람이군요. 레모인의 흉내는 근사했어요."

"저 애는 어릴 때부터 저나 다른 가족들을 즐겁게 해주는 데 있어 별다른 노력이 필요없었죠."

"그랬을 것 같군요." 중얼거리듯 말하면서 후작은 아내의 무릎에 볼을 살짝 기대었다. 남편이나 연인이 아닌, 오빠나 친구 같은 태도를 지니려 애쓰면서.

그리고 에름은 곧 안타까움과 체념이 뒤섞인 서글픔을 느꼈다.

얇은 치마 아래로 느껴지는 이루미나의 다리는 바르르 떨리고 있었고 그것에서 느껴지는 미세한 공포는 에름에겐 낯익은 것이었다. 더 이상 다가가보았자 돌아오는 것은 언제나와 같을 것이다. 이제는 익숙해졌다 말할 수 있지만, 그럼에도 불구하고 항상 슬픈 좌절. 불꽃 속에 아른거리는 것을 보고 싶다 해서 눈동자를 태우는 건 소용이 없다. 아무리 가까이 다가갔다 하더라도 눈동자를 태워버리면 볼 수가 없는 것이다. 에름은 들리지 않게 한숨을 쉬며 얼굴을 들어올리려 했다.

가느다란 손가락들이 후작의 볼을 스쳤다.

이루미나는 무릎에 얹힌 남편의 머리를 조심스럽게 쓰다듬었다. 에름 후작은 볼에 닿는 부인의 손가락에서 그녀의 맥박까지 느낄 수 있었다. 따스하고 미미하게 떨리는 그 손가락들이 귀 뒤를 지나칠 때 에름은 자신도 모르게 숨을 삼켰다. 양탄자 위에 놓인 그의 손가락이 오그라들며 에름은 양탄자를 구겨쥐었다.

"그리고 난 항상 힘에 부칠 정도로 노력했어야 했죠."

이슬 맺히는 소리가 있다면 지금 이루미나의 목소리는 그와 같을지도 모른다. 지극히 낮고 물기 어린 소리. 에름은 아내의 목소리를 들으며 숨쉬기가 더 쉬워지는 것을 느꼈다.

"마음으로부터 웃음을 지으며 다가오는 사람들을 즐겁게 해주는 것과, 단지 슬픔을 감추기 위한 웃음을 지으며 다가오는 사람들을 즐겁게 해주는 것 중 어느 것이 더 어려울까요…… 차라리 무표정했으면 신경 쓰지도 않았겠지요. 하지만 동정심 때문에 엉터리 웃음을 지으며 다가오는 그들…… 왜 신경 써주는 척하는 사람들은 자신이 신경 써주니까 내가 행복해할 거라고 생각할까요. 나를 동정해 달라고 말한 적도 없어요. 내가 나에게 보내는 동정만으로도 숨이 막힐 지경인 것을…… 원하지도 않았던 동정의 대가로 내가 그들에게 부채감을 느껴야 된다는 건…… 에름."

"이루미나."

"사랑하는 에름."

"말해요. 이루미나."

"내가 저 애를 죽이고 싶도록 미워했었다는 것을 고백한다면 날 뭐라고 부를 건가요."

에름은 이제 평온하게 대답할 수 있었다. "사랑하는 이루미나라고 부르겠지요."

"정말로?"

"당신은 구분할 수 있을 텐데요, 이루미나. 내가 거짓을 말할 때와 진실을 말할 때를."

"고백할 게 하나 더 있어요. 그 아이가 이곳에 도착한 날 이후로 난 밤에 제대로 잠들어본 적이 없어요. 그 애를 만난 건 기뻤지만 당신과 함께 본다는 건…… 당신, 그 애를 보고 나서 그런 생각 해본 적 없나요?"

"어떤 생각을?"

"잘못 골랐다는 생각. 더 밝고, 더 아름답고, 더 정상적인 선택도 있었다는 생각……"

"그리고 더 멍청한 선택이겠군요."

간단히 대답한 에름은 아내의 무릎에 얼굴을 파묻은 채 킥킥거렸다. 남편의 웃음 소리가 다리를 통해 전해져 왔지만 이루미나는 이제 떨지 않았다.

열린 창문 너머 하얀 테라스로부터 부드러운 바람이 불어왔다. 바람 속으로 녹아들듯 물결치는 커튼을 보며 이루미나는 남편의 머리카락을 조심스럽게 쓸어내렸다.

"구분할 수 없어요."

"예?"

이루미나는 웃으며 허리를 숙였다.

"난 당신이 진실을 말하는지 거짓을 말하는지 구분할 수 없을 거예요. 당신은 내게 한번도 거짓말을 한 적이 없어서. 어떡하죠?"

언니의 방을 나와 사방을 누비던 율리아나 공주는 부엌에서 오스발을 찾아내었다. 부엌의 대형 식탁에 앉아 하녀들과 무슨 한담을 나누던 오스발은 공주를 보며 천천히 일어났다.

"공주님? 웬 일이십니까?"

"죽다 살아났죠."

"예?"

"눈치 없이 잉꼬들 사이에 끼어 앉았다가 소리 없는 구박에 살해될

264

뻔했죠. 정말 무서웠어요……" 그리고 율리아나는 조금 전의 사태에 대해 간략히 설명했다. 오스발은 피식 웃었다.

"그렇잖아도 마실 거라도 가져다드릴까 해서 이곳에 왔던 참입니다만."

"잘됐네요. 여기서 마시죠. 그런데 나 또다른 잉꼬 소굴에 들어온 거 아니에요?"

율리아나는 황급히 도망치는 하녀들을 보며 말했다. 어리둥절한 표정으로 공주의 시선을 따라가본 오스발은 곧 헛웃음을 지었다.

"하하. 아니오. 저 하녀분들과는 그냥 이야기나 좀 나누던 거였습니다."

"방해 아니에요?"

"아닙니다."

"음음. 오스발. 마음에 드는 여인이 있으면 주저하지 말고 말해요."

"말하라고요?"

"물론이죠! 당신은 내 노예잖아요. 그러니까 그런 건 나한테 의논해야지요. 그리고 나도 성실한 주인으로서 도와줘야 되고요. 알았죠?"

"감사합니다."

"그리고 요거."

탁자 위에 올려진 공주의 손이 치워지자 하얀 자마쉬 비단으로 만들어진 손수건이 곱게 두 번 접혀져 탁자 위에 올라와 있었다. 율리아나는 펴보라는 듯이 어깨를 들썩였고 오스발은 천천히 그것을 펼쳤다.

"이건 뭡니까?"

"아하! 물으니 가르쳐주지요. 그건 손수건이라고 해요. 손—수—건. 용도는 자질구레한 것을 닦거나 훔치는 것이 원칙이지만 때때로 무능한 장수들이 항복을 표시하고 싶을 때 사용하기도 하고 평소 지식의 습득을 게을리한 숙녀가 자신의 무지를 감추고 싶을 때도 사용하죠. 그걸로 입을 가리며 생긋 웃어버리면 완벽한 대답이 되거든요. 그리고 씩씩한 소녀의 경우엔 그걸 고전적인 사냥 도구로 사용할 수도 있어요. 잘생긴 젊은 신사 옆에 그걸 떨어뜨리면 신사는 그걸 주워……"

"당황하셨군요."

율리아나 공주는 입을 다물었다. 손수건을 차분히 내려다보던 오스발은 다시 웃는 얼굴로 공주를 바라보았다. 공주 또한 웃으며 말했다.

"선물, 선물."

"그럼 왜 당황하셨는지요."

"손수건에는 또다른 많이 알려진 용도가 있으니까."

"기사에게 건네는 레이디의 징표 말씀입니까? 전 기사가 아니니 그런 의도로 오해될 염려는 하지 않으셔도 될 겁니다. 공주님. 그런데 이건 무슨 글인가요?"

오스발은 손수건 귀퉁이에 적혀 있는 글자를 가리켰다. 조금 전 유리가 수놓은 글이다.

"두 미란 오스발 에레로아. 유리."

"엘핀인가요?"

"예. 나의 친구 오스발에게. 유리. 그런 뜻이에요."

"감사합니다. 공주님."

"천만에요. 말로만 주인이지 해준 건 하나도 없는 엉터리 주인인데."

오스발은 어떻게 대답할까 하다가 즐겁게 대답하기로 했다.

"주신 것이 없다니오. 제국의 모든 고독한 기사들이 탐낼 물건을 주셨잖습니까."

7월 26일. 투란은 불타고 있었다.

폭발하듯 솟구치는 검은 연기 때문에 팔라레온의 아름다운 하늘은 재의 향연으로 뒤덮여 있었다. 마치 밤 같은 어둠이 내린 가운데 갈라진 절규가 날카롭게 번득였다. 보무도 당당히 진군해 왔던 사트로니아 군은 급히 소방대로 변신해야 했다. 그들은 열심히 물을 나르고 모래를 끼얹고 저지선을 구축하여 불길 앞쪽의 건물을 때려부수며 분투하고 있었지만, 투란 전체를 장작 삼아 타오르고 있는 불길은 그런 노력을 비웃듯 맹렬히 불타올랐다. 사트로니아 병사들 중에서도 연기에 질식되거나 화상을 입은 병사가 속출하는 지경이었다. 하지만 사트로니아의 백부장들은 병사들을 독려하느라 애쓸 필요는 없었다. 그 잔인한 재난을 목격한 사트로니아 병사들은 스스로 발벗고 나서 팔라레온인들을 돕고 있었다. 아름다운 모습이었지만, 그러나 그들은 투란의 지리에 밝지는 못했다. 걸핏하면 오도 가도 못할 곳에 갇혀 불에 둘러싸이곤 하는 병사들을 보며 백부장들은 오히려 자신의 부하들이 너무 열성적으로 날뛰지 못하도록 말려야 했다.

바스톨 장군은 투란 외곽에 서서 그 모습을 바라보고 있었다. 도착하자마자 불길과 싸워야 했기에 막사 하나도 설치할 시간이 없었던 사트로니아의 백부장들은 죄송스러워하는 얼굴로 장군을 바라보았다. 하지만 바스톨 장군 역시 이 끔찍한 화마 앞에서는 동정심 외엔 떠올리지 못하고 있었다. 그리고 그의 옆에는 로드 데자크와 그에게 돌아온 가신들이 망연한 얼굴로 투란 시내를 바라보고 있었다.

옷에 불이 붙은 줄도 모르고 달려가는 소년, 미친 듯 도끼를 휘둘러대는 병사, 자식들을 끌어안은 채 불길 속에서 통곡하는 남자. 오그라든 갓난애를 부둥켜안고 있는 여인은 아직 아기가 죽었다는 사실을 깨닫지 못한 모양이다. 로드 데자크는 기어코 주저앉고 말았다.

"주여, 주여! 제가 무슨 잘못을 저질렀나이까!"

가신들이 그에게 달려들었지만 그들 자신이 이미 온몸에 힘이 빠졌는지라 데자크 공작을 부축하지 못했다. 오히려 함께 나뒹굴 지경에 빠져 끙끙거리는 그들의 머리 위로 큼직한 손이 다가왔다. 데자크 공작은 굵은 팔에 붙잡혀 일어나서는 바스톨 엔도 장군의 늙은 얼굴을 바라보았다.

왕이었던 장군은 깊은 슬픔이 어린 엄격한 얼굴로 공작을 마주보았다.

"공작님. 정신차리십시오."

"장군…… 난 도저히…… 어떻게 이런 일을……"

"로드. 공작님의 백성들이 그 아버지를 우러르게 하십시오."

"장군."

"첨탑이 무너지고 성벽이 불타올랐다면, 공작 자신께서 첨탑이 되시

268

고 성벽이 되셔야 합니다."

짧은 순간 데자크 공작은 자신이 사트로니아의 장군이 아니라 엔도의 왕을 보고 있음을 깨달았다. 그러나 로드 데자크가 다시 눈을 깜빡여 눈물을 짜냈을 때 그곳에서는 늙은 장수가 차분히 말하고 있었다.

"제 병사들은 그들을 이곳으로 피신시키고 피난소를 설치할 것입니다. 끔찍한 며칠이 될 것이니, 차라리 지금 좀 쉬어두시는 것도 좋겠습니다."

로드 데자크는 흠칫했다. 담담한 어조로 이것은 끝이 아니고 시작이라고 말하는 노장을 보며 데자크 공작은 힘들게 고개를 끄덕였다. 바스톨 장군은 그제서야 희미한 미소를 짓고는 공작가의 가신들에게 눈짓을 보내었다. 가신들은 공작을 부축하며 언덕을 떠났다.

언덕 아래로부터 백부장 하나가 달려왔다. 바스톨 장군은 그가 1중대 1백부장인 크로즐릭임을 알아보았다. 크로즐릭 백부장은 경례를 마친 다음 간략하게 보고했다.

"포착했습니다. 하지만 증원군이 더 있어야겠습니다. 교본대로의 멋진 퇴각이었습니다."

더블원 센츄리온다운 정확한 판단과 간결한 보고였다. 그가 앞뒤없이 추적하지 않고 조용히 돌아온 것만 봐도 장군은 퇴각중인 다벨군을 추적하는 일이 쉽지 않을 것임을 알 수 있었다. 바스톨 장군은 쓴 표정으로 대답했다.

"할 수 없군. 도망치게 내버려둬. 불 끄기도 바쁘니까."

활달한 성격의 크로즐릭 백부장은 고개를 끄덕이면서도 얼굴을 일그러뜨렸다.

"놈들을 잡아서 팔라레온인들에게 넘겨주고 싶습니다."

바스톨 장군의 침착한 정신은 다벨군이 이렇게 큰 불을 낼 생각은 아니었을 거라고 짐작하고 있었다. 불이 이렇게까지 커져버린 것은 갑자기 거세어진 바람과 건조한 날씨 때문일 것이다. 하지만 장군은 여전히 침착했고, 그래서 부하들의 증오심을 적당히 자극해 두기로 했다.

"마찬가지 심정일세. 복수의 날은 내가 조만간 마련할 테니, 그때 열심히 싸워주게."

"알겠습니다!"

투란에 치솟았던 불길이 그런 대로 잡힌 것은 다음날 오전 무렵이었다. 그러나 그것은 투란의 4할 이상을 불태우고 난 다음의 일이었고, 폐허가 된 투란을 보며 화려한 개선식을 기대하고 있던 사트로니아 병사들은 아쉬운 마음을 표시할 수도 없었다.

게다가 실의에 빠져버린 팔라레온인들은 심지어 그들을 광복군이 아니라 훼방꾼으로까지 여기는 듯했다. '사트로니아 놈들이 오지 않았다면 다벨 놈들이 불을 놓지는 않았을 것 아닌가. 똑같은 놈들이야!' 배은 망덕한 처사였지만 바스톨 장군은 억울해하는 부하들을 조용히 달랜 다음 그들을 인근 도시로 보내어 구호물자를 모아오도록 지시했다. 그러곤 로드 데자크를 붙잡고 간단히 말했다.

"이해는 합니다. 힘든 일을 당했던 사람들이니 이해해 줘야지요. 제 병사들에게도 그렇게 말했습니다. 하지만 제 병사들이 목숨을 걸고 불길과 싸웠던 점을 투란 사람들이 계속해서 무시한다면, 저는 병사들로 하여금 팔라레온을 위해 싸우는 일에 보람을 느끼라고 말하기가 어렵습니다."

"미안하다는 말 외엔 할말이 없군요. 바스톨 장군. 어떻게 하면 좋을까요?"

바스톨 장군은 화를 내진 않았다. 하지만 데자크 공작의 입에서 어떻게 하면 좋겠냐는 질문이 나온 순간부터 그에 대해 희망을 갖지 않기로 결정했다. 별 설명이 없이도 말이 잘 통하던 하리야 선장에 대한 추억을 잠시 떠올렸던 장군은 공작을 위해 차분히 설명했다.

"앞으로 길고 어려운 나날들이 올 겁니다."

"뭐라고요? 팔라레온은 해방되었고 다벨군은 도망쳤습니다. 그런데……"

"로드. 바로 그렇기 때문에 어렵다고 말했습니다. 휘리는 싸워서 얻은 팔라레온을 쉽게 내줬습니다. 한번 버텨보지도 않고 말입니다. 그것은 장차 있을 록소나와의 대결을 위해 모든 힘을 끌어모으기 위해서겠지요. 팔라레온의 수복은 그의 계획표에서 그 다음으로 돌려졌을 뿐입니다. 그것이 합리적인 순서죠."

"합리적이라고 하셨습니까?"

"등뒤에 서 브라도를 둔 상태에서 팔라레온을 쥐고 있어봐야 짐밖에 안 될 테니까요. 손에 든 것이 아까워서 내려놓지 못하면 상대의 칼을 막을 수 없는 법입니다. 그래서 그는 팔라레온을 포기했습니다. 그리고 이렇게까지 아무런 저항 없이 완벽하게 포기한 것은, 바로 지금 같은 상황 속에 우리를 처넣어 괴롭히기 위해서죠. 아무것도 하지 않은 광복군과 모든 것을 잃은 해방민들 사이의 갈등 말입니다. 우리들을 바라보며 아무것도 하지 않은 주제에 광복군이라고 거들먹거리는 꼴은 봐주지 않겠다는 심정인 팔라레온인들은 분명히 있을 겁니다." 로드 데자크가 뭐라 항변하려 했으나 바스톨 장군은 재빨리 말했다. "그리고 솔직히 말씀드려서 제 병사들 중엔 광복군이라고 어깨에 힘주는 자들도 분명히 있을 겁니다. 전 제 병사들을 믿지만 그들에게 환상을 품지는 않습니다."

바스톨 장군의 예상대로 우리 팔라레온인들은 은혜를 잊지 않는다고 외치려 했던 로드 데자크는 얼굴을 붉히며 입을 다물었다. 바스톨 장군은 약간 부드러워진 얼굴로 말했다.

"따라서 휘리 노이에스가 투란을 이렇게 비워준 것은 우리들을 골탕 먹이면서 자기 자신은 서 브라도를 상대할 준비를 하려는 게지요. 영리한 사람입니다."

"무슨 말인지 알았소."

"그럼 휘리의 계략은 대충 이해하셨으리라 생각합니다. 따라서 그의 농간에 말려들지 않으려면 우린 그가 예상하지 못했을 길을 찾아봐야 합니다."

"그게 뭡니까?"

바스톨 장군은 설명하는 대신 탁자 위에 놓인 지도를 가리켜보였다. 그의 손가락이 짚은 곳을 본 데자크 공작의 얼굴이 환해졌다. 로드 데자크는 다시 고개를 들어 장군을 바라보았고 바스톨 장군은 고개를 끄덕였다.

"그렇습니다. 모두가 그렇게 생각하고 그 자신도 우리로 하여금 그렇게 여기게끔 했지만, 우리의 적은 휘리 노이에스가 아닙니다. 그리고 나는 그 적을 상대할 것입니다."

투란에 주둔하고 있던 다벨군이 다케온으로 이동하고 있는 동안, 휘리 노이에스의 지휘를 받는 다벨 8군단의 본대는 록소나를 향해 이동하고 있었다. 짧은 기간이나마 다케온이 비게 되는 것이지만 휘리는 신경 쓰지 않았다. 그는 록소나에서 기다리고 있을 서 브라도에 대해서만 생각하고 있었다. 그리고 서 브라도 역시 록소나로부터 빌린 군대를 몰아 차분히 다케온과의 접경 지역으로 향하고 있었다. 그가 레모로 보낸 참전 요청에 대한 회신은 아직 돌아오지 않았다. 하지만 다벨군의 진격이 빨랐기 때문에 서 브라도는 록소나군만을 가지고 다벨군을 막아볼 작정이었다.

엄밀하게 말한다면 서 브라도는 록소나군의 지휘관이 아니라 객원참모 비슷한 역할을 하고 있었다. 그러나 록소나의 빌레스 국왕 역시 작은 인물은 아니었다. 마왕은 서 브라도와 기세 싸움, 혹은 헤게모니 쟁탈전 따위를 감행할 리가 없는 사람을 총사령관으로 임명했다. 서 하빈저는 자신이 맡은 역할을 잘 이해하고 있었고 따라서 제국 최고의 무인을 참모로 쓴다는 사실에서도 별다른 유혹을 느끼지는 않았다. 서 브라도는 그 젊은이의 참을성에 경탄을 보내었다.

"대단하지 않습니까, 남작? 저 나이 또래라면 반대하기 위해서 반대하고 억누르기 위해서 억누르려 하는 것이 당연하잖습니까. 나 또한 그 랬고요. 존경스러운 젊은이군요."

바탈리언 남작은 동의의 뜻으로 고개를 끄덕였다.

"예. 제국 기사단장 서 브라도를 턱끝으로 다룰 수 있는 위치에 있으면서 그렇게 하지 않는다는 건 그 젊은이의 품성의 우아함을 보여주는 듯합니다. 그리고 한마디 더 하자면, 애송이 젊은 상관을 모시면서도 태연자약하신 브라도 경의 모습에서도 저는 감탄을 느낀답니다."

"젊은 하빈저 장군이 저렇게 나오는 바에야 내가 삼가고 조심하게 되는 건 당연하잖습니까."

그들은 록소나 진지 내의 외딴 나무 그늘 아래에서 와인 한 병과 딱딱한 빵, 그리고 치즈를 나눠먹고 있었다. 바탈리언 남작은 튼튼한 말과 한 자루 검을 준비하여 록소나군을 따르고 있었지만 종군하고 있는 것은 아니었다. 초록빛 옷을 걸친 음유시인의 자격이기 때문이다. 따라서 남작은 스스로 음식을 준비해야 했고 그래서 식사량이 시원찮았다. 그 날 오후에도 피곤한 발을 주무르며 나무 그늘에서 록소나군을 바라보고 있는 바탈리언 남작은 배고픔을 잊기 위해 애쓰고 있었다. 그때 서 브라도가 그런 음식들을 들고 그에게 찾아온 것이었다. 당황하는 남작에게 그것을 건네며 서 브라도는 한쪽 눈을 찡긋한 다음 그것을 '노병의 전리품'이라고 불렀다. 당대 제일의 문객이었던 바탈리언 남작은 서 브라도가 취사반으로부터 그것들을 슬쩍해 왔다는 말임을 알 수 있었다.

물론 바탈리언 남작은 이것이 일종의 탐색일지도 모른다는 생각을 머릿속에 단단히 박아두고 있었다. 그리고 자신이 거리낄 것 없음을 조용히 내비쳤다. 그러나 서 브라도는 남작의 목적을 알아내는 것에는 별 관심이 없는 것처럼 행동했다. 서 브라도는 '단지 전쟁이라는 인류의 악에서부터 교훈이라는 장미를 피워올려 후대에 전달하고자 하는 목적만을 가졌을 뿐'이라는 남작의 설명을 별 의심 없이 받아들였다. 어쩌면 받아들이는 척한 건지도 모르지만. 그래서 서 브라도가 '내일 일정을 말해 드릴까요?'라는 질문을 던졌을 때도 남작은 긴장을 풀지 않았다.

"제게 그런 것을 말씀하지는 마십시오. 오해받고 싶지 않습니다."

"미리 알면 좋을 텐데요. 며칠 봐왔습니다만 힘들어하시는 것처럼 보였습니다."

바탈리언 남작은 단어 하나하나에 신경을 쓰며 말했다.

"군대를 따라다니려니 힘들긴 합니다. 언제 어느 방향으로 출발할지 미리 말씀해 주신다면 편하기야 하겠죠. 하지만 전 그런 정보를 원하지 않습니다. 위험한 일이니까요."

"난 당신을 의심하지 않습니다. 남작. 당신 같은 분이 다벨을 위해 간첩 일을 할 리는 없죠."

"믿어주시니 감사합니다. 그리고 고생은 처음부터 각오하고 따라온 것이니 상관없습니다. 배려에는 감사드리겠습니다."

"난 당신을 의심하는 것이 아니라고 했습니다."

바탈리언 남작은 서 브라도의 말 속에 숨어 있는 묘한 웃음기를 놓치지 않았다. 남작은 조용히 브라도의 얼굴을 비러보았지만 브라도는 그야말로 팔자 편한 노병처럼 벌렁 드러누웠다. 남작은 그의 주변을 잠시 살피곤 쓴웃음을 지었다.

제부르카스 장군의 말에 의하면 노병은 빵가루를 흘리지 않는 병사다. 싸움이 목전에 다가와도 할일은 차분히, 흔들림 없이 해두는 것이다. 그리고 바탈리언 남작은 서 브라도의 주변에서 빵조각 같은 것은 발견할 수 없었다. 남작은 나무 위의 새들이 분개한 듯이 지저귀는 것도 그 때문이 아닐까 생각했다. 서 브라도는 나뭇잎을 올려다보며 말했다.

"당신을 더 귀찮게 해도 되겠습니까?"

"귀찮다니오. 천만의 말씀입니다. 이미 말씀드렸듯이 전 이 전쟁의 기록을 남기고 싶어하는 것입니다. 현장 인물과의 이야기는 환영입니다."

"그럼 난 당신을 괴롭히게 되겠군요."

"예?"

"난 당신에게 어떤 이야기를 하나 할 겁니다. 그걸 절대로 글로 남기지 않겠다고 맹세하신다는 전제 하에. 어찌시겠습니까?"

"이런, 브라도 경."

브라도는 껄껄 웃었고 바탈리언 남작은 자신이 정말 곤경에 빠져버렸음을 알 수 있었다. 남작은 머리를 긁적인 다음 말했다.

"신사의 명예를 걸고 맹세하면 되겠습니까?"

"충분합니다."

그렇지만 서 브라도는 당장 말문을 열지는 않았다. 바탈리언 남작이 옆에 풀어두었던 안장을 가져와 다리 아래에 받치고 나무 밑둥에 등을 기댈 때까지도 서 브라도는 조용히 나뭇잎만 바라보았다. 그러나 바탈리언 남작은 재촉하지 않았다.

이윽고 브라도가 입을 열었다.

"모든 것이 순간적으로 못 미더워지는 경우라는 것이 있지요. 남작. 당연했던 것들이 믿을 수 없는 것이 되고 별 신경 쓰지 않고 대해왔던 것들이 끔찍하리만큼 낯선 것이 되는 경우 말입니다. 그런 것들을 당연하다고 생각했고 신경 쓰지도 않았다는 사실 그 자체에 소름이 끼치는."

"축복의 시간이죠."

"아니. 저주의 시간입니다."

바탈리언 남작은 고개를 갸웃했다.

"글쎄요. 저는 항상 제가 다른 방식으로 생각할 수 있게 되길 소망합니다. 올라가는 것이 힘들지만, 더 높은 산봉우리에서 바라본 지평은 더 넓을 거라 믿기에 산등성이에서 주저앉을 수는 없다고 다짐하곤 합니다."

"그건 문객의 태도인가 보군요. 나는 무사라 불리길 원하는 자라서. 데샨 카라돔에선 '무사'라는 말이 '무식쟁이'라는 욕으로 쓰인다는 거 아시죠? 하하하. 어쨌든 나에겐 그것은 저주였습니다. 그것은 내가 키드레이번에게 복수를 빼앗긴 날이었습니다."

"예. 괴로우셨을 거라 생각됩니다."

"괴롭다라. 예, 괴로웠지요. 자살하고 싶었습니다."

"브라도 경."

"이해가 안 될 겁니다만 어쩔 수 없군요. 그때 내가 느꼈던 감정은 정확히 그랬습니다. 지금도 기억납니다. 이 부위죠."

서 브라도는 손을 들어올려 자신의 목을 가리켰다. 그 평온한 동작

을 보며 바탈리언 남작은 흠칫했다. 서 브라도는 그 부분에 자국이라도 남아 있는 것처럼 만지작거리며 말했다.

"키 드레이번에게서 풀려나 집으로 돌아온 후였습니다. 주변도 다 정리한 다음 서재에 앉아 단검을 꺼내들었죠. 지금도 기억납니다. 비가 오고 있었지요. 가느다란 빗방울이었습니다…… 검 끝을 여기에 갖다댄 순간 내가 무슨 생각을 떠올렸는지 짐작하시겠습니까?"

"모르겠군요."

"커프스 단추가 짝짝이일지도 모른다는 거였습니다."

황당한 표정으로 서 브라도를 바라보던 바탈리언 남작은 짧게 웃었다. 서 브라도는 손을 다시 내려 팔베개를 하며 말했다.

"죽은 내 아내는 항상 그것을 탓했죠. 내가 언제나 커프스 단추를 짝짝이로 채운다고. 그것도 꼭 중요할 때만 그런다더군요. 아내의 말이 맞았지만, 난 한번도 그 버릇에 주의하지 않았습니다. 아니, 그 사실을 떠올렸을 땐 항상 커프스 단추 따위는 구할 수 없는 곳에 서 있곤 했기에 포기할 수밖에 없었다고 해야 할까요. 그런데 그때는 내 방 안이었죠. 정복을 입는 건 대개 집 밖의 일이라 커프스 단추가 짝짝이라도 포기할 수밖에 없었지만, 그때는 내 집 안이기에 커프스 단추를 구할 수 있는 상황이었습니다. 그래서 난 소매를 바라보았죠."

"그래서……?"

"역시 짝짝이더군요. 그렇게 웃지 말아요, 남작. 허헛. 나도 그땐 웃고 말았지만. 어쨌든 그게 중요한 것이 아닙니다. 그렇게 소매를 바라보다가 난 손에 들린 단검을 보았죠."

"단검 말입니까?"

"그렇습니다. 내 목을 찌를 단검. 그때 난 문득 그것이 엄청나게 불합리한 일인 것처럼 느껴졌습니다."

"어떻게 불합리하단 말씀입니까?"

"뭐라고 설명해야 하나. 으음, 이렇게 생각되더란 말입니다. 복수도 내 목을 찌르지 못했는데 다른 검이 내 목을 찌를 수는 없다고 말입니다. 그 이야기 아십니까?"

"그 검이 주인의 목을 찌른다는 이야기는 들어봤습니다."

"예. 어쨌든 복수도 찌르지 못한 내 목을 다른 검이 찌를 수는 없다고 생각했습니다. 그렇게 해서는 안 된다고도 생각했습니다. 칼에 대한 의리 같은 것은 아닙니다. 그저, 난 그게 뭔가 말이 안 되는 상황처럼 느껴졌다는 겁니다."

"예……"

"그래서 난 단검을 도로 칼집에 집어넣었습니다. 그것을 책상에 던지며 난 이제 어떤 칼로도 내 목을 찌를 수 없게 되었다는 것을 알았죠. 그래서 난 자살하지 않았습니다."

"잘하셨습니다."

"잘했다고요?"

"목숨을 끊는 것은 잘못된……"

"내가 그때 깨달은 것 하나 더 말씀드리리다. 살기로 결정했을 때, 나는 앞으로 죽을 때까지 얼마나 많은 이들이 동정하는 눈빛으로 나를 바라볼지에 대해 생각하며 오싹함을 느꼈습니다."

바탈리언 남작은 안쓰럽게 서 브라도를 바라보았다.

"솔직히 조롱은 무섭지 않았습니다. 사트로니아의 바스톨 장군이 멋지게 말해 줬지요. 왕관을 던진 그를 조롱하는 작자들에게 그는 왕이 된 적도, 될 수도 없는 자의 말이라고 말해 줬습니다. 멋진 말이잖습니까? 조롱을 던지는 자는 조롱받을 정도의 인격밖에 가지지 못했음을 정확히 지적했지요. 그런 자들의 말은 신경 쓸 가치조차 없어요. 하지만 칼을 잃은 무사를 바라보며 친절한 듯이 위로의 말을 건네는 작자들…… 무시해 버릴 수도 없기에 일일이 신경 써줘서 고맙다는 듯이 대해 줘야 된다는 건 정말 못 견딜 일이었지요."

바탈리언 남작은 서 브라도의 말을 이해할 수 있었다. 자식을 잃은 부모에게, 반려를 잃은 사람에게 도대체 어떤 위로의 말이 있겠는가. 위로 따위 집어치우고 날 좀 내버려두라는 외침이 목구멍까지 올라오지만 그걸 내뱉을 수 없다. 찾아주셔서 감사합니다가 고작일 뿐.

"하지만 그게 우리 사는 법이잖습니까. 브라도 경. 상대방이 바라지도 않을 참견을 해주고, 진심일 거라 믿어지지도 않는 참견을 받아주면서 그래도 따스하게 살아야 되잖습니까. 그렇잖으면 너무 외롭고 황량하지 않겠습니까."

서 브라도는 대답하지 않았다. 제국 기사단장의 주름진 얼굴을 보며 바탈리언 남작은 쓸데없는 말을 했다고 생각했다. 나이로 따지든 행하여온 일로 따지든 서 브라도와 그는 비교도 되지 않을 것이다. 바탈리언 남작이 사과하러 했을 때 서 브라도가 갑작스럽게 말했다.

"남작의 말, 편자는 튼튼합니까?"

"예? 아, 예."

"알레미지우스 평원 동쪽엔 아주 이상하게 생긴 바위가 하나 있지요."

"그렇습니까?"

"절벽에서 허공을 향해 불쑥 튀어나왔는데, 마치 목을 길게 빼고 주위를 둘러보는 것처럼 생긴 바위입니다. 그 위에서 내려다보면 알레미지우스 평원 전체가 한눈에 들어오죠. 올라가는 길을 찾는 건 어렵지 않습니다. 하지만 끝까지 올라가려면 시간이 제법 걸립니다. 건장한 남자에게도 하루 정도는 걸리지요."

"그런가요."

"조연사는 모레 아침엔 날씨가 좋을 거라 주장하더군요. 난 때로 그 작자들이 그저 때려맞추는 식으로 말하는 것이 아닌가 의심해 보곤 합니다."

바탈리언 남작은 의혹이 담긴 시선으로 서 브라도를 바라보았다. 그러나 그가 뭐라 말하려 할 때 서 브라도가 벌떡 일어났다.

"이만 가봐야겠습니다. 만나서 반가웠습니다, 남작."

"아, 예……"

서 브라도는 바탈리언 남작에게 손인사를 해보이곤 막사를 향해 휘적휘적 걸어갔다. 바탈리언 남작은 그 걸어가는 뒷모습을 물끄러미 바라보았다. 남작은 서 브라도가 준 선물이 어떤 의미인지 짐작하기 어려웠다.

한 시간 후, 록소나 진영의 경비병들은 말을 타고 빠르게 달려가는 바탈리언 남작을 목격했음을 보고했다. 그가 정탐을 끝내고 돌아가는 것이라 의심해 본 사람은 많았지만 서 브라도는 고개를 가로저었다. "그에겐 급한 용건이 있었겠지. 그리고 그가 뭘 알아내었겠는가. 간첩질을 하려면 내부로 들어와야지. 내버려둬."

"레모는 끝내 움직이지 않았어. 하지만 우리는 다섯 개의 강국들과 국경을 마주 대하고 있는 나라의 입장을 이해해 줘야겠지."

퓨아리스 4세는 무릎 위에 놓아둔 검을 만지작거리며 잡담처럼 말했다. 플로라는 고개를 끄덕였다.

"설령 그들이 서 브라도를 도와주고 싶었다 해도 시간이 없었을 겁니다. 다벨군이 다케온까지 비워버리며 너무 빨리 움직였으니까요."

"그래. 휘리 노이에스는 정복만 하지 통치엔 관심없는 놈 같아. 녀석이 원하는 건 혹시 이런 것 아닐까?"

말 끝에 퓨아리스 4세는 의자에서 벌떡 일어났다. 그러곤 만지작거리고 있던 검을 몇 번 휘둘러보다가 그것을 높이 들어올렸다.

"사무이다크의 고원으로부터 아흔아홉 눈의 섬까지! 모든 땅과 모든 바다의 정복자, 휘리 노이에스!"

"어흠."

"그, 그레이엄? 언제 들어왔어?"

플로라는 고개를 조금 돌린 채 킥킥거렸고, 손에 은쟁반을 든 채 문가에 서 있던 그레이엄은 정중하게 말했다.

"성하. 죄송합니다만 슈팔데는 법황청의 보물입니다. 그 이해하기 어려운 여흥을 계속하실 의향이 있으시다면 다른 검을 준비할까 합니다만."

"아니. 됐어. 안 할 거야."

퓨아리스 4세는 붉어진 얼굴로 슈팔데를 도로 칼집에 집어넣었다. 그러곤 법황의 서품식에서나 사용되는 그 펠라론의 보검을 잠시 내려다보았다. 그레이엄은 법황이 로데인 백작이었던 시절부터 검에 대해 좋은 재능과 훌륭한 취미를 가지고 있음을 잘 알았기에 그 시선에 약간 의아해했다. 슈팔데 두 펠라론은, 그런 종류의 검이 대개 그렇듯이 보석과 황금으로 치장된 것으로 무기라기보다는 장식품이며 무인의 질박한 기호엔 잘 맞지 않는 검이다. 차라리 학자를 즐겁게 해줄 검을 물끄러미 바라보던 법황은 슈팔데를 책상 위에 있던 상자에 집어넣었다. 그레이엄을 돌아본 법황은 그의 손에 들린 은쟁반에 두루마리가 얹혀 있음을 발견했다.

"뭐지, 그레이엄?"

"다벨 8군단장으로부터 서신이 도착했습니다."

플로라와 퓨아리스 4세는 잠시 어리둥절한 얼굴로 그레이엄을 바라보았다. 잠시 후 퓨아리스 4세가 믿을 수 없다는 듯이 되물었다.

"휘리 노이에스로부터 말인가?"

"그렇습니다. 읽을까요?"

그레이엄은 읽을까요라고 말하면서도 은쟁반을 앞으로 내밀었다. 아직 팔팔한 나이의 법황은 서신은 직접 읽기 때문이다. 퓨아리스 4세는 그것이 단검이나 되는 것처럼 바라보다가 떨떠름한 얼굴로 서신을 집어들었다.

플로라는 근심스러워하는 얼굴로, 그리고 그레이엄은 엄격한 얼굴로 서신을 읽는 법황을 바라보았다. 법황은 별 표정의 변화 없이 서신을 죽 읽어내렸다. 그리고 한번 더 읽었다. 서신을 다 읽은 법황은 그것을 책상 위에 내려놓은 다음 곰곰이 생각에 잠긴 표정으로 왔다갔다 하기 시작했다. 이제 플로라와 그레이엄은 서신을 훔쳐보고 싶은 욕망 때문에 책상 위를 흘깃흘깃 바라보면서 법황을 쳐다보았다. 그때 법황은 갑자기 책상으로 돌아왔다.

법황은 의자에 앉지도 않은 채 양피지와 펜을 끌어와 뭔가를 일필휘지로 주욱 써내려갔다. 쓰기를 마친 법황은 그것이 잘 마르도록 습지를 대고 몇 번 문지른 다음 그레이엄에게 내밀었다.

"답장일세. 그 자에게 보내."

그레이엄은 정중히 그것을 받아들고는, 그만 딸꾹질을 하고 말았다.

"성하?"

"왜? 글씨를 못 알아보겠나?"

"알아볼 수 있습니다. '죽어!'라는 한마디뿐이니……"

이번엔 플로라가 이상한 소리를 내었다. 법황은 알아보면 되지 않느냐는 얼굴로 그레이엄을 쏘아보았고 법황 비서관 그레이엄은 살포시 진땀을 흘리며 말했다.

"제가 펠라론에서 법황 성하들을 모셔온 지도 40년 가까이 되옵니다만, 이러한…… 어…… 범상치 않은, 그러니까, 독특한 서신을 받았던 경험은 전무하군요."

"감사하지 않아도 돼. 쑥스러우니까."

"……감사하고픈 생각은 없습니다. 성하. 이것을 전할 수는 없습니다. 품위를 생각하십시오."

"영면해! 라고 적을까?"

법황은 진심인 것처럼 되물었고 그레이엄은 다시 곤혹스러워했다. 그러나 그 역시 거의 전설적인 비서관이었고 따라서 그레이엄은 가까스로 법황의 의도가 명확히 전달될 수 있도록, 그러나 문장과 단어의 선택은 자신이 맡겠다는 내용의 약속을 받아낼 수 있었다. 그리고 그때쯤 화가 풀린 퓨아리스 4세는 플로라와 그레이엄을 위해 휘리의 서신을 읽어줄 정도의 아량도 되찾게 되었다.

"근계. 성하의 미욱한 종 휘리 노이에스가 무릎을 꿇고 하례드리며 성하의 아들딸의 말을 대신 전해 드립니다. 어리석음으로 통치하고 폭압으로 군림하는 지도자들의 압제에 시달리던 팔라레온, 다케온, 록소나 등의 주민들의 신음성이 주님의 미간을 찌푸리게 할 지경이었음은 어제오늘의 일이 아닙니다. 다행히도 그들의 고통과 슬픔에 눈물 흘리시던 신도 중의 신도이신 다벨 공작 프란체스코 메르데린께서 소인으로 하여금 그들이 잃었던 것을 그들의 품에 되돌려주고 그들이 감내해야 했던 것을 그들의 어깨에서 치우게끔 명하셨습니다. 이에 소인은 모자란 재주 대신 주님의 정의를 실천한다는 사명감으로 어리석고 무례한 양치기들을 멀리 쫓아내고 주님의 선한 양들을 주님의 목초지로 이끌었나이다. 이를 성하께 보고드림은 저의 기쁨이자 동시에 성하의 기쁨일 것이라 사료되어 이렇듯 붓을 들었사오니, 성하께선 저들의 광복을 축하해

주시고 저들의 앞날을 축복해 주셨으면 감사하겠나이다. 아울러 이 새로운 땅에 주님의 교회를 세워 그들을 축복하고 주님의 길로 이끌 추기경을 임명해 주신다면 그것은 다시 없을 기쁨일 터, 제 어리석은 생각으로는 그에 어울리는 덕과 지와 헌신을 보여온 프란체스코 메르데린 공작께 추기경의 위를 서임하심이 적합할 듯…… 이 개놈의 자식이!"

결국 분을 참지 못한 퓨아리스 4세는 서신을 내동댕이치고 말았다. 점점 높아지던 법황의 목소리를 듣고 있던 플로라와 그레이엄은 별로 놀라지는 않았다. 그러나 그들도 내동댕이친 서신 위에서 발을 구르며 서신을 짓밟아대고 있는 부활의 법황의 모습엔 약간 당황할 수밖에 없었다. 법황은 팔짝팔짝 뛰면서 외쳤다.

"뭐라고? 이러이러한 땅을 접수했으니 축하해라. 그리고 축하 선물로는 추기경 자리가 좋을 테니 그것을 내놔라? 그레이엄, 취소다! 그대로 적어보내라!"

"음. 어흠. 퍽 무도한 서신임은 확실하군요, 성하. 그러나 개를 향해 짖어대는 것은……"

"이 자식이 나를 미치게 만들잖아! 지금 이놈이 내 눈앞에 나타난다면, 난 개라는 욕을 들어도 좋으니 놈의 다리를 물어뜯어줄 심정이란 말이다!"

이마에 핏줄을 세운 채 왈왈거리는 법황을 진정시키기 위해 그레이엄은 무수한 단어들을 허공에 날려보냈다. 평소라면 일주일 정도 사용할 말들을 한꺼번에 소모해 버린 다음에야 그레이엄은 법황을 진정시켜 의자에 앉힐 수 있었다. 그레이엄은 슈팔데와 서신과 답장을 챙겨든 다음 녹초가 된 얼굴로 방을 나섰고 플로라는 동정심 어린 눈으로 그 뒷모습을 바라보았다. 그러나 그녀는 곧 숨을 들이켰다. 법황은 비서관이 나가자마자 벌떡 일어났던 것이다.

플로라는 재빨리 집무실을 주욱 둘러보고는 빠르게 말했다.

"그 산호 문진은 절대 안 됩니다."

"그냥 뭐 묻었나 싶어서……"

"퓨아리스 3세의 초상화도 안 됩니다."

"액자가 약간 비틀어진 듯하여……"

플로라의 적극적인 개입에 힘입어 법황 집무실의 집기들은 잔명을 보존할 수 있게 되었다. 그러나 아무것도 박살내지 못한 퓨아리스 4세는 그만 뭐 마려운 강아지마냥 방 안을 뱅글뱅글 돌게 되었다. 그 모습을 안쓰럽게 바라보던 플로라는 언젠가 좀 저렴하고 깨부숴도 상관없는 물건들 몇 개를 집무실에 갖다둬야겠다고 생각하며 말했다.

"요즘 유행하는 시쳇말처럼 정말 '휘리 노이에스의 서신 같다'로군요. 왜 그런 서신을 보내었을까요."

"무엄하게도 법황과 알력을 벌여보고 싶다는 거지. 괘씸한 놈!"

"단지 그런 이유에서일까요?"

"그게 아니면 뭐겠어? 이 얼어죽을 자식은 성무 금지에 대해서는 일언반구도 하지 않고 있어. 제기랄, 다벨군의 군목들이 축복도 못해 주고 있는데도 불구하고 자신이 연전연승하고 있음을 자랑하고 있는 거잖아!"

플로라는 그것을 깨닫지는 못했다. 실제로 그에 대한 언급이 전혀 없었기 때문이다. 플로라는 법황의 혜안에 감탄하며 말을 이었다.

"그렇군요. 아무 말이 없다는 것이 곧 자랑이군요. 그렇다면……?"

"그러니 내가 여기서 떠드는 건 자신에게 간지러운 일도 못 되니 좋은 소리 듣고 싶으면 차라리 자기한테 협조하라고 말하는 거잖아. 이 때려죽일 놈의 자식!"

플로라는 그제서야 휘리의 서신을 이해했다. 그 공손하면서 어이없는 서신은, 그런 내용이 전혀 없었음에도 불구하고 말 그대로 협박 편지였던 것이다.

"무서운 자로군요. 말씀하시는 것을 들으니 정말 섬뜩합니다. 어떻게 다벨의 병사들은 축복을 받지도 못하면서 그렇게 휘리 노이에스를 위해 싸우는 걸까요?"

"메르데린 스쿨이다. 프란체스코 메르데린이 자기 나라를 거대한 사관학교처럼 만들었다고 해서 붙여진 그 이름 말이야. 그게 효과를 나타내는 거지. 그 덜떨어진 황제병 환자 녀석은, 그래도 할 건 해두는 치밀한 놈이란 말이야. 그게 바로 정신병자라는 증거이긴 하지만!"

"전 한 가지가 의아합니다."

"뭐가?"

플로라는 이 말이 법황의 화를 가라앉힐 것인지 더 북돋을 것인지 판단해 보려 했으나 알 수가 없었다. 그래서 나직한 어조로 말했다.

"조금 전의 서신에서 노이에스 장군은 팔라레온, 다케온, 록소나라고 말했습니다. 하지만 록소나는 아직 성복되지 않았잖습니까? 게다가 그곳에선 브라도 경께서 기다리고 계시고요. 전투가 벌써 일어난 걸까요?"

플로라는 기뻤다. 법황이 의아해하는 얼굴로 멈춰 섰기 때문이다.

"어라? 아니. 아직 일어나지 않았어. 그러고 보니 녀석은 록소나를 이미 가진 것처럼 적어 보냈군. 이게 무슨 의미지? 서 브라도가 록소나에 있다는 것을 모르지는 않을 텐데."

플로라는 더더욱 기뻐할 수 있게 되었다. 법황은 의자에 주저앉은 다음 생각에 빠져버린 것이다. 그래서 플로라는 법황이 생각할 때 필요한 것—다량의 술—을 가져오기 위해 몸을 일으켰다.

잠시 후, 부활의 법황 퓨아리스 4세는 부활의 선행 조건을 완료했다. 부활하려면 물론 반쯤 죽어야 한다.

"언젠가 봤던 꼴이군. 항상성을 가진단 말이지?"

세실은 푸념하듯이 말했다. 키 드레이번은 그녀에게 등을 돌린 채 카밀궁을 쏘아보고 있었다. 바닷바람이 몸을 세차게 때리고 있는 이곳에서 세실은 치마를 부여잡은 채 발을 동동 구르고 있었다. 하지만 차마 돌아가자는 말은 꺼내지 못하고 있었다. 동의도 받지 않고 따라나선 길이기 때문이다.

그날 아침 해뜰녘, 밤새 부어오른 라이온의 얼굴을 보며 한숨을 쉬던 세실은 키 드레이번에게 따지기 위해 그의 방을 찾았다. 그러나 방 안에서 키의 모습은 찾을 수 없었다. 세실은 당황하여—세실은 그가 단신으로 카밀궁으로 쳐들어 갔을지도 모른다는 상상을 뿌리치기 어려웠다. 키에겐 이미 그런 전과가 있었다—여관을 뛰쳐나왔고 다행히도 대로 저편을 걸어가는 키의 뒷모습을 발견할 수 있었다.

그래서 세실은 얇은 치마 한 장을 걸친 채 바닷바람이 세차게 솟아오르는 절벽 위까지 키를 따라오게 되었다. 그리고 그제서야 세실은 키가 왜 이곳으로 온 건지 알 수 있었다. 라트라인 외곽의 이 절벽은 바로 카밀궁이 위치한 만을 둘러싸는 곳이었다. 이 곳이 있기에 카밀궁에는 바람 한 점 새어들지 않았지만 덕분에 이 곳에는 절벽에 부딪힌 바람이 맹렬하게 솟아오르고 있었다. 키는 그 바람 속에 꼿꼿이 선 채 카밀궁을 쏘아보고 있었다.

뒤집힐 것 같은 치마를 다시 신경질적으로 쓸어내리며 세실은 이것이 자신과 라이온의 신세를 잘 단순화시킨 상황이라고 생각했다. 동의 없이 따라나선 동행은 앞길에 대해 이러쿵저러쿵할 수 없는 법이다. 하지만, 바로 그렇기에 마음대로 떠날 수도 있다. 그러나 라이온과 세실은 떠나지 못한다. 세실은 자신에게 푸념처럼 질문했다.

'왜? 관두고 테리얼레이드로 돌아갈 수도 있어. 거기서 깡패와 불량배, 건달들의 레이디가 되어 사는 것도 나쁘지 않잖아. 내 인생에 가장 즐거웠던 시기만 생각하며 진짜 예쁘게 늙은 할멈처럼. 발사된 포환에 매달려봐야 같이 죽기밖에 더 하겠어.'

"라이온이 많이 부었어. 홍역하는 어린애 같던데."

"뭘 말하려는 건가."

대답할 거라고 예상치 못했던 세실은 약간 당황했다. 키는 여전히 절벽 아래를 쏘아보고 있었지만 세실이 들은 목소리는 키의 것이었다. 세실은 다시 치맛자락을 추스른 다음 두 다리 사이에 끼우고서 말했다.

"미안한 척해 봐."

"싫어."

"그럼 죄의식에 몸부림쳐 봐."

"싫어."

정확하게 돌아오는 키의 대답을 들으며 세실은 장난기로 두 눈을 번쩍거렸다.

"많이 봐줬다. 그럼 주님께 죄를 고백하고 그 절벽에서 몸을 던져봐."

실망스럽게도 이번엔 키의 대답이 돌아오지 않았다. 키가 못 들었다고 생각하긴 어려웠지만 세실은 한번 더 말해 볼까 하는 생각을 떠올렸다. 그때 키가 말했다.

"신에게 빚진 것은 없다."

"뭐야?"

"신에겐 줄 것도, 받을 것도 없다."

세실은 어안이 벙벙해져서 키의 뒷모습을 바라보았다. 키의 코트자락은 아우성처럼 펄럭이고 있었지만 그 등은 아무런 말도 없었다. 세실은 손바닥을 조금 문지른 다음 두 볼에 대어보았다. 볼은 차가웠다.

세실은 더 이상 회피하지 않기로 했다. '정면 승부라고.' 세실은 태연한 목소리를 내려 애쓰면서 말했다.

"그럼 오스발에겐?"

키는 다시 대답이 없었다. 그러나 이미 정면 승부로 결정한 세실은 지체 없이 2탄을 발사했다.

"달아난 모든 노예를 죽여야 하는 주인은 없어. 오스발이 너에게 진 빚은 뭐지?"

"……율리아나 공주를 빼돌렸지."

"허? 이봐, 키 드레이번. 날 속이고 싶거든 좀더 자신감 있게 말하는 게 좋을걸. 그건 이유가 아냐. 너도 알고 있는……"

"내가 너에게 진 빚은 뭐냐?"

세실은 잠시 말을 잊었다.

절벽 위에 돋아난 풀잎들이 사납게 흩날렸다. 절벽 끝에 선 검은 고목의 모습이던 키가 고개를 천천히 들어올렸다. 키는 창공을 향해 말했다.

"넌 왜 날 따라다니는 거냐. 마법사 세실리아."

더 이상 치맛자락에 신경 쓰고 싶지 않았던 세실은 땅바닥을 둘러보았다. 덩굴이 뒤덮인 통나무 같은 것을 발견한 세실리아는 그 위에 걸터앉아서는 절벽 끄트머리에 선 키를 바라보았다. 그녀의 눈에 키는 구름보다 높은 곳에서 등을 보이고 서 있었다. 세실은 치맛자락을 무릎 사이로 쑤셔넣으며 혼자말처럼 말했다.

"나는 알고 싶어."

"뭘."

"네가 무엇인지."

"하나 만들어 가져."

"……만들라고?"

"그래."

"보통은 나도 그렇게 해. 인상을 만들고 느낌을 만들고, 그래서 내 속에 하나 만들어놓은 다음…… 상대방을 만나면 그를 보는 대신 내 속에 있는 것을 꺼내보지. 그러곤 상대방 대신 내 속에 있는 그와 대화해. 그리고 그걸 대화라고 믿지. 때론 그걸 사랑이라고 믿기도 하고 증오라고 믿기도 하고…… 그래. 나도 그렇게 해."

"그런데?"

"그렇게 할 수 없는 사람이 있어."

"그런가."

"믿을 수 없지만…… 진짜 안 돼. 마치 백과사전 같은, 시집 같은…… 씨앙, 요약본이 안 만들어진다고. 어떻게 그런 사람이 있을 수 있지? 설명해 봐, 키 드레이번."

"멍청하기 때문이겠지."

"너 대패질 할 일 있으면 혓바닥으로 하지? 못된 녀석."

"받아들일 수 없으면 걷어차면 될 거 아닌가."

"내 열쇠인 것 같아서 걷어찰 수가 없단 말이다! 멍청아!"

"열쇠? 무엇으로의."

"몰라. 아직 열어보지 못했기 때문에 알 수가 없어."

"역시 멍청하군."

"넌 그런 느낌 가져본 적 없어, 키 드레이번?"

"무슨?"

"정말 이게 전부인가 하는 느낌 말이야. 정말, 정말…… 이것뿐인가 하는 느낌. '다 그런 법'이라는 정말 끝내주게 훌륭한 대답은 이미 알고 있지만 그걸로도 설명이 안 되는…… 그 초조함과 불안함 말이야! 그냥, 그냥 눈에 보이는 이것이 전부인가 하는, 죽을 때까지만 살고 다 산 다음엔 죽으면 그만인 것인가 하는…… 그것뿐이야? 그러기엔, 그러기엔 그 알 수 없는 곳, 세상이라는 장막을 걷기만 하면 볼 수 있을 것 같은 그곳으로부터 배어나와 내게 스며드는, 스며드는 그것이……"

키의 어깨가 천천히 돌아갔다.

키는 몸을 반쯤 돌린 채 땅바닥에 앉은 세실을 바라보았다. 그의 소맷자락과 바지는 바람에 부대껴 맹렬히 떨고 있었고 그 머릿결은 검은 불꽃처럼 파르락거리며 춤추고 있었다. 하지만 차가운 얼굴과 그 멀게 보이는 얼굴에서도 더욱 멀어지는 눈동자는 저주처럼 고정되어 있었다.

세실은 그 시선을 마주보며 나직하게, 하지만 가느다랗게 떨리는 어조로 말했다.

"뭔가가 있어?"

키는 그저 옆눈으로 세실을 바라보기만 할 뿐이었고 세실은 그 얼굴을 긍정으로도, 부정으로도 해석할 수 없었다.

"있다면 말해 줘. 아니, 말해 달라고 하지 않겠어. 그냥 보여주기만 하면 돼. 네가 보여주길 바라며…… 이렇게 따라다니고 있단 말이야. 너무 오래 연기해 둔 죽음도 이젠 그리워지고 있어. 이건 동정해 주길 바라는 건 아냐. 미련한 짓을 더 하고 싶진 않다는 뜻이야."

세실은 숨을 골랐다.

"너를 놓치면 다시는 기회가 없을 것 같아. 그냥, 그냥 그 너머에 아무것도 없다고 체념해 버리곤 스스로 목숨을 끊을 것 같아. 한 번의 실망이었다면 그렇게까지 좌절하진 않겠지만, 두 번이나 실망하는 건 견딜 수 없을 거야. 제길, 생각해 보니 네가 나빴어. 이건 네 잘못이야. 키 드레이번. 네가 나에게 무슨 빚을 졌냐고 물었나? 그게 네 빚이야. 내게 다시 가능성을 보여준 거."

세실은 고개를 약간 떨구며 킥킥 웃었다.

"억지 부린다고 말하지 마. 진짜 억지 부리는 거니까. 첫 번째는 어떻게 됐냐고? 바보같이 죽어버렸지. 그 자도 너처럼 우울한 얼굴을 한 남자였지. 너무 늦게 도착한 친구를 원망하지도 않은 채 죽었지. 얼간이들은 그가 대범해서 그랬다고 믿지만 난 그렇게 생각하지 않아. 그 작자는 처음부터 친구라는 개념이 머릿속에 없는 사람이었거든. 너처럼."

키는 '친구'라는 말에 '구두 뒷굽'이라는 말을 듣는 것 같은 표정이 되어 세실을 바라보았다. 세실은 그 얼굴을 보다가 손가락을 딱 튕겼다.

"알버트 렉슬러? 아마 그럴 테지. 알버트 선장이 네 유일한 친구겠지. 그래, 그럴걸. 이제 완벽하게 똑같아! 그리고 아마 너도 알버트 렉슬러가 다시 살아나기라도 한다면 그를 걷어찰 거야. 리포밍된 싱잉 플로라를 걷어찼던 그 작자처럼! 플로라에게 그건 너무 끔찍한 일이었다고, 지독한 일이었어! 그 불쌍한 것은…… 어쩌다 그렇게…… 아냐. 알면서 그렇게 되었는지도 몰라. 그건……"

세실의 혼자말은 계속되었다. 키가 그녀를 만난 이후 처음으로 세실은 그 나이다운 모습을 보여주고 있었다. 너무 오래 계속된 생에서 얻은 너무 많은 경험들에 짓눌려, 눈앞에 있는 사람을 추억 속의 사람과 혼동하며 혼자말을 하는 모습. 그렇게 계속되던 세실의 말에 흥미를 잃은 키가 다시 고개를 돌리려 했을 때였다. 키는 갑자기 세실의 말이 자신을 향하고 있음을 알아차렸다.

"그대로 계속 가. 난 보기만 하면 돼. 도대체 무엇인지를 알고 싶어. 신경 쓰지 마. 괴롭히지 않을 테니까. 그냥, 그냥 그대로 가. 그렇잖아도 그럴 생각이겠지만. 젠장. 혼란스러워 죽겠어. 내가 왜 이럴까. 어쨌든 내가 하고 싶은 말은, 어, 그러니까 하고픈 말은."

키는 반쯤 돌리던 고개를 멈춰 어깨 너머로 세실을 쳐다보았다. 세실은 손을 뻗어 풀잎을 뜯고 있었지만 정작 자신이 무슨 일을 하는지는 잘 모르는 듯했다. 세실은 갑자기 입술을 비죽거리며 말했다.

"다 털어놓고 나니까 속 편하다는 거야."

"좋겠군."

"걱정하지 않겠어. 넌 보여줄 거야. 믿어."

세실은 빙긋 웃은 다음 바다를 돌아보았다. 외해의 바다는 육중한 잔물결로 반짝이고 있었고 그 위로 아침 햇살이 정신없이 미끄러졌다. 세실이 치맛자락을 추스르며 일어나려 했을 때 키가 말했다.

"거기 있어."

"뭐?"

"거기 앉아 있으라고."

세실은 어리둥절한 얼굴로 키의 어깨를 바라보았다. 키는 여전히 몸을 반쯤 돌린 자세로 서 있었다.

"앉아 있으라니? 왜?"

키는 대답하는 대신 등에 매고 있던 헝겊 꾸러미를 풀어내렸다. 물론

저 안엔 복수가 들어 있다. 세실은 섬뜩함을 느꼈지만 키는 복수를 허벅지쯤에 내려둔 채 그녀의 어깨 너머를 바라보았다. 세실은 뒤를 돌아보았다.

세 명의 건장한 사내들이 각자 상자를 메고 나타났다. 그렇게 큰 상자가 아님에도 불구하고 사내들은 헉헉거리며 꽤나 힘들게 올라오고 있었다. 세실은 멍하니 그들을 바라보았고 그들도 키와 세실을 발견했다. 사내들의 얼굴에 의혹이 스쳐지나갔다. 사내들은 상자를 내려놓고는 서로를 잠시 쳐다보았다. 그들 중 하나가 앞으로 나섰다.

"허? 여기 웬 사람이지?"

세실은 뭐라 대답할까 하다가 키에게 넘겨버리기로 했다. 키는 차분하게 말했다.

"좋은 아침이오."

"어, 그렇소. 좋은 아침이군."

"경치 구경하러 온 사람들 같진 않군. 웬 짐을 그렇게 가져온 거요?"

"어허! 남의 일에 신경 쓰지 마시오. 댁들은 그럼 경치나 보러 온 거요?"

세실은 말을 하던 사내 뒤편으로 다른 사내들이 서로 귓속말을 나누며 자신을 흘끔거리는 것을 발견했다. 그녀가 '어이구, 미련한 꼬마놈들. 주제에 사내라고……' 등의 생각을 하고 있을 때 키가 대답했다.

"그렇소. 재미있는 경치더군. 이상한 것도 발견했고."

"헛? 이상한 것?"

"나는 이 높은 절벽 위에 대포를 가져다놓은 게 누군가 궁금했거든.

아마 화약 상자와 포환 상자를 들고 온 놈들과 같은 인물들이겠지."

사내들이 일사불란하게 검을 뽑아들었다. 그 모습에 황당해하던 세실은 문득 키의 말에 들어 있던 '대포'라는 말에 주의를 돌렸다. 대포라니? 문득 세실은 자신이 앉아 있던 곳을 내려다보았다. 덩굴이 덮여 있는 길다란 통나무 같은 것. 세실은 기가 막힌 얼굴로 재빨리 덩굴을 뜯어내었다. 그러자 굳이 두드려보지 않아도 알 수 있는 금속성의 포신이 나타났다. 키는 차분하게 말했다.

"냄새만으로도 알 수 있는 레모 산이지. 옮기는 데 밤새도록 걸렸겠군."

"허. 힘들긴 했지."

키는 씨익 웃었다.

"암살은 아닐 테고, 그럼 뭐지."

세실은 벌떡 일어나 절벽 저편을 바라보았다. 높이차가 좀 크긴 하지만 그래도 카밀궁과 절벽 사이는 탁 트인 공간이다. 탄도학에 자신 있는 자라면 허공에 적당한 포물선을 그린 다음 카밀궁을 저격할 수 있을 것이다. 하지만 그 정도가 한계일 뿐, 암살을 원한다면 차라리 활을 준비하는 편이 나을 것이다. 하지만 사내들은 설명하는 취미는 없었다.

"죽여!"

세실은 외치려 했다. '멍청이들, 그냥 항복해!' 그러나 세실은 그 말이 통할 리가 없다고 생각했다. 그래서 세실은 세 명의 사내들이 쓰러지는 모습을 속수무책으로 바라보아야 했다. 두 명은 얼굴과 가슴에 치명상을 입었고 등에 칼을 맞은 사내는 한 명뿐이었다. 도망치려다가 칼에 맞은 세 번째 사내였다.

키는 그 세 번째 사내를 발로 뒤집었다. 사내는 경련을 일으키며 신음을 내질렀지만 키는 잔인하게 그 가슴을 내려밟은 다음 질문했다.

"설명할 거 있으면 하고 죽어."

"지옥에서…… 보자구."

키는 핏 웃었다.

"보고 싶은 생각 없어. 그러니 내가 찾아갔을 때 낯짝 내밀지 마."

키는 사내의 가슴에서 발을 떼곤 그들이 내려놓은 상자를 향해 걸어갔다. 세실은 발을 동동 구르며 신음하는 사내들을 돌아보다가 외쳤다.

"어떡해! 사람들 불러올까? 응?"

키는 아무 말 없이 복수를 한 바퀴 돌려 거꾸로 쥐고는 상자의 뚜껑과 몸체 사이에 지렛대처럼 쑤셔넣었다. 그의 팔이 약간 움직이자 상자 뚜껑이 뻐개지며 그 안에 든 것이 나타났다. 키는 한쪽 무릎을 꿇고 내용물을 살폈다. 잔뜩 화난 얼굴로 키에게 걸어간 세실은 따지듯이 물었다.

"그게 뭔데?"

키가 내려다보고 있는 상자 안에는 이상하게 생긴 쇳덩이가 들어 있었다. 세실은 어리둥절한 표정으로 말했다.

"포환이야?"

"그렇다."

"무슨 포환이 그렇게 생겼어?"

"작렬탄이다."

"뭐?"

"포환이 폭발한다는 뜻이야. 포환이라기보단 포탄이라고 불러야겠지. 드디어 이걸 만들어내었군."

"포환이 폭발해? 쇳덩어리가 어떻게?"

"폭발하게 만들어놨으니까."

"……젠장! 너 매일밤 잠들기 전에 가슴에 손 얹고 내일은 무슨 말로 다른 사람들 복장 뒤집어줄까 고민해 보고서야 잠들곤 하지?"

키는, 바로 그것이 세실이 원하는 바라는 건 알고 있었지만, 피식 웃어버렸다.

알레미지우스 평원은 탁 트인 전장이었다.

고저차도 거의 없고 언덕이나 강 등의 전술적인 고려가 있을 수 있는 지형도 없었다. 가느다란 시냇물과 약간의 갈대밭이 있었지만 거의 무시될 수 있을 정도였다. 굳이 장애물이랄 것을 찾아보라면 지금 바탈리언 남작이 앉아 있는 절벽 정도일 것이나 너무 높고 가팔라서 군사를 움직일 만한 곳이 못 되었다.

고원의 바위 위에서 바탈리언 남작은 고개를 끄덕였다.

다벨군을 맞이하는 브라도 경으로서는 이곳보다 더 나은 전장을 찾기도 어려웠을 것이다. 기병들에겐 거의 완벽한 전장이었다. 남작의 우필이 날카롭게 달렸다.

'노장은 이곳을 전장으로 결정한 것만으로도 젊은 장수에게 충분한 보답을 했다. 나이 지긋하고 산전수전을 다 겪은 이가 삼가고 조심하는 것은 당연한 일일 것이다. 그러나 흔히들 피가 끓는다고 표현하는, 자제력과 비겁함을 구분하기 어려워하는 나이의 젊은이가 모욕을 받을지도 모른다는 가능성에도 불구하고 삼가고 조심하는 것은 정녕 대단한 일이다. 젊은 서 하빈저는 그 높은 지위로써 객원 참모인 서 브라도를 얼마든지 억누를 수 있음에도 불구하고 그러지 않았다. 또한 노장에 대한 예의를 지키면서도 품위를 잃지 않아 록소나군을 불명예스럽게 하지도 않았다. 오히려 서 브라도를 감탄시켜 그로 하여금 록소나군을 존경하게 하는 예의를 보였으니, 고명한 노장을 위해 베풀어진 서 하빈저의 이 훌륭한 자제력에 대해 서 브라도는 당연히 최상의 보답을 해야 했을 것이다. 그리고 알레미지우스 평원으로 다벨군을 끌어들임으로써 이미 서 브라도는 서 하빈저와 록소나군에 대해 충분한 보답을 한 셈이다.'

바탈리언 남작은 잠시 우필을 멈추고 동쪽, 즉 다벨군 쪽을 바라보았다. 아무래도 이곳은 특등석이라는 생각을 되뇌이며.

'그러나 이것을 또다른 젊은 장수의 객기라고 해석할 수도 있지 않을까? 휘리 노이에스의 입장에서 기병들의 기동력이 극대화되는 이러한 전장은 단연코 피해야 했을 것이다. 어쩌면 보급이 단절되었다는 압박감이 그를 이런 불리한 싸움으로 몰아낸 것일 수도 있다. 팔라레온을 잃고 다케온에 안정된 보급선을 구축할 겨를도 없이 허겁지겁 달려온 다벨군은 분명 보급에 심각한 괴로움을 겪고 있을 것이다. 빠른 시간 내에 승부를 보아야 될 필요성은 이해된다. 하지만 이런 불리한 전장으로의 초대에 응하지 않을 정도의 여유마저 없었을까? 그렇게 생각하기는 어렵다. 그러나 휘리는 알레미지우스 평원의 회전에 응했다. 그렇다면 휘리는 당대 최고의 기병 지휘관과 제국 최고의 기병들의 조합을 이런 탁트인 전장에서 상대할 자신이 있었던 것이거나, 아니면 전술한 대로 서브라도의 유인에 빠진 것이리라. 제국 최고의 기병대를 맞이하여 다벨군이 펼친 진형을 볼 것 같으면 거기선 하나의 장점이 보이기는 한다. 적어도 동쪽에 위치한 그들은 해를 등지고 싸울 수 있을 것이다. 그러나 서풍이 불고 있으므로 바람을 안고 싸우게 된다는 점은 그들의 또다른 문제거리였다.'

바탈리언 남작은 우필과 종이 뭉치를 내려놓고 잉크병으로 눌러 날려가지 않게 해놓은 다음 평원을 천천히 조망해 보았다.

양군은 거의 진형 구축을 마무리한 상태였다. 동쪽에 위치한 다벨군에서 우선 눈에 들어오는 것은 역시 막대한 대포의 숫자였다. 전방에 흙무더기를 쌓아올린 다음 그 뒤쪽으로 100문 가까운 포병대가 최전선에 배치되어 있었다. 약 50피트 가량의 약간 긴 거리를 두고 그 뒤쪽으로 2,500명의 중장보병대로 구성된 본진이 중앙 배치되어 있었고 1,000기의 중장기병과 800기의 경장기병이 각자 좌측과 우측에 서 있었다. 그리고 2,000명의 노예 부대와 1,000명의 경장보병은 본진의 후방에 위치하고 있었다. 최초로 팔라레온을 침략할 당시의 8군단 병력은 7,000이었다. 그것이 팔라레온과 다케온과의 전투에서 손실을 입고 주둔군을 분리시키는 바람에 대폭 줄어 있었으나 팔라레온의 패잔병과 다케온의 패잔병, 그리고 노예병 등을 끌어모은 덕분에 7,300의 병력으로 록소나군에 대응하고 있었다.

이에 맞서는 록소나군은 거의 순혈의 기병 부대였다. 대기병 최강의 부대라는 리저드라이더 부대를 두 번이나 격파했던 2,500기의 중장기병이 창을 곧게 세워들고 전면 배치되어 있었다. 그리고 그 좌우로 각자 500기, 700기의 경장기병이 배치되어 있었다. 뒤쪽으로는 2,000명의 중장보병과 1,000명의 경장보병이 횡대로 나란히 서 있었다. 그리고 500명 가량의 궁수대가 뒤쪽으로 보인다. 도합 7,200의 병력으로 숫자에 있어서는 다벨군과 비슷하다. 그러나 기병대의 숫자에선, 다벨 역시 많은 기병을 끌어모았음에도 불구하고 3,700 대 1,800으로 록소나 쪽이 두 배가 넘는 숫자를 자랑한다. 역시 마왕의 군대다운 모습이었다. 물론 보병의 숫자로는 5,500 대 3,000으로 다벨군이 훨씬 많지만 다벨군의 보병중 2,000명 가량은 노예병이므로 기병에서의 열세를 만회할 정도라곤 볼 수 없다. 따라서 다벨군에게 있어 유리한 점이라곤 바탈리언 남작이 지적한 대로 해를 등지고 싸운다는 점과, 100문이나 되는 대포의 숫자 뿐이다.

전투가 시작된 것은 이슬이 마르는 시각, 제2시 무렵이었다.

먼저, 록소나군의 전진이 시작되었다. 그러나 특등석에서 바라보고 있던 바탈리언 남작으로서는 놀라운 일이었지만, 록소나군은 돌격하지는 않았다. 도합 3,700기나 되는 기병들은 일사불란하게 다리를 들어올리며 천천히 걸어갔다. 마치 퍼레이드라도 하는 듯한 모습이었다. 그리고 그 뒤로 보병대와 궁수대 역시 천천히 걸어갔다. 이에 대해 다벨군은 일단 꼼짝하지 않고 기다렸다.

양쪽의 거리가 600피트 가량으로 줄어들었을 때 최초의 공격이 시작되었다.

록소나군의 뒤쪽에 있던 궁수대가 걸음을 멈추고 활을 당겼다. 빗발처럼 쏟아진 화살들이 허공을 가로질러 다벨의 최전선을 강타했다. 최전선에 있던 다벨 포병대는 이에 응수하듯 대포를 발사했다. 하지만 600피트는 대포의 사정 거리를 약간 벗어난 거리다. 따라서 적군 중앙의 중장기병을 겨냥하여 발사된 다벨 포병대의 포격은 별 효과가 없었다. 그러나 록소나군의 궁수대는 흙무더기 뒤편에 있는 다벨 포병대를 간단히 명중시키고 있었다. 그들에게는 대포보다 훨씬 긴 사정거리뿐만 아니라 적군을 향해 불고 있는 서풍도 도움이 되었다. 다벨 포병들은 바람을 타고 날아오는 화살에 당황하여 피하기 바빴고 다벨 포병대가 주춤거리는 기색이 보이자마자 록소나군 가운데서 우렁찬 돌격 신호가 솟아올랐다.

"성 엑시아의 말채찍에 걸고, 돌격!"

바탈리언 남작은 자신도 모르게 벌떡 일어났다. 그러곤 주먹을 불끈 쥔 채 소리 없는 함성을 내질렀다.

그야말로 성녀 엑시아가 말채찍으로 후려친 듯한 모습이었다. 3,700기의 기병이 폭발하듯 돌진했다. 곧게 뻗은 창과 중장기병의 갑주에서 뿜어져나오는 은빛 섬광이 어우러져 강철의 격류기 알레미지우스 평원을 치달아 다벨군에 쏟아지고 있었다. 바탈리언 남작은 궁수대로 상대편의 유일한 장점인 포병을 봉쇄시키고 바로 그 순간 3,700기의 중장기병이라는 막대한 힘을 개방시킨 서 브라도의 전술에 아낌없는 박수를 보내었다. 산의 뿌리까지 뒤흔들어놓을 듯한 굉음과 함께 돌격하는 수천 기의 기병은 가장 서 브라도다운 모습이었고, 적어도 그 순간 록소나군의 승리를 의심할 사람은 아무도 없을 듯했다.

"좋아, 모두 튀어! 달음박질에 자신 없는 자식들은 그냥 엎드리고!"

다벨군의 최좌익에서 나타난 서 소팔라는 이렇듯 친절하게 외쳐준 다음 횃불을 들어올렸다. 그가 횃불을 들어올리는 것을 신호로 본대를 형성하고 있던 다벨 중장보병대는 즉각 뒤로 물러났다. 뒤쪽의 전우 때문에 물러날 수도 없었던 최전열은 그냥 머리를 감싸쥐고 납작 엎드리기도 했다. 그리고 다벨군의 최우익에서는 역시 횃불을 든 서 소사라가 나타났다. 그리고 림파이어 가문의 형제 기사들은 형제들만이 할 수 있는 타이밍으로 동시에 땅에 횃불을 내려찍은 다음 꽁지가 빠져라 도망치기 시작했다.

불꽃은 땅에서 탁탁 튀다가 곧 맹렬한 속도로 화선을 이루기 시작했다. 화선은 다벨군의 포병대가 쌓아놓은 흙무더기를 향해 수렴되었다. 압도적인 기세로 달려오던 중장기병들은 다벨군의 최좌익과 최우익에서 무슨 일이 일어나는지 보지 못했지만 높은 곳에 있던 바탈리언 남작은 그 모습을 똑똑히 볼 수 있었다. 그는 비명을 내지르려 했다. 그러나 비명은 그보다 더 큰 폭발음 때문에 묻혀버렸다.

록소나 중장기병의 제일파가 도착한 순간, 흙무더기가 화산처럼 폭발했다.

100문의 대포가 포진하고 있던 흙무더기는 그대로 화산이 되어 작열했다. 다벨군 최전선에 불의 강이 생긴 형상이었다. 가장 앞쪽에서 달려오던 록소나 기병들은 폭발에 정면으로 노출되었고 형체조차 알아볼 수 없이 탄화되어 허공으로 치솟아올랐다. 그리고 그 뒤쪽에서 달려들던 록소나 중장기병들 역시 말을 멈추거나 되돌릴 겨를도 없이 폭발의 벽에 뛰어들고 말았다. 그런 폭발 앞에서는 철갑으로 보호되고 있어도 아무 소용이 없었다. 끔찍한 화기는 철갑을 달아오르게 했고 그래서 그 안의 기사는 화덕에 갇힌 꼴이 되어버렸다. 사람과 말의 비명이 하늘을 찌를 듯했다.

록소나군의 본영에서 서 브라도는 이를 악문 채 벌떡 일어났다. 그리고 그 옆에서 총사령관인 서 하빈저는 신음을 흘리며 이마를 짚었다.

"흙무더기가 아니라…… 화약 상자였군요. 아무리 그래도 포병대의 발 아래에 화약 상자를 묻어두다니."

"저 자식은 대포에 무슨 원한이라도 있는 건가!"

록소나군의 참모 한 명이 분노하여 외쳤다. 서 브라도는 그 말이 그럴 듯하다고 생각했다. 휘리 노이에스는 지금껏 대포를 쏘는 것보다는 주로 박살내는 식으로 사용해 오고 있었다. 그가 대포를 제대로 사용했던 유일한 예는 판도 전투였지만 그때도 필라레온의 대포를 사용했을 뿐…… 서 브라도는 순간 경악하여 외쳤다.

"저건 팔라레온의 대포요!"

다벨 총사령관 휘리 노이에스는 자신의 본대 앞에서 산 채로 불타오르고 있는 록소나 중장기병대를 보며 짓궂은 미소를 지어보였다. 100문이나 배치했던 대포는 사실 다케온에서 무시무시한 제압사격을 벌인 결과 모두 고철이 되었던 팔라레온 대포였다. 그리고 그 아래에 묻어놓은 화약 상자는 피린데 성 공성전에서 네그리파 백작으로부터 입수한 것이었다. 화약의 무시무시한 폭발이 땅을 뒤엎고 청동제 대포가 사방을 나뒹굴게 되자 록소나의 중장기병들은 더 이상 돌격할 수가 없게 되었다. 그러나 돌격하던 관성은 여전했고, 그래서 중장기병 내에 극심한 혼란이 야기되었다. 그 혼란의 수위를 면밀히 관찰하던 휘리 노이에스가 마침내 손을 들어올렸다.

그의 신호에 따라 다벨군의 좌측에서는 서 켈커의 지휘를 받는 중장기병이, 그리고 우측에서는 서 기리우의 지휘하에 경장기병이 돌격을 시작했다.

좌측에서 뛰쳐나간 1,000기의 다벨 중장기병은 앞쪽에 있는 700기의 록소나 경장기병에게 돌격했다. 그리고 우측의 800기의 다벨 경장기병은 500기의 록소나 경장기병과 격돌했다. 놀랍게도 양쪽 모두 다벨군측의 숫자가 더 많았다. 중앙의 중장기병들이 상대방의 본대를 밀어붙일 때까지만 버티게 하기 위해 좌우익에 그런 적은 숫자를 배치했던 록소나 수뇌진으로서는 억장이 무너지는 결과였다. 기병의 숫자가 더 적음에도 불구하고 실제 격돌할 때는 더 많은 숫자로서 격돌하게 한 휘리의 재주는 상대방의 주병력을 봉쇄시켰기에 가능한 전술이었다.

그것은 베테랑 병사들에게도 잘 이해되는 전술이었다. 자신들의 봉쇄가 풀리지 않는 이상 전역 전체에서 록소나군의 기세가 약화된다는 것을 깨달은 록소나 중장기병들은 노성을 지르며 사그라드는 불길 속으로 뛰어들었다. 화약의 폭발은 강렬했으나 연료라 할 만한 것이 별로 없었기에 폭염은 어느새 줄어들고 있었다. 맹렬한 타격을 입었으나, 록소나 중장기병들은 폭파 지점을 돌파하는 데 성공했다.

그러나 그 뒤에서는 다벨의 정예 중장보병들이 방패를 세워든 채 육박해 들어오고 있었다.

록소나 중장기병들에게는 돌격 거리가 없었다. 다벨 중장보병들은 멈춰 서다시피 한 중장기병들을 향해 밀집 대형을 짜고 전진했다. 그리하여 그들로 하여금 계속해서 소폭발이 일어나곤 하는 폭파 지점을 벗어나지 못하게 만들었다. 록소나 중장기병들은 창을 팽개치고는 검을 뽑아 휘두르고 메이스를 후려쳤으나 밀집 대형을 짠 중장보병은 그런 중장보병만이 가능한 굉장한 기밀성으로 중장기병들의 공격을 버텨내었다. 그리고 그들이 버텨내는 사이 좌우의 다벨 기병들은 상대적으로 숫자가 적은 록소나 경장기병들을 손쉽게 밀어붙이고 있었다. 특히 서 켈커의 중장기병대는 록소나 경장기병들을 상대로 맹렬한 활약을 보이고 있었고 전장의 그 지점에서 들려오는 건 록소나인의 비명뿐인 것 같았다. 록소나 본영에 있던 서 브라도로서는 결정을 내려야 할 시점이었다.

중앙의 중장기병대는 적의 중장보병대와 맞대결을 펼치고 있었으므로 본대를 우회 기동시켜 전역에 새로운 힘을 투입시키는 것이 최선의 선택이었다. 문제는 좌익과 우익 중 어느 쪽을 선택할 것인가였다. 판단을 내린 전 제국 기사단장 브라도 켄드리드는 거대한 함성을 질렀고, 그의 명령은 중계될 필요도 없이 본대에 곧장 전달되었다.

"전진! 우익의 경장기병대를 구출하라!"

서 브라도의 지시 하에 본대를 형성하고 있던 록소나 중장보병이 일제히 우측으로 움직였다. 서 브라도는 적군 좌익의 부대, 즉 서 켈커에게 두드려맞고 있던 700기의 경장기병대를 구출하기 위해 본대를 전진시켰다.

높은 절벽에서 바라보고 있던 바탈리언 남작은 주먹을 불끈 쥐었다. 서 브라도는 좌익의 500기보다는 우익의 700기와 연합하여 우회 기동하는 것이 더 낫다는 판단을 내렸던 것이다. 우익의 경장기병대의 지휘관 역시 본대의 움직임을 보고는 부대를 더 우측으로 이동시켰다. 중앙의 중장기병대와 우익의 경장기병대 사이에 빈틈이 생기자 본대를 형성하고 있던 2,000명의 중장보병대와 1,000명의 경장보병이 그 틈으로 뛰어들었다. 그러자 서 켈커의 중장기병대로 향하는 록소나의 압박이 순식간에 3,700으로 늘어났다. 다벨 중장기병들의 기세는 주춤할 수밖에 없었다.

그러나 다벨 역시 아직 투입되지 않았던 경장보병과 노예병이 남아 있었다. 경장보병대의 선두에서 서 소사라가 나타났다. 서 소사라는 휘하 부대를 향해 외쳤다.

"자, 계획대로다. 가자!"

경장보병대는 함성을 지르며 우측으로 뛰어나갔다. 다벨 중장보병들을 뚫기 위해 고군분투하고 있던 록소나 중장기병들은 자신의 좌측에서 갑자기 나타난 다벨 경장보병들의 모습에 곤혹감을 감출 수 없었다. 다벨 중장보병대는 뚫릴 생각도 하지 않는 데다가 좌측(보통, 무기가 없는 쪽)으로부터 경장보병들이 나타나자 록소나 중장기병들은 반포위되는 형국에까지 빠져버린 것이다.

그리고 노예병들의 선두에서는 서 소팔라가 나타났다. 소팔라는 방패를 요란하게 내팽개치고는 두 손으로 검을 들어올리며 포효했다.

"피를! 내게 록소나의 피를 다오!"

"으아아아—!"

노예병들은 사나운 함성을 지르며 돌격했다. 가벼운 옷차림을 한 그들은 놀라운 기동성으로 뛰쳐나갔다. 아군의 중장보병과 적군의 중장기병이 맞서싸우고 있던 전역의 왼쪽으로 단숨에 돌아나간 노예병들은 시 켈커의 중장기병대와 연합하여 록소나의 중장보병에 맞서싸우기 시작했다. 그들 역시 적군의 왼편에 나타난 형국이 되었고 그러자 록소나 중장보병들은 주춤하며 멈춰 섰다. 그리고 그때까지 잘 버티던 서 켈커는 자신의 중장기병들에게 강제 돌파를 명령했다. 록소나 중장보병들은 밀집 진형을 짜고는 이를 악물고 버텨내었다.

그러나 전장의 저 북쪽에서 500기의 록소나 경장기병대를 멀리 쫓아버린 서 기리우의 다벨 경장기병들이 달려오기 시작하자 그들의 얼굴에서도 핏기가 가셨다. 맹렬한 속도로 달려온 서 기리우는 록소나 중장보병들의 배후를 후려치기 시작했다. 서 켈커, 서 소팔라, 서 기리우의 세 부대에 포위된 록소나 중장보병과 경장보병들은 안쪽으로부터 터져 나온 공포 속에 붕괴되기 시작했다. 특히나 서 소팔라 자신으로부터 초반의 폭발력만으론 제국의 어떤 군사력에도 뒤지지 않는다는 평을 받은 바 있는 노예부대는 록소나군의 공포를 냄새 맡자마자 야수로 돌변하여 록소나 중장보병대의 척추까지 부러뜨릴 정도의 공격을 퍼부었다. 노예 부대에 의해 양단된 중장보병대는 좌우에서 쳐들어오는 서 켈커와 서 기리우의 기병 부대에 의해 참혹하게 유린되었다.

배후의 본대가 그토록 유린되는 모습을 보자 록소나군의 중장기병들 역시 싸울 의욕을 잃고 말았다. 전방의 다벨 중장보병들은 끄떡도 하지 않은 채 록소나군을 막아내고 있었다. 게다가 배후에서 싸우고 있는 본대가 무너질 경우 자칫하면 완전 포위당할 지경이었다. 록소나군 중장기병대는 전장을 빠져나가기로 결정했다. 그들은 서 기리우가 비워준 전장의 북쪽을 이용하여 절도 있게 빠져나갔고 록소나군의 본영에서는 그들의 행동을 비겁 행위로 간주할 수는 없었다. 그들은 침울하게 중장기병대를 맞이했다.

그러나 3개 부대의 맹공을 받고 있던 록소나 보병들은 빠져나올 틈도 얻지 못했다. 본영에서 그 모습을 보고 있던 브라도 켄드리드는 벌떡 일어나 자신의 말에 올라탔다. 서 하빈저가 기성을 올렸다.

"서 브라도! 왜 말에 오르십니까?"

"제게 중장기병을 주십시오, 사령관님. 저들을 구출해 오겠습니다!"

"안 됩니다, 서 브라도. 경은 제국의 보물입니다. 경께서 자칫 해라도 입으신다면 우리는 폐하께 얼굴을 들 수 없습니다."

브라도 경은 거칠게 날뛰는 말의 고삐를 단단히 잡아채고는 말했다.

"서 하빈저." 브라도 켄드리드는 지금껏 계속 사용해 왔던 '사령관님' 이라는 말 대신 그렇게 불렀다. 서 하빈저는 굳은 얼굴로 대선배 무인을 바라보았다. "나는 이 이상 경과 록소나에 죄를 지을 순 없소. 당신들이 나를 믿고 맡겨준 젊은이들이오. 이기고 지는 것은 병가지상사라 하더라도, 나는 그들을 반드시 가족의 품으로 돌려보내어줘야겠소. 부탁이오."

서 하빈저는 잠시 서 브라도의 늙은 얼굴을 올려다보았다. 하지만 노장의 얼굴은 단호했고 서 하빈저는 한숨을 쉬며 몸을 돌렸다.

"3중대 지휘관은?"

잠시 후 3중대, 즉 중장기병대의 백부장 하나가 달려왔다.

"전사하셨습니다. 제가 지휘를 맡고 있습니다."

"알았다. 3중대는 지금부터 브라도 켄드리드 경의 지휘 하에 고립된 1중대와 2중대를 구출하라."

백부장은 잠시 놀란 얼굴로 서 브라도를 바라보다가 곧 찬탄의 얼굴이 되었다. 국적이나 소속을 뛰어넘어, 안장에 올라 바람을 추적하는 무사들끼리의 경외감이 그의 얼굴을 밝게 만들었을 것이다.

다벨군의 본영에서 전황을 바라보던 휘리 노이에스는 짧게 탄성을
질렀다.

본영으로 물러났던 록소나 중장기병대가 다시 전장으로 돌아오고 있
었다. 그리고 그 선두에는 멀리서도 뚜렷이 보이는 하얀 수염의 노기사
가 말을 달리고 있었다. 쭉쭉 내뻗는 발굽이 땅을 스칠 때마다 흙덩이
가 치솟아 파도를 이루었고 일렬로 뻗은 창들은 전체가 하나의 칼날 같
았다. 두두두두두! 땅의 울림 때문에 조약돌이 춤을 추고 풀잎이 세차
게 경련했다. 그 굉장한 기세는 다가오기 전부터 전장에 새로운 바람을
불어넣고 있었다.

"맙소사! 우리 세기에 다시 볼 수 있을지 의심스러운 모습이군. 이 모
습을 보는 가수가 나뿐이라는 것이 안타까운데!"

휘리의 말은 약간 틀렸다. 목소리 대신 글로써 노래하는 또 한 명의
가수가 숨을 죽인 채 그 모습을 내려다보고 있었기 때문이다. 차마 노
장군이 돌격대장 노릇을 하는 그런 지경이 되길 원하지는 않았지만, 동시
에 가장 보고 싶었던 모습을 보며 바탈리언 남작은 숨소리마저 아꼈다.

춤처럼 화려하고 신경병적일 만큼 정확하고 죽음처럼 무참하게, 록소
나 중장기병대가 다벨 경장기병대에 맞부딪혔다.

다벨 기병대의 옆구리에 쳐들어온 것은 광포한 벼락이었다. 찢어지는

비명. 갑옷과 근육과 뼈가 뚫리는 형언할 수 없이 끔찍한 소리들 사이로 말들이 네 다리를 하늘로 향한 채 날아오르는 황당한 광경이 펼쳐졌다. 전우의 말에 깔린 병사들이 애처로운 비명을 지르는 가운데 다벨군은 측면에서부터 도미노처럼 와르르 무너져갔다. 다벨 경장기병대를 이끌고 있던 서 기리우는 어이가 없었다. 조금 전까지 불구덩이 속에서 튀겨지고 아군의 중장보병대에 쩔쩔매던 그 부대가 아니었다. 록소나 중장기병들은 강철의 최종선고가 되어 다벨 기병들을 쓰러트리고 있었다. 아니, 쓰러뜨린다기보다는 꿰뚫고 있었다. 서 기리우는 그 원인을 향해 고개를 돌렸다. 투구 아래로 하얀 수염을 흩날리며 강철 파도를 제련해내는 사나이가 그곳에 있었다.

"록소나, 록소나! 브라도 켄드리드가 왔다! 기운 내라!"

"서 브라도! 서 브라도!"

록소나 보병들은 환호성을 질렀다. 록소나의 백부장들이 눈빛을 몇 번 교환했을까, 그들은 곧 서 소팔라의 노예 부대를 향해 공세 방향을 일치시켰다. 노예병들이 주춤거리며 물러나는 것을 보자 서 소팔라는 입맛이 쓰다는 표정으로 고개를 절레절레 저은 다음 주위를 향해 사납게 외쳤다.

"우리 부대 최고의 장기를 선보일 때로군. 뛰자!"

"최고입니다, 대장!"

"음! 정확한 지적이다!"

서 소팔라와 그의 노예병들은 시시덕거리면서도 날쌔게 도망쳤다. 서 소팔라는 상대방이 혈로를 원할 뿐임을 알고 있었다. 그리고 림파이어

가문에는 막대한 숫자의 부하를 죽여 얻은 승리는 개나 줘버리라는 매우 훌륭한 가훈이 전해져 오고 있었다. 따라서 서 소팔라는 도망치길 원하는 적을 붙잡고 소탕전을 벌여봐야 피곤할 뿐이라고 판단했다. 서 소사라 역시 형의 움직임을 보며 이해한다는 표정을 지었다.

노예 부대들이 민첩하게 빠져나오자 록소나 보병대들은 더 이상 욕심 부리지 않고 공세를 중단했다. 그들은 서 브라도의 중장기병대와 보조를 맞추며 전선을 이탈하기 시작했다. 서 브라도는 다벨 보병대들의 퇴각을 보며 내심 안도의 한숨을 내쉬었다.

그러나 두 가지 이유에서 그의 기쁨은 길지 못했다. 첫째, 록소나 중장기병들이 너무 기세가 올라 발을 뺄 수가 없을 지경이었고 둘째, 그의 상대인 서 기리우의 가문에는 림파이어 가문과 같은 훌륭한 가훈이 전해지지 않는다는 점이었다. 서 기리우 역시 다벨 보병대가 빠져나가는 것에는 별로 신경 쓰지 않았지만 대신 그 관심을 모두 제국 기사단장에게로 돌려버렸다. 서 기리우는 투구까지 벗어 내팽개친 다음 검을 사납게 휘두르며 외쳤다.

"브라도 켄드리드! 남의 싸움에 끼어든 노망난 늙은이, 요절내 주겠다!"

그리고 서 기리우는 흉흉하기 짝이 없는 기세로 말을 몰아갔다. 그의 주위 사방으로 흩뿌려지는 검광이 불티처럼 희번득거렸다. 결코 한두 해 만에 이루어지는 솜씨가 아니었지만, 서 브라도는 혀를 찬 다음 안장 옆에 매달아둔 플레일을 뽑아들었다. 완력도 완력이지만 그보단 수십 년 동안 체득한 익숙함으로 플레일을 몇 바퀴 돌린 서 브라도는 다가오는 서 기리우의 허리를 향해 그 철구를 가볍게 날려보냈다. 차라락!

철구의 가시들은 그대로 서 기리우의 흉갑을 찢으며 그를 하늘로 튕겨올렸다. 안장에서 튕겨난 서 기리우는 몸을 몇 바퀴 뒤집은 다음 퍽이나 다이내믹한 모습으로 나가떨어졌다. 서 브라도는 얼빠진 후배에게 몇 마디 던져주거나 스스로에게 보내는 공치사를 중얼거리는 대신 그대로 플레일을 회전시키며 다벨 경장기병들 사이에 격한 흐름을 만들어내었다.

윙윙윙윙! 장관이었다. 서 브라도의 플레일이 톡톡 건드려주는 곳마다 다벨 경장기병들이 휙휙 날아다녔다. 서 소팔라는 아예 박수까지 치며 '비행의 은사로다!' 따위의 말을 외쳤고, 노예 병사들 역시 대장과 마찬가지로 그 모습에 순박하게 감탄했다. 저력을 다 폭발시켜 버린 노예병으로는 더 이상 어떻게 해볼 도리가 없기에 구경이나 하고 있을 수밖에 없는 서 소팔라를 이해했지만, 그리고 이왕 구경하려면 즐거운 마음으로 구경하자는 그 태도도 납득했지만, 서 소사라는 형이 조금 더 목소리를 낮춰줬으면 하는 희망을 잠시 품어보았다. 하지만 이루어질 수 없는 희망임을 잘 알기에 서 소사라는 그 소망을 깨끗이 포기하고는 휘하의 경장보병대를 이끌고 서 기리우의 경장기병대를 구출하기 위해 움직였다. 그리고 그와 동시에 서 켈커의 중장기병들도 반대쪽에서 록소나 기병들을 압박하기 시작했다.

서 소사라의 깨끗한 압박이 들어오자 거칠게 날뛰던 록소나 중장기병들도 주춤할 수밖에 없었다. 서 브라도는 고개를 끄덕인 다음 후퇴를 명령했다. 서 소사라의 압박이 깨끗하다는 것은 충분히 압박하면서도 지나치지 않았기에 록소나 기병들로 하여금 물러날 여지를 남겨줬다는 말이다.

이윽고 마지막 록소나 병사까지 전장을 빠져나갔다. 휘리 노이에스는 소탕전이 필요없다는 판단을 내렸고 알레미지우스 평원에는 다벨군이 내지르는 승리의 함성이 요란하게 울려퍼졌다.

그러나 그들의 환호는 너무 빨랐다.

알레미지우스 전투 이틀 뒤, 록소나의 왕궁 비자 록소나를 10마일 남겨둔 시점에서 다벨 8군단의 사령관 휘리 노이에스는 뜻밖의 첩보를 받게 되었다. 첩보의 내용은 팔라레온에 주둔하고 있던 사트로니아군이 다벨 본토를 향한 진군을 시작했다는 것이었다.

바스톨 엔도 장군은 휘리 노이에스의 8군단을 무시한 채 직접 적국인 다벨을 치기로 결정했던 것이다. 모루를 아직 깨뜨리지 못한 상태에서 휘리 노이에스로서는 급소에 망치를 맞은 셈이었다.

제13장
제왕의 낙조

어두운 밤, 성급한 성격이라면 새벽이라고 주장할 수도 있는.

창고 같은 어두운 방에서 몇 명의 사내들이 테이블에 올려놓은 랜턴 하나에 의지하여 서로를 쳐다보고 있었다. 일반적으로 말해서 깨어 있기 적당한 시간이 아니었고 그래서 사내들은 상대방의 눈에 선 핏발을 보며 자기 눈도 그렇겠거니 생각하며 풀이 죽어 있었다. 지리한 침묵의 시간 끝에 그들 중 한 사내가 테이블을 쓰다듬으며 말했다.

"카드라도 할까?"

곧 나머지 사내들 전부가 그를 때려 죽일 듯한 눈으로 쳐다보았다. 말을 꺼낸 사내는 흠칫하다가 곧 알아차렸다는 얼굴로 말했다.

"어허. 카드가 없었나?"

"안 우스우니까 관둬, 제섭."

"제기, 이렇게 기다리지 말고 그냥 찾아나서자고."

"어허. 무슨 소릴. 놈들이 돌아오지 않는 건 들켰다는 뜻일 수 있단 말이야."

"들켰다면 벌써 우리들에게까지 들이닥쳤을 거다. 쳇."

사내들은 제섭의 통찰력에 약간 감동했다. 그러나 불안감을 잊을 정도의 감동은 아니었다. 그들은 자주 문 쪽을 쳐다보았지만 문은 열릴 생각도 하지 않았다.

갑자기 문이 열렸다.

사내들은 기겁하며 일어났고 의자 끌리는 소리가 요란하게 울려퍼졌다. 와라락! 그리고 사내들은 각자 허리로 손을 가져갔고 그 중 어떤 이들은 검을 뽑아들기까지 했다. 문은 잠겨 있어야 했다. 그럼에도 불구하고 그게 아주 자연스러운 일인 것처럼 열렸다. 그리고 바깥의 어둠 속에는 가슴 앞에 뭔가를 든 채 서 있는 사람의 그림자가 보였다. 사내들은 각자 얼굴 가득히 불신과 당황을 담은 채 불청객을 바라보았고 불청객은 건물 안의 험악한 광경을 주욱 둘러보더니 낭랑하게 말했다.

"배달 왔습니다!"

사내들은 불청객의 말에 총체적으로 당황해 버렸다. 첫째, 그 황당한 내용이 그들을 어이없게 만들었고 둘째, 그건 여자 목소리였다. 사내들은 어이가 없는 얼굴로 여자를 바라보았고 여자는 냉큼 한 발 들어왔다. 그러곤 가슴 앞쪽에 들고 있던 상자를 턱으로 가리키며 말했다.

"무거워 죽겠는데 이거 좀 받아줄 신사분 없어요?"

사내들은 어찌해야 될지 몰라 서로를 쳐다보았다. 그때 문 쪽에 가장 가까이 있던 제섭이 우물쭈물하며 팔을 내밀었다. 여자는 환하게 웃었고 그 미소를 본 사내들은 제섭에게 기회를 뺏긴 것 같다는 생각까지 하고 말았다. 제섭 역시 좀 밝아진 얼굴로 상자를 받아들었다.

"어헛. 무겁군."

"그렇죠? 화약 상자라서 그래요."

제섭의 얼굴에 핏기가 가셨다. 사내들은 갑자기 서늘해진 기분을 느끼며 여자를 바라보았고 여자는 방긋 웃으며 두 손을 들어올려 가볍게 박수를 쳤다. 짝짝.

"배달 왔습니다!"

문 쪽으로부터 이번엔 젊은 남자의 목소리가 들려왔다. 방 안의 사내들이 얼빠진 시선으로 바라보는 가운데 문 바깥의 골목에 커다란 짐마차가 짐칸을 뒤로 한 채 와서 섰다. 먼저 들어왔던 여자는 웃으며 바깥으로 걸어나갔다. 짐마차의 왼편에 선 여자는 짐칸을 덮고 있던 천을 확 끌어올렸다.

다음 순간 제섭을 제외한 모든 사내들이 비명을 지르며 방바닥으로 몸을 날렸다.

덮개가 벗겨지며 나타난 것은 반짝이는 포신이었다. 시커먼 포구는 정확히 제섭을 겨냥하고 있었고 그 심지 부분에는 한 젊은 사내가 손에 랜턴을 든 채 앉아 있었다. 바닥에 엎드린 사내들은 말문이 막힌 채 그 광경을 바라보았다. 그때 마부석에 앉아 있던 사람이 옆으로 내려섰다. 내려선 것은 검은 코트를 걸친 키 큰 사내였다. 큰 걸음걸이로 걸어온 사내는 여자의 반대쪽, 즉 대포의 오른쪽에 시시는 문 안쪽을 바라보았다.

"누가 지휘자냐."

방바닥에 엎드려 있던 사내들은 서로를 쳐다보았고 그 중 한 명이 천천히 일어났다.

"나요."

"이름은?"

"요링."

"요링. 누가 배신자냐."

"뭐야?"

"카밀궁의 배신자가 누구냐."

"무슨 소릴 지껄이는 거야? 넌 뭐야?"

"키 드레이번이다."

"아, 그래? 드레이번 선생. 난 당신이 무슨 말을 하는지…… 잠깐, 뭐라고?"

요링은 흠칫하며 장신 사내를 쳐다보았다. 그리고 요링은 '제국의 공적 제1호와 같은 이름을 가지셨군' 따위의 농담은 하지 않는 편이 좋겠다고 판단했다.

"어허? 해적 키 드레이번 말인가?"

"그렇다."

방바닥에 엎드려 있던 사내들의 얼굴에도 놀라는 빛이 스쳤다. 요링은 키를 위아래로 훑어보고는 고개를 끄덕였다.

"맙소사. 진짜 그런 거 같군. 그런데 배신자니 뭐니 하는 건 무슨 소리지?"

키 드레이번은 낮고 음조 없는 목소리로 빠르게 말했다.

"빨리 말해. 레모놈들. 이 대포와 작렬탄이면 카밀궁의 테라스에 서 있는 후작은 암살할 수 있을 것이다. 그리고 후작에겐 후사가 없다. 앞으로 생길 가능성도 없고. 암살 이후 누가 라트랑을 맡게 되는 거냐. 누가 젊은 후작이 죽을 때까지 기다릴 수 없어 조바심을 부린 거냐, 지껄여!"

요링은 가까스로 신음을 흘리지는 않았다. 그는 쓰라린 기분으로 계획이 다 들통났음을 깨달았다. 하지만 요링은 제국의 공적 제1호가 이 시점에서 이렇게 개입되는 까닭을 알 수 없었다. '도대체 키 드레이번이 여기에 왜 끼여드는 거지?' 그때 키가 으르렁거리듯 말했다.

"난 여러 번 말하는 것을 아주 싫어해. 누가 배신자냐."

요링은 배짱이 있는 사내였다. "말 못하겠다면 어쩔 건가?"

키는 배짱 있는 사내를 존중했다. "불 붙여."

랜턴을 들고 있던 젊은 남자, 라이온은 어깨를 으쓱인 다음 랜턴을 집어들었다. 건물 안쪽에 있던 사내들이 믿을 수 없다는 눈으로 바라보는 가운데 라이온은 심지에 불을 붙였다. 지지직! 불꽃이 튀는 심지를 보던 요링은 설마 하는 얼굴로 키의 얼굴을 쳐다보았다. 그러곤 다급하게 외쳤다.

"이, 이봐! 그만둬! 그만두라고!"

라이온은 나이프를 꺼내어 심지를 잘라내었다. 요링은 키를 향해 이를 갈며 말했다.

"진짜 쏠 생각이군."

"그건 대답이 아니다."

"제길, 좀 천천히 가자고. 무슨 성질머리가 그렇게……"

"불 붙여."

다시 심지에 불이 붙었다. 짧아진 심지 때문에 요링은 훨씬 다급하게 외쳐야 했다.

"말하겠어, 말하겠다고! 으아아아!"

라이온은 약간 아슬아슬하게 심지를 끊었다. 심지는 이제 손가락 한 마디 정도만 남아 있었다. 요링은 키를 죽일 듯이 노려보았지만 키는 짧아진 심지를 보며 지나가는 말처럼 말했다.

"다음 번엔 끄기 어렵겠군."

요링은 주위를 잠깐 둘러보았다. 바닥에 엎드려 있던 레모인들은 간절한 애원을 담은 눈길을 그에게 보내고 있었다. '말 조심하쇼, 제발!' 요링은 필사적으로 해야 할 말의 순서와 조합에 대해 생각했다. 아마도 입을 열기 전 말을 어떻게 할 것인가에 대해 이렇게까지 고민해 본 것은 난생 처음이었을 것이다.

키의 눈치를 보며, 그의 입이 힘겹게 열렸다.

"그러니까, 배신자를 알고 싶다는 거지?"

틀린 대답이었던 모양이다. "불 붙…… ."

"서 레빌이야, 서 레빌이라고! 우라질!"

키는 고개를 약간 갸웃했다.

"서 레빌? 그건 누구냐."

요링은 말을 돌릴 엄두도 내지 못한 채 키의 질문에 꼬박꼬박 대답했다. 어쨌든 상대는 걸핏하면 심지에 불을 붙여대는 사내였고 그래서 요링은 약간의 은유도 사용할 수 없었다. 그래서 키는 에름 후작의 외삼촌이 되는 서 레빌이 후사를 기대할 수 없는 조카의 자리를 대신 차지하기로 결심했다는 사실과, 그것을 위해 레모를 끌어들였다는 사실 등을 명료하게 알게 되었다.

지도에서 보면 레모의 위치는 누구의 눈에든 매우 불안해 보인다. 록소나, 바이스라, 사트로니아, 켄타로니아, 그리고 라트랑이라는 다섯 개나 되는 나라에 의해 빈틈없이 둘러싸여 있는 레모는 답답하기 짝이 없는 모습이다. 만일 레모가 그 중 하나인 라트랑과 연계하게 된다면 숨통이 트이는 효과를 얻게 될 것이다.

그리고 그런 점에서 라트랑은 가장 적합한 선택일 것이다. 소제국의 이름은 이미 잃었지만 그래도 강국인 사트로니아나 켄타로니아는 건드릴 수가 없다. 그리고 마왕이 버티고 있는 록소나 또한 버거운 상대이고, 북쪽의 바이스라는 차라리 페인 제국과의 완충 지대로 남겨두는 것이 더 좋은 나라다. 만약 레모가 라트랑에 괴뢰 정부를 세울 수 있다면 그들은 사트로니아나 록소나에 버금가는 강자로 성장할 수도 있을 것이다. 따라서 레모는 대포 하나로 라트랑을 낚아올리려 하는 것이다.

물론 이 관계는 서 레빌 쪽이 단순히 이용만 당하는 관계는 아니었다. 서 레빌이 대포 하나―물론 최신예 작렬포이긴 하지만―에 만족할 생각은 아니었겠지만 그로서는 그런 식으로 레모를 끌여들여 둔다는 것이 중요했을 것이다. 그리고 그런 관계를 이용하여 저항 세력이 될 수 있는 라트랑의 유지들을 억누를 수 있을 것이다.

그리고 키는 그 모든 사실에 별 관심이 없었다. 키는 발로 수레의 바퀴를 탁탁 걷어차서 요링의 말을 중단시켰다.

"좋아. 다른 건 더 필요없어. 그렇다면 그 서 레빌과는 어떻게 접촉하면 되지?"

"접촉? 왜…… 으아아! 불 붙이지 마!"

"그의 도움이 필요할 것 같아서다. 그리고, 거기 누가 그 친구 대신 상자 들어주는 게 좋겠군. 떨어뜨려서 폭발시키겠는걸."

레모인들은 그제서야 제섭을 떠올리곤 그를 돌아보았다. 제섭은 밀랍 같은 얼굴 위로 닭똥 같은 눈물을 흘리며 부들부들 떨고 있었다. 그리고 레모인들은 제섭의 젖은 바지와 발 근처의 거무튀튀한 자국은 못 본 척해 주기로 했다.

병사들의 발길에서 흙먼지가 피어오른다.

투구와 갑옷은 뜨겁게 달아올라 있었고 그 아래로는 땀이 줄줄 흐르고 있었다. 병사들이 걸어가는 길을 따라 강이 생길 지경이다. 태양까지의 거리는 평소의 반밖에 되지 않는 것 같고 길가의 풀잎들마저 축축 늘어지고 있었다. 그렇다고 해서 행군 속도가 늦은 것도 아니다. 사트로니아군의 행군은 통상적인 행군 속도보다 약간 빠른 정도였다.

그럼에도 불구하고 일사병 환자들이 속출하지 않는 것은 바스톨 장군의 배려 덕분이라 할 것이다. 장군이 새벽에 먼저 출발시킨 정찰기병들은 군대의 행군로를 미리 답사하며 물을 구할 수 있는 곳과 쉴 만한 그늘마다 표식을 남겨두었다. 그들은 아마 지금쯤은 오늘밤의 야영지로 정한 곳에서 사냥이나 정찰 등을 하며 본대를 기다리고 있을 것이다.

바스톨 장군 역시 암염덩이를 입 안에 문 채 말을 몰고 있었다. 행군하는 대열의 가운데 서 있는 그의 꿋꿋한 모습은 약간 과하다 싶을 정도의 준비와 더불어 사트로니아군의 사기를 유지시키는 데 큰 도움을 주고 있었다.

사실 사기가 높을 수밖에 없을 것이다. 장군은 뒤쪽을 흘끔 돌아보고는 부관에게 눈짓했다.

"포로들의 속도가 늦군. 가일즈."

부관 가일즈는 못마땅한 표정으로 뒤를 돌아보았다. 저 뒤쪽에서는 족쇄로 수레에 연결된 포로들이 수레들을 밀고 끌고 있었고 그 좌우로는 칼을 뽑아든 사트로니아 중장보병들이 나란히 걷고 있었다. 그리고 바스톨 장군의 말대로 그 수레들은 계속 뒤처지고 있었다. 가일즈는 이마의 땀을 훔친 다음 말했다.

"저 능구렁이 같은 놈들은 우리들의 속도를 늦추기 위해 일부러 엄살을 부리고 있는 겁니다. 진짜 괴로워하는 녀석은 별로 없습니다. 좀 타이를까요?"

가일즈는 그렇게 말하며 오른손을 갈고리 모양으로 만들어보였다. 바스톨 장군은 미소를 지으며 고개를 가로저었다.

"저들 중엔 기사도 있어. 포로 대우는 해줘야지."

"포로답게 행동하시 않잖습니까."

"그래도 채찍은 안 돼. 자네 말대로 아직 기운이 있는 놈들이니 그건 난동을 부릴 빌미를 주는 거야. 가서 이렇게 전하게. 녀석들도 이젠 어디쯤에서 쉬게 되는지 눈치 챘을 테니까, 느리게 움직이면 다음 휴식지는 건너뛴다고 전하게."

"알겠습니다."

가일즈는 경례를 붙인 다음 말을 돌려 대열을 거꾸로 거슬러갔다. 잠시 후 뒤쪽으로부터 불평 소리가 터져나왔다. 하지만 포로들뿐만 아니라 사트로니아군도 쉬지 않겠다는 것이므로 그들도 화를 낼 수는 없을 것이다.

그들은 각자 이레 전과 닷새 전에 사트로니아군에게 패했던 다벨 3군단과 4군단의 포로들이었다. 군단 이름에서 알 수 있듯 꽤나 전통 있는 부대였지만 바스톨 장군의 상대는 되지 못했다. 그리고 바스톨 장군은 신병 다루듯이 엄포를 놓거나 공포를 야기해 봐야 통하지도 않을 그들 베테랑들에겐 똑같이 베테랑 식으로 대접해 줄 작정이었다.

잠시 후 병참부대의 속도가 한결 높아진 것을 보며 노장은 빙긋 웃었다.

그때 저 앞쪽으로부터 몇 기의 기사들이 달려왔다. 바스톨 장군은 그들이 새벽에 출발했던 정찰기병들임을 알아차리고는 약간 긴장했다. 별 일이 없다면 그들은 야영지에서 대기하고 있어야 할 것이다. 정찰기병들은 길 옆을 통해 빠르게 본대에 있는 장군에게로 다가왔다. 그들이 보고하기 전부터 장군은 그들의 보고가 뭘지 대충 짐작하고 있었다.

"보고드립니다. 장군님. 전방 5마일 지점에서 다벨군 2개 군단을 발견했습니다. 5군단과 6군단의 군기를 들고 있었습니다."

"병력은?"

"6,000 정도였습니다." 그리고 정찰기병은 지형과 적군의 편성, 진형 등에 대해 설명했다. 바스톨 장군은 정찰 기병을 돌려보낸 다음 잠시 생각에 빠졌다. 부관 가일즈가 조심스럽게 말을 걸었다.

"역시 적은 숫자군요. 6,000이라면 사실 1개 군단 정도이지 않습니까?"

"그렇군. 포로들의 말이 맞는 모양이야."

바스톨 장군은 부관의 말에 찬성하면서 휘리 노이에스의 8군단에 대해 생각했다. '다벨의 각 군단 최고의 정예들만 모아서 만들어진 군단이라.' 덕분에 다벨군의 다른 군단들은 정족수를 채우지 못할 만큼 축소되어 있었다. 바스톨 장군이 다벨 제3군단과 제4군단을 쉽게 이길 수 있었던 것에는 상대방의 숫자가 적었던 탓도 있다. 물론 그렇다고 해서 제3군단과 제4군단이 합류하기 전에 각개격파한 장군의 솜씨가 평가절하될 필요는 없겠지만.

"1, 2군단은 없지. 저 앞에서 기다리고 있는 건 5, 6군단이고. 그럼 남은 건 7군단과 록소나에 있는 휘리의 8군단뿐인가. 메르데린 경께서는 날 꽤나 미워하고 계시겠군."

"이웃에 그런 선물을 보냈던 자는 할말이 없을 겁니다."

"옳은 말이야. 그럼 전투 준비를 해볼까."

"예?"

"여기서 싸운다. 다벨 5, 6군단은 롱레인저들을 많이 보유하고 있지. 녀석들이 원하는 지형으로 들어가줄 필요가 없어."

"그렇군요. 알겠습니다!"

프란체스코 메르데린 공작, 넓디넓은 제국에서도 아직 치료제가 개발되지 않았고, 그걸 만들고 싶어하는 약사도 없는 희귀한 병—일명, 황제병—에 시달리던 사내는 깊은 시름에 잠긴 채 테이블 위에 놓인 서신을 내려다보고 있었다. 테이블 둘레에 앉은 그의 가신들은 그 서신에 뭐라고 적혀 있는지 잘 알고 있었다. 결국 조심성이 부족한 가신 하나가 툭 던지듯 말했다.

"노이에스 장군의 말이 옳았군요."

순간 로드 메르데린의 눈에서 불똥이 튀어나갔다. 입을 잘못 열었던 가신은 목을 움츠리며 벼락에 대비했다. 하지만 주먹을 부르르 떨던 메르데린 공작은 한숨을 쉬며 말했다.

"그래. 인정하지. 내 잘못이다."

"황공하옵니다."

메르데린 공작은 다시 서신을 내려다보았다. 휘리의 서신 같다는 말이 유명해진 지금, 단촐한 그 서신은 오히려 놀랄 만했다.

'충성과 헌신으로 휘리 노이에스가 고합니다. 바스톨 장군에게 싸움을 걸지 마십시오. 그는 절대 전격전을 할 사람이 아닙니다. 그는 산처럼 움직이는 자, 내버려둬도 천천히 갈 것입니다. 그에게 다벨의 모든 영토를 내줘도 상관없으니 제가 도착할 때까지만 기다리십시오.'

그럼에도 불구하고 타인이 자신의 영토를 밟았다는 사실을 참지 못한 메르데린 공작은 3, 4, 5, 6군단을 출진시켰고, 그럼으로써 바스톨 장군의 승전 기록을 갱신시키는 데 크게 공헌하고 말았다. 아무리 축소된 군단이라지만 4개 군단을 연파한 바스톨 장군의 위업은 놀랄 만한 것이었다. 왕관을 던진 장군의 팔이 아직 녹슬지 않았음을 뼈저리게 느낀 메르데린 공작은 그제서야 수도 요새인 볼지악 요새로 옮긴 다음 7군단과 함께 농성을 준비했다. 당장이라도 바스톨 장군이 쳐들어올 것만 같은 절박한 심정에 부랴부랴 결정한 농성이었지만, 바스톨 장군은 휘리의 예언대로 전혀 속력을 높이지 않았다. 다벨의 군사력 태반을 고갈시켜 버렸다는 놀라운 전과도 노장에게서 침착함을 뺏지는 않았던 것이다. 그리고 그 느리지만 꾸준한 진격이 메르데린 공작과 그의 가신들을 더 두렵게 만들고 있다는 점은 언급할 필요조차 없을 것이다.

메르데린 공작은 두 손을 깍지껴 이마를 짚었다.

"그렇지만, 노이에스 장군 역시 등뒤에 서 브라도를 둔 채로 움직이기는 힘들 것 아닌가."

장수 하나가 공작의 지적에 동의하듯 고개를 끄덕였다.

"그것이 당연할 겁니다, 로드. 하지만 노이에스 장군은 원군을 보내라는 말은 하지 않았습니다. 그냥 기다리라고만 했습니다. 그에겐 서 브라도의 추격을 뿌리치고 달려올 자신이 있었던 것 아닐까요? 솔직히 저로서는 록소나 기병을 거느린 서 브라도의 추격을 어떻게 뿌리칠 수 있을지 짐작도 되지 않습니다만, 그에겐 _그_만의 방법이 있는 모양입니다."

"오로지 휘리만 믿어야 된다는 말이군. 하긴, 그를 믿지 않았다면 이

일을 시작하지도 않았을 터."

가신들은 묵묵히 고개를 끄덕였다. 메르데린 공작은 기운을 차리려는 듯 허리를 펴며 말했다.

"바스톨 엔도 장군이라 해도 귀신은 아닐 것이다. 우리에겐 아직 정예 7군단이 남아 있다. 게다가 이 단단한 볼지악 요새까지 있고. 따라서우리가 할 일은 다만 버티는 것뿐이다. 이 서신을 공표하라."

"노이에스 장군의 서신을 말씀입니까?"

"그래. 앞부분은 제외하고, 그가 반드시 온다는 것만을 공표하면 돼.다벨의 모든 백성들과 병사들에게 노이에스 장군과 8군단이 반드시 구하러 올 것임을 선포하라. 알겠나? 팔라레온도, 다케온도, 심지어 제국기사단장 서 브라도마저도 그 앞에서는 오금을 펴지 못했던 다벨 8군단이 올 거라고 외치고 다니란 말이다."

"명심하겠습니다."

그것은 실제로 효과가 있었다. 4개 군단의 연속적인 패전에 풀이 죽어 있었던, 그리고 바스톨 엔도라는 이름에 절망하고 있던 다벨인들은그 서신에 안도하고 희망을 얻었다. '단지 버티기만 하면 될' 뿐이다. 버티기만 하면 휘리 노이에스와 무적 8군단이 오는 것이다. 다벨인들은 너나 할 것 없이 볼지악 요새로 몰려들었고 덕분에 볼지악 요새는 수용인원의 한계를 넘을 정도가 되었다. 그리고 그렇게 몰려든 다벨인들은활기차게 농성을 도왔다. 끝없이 몰려드는 지원병들과 수송마차의 행렬에 메르데린 공작은 크게 기뻐했다.

그러나 다벨인들의 희망의 정수인 휘리 노이에스와 8군단은 그때 골치 아픈 술래잡기를 하고 있었다.

휘리 노이에스는 바스톨 장군의 다벨 공격을 알게 되자마자 록소나를 깨끗이 단념하고는 그대로 말을 서쪽으로 돌렸다. 목젖을 누르고 있던 칼날이 치워진 형국이었던 록소나로서는 환호를 지르며 축제를 벌였다 해도 별로 이상할 것은 없다. 하지만 그들은 제국으로부터 임차받은 당대 최고의 공격수를 보유하고 있었다.

록소나의 중장기병대는 알레미지우스 회전의 패배로 반쪽이 되어 있었다. 하지만 서 브라도는 그 점을 오히려 장점으로 활용해 버렸다. 강제된 체중 감량이었다곤 하지만 어쨌든 감량에 성공한 록소나 중장기병대는 서 브라도의 지휘 하에 경쾌하게 움직이며 다벨 8군단을 추격하기 시작했다. 그들은 다벨로 진군하는 8군단의 배후를 맴돌며 유리한 지형에선 반드시 싸움을 걸어 8군단을 괴롭히고 있었다. 그런 공격에는 밤낮이 없었고, '조금 있다가'라는 말은 아예 통하지가 않았다.

서 브라도는 눈앞의 평원에서 후퇴하는 록소나 기병들을 바라보며 껄껄 웃었다.

다벨 8군단의 병참을 신나게 두드리던 록소나 기병들은 저편에서 다벨 중장보병이 나타나자마자 대오도 정연하게 후퇴하고 있었다. 그리고 말을 따라갈 재주가 없던 다벨 중장보병들은 대장장이가 만들어준 무기 대신 그 어머니가 만들어준 무기를 사용했다. 하지만 록소나 중장기병들은 다벨 보병들이 날려보내는 욕설과 비난의 화살엔 꿈쩍도 하지 않은 채 씩씩하게 퇴각했다. 서 브라도는 옆을 돌아보며 장난기 어린 목소리로 질문했다.

"후퇴 기록을 또 하나 세우는군요, 남작. 지금까지 얼마지요?"

바탈리언 남작은 다시 록소나군으로 돌아와 있었다. 그가 알레미지우스 회전에서 철저히 관찰자의 입장만을 고수한 것을 확인한 록소나군은 더 이상 그를 의심하지 않았다. (물론 전폭적으로 신뢰한 것도 아니었지만.) 바탈리언 남작은 빙긋 웃으며 대답했다.

"8회입니다. 제국 기사단장의 명성에 대단한 누를 끼칠 소재로군요. 문객으로서 저는 이런 소재를 제공해 주신 경에게 감사드리고 싶군요. 사람들은 위대한 이의 볼썽사나운 꼴을 좋아한답니다. 가십과 스캔들의 정수가 그거지요."

"부디 그 무자비한 필봉을 휘두르실 때 불쌍한 노병에 대한 약간의 동정심을 가져주시길 바랍니다. 껄껄. 5회 정도로 줄여주시지 않겠습니까?"

"제 조건을 들어주신다면, 고려는 해보지요."

"조건이 뭡니까?"

바탈리언 남작은 얼굴에 웃음기를 남겨둔 채, 하지만 진지한 얼굴로 물었다.

"명백한 유배지 이탈입니다. 어떻게 설명하실 생각입니까? 경의 주장으로 이 추적행이 벌어졌다는 것을 들었습니다. 휘리 노이에스와 8군단을 끝장내지 않는다면 왕자의 땅에 안식이 없다는 것은 저도 이해합니데요."

남작은 서 브라도가 단숨에 대답하리라고는 생각하지 않았다. 과연 브라도 켄드리드는 미소를 머금은 채 말없이 생각에 잠겼다. 그 동안 바탈리언 남작은 귀대하고 있는 중장기병들이 일으키는 먼지를 보며 몇 개의 수식어를 다듬어보았다. 그때 서 브라도가 말했다.

"오랜 친구의 초청을 도저히 거부할 수 없어서, 라고 하면 될까요."

"친구?"

"친구라면 좀 이상할지도 모르겠군요. 평생 한번밖에 만나지 않은 사람이니."

"사트로니아의 바스톨 엔도 장군 말씀입니까?"

"예."

"그 분이 무슨 초청을 했다는 거죠?"

서 브라도는 뭐라 설명해야 할지 몰라 당황하는 것처럼 보였다. 그나 바스톨 장군에겐 너무 당연해서 설명할 필요도 없는 것을 전혀 알지 못하는 바탈리언 남작에게 설명한다는 것이 그를 난처하게 만든 듯했다. 서 브라도는 약간 힘겹게 설명했다.

"글쎄요. 바스톨 장군이 다벨 본국을 치는 바람에…… 다벨군은 본국으로 돌아갈 수밖에 없지요. 그는 스스로, 음, 모루가 된 겁니다. 그렇다면, 지금이라도 내가 망치가 되어줘야 하지 않을까요?"

다행스럽게도 바탈리언 남작은 이해했고, 그리고 감탄하고 말았다.

평생 한번밖에 만난 적이 없던 사이이건만, 늙은 무장들은 이렇게 아무런 말이나 약속 없이도 서로의 흉중을 꿰뚫고서 넓은 대륙의 이쪽과 저쪽에서 완벽한 협조를 이루어내고 있었다. 그것은 완숙한 경험과 세상을 보는 눈, 그리고 사람살이의 이치를 민감하게 느끼는 사람들끼리의 무의식적인 조응이었다.

그리고 신성 펠라론에서는 또다른 사람이 두 노장의 움직임에 감탄하고 있었다.

"정말이지 놀라워. 서로 미리 약속했다 하더라도 이렇게 완벽하진 못했을 거야. 모루가 망치 역할을 하고 망치가 모루 역할을 하는 우스꽝스러운 상황을 그들은 이렇게 타개해 버렸군. 그것도 아무런 논의도, 아무런 약속도 없는 상태에서. 휘리는 이제 스스로 모루로 달려가야 돼. 바스톨 장군에게로 말이야. 그리고 서 브라도는 마음껏 그 뒤를 후려대다가 휘리가 모루에 놓여진 순간 바스톨 장군과 더불어 마지막 결정타를 먹이겠지. 알레미지우스 회전이 휘리 놈의 최전성기였다는 건 인정하겠지만, 노장들의 이토록 무서운 반격이 펼쳐지는 지금 놈은 끝이야!"

"그러나 유배지 이탈입니다. 성하."

"응? 뭐라고, 플로라?"

플로라는 언제나처럼 창문으로부터 쏟아지는 햇빛 속에 앉아 있었다. 여름의 뜨거운 햇살은 그녀의 초록빛 머릿결과 하얀 알몸 위에서 눈이 부시도록 반짝이고 있었다. 플로라는 사람이라면 눈이 멀어버리고 말 태양을 똑바로 바라보며 말했다.

"브라도 경 말입니다. 형식상 그 분은 록소나에 유배된 것입니다. 그리고 록소나와 다벨의 국경을 넘는 순간 그는 유배지를 이탈하게 되는 것입니다. 성하께서 그 분을 위해 뭔가 손써 주실 수 있지 않을까요?"

"아, 그렇군. 하지만 그건 황제가 적당히 처리할 수 있을 텐데. 내가 나서서 그를 변호해 주거나 하는 건 오히려 긁어 부스럼을 만드는 것이 되지 않을까?"

"그렇게 된다면 다행이겠습니다만."

흥에 겨워 있던 퓨아리스 4세는 그제서야 플로라의 안색이 약간 어둡다는 것을 알아차렸다. 법황은 의아한 얼굴로 플로라에게 다가섰다.

"플로라? 왜 그래. 좋아하지 않는 것 같군."

태양을 바라보던 플로라는 고개를 돌려 법황을 쳐다보았다. 그리고 법황은 그녀의 초록빛 눈동자 속에 비친 자신을 보았다.

"아니오. 괜찮습니다."

"하이낙스인가?"

"예?"

흥분은 사라졌다. 법황은 머리가 차가워지는 기분을 느끼며 뒤로 조금 물러났다. 책상 귀퉁이에 걸터앉은 법황은 꼬아올린 무릎에 두 손을 얹으며 천장을 바라보았다. 그리고 무심하게 말하려 애썼다.

"네 눈에 내가 비친다는 건, 네가 그를 생각하고 있다는 증거지. 플로라. 난 그 외에 다른 때 네 눈이 젖는 것을 본 기억이 없어. 아, 내 눈치를 볼 필요는 없어. 창피한 짓은 하지 않을 테니까. 그러니까 내 질문을…… 내 속에 있는 질투에 눈이 먼 어떤 철부지 청년이 던지는 것이 아닌, 순수한 호기심에 의해 던지는 질문으로 생각해 주면 좋겠군. 왜 그를 생각하고 있었던 거지?"

"……그 두 분의 장군들은 레프토리아에서도 계셨습니다."

"그래서였나. 흠."

법황은 목이 메인 소리를 내지 않기 위해 헛기침을 했다. 그러곤 곧 자기 환멸에 빠져버렸다. 이런 얼간이! 다행히도 플로라는 빨갛게 변한 법황의 얼굴은 보지 못했다.

"그때 하이낙스는 비웃으며 말씀하셨지요. 그 둘은 신경 쓸 거 없다고. 단지 서로를 방해하기 위해서라도 협조를 거부할 것이 뻔한, 넘치는 자의식으로 충만한 바보들이라고. 예. 아시겠지만 그 분들은 그때 처음 만난 사이였음에도 불구하고 이미 상대를 민감하게 의식하고 있었고 단지 상대보다 더 높은 전과를 얻기 위해 미친 듯이 싸웠습니다. 어떤 전사학자는 그럼으로써 동맹군의 사기를 앙양시켰다고도 말하지만…… 현장 목격자인 제 견해는 다릅니다. 그 두 분은 동맹군마저도 위태롭게 할 정도로 앞뒤 없이 싸웠다고 보는 것이 옳을 것 같습니다. 많이 하는 말입니다만, 만일 타르타니어스 공이 조금 더 빨리 도착했더라면 그 두 분 때문에 혼란에 빠져 있던 동맹군을 일격에 분쇄할 수 있었을 겁니다. 예…… 물론 제 머릿속에 하이낙스의 말이 있었기 때문에 그렇게 본 것일지도 모릅니다."

"그랬나. 하긴, 그때의 두 사람들이면 대단한 자존심을 가지고 있었을 테고 당연히 서로를 의식하지 않을 수 없었겠지."

"예. 그런데 이제 두 분은 아무 말 없이도 서로를 정확히 간파하고 자기 마음대로 하는 행동으로 서로를 돕게 되는…… 그런 나이가 되셨군요. 시간이 이토록 흘렀다는 사실을 갑자기 깨달았습니다."

플로라는 다시 태양을 바라보았다. 그리고 법황은 반대편, 어두운 방 모퉁이를 바라보았다.

"성하."

"응?"

"전 하이낙스 때문에 눈물을 흘린 것이 아닙니다."

길고 긴 여름의 낮이 한 점에 축약되어 반짝이고 있었다. 그 점에는 모든 것이 담겨 있었고 그 주위로 유리 깨지는 소리 같은 침묵들이 얕게, 혹은 깊게 헤엄치고 있었다. 플로라의 가슴이 잠깐 부풀었다가 내려가며 그녀는 햇살을 토해내듯 말했다.

"이렇게 긴 시간이 지났음에도 그 시간을 길다 느끼지 못할 정도로…… 아직까지도 그를 어제 헤어졌던 사람처럼 느끼고 있는 저 자신 때문에……"

플로라의 말끝이 부스러졌고 그녀는 조용히 입술을 깨물었다.

"우습군요. 자기 연민인 걸까요. 자기 연민에 빠진 꽃이라는 말은, 왠지 노래의 한 구절……"

그녀 외에 또다른 사람이 그녀 입술을 지그시 깨물었다.

플로라의 공포보다 빠르게 법황의 입술이, 그리고 그녀의 당황보다 빠르게 그의 손이 다가왔다. 그래서 플로리는 무서워하거나 당황할 겨를도 없었다. 햇살을 받고 있던 그녀의 살갗은 뜨거웠고 그래서 법황은 뜨거운 찻잔을 만지듯 그녀의 볼과 목을 쓰다듬었다. 그녀의 살갗은 풀잎처럼 매끄러웠지만 법황의 손길은 자주 끊어지며 힘겹게 이어졌다.

정제되었던 여름이 다시 녹아 흘렀다.

퓨아리스 4세는 천천히 물러나 당황한 눈으로 플로라를 바라보았다. 플로라는 그의 입술을 바라보다가 다시 눈을 올려 법황의 눈동자를 들여다보았다.

"성하?"

법황은 그 말에 떠밀린 듯 다시 뒤로 두어 걸음 물러났다. 그는 자기 손을 내려다보다가, 다시 플로라를 바라보았다. 그러곤 다시 자신의 손바닥을 바라보았다. 그의 입이 열리며 말들이 새어나왔다.

"내가 또 부췄군."

플로라는 법황의 얼굴을 보는 대신 그 가슴께를 조용히 바라보았다. 법황의 목소리는 높낮이의 변화가 심했다.

"모르겠어. 이건…… 열여섯 시절로 돌아간 것 같군. 하…… 하하. 단지 여름이라는 것만으론 설명할 수 없을 것 같은데. 이런. 마치 자포자기한 심정으로 저질러버린 소년의 첫키스 같아. 늦여름에 흔히 있는……"

"……꽃과 키스하신 건 처음이시겠죠."

"그러지 마. 플로라."

플로라는 다시 퓨아리스 4세의 얼굴을 쳐다보았다. 법황은 입 가장자리를 가늘게 떨며 플로라를 보고 있었다. 그 갈구하는 눈빛을 보며 플로라는 그가 무엇을 말하려는지 잘 이해했다. 하지만 그녀는 다시 매

정하게 금을 그었다.

"성하께서 기묘한 느낌을 받으신 건 아마도 제가 인간이 아니기 때문일 겁니다. 불쾌하시진 않으셨……"

"관두라고!"

입을 다문 플로라는 물끄러미 법황을 바라보았다. 퓨아리스 4세는 앞으로 뛰면서 동시에 뒤로 도망치려는 것 같았다. 그리고 그 얼굴은 웃음을 지으며 동시에 울음을 터뜨리려는 것 같았다. 하지만 플로라는 그에게 어떤 매개도, 어떤 동기도 주지 않았다.

그는 이제 로데인 백작이 아니다. 에름 후작은 머메이드를 아내로 맞이할 수 있었지만 법황은 그럴 수 없다. 플로라는 로데인 백작이었다면 자신이 끝까지 거부할 수 없었을 것임을 잘 알고 있었다. 로데인 백작은 리포밍된 싱잉 플로라를 아내로 맞이하는 것쯤 아무렇지도 않게 해냈을 것이다. 하지만 퓨아리스 4세는 그럴 수 없다. 플로라는 퓨아리스 3세에게 감사했다.

'고맙군요, 선황 성하. 당신이 위험한 턱을 가진 젊은이에게 법황의 위를 주어서 구한 건 세상뿐만은 아닙니다. 당신은 그 행동을 통해 한 송이의 꽃도 지키셨습니다. 당신은 별로 신경 쓰지 않으실지 모르겠습니다만, 저에겐 정말 감사한 일입니다.'

"저에게 맡겨주십시오, 제발!"

서 기리우는 내버려두면 땅에 몸을 던져 사령관의 신발이라도 핥을 듯한 얼굴로 외쳤다. 그래서 휘리 노이에스는 조심스럽게 발을 끌어당기며 말했다.

"하지만, 서 기리우. 아, 물론 자네에게 행운이 없었기 때문이겠지만, 어쨌든 자넨 두 번이나 실패하지 않았나. 차례를 기다리는 다른 사람들이 있는데 자네에게 또 기회를 준다면 모두들 내가 자네를 편애한다고들 할 텐데."

"전 괜찮습니다!"

"……이봐. 흥분을 좀 가라앉혀. 곤란해지는 건 나라고 말한 거야."

"아, 그렇습니까?"

서 기리우는 약간 당황한 얼굴이 되었다. 그리고 참모 회의에 모여 있던 나머지 지휘관들은 낮은 웃음 소리를 내었다. 서 기리우는 빨개진 얼굴을 조금 숙이며 낮게 말했다.

"그럼 이번엔 누구에게 맡겨보실 생각이십니까?"

"글쎄. 차례로 본다면 다시 서 소팔라이긴 하지만……" 휘리는 서 소팔라 쪽을 바라보았고 그가 두 손 들었다는 제스처를 취하는 것을 발견하곤 우울하게 말했다. "그는 기권인 것 같군. 내 사견이지만, 서 소팔라는 점점 그의 노예병을 닮아가는 것 같단 말이야. 그리고 그의 노예병들은 점점 그를 닮아가는 것 같고."

서 소팔라는 히죽 웃었다. 휘리는 못 말리겠다는 얼굴로 림파이어 가문의 다른 기사를 쳐다보았고 서 소사라는 치분하게 말했다.

"제게 맡겨주십시오."

"자신 있나?"

"없습니다."

"……자네들의 가풍은 정말 놀라워."

휘리가 고개를 내두를 때 서 기리우가 다시 외쳤다. "저는 자신 있습니다! 사령관님. 전 정말 자신 있습니다! 반드시 그 늙은 쥐새끼의 목을 베어 사령관님께 바치겠습니다!"

서 기리우의 장렬한 개소리는 그냥 개소리에서 머물고 말았다. 휘리 노이에스는 서 소사라에게 작전을 일임했고 서 소사라는 큰 희망을 품지 않은 채 여섯 번째의 '쥐덫 작전'을 맡았다. 물론 서 소사라는 여섯 번째 시도를 하기에 앞서 다섯 번의 실패를 곰곰이 검토하기 시작했다.

서 브라도는 반쪽이 된 중장기병을 신출귀몰하게 다루어 다벨 8군단을 신나게 두들겨대고 있었으나 휘리 노이에스 역시 이것을 그냥 골치아픈 추격전으로 놔두지는 않았다. 어쨌든 상대는 당대에 다시 만나기 어려울 최고의 기병이었고 그래서 휘리는 다벨을 향해 꾸준히 도망치는 와중에도 8군단의 지휘관들에게 서 브라도의 퇴치를 명령했다. 그는 가벼운 마음으로 이것을 일종의 실전 연습으로 생각했다. 물론 두 가지 믿음이 있었기 때문에 가능한 일이었다. 8군단의 지휘관들은 메르데린 스쿨 출신의 장수들인 만큼 궤멸은 당하지 않을 것이라는 믿음과, 다벨 본토에 도달할 때까지는 서 브라도 역시 전면전으로 나서지 않을 것이라는 믿음이 그것이다. 그 역시 자신이 모루를 향해 숨가쁘게 달려가고 있음을 알고 있었다. 그리고 자신이 모루에 똑바로 올려지기 전까지 망치는 휘둘러지지 않을 것이다. 톡톡 건드리긴 하겠지만.

가장 먼저 나선 것은 5중대의 서 소팔라였다. 서 소팔라는 고전적인—그렇지만 바로 그렇기에 항상 효과적인—매복 작전을 시도했다. 그는 휘하의 노예병들을 대열에서 살짝 빼돌려 언덕 뒤에 매복시킨 다음 록소나 기병들이 본대를 칠 때 배후에서 포위한다는 계획을 세웠다. 하지만 노예병들의 기강은 아직 세련되다고 보긴 어려웠다. 약간의 소란을 감지한 록소나군은 다벨 본대를 무시한 채 곧장 언덕으로 달려왔고 서 소팔라는 그 모습을 보자 당장 결단을 내렸다. "튀자!" 아무도 서 소팔라의 행위를 비겁하다고 하지는 않았다. 8군단의 그 누구도 서 소팔라가 노예병들과 록소나 중장기병을 정면 대결시켜 5중대를 깡그리 박살내는 것을 원하지는 않았기 때문이다. (서 기리우는 약간 투덜거렸지만, 약간이었을 뿐이다.) 그리고 서 브라도 역시 냉큼 본대에 합류해 버리는 서 소팔라의 부대를 보곤 빙긋 웃으며 돌아갔다.

두 번째로 나선 것은 2중대의 서 소사라였다. 서 소사라는 야음을 이용해 보기로 했다. 록소나군이 밤낮을 가리지 않고 공격해 온다는 점에서 착안한 작전으로 서 소사라는 밤의 어둠이라면 기병들을 쉽게 혼란에 빠지게 할 수 있을 거라 믿었다. 그는 사령관의 허락을 받은 다음 일부러 병참부대를 지연시켰다. 병참이 본대와 떨어진 위치에서 야영에 들어가면 반드시 록소나군이 나타날 것이라는 계산에서 취한 행동이었다. 그의 예측대로 록소나군은 병참부대를 공격했다. 하지만 록소나군은 밤이 되기 전, 병참이 야영 준비를 시작한 늦은 오후에 나타나버렸다. 밤이 될 때까지 기다리다간 병참이 완파될 지경이라 서 소사라는 혀를 찬 다음 록소나군을 쫓아버렸다.

세 번째로 나선 것은 서 켈커였다. 중장기병대를 이끄는 그는 놀랍게도 정면 대결을 시도하겠다고 말하여 휘리와 다른 지휘관들을 조마조마하게 만들었다. 위풍당당하게 중대기를 펄럭이며 서 브라도에게 달려간 서 켈커는 반 시간 가까이 잘 싸운 다음 자신과 다벨 중장기병이 서 브라도와 록소나 중장기병의 상대가 되지 못함을 깨끗이 인정하고는 큰 손해를 입지 않은 상태에서 안전하게 후퇴했다. 휘리는 '그가 악전고투 끝에 이겼다 하더라도 지금처럼 자랑스럽지는 않을 것'이라고 말하여 그의 후퇴 결정을 치하했다.

그리고 네 번째로 나선 것이 경장기병대의 서 기리우였다. 알레미지우스 평원에서 서 브라도가 이끄는 중장기병대에 호되게 당한 경험이 있을 뿐만 아니라 그 개인적으로도 낙마라는 수모를 선사받았던 서 기리우는 자신 역시 정면 대결을 하겠다고 선포했다. 모든 지휘관들이 만류하고 휘리는 약간 강경한 어조로 재고를 권했지만 서 기리우는 그들을 싹 무시한 채 성난 아피르 족 같은 기상으로 록소나군에게 달려들었다. 그러나 씹어먹고야 말겠다는 그 훌륭한 기상도 서 브라도의 노련함과 록소나 중장기병의 무서운 전투력에는 상대가 되지 못했다. 가벼운 경장기병이니만큼 긴 퇴로를 준비해 두고 지구전을 벌였다면 좋았으련만, 고지식하게 정면 대결을 고수함으로써 서 기리우는 서 브라도에게 강렬한 인상을 심어주는 데는 성공했다. "완벽한 얼간이군." 그러나 서 브라도는 공평한 성격이었고, 그래서 서 기리우의 안전한 퇴각에는 후한 점수를 주었다.

그러나 서 기리우는 돌아오자마자 '이제 탐색전이 끝났습니다!'라고 당당하게 외침으로써 휘리 노이에스와 다른 지휘관들로 하여금 두통에 시달리게 만들었다. 사령관이 체념하는 심정으로 두 번째의 도전을 허락하자 서 기리우는 쾌재를 올리곤 곧장 작전에 들어갔다. 물론 두 번째는 좀더 신중한 자세로 임했다. 서 기리우가 두 번째 도전용으로 들고 나온 것은 '심층 방어를 기반으로 운용되는 방어 병력의 기동 우회 기습'이었다. 간단히 말하자면 두껍게 세워 적을 막은 후 적이 주춤할 때 두껍게 세운 대형의 뒤쪽의 부대로 하여금 멈춰 있는 적의 옆구리를 치게 하겠다는 말이다. 꽤나 전통적인 전술이었고 이를 위해 서 기리우는 10단 심층 방어진을 구성했다. 그리고 불가피하게 좁아지는 대형에서 적정 수준의 방어 밀도를 유지하기 위해 서 기리우는 상당히 꼼꼼하게 지형을 선택했다.

그러나 그 전술이 전통적인 까닭은 야만인들을 상대로 제국 기사단이 많이 써먹었기 때문이다. 그리고 서 브라도는 전 제국 기사단장이었다. 서 브라도가 돌격하고 서 기리우가 환호를 지르며 예비대를 우회 기동시킨 순간, 즉 10단 심층 방어진이 4단으로 줄어든 순간 서 브라도는 기다렸다는 듯이 단숨에 방어진을 돌파해 버렸다. 야만인들과 달리 록소나 중장기병들은 그런 상황에서도 기율이 흐트러지진 않았기 때문이다. 그리고 서 브라도는 단절된 4단 방어진의 우측을 밀어붙여 서 기리우를 기겁하게 만들었다. 그대로 두었다간 양단된 부대가 각개격파를 당할 지경인지라 서 기리우는 황급히 후퇴를 명령했다. 그 와중에 서 기리우는 중대기를 잃고 말았다.

그러나 서 브라도는 적수에게 군기를 잃는 것보다 더 지독한 모욕이 있음을 가르쳐주었다. 서신 한 통과 함께 군기를 돌려보낸 것이다. '애송이에게 뺏은 군기로 명예를 삼을 만큼 내 명예가 부족하진 않다. 하지만 그대에겐 막심한 불명예일 듯하니, 선의와 우정으로 반환한다.' 그날 밤, 다벨군의 진영에선 밤하늘을 향해 짐승의 울음 소리를 내며 방황하는 한 장수의 모습이 많은 보초병들에 의해 목격되었다.

그것이 다섯 번의 실패로 돌아간 쥐덫 작전의 그간의 경과였다. 서 소사라는 골치가 아파오는 것을 느꼈다. 정공법으로도, 기계(奇計)로도 서 브라도를 잡을 수 없었다. 어차피 치고 빠지기를 선택한 적군을 잡는다는 것 자체가 쉬운 일은 아니지만, 그 톡톡 치는 잔주먹이 점점 더 아파오는 것은 무시할 수 없는 일이었다. 잔매에 장사 없는 법인 데다 다벨로 돌아가자마자 바스톨 엔도 장군과 싸워야 되는 8군단은 조금의 손실도 감수하기 어려웠다. (그리고 바스톨 엔도 장군을 떠올린 서 소사라는 더욱 풀이 죽고 말았다.)

결국 서 소사라는 밤을 꼬박 새운 후 아침이 되어서야 사령관에게 작전 계획을 제출할 수 있었다. 서 소사라의 설명을 들은 휘리 노이에스는 고개를 갸웃했다.

"자신 있나?"

서 소사라는 하품을 하느라 입을 가렸다.

"아뇨."

"눈 좀 붙였다가 출발하게."

"알겠습니다."

"저건 건드릴 수가 없군요."

서 하빈저는 우울한 얼굴로 말했다. 서 브라도 역시 입맛을 쩝쩝 다시며 전방을 응시했다.

야산을 등지고 다벨군이 그곳에 있었다. 고지대에는 대포가 줄을 지어 있었고 그 앞쪽, 저지대에는 다벨 중장보병들이 마차 방어진을 형성한 채 추상같은 기상으로 서 있었다. 마차 방어진은 마차나 수레 등을 일렬로 주욱 세워 간단한 목책 같은 것을 만들고 그 뒤편으로 보병들을 세우는 방어로, 이것이 고지대에 설치되면 기병에겐 상당히 껄끄러운 것이 된다. 게다가 그보다 더 높은 뒤쪽에 대포가 있다면 접근하기조차 두려운 것이 된다. 그야말로 정석대로의 방어진이며, 그래서 서 브라도는 상대방이 상당히 진지하게 나온다는 느낌을 받았다.

"저건 아무래도 우릴 물리치려는 목적은 아닌 것 같습니다만."

"예. 막겠다는 의도입니다."

서 소사라는 반드시 서 브라도를 이길 생각이었지만 그렇다고 해서 그를 거꾸러뜨려야 된다는 강박관념 따위는 가지고 있지 않았다. 간단한 사실이지만, 적이 덤비지 못하게 한다면 그건 이미 이긴 셈이다. 그리고 서 소사라는 서 브라도나 록소나 기병이 접근조차 할 수 없는 방어진을 만든 채 기다리고 있었다.

"사령관님. 지금도 다벨 본대는 계속 도망치고 있을 텐데, 우회로가 있습니까?"

"있기는 있습니다만 엄청나게 돌아가는 길입니다. 없는 것 비슷합니다."

"그렇다면 뒷문을 완전히 막아버린 셈이군요?"

"그렇습니다. 서 브라도."

서 브라도는 골치 아프게 되었다고 생각하며 쓴미소를 지었다. 서 하빈저는 이맛살을 찌푸리며 말했다.

"이렇게 되면 저들로서도 좋은 점이 없을 텐데요. 노이에스 장군은 중장보병대와 포병을 후방에 남겨둔 상태에서 사트로니아군과 싸울 생각일까요?"

"그러게 말입니다. 전 저게 가짜 대포가 아닌가 하는 의심까지 듭니다."

서 브라도의 말에 서 하빈저는 섬뜩하다는 얼굴이 되었다.

"알레미지우스 평원에서처럼 말입니까?"

"예. 하지만 그때 노이에스 장군은 팔라레온 대포를 거의 파괴해 버렸지요. 다벨군에 또다른 대포가 있을까요? 아, 혹시 다케온에 대포가 많이 있었습니까?"

"다케온? 있기는 있었습니다만…… 네그리파 백작은 포병보다는 리저드라이더를 더 좋아했습니다. 뭐, 어떤 지형에서도 달릴 수 있는 부대라 상대가 포병이라도 순식간에 접근해서 함몰시킬 수 있는 병력이니까요. 하지만 그는 자신의 부를 자랑하길 좋아했고, 그래서 대포도 남부럽지 않을 정도로 구비하고는 있었습니다. 그러나 첩보가 정확하다면 그건 현재 다케온에 있을 겁니다."

"다케온에요?"

"그렇습니다. 다케온의 피린데 성에 주둔한 다벨군이 접수해서 사용하고 있습니다."

"그렇다면 저건 진짜 다벨 대포군요. 전쟁 발발 후 한번도 사용되지 않았던……"

서 하빈저와 서 브라도는 막막하다는 얼굴로 야산을 바라보았다. 서 브라도가 먼저 말했다.

"그냥 기다릴 수밖에 없군요."

"기다린다고 하셨습니까?"

"예. 아무래도 우리가 우회를 시도하면 냉큼 돌아가 본대에 합류한다는 정도의 작전인 것 같군요."

"그렇겠군요."

"그러니 저들이 우릴 묶었다면 우리도 똑같이 저들을 묶어야지요. 설마 나머지 기병과 노예병만 가지고 바스톨 장군을 상대할 생각은 아닐 테고…… 어디 두고보지요. 어떻게 나오는지."

록소나군은 대포의 사정 거리 바깥에 진을 쳤다. 그리고 서 브라도는 서 소사라가 언제쯤에 포기하고 본대로 돌아갈지 조용히 관찰하기 시작했다.

하지만 야산에 진을 친 다벨군 역시 꼼짝도 하지 않은 채 록소나군을 바라보기만 했다. 마치 서 브라도가 우회하거나 군대를 돌릴 때까지 기다리겠다는 태도였다. 서 브라도는 그 대치 상황을 곰곰이 분석해 보고는 자신이 손해보는 것은 없다는 판단을 내렸다. 군단의 중핵이라 할

수 있는 중장보병대와 포병을 제외한다면 다벨 8군단은 바스톨 장군의
사트로니아군에 상대가 되지 못할 것이다.

그럼에도 불구하고 그가 안심할 수 없었던 까닭은, 그 정도의 사실은
휘리 노이에스에게도 자명한 것이리라는 점 때문이었다. 그래서 서 브라
도는 나흘 뒤 피린데 성 주둔군이 움직이기 시작했다는 말을 들었을 때
도 크게 놀라지는 않았다. 바탈리언 남작의 기록을 위해 설명해 줄 때에
도 서 브라도의 태도는 침착했다.

"저들이 저곳에서 진을 치고 기다린 것은 다벨 제9군단이 움직일 시
간을 주기 위해서였을 거요."

우필을 잉크병에 담그던 바탈리언 남작은 고개를 갸웃하며 되물었다.

"9군단이오?"

"피린데 성 주둔군 말입니다. 사실은 8군단의 별동부대지만."

다벨 9군단이라는 것은 일종의 농담거리였다. 그것은 원래 팔라레온
을 점령했던 휘리 노이에스가 투란에 주둔시켜 두고 떠난 부대였다. 바
스톨 장군이 진군하기 시작하자 투란에 불을 지르고 달아났던 그들은
8군단이 떠난 뒤 다케온의 피린데 성을 접수하여 그곳에 주둔하고 있었
다. 그 9군단이 록소나를 향해 움직이기 시작했던 것이다. 빌레스 국왕
은 서 브라도에게 다급하게 회군 명령을 보냈다.

서 브라도는 할 수 없이 록소나군을 후퇴시켰다. 그가 군대를 돌리자
마자 서 소사라는 방어진을 푼 다음 질서정연하게 본대를 뒤따라갔다.
그리고 비자 록소나로 돌아온 서 브라도는 얼마쯤 예상하고 있던 말을
듣게 되었다. 록소나를 향해 진군하고 있던 피린데 성 주둔군이 다시 피

354

린데 성으로 돌아갔다는 것이다. 서 브라도는 엄청나게 멀어진 8군단까지의 거리를 생각하며 풀이 죽고 말았다.

그러나 그것으로 서 브라도의 낙담거리가 품절된 것은 아니었다.

다벨을 향해 열심히 도망치고 있을 8군단을 어떻게 추적하느냐로 골머리를 썩히고 있는 서 브라도에게 황제가 보낸 명령서가 도달했던 것이다. 비자 록소나에 머물고 있던 서 브라도를 방문한 바탈리언 남작은 그 명령서를 직접 보게 되었다.

"유배 정지라고요?"

서 브라도는 풀죽은 얼굴로 고개를 끄덕였다.

"그렇습니다. 그 정도면 근신은 충분하니 다시 제국으로 돌아와 제국 기사단장 지위에 복귀하라시는군요."

바탈리언 남작은 은빛 별 문양의 황제인이 선명한 명령서를 보며 일단 그 문장의 세련됨에 감탄했다. 물론 란셀 최고의 문장가가 쓴 것일 테니 문장의 유려함은 말할 것도 없으리라. 하지만 그 내용은 그의 마음에 들지 않았다. 바탈리언 남작은 그것을 조심스럽게 접어 서 브라도에게 돌려주며 말했다.

"이해할 수 없군요. 유배가 이렇게 빨리 정지되는 경우는 없습니다."

"그렇지요. 대단히 감읍할 일입니다."

"서 브라도. 무례한 말입니다만 격식은 좀 제하고 말씀해 주시지 않으시겠습니까? 저 역시 경의 유배가 실제로는 유배가 아니라는 것쯤은 잘 알고 있습니다. 하지만 아무리 그렇다 해도 이렇게 빨리 유배를 끝내다니오."

"록소나는 이제 위기에서 벗어났으니까요. 전쟁은 다벨 본토로 옮겨진 겁니다."

"브라도 경. 휘리 노이에스와 8군단을 끝장내지 않는다면 위기에서 벗어났다느니 하는 말은 사용할 수 없잖습니까."

바탈리언 남작은 상대방 역시 잘 알고 있는 사실을 구태여 말하고 싶지는 않았다. 하지만 서 브라도가 말문을 열지 않으려 하는 바에야 다른 도리가 없었다. 서 브라도는 우울한 얼굴로 말했다.

"사트로니아의 바스톨 장군이 잘 처리해 주겠지요."

"그의 초대를 받으셨잖습니까!"

바탈리언 남작은 강변하듯 말했다. 그 자신이 왜 이렇게 흥분하는지조차 설명할 수 없을 정도였다. 하지만 그는 꼭 보고 싶었다. 두 개의 나침반이 똑같은 북극성에 이끌리듯이, 두 노장이 서로를 보지 않고서도 조응을 이룬다는 것을 깨달았을 때부터 바탈리언 남작은 그 결과를 보고 싶었다. 그가 그토록 사랑하는 '현재'의, 그 혼란스럽고 어지러운 모습의 뒷면에는 그 모든 것을 관통하는 무엇인가가 흐르고 있다는 증거를 포착하고 싶었다.

하지만 서 브라도는 깊게 패인 볼주름을 만지작거리며 무거운 어조로 말했다.

"나는 기사입니다. 남작."

"제길. 짐작 가시는 바가 있으면 설명을 좀 해주십시오. 폐하께선 왜 이렇게 급하게 경을 불러들이시는 겁니까? 휘리 노이에스를 쓰러뜨리고 다벨을 징벌할 때까지 기다려주셔도 되잖습니까?"

"연대기를 쓰기 위함입니까?"

"전 바보가 아닙니다. 우필로 지존의 심중을 더듬지는 않습니다. 제가 알고 싶어서 묻는 겁니다. 혹 제국에……" 바탈리언 남작은 자신이 꺼내려는 말의 무게를 퍼뜩 느끼곤 서 브라도의 안색을 조금 살폈다. "어떤 위험이라도 있는 것입니까?"

"그런 건 아는 바가 없습니다."

"그럼 폐하께서 이렇듯 급하게 경을 불러들일 이유가 없잖습니까?"

서 브라도는 어깨를 늘어뜨리며 말했다.

"남작. 난 제부르카스 장군의 말 이외엔 해드릴 말이 없소."

바탈리언 남작은 입을 다물 수밖에 없었다.

퓨아리스 4세는 으르릉거리며 방안을 왔다갔다했다. 열병식 중인 병사라 하더라도 지금의 퓨아리스 4세만큼 씩씩하지는 못했을 것이다.

"황제는 날 약올리기 위해서 그런 거야. 망할! 황제는 내가 엄포를 놓는 것이 보기 싫었던 거야. 이해는 한다고. 하지만 그렇게 속이 좁단 말인가! 내가 서 브라도의 전공이나 황제의 명예를 빼앗을 정도의 인격밖에 못 가진 자로 보였단 말인가!"

그레이엄은 우필을 멈춘 채 조심스럽게 질문했다.

"그대로 쓸까요?"

"미쳤나! 후우, 후우. 좋아. 계속 받아써. 야만의 들판으로부터 달려와 우리 선량한 신도들을 엄습하는 잔인한 이교도와 추악한 야만인들에 대하여 성채가 되고 감시탑이 되어 제국을 지켜온 제국 기사단의 위용과 업적에 대하여 이루 말로 표현할 수 없으리만큼의 친애의 정을 가져온 법황 퓨아리스 4세는 기사 중의 기사이자 제국 기사단의 정화라 할 만한 브라도 잇사 크레이탄 켄드리드 공이 최근 알레미지우스 평원과 그외 여러 장소에서 보여준…… 어디까지 썼나?"

"다 썼습니다. 속기술을 배워두길 잘했다고 생각하는 중입니다."

"그 나이에도 배움의 길에의 정진을 게을리하지 않는 자네의 열성에 감탄하는 바이네. 그레이엄. 우라질! 누가 공을 빼앗자고 바이올 기사단을 만든 줄 아나! 계속하겠네. ……여러 장소에서 보여준 놀랄 만한 전과에 대하여 한량없는 기쁨을 느끼고 있으니 이는 신의 뜻이 이 땅에서 이루어진 것을 보는 기쁨이오 악마의 역사함에 대한 신앙의 통렬한 승리라 하지 않을 수 없는바, 법황 퓨아리스 4세는 페인 제국과 그 식민지의 지배자이며 아흔아홉 눈의 섬의 백작이며 사무이다크의 공작이며 신앙의 수호자인 페인 제국 황제 나르실 로이 아달탄 아크레아 리 온 놀가드 아자르 나이제스와 더불어 이를 기뻐하고 즐거워하고자 하니…… 생각할수록 화를 참을 수가 없군!"

퓨아리스 4세는 분통을 터뜨리는 일과 아자르 황제에게 보내는 서신을 구술하는 일을 동시 진행했고 그레이엄은 폭포수처럼 쏟아지는 법황의 말에서 그 양자를 구분해 내느라 진땀을 흘려야 했다. 그러나 결국 그레이엄은 '나는 황제에게 서 브라도를 그대로 록소나에 두라고 권고한다'는 내용의 서신을 완료해 내고야 말았고 그래서 뿌듯한 기분마저 느낄 수 있었다. 그리고 분노를 거의 다 표출한 법황 역시 의자에 주저앉아 약간 상쾌해진 기분을 느꼈다. 그래서 그 두 사람의 대화는 꽤 부드럽게 시작되었다.

"결국 바이올 기사단이 문제였다고 생각합니다, 성하."

"알아. 그게 황제를 언짢게 만들었겠지. 자신이 서 브라도를 보내어 어지러운 남부를 평정한 건데 엉뚱한 자가 나타나서 으스대는 꼴은 못 본다 이거겠지. 쳇, 웃기지 말라고 그래. 서 브라도가 알레미지우스에서 록소나군을 구해 내었다는 데는 동의해 주겠지만, 그가 다벨을 물리친 건 아니야. 그건 사트로니아의 공이야."

그레이엄은 동의의 뜻으로 고개를 끄덕이며 조심스럽게 말했다.

"성하. 바이올 기사단의 서품식을 좀 연기하면 안 되겠습니까?"

"연기?"

"예. 결국 황제는 펠라론이 왕자의 땅에 대해 영향력을 확대하려 드는 것이 아닌가 의심하는 것입니다. 그렇다면 펠라론에게 그런 의도가 없음을 보여주기 위해선 바이올 기사단의 서품식을 늦추는 것만한 것이 없다고 생각합니다."

"우리는 칼을 쥐지 않는다는 것을 보여주란 건가?"

"말하자면 그렇겠지요."

퓨아리스 4세는 턱을 만지작거리며 생각에 빠졌다.

창문에는 검푸른 어둠이 물들고 있었다. 그레이엄은 조심스럽게 일어난 다음 손수 집무실의 촛불을 밝혔다. 창가 쪽으로 걸어갔을 때 그는 플로라의 곁을 지나게 되었다. 플로라는 약간 힘 없는 미소를 지어보였다. 그레이엄은 갑자기 생각난 것처럼 플로라의 미소에 미소로써 대답했다. 플로라는 깜짝 놀라서 그레이엄을 바라보았지만 그의 꼿꼿한 몸은 이미 방 저편으로 걸어가고 있었다.

그레이엄이 다시 제자리에 돌아왔을 때 법황이 입을 열었다.

"안 돼. 바이올 기사단은 그대로 서품한다."

"그대로…… 말씀입니까?"

"그래. 그 대신 다른 채널 모두 가동시켜. 왕자의 땅이 아무리 피폐해졌다 한들 법황은 그걸 탐내고 있지는 않음을 알리란 말이다. 알겠나? 펠라론에 있는 모든 대사와 영사와 공사와 상회의 사장과 그 말단 점원까지도 그렇게 믿게 만들라고. 실제로 내겐 그런 의도는 전혀 없어."

"믿기 어려워할 겁니다. 실상 열국들은 왕자의 땅의 전후 처리를 놓고 열심히 주판알을 튕기고 있습니다. 아마도 최고 공로자인 사트로니아가 가장 큰 배당을 받을 거라는 것이 지배적인 추측이고, 이에 대해 황제는 호의적인 것으로 알려지고 있습니다. 황제는 사트로니아를 좋아하니까요. 그렇다면, 바이올 기사단은 사트로니아를 견제하는 수단으로 보여질 가능성이 너무 큽니다. 황제는 좋아하지 않을 것입니다."

"그럼 사트로니아에 모든 방법으로 추파를 보내! 사트로니아가 왕자의 땅에서의 교통 정리를 하고 싶어한다면 법황은 몸소 줄자를 들고 하드루스 대통령을 위해 측량을 해줄 작정인 것처럼 보이게 하라고. 알겠나, 그레이엄? 나는 절대로 사트로니아의 공로를 부정하지 않고 그런 공로를 통해 얻을 것이 확실한 이득에 침을 흘리지도 않는다고 말이야!"

"알겠습니다."

그레이엄은 법황에게 목례했다. 그때 법황이 약간 의아해하는 표정으로 어조로 말했다.

"그런데 자네 왜 들어온 건가?"

그레이엄은 당황하여 법황을 쳐다보았다. 그러곤 그제서야 자신이 뭔가를 전하기 위해 법황의 집무실에 들어왔다가 미친 듯이 노한 법황의 명령에 의해 서신을 받아쓰는 일을 하게 되었다는 사실을 깨달았다. 그레이엄은 헛기침을 한 다음 책상 위에 놓아두었던 은쟁반을 들어올렸다.

"죄송합니다. 다름이 아니오라 이상한 서신이 왔습니다."

"휘리 노이에스인가!"

법황은 당장 잡아먹을 듯한 눈길이 되어 그레이엄을 노려보았다. 하지만 그레이엄은 고개를 가로저었다.

"아니오. 누가 보낸 건지 모르겠습니다."

"모른다고?"

"예. 발신인이 누군지 모르겠습니다. 일단 검사는 해봤는데 이상한 것은 없더군요."

그레이엄이 말하는 검사라는 건 편지를 이용한 암살에 대비한 검사를 말한다. 양피지 가장자리에 눈에 보이지 않을 정도로 작은 독바늘을 꽂아둔다거나 서신 자체를 악성 전염병 환자의 침대 속에 넣어두었다가 보내는 등의 수법이 그것이다. 심지어 변론의 황제 린타는 단지 문맥만으로 상대방에게 심근경색이나 뇌졸중을 일으킬 수 있었다는 전설이 있긴 하지만 그것은 약간 믿기 어렵다. 물론 우수한 창의력을 엉뚱한 곳에 이용하는 사람은 많기 때문에 검사가 완벽하다고는 말할 수 없다. 그래서 그레이엄은 법황이 손을 내밀자 약간 당황했다.

"성하. 제가 읽겠습니다."

"이상한 건 없다고 했잖나."

"조심해서 나쁠 것은 없습니다."

"관둬. 날 죽이고 싶다면 내가 솔깃해할 만한 이름으로 발신했을 거야. 이리 줘."

그레이엄은 난처해하는 얼굴로 은쟁반을 내밀었다. 퓨아리스 4세는 두루마리의 봉인을 보았지만 거기엔 아무런 문장이 있지 않았다. 법황은 고개를 갸웃한 다음 봉인을 뜯고 두루마리를 펼쳤다. 그러곤 당장 그레이엄을 쳐다보았다.

"설마 자네가 날 놀리려고 이걸 쓴 건 아니지?"

"예?"

"그건 아닐 테고. 그런데 이게 뭐야. 내가 휘리 노이에스에게 쓰고 싶었던 스타일의 서신이군."

그레이엄은 자신의 상상을 입밖으로 내는 데 약간 주저할 수밖에 없었다.

"설마 '죽어!'라고 씌어 있습니까?"

"그건 아냐. 읽어주지. '조만간 찾아가겠소. L.' 이걸로 끝인데?"

그레이엄은 의아해했고 법황은 그에게 서신을 건네주었다. 그레이엄은 서신에서 법황이 읽어준 대로의 짤막한 문장을 볼 수 있었다. 그레이엄은 눈살을 찌푸렸다.

"L이라니, 이게 누구일까요?"

"글쎄? 필체가 상당히 좋군. L이라는 이니셜이면 누가 있지?"

"데샨 카라돔의 로스왈로일까요?"

"설마. 로스왈로의 필체야 알아주는 악필인 데다 그 자라면 이니셜로 쓸 까닭이 없지. 그러고 보니 이니셜로 썼다는 것이 퍽 이상하군. 게다가 찾아오겠다…… 찾아오겠다니, 이게 무슨 뜻이지?"

그레이엄과 법황은 잠시 제국의 유력 인사들 중 L이라는 이니셜을 사용할 수 있는 이름들을 죽 열거해 보았다. (그 이름 중에는 심지어 카밀카르의 법무대신이었던 라스 카밀카르까지 있었다.) 하지만 법황과 그의 비서관은 그들 중 이런 엉뚱한 서신을 보낼 만한 사람을 발견할 수 없었다. 법황은 찝찔한 표정으로 서신을 보다가 간단히 말했다.

"이런 버르장머리 없는 서신을 보낸 자가 누군지 아는 것은 간단해. 오겠다고 했으니, 그때 누군지 보도록 하지. 그 자도 이런 식의 서신에 답장을 기대하진 않을 테니 내버려둬."

그레이엄은 인사를 한 다음 집무실을 나갔다. 퓨아리스 4세는 의자에 몸을 깊이 파묻은 채 생각에 잠겨들었고, 그를 방해하고 싶지 않았던 플로라는 조용히 기다리고 있었다. 법황이 갑자기 말했다.

"아, 기다리지 말고 돌아가 봐, 플로라. 해도 졌으니."

"알겠습니다."

플로라는 옆에 놓아두었던 가운을 들어올렸다. 가운끈을 묶던 플로라는 어두운 창을 바라보았다. 그곳엔 그녀 자신의 모습이 비치고 있었고 그 어깨 너머론 소그맣게 의자에 앉아 있는 법황의 모습이 보였다. 플로라는 어두운 창문에 비친 법황을 향해 말했다.

"성하."

법황은 자신의 무릎을 내려다보며 대답했다.

"응?"

"성하께서 그레이엄에게 뭐라고 하셨나요?"

"무슨 말이지, 플로라?"

"그 분이 제게 미소를 지으시더군요."

"네가 예뻐서 그랬겠지. 아름다운 꽃에 미소를 짓는 것이 뭐 이상한가?"

"성하."

"아, 그래. 내가 한마디 했어."

"뭐라고 하셨습니까?"

"그렇게 꼬박꼬박 인사하는데 왜 무시하냐고, 자네에게 그러면 기분좋겠냐고 한마디 했어. 그리고 앞으로는 무시하지 말라고도 했던가."

플로라는 유리 속의 법황을 차분히 바라보았다. 유리에 비친 그 모습은 일그러져 있었지만 법황 자신은 꼼짝도 하지 않은 채 고개를 약간 숙인 모습으로 앉아 있었다. 플로라는 뭐라 말할 듯이 입을 벌렸지만, 아무 말도 꺼내지 않았다. 그레이엄이 무시하기 위해 그러는 것이 아니라고 말한 사람은 바로 법황 자신임을 지적하지도 않았다. 대신, 플로라는 몸을 돌려 법황의 등을 향해 목례하며 말했다.

"그럼, 물러가겠습니다."

"응."

364

"우하하—함. 지루한 오전이군. 그렇잖수, 신부님 당신?"

데스필드는 주머니칼로 손톱을 다듬으며 말했다. 파킨슨 신부는 눈살을 약간 찡그렸다. 그럴 수밖에 없는 것이, 그는 밀짚모자를 눌러쓴 채 텃밭에서 노역하고 있었고 데스필드는 긴의자에 앉아 그 모습을 감상하다가 너무 지루하다는 이유로 손톱을 다듬기 시작했던 것이다.

"그럼 운동 삼아 나처럼 김이라도 좀 매어보면 어떠냐?"

"안타깝게도 본인에겐 호미 두드러기가 있어서."

"괭이는 어떠냐?"

"이제서만 밝히는 것이지만 본인은 사실 괭이 공포증을 가지고 있소."

"삽은 괜찮겠냐?"

"삽엔 너무도 많은 애달픈 추억이 있는지라 본인은 슬픔을 느끼지 않고선 그것을 쥘 수 없군요. 다시 한 자루 삽을 비껴 차고 저 거친 밭을 호령할 날이 올지 심히 의심스럽소이다."

"이건 어때?"

"아하, 하하, 하하하—! 밭에 일하러 나왔으면서 그건 왜 차고 나온 겁니까?"

데스필드는 자신의 미간을 겨누고 있는 핸드건의 포구를 살짝 밀어내며 말했다. 파킨슨 신부는 그것을 몇 바퀴 돌린 다음 다시 허리춤의 홀스터에 집어넣었다.

"수도사들이란 호기심의 늪 같은 작자들이니라. 이걸 내 손에서 떼어 뒀다간 그 형제들은 고해와 참회 몇 번 할 각오하고 구경하려 들 것이다. 그리고 난 이 수도원의 생기발랄한 수도사들이 자기 머리에다 주님이 만들어주신 구멍 이외에 다른 구멍을 뚫게 되는 것을 원하지 않아."

"참회라. 지금 하고 있는 것이 그거였수?"

"무슨 말이냐?"

"김을 매는 것도 좋고 그런 노역을 하며 참회하는 기분을 느끼는 것도 좋지만, 그런 식으로 땅을 다 뒤집어놨다간 불쌍한 상추 당신들을 다 살해하고 말겠소."

파킨슨 신부는 뒤를 돌아보았다. 그러곤 군단 병력이 세 번쯤 지나간 듯한 밭의 꼬락서니를 보곤 한숨을 내쉬었다.

"내가 왜 이랬을까."

"본인의 권고는, 잠시 쉬면서 열 좀 식히라는 거요."

파킨슨 신부는 데스필드의 권고를 받아들여 호미를 털고 일어났다.

오전의 햇살은 따사로웠다. 그들이 머물고 있는 수아네자 수도원은 사하촌(寺下村)에 떨어지는 햇살을 걸러내듯이 튀어나온 산비탈에 자리하고 있었다. 그래서 수아네자 수도원에는 좀 과하다 싶을 정도의 햇살이 쏟아지고 있었다. 데스필드가 앉아 있던 긴의자에 걸터앉은 파킨슨 신부는 호미를 연장 바구니에 집어던졌다. 건물 벽에 등을 기댄 파킨슨 신부는 햇살 속에 두 다리를 죽 폈다.

데스필드는 주머니칼을 집어넣으며 말했다.

"놀려도 됩니까?"

"안 돼."

"그럼 호기심으로 해두지요. 도대체 왜 노역을 하고 있는 거요? 추기경 당신이 언짢아하고 있다는 건 알지요?"

"안다."

"신부님 당신이 손님 대접받기 싫다 해도 추기경 당신을 위해서라도 좀 빈둥거려야 될 거 아니오. 그리고 이건 본인의 의문인데, 저 위쪽과 문제가 있다면 예배당에서 기도를 올릴 것이지 웬 육체노동이오?"

"너 가끔 너무 날카롭다."

"얼마나 날카롭소?"

"이쑤시개로 쓸 만하다."

데스필드는 히죽 웃었다. 파킨슨 신부는 모자를 벗은 다음 이마의 땀을 훔쳤다.

"모르겠다. 네 말이 맞겠지. 내 신앙에 문제가 있는 건 확실하다. 그리고 신앙상의 문제가 있다면 신앙의 형제들이나 교회에 의논하고 도움을 받아야겠지. 하지만 너도 알다시피 난 펠라론으로 가서 내 문제를 해결하기로 했다. 그리고 난 펠라론에 갈 때까진 되도록 교회와 예배당엔 발을 들여놓고 싶지 않다."

"흐음. 제부르카스 당신의 입버릇은 '황제에게 물어봐'였다지요. 그런 거요?"

"어쩌면." 파킨슨 신부는 다시 밀짚모자를 눌러쓰곤 그 그늘 속에서 앞을 바라보며 말했다. "네 말대로 난 단지 최고 권위에 기대고 싶어하는 것일 수도 있겠지."

"그래, 펠라론에 가서는? 법황 당신과 일대일 독대라도 하실 거요?"

파킨슨 신부는 대답 없이 빙긋 웃었다. 데스필드는 두 팔을 목 뒤에 꿘 다음 역시 건물 벽에 등을 기대었다. 그러나 잠시 후 데스필드는 팔을 내리며 신부의 옆얼굴을 쳐다보았다.

"설마?"

"뭐가 '설마'냐?"

"관두쇼. 진짜 그럴 생각이라면."

"뭐가 진짜 그럴 생각이라는 거냐?"

"젠장. 펠라론 게이트에 머리를 집어넣을 생각인 거 아닙니까?"

"그리고 세상을 향해 천국의 방귀를 뀐다지. 하하."

파킨슨 신부는 농담처럼 말했지만 데스필드는—그로선 드물게도—진지한 어조로 말했다.

"본인은 신부님 당신이 겪는 신앙적인 문제인지 뭔지를 이해 못하겠수다. 당신 말마따나 악마의 사생아인가 보지, 뭐. 하지만 진짜 그러지 말라고 권하고 싶어요. 어차피 죽으면 가게 될 거 아니오? 왜 살아서 그렇게 하겠다는 겁니까?"

파킨슨 신부는 담담하게 대답했다.

"자기 기만으로 영위하는 삶은 그 길이만큼의 죄악이므로."

"쌍! 그렇다면 깨달음 다음에 영위하는 삶은 그 길이만큼의 허무 아니오?"

파킨슨 신부는 놀라워하는 눈빛으로 데스필드를 바라보았다. 데스필드는 다시 벽에 등을 기댄 다음 셔츠 주머니에 손을 집어넣었다. 파이프와 담배 쌈지를 꺼낸 데스필드는 파이프를 몇 번 훅훅 분 다음 담뱃가루를 조심스럽게 채워넣기 시작했다.

"왜 그러는 거요. 꼭 아셔야겠소?"

"알아야겠다."

"답을 알고 치르는 시험은 의미가 없는 것뿐만 아니라 재미도 없수다. 그런데도 위험을 무릅쓰면서까지 답을 알아야겠소?"

"그건 생각해 보지 않았다. 그리고 별로 생각하고 싶지도 않다."

"앞뒤 없는 걸로는 테리얼레이드 당신들도 도망칠 신부님 당신답소. 쳇. 그게 그렇게 중요한 문제요?"

"넌 어차피 패스 외에는 아무것도 중요하지 않은 놈이잖느냐."

이번엔 데스필드가 움찔했다. 파킨슨 신부는 싱긋 웃으며 데스필드를 돌아보았고 데스필드는 신부를 외면하며 파이프에 불을 붙이는 것에만 신경 썼다. 불을 붙인 데스필드는 수도원의 낮은 담벼락 너머로 보이는 넓은 평원을 향해 담배 연기를 날려보내었다. 채마밭과 과수원들로 누덕누덕 기운 것 같은 들판 위에 구름 그림자가 짙게 흐르고 있었다.

"제길, 그래요. 본인은 끝에 뭐가 있든 상관없지. 아무것도 없어도 상관없지. 그러니 끝에 있는 뭔가에, 마지막 무엇에 매달리는 당신들을 이해하는 척하는 건 웃기겠지. 하지만 차분히 설명해 주면 이해할 수 있을지도 몰라요. 해주겠습니까?"

"내겐 교회가 있다. 네놈 식으로 말한다면 모든 패스의 종착점, 어떻게 걸어도 결국 거기로 돌아가야 되는 곳이 내게는 교회다. 어쩐지 좌우명이나 가치관 따위를 설명하는 말 같다만 넘어가자."

"은근슬쩍, 얼렁뚱땅."

"그런데 그게 분리가 되었다. 내 속에 교회가 있다는 말, 여러 번 했었지? 하지만 너도 짐작하다시피 그게 펠라론이라는 현실의 교회와 괴리를 일으켰다."

"덕분에 유리 당신을 살렸소. 그런데도 만족이 안 됩니까? 유리 당신에게 고맙다는 말을 못 들어서 그러신 거요?"

"흐음. 내가 특별히 고매하다고 주장한다면 많은 사람들을 웃길 수 있겠지. 그래. 고맙다는 말을 못 들어서 심술이 난 것일 수도 있겠지. 하지만 나 지금 약간 고상한 척하고 싶으니 야유는 좀 참아주겠느냐?"

"그, 그, 그렇게 부드럽게 말하면서 핸드건에 손 뻗지 말아요!"

"그러마. 어쨌든 내 속의 교회와 내 바깥의 교회가 하나였을 때 내겐 아무런 문제도 없었다. 자랑 같지만 그럴 경우 나는 테리얼레이드에 교회를 세우려는 시도까지 할 수 있었다. 솔직히, 영웅적이지 않느냐?"

"교만의 대죄를 경계하쇼. 일단 찬성이오."

"고맙다. 하지만 그게 서로 충돌을 일으키게 되자 난 아무것도 제대로 할 수 없게 되었다. 솔직히 숟가락 하나도 제대로 들 수 없게 된 기분을 느낀단 말이다."

"당신은 도스 계곡을 통과하고 미리온을 넘으셨어요."

"너 덕택이지, 데스필드. 서부 최고의 패스파인더가 한 일이지 내가 한 일이 아니야. 응? 너 지금 '서부 최고가 아니라 세계 최고' 등으로 말할 생각이라면 조금 전 네가 했던 말을 돌려주마. 교만의 대죄를 경계해."

"진실을 말하고자 하는 당신은 언제나 핍박받나니."

"시끄럽다, 놈. 어쨌든 내게 있어서 교회는 분리되었고, 그 중 어느 것도 인정할 수 없게 되었다. 그 중 하나를 인정하면 다른 건 자연히 부정되어야 되는데 난 둘 중 어느 것도 부정할 수가 없거든. 이 상황에서 난 답을 모르고 시험을 치르는 것이 아니라…… 아예 시험을 치를 기력조차 없단 말이다."

"그래서?"

"분리된 교회를 다시 통합하거나, 내가 버려야 할 것이 있다면 그것이 어느 것인지 알기 위해 난 펠라론으로 가는 것이다. 그리고 법황청에서도 답을 얻지 못한다면, 그래, 내 답을 얻을 장소 중에서 펠라론 게이트를 제외하지는 않을 결심이다."

"마음대로 하쇼, 마음대로! 다만 본인은 그 안에서의 패스를 찾아달라는 의뢰는 받지 않을 거요. 아시겠소?"

파킨슨 신부는 빙긋 웃고 말았다. 그때 파킨슨 신부는 수도원의 산문을 들어서는 핸솔 추기경을 발견했다.

추기경은 나귀에 탄 채 수도사들 몇 명의 수행을 받으며 걸어오고 있었다. 채마밭 쪽을 바라본 추기경은 못 말리겠다는 표정을 지어보이곤 나귀에서 내렸다. 핸솔 추기경은 나귀를 수도사에게 맡기곤 데스필드와 신부 쪽을 향해 걸어왔다.

"또 노역중이셨습니까, 신부님?"

"그렇습니다. 내려가신 일은?"

"잘 처리되었소. 사트로니아 상관으로 사람도 보내었고 마차도 한 대구했소. 이곳 수도사들은 웬만한 거간꾼 못지않더군. 그 흥정하는 모습 봤더라면 좋았을 거요. 어쨌든 내일 아침엔 마차가 이곳으로 올 겁니다. 그런데 데스필드 군. 당신은 언제 돌아온 거요?"

데스필드는 어리둥절한 표정으로 추기경을 바라보았다.

"돌아오다니, 무슨 말씀이쇼?"

"응? 아까 저 아래 마을에 있지 않았소?"

"엥?"

데스필드는 파킨슨 신부를 돌아보았고 파킨슨 신부 역시 의아쩍은 얼굴로 추기경을 바라보았다.

"누굴 잘못 보신 거 아닙니까? 데스필드는 줄곧 저와 함께 이곳에 있었습니다."

그러자 추기경은 당황한 얼굴이 되었다.

"날 놀리는 거요? 내가 부르니 웃으면서 손도 흔들었는데. 수도사들도 같이 봤소. 얼굴도 똑똑히 봤고…… 어라? 그리고 보니 옷이 좀 틀리군. 하지만 그렇게 똑같은 사람이 있을 리도 없거니와 다른 사람이라면 손을 흔들 까닭이……"

데스필드의 얼굴이 갑자기 어두워졌다. 그는 담배 연기를 깊이 들이마셨다가 내뱉었다.

"다른 당신이오."

"다른 사람이라고?"

"그렇소. 다른 당신이오."

이번엔 파킨슨 신부와 추기경이 의심스러운 눈빛으로 데스필드를 바라보았다. 파킨슨 신부가 고개를 갸웃거리며 말했다.

"네녀석에게 형제라도 있다는 거냐?"

"아니, 형제라면 그건 쌍둥이일 거요. 그렇게 닮았을 수가 없단 말이오. 데스필드 군. 쌍둥이 형제가 있소?"

신부와 추기경이 번갈아 질문했지만 데스필드는 담배만 피우면서 아무 대답도 하지 않았다. 파킨슨 신부가 조바심을 내며 다시 질문하려 할 때 데스필드는 지나가는 말처럼 말했다.

"당신은 벌쳐요."

데스필드의 화법에 어느 정도 익숙해져 있었던 추기경은 그 말이 '그는 벌쳐요'라고 말하는 것임을 알 수 있었다. 하지만 벌쳐가 뭔지는 알 수 없었다. 그러나 데스필드는 그 이름에 대해 설명하는 대신 계속 혼자 말처럼 말했다.

"패스파인더 벌쳐. 그런데 당신이 왜 여기에 나타난 거지?"

파킨슨 신부는 조심스럽게 질문했다. "형제 아니냐?"

"한번도 본 적 없소."

그런 대답을 예상한 적이 없었던 신부와 추기경은 어이없는 얼굴이 되어 데스필드를 바라보았다. 하지만 데스필드는 담배 연기 속에 얼굴을 감춘 채 더 이상 아무 말도 하지 않았다.

에름 후작가의 비서 업무를 맡고 있는 레빌 아리온은 근면성실한 사

람이다. 정확하게 말하자면 근면성실하게 보여지는 것의 이점을 알고 있
는 사람이었다. 그래서 그는 지난 3년간 일출 30분 전에 카밀궁에 입궐
하고 일몰 1시간 후에 퇴궐하는 것을 어긴 적이 없었다. 왜 3년이냐 하
면, 카밀궁이 생긴 것이 그때였기 때문이다. 그리고 그 이전의 31년간은
원래 공작가의 저택인 레슬궁에서 근무했으며 역시 일출 30분 전에 출
근하고 일몰 1시간 후에 퇴궐했다. 결국 공무로 라트라인을 벗어나 있
을 때를 제외한다면 서 레빌은 34년간 언제나 같은 시각에 출퇴근한
셈이다.

따라서 일출 때가 지났는데도 서 레빌이 자기 방에서 나오지 않자
그의 하인들이 커다란 충격을 받은 것은 당연하다. 식기 관리자는 그릇
을 깨먹었고 마구간지기는 말에게 깨물렸고 하녀는 밀가루통에 쥐를
빠뜨렸고 정원사는 전정가위로 자신의 소매를 잘랐다. (물론 이상의 상
황들은 라트라인에서도 불운을 부르는 일로 취급되는 일들이다.) 아리온
가의 사용인들 전부는 서 레빌이 밤새 심근경색을 일으켰거나 세상이
망했거나 둘 중의 하나라고 판단했고, 후자의 경우는 별로 마음에 들지
않았으므로 전자에 초점을 맞췄다. 그들은 식은땀을 흘리며 아리온 가
의 2층, 서 레빌의 침실을 응시했다. 하지만 그곳엔 아직도 불이 환하게
밝혀져 있었고 가끔 커튼엔 서 레빌의 것으로 보이는 그림자가 오락가
락했기에 그가 심근경색을 일으켰다는 가설은 신빙성을 잃었다. 따라서
그의 사용인들은 오늘 아침을 맞아 세상이 망했다는 가설을 수용할 수
밖에 없었다.

물론 그들의 경우에 그것은 농담거리였다. 하지만 서 레빌은 그의 눈

앞에서 산산이 박살나는 세상을 보는 기분이었다.

"저, 그러니까, 어, 음, 이거 보쇼. 아니, 서, 젠장."

서 레빌의 의자에 앉아 있던 (서 레빌은 그 모습에서도 세상이 무너지는 기분을 느꼈다. 34년간 그 의자에 서 레빌 이외에 다른 사람이 앉았던 적은 없다. 하지만 새벽에 그의 집을 찾아온 키 큰 사내는 방 안에 들어서자마자 아무런 양해나 허락도 구하지 않은 채 그 의자에 앉아버렸다. 그리고 그 사실은 서 레빌을 매우 혼란시켰다) 키 큰 사내는 상대방이 마땅한 호칭을 찾지 못했다고 판단했다.

"키 선장."

"좋소. 키 선장. 그러니까…… 맙소사, 도저히 믿을 수 없군! 내 방에 제국의 공적 제1호가 앉아 있다고?"

키는 빙긋 웃으며 복수의 칼자루를 쓰다듬었다.

"더 크게 말해 보시지."

서 레빌은 황급히 입을 다물었다. 그는 그것이 마치 갑옷이라도 되는 것처럼 잠옷 자락을 단단히 여미고는 다시 창가로 다가갔다. 그러곤 갑작스럽게 지금이 늦은 아침이라는 사실을 깨달았다.

"이거 봐요. 이따가 말합시다. 그러니까, 저녁에 말합시다. 예? 난 이만 카밀궁에 나가봐야 된단 말입니다."

"웃기지 마. 돌아올 땐 병사들과 함께겠지."

"절대로 그런 일은 없을 겁니다. 키 선장. 명예를 걸고 약속하겠소!"

키는 실소했다. 얼떨떨한 얼굴로 그를 바라보는 서 레빌을 향해 키는 비아냥거리듯 말했다.

"어디서 빌려올 작정인가."

"뭐라고 하셨소?"

"명예 말이다. 어디서 빌려올 작정인가?"

서 레빌의 얼굴이 굳었다. 키는 쏘는 듯한 눈으로 주군을 배신한 기사를 노려보았다.

"가지고 있지도 않은 것으로 거래할 생각은 하지 마."

"……원하는 게 뭐요?"

"오스발과 율리아나 공주."

"뭐요?"

"더 쉽게 말해 줘야 하나? 너에게 목숨을 주겠다. 대신 넌 나에게 오스발과 율리아나 공주를 내줘야 한다. 내일 저녁까지 그들을 비무장 상태로 대포를 배치했던 그 언덕으로 데려와라. 그렇지 않으면 레모놈들 전부를 한 묶음으로 묶어서 라트라인에서 가장 행인이 많은 거리에 전시하겠다. 지금쯤 내 사람들이 작성을 끝냈을 녀석들의 진술서도 첨부해서."

서 레빌은 숨이 턱턱 막히는 것을 느끼며 키 드레이번을 바라보았다. 키는 팔걸이를 짚으며 가볍게 일어났다.

"그렇더라도 걱정하진 말도록. 에름 후작은 널 벌 주지는 않을 것이다."

"벌 주지…… 않는다고?"

키는 갑자기 복수를 뽑아들었다. 그는 복수를 천천히 들어올려 서 레빌의 목을 겨냥했다. 서 레빌은 제국의 공적 제1호에게 겨냥당한다는 것이 그런 기분일 거라고는 상상할 수 없었다. 죽을 때까지 잊을 수 없는 순간 속에서 키는 싸늘하게 말했다.

"그 전시회의 마지막 전시품은 네 목이 될 테니까."

복수는 다시 칼집으로 돌아갔다. 키는 창문으로 천천히 걸어갔다.

그 순간 서 레빌의 몸이 날래게 움직였다.

서 레빌은 벽에 걸려 있던 커틀러스를 집어들어 곧장 키의 오른쪽 어깨를 내려쳤다. 사력을 다한 일격이었지만, 키는 몸을 왼쪽으로 틀어 커틀러스를 흘려보내곤 다시 반대쪽으로 몸을 뒤틀었다. 키의 오른쪽 팔꿈치가 서 레빌의 안면을 별로 부드럽지는 못한 방법으로 문지르는 순간 서 레빌은 피를 쏟으며 뒤로 나가떨어졌다.

바닥에 나동그라졌던 서 레빌은 팔다리를 허우적거리며 일어나려 했다. 그러나 키의 오른발이 날아와 그의 가슴을 짓밟았다. 서 레빌은 일그러진 얼굴로 키를 올려다보았고 그 가슴을 밟은 채 물끄러미 서 레빌을 내려다보던 키는 허리를 굽혀 바닥에 떨어진 커틀러스를 주워들었다.

키는 서 레빌의 가슴에 올려놓았던 발을 치우곤 뒤로 물러났다. 서 레빌은 천천히 일어났고 키는 그에게 커틀러스를 던져주었다. 커틀러스를 받아든 서 레빌은 의아한 듯한 눈으로 키를 바라보았다. 그때까지 두 사람은 아무 소리도 내지 않았다.

키는 빠른 손놀림으로 복수를 뽑아들고는 그대로 인정사정없이 휘둘렀다.

잔인하고 날카로운 소리가 울려퍼졌다. 키는 복수의 칼몸으로 서 레빌의 뺨을 후려친 것이다. 다시 바닥에 쓰러진 서 레빌은 무참하게 일그러진 볼을 움켜쥔 채 키를 쏘아보았다.

"이익!"

얕은 숨소리 비슷한 기합을 내지르며 서 레빌이 다시 솟구쳤다. 그러나 커틀러스가 채 자리를 잡기도 전에 키는 복수를 다시 휘둘렀고 서 레빌은 이번엔 반대쪽 빰을 움켜쥔 채 나가떨어져야 했다.

서 레빌은 일어나지 않았다. 키는 복수를 칼집에 꽂아넣고는 창가로 걸어갔다.

커튼 자락이 한번 펄럭이고 나자 키의 모습은 사라졌다. 서 레빌은 바닥에 앉은 채 펄럭거리는 커튼을 망연히 바라보았다.

그날 아침, 너무 늦게까지 나타나지 않는 주인을 이상하게 여겨 찾아왔던 아리온 가의 하인들은 주인의 엉망진창이 된 얼굴을 보곤 크게 놀랐다. 그리고 침대에서 굴러떨어져 그렇게 되었다는 서 레빌의 설명엔 고개를 심하게 가로저었다.

"여허! 벨로린!"

"왜?"

"이보라고, 벨로린. '왜?'라는 것보다는 '안녕'이 더 좋아. 그리고 '안녕'보다는 '좋은 아침!' 쪽이 더 좋은 것이고."

물수리호의 제일사장에 걸터앉아 있던 벨로린은 주위를 죽 둘러보았다. 갈매기들이 서로에게 장난치며 날고 있는 다림시의 하늘은 쾌청했고 아직까지도 함초롬히 이슬을 머금은 것 같은 태양은 아직은 무더위를 느끼게 하지는 않았다. 벨로린은 킬리 선장의 말대로 좋은 아침이라는 것에는 동의했다. 하지만 한 가지 이해할 수 없는 점이 있었다. 그래서 벨로린은 보트 위에 서 있던 킬리 선장을 내려다보았다.

"시력이 안 좋아졌나 봐? 그럼 가르쳐주지. 좋은 아침이야."

"……가르쳐달라고 말한 것이 아냐. 벨로린."

어깨를 축 늘어뜨린 채 투덜거리던 킬리 선장은 잠시 자신이 서 있던 보트와 물수리호의 제일사장 사이의 높이를 가늠해 보았다. 가능할 것 같다는 판단이 섰고, 그래서 킬리 선장은 허리를 굽혔다가 위로 뛰어올랐다. 보트가 크게 요동치자 노잡이들은 기겁하며 균형을 잡았다. 제일사장의 밧줄에 매달린 킬리 선장은 두 다리를 끌어올린 다음 한 동작으로 몸을 한 바퀴 돌렸다. 그리고 다음 순간 킬리 선장은 물수리호의 제일사장 위에, 즉 벨로린의 옆에 걸터앉아 있었다. 그를 태우고 왔던 보트는 방향을 바꿔 항구 쪽을 향해 돌아갔다. 킬리 선장은 환한 얼굴로 벨로린을 쳐다보았지만 곧 얼굴을 딱딱하게 굳혔다. 물수리호의 일항사가 그를 물끄러미 바라보고 있었다.

"아, 아하. 일항사. 미안하군. 어, 승선 허가를 부탁하는데."

물수리호의 일항사는 메인 마스트를 흘끔 바라보았다. 그러나 무슨 말을 하지는 않았다. 잠시 후 일항사는 다시 킬리 선장 쪽을 쳐다보았고 킬리 선장은 그가 고개를 끄덕였다고 생각했다. 그리고 일항사는 곧 저편으로 걸어갔다. 킬리 선장은 과장된 동작으로 이마를 닦았다.

"자식이 아침부터 뭐 그런 눈으로 사람을 쳐다보냐. 그건 그렇고, 뭐하고 있었니, 벨로린?"

"아무것도."

"바로 그거야! 내가 찾아온 이유가."

벨로린은 고개를 갸웃하며 킬리 선장을 바라보았다. 킬리 선장은 자세를 좀 편하게 하기 위해 애쓰며 말했다.

"뭐 하고 싶은 것 없니?"

"하고 싶은 것?"

"응. 하리야 선장은 그걸 알고 싶어하고 그래서 내가 찾아오겠다고 했지. 너, 그러니까…… 일단 넌 여자니까 뱃사람이 될 순 없어. 그러니까 배에 있어봐야 너에게 도움될 것은 없지. 너 뭔가 하고 싶은 일 없니? 넌 노래를 아주 잘 부르니까, 하리야 선장은 네가 원한다면 유명한 음악가의 도제로 넣어주겠다고 하던데."

벨로린은 검은 옷자락 위에 올려놓은 검은 손을 들어올렸다. 그러곤 그것을 천천히 이마 위로 가져갔다. 하늘을 바라보던 벨로린은 편안한 어조로 말했다.

"낮엔 덥겠어."

"……그건 누가 가르쳐준 거야?"

"두캉가."

"으이그. 참 좋은 것만 가르쳤군. 말 돌리는 것은 관두고 대화에 참여해. 뭐 배우고 싶은 것 없어?"

"왜 배워야 하지?"

"응? 그거야 가능성을 가지기 위해서지. 장차 네가 무슨 일을 하고

싶어질 때를 대비해서 말이야. 그래서 어린이는 누구나……"

킬리 선장의 말이 갑자기 끊어졌다. 벨로린은 검은 얼굴에 대비되어 더욱 희게 보이는 이를 드러내며 씩 웃었다.

"날 인간의 어린이처럼 취급하네?"

"흐음, 인정하겠어. 하지만 다른 생물들도 마찬가지일 것 같은데. 너 같은 생물도 말이야. 살아가려면 움직여야 하고 잘 움직이려면 배워두는 것이 좋지 않을까."

"난 배울 것이 없어."

굳어 있던 킬리의 얼굴이 좀 밝아졌다.

"하하. 역시 인간의 어린이와 똑같은데. 뭐 지금 당장은 그렇게 생각될 거야. 공부하고 싶어하는 어린애는 아무데도 없지. 그렇지만……"

"킬리. 난 배울 것이 없어."

킬리는 눈을 끔뻑거리며 벨로린을 바라보았다.

갑자기 그의 머릿속에 어떤 의심이 떠올랐다. 그리고 그 의심은 어떤 장면으로 구체화되었다. 그의 반주에 맞춰서 그녀가 한번도 들어본 적이 없었을 노래를 부르던 벨로린의 모습. 킬리는 반쯤 확신하지 못하는 상태에서 갑자기 질문을 던졌다.

"페인 제국의 현 황제 이름은?"

"나르실 로이 아달탄 아크레아 리 온 놀가드 아자르 나이제스."

"전투 돌입시 배의 속도를 급히 낮춰야 하지만 돛을 접을 시간이 없다면?"

"닻을 던지지. 해저에 닿지 않아도 물의 저항으로 속도가 떨어져."

"타르타니어스 장군이 2시간 일찍 도달했더라면?"

"세계의 역사가 바뀌었을 거라고 말하는 자들이 많지만, 그건 몽상가들의 시간 때우기용 공상거리일 뿐. 역사에서의 가정은 무의미한 거야."

"아미, 아밀리아는 행복한가?"

무의식중에 질문을 던졌던 킬리는 곧 후회했다. 그는 벨로린이 그 자신만이 알고 있는 사실까지 말할 수는 없으리라고 자위하며 벨로린을 바라보았다. 그러나 벨로린은 킬리 선장의 떨리는 얼굴을 살짝 외면하며 말했다.

"죽었어."

"뭐?"

"아밀리아는 죽었다고."

"거짓말! 그 자식은 그녀가 좋은 남자를 만났다고 했어. 죽었을 까닭이……"

"그 레갈루스 뱃사람은 거짓말을 한 것이 아냐. 그녀는 좋은 남자를 만났지."

"그런데?"

"출산 도중에 죽었어."

"뭐?"

"아이를 낳다가 죽었다고. 그건 네 아이였어. 그녀가 널 기다리지 않고 그렇게 빨리 시집간 이유도 임신 때문이야. 너도 잘 알고 있겠지만 그녀는 여린 성격이었어. 뱃속의 아기를 죽일 용기도 없고 그 아이를 아비 없는 자식으로 키울 자신도 없거니와 가문을 부끄럽게 할 배짱은 더욱 없었지. 다행히도 임신한 사실을 알면서도 그녀를 받아들인 남자가 있었어. 좋은 남자란 건 그런 의미였어. 그래서 그와 결혼할 수 있었지만, 결국 그녀는 네 아이를 낳다가……"

"그만해!"

킬리는 턱을 가슴에 파묻으며 두 귀를 틀어막았다. 벨로린은 조용히 그를 바라보았다. 커다란 고함 소리가 울려퍼졌음에도 불구하고 물수리호의 선원들은 아무런 반응이 없었다. 한참 후 킬리 선장은 머리를 감싸쥔 채 흐느끼듯 말했다.

"그럼…… 그녀가 죽은 것은……"

"그래. 이미 5년 전이야."

"그러면 난…… 5년 동안이나 몰랐다는…… 것이군. 그녀가 죽은 지 5년이나…… 지난 건데."

"일부러 소식을 피하려 했으니까."

"난…… 나는 그녀가 결혼했다는 소식을 듣고…… 그래서 고향으로 돌아가길 포기한 거였어…… 해적이 된 거였어. 그런데…… 오, 맙소사. 그런데……"

"킬리. 상심한 것은 이해하지만 사실을 왜곡하는군. 네가 해적이 되었기에 그녀는 기다릴 수 없었던 거야."

킬리 선장은 고개를 확 쳐들곤 벨로린을 노려보았다.

"아니야! 난 해적이 아니었어!"

벨로린은 고개를 가로저었다.

"그녀는 네가 사략선 선장이 되었다는 걸 몰랐어. 넌 네가 말하지 않아도 그녀나 그녀의 가족이 그 사실을 짐작해 주길 바란 건가? 그래서 너의 군인의 명예도 지키고 그녀도 잃지 않게 되길 바란 건가? 너무 자기 중심적인……"

"닥쳐—엇!" 킬리는 벨로린의 멱살을 움켜쥐어 거칠게 끌어당겼다. 그녀는 작은 소녀의 모습이었지만 킬리에겐 그 사실이 아무런 상관이 없었다. 킬리는 코앞까지 끌려온 벨로린의 작은 얼굴을 노려보며 헐떡였다. 충혈된 그 눈에선 눈물과 함께 분노와 슬픔이 넘쳐흐르고 있었다.

벨로린은 손을 들어올려 자신의 멱살을 쥔 킬리의 커다란 손을 덮었다. 벨로린은 킬리의 손등을 쓰다듬으며 말했다.

"킬리."

킬리는 소스라치게 놀랐다. 그가 들은 것은 벨로린의 목소리가 아니었다. 5년 만에 듣는 것이지만 대번에 알아차릴 수 있는 목소리였다.

그는 벨로린의 몸에서 손을 떼려 했다. 하지만 손을 뗄 수가 없었다. 벨로린은 단지 그녀의 작은 손을 그의 손 위에 얹어두고 있을 뿐이지만 그의 손은 마치 못으로 박아놓은 것같이 꼼짝도 하지 않았다. 킬리는 비명조차 지르지 못한 채 벨로린의 검은 얼굴을 들여다보았다.

벨로린의 검은 얼굴 위로 어떤 모습이 드러났다.

거울이 없는 가난한 집에서 자신의 모습을 비춰보고 싶을 때 흔히들 그렇게 한다. 유리창 뒤편에 검은 천을 씌우거나, 혹은 밤에 유리를 들여다보면 만족스럽지는 못하지만 유리는 거울 같은 효과를 낸다. 그곳에 떠오른 모습은 꿈에서 보는 것처럼 흐릿하다. 그리고 벨로린의 검은 얼굴은 마치 그런 유리처럼 어떤 모습을 떠올렸다. 킬리 스타드 선장은 헐떡이며 그 환영에 이름을 부여했다.

"아미……"

아밀리아의 커다란 눈이 그를 응시하고 있었다. 무엇에 놀란 것 같은 커다란 눈은 무표정하게 있어도 슬퍼보인다. 킬리는 물에 빠진 사람마냥 거칠게 호흡하며 그 모습을 응시했다.

"네가…… 어떻게?"

아미는 아무 대답도 하지 않았지만 킬리는 왜 그녀의 모습을 볼 수 있는지 알 수 있을 것 같았다. 소름 끼치도록 명료한 사실이었다. 벨로린의 말대로, 죽었기 때문이다.

"왜 기다리지 않았어, 왜? 조금만 기다렸다면……"

아미는 슬픈 얼굴로 그를 바라보았다. 몇 번이나 마른 침을 삼키며 그 얼굴을 바라보던 킬리는 그만 고개를 떨구었다.

"아냐…… 내가 잘못했어. 말해 줬어야 하는데…… 그것은 내 잘못이었어."

케케묵은 헛소리. 아내에게도 비밀을 지킬 것. 킬리는 자신을 용서할 수 없는 기분을 느꼈다. 우쭐함에 차 있었지. 연인에게도 누설하지 않고 비밀을 지키는 진짜 군인. 킬리는 조국이 명령한 대로 위엄 있게 비밀을 지켰다. 그리고 그의 아밀리아는 그의 아이를 아비 없는 자식으로 만들 수 없기에, 가문을 수치스럽게 할 수 없기에 다른 남자와 결혼했다. 그리고 그의 아기를 낳다가 죽었다. 킬리는 아내도 자식도 모두 바친 '진짜 군인'이었다. 그리고 그는 지금 해적이다.

그의 입에서 사람이 내는 것 같지 않은 비명이 터져나왔다.

자유호의 일항사 식스는 깜짝 놀란 얼굴로 물수리호를 바라보았다. 테이블에서 급히 망원경을 주워든 식스는 물수리호 쪽을 향해 초점을 맞췄다. 그러곤 망원경을 통해 보이는 광경에 더 놀라버렸다. 킬리 스타드 선장이 벨로린의 멱살을 쥔 채 고개 숙여 흐느끼고 있었다.

"누군가가 자기 긍정을 하고 있군."

식스는 망원경을 내리곤 등뒤를 돌아보았다. 그러곤 의심스럽다는 듯이 질문했다.

"뭐라고 하셨습니까?"

라미는 한가롭게까지 느껴지는 손길로 테이블 위에 놓아둔 서류들을 뒤적이며 말했다.

"비명은 모두 똑같아. 나 여기 있음을 바로 자신에게 알리는 자기 긍정이지. 그게 뭔지 모르겠지만 킬리에겐 저토록 몸서리치게 자신을 긍정할 필요가 있었던 거겠지."

"예?"

"아마도 그가 부정했던 자신이 그에게 돌아왔겠지. 그러니 그는 부정했던 자신에 맞서 긍정했던 자신을 변호할 필요가 생겼을 테고, 그러니 소리 높여 외치는 거지. 내가 선택했던 내가 여기 있다고."

"도대체 무슨 말씀을 하시는 건지…… 비명은 무서우니까 지르는 거잖습니까."

"뭐가 무서운데?"

"예?"

"무서운 게 뭐냐고. 어떤 때 무서운데?"

"목숨이 위험하거나, 뭐 그럴 때……"

"그래. 자신이 사라질지도 모른다는 거 아닌가. 자신이 부정될 것 같다는 것 아닌가. 그러니 소리 높여 자신을 긍정하는 것 아닌가."

식스는 입을 꾹 다문 채 라미를 바라보았다.

고독한 기사 서 슈마허는 말에서 내렸다. 그리고 그다운 동작으로 무릎을 털썩 꿇었다.

"드디어 도착했어! 오오, 주여. 감사하나이다! 음―! 음음음!"

잠시 후 슈마허는 열렬히 땅에 입맞추고 있었다.

소가 씹다 뱉은 여물 같은 머리 아래로 얼굴엔 비누 한두 장쯤은 너끈히 상대할 만한 웅장한 땟국물이 흐르고 먼지투성이가 된 어깨에 망토라고 주장하다간 맞아 죽기 쉬울 걸레 쪼가리를 얹고서 땅바닥에 입을 맞추고 있는 기사의 모습도…… 때론 장엄해 보일 수 있는 법이다. 그리고 슈마허는 바로 그런 기적을 창조해 내고 있었다. (물론 잠시 후 허리를 일으켜 퉤퉤 침을 뱉어댄 행위가 그의 기품을 약간이나마 손상시켰을 수는 있다.)

슈마허는 입을 쓱 닦은 다음 다시 눈물 어린 눈으로 앞쪽을 바라보았다. 아니, 그보다는 먼저 냄새를 확인했다. 눈앞에 펼쳐진 포도원으로부터 맹렬한 향취가 풍겨왔다. 슈마허는 눈을 꼭 감은 채 코를 위로 쳐들어 그 향기로운 냄새를 가슴 깊이까지 빨아들였다.

"라아아―트라인이다!"

슈마허는 다시 날랜 동작으로 말 위에 뛰어올랐다. 그러곤 라트라인 시내를 향해 전속력으로 질주하기 시작했다. 멈춰 서서 누군가에 길을 물어볼 필요는 없었다. 그는 이미 3년 전에 이루미나 공주의 수행원으로 이곳에 온 적이 있었다. 물론 그때는 호위대장은 아니었지만 어쨌든 라트라인 시내는 그에게 낯설지 않았다. 그래서 그날 해질 무렵, 라트라인의 시민들은 자신들의 아름다운 도시 한가운데를 가로지르는 한 섬뜩한 모습의 기사를 보며 공포에 빠져들었다.

"이랴―하!"

잠시 후 서 슈마허는 카밀궁 앞에 도달했다. 카밀궁의 경비병들 중엔 다행히도 3년 전 그들의 나라에 들렀던 카밀카르의 기사를 기억하고 있는 사람이 있었다. 그들은 서 슈마허의 초라한 행색에 깜짝 놀라긴 했지만 어쨌든 그를 안으로 안내했다. 그리고 카밀궁 안쪽 정원으로 들어가자마자 서 슈마허는 정원 가운데 서 있는 하얀 옷차림의 귀부인을 보게 되었다. 슈마허는 그대로 한쪽 무릎을 꿇었다.

이루미나 후작 부인은 거지 꼴을 한 기사가 자신에게 무릎을 꿇자 깜짝 놀랐다. 그리고 그녀는 상대가 3년 만에 처음 듣는 호칭으로 그녀를 부르자 더욱 놀랐다.

"이루미나 공주님!"

그녀를 공주님이라고 부르는 사람은 카밀카르인일 것이다. 그리고 그 순간 이루미나는 상대방이 누군지 깨달을 수 있었다.

"세상에, 서 슈마허?"

"그렇습니다. 그간 무고하셨습니까, 공주…… 아, 아니. 라트랑 후작 부인이시군요."

"어떻게…… 도대체 어떻게 된 거죠? 어떻게 당신이 여기에, 그리고 그런 모습은? 아니, 일단은 일어나봐요. 서 슈마허. 맙소사."

이루미나는 당황하면서도 슈마허를 일으켰다. 슈마허는 깊이 목례하며 말했다.

"사정을 설명하자면 너무 깁니다. 그러니 설명 대신 질문을 먼저 드리는 것을 용서해 주십시오. 워낙 급한 질문이라서 그렇습니다. 율리아나 공주님께서 혹 이곳에 오시지 않으셨습니까?"

"예? 아, 그래요. 그 애, 공주는 이곳에 있어요."

"주여, 감사하나이다!"

슈마허는 그제서야 안도의 한숨을 내쉬었다. 그러곤 너무 오랫동안 누적되었던 피로를 한꺼번에 느꼈다. 슈마허는 잠깐 비틀거렸고 그를 안내했던 경비병들이 놀라서 슈마허를 부축했다. 그러나 슈마허는 그들의 부축을 살짝 물리치며 다시 질문했다.

"물론 안전하시겠죠?"

"공주가 안전하지 못할 이유가 있나요?"

"예. 그런 이유가 있습니다. 공주님께선 여기 계시겠지요?"

"지금은 없어요. 잠시 밖으로 나갔는데……" 별 생각 없이 말하던 후작 부인은 슈마허의 얼굴이 일그러지는 것을 보고는 당황했다. 슈마허는 상체를 앞으로 내밀며 추궁하듯 질문했다.

"공주님께선 호위와 함께 나가셨겠지요? 예?"

"호위? 아, 아뇨. 레빌 경과 함께 나갔어요. 레빌 경이 공주를 자신의 집으로 초대했거든요. 그런 초대에 호위를 데려갈 필요는 없으니까요. 공주는 자기 노예와 함께 갔어요."

"레빌 경?"

"후작가의 비서지요."

"그럼 다행이군요. 음, 죄송합니다만 제게 병사 몇 명을 좀 붙여주시지 않겠습니까? 레빌 경의 저택으로 안내해 줄 수 있는 사람으로."

"그곳으로 가겠다는 건가요?"

"예. 그리고 이곳으로 모셔와야겠습니다."

후작 부인은 미간을 살짝 찌푸리며 서 슈마허를 바라보았다.

"서 슈마허. 진지하게 물어보겠는데, 좀 설명해 줄 순 없는 건가요?"

"공주님을 다시 이곳으로 모셔온 다음에 모든 것을 설명드리겠습니다. 하지만 먼저 공주님을 모셔와야 합니다."

"그런 거라면 사람을 보내어 공주를 불러와도 될 텐데요. 당신은 휴식을 좀 취해야 할 것처럼 보이는군요. 그리고 그런 모습으로 레빌 경의 저택을 방문할 수는 없지 않겠어요? 난 후작님께 당신을 자랑스러운 카밀카르의 기사라고 소개하고 싶지만 지금으로선 후작님을 당황하게 할까 두렵군요."

슈마허는 그제서야 자신을 내려다보았다. 그러곤 자신이 모습이 이 아름다운 카밀궁에서 꽤나 파격적인 일탈을 일으키고 있다는 사실을 깨달았다. 간단히 말하자면, 그는 궁전이 아니라 뒷골목이나 다리 아래에 서 있는 편이 훨씬 나을 모습을 하고 있었다. 서 슈마허의 얼굴이 빨갛게 변했다.

"험로를 달려와서…… 품위 없는 모습 정말 죄송합니다. 크나큰 실례를 끼쳤군요."

상기된 슈마허의 얼굴을 보며 후작 부인은 미소 지었다.

"일단 안으로 좀 들어가지요. 서 레빌의 집에 있는 것은 카밀궁에 있는 것과 마찬가지입니다. 그리고 저녁이니까 곧 돌아올 거예요. 그래도 경이 안심이 되지 않는다면, 사람들을 그곳으로 보내어 공주를 돌아오게 하겠어요."

슈마허는 고개를 가로저었다.

"아니오. 괜찮습니다. 제가 좀 지나치게 흥분했나 봅니다. 공주님께선 안전하시겠지요. 위험한 것은 서 레빌 쪽이겠지요."

잠시 어리둥절해하던 이루미나는 곧 웃음을 터뜨렸다.

"그렇겠지요. 그러고 보니 공주의 화술에 곤욕을 치를 서 레빌이 불쌍하군요."

율리아나 공주는 무서운 속도로 말했다.

"작렬탄? 놀라워요! 그러니까 포환 내에 폭약을 충전시켜 일체화시킨 거예요. 포환이 목표 지점에 명중하면 그 충격에 의해 내부의 신관이 작동하며 폭약이 폭발을 일으키지요. 신관은 격발식인가요? 아니면

392

관성식? 아하! 보면 알게 되겠지요. 어쨌든 신관 작동에 의해 충전 폭약이 폭발하면 그 폭압에 의해 외부를 둘러싸고 있던 외피가 파편이 되어 사방으로 날아가며 주위를 초토화시키는 거예요. 이론상 간단하지만 포환이 포신 내에서 폭발하지 않고 목표 지점에서 폭발하게 하는 것은 지독하게 어려운 일이지요. 그게 바로 격발신관의 마법이죠. 그런데 레모인들이 그걸 해냈다고요? 정말 놀라워요!"

서 레빌은 어이없는 얼굴로 율리아나 공주를 쳐다보았고 오스발은 한숨 쉬듯 말했다.

"……당황하셨습니까?"

"아뇨. 겁먹은 거예요."

"그러시군요."

밧줄에 묶인 채 공주와 등을 맞대고 있던 오스발은 고개를 끄덕였다. 서 레빌은 이 이상한 포로들에 대해 뭔가 정의를 내려보려다가 포기하곤 다시 언덕 아래쪽을 내려다보았다. 하지만 키 드레이번은 나타나지 않았다. 율리아나 공주가 다시 말했다.

"나와 발이 사라지면 날 초대했던 당신에게 모든 의심이 돌아갈 텐데, 도대체 무슨 작정으로 이런 짓을 벌인 거죠, 서 레빌? 키 드레이번에게 협박받았다고 말하기라도 할 건가요?"

"공주님. 난 그럴 생각 없소."

"계획이 다 서 있다고 주장하는 얼굴이군요. 도대체 무슨 계획이죠?"

"당신은 알 거 없…… 마차 소리인가?"

서 레빌의 말에 오스발과 율리아나는 언덕 아래쪽으로 고개를 돌렸다. 과연 저 아래쪽으로부터 덜커덕거리는 수레 소리 같은 것이 들려왔다. 파랗게 질린 율리아나 공주는 밧줄을 풀어보겠다는 듯이 몸을 이리저리 비틀다가 곧 울먹이는 목소리로 말했다.

"아파요."

"가만히 계시면 아프지 않으실 겁니다."

"난 이 독특한 장신구가 별로 마음에 들지 않는다고요. 나 역시 고문 도구나 다름없는 속옷들로 단련되어 온 여자이긴 하지만 이렇게 꽉 죄는 건 처음이군요. 게다가 색깔이 진짜 마음에 안 드네요. 이 밧줄 색깔은 너무 촌스러워요. 엑!"

오스발은 낄낄거렸다. 허영심 덩어리의 연기로써 자신의 노예를 즐겁게 해준 율리아나 공주는, 하지만 자신의 기분을 추스르지는 못했다.

"어쩌죠, 발?"

"예?"

"드디어 왔어요. 그리고 난 저 자의 눈빛이 별로 마음에 들지 않아요."

오스발은 고개를 들었다. 그러곤 짧게 신음을 흘렸다.

수레에는 라이온과 세실이 타고 있었다. 그리고 키 드레이번은 수레에서 내리고 있었다. 검은 옷을 입은 그가 황혼을 등지고 서자 밤의 정수 같은 모습이 되었다. 오스발은 공주가 말한 '눈빛'이라는 단어를 떠올리곤 그의 얼굴을 바라보았지만 그 검은 모습 속에서 눈빛 같은 것은 보이지도 않았다. 따라서 공주가 말한 눈빛은 단지 수사적인 표현이었을 뿐이다.

서 레빌은 대포가 실린 마차를 훔쳐보다가 말했다.

"약속은 지켰소. 자, 그럼 이만 레모인들이 어디 있는지 말해 주겠소, 키 선장?"

마차에 앉아 있던 라이온과 세실은 그 말에 키를 쳐다보았다. 하지만 키는 아무 말도 듣지 못한 것처럼 오스발만을 노려보고 있었다.

키가 앞으로 한 발자국 걸어나온 순간 율리아나는 정신이 다 나가버릴 듯한 기분을 느꼈다. 그러나 큰 걸음걸이로 다가온 키는 오스발의 앞에 섰다. 물론 율리아나는 무시당했다는 기분을 느끼기는커녕 죽다 살아난 기분을 만끽했다. 그리고 그녀와 등을 맞댄 채 땅바닥에 앉아 있던 오스발은 고개를 약간 꺾어 키의 턱을 올려다보았다.

그의 얼굴은 여전히 어두웠다. 오스발은 밤을 향해 말하는 기분으로 입을 열었다.

"오래간만이군요, 선장님."

어둠 속에서 키의 목소리가 돌아왔다.

"그렇군. 오스발."

"먼곳까지 오셨군요."

"이곳에도 파도 소리는 있다."

"길들여진 바다입니다."

"혼은 죽지 않아."

"저도 그러할까요?"

키의 검은 얼굴이 좌우로 움직였다.

"아니. 네가 유령이 된다면, 난 그 유령까지도 죽이겠다."

"……신이 허락할까요?"

"내 행동에 신의 승낙은 필요없다."

오스발은 쓸쓸하게 웃었다. 그리고 그 웃음을 본 순간 어두운 키의 얼굴로부터 불꽃이 튕겼다.

키 드레이번은 오스발의 멱살을 움켜쥐어 끌어올렸다. 오스발과 함께 묶여 있던 율리아나 공주는 비명을 지르며 덩달아 끌어올려졌다. 두 사람을 한꺼번에 끌어올리는 놀라운 괴력을 발휘했지만 키의 숨소리는 조금도 흐트러지지 않았다. 키는 오스발의 얼굴을 코앞까지 끌어당기며 말했다.

"빌어라."

"뭐라고 빌어야 합니까?"

"살려달라고 빌어라. 오스발."

몸이 들어 있지 않은 옷가지처럼 가볍게 휘둘려지고 있었지만, 오스발은 고개를 갸웃했다.

"저, 글쎄요. 그러고 싶지 않습니다만."

"살고 싶지 않다는 거냐?"

"아니오."

"그럼?"

"선장님. 제가 빈다 해도 살려주실 것 아니잖습니까?"

"물론이지."

세실은 당연하다는 투로 '물론이지'라고 말하는 키에게 질렸다는 얼굴이 되었지만, 오스발은 그게 당연하다는 듯이 무반응을 보임으로써 세실을 더 당황하게 만들었다. 키는 턱을 앞으로 내밀며 사납게 말했다.

396

"그래서 자존심이나마 지키겠다는 거냐?"

"아, 아니오. 그런 건 아닙니다. 그냥…… 뭐, 불필요한 말은 하고 싶지 않다는 겁니다."

"불필요하다?"

"예. 말해 봐야 쓸모없는 말이니까요."

"의사 표시는 될 텐데?"

"예?"

"그렇게 빌면 살고 싶다는 네 의사는 표현할 수 있을 텐데?"

"어, 선장님께서 제 의사를 존중하시진 않을 거라 생각합니다만."

"물론."

"그럼, 제 의사는 중요하지 않습니다. 키 선장님."

"중요하지 않다고? 네 목숨인데?"

"제 목숨은 제게 중요하지요. 하지만 그것을 말해 봤자 무슨 상관입니까. 인정하실 것도 아닌데……"

키는 여전히 교리문답이라도 하듯이 평온한 어조로 말했다.

"네가 방금 전에 무슨 짓을 한 건지 아나?"

"모르겠습니다만."

"넌 어떤 늙은 여자의 하나뿐인 소망을 진흙탕에 차넣고 발로 뭉개었다. 그녀가 죽음마저도 보류하며 기다려왔던 것이 쓸모없는 것임을 선언했지."

여자라곤 두 명뿐이었기에 오스발은 세실을 쳐다보았다. 세실은 석양 속에서도 두드러질 만큼 하얀 얼굴로 두 남자의 혼란스러운 대화를 듣고 있었다. 그러나 오스발이 뭐라 말하기도 전에 키는 고개도 돌리지 않은 채 외쳤다.

"알겠나!"

세실리아는 흠칫하며 키를 쳐다보았다. 키는 여전히 오스발을 쳐다본 채 외치고 있었다.

"이게 바로 답이다. 세실리아! 오스발이 말하길 세상엔 진리라는 것이 없다시는군. 자신에게 자기 목숨이 중요하다는 것만큼 뚜렷한 진실이 어디 있겠나? 하지만 오스발은 그 진리의 엉덩이를 걷어차고 침을 뱉는군. 그러곤 거만하게 말씀하시는군. 긍정하느냐, 부정하느냐가 있을 뿐이라고. 그게 뭘 의미하는지 아나? 긍정하면 그게 아무리 개소리라도 진리가 되는 거야. 부정하면 성전의 말이라도 개소리가 되는 것이고! 긍정하느냐 부정하느냐가 있을 뿐, 그것 자체로 진리인 의미는 어디에도 없다는군. 그러니까 넌 아무거나 하나 찾은 다음 그걸 긍정하기만 하면 돼. 그러면 그게 바로 네가 지금껏 기다려왔던 것이 될 거야!"

세실은 입술을 몇 번이나 핥은 다음에야 힘들게 말했다.

"그건 그의 생각일 뿐이야."

"부정하는군. 봤나, 오스발? 세실은 네 말을 부정했어. 그러니 네 말은 이제 무의미해지는 거야. 알았나?"

"……관둬. 키 드레이번."

키는 오스발의 멱살을 놓았다. 율리아나 공주와 묶여 있었던 탓에 오스발은 제대로 서지 못하고 다시 주저앉았다. 물론 율리아나 역시 낮은 비명을 지르며 함께 쓰러졌다. 키는 복수를 뽑아들었다.

"넌 언젠가 살인이 죄라고 그랬지. 그렇잖나?"

그것은 세실에게 하는 말이었다. 세실은 괴로운 표정으로 키의 옆얼굴을 바라보았다.

"그게 진리인가? '살인은 죄'라는 것이? 만일 그렇다면, 그게 어쨌다는 거지? 그 진리에는 아무 힘도 없어. 그것이 갑자기 나타나 내 팔을 잡지는 못해. 새장은 차라리 만질 수 있고 거기에 부딪힐 수도 있어. 부딪힐 수 있고 내 행동을 구속해. 그런 것이 괜찮은 진리 아닌가. 도대체 왜 그걸로 만족할 수가 없나. 하지만…… 하지만?"

어느새 키의 말은 그 자신을 향하고 있었다. 세실과 라이온은 당혹하여 서로를 쳐다보았고 율리아나와 오스발 역시 어리둥절한 얼굴로 키를 바라보았다. 선홍빛 석양 속에 키는 구부정하게 서 있었고 그를 아는 사람들에게 그의 모습은 퍽이나 낯선 것이었다.

키는 갑자기 세실을 돌아보았다.

옆에서 그를 비추고 있는 햇살은 그의 얼굴에 짙은 음영을 드리웠다. 세실은 그 얼굴을 보며 익숙한 기분을 느꼈다. 여름날 아침, 더운 밤을 보내고 땀에 젖어 일어날 때, 시트는 구겨지고 말려 두 다리 사이에 끼워져 있고 팔다리는 방금 몸에서 돋아나기라도 했다는 듯이 끈적거리는 아침, 멍한 머릿속으로 잘 떠오르지 않는 지난밤의 꿈을 생각할 때의 기분. 삶이 황당할 정도로 가까이 부딪혀 올 때, 서럽기까지 한, 그런, 그런.

"왜 넌 암탉이 달걀을 낳는다는 것을 진리로 받아들이지 못하는 걸까."

키는 웃음기 하나 없는 얼굴로 그렇게 말했다. 키의 말에서 '넌'이라는 대명사는 일반적인 용법과 다르게 사용되었다고 생각하며 세실은 하이낙스를 생각했다. 그리고 다림의 외곽 절벽 위에서 세상을 향해 으르렁거리고 있던 키를 생각했다.

쥬르노 산은 하이낙스에 의해 쥬르노 평원이 되었다. 하이낙스라면 수탉으로 하여금 오리알을 낳게 할 것이다. 새장의 문을 열 것이다. '세상의 모습 또한 그와 그에겐 진리가 아니었다.' 세실은 무의식중에 생각했다. 그 둘이 제국의 공적이라는 공통점을 가지고 있는 것은 얼마나 어울리는 일인가. 제국의 적. 세계의 적. 모든 새장의 적.

"새장의 창살 사이로 너무나 뚜렷하게 보이니까."

"열면 다시 닫을 수 없는데. 다시는 널 행복하게 구속하지 않는데."

"나를 부정할 수 없으니까…… 그것을 보는."

어처구니가 없는 얼굴로 키와 세실을 번갈아 바라보던 서 레빌은 자신이 아주 고약한 종류의 속임수에 걸린 것이 아닌가 하는 의심까지 품어보았다. 저것이 제국의 공적 제1호 키 드레이번인가? 믿을 수가 없군. 서 레빌은 불안스러운 눈빛으로 언덕 아래를 훔쳐보았지만 그가 기다리고 있던 자들은 아직 나타나지 않았다.

서 레빌은 얼간이는 아니었고, 그래서 율리아나 공주가 살해될 경우 카밀궁에서 공주를 불러낸 자신에게 모든 의심이 돌아올 것을 잘 알고 있었다. 그리고 율리아나 공주의 암살건에 휘말린다는 것은 라트랑 후작 부인 이루미나를 적으로 돌리는 것임과 동시에 강국 카밀카르를 적으로 돌리는 것이며 심지어 공주의 약혼자인 필마온 기사단을 적으로 돌리는 행위가 될 수도 있다. 따라서 그는 오늘밤 안에, 늦어도 내일 저녁까진 라트랑의 주인이 되어 있어야 했다. 에름 후작을 죽이고, 그리고 미망인이 된 라트랑 후작 부인 이루미나와 결혼해야 했다. 그럼으로써 라트랑과 카밀카르 양쪽을 한꺼번에 정리하는 것. 거기까지가 서 레빌의 고려였다. 그리고 그러기 위해선 에름 후작 살해 혐의를 덮어쓸 자로서 키 드레이번 자신이 필요했던 것이다. 그는 마음속으로 언덕 아래에 매복시켜 둔 심복을 향해 욕설을 퍼부었다. '키 드레이번이 나타나자마자 올라오라고 했더니, 도대체 왜 이렇게 안 오는 거야!'

그때 키 드레이번이 말했다.

"레빌. 그들은 오지 않는다. 그들을 처리하고 오느라 늦었던 것이거든."

레빌은 기겁한 표정으로 검을 뽑아들었다.

"다…… 처리했다고?"

"그래."

"도대체 어떻게?"

"지옥에 가서 물어봐."

서 레빌은 재빨리 주위를 둘러보았다. 하지만 사방은 절벽이었고 언덕 아래로 내려가는 길은 키 드레이번에 의해 막혀 있었다. 키는 서 레빌 쪽에는 시선도 보내지 않은 채 귀찮다는 듯이 말했다.

"거기 절벽 있으니 자살해."

서 레빌은 그 태도에 찬물을 뒤집어쓴 것 같은 충격을 느꼈다. 실제로 키의 관심은 전부 오스발과 세실에게 돌려져 있었고 서 레빌에게 그것은 형언할 수 없는 모욕이었다. 관심 가는 대상이 아니니 날 귀찮게 하지 말고 알아서 죽어라, 라고 말하는 키를 향해 서 레빌은 이를 드러내며 검을 치켜들었다.

"이 빌어먹을 자식…… 나를 뭘로 보는 거냐!"

키는 천천히 서 레빌을 돌아보았다. 서 레빌은 롱 소드를 들고 있었고 그것은 석양 속에서 빨갛게 달아올라 있었다. 하지만 서 레빌은 그 롱 소드를 땅에 내리꽂고는 오른손을 품속에 집어넣고 있었다. 세실은 멍한 얼굴로 상념에 잠겨 있었지만 라이온은 흠칫하며 검을 뽑았다. 서 레빌이 품속에서 꺼낸 것을 보며 키는 고개를 갸웃했다.

"그건 뭐지?"

레빌은 땀에 흠뻑 젖은 얼굴을 닦으며 사납게 웃었다.

"데샨 카라돔의 장난감이지."

서 레빌이 들고 있는 것은 막대기같이 생긴 것이었고 그 아래쪽엔 끈이 달려 있었다. 서 레빌은 왼손으로 그 끈을 움켜쥐고는 키나 라이온이 어떤 행동을 하기도 전에 그것을 확 잡아당겼다.

순간 그 막대기 끝에서 불꽃이 솟아올랐다.

강력한 불꽃은 2, 3피트는 되는 듯한 길이로 솟아올랐다. 서 레빌은 그것을 빙글빙글 돌리다가 절벽 저편의 허공을 향해 집어던졌고 키는 눈살을 찌푸렸다.

"그건 신호인가?"

"그래. 자, 선택해!"

"선택?"

"조금 있으면 내 사람들이 카밀궁을 점거할 것이다. 좀 거친 수법이지만 도리가 없지. 에름 후작은 죽고 난 그의 나라와 그의 아내를 승계할 거야. 날 죽인다고? 허튼소리. 나에게 협력해! 아니, 나를 이용해! 라트랑의 새 지배자인 나와 손을 잡는 거야. 내가 이루미나를 얻으면 카밀카르까지도 내 것이 되는 거야. 그러면……"

키가 뭐라고 대답하기도 전에 앙칼진 고함이 터져나왔다.

"이 나쁜 놈, 헛소리 하지 마—!"

레빌과 라이온, 세실, 그리고 키까지도 약간 당황한 눈초리로 율리아나를 돌아보았다. 오스발은 사정상 돌아볼 수는 없었지만 등을 통해 율리아나 공주가 거칠게 씩씩거리고 있다는 것은 잘 알 수 있었다.

"우리 언니를 어쩌겠다고? 키 드레이번! 저 사람 죽여버려요! 당신 미쳤으니까 어려운 일도 아니잖아!"

오스발은 나오는 대로 말하는 주인을 모시고 있다는 사실에 대해 약간의 비탄을 느꼈다. 그러나 율리아나 공주는 왜 자신은 다른 사람에게 겁을 줄 수가 없냐는 것에 대해 비탄을 느껴야 했다. 상념에 빠져 있던 세실은 물론 서 레빌까지도 웃음을 띠웠다. 서 레빌은 공주를 무시한 채 말했다.

"자, 키 드레이번. 당신은 바보가 아닐 거야. 난 라트랑의 지배자가 됨과 동시에 레모, 카밀카르와도 연결되는 고리가 되는 거야. 당신에게 폴라리스가 있지? 그럼 나와 손을 잡으면 네 개의 나라가 서로 연결되는 거라고. 난 진지하게 제안하는 거야. 당신은 이런 기회를 놓칠 정도의 언간이는 아니겠지?"

키는 라트라인 시내를 내려다보았다. 땅거미가 내려앉는 라트라인 시내에서 움직이는 불빛들이 보였다. 꽤 많은 숫자의 횃불이 여러 방면으로부터 카밀궁으로 집중되고 있었다. 34년 동안이나 기다렸던 서 레빌은, 확실히 준비를 단단히 해두는 타입이었다.

서 레빌은 마차에 실려 있는 작렬포를 가리키며 말했다.

"지금 그 대포를 이용해야 돼! 알겠나, 키 드레이번? 그걸로 카밀궁을 포격해야 돼! 이것이 바로 기회란 말이야!"

"안 돼! 키 드레이번, 부탁이에요. 언니를 괴롭히지 말아요!"

키는 율리아나를 돌아보았다. 율리아나는 상기된 얼굴로 외치고 있었다.

"제발. 당신의 목적은 언니가 아니잖아요? 라트랑 때문에 이러는 것이 아니에요. 로드 에름 때문이에요. 우리 언니에게 로드 에름은 무엇보다 소중한 선물이에요. 제발, 제발 룸 언니의 작은 행복을 깨뜨리지 말아주세요. 키 드레이번. 제발 동정심을 가져줘요!"

서 레빌 또한 지지 않고 외쳤다.

"동정심이라고? 키 드레이번. 설마 저런 이야기에 신경 쓰진 않겠지? 당신은 동정심으로 제국의 공적 제1호가 된 것은 아니잖아. 합리적으로 생각해! 손에 다 들어온 것을 놓치진 않겠지. 대포? 안 쏴도 상관없어. 카밀궁은 조금만 있으면 무너져! 당신이 할 일은 그저 나와 함께 저곳으로 내려가는 일뿐이야. 단지 그것뿐이라고!"

그러나 서 레빌의 예상과는 달리, 카밀궁을 공격하던 레빌의 수하들은 뜻밖의 곤경에 빠져 있었다.

　카밀궁은 원래부터 전투용의 건물은 아니었다. 물론 지배자의 저택이므로 어느 정도의 수비 시설은 되어 있었지만 기본적으로 카밀궁은 에름 후작이 그 아내를 위해 만든 예술품이었다. 따라서 카밀궁의 점거는 큰 어려움이 없을 것이라는 것이 레빌의 판단이었다. 그리고 심지어 카밀궁의 경비병들도 그렇게 생각하고 있었다.

　하지만 그들은 카밀궁에 의외의 인물이 있음을 알지 못했다.

　"내 공주님을 두 번 위험하게 하진 않는다!"

　참으로 기사도의 정화라 할 수 있는 모습이었다. 그들 앞에서 피를 토하듯 외치는 슈마허의 모습을 보면서 카밀궁의 경비병들은 자신도 모르게 가슴이 떨리는 것을 느꼈다. 서 슈마허의 헤진 옷자락이나 남루한 차림새 따위는 오히려 그를 역전의 용사로 보이게끔 했다. 슈마허는 종횡무진으로 말을 달리며 눈앞에 들어오는 모든 반역자를 거꾸러뜨리고 있었다.

　"라트랑의 형제들이여! 나는 카밀카르의 기사 서 슈마허요! 부탁이오! 내가 나의 왕에게 그 분의 따님과 그 분의 사위를 지켰다고 말하게 해주시오!"

　서 슈마허의 절절한 요청에 호응하여 카밀궁의 경비병들은 무서운 기세로 일어났다. 기습을 당했던 카밀궁은 서 슈마허의 귀신 같은 분전에 힘입어 간신히 숨돌릴 틈을 얻었고 카밀궁 경비대장은 그 시간을 잘 활용하여 조직적인 반격을 시작했다. 반역자와 경비병들 사이의 무서운 격투로 아름다운 카밀궁은 순식간에 유혈의 장으로 바뀌었다. 반역자들은 미친 듯이 덤벼드는 경비병들을 보며 질린 얼굴이 되었다. 그들에게 있어 더 안 좋았던 것은 서 레빌의 부재였다. 조직적인 공격을 할 수 없었던 반역자들은 폭도처럼 그저 날뛰고만 있었고 카밀궁 경비병들은 수의 열세에도 불구하고 자신들이 속속들이 알고 있는 카밀궁의 지리를 잘 이용하며 반역자들을 거세게 밀어붙이고 있었다.

"대단하군요. 저 기사."

정원을 내려다보고 있던 이루미나는 고개를 돌렸다. 몇 명의 기사들에 둘러싸인 에름 후작의 모습이 보였다. 기사들의 도움을 받아 갑옷을 입고 있던 에름 후작이 웃으며 말했다.

"서 슈마허라고 했던가요? 당신 고국의 기사들은 모두 저렇습니까?"

"잘 모르겠군요. 저도 그렇지만 대부분의 카밀카르인들은 좋은 기사보다는 좋은 뱃사람을 더 존경하는 풍조를 가지고 있거든요. 카밀카르는 록소나처럼 기사들의 무용으로 유명한 나라는 아니잖아요."

"그렇습니까? 하지만 좋은 기량을 가지고 있군요. 이런 때 저 기사가 우리에게 있다는 것이 대단히 안심됩니다. 하지만 이젠 주인이 나설 때가 되었군요."

팔을 움직이며 갑옷의 착용 상태를 검사하던 에름은 마지막으로 검집을 들어올렸다. 검대를 허리에 찬 에름은 이루미나에게 다가왔다. 에름은 이루미나의 팔을 잡으며 말했다.

"바닷속에 들어가 있어요, 이루미나."

"바닷속이오?"

"예. 그곳만큼 안전한 곳은 없을 테니까. 당신이 머메이드라는 사실이 대단히 유용하군요."

이루미나는 잠시 생각하다가 곧 고개를 가로저었다.

"저 혼자 안전한 곳에 있고 싶지는 않아요. 비이성적이라는 건 알지만."

"부탁이에요. 이루미나. 당신이 안전하다는 것을 확신해야 내가 안심하겠어요."

"하지만……"

"그리고, 난 여차하면 바다로 뛰어들 겁니다. 당신도 알다시피 난 겁이 많잖아요. 첫 번째 반역자를 보자마자 줄행랑을 칠지도 몰라요."

"어머, 에름."

"하하. 당신이 기다렸다가 날 받아주겠지요? 난 헤엄 못 칩니다. 갑옷까지 입은 상태에서 바닷속에서 살아나는 건 잊혀진 탑의 이름을 맞추는 것만큼이나 불가능한 일이 될 겁니다."

에름 후작의 짐짓 애원하는 얼굴을 보며 이루미나는 고개를 끄덕였다.

"그렇게 하죠."

"지금?"

이루미나는 얼굴을 약간 붉힌 채 기사들을 가리켰다. 에름은 너털웃음을 터뜨리곤 몸을 돌렸다. 기사들과 함께 문으로 걸어가던 에름은 문손잡이를 잡으며 말했다.

"우리들이 나가자마자 바닷속으로 들어가요. 알겠죠?"

"알았어요. 그리고 조심하세요, 제발."

에름은 웃으며 문을 나섰다. 그러나 복도로 나오자마자 에름 후작은 얼굴을 굳히며 기사들을 돌아보았다.

"서 레빌인가?"

"그런 것 같습니다."

"율리아나 공주를 데려간 것은 인질이었군. 미련한 자. 좋아. 그대 둘은 당장 아리온 저택으로 가라. 율리아나 공주가 그곳에 있는지 확인하고 상황을 조사하라. 가는 길에 서 슈마허도 데리고 가도록. 공주를 모시던 기사니 도움이 될 거야."

두 명의 기사가 경례를 붙인 다음 빠르게 걸어갔다. 에름 후작은 검을 뽑은 다음 나머지 기사들과 함께 정원을 향해 달려갔다.

저 아래에서 일어나고 있는 일에 대해 알지 못하던 서 레빌은 자신감에 찬 얼굴로 키를 바라보았다. 키는 율리아나를 돌아보았다.

"나에겐 이루미나에게 동정심을 가질 이유가 없다."

율리아나의 얼굴이 창백해졌다. 레빌이 희열에 찬 얼굴로 뭐라 외치려 할 때 키의 말이 곧장 이어졌다.

"그러나 서 레빌을 죽여야 할 이유는 하나쯤 구성할 수 있을 것 같다."

서 레빌은 어처구니없는 얼굴로 키를 바라보았다. 키는 천천히 서 레빌을 돌아보았다.

"자살하라고 했다."

"뭐라고?"

"언덕길에 숨겨놨던 놈들로 하여금 나를 죽이게 할 생각이었지?"

"뭐? 어, 하지만 그건 지난 일이잖아?"

"일어난 일이지."

"아, 하하. 이봐, 키 선장. 거기에 대해선 사과하겠어. ······설마 아니겠지?"

키는 서 레빌을 물끄러미 바라보았다. 서 레빌의 얼굴에 떠올랐던 웃음은 순식간에 사그라들었다.

"농담이겠지? 키 선장. 생각을 좀 해! 나를 살려주면 너의 폴라리스는 사트로니아뿐만 아니라 이 라트랑 또한 끌어들일 수 있단 말이야. 작은 것에 연연하지 말고 큰 것을 봐!"

키는 시큰둥하게 말했다.

"나의 폴라리스? 그런 것 가지고 있지 않아."

"무슨 말이야?"

"말을 계속 늘이는군. 귀찮은 녀석." 키는 서 레빌을 향해 성큼 걸어갔다. 서 레빌은 당황하여 검을 들어올렸지만 그가 채 검을 세워들기도 전에 키가 파리라도 쫓듯이 복수를 휘둘렀다. 요란한 소리와 함께 서 레빌의 검은 옆으로 날아갔고 검을 놓친 서 레빌은 눈을 크게 뜬 채 키를 바라보았다.

믿을 수 없다는 듯이 바라보고 있는 바로 그 얼굴을 향해 키는 복수를 차분히 내리꽂았다.

"꺄아아악!"

율리아나는 비명을 지르며 얼굴을 숙였다.

강력한 일격에 서 레빌은 무릎을 꿇었다. 태양은 이미 서쪽 대지 속으로 스며들고 있었고 눈이 아프도록 붉은 석양 속의 그 그림자들은 마치 서품식중인 주군과 기사의 실루엣 같았다. 꼿꼿하게 서 있는 키 큰 남자, 그 앞에 무릎을 꿇은 남자, 그리고 키 큰 남자의 손에서 나와 앞쪽의 남자의 머리에 멎어 있는 검.

그야말로 서품식중의 군주처럼 키는 복수를 들어올렸다. 그러나 기사의 역할을 하고 있는 서 레빌의 그림자는 일어나 감사를 표시하는 대신 허물어지듯 쓰러졌다. 자욱하게 번지고 있는 피비린내는 쓰러진 그림자를 한 명이라 부르는 대신 한 구라는 말로 불러야 함을 잘 나타내고 있었다.

옆으로 서 있던 키의 그림자가 빙글 돌았다. 오스발은 그 그림자를 똑바로 바라보았다.

그림자는 서서히 오스발을 향해 다가왔다. 조용히 그 모습을 바라보던 오스발은 문득 등을 통해 공주의 떨림을 느꼈다. 공주는 그대로 산산조각이 날 것처럼 부들부들 떨고 있었다. 갑자기 오스발은 어느 밤을 떠올렸다.

키는 복수를 서서히 들어올렸다.

하지만 오스발은 그 모습에서 별다른 감흥을 느끼진 않았다. 그는

410

차분히 자신 속으로 가라앉은 다음 어느 날 밤을 생각했다. 팔라레온의 새카만 밤하늘. 어떤 알려지지 않은 고귀한 생물의 맥박처럼 느릿하게 물결치던 밀밭. 희게 돌고 있던 풍차. 시린 달빛이 꽃잎처럼 쏟아지던. 그리고 오스발은 그 속에서 하얗게 서 있던 공주의 모습을 생각했다.

집에 가고 싶어요.

사고가 영글어지며, 오스발은 마음속으로 고개를 끄덕였다.

가셔야죠, 공주님.

집으로 갑시다.

복수가 거꾸로 떨어지는 벼락처럼 하늘을 찌른 순간, 오스발은 저쪽에서 반짝거리는 것을 보았다. 그때 그들 모두의 머리 위로 거대한 암흑이 덮쳐왔다.

"으, 으아악!"

에름 후작은 당혹한 눈으로 앞쪽의 적수를 바라보았다. 물론 에름 후작은 상대방이 반역자로서 죄의식을 느껴야 된다고 생각했지만 그렇다고 해서 칼로 치기도 전에 저렇게 쓰러질 필요는 없을 것 같았다. 그래서 에름은 의아해하는 눈으로 상대를 바라보았다. 하지만 땅에 주저앉은 상대는 그의 어깨 너머 하늘을 바라보고 있었다. 그 반역자의 얼굴은 격렬한 공포로 일그러지고 있었다.

에름 후작은 뒤로 조금 물러난 다음 재빨리 뒤쪽을 훔쳐보았다. 그러나 조금 후 에름 후작은 온몸을 돌려 하늘을 쳐다보고 있었다. 그는 이미 죽일 듯이 싸우던 상대방에 대해 잊고 있었다. 그리고 그런 희한한 망각은 넓은 카밀궁 곳곳에서 일어나고 있었다. 서로 상대방의 목을 따내지 못해 안달하듯 거칠게 싸우던 반역자와 경비병들은 모두들 넋을 잃은 채 하늘을 올려다보았다. 그리고 그들뿐만이 아니었다. 라트라인의 시민 전부가 하던 일을 잊고 붉은 하늘을 바라보고 있었다.

에름 후작은 그것이 뭔지 알 수 있었다. 사실 라트랑의 하늘에 나타난 그것이 뭔지 모르는 사람은 아무도 없을 것이다. 하지만 이전에 그것을 본 사람도 아무도 없을 것이다. 그것은, 마치 천사나 진정한 사랑이 그렇듯 한번도 본 적이 없어도 보자마자 대번에 알아차릴 수 있는 종류의 것이었다. 그리고 역시 천사나 진정한 사랑처럼 진짜 만날 수 있으리라고는 생각할 수 없는 종류의 것이었다.

라트랑의 노을 속을 날아가고 있는 것은 거대한 드래곤이었다.

가장 큰 먹구름보다 크고 가장 강력한 폭풍보다 강력했다. 네 장의 날개는 하늘을 찢어내는 듯했고 곧게 뻗은 목은 명중이 약속된 화살촉 같았다. 에름 후작은 온 힘을 다해 자신이 전투 한가운데 있다는 사실을 일깨우기 위해 애썼지만 그것은 헛수고로 돌아갔다. 그는 도저히 그 모습에서 눈을 뗄 수가 없었다.

그 순간 카밀궁의 경비대장이 대단한 기지의 소유자임이 드러났다.

"너희들의 악업을 징벌하기 위해 나타난 제왕을 보라—!"

에름 후작은 기가 막힌 얼굴로 저 멀리 서 있는 경비대장을 보았다. 그는 정말 되묻고 싶었다. 자네 방금 뭐라고 그랬나? 하지만 경비대장은 씩씩하게 외치고 있었다.

"너희들은 라트랑의 정당한 지배자에게 검을 겨냥했다! 그 천인공노할 죄악에 대하여 무엇이 나타났는지를 보라! 두 눈을 크게 뜨고 너희들의 심판자를 보란 말이다!"

그 말이 끝난 순간, 반역자들은 뜨거운 것이나 되는 것처럼 각자의 무기를 팽개친 다음 자신들은 원래 지하생물이라고 주장하기 시작했다. 에름 후작의 상대 역시 땅에다 머리를 쑤셔넣으려 애쓰며 울부짖었다.

"오오, 후작님! 용서하십시오, 용서하십시오! 전, 저는 시키는 대로 했을 뿐입니다. 전 버러지입니다! 제발 자비를 베풀어주십시오! 후작님!"

땅에다 머리를 쑤셔넣으려 애쓰던 그 반역자는 그것이 여의치 않았는지 곧 에름 후작의 다리에 매달렸다. 마치 에름 후작을 모든 죄악의 면죄부쯤으로 생각하는 것 같았다. 그리고 그런 행동은 다른 반역자들의 귀감이 되었다. 반역자들은 모두 에름 후작에게 달려왔고 그의 주위에 무릎을 꿇으며 그 발에 키스하려 했다. 그래서 카밀궁의 경비병들은 에름 후작이 압사당하지나 않을까 걱정하며 급하게 그를 보호해야 했다.

절벽 위에서 세실은 온몸을 떨며 그 모습을 보았다. 절벽 위의 사람들 중 가장 나이 많은 그녀였지만 그녀의 긴 생에서도 그런 압도적인 힘의 화신을 본 기억은 없었다. 물론 그녀의 눈앞에서 쥬르노 산이 쥬르노 평원으로 바뀐 적은 있다. 하지만 그때 그녀가 느낀 것은 충격의 범주를 넘어서는 것이었다. 이해할 수 없으면 충격도 느낄 수 없는 것이다. 하지만 지금 라트랑의 석양 속을 날고 있는 드래곤의 모습은 이루 말할 수 없는 충격이었다. 그때 키의 외침이 울려퍼졌다.

"라오코네스!"

라오코네스? 세실은 키의 말에 흠칫했다. 저것이 일몰의 왕 라오코네스라고?

일몰의 제왕은 순간을 지배하기에 영원을 지배한다. 누가 설명해 준 것은 아니지만, 세실은 알 수 있었다. 지금 라오코네스는 일몰을 이용하여 단숨에 대륙을 가로지르고 있었다.

라이온이 덜덜 떨리는 목소리로 말했다.

"맙소사, 다시는 보고 싶지 않았는데……"

"뭐라고? 너 전에 저거 봤냐?"

라이온의 떨림이 약간 줄어들었다. "……세실. 당신이 덤벙거리는 성격이란 건 이젠 비밀도 아니지만, 그래도 어떻게 그걸 잊습니까. 율리아나 공주가 도망친 것이 미노 만이었다고 말했잖습니까."

"아, 그랬지?"

세실은 넋 나간 듯이 벙긋벙긋 웃으며 고개를 끄덕였다. 하지만 곧 그녀의 눈은 다시 석양 속으로 고정되었고 그 끔찍한 모습에 압도되고 말았다. 세실 덕분에 약간 침착을 되찾은 라이온은 라오코네스의 진행 방향을 관찰하는 여유까지 발휘했다. 라오코네스는 대단한 속력으로 날아가고 있었고, 그래서 어느샌가 그들의 머리 위를 지나쳐 가고 있었다.

"북서쪽이군요. 그쪽으론 나라가 너무 많아서 어느 불행한 나라가 라오코네스의 공격 대상이 된 건지 모르겠는데요."

"고, 공격 대상?"

되묻는 세실의 말에 라이온은 자신의 실수를 깨달았다.

"예? 아, 뭐 공격이 아닐지도 모르죠. 그냥 무섭다 보니…… 그런 생각이 드는군요."

"이해돼."

세실은 진심으로 이해할 수 있을 것 같았다. 그리고 키에게 너도 이해되지? 라고 묻는 듯한 시선을 보내기 위해 고개를 돌렸다. 그때였다.

참혹한 비명이 울려퍼졌다.

세실과 라이온은 잠시 라오코네스의 모습마저 잊어버릴 정도의 공포를 느꼈다. 짧은 순간 그들은 라오코네스가 포효한 것은 아닌가 하는 착각까지 일으켰다. 하지만 목소리의 방향은 분명 다른 쪽이었다. 세실과 라이온은 키를 바라보았고 무서운 비명을 지르고 있는 그의 모습에서 오싹해지는 전율을 느꼈다. 세실은 키가 왜 비명을 지르는지 보기 위해 주위를 둘러보았다. 그러나 그녀보다 먼저 라이온이 알아차렸다.

"달아났어!"

오스발과 율리아나 공주가 앉아 있던 곳엔 끊어진 밧줄들과 키가 팅겨내었던 서 레빌의 검만이 남아 있었다. 그리고 두 남녀의 모습은 어디에도 보이지 않았다. 라오코네스의 모습을 보다가 그들이 달아난 것을 눈치 채지 못했던 키는 끔찍한 고함을 지르며 발광하고 있었다.

"그러니까 L은 라오코네스였군요."

플로라는 이상한 목소리로 말했다. 법황은 그것이 대단한 사실이나 되는 것처럼 진중하게 고개를 끄덕였다. 그러곤 다시 얼빠진 얼굴로 하늘을 쳐다보았다.

법황청의 테라스. 신앙심 깊은 순례자들이나 신도들에게 축복을 내리거나 할 때 법황이 서곤 하는 그 장소에서, 법황은 거꾸로 자신이 무슨 축복을 받는 기분을 느꼈다. 만인을 굽어보기 위해 만들어진 장소에서 위를 쳐다볼 필요가 생겼다는 것만으로도 그런 기분을 느끼기엔 충분했다.

펠라론의 가장 높은 종루도 라오코네스의 가슴에도 미치지 못하는 듯했다. 라오코네스는 너무도 높은 곳에서 내려다보고 있었고 법황은 그가 자신을 인식할 수 있을지조차 미심쩍었다. '아마도 개미 비슷하게 보일 텐데.' 법황은 잠시 테라스 아래쪽을 내려다보았고 노비서관 그레이엄이 어울리지도 않는 중장갑을 걸친 채 라오코네스의 가운뎃발가락을 향해 검을 들어올리고 있는 모습을 발견했다. 깊은 한숨을 쉬며, 퓨아리스 4세는 재미없는 사람으로 알려진 법황청 비서관이 혹 사람들과 어울리는 대신 자신의 침대에 앉아 기사도 문학을 너무 많이 읽었던 것은 아닌가 하고 잠시 의심해 보았다.

까마득한 곳으로부터 목소리가 날아왔다.

"법황이여. 이름은?"

퓨아리스 4세는 그것에 대답해야 되겠다고 생각했다. 비록 천둥 소리 같은 것에 대답하는 기분이 들긴 했지만.

"퓨아리스 4세다. ……들리는가?"

"잘 들리니 그렇게 목소리를 돋우어 말할 필요는 없다."

저 아래에서 그레이엄은 무거운 검을 내려놓고는 힘들게 바이저를 들어올리고 있었다. 그리고 약간 창피스러운 광경이지만 법황청의 경비병들이 그레이엄의 등뒤로 숨어 있는 모습도 잘 보였다. 법황은 약간 비꼬아서 말하여 긴장감을 조성한 다음 저 경비병들이 어떻게 반응할지 관찰하면 어떨까 하는 생각을 떠올렸다. 그러나 법황은 곧 그런 생각을 지웠다. 그들이 목숨을 걸고 지켜야 할 법황을 내버려둔 채 무기고 뭐고 다 팽개치고 달아난다 해서 그들을 비난해서는 안 될 것 같았다.

"라오코네스." 법황은 자기 목소리가 엄숙하게 들리길 간절히 원했다. "제국과 너와의 협약에 의하면 넌 미노 만을 벗어날 수 없을 텐데. 이것은 황제에 대한 도전인가?"

"이곳이 황제의 땅인가?"

법황은 자신이 대드래곤에게 한방 먹었다는 사실을 인정해야 했다. 이곳은 신성 펠라론이다.

"그렇군. 대드래곤 라오코네스. 실언을 사과하겠다. 일단…… 나는 이렇게 성도의 하늘 아래에서 그대를 만나게 된 것이 매우 기쁘다는 것을 말하고 싶다. 그러니까……"

"용건을 말하겠다."

터프한 자식 같으니라고. 법황은 속으로 투덜거리며 그 용건이라는 것을 기다렸다.

"나는 법황과 펠라론에게 권고한다. 펠라론 게이트에 누구도 들여보내지 말라."

"펠라론 게이트에?"

퓨아리스 4세는 잠시 주춤하며 플로라를 돌아보았고 플로라 역시 당혹한 얼굴로 그를 마주보았다. 라오코네스가 일부러 저렇게 나타나서 말하지 않더라도 그곳에 들어가보고 싶어하는 사람이 있을 리가 없다. 그러나 법황은 라오코네스가 참견꾼의 성벽을 발휘하고 있다고는 생각하기 어려웠다. 게다가 법황은 라오코네스가 권고라는 신사적인 말을 사용하고 있음에도 주목했다. 옳은 태도다. 원칙적으로 라오코네스는 펠라론 게이트에 대해 어떤 권한도 가지고 있지 않다. 그가 세례를 받았을 리는—법황은 그 광경의 상상도조차 머릿속에 그릴 수 없었다—없으니까.

"그것은 친구의 권고인가? 아마도 알고 있으리라 생각되지만 세례를 받은 신도는 누구든 그곳에 들어갈 수 있는 권한을 가지고 있다."

"그리고 네 친지 중 누군가가 그렇게 하겠다면 일단 말릴 것이라고 생각되는데."

퓨아리스 4세는 인정해야 했다. "아마도." 그리고 법황은 조심스럽게 말했다.

"대드래곤 라오코네스여. 권고란 대개 친절한 마음씨의 산물이고 난 권고를 말한 그대의 친절함에 의지하여 묻겠노니, 그 권고의 의미도 설명해 주지 않겠나? 왜 그런 권고를 하는 것인가?"

"용건은 끝났다."

법황은 멍한 얼굴로 하늘을 올려다보았다. 네 개의 날개가 네 개의 그림자처럼 펼쳐지며 잠시 법황청에 암흑을 던졌다 싶을 때 라오코네스는 이미 떠오르고 있었다. 그리고 강력한 바람이 일어났다.

저 아래에선 중장갑을 걸친 경비병들과 그레이엄이 그 갑옷의 무게에도 불구하고—사실 그 무게 때문에 중심을 잡기가 더 어려웠을 것이다.—와당탕거리며 쓰러졌다. 펠라론의 곳곳에서 터져나온 비명은 전쟁터를 방불케 했다. 법황은 신음을 흘리면서도 재빨리 한쪽 손으론 테라스의 난간을 움켜쥔 다음 다른 손으로 플로라를 끌어당겼다.

마치 폭풍 속의 배 위에 서 있는 것 같았다. 무서운 바람에 비틀거리면서도 법황은 가슴에 안은 플로라를 더욱 강하게 껴안으며 실눈을 뜬 채 하늘을 응시했다. 라오코네스는 땅으로부터 솟아나는 밤처럼 하늘로 치솟았다. 그리고 그것은 네 장의 날개를 크게 펼친 다음 펠라론의 상공을 한 바퀴 돌았다.

잠시 후 라오코네스는 일몰의 땅, 서쪽을 향해 날아가고 있었다.

제14장
얼어붙은 검

"당신이 확실하군."

데스필드는 침울하게 말했다. 핸솔 추기경은 데스필드가 이곳에 있지 않은 누군가를 지칭할 때마다 혼란스러웠지만 파킨슨 신부는 별 당혹한 기색 없이 질문했다.

"벌쳐가 확실하다고?"

"아."

"그 벌쳐라는 작자, 마법사냐?"

"엥? 무슨 소릴. 패스파인더라고 했잖소."

파킨슨 신부는 어깨를 으쓱이며 땅바닥에 놓여 있는 것—그들의 마부를 기겁하게 했고, 마차를 급정거시켰으며, 덕분에 파킨슨 신부의 뒤통수와 핸솔 추기경의 턱에 혹을 만들어놓은—을 바라보았다. 그로선 그것의 이름조차 알 수 없었지만 핸솔 추기경은 그게 뭔지 알고 있었다.

날개개구리는 사지를 흉하게 뻗은 모습으로 땅바닥에 쓰러져 있었다. 이 늪지의 고요한 암살자는 밤하늘을 가로질러 나타나 길다란 혀를 휘둘러 불운한 피해자를 감아들인다. 그리고 그런 피해자의 목록 중에서 사람이 빠진 적은 없다. 핸솔 추기경은 손수건으로 입을 가린 채 이 흉측한 생물에 대해 대충 설명했고 파킨슨 신부는 고개를 끄덕이며 말했다.

"그럼 도대체 저 웃기는 상처는 뭡니까?"

"나도 같은 걸 데스필드 군에게 질문하고 싶소. 이봐요, 데스필드군. 마법사가 아니라면, 도대체 그 벌처라는 자는 어떻게 날개개구리에게 저런 상처를 선물한 거죠?"

"글쎄. 아, 잠깐. 스완 대거?"

"스완 대거?"

"데자크 가의 가보 말이오. 스완송을 모아서 만들었다는."

"아, 상처가 당장 얼어붙고 만다는 그 칼?"

핸솔 추기경은 그제서야 오래된 전승 하나를 떠올릴 수 있었다.

데자크 가에는 오래전부터 희귀한 단검이 전해져 온다. 스완송을 모아서 만들었다는 이야기가 따르며 어떤 이들은 엘핀 마이스터가 만들었다고도 하지만 명문(銘文)이 없기 때문에 누구의 솜씨인지, 심지어 원래 누구의 검이었는지도 알 수 없다. 스완 대거에 대해 알려진 사실 중 확실한 것은 그 신비한 성능뿐이다. 스완 대거에 베인 상처는 무시무시한 속도로 얼어붙는다. 단지 얼어붙는 것뿐이면 좋지만, 대부분의 생물의 몸엔 물이 많고 물은 얼어붙으면 부피가 팽창하는 물질이다. 핸솔 추기경은 파킨슨 신부가 '웃기는 상처'라고 표현한 부위를 바라보곤 다시 욕지기가 치미는 것을 느꼈다.

하지만 데스필드는 한가로운 태도로 말을 이었다.

"그렇소. 스완 대거. 팔라레온이 망하면서 그게 밖으로 유출된 모양이지. 그리고 벌쳐 당신의 손에 들어간 모양이군. 당신, 재주도 좋아. 그걸 어떻게 손에 넣었지?"

데스필드는 심히 부럽다는 듯한 얼굴로 날개개구리의 배―인 듯한 부위를 쓸어만졌다. 다른 개구리와 마찬가지로 말랑말랑해야 할 그 부분은 이 새벽 속에서 아직도 딱딱하기 짝이 없었다. 데스필드는 하늘을 흘끔 돌아보았다.

"해가 높이 뜨면 이것도 녹겠군. 그때까지 기다려볼까요?"

"왜?"

"구워 먹으면 고소하거든."

"……데스필드. 우린 미리온 산맥에 있는 것이 아냐. 저걸 먹을 필요가 있겠냐?"

파킨슨 신부가 그런 생각을 하는 것만으로도 이미 욕지기가 치민다는 얼굴로 말했다. 그 거대한 개구리는 힘을 잃은 날개를 펼친 채 대로를 가로막듯이 쓰러져 있었고 길다란 혀는 입밖으로 튀어나와 보기 싫게 늘어져 있었다. 요리되기 전부터 식욕을 돋게 하는 사체가 있을 리없지만 눈앞의 날개개구리는 그 정도가 심했다. 하지만 데스필드는 고개를 가로저었다.

"배를 채우기 위해서가 아니라 맛있으니까요. 말했잖소. 별미라고."

"난 관심없다. 예하께선?"

"나도 그런 시련에는 관심이 없소. 신부님."

두 성직자의 반대에 데스필드도 별로 고집을 부리진 않았다. 일행이 다시 마차에 오르자 마부는 넌더리가 난다는 표정으로 마차를 출발시켰다. 흔들리는 마차 안에서 파킨슨 신부는 데스필드에게 질문했다.

"그런데 넌 어떻게 그게 벌처라는 자의 짓이라고 확신하는 거냐?"

"본인이라면 사용했을 수법으로 날개개구리를 장사 치러줬더라고."

"응?"

"날개개구리는 휙 날아오면서 혀를 내쏘지요. 아는 게 적은 당신은 그런 경우 혀를 피하거나 막으려고 드는데 그럼 꼼짝없이 개구리 뱃속으로 직행이지. 그냥 잡혀주는 게 낫소. 대신 잡히는 순간 몸을 약간 비틀어주면 돼. 어, 혹시 개구리들이 자기 혀를 주체 못하는 꼴 본 적 있소?"

"아아, 봤다. 너무 심하게 혀를 내쏘아서 입 안으로 당기지 못하는 거?"

데스필드는 마차 뒤를 가리키며 말했다.

"저 덩치 큰 놈도 마찬가지요. 혀를 당기려고 할 때 몸을 좀 비틀어주면 혀를 제대로 못 당겨. 그럼 다른 개구리하고 똑같이 저놈도 혀를 출렁거리는 꼴이 되고 어쩔 수 없이 앞발로 자기 혀를 끌어모아 입 안으로 쑤셔넣어야 돼요. 그렇게 끌려가다가 적당한 순간에 턱 아래나 배 쪽을 찢어주면 되지. 그럼 이미 무거운 추를 혀끝에 달고 있고 그걸 끌어당기느라 기운 빼고 있던 개구리는 곧장 저세상이지. 바로 그렇게 했더라고."

"너…… 쉽게 말하는데, 그거 쉬운 일은 아니지?"

"물론. 몸을 비틀어주는 것이 조금만 늦으면 곧장 개구리 입 속에 들어가 있게 되거든. 하지만 제대로 할 수 있으면 제일 좋은 수법이오. 그리고 어떤 당신이 날개개구리에게 그런 짓을 해줬다는 사실과 요 근처에 벌쳐 당신이 어슬렁거리고 있다는 사실을 더해 보면 당신이 벌쳐라는 답이 나오죠."

"벌쳐. 그건 도대체 누구냐? 한번도 본 적 없다고?"

"한번도."

"서신 한 장 교환한 적도 없고?"

"물론."

"그럼 넌 그를 어떻게 아는 거냐?"

"신부님 당신이 한번도 만난 적 없고 서신 한 장 교환해 봤을 리 없는 아자르 황제 당신을 아는 것과 똑같은 방식으로. 들어서."

"들었다고?"

"아아."

"그런데…… 그렇게 닮았다고?"

"닮은 정도가 아니라 똑같다고 하던데."

두 사람의 대화를 듣고 있던 핸솔 추기경이 고개를 끄덕이며 데스필드를 보았다.

"그렇소. 진짜 똑같더라고."

"혹시 진짜 쌍둥이 아냐?"

"아니오. 킥킥. 혹시 그럴 수는 있겠군. 몹시 가난했던 본인의 부모 당신들이 쌍둥이를 낳게 되자 둘을 키울 수는 없다고 판단하곤 하나를 버렸을 수도. 그리고 본인과 벌쳐 당신은 모두 자신이 독자라고 생각하며 자랐고, 그렇지만 쌍둥이의 교감으로 똑같은 직업을 선택했다. 대충 이런 이야기를 생각해 내고 있으시지요들?"

"진짜 그래?"

"아니. 그런 이야기는 없수. 본인은 진짜 독자요."

"어떻게 확신하지?"

"본인의 고향 신부님 당신에게 물어봤거든. 참고로 말하자면 그 신부님 당신은 본인의 어머니와 잔 적이 있다는 것까지 솔직하게 말해 줬던 성격이고, 그래서 본인은 당신의 말을 신뢰하오."

신부와 추기경은 잠시 입을 다물 수밖에 없었다. 잠시 창 밖의 풍경을 보던 파킨슨 신부가 조금 거북하게 말을 꺼내었다.

"그런데 넌 왜 그렇게 관심이 없는 거냐? 쌍둥이도 아닌데 그렇게 똑같이 생긴 사람이 있다니 신기하지 않아?"

"신기하더군요."

데스필드는 하품하듯이 말했고 그래서 파킨슨 신부와 핸솔 추기경을 맥빠지게 만들었다. 신부는 다시 전의를 가다듬으며 말했다.

"한번 만나봐야 되는 거 아냐?"

"왜?"

"왜냐니? 신기하잖아. 호기심 같은 것 안 생기냐?"

파킨슨 신부는 데스필드의 어리둥절해하는 얼굴을 보고선 그가 그런 호기심을 한번도 가져본 적이 없음을 알 수 있었고, 그래서 정말 신기한 놈이라고 생각했다. 데스필드는 팔짱을 끼곤 고개를 갸웃했다.

"만나본다라—? 글쎄. 그런 생각은 해본 적이 없군요. 흐음. 본인이 당신을 만난단 말이지. 데스필드가 벌쳐를…… 킥킥!"

중얼거리던 데스필드는 갑자기 웃음을 터뜨렸다. 의아해하는 신부와 성직자를 향해 데스필드는 고개를 가로저었다.

"그거 안 되겠는데. 벌쳐(vulture)가 데스필드(deathfield)로 날아와야지, 어떻게 데스필드가 벌쳐를 찾아가겠소. 그러니 그 의견은 통과요."

"장군님. 이런 말씀 드리는 것을 용서해 주십시오. 하지만 이 경우 신사도는 아무런 도움도 되지 않습니다. 제 생각으론 완전 봉쇄를 해야 합니다."

가까스로 억누르고 있긴 했지만 가일즈 부관의 말투엔 '지금은 장군님 젊었던 시절 같은 옛날식이 통하는 시대가 아닙니다'의 어조가 물씬 배어나고 있었다. 바스톨 장군은 가만히 가일즈 부관을 바라보았다. 어쨌든 시대의 흐름은 무자비한 것이다. 전쟁은 더 이상 무사의 잔치가 아닌 전쟁 엔지니어들의 경쟁으로 바뀌어가고 있는 것이 분명했고 바스톨 장군 역시 그것을 잘 알고 있었다. 그래서 바스톨 장군은 그의 부관이 저 정도의 존경심이라도 표현해 준 것에 감사하며 말했다.

"완전 봉쇄라고 했나, 가일즈?"

"그렇습니다. 지금 볼지악 요새로 들어가는 일반인 한 명은 내일이면 우릴 공격할 적군 한 명이 되어 있을 겁니다. 적의 세력을 불려줄 필요가 전혀 없습니다. 하다못해 수레라도 통금시켜야 합니다. 수비군의 병참을 끊는 것은 상식이잖습니까."

"그야 그렇지. 하지만 그 수레들이 병참씩이나 되는 줄은 몰랐군. 우그러진 솥이나 가재도구, 식솔들이 일주일이나 먹을까 말까 한 곡식 자루…… 글쎄. 그 사람들 자신들이 먹을 것도 모자라 보이는데."

가일즈는 찔끔했다. 그는 자신의 상관이 볼지악 요새로 들어가는 수레들을 면밀히 관찰하고 있는 줄은 몰랐다. 하지만 지금 굽히기엔 약간 늦은 것 같았기에 가일즈는 계속 버텨보기로 했다.

"양의 다소가 문제는 아닙니다. 볼지악 요새에 식량 공급이 계속된다는 환상을 줄 수 있잖습니까."

"양이 문제가 아니라고? 적군 한 명이 늘어나는 것에도 신경 쓰는 자네가 그렇게 말하니 좀 이상하게 들리는군."

퉁명스럽게 대답하던 바스톨 장군은 가일즈의 얼굴이 일그러지는 것을 보며 곧 자신의 말을 후회했다. 바스톨 장군은 약간 부드러운 태도로 말했다.

"신경 쓰지 말게. 가일즈. 나도 자네 같은 시절이 있었다는 것을 깜빡했네. 전쟁을 빨리 끝내고 싶겠지?"

"물론 그렇습니다."

"그렇겠지. 하지만 내 나이가 되면 무엇에든 서두르는 법이 없지. 자네 때는 빨리 일을 끝내면 다음 일을 할 수 있지만 나 같은 노마에겐 그 다음이란 것이 올지 오지 않을지 알 수가 없거든. 그래서 지금 하고 있는 일에 진득하게 달라붙게 된다네. 아, 미안. 이런 노인네의 수다도 별로 마음에 안 들지? 하하."

가일즈 부관은 약간 비틀린 웃음을 지어보였다. 바스톨 장군은 자리에서 일어나며 말했다.

"문제 하나 내겠네. 이것 또한 노인네의 상투 수단이지. 평생 동안 말을 너무 많이 해서 어느새 자기가 말하지 않고 상대방이 말하게 하는 것을 즐기게 되거든. 자, 지금 볼지악 요새로 다벨인들이 모여들고 있지?"

"예. 바로 그 이야기를 드리러 온 것입니다."

"그래. 그들이 모여들고 있는 이유가 뭐지?"

"예? 그야 저희들과 싸우기 위해서잖습니까."

"아니지. 자넨 누구와 싸울 일이 있으면 집 안으로 들어가나? 난 보통 밖에 나가서 붙자고 말했지."

"무슨 말씀이신지…… 성은 집이 아니잖습니까."

바스톨 장군은 빙긋 웃으며 걸어갔다. 저 멀리로는 험한 관애를 막고 있는 볼지악 요새의 모습이 걸려 있었다. 사트로니아군 진영은 볼지악 요새로 통하는 대로 왼편에 설치되어 있었고 그 대로에는 지금도 몇몇 다벨인들이 불안한 눈으로 사트로니아군 진영을 훔쳐보며, 혹은 못 본 척하며 볼지악 요새를 향해 걸어가고 있었다. 사트로니아 진영의 경비병들은 매서운 눈으로 그들을 바라보고 있었지만 장군의 명령대로 그들에게 화살이나 돌맹이 하나도 던지지 않은 채 가만히 바라보고만 있었다.

"다시 질문하겠네. 가일즈." 바스톨 장군은 허리를 펴며 말했다. "저들이 그냥 자기 농장이나 일구고 있지 않고 힘든 농성전을 하려고 몰려드는 이유가 뭘까? 저들에게 무슨 희망이 있는 거지?"

가일즈는 어렴풋이 노장군이 무슨 말을 하는지 알 수 있었다.

"8군단 말씀입니까?"

"8군단이 대표적이겠지만…… 그래. 8군단이겠지. 따라서 우린 볼지악 요새에 사람이 아무리 많이 늘어나든 신경 쓸 필요 없어. 저 자들은 우리와 싸우려고 모여드는 게 아니거든. 그저 8군단과 휘리 노이에스에 대한 희망을 공유하기 위해 모여드는 것일 뿐이야. 따라서 우린 저 자들이 보는 앞에서 8군단만 깨어주면 돼. 그럼 저들은 더 이상 희망을 가져볼 수 없겠지."

"아, 예."

그쯤에서 끝내는 게 좋겠다고 생각하면서도 바스톨 장군은 계속 말했다. 그리고 그런 자신에게 약간의 조소를 보내었다. 늙긴 늙었나 보군.

"가일즈. 옛날 식이란 건 다 고루하다고 생각하겠지만 옛날에 그렇게 했던 건 그때 당시에도 그게 유리했기 때문에 그렇게 한 거야. 전쟁은 무사들끼리 하면 돼. 괜히 민간인들 괴롭혀봐야 그들이 자기 마음에 새겨두었다가 자손에게 전해 줄 원한만 만들어줄 뿐이지. 자넨 무사가 뭐라고 생각하나?"

"예? 그야 무도를 닦는 사람……"

"아니. 대속자일세."

"예?"

"무도라는 것이 뭔가. 사람 죽이는 기술이지. 사람이 배울 필요가 전

432

혀 없는 기술이야. 그럼에도 불구하고 필요하기 때문에, 몇몇 사람들이 그걸 익혀 다른 사람 대신에 죄를 짓는 것이야. 우리 같은 사람들이 그렇게 해줌으로써 다른 이들은 죄를 지을 필요가 없는 거지. 따라서 우린 거칠고 사납고 아무런 후회도 남길 필요 없이 죄를 지어야 되지만, 다른 죄인들이 그렇듯 죄에 대한 책임을 질 필요는 없네. 우리가 져야 하는 책임은 하나뿐이야. 죄 없는 이들에게 위탁받은 우리의 죄, 그것만 충실히 수행하면 되지. 우리에게 죄를 맡긴 사람들은—자네 말로는 민간인들이 되나?—내버려두세나. 그들에게 죄를 저지르면 우린 일반 죄인과 똑같아지는 것이고, 그때부터 우리의 죄에 대한 책임도 져야 되지. 난 그러고 싶지 않아."

바스톨 장군은 너무 많이 말했다 싶어서 약간 불안해진 얼굴로 가일즈 부관을 돌아보았다. 가일즈는 알쏭달쏭하다는 얼굴이었고 그래서 장군은 미소 지었다.

"관두세. 우리 장병들도 심심할 테니, 가서 독이나 좀 풀어놓고 오게."

"예?"

"8군단의 예상 행군로 주변을 답사하고 그 주위의 샘에 동물 시체라도 던져두고 오란 말이야. 요즘같이 더운 날씨엔 그것도 좋은 공격이지. 자네에게 맡길 테니 노련한 백부장들과 협의해서 작전을 짜보게."

그것은 훨씬 명확하고 이해하기 쉬운 지시였고, 그래서 가일즈는 힘차게 대답했다. "알겠습니다!"

그리고 가일즈의 지시 역시 사트로니아군 백부장들에겐 쉽게 이해되었다. 백부장들은 볼지악 요새 부근의 샘을 샅샅이 조사하여 그곳을 메워버리거나 동물의 사체를 던져두었다. 볼지악 요새에 주둔하고 있던 다벨 7군단은 롱레인저들을 풀어 그것을 방해하려 했으나 사트로니아군의 조직적인 오염 작전에 대항하기엔 롱레인저들의 숫자가 너무 적었다. 롱레인저를 가장 많이 보유하고 있던 5, 6군단이 패한 것 때문에 다벨의 롱레인저도 숫자가 많이 줄어 있었다. 할 수 없이 7군단은 볼지악 요새로 다가오고 있는 8군단에 첩보를 보내는 것으로 만족할 수밖에 없었다.

서 소사라는 이맛살을 찌푸린 채 보고했다.

"롱레인저의 보고에 의하면 바스톨 장군은 주위 사흘 거리를 사막 지대로 만들어놨다고 합니다."

"사막 지대?"

"예. 그 안으로 들어가는 순간부터 사흘 동안은 물을 구할 수가 없습니다. 다른 때라면 모르겠지만 이런 계절이라면 장병들의 탈수가 심각할 텐데요."

서 소사라의 보고를 들으며 휘리는 피식 웃었다.

"우릴 좀 굶겨주겠다는 것이군. 자넨 틀림없이 조연사에게 물어봤을 테지?"

사령관의 인정을 받았지만 서 소사라는 별로 즐겁지 않은 기색으로 대답했다.

"예. 당분간 비는 없을 것 같다고 합니다. 사트로니아군이 모르는 샘 몇 군데는 안전하지만 우리 병력 전체를 먹이기엔 부족한 양입니다."

휘리는 잠시 생각에 잠긴 다음 간단히 말했다.

"알았어. 모두들 수통을 꽉꽉 채운 다음 최고 행군으로 무수 지대를 돌파한다."

"알겠습니다."

8월 19일. 볼지악 요새로부터 50마일 지점까지 도달한 다벨 8군단은 롱레인저들이 주위를 감시하는 가운데 최고 강행군을 감행하였다. 거의 달리다시피 하는 속도로 걸어간 8군단은 하루 하고 반나절 만에 50마일의 거리를 주파한 다음 사트로니아 진영으로부터 1마일 지점에 도착하여 진지를 설치하기 시작했다.

8월 20일 제22시. 그 소식을 접한 가일즈는 그대로 야전 침대에서 뛰쳐나온 다음 손에 갑옷을 들고서 바스톨 장군의 천막에 뛰어들었다.

"적군은 기진맥진하고 있을 겁니다! 중대장들을 소집할까요?"

"일단 갑옷이나 똑바로 입게. 부관쯤 되는 이가 그렇게 경거망동하면 병사들이 불안해하지 않겠나."

흥분해 있던 가일즈는 그제서야 바스톨 장군이 갑옷을 똑바로 받쳐 입고 있음을 발견했다. 가일즈는 얼굴이 빨개져서 질문했다.

"아니, 언제 그렇게 갑옷을 입으셨습니까?"

"난 전쟁터에 나오면 갑옷을 입고 자네. 용병 시절부터의 버릇이야. 급할 때 버둥거리는 것보단 좀 불편하고 냄새가 나는 편이 낫거든."

"아, 그러시군요."

"그리고 중대장들은 이미 내가 소집했네. 그러니 빨리 갑옷을 입게. 당번병! 가일즈의 갑옷 착의를 도와드리도록."

가일즈는 자신이 바스톨 장군의 코흘리개 아들이라도 되는 것 같다고 생각하며 극심한 좌절을 느꼈다. '상관의 보살핌을 받다니, 이래가지고서야 부관이라 하겠는가!' 어쨌든 바스톨 장군의 배려로 사령관의 천막에서 갑옷을 깔끔하게 걸친 가일즈 부관은 그제서야 사령관을 모시고 통제본부 막사로 걸어갈 수 있었다. 그리고 그곳엔 이미 전의를 불태우고 있는 중대장들이 사령관과 부관을 기다리고 있었다. 사령관은 들어서자마자 빠르게 지시했다.

"4중대. 지금 출진하여 상대를 관찰하라. 공격은 할 필요 없다. 지금이 가장 위험하다는 건 그쪽도 알고 있을 테니 대비하고 있을 거야." 바스톨 장군은 부관을 돌아보진 않았지만 가일즈는 다시 얼굴을 붉히고 있었다. 그리고 역시 싸움을 기대하고 있던 중대장들도 약간 주춤하는 얼굴이 되었다. "만약 소규모 분견대나 정찰대와 조우하여 포로를 잡아올 수 있다고 판단되면 공격을 시도하도록."

"질문하겠습니다. 겨우 정찰을 위해 저희들의 병력 전부가 나서란 말씀입니까?"

"아니. 제2시나 제3시가 되면 자네는 병력이 다 필요해질 테니 모두 끌고 나가라는 것이다."

"무슨 말씀이신지 이해하지 못하겠습니다."

"때가 되면 알 거야. 출발하라."

4중대장이 경례한 다음 통제본부를 나섰다. 바스톨 장군은 나머지 중대장들을 죽 돌아보며 말했다.

"그럼, 나머지는 가서 아침 먹도록."

중대장들은 당황한 얼굴로 서로를 쳐다보았다. 더블원 센츄리온의 자격으로 통제본부에 와 있던 크로즐릭 백부장이 조심스럽게 나섰다.

"1중대 1소대장 크로즐릭 백부장입니다. 대비를 하고 있을 거라는 말씀은 이해됩니다만 그래도 당장 공격하는 편이 낫지 않겠습니까? 다벨 8군단은 최고 강행군으로 50마일이나 걸어왔습니다. 지금 몹시 지쳐 있을 거라 생각합니다만."

"그건 노이에스 장군도 뻔히 짐작했을 거다. 그럼에도 불구하고 강행군을 시도했잖은가."

"그렇지만……"

"그리고 우린 그들을 더 지치게 해줘야지."

"예?"

바스톨 장군은 싱긋 웃으며 말했다.

"아침 먹고 나서 우린 볼지악 요새를 공격한다. 노이에스 장군이 얼마나 쉴 수 있을지 두고 보자고."

8월 21일 제1시. 새 날의 해가 떠오르는 것을 신호로 사트로니아군의 포문이 볼지악 요새를 향해 불을 뿜었다.

포위가 시작된 지 반달 만에 개시된 사트로니아군의 포격은 무서웠다. 반달 가까이 요새 내의 동태를 관찰해 온 사트로니아 포병들은 요새 내의 주요 건물에 대해 손금 보듯이 잘 알고 있었다. 보통 최초 공격 대상이 되는 성문 대신 무기고와 식량고 쪽을 먼저 포격한 것도 그 때문일 것이다.

1마일 저편에서 개시된 사격은 8군단의 휘리 노이에스를 자극하지 않을 수 없었다. 그것이 바스톨 장군이 원하는 바라는 건 짐작했지만,

휘리 노이에스는 어쩔 수 없이 진지 설치를 중단하고 군단을 볼지악 요새 전방 반 마일 지점까지 이동시켰다.

8군단이 움직이자마자 볼지악 요새에서는 7군단이 뛰쳐나왔다. 그러자 사트로니아군은 포격 방향을 바꾸었다. 사트로니아의 대포들은 개활지를 건너 달려오는 7군단을 향해 아낌없이 포문을 개방했고 화망에 갇힌 7군단은 사트로니아군의 최전방 방어선 근처까지도 다가오지 못했다. 그러나 바스톨 장군은 요새 내에서 달려나오는 7군단을 두드릴 뿐 등뒤로부터 다가오고 있는 8군단에 대해서는 아무런 방비도 하지 않았다.

휘리 노이에스는 속으로 쓴웃음을 지으며 8군단을 더 접근시켰다. 8군단이 화살 거리까지 접근하자 그제서야 바스톨 장군은 3중대를 후방 배치했다. 사트로니아군의 중장기병들이 자신을 향해 돌아서는 것을 본 휘리는 군단의 전진을 멈추게 했다.

짧은 순간 갈등을 느끼지 않을 수는 없었지만, 휘리는 합동 공격을 포기할 수밖에 없었다. 7군단과 8군단의 포위 공격은 여러 가지 면에서 불리한 점이 많았다. 7군단은 사트로니아군의 화망을 돌파하기에도 힘들어보였고 8군단은 최고 강행군의 여파를 아직 간직하고 있었다. 자칫했다간 다벨 공국 최후의 두 전력을 이 한판에 바스톨 장군에게 넘겨줄 위험이 너무 컸다. 휘리 노이에스는 결심했고, 그의 손이 올라가자 8군단은 서서히 뒤로 빠져나갔다. 요새 내에서 그 광경을 본 로드 메르데린도 분루를 삼키며 7군단을 뒤로 물러나게 했다. 사트로니아군의 화망에 걸려서 버둥거리고 있던 7군단은 재빨리 요새로 물러났고 바스톨 장군은

438

군은 그 모습을 보며 배부른 미소를 지었다.

그리고 설치중이던 진지로 돌아온 휘리 노이에스는 쑥밭이 되어 있는 진지의 모습을 보곤 다시 탄식했다. 그들이 출발한 후 도착한 사트로니아군 4중대 경장기병들이 진지를 아낌없이 짓밟아두었던 것이다. 최고 강행군에 이어 곧바로 전투 돌입했기에 몹시 지쳐 있던 8군단은 퍽이나 한심스러운 기분을 느끼며 다시 진지를 설치해야 했다. 물론 사트로니아군이 지척에 있는 상황에서 그냥 쉴 수야 없었다. 휘리 노이에스는 마음속에 점수판을 만든 다음 존경심을 가지고 바스톨 장군에게 1점을 기록했다.

그리고 볼지악 요새 내의 메르데린 공작은 바스톨 장군에게 2점, 휘리 노이에스에게 2점, 그리고 자기 자신에게는 벌점을 주고 있었다.

그는 침통한 심정으로 휘리 노이에스의 서신을 다시 떠올렸다. 휘리 노이에스는 사트로니아군을 건드리지 말고 놔두라고 했다. 만약 그의 말을 따라 3, 4, 5, 6군단이 남겨져 있었다면, 하다 못해 그 중 한 개 군단만이라도 남겨져 있었다면 승부는 오늘 아침에 끝났을 것이다. 그도 아침의 전투를 똑똑히 보았고 순간적으로 찾아왔던 포위 공격의 기회를 못 보지는 않았다. 역시 그 광경을 목격한 메르데린 가의 가신들이 목청껏 휘리 노이에스를 성토하자 메르데린 공작은 쓸쓸하게 고개를 가로저었다.

"자네 말대로 노이에스 장군은 일부러 포위 공격의 기회를 없앤 거야. 혹시나 우리 쪽에서 먼저 시도할까 봐 급히 8군단을 물러나게 한 거지. 그리고 난 그 판단에 동의하네."

가신들은 당황하여 공작을 바라보았다. 공작은 이를 악물며 말했다.

"자칫했다간 남은 7군단까지도 바스톨 장군에게 헌상하는 꼴이 될 가능성이 너무 높았거든. 그랬다간 볼지악 요새는 끝장이고 바스톨 장군은 이 요새를 이용하여 8군단까지도 일격에 물리쳤을 거야. 나는 이제서야 그의 서신을 정확하게 이해했네. 그는 이미 오래전에 오늘 아침의 전투를 예견했던 것이야. 그래서 포위 공격을 수행할 군단을 남겨두라는 의미에서 그런 서신을 보냈던 거지. 참으로 놀라운 예견이지만, 안타깝게도 그는 나 같은 우자를 만나 그 현명한 계획을 써먹지도 못하고 파기 처분해야 했군."

그리고 그 시각, 바스톨 장군은 점수판으로 득실을 따지는 절차 따위는 걷어차버린 채 점심 식사를 배부르게 한 다음 8군단에 대한 공격을 시작했다.

제7시. 아침의 전투가 끝난 지 다섯 시간쯤 지났을 무렵 사트로니아군은 중장기병들을 전위로 내세운 채 8군단의 진지를 향해 움직이기 시작했다. 그 모습을 본 볼지악 요새군은 당연한 판단을 내렸다. 사트로니아의 배후를 노리기 위해 오전에 전투를 치렀던 7군단을 다시 내보낸 것이다. 그러나 바스톨 장군은 침착하게 행군을 멈춘 다음 대열의 방향을 180도로 반전시켰다. 7군단은 짧게 교전한 다음 볼지악 요새로 황급히 퇴각했고, 그 소식을 접한 8군단이 출발했을 때 바스톨 장군은 이미 자신의 진지로 돌아갔다. 그리고 그때쯤 8월 21일의 해도 저물고 있었다.

그리고 사트로니아군의 젊은 장수들은 저녁 식사 후 그 상황에 대해 분통을 터뜨리기 시작했다.

가일즈 부관의 막사는 사트로니아군의 젊은 장수들의 휴게실 역할을 하고 있었다. 누가 나서서 모은 것도 아니었지만 그들은 하나둘씩 가일즈의 막사로 몰려왔고 가일즈는 그들에게 차를 내놓으며 조용히 불평을 터뜨렸다.

"이상하지 않습니까?"

2중대장 맥스가 무슨 말인지 알겠지만 확인해 보겠다는 듯이 질문했다.

"뭐가 말이오, 가일즈?"

"장군께서 바로 오늘 공격을 시작하신 것 말입니다. 맥스 중대장님. 장군께서는 8군단만 깨뜨리면 그들에게 모든 기대를 걸고 있는 다벨은 자연스럽게 무너질 거라 말씀하셨습니다. 어제까지만 해도 전 그 말에 납득할 수 있었습니다. 하지만 오늘의 상황을 보니 이상하게 한두 가지가 아닙니다. 냉정히 보자면, 왜 장군께서는 안팎으로 적이 설 때까지 기다리신 걸까요? 마치 일부러 포위되신 것 같잖습니까."

3중대장 빌포가 고개를 끄덕였다.

"하긴 진작에 볼지악 요새를 함락시킬 것이지 지금 앞뒤로 적을 둔 상황에서 움직인 것은 너무 늦군요. 앞뒤로 적이 있으니 이쪽을 치면 저쪽에서 뛰쳐나오고 저쪽을 치면 이쪽에서 뛰쳐나와서 어느 쪽도 공격할 수 없는 상황이 되었소."

다른 젊은 장수들도 대개 비슷한 반응들을 보였다. 물론 그들은 자신들이 어쩌면 왕관을 던진 장군에 대해 너무 과민하게 반응하고 있는 것은 아닌가, 혹 자신들이 심술궂은 노파처럼 흠을 보고 있는 것은 아닌가 하고 의심해 볼 정도의 분별은 가지고 있는 사람들이었다. 하지만 아무리 공정하게 생각해 보려 노력해도 바스톨 장군이 이렇게 포위가 된 다음에 움직이는 이유를 알 수 없었다. 공격은 적이 모이기 전에 하는 것이 당연하잖은가…….

"들어가도 되겠습니까?"

젊은 장수들은 깜짝 놀랐다. 바깥에서 들려온 목소리는 그들에겐 가장 껄끄러운 사람의 목소리였다. 가일즈 부관이 약간 늦게 대답한 것도 그 때문일 것이다.

"예. 들어오십시오."

1중대 1소대 백부장인 크로즐릭 백부장이 미소 띤 얼굴로 막사 안에 들어왔다.

장수들은 순수한 실력의 상징인 더블원 센츄리온의 등장에 긴장하지 않을 수 없었다. 사트로니아에는 귀족 제도가 없었지만 더블원 센츄리온이 장교들에게 던져주는 부담감의 수위는 다른 귀족제 국가보다 낮지는 않다. 군대라는 것 자체가 계급 사회이기 때문이다. 있어서는 안 되는 일이겠지만, 만약 바스톨 장군이 아무런 지시도 없이 갑자기 전사할 경우 그들은 모두 스스로의 무력함을 인정한 다음 크로즐릭 백부장에게 찾아가 조언을 부탁할 것이다.

그래서 가일즈는 약간 떨떠름한 얼굴로 인사했다.

"어쩐 일이십니까, 크로즐릭 백부장?"

"하하. 지나가는데 차향이 코끝을 간지럽히더군요. 그래서 차 좀 얻어 마실까 해서 이렇게 장교님들을 찾아왔습니다. 장교님들 말씀 나누시는데 폐가 되지 않도록 조용히 앉아 차만 좀 마시고 가겠습니다. 괜찮을까요?"

"아, 얼마든지. 앉으십시오, 백부장."

가일즈는 손수 찻주전자와 찻잔을 가져왔다. 겸손한 얼굴로 찻잔이 차는 것을 보고 있던 크로즐릭 백부장이 갑자기 말했다.

"오늘 싸움 참 재미있었지요?"

만일 시선이라는 것이 실처럼 눈에 보이는 것이라면 크로즐릭 백부장이 입을 연 순간 가일즈의 막사에는 시선의 실로 천이 짜여질 지경이었을 것이다. 크로즐릭 백부장은 아무렇지도 않게 말했지만 그의 입을 예의주시하고 있던 장수들은 무서운 속도로 시선을 교환하며 그 말의 의미에 대해 고구해 보았다. 하지만 아무도 그 말에 대답하지는 않았다. 가일즈는 아무래도 자신이 호스트인 것 같다고 생각하고는—실제로 그의 막사였으니까—속으로 성호를 그은 다음 사병들의 왕에 대항하여 검을 뽑았다.

"재미있으시다니, 무슨 말씀인지 모르겠습니다. 백부장."

"두 번이나 이겼으니 재미있는 전투였잖습니까."

"이기긴 했으나." 가일즈는 엄숙하게 말하려 애썼다. "그것은 전투에서의 승리입니다. 전쟁에서의 승리가 아닌 것 같습니다."

"그렇습니까? 전 전쟁은 모릅니다. 전투만이 제 관심사라서요. 용서해 주시길. 하지만 이기는 전투가 계속 모이면 이기는 전쟁이 되지 않을까요?"

이 능구렁이야. 무슨 함정을 파는 거지? 힌트 같은 것 없어? 가일즈는 자신의 얼굴에 땀이 흐른다면 그게 무슨 창피일까 생각하며 조심스럽게 말했다.

"물론 그렇겠지요. 하지만 오늘의 전투는 대단한 승리도 되지 못했습니다. 오전의 전투에서는 8군단의 개입으로 7군단을 완전히 제압하지 못했고 오후의 전투에서는 거꾸로 7군단의 개입으로 8군단을 공격하지 못했습니다."

"말씀하신 대로군요. 어째서 그렇게 되었을까요, 부관님?"

"백부장 같은 노련한 군인께서 설마 모르셔서 제게 질문하시는 겁니까? 보십시오. 그 동안의 기다림은 결국 스스로를 포위 속에 몰아넣기 위한 것이 되어버렸습니다. 8군단은 이미 도달했고 이제 우린 어느 쪽도 공격할 수 없게 되었습니다."

"어느 쪽도 공격할 수 없다고요?"

"그렇지요! 이미 말씀드렸듯이 우리가 이쪽을 치면 저쪽에서 방해합니다. 그리고 저쪽을 치면 이쪽에서 방해하고요. 포위되었기 때문이잖습니까. 전 장군님이 정말 이해되지 않습니다. 이렇게 오랫동안 기다려서 성취한 것이 고작 포위 속에 빠진 형국이라니요!"

가일즈는 자신도 모르게 흥분하여 목소리를 높였다. 다른 장수들은 지당한 말이라는 듯이 가일즈의 말에 고개를 끄덕였다. 그러나 크로즐릭 백부장은 찻잔을 들어 한 모금 마시고 말했다.

"그런데, 죄송합니다. 그 말은 제게 거꾸로 이해되는군요."

"예?"

"그럼 바스톨 장군께선 언제든 싸움터로 불러낼 상대를 지적할 수

444

있게 되셨군요. 8군단과 싸우고 싶으면 볼지악 요새를 공격하면 되고 7군단과 싸우고 싶으면 8군단을 공격하면 되니까요. 원하는 때에 원하는 상대를 싸움터로 불러낼 수 있다는 건 군인에게 퍽 바람직한 일이 아닐까 싶습니다만."

가일즈 부관과 젊은 장수들은 기막힌 얼굴로 크로즐릭 백부장을 바라보았다.

"그, 그런 말도 안 되는……!"

"말이 안 되는지 몰라도 오늘 낮엔 이미 그렇게 되더군요. 초청장을 발부했다 하더라도 그렇게 신나게 뛰어나오지는 않았을 겁니다. 하지만 7군단은 열심히 뛰어나오더군요. 만약 8군단이라는 것이 없다면, 그러니까 8군단이 도달하기 전인 어제까지만 해도 7군단을 그렇게 뛰어나오게 할 방법은 없었겠지요. 그래서 전 제 소대원들에게 이 얼마나 신나는 일이냐고 말해 줬습니다. 소대원들도 퍽 좋아하더군요."

젊은 장교들은 말문이 막힌 채 크로즐릭 백부장을 바라보았다. 백부장은 찻잔을 비운 다음 몸을 일으켰다.

"차 잘 마시고 갑니다. 부관님. 좋은 밤 되십시오. 다른 분들도."

"아…… 예."

가일즈는 퍽 이상한 인사를 보내었지만 크로즐릭 백부장은 별 말 하지 않고 막사를 나섰다. 그리고 그가 나가고 나서 장교들은 황당해하는 얼굴로 서로를 쳐다보았다. 그리고 그들의 머릿속에서는 똑같은 생각이 맴돌고 있었다.

볼지악 요새 공방전의 판세는 어느샌가 바스톨 장군의 의도대로 짜

여겨 있었다. 다벨 7군단과 8군단은 바스톨 장군이 부를 때마다 달려와야 했고 그 중 먼저 소진되는 것은 아마도 7군단 쪽이 될 것이다. 그리고 7군단이 소진되는 순간, 볼지악 요새는 함락되고 장군은 볼지악 요새를 타고 앉아 8군단도 처리할 것이다. 가일즈는 그 생각에 대해 이렇게 표현했다.

"어, 여러분. 차 대신 술이라도 해볼까요? 갑자기 건배가 하고 싶군요."

물론 그건 농담이었다. 사령관의 부관이 장교들을 취하게 만들어놨다면 사형감이 아닐 수 없다. 그러나 그 막사 안의 장교들은 그들이 공유하는 장대한 조망에 모두 취할 것 같은 기분을 느꼈다.

그리고 다음날인 8월 22일. 태양이 채 이슬을 떨쳐내지도 못한 시간에 1마일 저편의 8군단을 향해 출발했던 바스톨 장군은 등뒤로부터 나오는 7군단의 함성을 들은 순간 대형 반전을 명령하려다가 깜짝 놀랐다. 사트로니아군 전체가 어제보다 훨씬 빠른 속도로 반전한 다음 마치 기다리고 있었다는 듯이 7군단을 공격하기 시작했던 것이다. 바스톨 장군은 가일즈 부관을 바라보았고 가일즈 부관은 쑥스럽다는 듯이 크로즐릭 백부장이 있는 1중대 1소대를 가리켜보였다. 그리고 바스톨 장군은 웃어버렸다.

그리고 그때쯤 바스톨 장군의 전략을 눈치 챈 휘리 노이에스도 웃어버렸다.

"하하. 이거 참. 이 노무사가 정말 복잡한 꼭두각시 조종술을 보여주는군. 이쪽 실을 잡아당겨 저쪽을 불러내고 저쪽 실을 잡아당겨 이쪽을 두드린단 말이지. 정말 배우고 싶은 기술인데. 이게 그 머리에 왕관을 올려놓을 수 있었던 자의 힘인가."

서 소팔라는 어깨를 으쓱였다.

"좋은 스승에게서 맞아가며 받는 훈련은 최고의 훈련이겠지만, 빨리 끝을 봐주지 않으면 팔라레온과 다케온을 정벌했던 것마저 무위로 돌아가게 됩니다."

"그러지. 노인네하고 수싸움 벌여봐야 다치는 건 우리야. 우직하게 가야겠어."

킬리 스타드 선장은 그랜드머더호의 고물 쪽 난간에 걸터앉은 채 해거름을 보고 있었다. 터릿 갤리어스의 뱃전은 상당히 높고 그래서 킬리 스타드 선장의 발 아래로 물거품이 이는 바다는 꽤나 멀어보였다. 어떻게 봐도 불안한 모습이지만, 킬리 선장은 그런 높이엔 아랑곳지 않은 채 다시 술병을 기울였다.

길고 느린 동작이었다. 한참 후에야 입에서 술병을 뗀 킬리는 그것을 내려놓으려다가 잠시 멈칫했다. 킬리 선장은 다시 술병을 들어올려 태양을 가렸다.

금속제 술병의 옆구리 부분으로 태양이 반짝였다. 그리고 킬리는 그 황금빛을 보며 어떤 여인의 머릿결을 떠올렸다. 그가 버리다시피 한 여자였다.

"킬리."

킬리는 고개를 돌리진 않았다. 잠시 후 까무잡잡한 다리가 그의 옆 난간으로 올라왔다. 그러나 그 다리는 난간에 걸쳐진 채 한동안 버둥거렸다. 킬리는 핏 웃고 말았다. 벨로린의 키는 아직 작은 편이고, 그랜드머더호의 난간은 그녀가 한 번에 올라앉기엔 약간 높았다. 벨로린은 기어오르다시피 하여 간신히 킬리의 옆에 앉았다. 킬리는 술병을 한번 흔들며 말했다.

"마실래?"

"싫어."

"응."

킬리는 다시 서쪽을 바라보았다. 벨로린은 난간에 손을 짚은 채 다리를 까딱거렸다. 라미는 여름이 되자 그녀의 바지를 잘라주었고 그래서 벨로린은 다른 선원들처럼 반바지를 입고 있었다. 벨로린은 가느다란 다리를 까딱거리다가 말했다.

"미안하다고 할까?"

"그러지 않아도 돼."

"연주 안 하네?"

"응?"

"류트 말이야."

"아아."

"넌 다른 사람들을 위해선 연주하면서 왜 자신을 위해선 연주하지 않지?"

"글쎄. 넌 뭐든 알잖아. 내가 왜 그런지는 모르니?"

"난 질문할 때마다 다른 대답이 나올 수 있는 것들에 대해선 몰라."

킬리는 껄껄 웃었다.

"그럴 듯한 말이구나. 그럼 지금의 대답을 해볼까. 손에 술병을 들고 있어서야."

"바로 그건데, 왜 술을 마시는 거지? 류트를 타는 편이 훨씬 어울릴 것 같은데."

"모르겠군."

"자신을 위해서 연주한 적이 없지?"

"가끔은 해."

"그거야 연습이라고 불러야 더 어울리는 그런 거지. 네 뒤에 류트 있어."

킬리는 뒤를 돌아보았다. 그곳엔 덱체어가 있었고 그 위엔 자신의 류트가 놓여 있었다. 벨로린이 가져다놓은 것이리라.

"어쩌라고?"

"연주해."

"취해서 안 돼."

"취하면 더 잘해. 카밀카르 대사관에서 봤어."

킬리는 좀 머뭇거리다가 몸을 돌려 난간에서 내려왔다. 술병을 내려놓고 류트를 집어든 킬리는 덱체어에 앉았다. 그의 손가락이 천천히 현 위로 올라왔다.

연주가 시작되었다. 그리고 벨로린은 곧 손을 들었다.

"관둬."

"어, 아무리 풋내기라도 시작도 하기 전에 구박받는 악사는 없어."

킬리는 벨로린의 등을 향해 살짝 불평했지만 벨로린은 고개도 돌리지 않은 채 말했다.

"첫음에서부터 벌써 알았어. 맥빠진 연주 할 거면 하지 마."

킬리는 고분고분 류트를 내려놓고 다시 술병을 들어올렸다. 다시 똑바로 앉자 어느새 몸을 돌려 그를 똑바로 쳐다보고 있는 벨로린의 얼굴이 보였다. 조금 전 술병으로 태양을 가렸을 때처럼, 이번엔 벨로린의 머릿결에서 태양이 부서졌다. 그래서 킬리는 눈을 살짝 찡그렸다.

"이상하군. 넌 자신을 위해서만 노래 부르는데, 넌 자신을 위해선 연주하지 않는군."

"그게 무슨 말이야? 난 노래는 별로 부르지 않는데."

"아니, 너 말고. 그러니까…… 다른 너."

"다른 나? 무슨 말이지?"

"난 찾은 것 같아."

킬리는 눈살을 찌푸린 채 벨로린을 바라보았고 그래서 손에 든 술병도 거의 잊어먹고 있었다. 그때 벨로린이 부드럽게 웃었다. 망연히 그 웃음을 보던 킬리는 조금 후 자신이 무엇을 본 건지 깨닫고는 소스라치게 놀랐다. 벨로린이 웃는 것을 본 사람은 노스윈드 선단에서, 아니 온세상에서 그가 처음일 것이다. 그래서 킬리는 약간 이상한 질문을 하고 말았다.

"너 웃은 거야?"

"응."

"뭐 즐거운 일이라도?"

"찾았거든."

"뭘 찾았는데?"

"그리고 동시에 결정을 내렸어, 나는."

"……무슨 결정이야?"

"난 네 쪽에 서겠어. 좀 성급한 결정이라고 말할 수도 있겠지만 바꿀 마음은 없어."

벨로린은 말 끝에 다시 한번 미소 지었고 킬리는 그 미소가 꽤 마음에 든다는 것을 깨달았다. 그래서 그는 웃으며 말했다.

"내 쪽에 서겠다니 고맙긴 하군. 그런데 말이야, 내가 어디에 서 있는데?"

"반대쪽."

"어디의 반대쪽?"

"내가 선택하지 않은 쪽."

"이런. 그건 사전에서 써먹는 수법이잖아. 남성=남자. 남자=남성인 사람."

"그러네."

"뭐든 아는 너잖아? 내 반대쪽이 뭔데?"

"넌 알 필요가 없어."

"허! 그건 내가 여섯 살 때 어떻게 하면 아기가 생기냐는 질문에 대해 우리 아버지가 해준 대답하고 똑같군. 혹시 시간이 지나면 알게 된다는 말을 덧붙일 건 아니겠지?"

"그렇게 말할 건데."

"하, 하하, 다행이군. 영원히 모르지는 않는단 말이지."

킬리는 웃으며 술병을 입으로 가져갔다. 그때 벨로린이 말했다.

"아기를 가지고 싶어? 내가 만들어줄까?"

킬리는 마시던 술을 다 토해내고는 한참 더 켁켁거렸다. 벨로린은 눈이 동그래져서 그런 킬리를 바라보았고 겨우 숨을 돌린 킬리는 새빨개진 얼굴로 말했다.

"뭐라고 그랬어? 아니, 말하지 마. 다시 들어도 황당할 것 같으니까. 왜 그런 말을 한 거야?"

"어떻게 하면 생기냐고 물었잖아. 가지고 싶어서 그렇게 말한 거 아냐?"

"혹시 가지고 싶어질 때가 올진 몰라도, 너와 만들고 싶은 생각은 조금도 없어."

"그래? 누구랑 만들 건데?"

"몰라. 잠깐. 그런데 너 아기는 가질 수 있는 거야?"

"물론 혼자선 못 만들지. 네가 도와주면……"

"그만! 됐어. 무슨 말인지 알겠어. 이런 젠장. 조금 전에 내 편에 서겠다느니 뭐니 한 건 나랑 결혼하기라도 하겠다는 의미였던 거야?"

"그건 아냐. 하지만 네 편에 서기로 했으니 되도록이면 네가 원하는 소망을 들어줄 생각이었어. 만약 나와 아기를 만들고 싶다는 게 네 소망이라면……"

"그런 소망은 없어."

452

킬리는 아직도 이 대화 전체를 일종의 농담거리로 생각하고 있긴 했다. 하지만 그는 직감적으로, 만일 그게 자신의 소망이라고 말할 경우 벨로린은 별 주저없이 그렇게 할 것 같다고 느꼈다. 그리고 거기에는 애정 같은 것은 조금도 개입되지 않는 것 같았다. 킬리는 그것을 확인해 보기로 했다.

"만약 내가 네 손에 죽고 싶다면?"

"그건 네 소망이 아닌 것 같은데."

"내가 그걸 원하게 되었다고 가정하고."

"힘이 모자랄 테니 목을 졸라주거나 하는 식은 못해. 칼로 심장을 찌르는 편이 확실하겠지."

확실해졌다. 킬리는 멍한 얼굴로 벨로린을 바라보았지만 벨로린은 그저 미소만 지었다. 그 미소 때문에 킬리는 살벌한 말을 들었음에도 불구하고 공포를 느끼거나 하진 않았다. 그리고 벨로린은 킬리가 원하는 것을 해준다고 했다. 그가 죽음을 원할 리는 없으니 그에겐 일단 무서워할 것이 없다. 적어도 그가 요구하지 않을 경우 벨로린이 밤중에 찾아와 그의 가슴에 단검을 꽂아놓고 갈 일은 없을 것이다.

"이거 참. 우리 어머니도 내가 해달라는 대로 다 해준다는 말하면서도 항상 자신이 생각하기에 옳은 일만 해줬는데. 넌 옳고 그른 것 따지지 않고 무조건 들어준단 말이지. 하하. 고맙다고 말해야 되나."

"고마워할 것은 없어. 내가 그렇게 하고 싶어서 그러는 거니까. 난 너를 선택했어."

"그리고 선택되지 않은 것이 누군지는 알 필요가 없다?"

"응."

"묘한 일이군. 누군지 모를 그 사람에겐 안됐다고 할까. 아니면 그 친구가 나에게 불쌍해하는 눈길을 보내야 하는 건가. 이봐. 혹시 내가 선택된 이유는 뭔지 물어봐도 돼?"

"네가 합리적인 대답을 원하는 거라면 해줄 말은 없는데."

"비합리적인 거라도 좋아."

"굳이 말하자면 그 여자의 일 때문에."

"……아미?"

"응."

킬리는 화를 내지도, 얼굴을 딱딱하게 굳히지도 않았다. 그냥 희미하게 웃으며 말했다.

"내 허리춤에도 오지 않을 꼬마에게 동정받다니, 내 인생 최대의 오점이다."

"날 꼬마 취급하는 편이 편하다면 그렇게 해. 하지만 넌 아니라는 것을 알고 있지."

"맞아. 그리고 난 가끔 네가 무서워."

킬리는 다시 술병을 들어올렸다. 문득 킬리는 자신이 전혀 취하지 않았으며, 단지 타성으로 술을 마시려 하고 있다는 사실을 깨달았다. 그래서 킬리는 술병을 뱃전 너머로 집어던졌다. 풍덩. 그리고 킬리는 의자에서 몸을 일으켰다.

벨로린은 여전히 난간에 오도카니 걸터앉아 있었다. 킬리는 그녀에게 다가가서는 커다란 손으로 벨로린의 머리를 한번 쓰다듬었다. 벨로린은 목을 한껏 움츠리며 말했다.

"뭐야?"

"알잖아. 꼬마 취급."

"아니. 왜 술병을 던진 거냐고 물은 거야."

"이제 그만 마셔야지."

"그만?"

"그만."

볼지악 요새 위에서 메르데린 공작은 정서 불안의 모든 증후를 보이며 멀리 들판을 바라보았다. 그가 보기에 오른쪽, 즉 동쪽에는 사트로니아군이 대오도 정연하게 포진하고 있었고 왼쪽인 서쪽에는 휘리 노이에스의 8군단이 역시 엄정한 기세로 자리잡고 있었다. 그리고 그의 손에는 휘리 노이에스가 보낸 서신이 쥐어져 있었다. 이번에도 간단한 편지였다.

'소신이 비록 바스톨 장군의 칼날 아래 쓰러진다 하더라도 그의 칼은 부러뜨려 놓겠사오니, 절대로 저를 위하여 7군단을 내보내지는 마십시오. 7군단은 공작님을 지켜야 합니다.'

바스톨 장군의 꼭두각시 조종술에 휘말려 양쪽 부대를 번갈아 격퇴당한 지도 사흘째, 프란체스코 메르데린 공작도 어느덧 노장군이 어떤 재주를 부리고 있는지 깨닫고 있었다. 그래서 그는 휘리 노이에스가 보낸 서신이 무슨 뜻인지도 알고 있었다. 두 개의 창으로 번갈아 사자를 찌르다간 두 사냥꾼이 모두 죽는다. 따라서 한 사냥꾼이 죽음을 각오하고 사자의 뒷다리를 찌른 다음 다른 사냥꾼이 사자의 심장을 노려야 한다. 휘리 노이에스는 참으로 담백해서 피하기 어려운 수를 바스톨 장군에게 내민 것이다.

그렇지만 메르데린 공작은 요새 내의 7군단에 출동 준비를 내려놓고 있었다. 현명한 일이었다. 볼지악 요새 앞에서 벌어지는 그 싸움은 그만이 보고 있는 것이 아니라 볼지악 요새 내의 다른 가신들과 병사들 또한 보고 있었다. 따라서 그는 그들의 눈앞에서 자신의 최고 가신을 포기하는 모습을 보여줄 수는 없었다. 황제병에 시달리고 있다는 점과 별개로 그는 군주의 도는 알고 있었다. 그에 덧붙여, 그는 자신이 여차하면 7군단을 출동시키고 말 것이라는 점 또한 알고 있었다.

사트로니아군의 진형은 참으로 위엄 있었다.

위대한 승리라고까진 할 것 없더라도 패배 없는 전투를 계속해 온 효과가 확실히 사트로니아군을 지배하고 있었다. 어쨌든 그들은 폴라리스를 출발한 이후로 단 한번도 패한 적이 없다. 사트로니아군은 그야말로 갈기를 흩날리며 분수를 모르는 사냥꾼을 오만하게 내려다보는 노사자와 같은 기세였다.

그리고 다벨군의 최정예이며 팔라레온과 다케온을 연거푸 멸망시키고 알레미지우스 평원에서는 제국 최고의 무장 서 브라도마저 물러나게 만들었던 제8군단 역시 지난 40년 동안 제국이라는 들판에 그 맹위를 떨쳐왔던 노사자를 상대하기에 부족함이 없는 신중한 사냥꾼의 기상을 풍기고 있었다. 그리고 사냥꾼이라 한다면 그것은 다시 없을 사냥꾼이다. 나라를 사냥하는 사냥꾼이니까.

화창한 하늘 아래 산들바람은 승패를 관장하는 대천사의 신중한 조율 같았고 어떤 자에게 그 최후의 음악이 돌아갈지는 아직 아무도 예측할 수 없었다. 그러나 객관적인 견지에서 제8군단 쪽에 위험 요소가 많다는 점은 분명했다. 그들은 록소나로부터 다벨까지 힘겹게 달려왔고 그 여정의 절반 정도는 서 브라도라는 또 하나의 맹장에게 호된 공격을 받아가며 걸어왔다. 그리고 이곳에 도착해서는 바스톨 장군에게 사흘 동안이나 농락당했다. 그 결과는 가장 정직한 지표인 숫자의 비교에서 나타나고 있었다.

사트로니아군의 배치는 정석대로라 할 만한 것이었다. 중앙에 배치된 것은 4,000의 중장보병과 2,000의 경장보병이었다. 그리고 좌익에는 2,000기의 중장기병을, 우익에는 1,500기의 경장기병을 배치해 두었다. 왼쪽부터 중장기병, 중장보병, 경장보병, 경장기병으로 전체적으로 보아 왼쪽에 무게 중심이 실린 진형이었다. 볼지악 요새로부터 응원군이 나올 경우를 대비한 것임이 분명했다. 그리고 120문 가량의 대포는 우익의 경장기병 전방에 배치되어 있었고 반대편인 좌익의 중장기병의 뒤쪽엔 300명 가량의 궁수대가 배치되어 있었다. 도합 9,800의 군세와 120문의 대포였다.

그에 맞서는 다벨 제8군단은 이번에도 대포를 본진 앞쪽에 배치하고 있었다. 110문 가량의 대포가 바로 정면의 사트로니아군 중장보병을 겨냥하고 있었다. 그리고 그 뒤쪽으로 중앙에는 2,000 가량의 중장보병대가 서 있었고 550기의 경장기병과 900기의 중장기병이 좌우에 배치되어 있었다. 그리고 2,000명 가량의 노예 부대와 1,000명 가량의 경장보병은 본대의 후방에 배치되어 있었다. 도합 6,450의 군사와 110문의 대포였다. 진형을 놓고 본다면 8군단의 진형은 알레미지우스 회전 때와 거의 똑같았고 바뀐 것이 있다면 중장기병과 경장기병의 위치뿐이었다. 서기리우의 경장기병대는 알레미지우스 평원에서 서 브라도에게 워낙 강력한 공격을 당해서 그 숫자가 심하게 줄어들어 있었고 그 숫자로는 상대편의 2,000이나 되는 중장기병을 상대하기 어렵다고 보았기에 휘리는 그것을 반대편, 그러니까 1,500기의 경장기병의 상대로 놓았다. 하지만 그래도 상대편의 경장기병은 세 배나 되는 숫자였다. 그리고 우익의 중장기병 쪽도 2,000 대 900으로 8군단의 숫자가 적었다. 메르데린 공작의 왼편에 서 있던 최고사령관 클루 멕켄지 경은 씁쓸하게 말했다.

"노이에스 장군은 응원군을 보내지 말라고 했습니다. 자신이 있는 걸까요? 하지만 저 상황은……"

"모든 면에서 열세로군."

메르데린 공작은 맥빠진 어조로 말하곤 망원경을 들어올렸다.

8군단의 본영을 살펴보던 그는 곧 초록빛 갑옷을 찾았다. 휘리 노이에스는 다른 참모들과 함께 말에 올라 있었고 그 자세는 꼿꼿했다. 숫자로 나타나는 불리한 점은 그에게 큰 영향을 주지 않는 듯했다. 고개를 갸웃하며 반대쪽을 살펴본 공작은 역시나 엄정한 기세로 서 있는 바스톨 장군을 발견했다. 그 역시 숫자로 나타나는 유리함에 큰 신경을 쓰고 있는 것 같지는 않았다. 두 장수를 번갈아 쳐다본 프란체스코 메르데린은 갑작스레 깨달은 사실에 전율하지 않을 수 없었다. 황제가 된다는 것은, 저런 사내를 수하로 두며 저런 사내와 싸운다는 것인가.

그러나 그런 고풍스러운 장엄함을 사병들에게까지 찾아보는 것은 불가능했다. 그들 사병들은 역사에 있어 이 전쟁의 의미라든지 이 전투의 승패가 이 전쟁에 참여하는 군웅들에게 어떤 영향을 끼칠 것인가에 대해서는 별 관심 없었다. (그들 중 몇몇은 승패에조차 관심이 없을지도 모른다.) 그래서 저 아래의 들판에서는 양군의 입심 좋은 병사들이 가장 병졸다운 함성을 지르며 전의를 북돋고 있었다. 먼저 시작한 것은 사트로니아 측이었다.

"흑사자! 흑사자! 사트로니아의 흑사자!"

이 함성에 응답이라도 하듯 8군단 쪽에선 야비한 함성이 터져나왔다.

"늙은 개! 늙은 개! 왕관 대신 목줄을 선택한 늙은 개!"

바스톨 엔도 장군은 그냥 웃었다. 하지만 사트로니아의 더블원 센츄리온인 크로즐릭 백부장은 필요에 따라 행동을 선택할 수 있는 사람이었고, 그래서 자신의 집에서 자녀들이 보고 있는 앞에서라면 삼갔을 말을 서슴없이 꺼내놓았다. 더군다나 원래 그런 말은 장교보다는 백부장급이 사용할 말이기도 했다.

"방종한 어미의 자식, 닥쳐라! 아비 이름에 먹칠할 염려는 없겠구나, 누군지도 모르니!"

8군단 쪽에서 끔찍한 욕설들이 터져나온 것은 당연했다. 그 아버지를 모르기 때문에 그 어머니가 악마와 교접하여 낳은 자식이라는 말까지 붙어다니는 휘리 노이에스의 내력을 비난하는 말이었기 때문이다.

그리고 웃음을 떠올렸던 바스톨 장군과는 달리 휘리 노이에스는 좀 강
렬한 대답을 보내주기로 결정했다.

"저 뒈지다 만 녀석을 완전히 묻어줘야겠군. 대포, 발사!"

다벨군의 포문이 일제히 불을 뿜었다. 볼지악 전투가 시작된 것이다.

전투 초반의 포격은 맹렬하기 짝이 없었고, 동시에 당황스럽기 짝이
없었다.

8군단의 포문이 상대편의 본대를 향해 일제히 열렸음에도 불구하고
사트로니아 포병들이 응사를 하지 않은 것이다. 전장을 가로지르는 포
탄은 모두 태양의 반대 방향으로 날아가는 것뿐이었다. 응사하지 않는
적을 보며 8군단 포병들은 적을 조롱하며 더욱 기세 좋게 포격을 가했
지만 휘리 노이에스는 심장이 서늘해지는 기분을 느꼈다.

며칠 전부터 같은 위치에 포진하고 있던 사트로니아군은 철저하게
참호를 파둔 상태였다. 따라서 8군단의 대포들은 참호 속에 숨어 있는
사트로니아군을 제대로 맞추지 못했다. 참호 속으로 잘못 들어가는 포
탄을 제외한다면 사트로니아군은 완전히 안전한 상태였다. 그리고 대포
라는 것은 병사와 달리 강력하지만 극히 짧은 시간밖에 사용할 수 없
는 전력이다. 그것을 헛되이 낭비시킨 휘리는 어금니를 깨물며 포격의
방향을 바꾸도록 지시했다. 8군단의 대포는 이제 사트로니아군의 좌익
에 위치한 중장기병을 향해 포구를 선회시켰다. 그 순간 바스톨 장군의

명령이 떨어졌다.

"3중대, 돌격!"

돌격 신호와 함께 사트로니아의 중장기병이 뛰쳐나갔다. 그들의 정면에 있던 서 켈커의 눈이 사납게 빛난 것은 잠시, 서 켈커는 곧 어이없다는 얼굴이 되었다. 사트로니아의 중장기병은 정면으로 달려오는 대신 전장을 대각선으로 가로질렀다. 그리고 8군단의 포병들은 의외의 방향으로 움직이는 사트로니아 중장기병들을 제대로 맞추지 못했다. 그래서 사트로니아 중장기병들은 거의 대포의 방해를 받지 않은 채 민첩하게 움직였고 그들이 도착한 곳에는 8군단의 좌익, 즉 서 기리우가 이끄는 8군단의 경장기병이 있었다.

성벽 위에서 그 광경을 보고 있던 메르데린 공작은 단말마를 내질렀다.

바스톨 장군은 과감한 부대 전진을 통해 8군단의 왼쪽 급소에 강력한 일격을 선사했다. 결과적으로 8군단의 왼쪽에서 2,000 대 550의 싸움이 벌어진 것이다. 8군단의 좌익은 누가 보아도 위험하기 짝이 없는 상태였다.

그러나 휘리는 왼쪽을 흘끔 쳐다보며 이렇게 외쳤을 뿐이다.

"공작과 나의 승리를 너희에게 맡긴다!"

휘리는 서 기리우를, 더 정확하게 말하자면 서 브라도를 믿고 있었다. 서 기리우의 경장기병들은 최강의 록소나 중장기병들을 거느린 서 브라도와 몇 번이나 싸워봤던 부대였다. 그 훌륭한 교사에게 단련받은 8군단의 경장기병들은 흔히들 '대가 세고 입은 무거우며 손은 번개 같다'고 말하는 진짜 베테랑이 되어 있었다.

휘리 노이에스의 짧은 손짓으로 충분했다. 서 기리우는 침착하게 부대를 왼편으로 비켜주었다. 마치 사트로니아 중장기병들로 하여금 본대의 배후를 칠 기회를 일부러 주는 듯했다. 그러나 서 기리우가 만들어준 빈틈을 통해 8군단의 배후로 뛰어든 사트로니아 중장기병들은 황당한 광경을 목격했다.

서 소팔라는 검을 높이 들어 땅에 꽂고는 두 손을 입 앞으로 모았다. 그의 입에서 야수 같은 울부짖음이 터져나왔다.

"아우우우—!"

그와 동시에 노예병들 역시 똑같은 동작을 취했다. "아우우우우—!" 늑대와 같은 포효를 내지른 서 소팔라와 노예병들은 기가 막힌 시선으로 그들을 바라보는 사트로니아 중장기병을 향해 질풍처럼 달려들었다. 그리고 달려들면서 노예병들은 등뒤로부터 이상한 물건을 꺼내었다.

노예병들이 꺼내 든 것은 투망이었다. 노예병들은 날렵하게 움직이며 사트로니아 중장기병들에게 투망을 던졌다. 야만인들의 수법이었다. 그물에 갇힌 중장기병들은 허우적거리다 낙마했고 그들 중 어떤 말은 네 다리가 모두 그물에 묶인 채 넘어지기도 했다. 그리고 그런 중장기병들의 몸 위로 노예병들의 무기가 쏟아져내렸다. 노예병들이 사용하는 무기들 중 큰낫이나 대형 쇠스랑, 도끼 등은 더 가공할 필요도 없이 대기병병기 그 자체라고 할 수 있는 것들이었다. 노예병들은 자신에게 익숙한 그 농기구들을 이용하여 마상의 기사를 낚아채거나 말의 다리를 공격하여 쓰러뜨렸다. 사트로니아 중장기병들은 격노하여 투망을 찢고 노예

462

병들을 짓밟았지만 돌격 속도가 줄어드는 것까지는 어찌할 수 없었다. 그리고 잠시 옆으로 비켜났던 서 기리우의 경장기병대가 멈춰 선 중장기병들을 향해 돌격하기 시작하자 그들의 얼굴에도 불안감이 피어오르기 시작했다.

"저지했어!"

요새 위쪽에서 메르데린 공작은 환호를 질렀다. 서 기리우의 경장기병과 서 소팔라의 노예병들은 자칫 8군단의 배후를 유린할 뻔했던 사트로니아 중장기병들을 효율적으로 막아내어 그들을 전장의 남쪽에 묶어두고 있었다. 다벨 총사령관 클루 경은 흥분을 가라앉히려 애쓰면서 말했다.

"중장기병을 묶은 솜씨는 훌륭하군요. 바스톨 장군은 왼쪽의 약점을 찔러 8군단을 배후 공격할 생각이었을 겁니다."

"물론 그랬겠지. 그리고 그건 이제 실패한 전략……"

"아닙니다. 아직 실패하진 않았습니다."

"뭐?"

바스톨 장군은 전투가 아직 끝나지 않은 상황인지라 솔직한 감상을 말하지는 않았다. 하지만 그는 남쪽에 묶여버린 중장기병들을 보며 속으로 혀를 내두르지 않을 수 없었다. 그러나 요새 위에서 내려다보고 있는 클루 경과 마찬가지로 바스톨 장군 역시 그 중장기병들을 포기하지는 않았다. 그의 입에서 빠른 명령들이 쏟아져나왔다.

그의 명령에 따라 좌익 후방에 있던 300명의 궁수내가 일제 사격을 시작했다. 중장기병이 빠져나간 그들의 앞쪽은 훤히 트여 있었고 그래서 궁수대는 저 앞쪽에 보이는 8군단의 중장기병들을 향해 사격을 시작했다. 화살이 날아들기 시작하자 중장기병대의 서 켈커는 곧장 휘하 부대를 돌격시켰다.

"돌격, 앞으로!"

서 켈커는 단순히 화살 공격에 화가 나서 그런 것은 아니었다. 궁수대의 앞쪽을 막고 있던 중장기병대가 저 남쪽으로 달려간 지금 사트로니아 궁수대는 무방비 상태였다. 따라서 서 켈커는 자신의 중장기병으로 그들을 짓밟고 그대로 우익에서부터 사트로니아 본대를 공격할 수 있다고 판단했다. 그러나 거의 같은 시각, 바스톨 장군 역시 복잡한 명령을 내리고 있었다.

궁수대의 지척까지 도달한 서 켈커는 하늘에서부터 떨어진 것처럼 갑자기 그들의 앞을 가로막으며 나타난 사트로니아의 경장기병대를 보며 신음을 흘리고 말았다.

그들은 사트로니아군의 우익에 있던 부대였다. 우익에 있던 부대가 사트로니아 본대의 배후를 돌아 갑자기 좌익 쪽에, 즉 조금 전 중장기병이 빠져나간 위치에 궁수대를 엄호하는 형태로 나타난 것이었다. 무장이 약한 경장기병대라고 하지만 그 숫자는 1,500기로 900기의 다벨 중장기병대의 1.5배가 넘는 숫자였다. 결코 호락호락하지 않은 숫자였고 그것은 첫 격돌에서부터 확연하게 드러났다. 서 켈커는 자신의 부대가 주춤하는 것을 보고 당황해야 했다. 바스톨 장군 역시 적의 중장기병대를 전장의 북쪽에서 묶어버렸던 것이다. 그 순간 휘리의 명령과 바스톨 장군의 명령이 거의 동시에 터져나왔다.

"본대, 돌격!"

"궁수대와 포병대! 중앙을 공격한다!"

사트로니아군의 우익에 있던 포병대는 아무런 방해물이 없기에 거의 직사로 쏠 수 있었다. 그리고 좌익에 있던 궁수대는 아군의 경장기병과 적군의 중장기병이 어우러지는 전장의 머리 너머로 8군단의 본대 쪽에 사격을 가했다. 휘리의 빠른 판단으로 미리 돌격하고 있었던 8군단의 본대였지만 그래도 직사로 날아오는 포탄들은 그들을 아찔하게 만들었다. 그리고 포탄과 화살의 폭풍을 돌파한 그들 앞에는 사트로니아군 본대가 노도 같은 기세로 돌격해 오고 있었다. 2,000명 가량의 8군단 중장기병들에 맞서 뛰쳐나온 것은 4,000명의 중장보병과 2,000명의 경장보병으로 도합 6,000의 군세였다.

메르데린 공작은 몸을 돌렸다.

"7군단, 출동."

"안 됩니다, 로드!"

메르데린 공작은 살벌한 눈으로 클루 경을 노려보았다. 하지만 서 클루는 고개를 가로저으며 공작의 재킷 주머니를 가리켜보였다. 그곳엔 휘리의 서신이 들어 있었다.

"나더러 저들을 생매장시키란 말인가!"

서 클루는 고집스럽게 고개를 가로저었다. "그는 절대 7군단을 내보내지 말라고 했습니다. 만약 내보낸다면……" 거기서 클루 경의 말은 잦아들었지만 메르데린 공작은 그 뒷말을 능히 짐작할 수 있었다. 7군단을 출동시킨다면, 그것은 8군단이 사트로니아군에 치명상을 입힌 다음의 일이다. 그러나 그때 8군단은 남아 있지도 않을 것이다.

메르데린 공작은 턱을 부르르 떨며 다시 전장을 내려다보았다.

전장의 북쪽에선 서 켈커의 중장기병들이 그 두 배에 가까운 사트로니아의 경장기병과 맞서 싸우고 있었다. 중앙 역시 마찬가지였다. 8군단의 중장보병들은 역시 그 세 배인 사트로니아 본대와 싸우고 있었다. 남쪽의 상황은 조금 나았다. 서 소팔라의 노예병들과 서 기리우의 경장기병들은 사트로니아 중장기병들을 맞아 훌륭히 싸우고 있었다. 하지만 그들이 언제까지 버틸지는 알 수 없었다. 투망을 다 던진 노예병들은 중장기병들의 창칼에 찔려 쓰러지고 있었고 서 기리우의 경장기병들 역시 워낙 숫자가 적어 상대를 압도하지는 못하고 있었다. 그리고 메르데린 공작은 그제서야 바스톨 장군의 전략이 아직 실패하지 않았다는 말이 무슨 뜻인지 깨달았다.

사트로니아군은 이미 전선 전체에서 상대를 압도하고 있었지만 만약 남쪽의 중장기병대가 풀려나는 상황이 되면 전선의 앞뒤에서 8군단을 포위하는 형국으로까지 갈 수 있을 것이다. 철갑으로 온몸을 두른 사트로니아 중장기병들에게 노예병들과 경장기병들은 단순히 귀찮은 상대에 지나지 않는 듯이 보였고 그 두 부대가 물러나게 된다면 사트로니아 중장기병들은 반시계 방향으로 돌아 8군단의 중장보병들을 배후 공격하게 될 것이다. 그리고 그 시간은 점점 다가오고 있었다.

메르데린 공작은 흉벽을 움켜쥔 채 목이 벌겋게 되도록 외쳤다.

"지금이 아니면 다시는 구할 수 없다! 그가 어떻게 말했든 상관없어. 지금 출동해야 돼! 그렇잖으면 본대가 포위된다!"

메르데린 공작 또한 무인이었고 전황을 읽을 줄은 알았다. 그래서 클루 경은 짧게 말했다.

"노이에스 장군에겐 아직 창이 하나 남아 있습니다."

메르데린 공작은 그 말에 눈이 번쩍 뜨였다. 황급하게 망원경을 들어올린 공작은 전선을 훑었다. 오래 찾을 필요도 없었다. 전투가 시작된 후 지금까지도 움직이지 않은 병력이 있었다.

중장보병들의 뒤쪽에서 노예병들과 나란히 서 있던 경장보병들은 최초 배치 장소를 지키고 있었다. 그리고 그들 사이에서 서 소사라는 팔짱을 단단히 낀 채 전장을 바라보고 있었다. 팔짱을 끼고 있는 오른손이 쉴새없이 꿈틀거리고 있는 것을 보지 않더라도 그가 침착을 가장하고 있음은 누구에게도 분명했다. 가만히 서 있는다는 단순한 자세가 그 젊은 장군에겐 거의 고문에 가깝게 작용하는 듯했다.

그때 서 기리우의 경장기병들과 서 소팔라의 노예병들이 더 못 견디겠다는 듯이 뒤로 물러나기 시작했다. 두 부대의 성가신 공격에서 벗어난 사트로니아 중장기병들은 그 상황에서도 침착을 잃지 않았다. 그들은 서 기리우의 부대나 서 소팔라의 부대를 뒤쫓는 대신 그대로 반전하여 중앙에 있던 8군단의 중장보병들의 배후를 겨냥했다.

바스톨 엔도 장군의 포위 작전이 드디어 성공한 듯이 보인 순간, 미끄러지듯 움직이며 사트로니아 중장기병들의 앞을 가로막으며 나타나는 부대가 있었다. 말할 것도 없이 지금까지 기다리고 있던 서 소사라의 부대였다. 사트로니아 중장기병들을 지휘하고 있던 빌포 중대장은 달려들면서 거칠게 외쳤다.

"비켜라!"

서 소사라는 상대를 빠르게 훑어보았다. 투구 아래로 보이는 꽤나 공을 들인 것 같은 콧수염과 손질이 잘된 갑옷, 그리고 격에 맞지 않을 정도로 큰 칼고리를 순식간에 살펴본 서 소사라는 계급주의자가 되기로 했다.

"나는 림파이어 가문의 서 소사라다. 천민 소굴 출신이라 귀족에게 말하는 예법을 모르는가?"

말로는 공화국 어쩌고 할 테지만 속으론 계급주의자(동시에 높은 가능성으로 성차별주의자)일 거라는 서 소사라의 인물평은 정확했고 그런 계급주의자가 진짜 귀족을 만났을 때 흔히 그러듯 빌포 중대장은 크게 분노하여 창을 내질렀다.

"하? 어디, 공화국 국민의 창을 받아봐!"

서 소사라는 씩 웃으며 비어 있는 왼손을 오른쪽 어깨로 끌어당겼다. 다음 순간 빌포 중대장은 눈앞이 캄캄해지는 느낌과 함께 뒤로 나동그라지고 말았다. 서 소사라는 빌포에게 망토를 집어던졌던 것이다. 낙마의 충격은 끔찍했고 그래서 빌포는 몸에 감고 있는 망토를 벗기는커녕 제자리에 누운 채 끙끙거렸다. 그래서 빌포는 자신에게 내려쳐지는 서 소사라의 검은 보지 못했다. 다음 순간 서 소사라의 망토는 그의 수의 가 되었다.

"배후를 내주지 않기 위해 안간힘을 쓰는군요."

잔뜩 흥분한 가일즈 부관은 헐떡이듯 말했다. 그리고 자신이 헐떡인 다는 사실은 깨닫지도 못하는 것 같았다. 바스톨 장군은 이맛살을 찌푸 린 채 고개를 끄덕였다.

처음에는 경장기병과 노예병, 그리고 그 다음엔 경장보병이 번갈아 나서며 사트로니아 중장기병을 차단하고 있었다. 보통이라면 중장기병 의 발굽 아래 단숨에 뭉개질 것이 뻔한—그렇기에 바스톨 장군은 중장 기병에 의한 배후 공격을 아직 포기하지 않았다—그런 병력이 이렇게까 지 선전하는 이유를 찾아 노장군의 눈이 빠르게 움직였다. 그리고 그는 아무래도 그 지휘관들이 예사 인물이 아니라는, 별로 내리고 싶지 않은 결론을 내렸다.

군대라는 것은 개성을 인정하지 않는 체제다. 그래서 무사이자 군인 인 바스톨 장군은, 그 자신이 이미 유명한 무사임에도 불구하고 돌출되 는 개인이라는 개념을 과히 좋아하지는 않았다. 그것은 지휘관의 직업 병이기도 하다. 부하들 중 누가 죽든 똑같은 한 명의 손실로 생각하지 않으면 지휘관의 일을 하기 어렵다. 하지만 그런 이유 외에 다른 이유는 델 수 없었기에 바스톨 장군은 씁쓸한 심정으로 그 결론을 받아들였다.

그때 이상한 느낌이 그의 뇌리를 스쳤다.

바스톨 장군은 그 느낌에 집중했다. 자신이 뭔가를 놓치고 있는 것 같은 기분이었다. 장군은 자신에게 반문해 보았다. '내가 무엇을 놓쳤단 말인가?' 비록 중장기병에 의한 배후 제압은 저지되고 있지만 그래도 전선 전체에서 사트로니아군은 압도적인 위세로 상대를 압박하고 있었다. 그리고 지금은 묶여 있는 중장기병들도 앞서 그랬던 것처럼 곧 상대를 물리치고 장군의 뜻대로 포위진을 완성시킬―그런데 처음으로 그들을 막았던 부대는 어디 갔지?

바스톨 장군은 흠칫하여 전장의 남쪽을 살폈다. 처음으로 사트로니아 중장기병을 막았던 노예병과 경장기병들 중 노예병들은 어느새 중장기병들의 배후로 다가서고 있었다. 그리고 경장기병들은…….

바스톨 장군은 전장의 남쪽을 크게 선회하여 달려오고 있는 일단의 경장기병들을 발견했다. 그리고 그 선두에는 멀리서도 뚜렷이 확인되는 초록빛 갑옷이 보였다.

장군의 손이 칼자루를 강하게 움켜쥐었다.

휘리 노이에스는 어느새 서 기리우와 함께 경장기병들의 선두를 달리고 있었다. 그리고 그가 향하고 있는 곳은 상대편의 뒤쪽, 즉 사트로니아군 본대의 배후였다. 350기 정도로 줄어든 경장기병들은 오히려 홀가분하다는 듯이 맹렬하게 달리고 있었고 그들의 앞을 가로막는 부대는 없었다. 바스톨 장군이 무던히도 노력했지만, 배후 공격을 성공시킨 것은 오히려 휘리 노이에스 쪽이었던 것이다. 얼마 안 되는 숫자라고 할 수도 있겠지만 사트로니아의 본진을 혼란에 빠뜨리기엔 딱 적당한 숫자였다. 그리고 그렇게 되면 승패는 미묘해지게 될 것이며 볼지악 요새 내에 있는 7군단을 생각한다면 오히려 사트로니아 쪽이 더 위험해지는 것이다. 터무니없이 먼 거리임에도 불구하고 바스톨 장군은 휘리의 웃는 얼굴을, 그리고 그 목소리를 듣는 것 같은 착각을 느꼈다.

'내가 이겼다!'

바스톨 장군의 입가에 무의식중에 미소가 떠올랐다.

'하지만, 그렇게 될까?'

바스톨 장군을 지키고 있던 기사들은 깜짝 놀랐다. 노장군은 검을 뽑아들어 한번 뿌린 다음 남쪽을 가리켰다. 노장군은 아무 말도 하지 않았지만 그 의미를 파악하는 것은 간단했다. 남쪽을 본 기사들은 다가오고 있는 일단의 경장기병들을 발견했다. 그들의 얼굴이 새파랗게 변했다. 그때 장군의 외침이 터져나왔다.

"용기 있는 자들은 따라오라!"

그리고 바스톨 장군은 앞으로 달려나가고 있었다. 물론 가일즈 부관은 자신이 용기를 가지고 있는가를 곰곰이 따져보는 대신 급히 말의 배를 걷어찼다. 그리고 다른 기사들 역시 맹렬한 기세로 사령관의 뒤를 따랐다.

바스톨 장군을 거의 따라잡은 가일즈 부관은 상관의 얼굴을 흘끔 쳐다보았다. 그러곤 아무 말도 못하게 되었다. 비록 그가 간신히 두발 동물이라 주장할 수 있게 된 시절의 일인지라 직접 본 적은 없었지만, 지금 그가 보고 있는 것은 용병 바스톨 엔도의 얼굴임이 분명했다. 가일즈 부관은 그 순간 시간을 거슬러올라가 유혈로 몸을 씻던 시절의 바스톨 엔도를 보았다. 가일즈 부관은 선택할 수 있는 수단이 하나뿐임을 깨달았다.

가일즈 부관은 장군을 앞지르기 위해 말에 박차를 가했다.

"이랴―하!"

먼저 나서서 휘리 노이에스를 상대한다는 그의 부관다운 고결한 결심은, 그러나 무위로 돌아갔다. 가일즈 부관은 도무지 장군의 승마술을 따라잡을 수가 없었다. 그는 절망적인 심정으로 저 앞쪽을 바라보았고, 초록색 점으로밖에 보이지 않던 것이 어느새 초록색 갑옷을 입은 휘리 노이에스로 바뀌어 있음을 발견했다.

8군단 사령관 휘리 노이에스는 그들을 향해 달려가는 바스톨 장군을 발견하고는 싱긋 웃으며 말을 세웠다. 그와 함께 달리고 있던 경장기병들은 당황하여 그들의 사령관을 따라 멈춰 섰지만 휘리는 아무 말 없이 안장 옆으로 손을 뻗고 있었다.

휘리는 안장 옆에서 단궁을 뽑아들었다. 기사(騎射)에 상당한 소질이 있는 듯 휘리는 깨끗한 손놀림으로 활시위에 화살을 재어 앞으로 들어올렸다. 그러나 바스톨 장군은 아무런 표정의 변화도 없이 계속 말을 달렸다. 심지어 장군은 방패를 끌어당기지도 않았다.

휘리는 시위를 놓은 다음 기사의 정석대로 반탄력을 최대한 흩어놓았고 그래서 화살은 조금의 흐트러짐도 없이 날아들었다. 하지만 매끄럽게 날아든 그 화살은 꼿꼿이 앉아 있는 장군의 머리 옆을 지나갔다. 명중이나 다름없는 솜씨였지만, 어쨌든 맞은 것은 아니다. 서 기리우는

아쉬움의 탄성을 질렀고 가일즈 부관은 안도의 한숨을 내쉬었다. 하지만 바스톨 장군은 당연하다는 태도였고 휘리 역시 별로 실망하지는 않았다. 이 거리에서의 기사란 어차피 도박이다. 휘리는 활을 옆으로 던지곤 칼을 뽑아들었다. 바스톨 장군은 비웃듯 외쳤다.

"초록빛을 몸에 두른 음유시인이 검을 드는가?"

"당신은 지금 나와 전투하려는 건가?"

휘리의 거침없는 응수에 바스톨 장군은 껄껄 웃었다. 휘리의 말이 옳았다. 바스톨 장군은 휘리 노이에스가 돌출된 상황에서 그를 쓰러뜨림으로써, 자칫 미묘해질 수도 있는 전황을 다시 결정적인 것으로 바꿀 생각이었다. 따라서 비록 백주에 정면으로 덤비는 것이지만 그것은 전투라기보다는 암살에 가깝다고 할 수 있다.

"좋아. 네 피가 생겨나기도 전부터 피를 마셔왔던 검을 받아보라!"

그 순간 볼지악 전투는 한 점으로 압축되고 있었다.

"……너희들 결혼했냐?"

"응?"

돌탄 선장은 손을 들어 저편을 가리켰다. 그곳엔 작업중인 측량원들을 구경하고 있는 벨로린이 서 있었다.

"선폭에 풀카사리 풀어타니틋이 풀어타니는쿤. 처 꼬마는 원래 물수리호에 있지 않았나? 왜 네게 풀어타니는 커지?"

474

"자기가 그러고 싶대."

"왜?"

"날 선택했다나 봐."

킬리는 탁자 위에 놓인 측량 자료와 지도들을 뒤적거리며 대수롭지 않다는 듯이 말했지만 돌탄 선장은 코를 실룩거리며 그를 노려보았다.

"유모로?"

"으윽. 아냐."

"첫사랑으로?"

"제발, 돌탄."

"남편으로?"

돌탄 선장이 그냥 넘어가줄 작정이 아니라고 판단한 킬리는 한숨을 쉬며 손에 쥐었던 두루마리와 삼각자 등을 내려놓았다.

"그것도 아냐. 더 묻지 마. 나도 내가 뭘로 선택됐는지 모르겠어. 혹시나 기사로 선택된 건 아닌가 싶기도 한데 내 보호를 받겠다는 것이 아니라 거꾸로 자기가 날 위해 뭐든 해주겠다더군."

"으음? 왜?"

"저 애는 내게 미안해하고 있어. 나도 어른인데 어린애의 그런 감정을 이용해 먹을 생각은 없지만, 자기가 저러고 싶다는 데야 어쩔 수 있나. 그냥 맞춰줘야지."

"미안해한타? 왜 미안해하는 컨테?"

"사실을 알려준 것에 대해."

"사실?"

"아미가 죽었대."

돌탄은 잠시 멈칫했다.

"레이티 아밀리아카?"

"응."

킬리는 벨로린에게 들었던 이야기를 대충 간추려서 말해 주었다. 돌탄 선장은 오랜 친구의 시선을 살짝 피하며 말했다.

"그렇게 된 커였나. 그런데 처 꼬마카 어떻게 크 사실을 안타는 커치? 묘한 일이쿤."

"벨로린은 모르는 것이 없어. 나조차 믿지 않던 교육의 중요성을 그녀에게 역설하다가 된통 당하는 내 모습을 자네가 봤어야 하는데."

"모르는 컷이 없타? 그케 무슨 말이야."

"말 그대로야. 그녀는 정말 모르는 것이 없어."

돌탄 선장은 다시 코를 씰룩거리곤 의자에서 일어났다. 킬리는 멀뚱한 눈으로 그를 바라보았지만 돌탄은 그에게 한쪽 눈을 찡긋해 보인 다음 벨로린을 향해 걸어갔다. 벨로린은 언덕의 바위 위에 앉아 여전히 측량원들을 구경하고 있었다.

폴라리스 평의회는 다림 시외에 성벽을 신축하기로 했다. 명색이 수도이므로 방어성은 필요하며 그것은 또한 신생국에 있어 상징적 건축물이 될 수 있음이 분명하다……는 합리적인 이유에서였다. 그리고 그 덕분에 자유호의 식스 일항사는 다시 지옥 같은 시간을 보내며 그 예산을 맞춰내어야 했다. 물론 식스는 훌륭한 예산서를 만들어냈고 하리야 선장은 그 예산서에 대해 '아름답기까지 하다'는 찬사를 내려 식스를 감동시켰다. 그리고 돌탄 선장이 신축 성벽의 공사 책임을 맡게 되었다.

공사 책임자 돌탄은 벨로린에게 다가서며 말했다.

"어이, 컴은 꼬마."

벨로린은 이 이상한 자마쉬 사투리가 자신을 가리킨다고 판단했다. 그래서 그녀는 고개를 돌려 돌탄 선장을 올려다보았다.

"왜?"

"너 모르는 컷이 없타며?"

"아니. 내가 무엇을 모르는지는 몰라."

이 대답은 돌탄 선장을 잠시 어리둥절하게 만들었다. 그는 저편의 테이블에 앉아 있는 킬리를 돌아보았지만 킬리는 미소만 짓고 있었다. 돌탄 선장은 그 말에 대해 잠깐 생각한 다음 다시 벨로린에게 말했다.

"크래? 아. 크럼 내카 칠문하는 컷에 태탑해 봐."

"……해봐."

"신생쿡 폴라리스는 망하나?"

벨로린이 대답하기도 전에 킬리 선장이 먼저 웃음을 터뜨렸다. 당황한 돌탄 선장을 향해 벨로린이 불쌍하다는 듯한 시선을 보냈다.

"물론. 언젠가는."

"으윽. 그럼 언체 망하치?"

"그걸 누가 알지? 일어나지 않은 일은 없는 것과 마찬가지야."

"아아…… 예언은 안 뒨다는 컨카. 아. 크럼 어티 포자, 크래! 휘리 노이에스의 아퍼치는 누쿠치?"

벨로린은 다시 불쌍하다는 시선을, 이번엔 좀더 강도 짙게 지어보였다.

"그에게 물어봐. 예의를 안다면."

이로써 돌탄 선장은 부주의한 성격임과 동시에 무례한 사람이 되어 버렸다. 킬리 선장은 배를 붙잡고 웃어대고 있었고 돌탄 선장은 붉으락 푸르락거리다가 간신히 말했다.

"아, 좋타코. 크럼 나와 콴련퇸 컷이면 퇴겠쿤? 으흠. 크래, 이컨 어때. 내카 하코 있는 사업의 총콩사피는?"

"126,053,000데리우스."

"웅? 무슨 소리야. 9,000만 테리우스 정토인테?"

"당신은 식스나 하리야를 몰라. 그들은 예비비를 만들어두는 성격이고, 그걸 밝힐 필요는 없다고 생각하고 있지. 그 돈은 현금화되지 않은 채 장부상으로 조성되어 있고 당장 건축 자금으로 묶여버릴 경우 다림 시내의 몇몇 유수한 상회에 약간의 부담을 줄 수 있으니까. 물론 그들이 그걸 착복할 생각은 아니니까 나도 말해 주는 거야. 예비비가 남으면 그들은 성벽에 배치할 대포를 사들일 생각이지."

돌탄 선장은 입을 쩍 벌린 채 벨로린을 바라보았다. 그리고 훔쳐듣고 있던 킬리는 그들이라면 정말 그럴 법하다고 생각하며 고개를 끄덕였다.

"내 생각이지만 그 정보는 잊는 편이 좋겠어, 돌탄. 예산서대로 집행해."

"아, 나토 흥청망청 써퍼릴 위인은 아니야, 체킬. 치큼 톤이 얼마나 중요한치 청토는 나토 안타코. 크컨 크렇코 청말 놀라운테. 아, 아. 이커 하나 물어포차."

"뭐지?"

478

"파스톨 엔토 창쿤 말이야. 타펠로 친쿤해서 휘리 노이에스와 풀었치? 크케 아칙 청포카 틀어오치 않았는데, 누카 이켰치?"

아무 생각 없이 그 말을 듣고 있던 킬리는 곧 기겁할 듯이 놀랐다. 만일 벨로린이 그 질문에 대답한다면 그들은 세상에서 가장 강력한―그리고 절대로 두 번째의 추격은 받지 않을―정보망을 가졌다는 말이 된다. 일어나지 않은 일은 알 수 없지만, 일어난 일이라면 그게 어디서 일어난 일이든 알 수 있는 것이므로. 킬리는 자신이 그제서야 그 사실을 깨달았다는 데 일종의 절망감까지 느끼며 (이렇게 아둔했다니!) 벨로린을 바라보았다.

벨로린은 무표정하게 말했다.

"아무도."

"아무토? 크케 무슨 말이야?"

발코니와 창문마다 여인들의 상기된 얼굴이 반짝거리고 있다. 다락방의 창문으로 몸을 내미는 것으로 모자라 아예 지붕에 올라간 축들도 보인다. 그 중 침대 시트를 벗겨내어 거기에 거대하게 휘리 노이에스의 이름을 적어 휘두르는 사내가 특히 눈에 뜨인다. 그리고 대로 양편에는 사람들의 파도라 할 만한 것이 물결치고 있었다.

"휘리 노이에스 만세! 8군단 만세!"

볼지악 요새는 수도관문이라 상주하는 민간인들도 많았다. 요새 도시라고 부르는 편이 더 좋을지도 모른다. 그리고 그 도시 내의 모든 사람들이 몰려나온 것이다.

8군단은 씩씩하기 짝이 없는 걸음걸이로 진군하고 있었다. 가장 앞쪽에는 군단의 꽃, 중장보병이 씩씩하게 걸어가고 있었다. 비록 피와 땀에 절어 있는 모습이었고 그 동안의 많은 전투로 복장들 또한 통일되어 있지 않았지만 그들의 얼굴은 밝았고 내딛는 발걸음은 거의 찬란해 보일 정도였다.

그리고 그 뒤쪽으로 걸어가고 있는 노예병들의 모습은 볼지악 성내의 사람들에게 거의 놀라움에 가까운 위화감을 던져주었다. 그들 역시 많은 전투를 겪은 후라 갑옷 비슷한 것을 걸치고 있기도 했고 턱없이 거대한 중병기를 들고 있기도 하여 애초의 농민군 비슷한 모습은 완전히 사라져 있었다. 어찌 보면 노련한 전사 같고 어찌 보면 야만인 같은, 한마디로 매우 데카당한 모습이었다. 하지만 그들의 활약을 목격했던 사람들은 노예병들에게도 아낌없는 환호를 보내었고 난생 처음 그런 환호를 받는 노예들은 감격하여 눈물을 줄줄 흘리면서 걸어가고 있었다.

그리고 그 뒤쪽으로, 드디어 8군단 사령관 휘리 노이에스의 모습이 나타났다. 군중들 사이에서 포성에 가까운 환성이 터져나왔다.

"휘리 노이에스! 휘리 노이에스!"

목이 터져라 울부짖는 목소리들에 휘리는 일일이 손을 흔들어주었다. 그 팔에 붕대가 감겨 있었지만 휘리의 손길은 무사의 그것이라기보다는 가수의 우아한 손짓이었다. 그리고 사람들은 그 모습에 혼절할 정도로 감격했다.

기병들과 포병들은 볼지악 요새 내의 좁은 대로를 걸어가기 어려웠기 때문에 이 약식 개선식에서 생략되어 있었다. 그래서 그 다음에 나타난 것은 포로들의 모습이었다. 포로의 숫자는 많지 않았지만 인파들을 즐겁게 하기엔 충분했다. 혹은 경멸감과 증오를 표시하기에 충분했다고도 할 수 있다.

약식 개선식의 아이디어를 내었던 메르데린 공작은 본성 앞쪽에서 기다리고 있었다. 그는 다가오는 8군단의 모습을 보며 울 것 같은 얼굴이 되었다. 그를 나무랄 수도 없을 것이다. 눈앞의 부대는 단신으로 다벨을 떠나 팔라레온과 다케온을 정벌했고, 록소나를 멸망 직전까지 밀어붙였으며, 그리고 바람처럼 달려와 그들을 구원한 부대였다.

이윽고 분열 행진이 끝나고 중장보병과 노예병들이 대열을 짜고 멈춰섰다. 베테랑들인 중장보병은 이렇게 급조된 개선식에서도 쉽게 분열 행진을 해내었고 한번 훈련받은 적도 없는 노예병들도 서 소팔라의 민첩한 지시에 따라 그럭저럭 대열을 짰다. 그리고 그들이 만든 틈으로 휘리 노이에스가 걸어왔다.

메르데린 공작과 그의 가신들이 서 있던 계단 앞쪽에서 휘리는 말을 세웠다. 말에서 내린 휘리는 천천히 계단을 올라갔다. 본성 앞쪽까지 몰려왔던 인파들은 잠시 숨을 죽였고 그래서 계단을 밟는 휘리의 철화 소리가 잘 들릴 정도였다.

계단 끝까지 오른 휘리는 망토를 한번 훑어 뒤로 보낸 다음 정중히 한쪽 무릎을 꿇었다. 이름난 가수의 아름다운 목소리가 울려퍼졌다.

"다벨 육군 제8군단장 휘리 노이에스. 로드 메르데린께 돌아왔음을 보고드립니다."

목이 메인 메르데린 공작은 그야말로 간신히 말했다.

"일어나라, 서 휘리."

휘리는 잠시 주춤했다. 그는 '서'가 아니었기 때문이다. 그래서 휘리는
공작이 흥분한 나머지 실수하지 않았나 하는 눈으로 올려다보았다. 하
지만 메르데린 공작은 아직도 말을 제대로 못하고 있었고 그래서 휘리
는 약간 엉거주춤하게 일어나며 질문했다.

"로드? 전 작위가……"

"당연히 서 휘리다! 경이야말로 다벨의 기사이니까!"

그리고 메르데린 공작은 휘리를 확 끌어안았다.

군중들과 병사들은 그 모습에 비명이라고 착각될 정도의 환호를 올
렸다. (실제로 그 중 많은 수의 여인네들은 비명을 질렀다.) 그리고 휘리는
피와 먼지로 엉망이 된 갑옷 때문에 그 포옹을 조심스럽게 받아들였다.

"로드. 정말 감사합니다만 전투 후라 지저분한 몸이옵니다."

실제로 그 격한 포옹을 끝낸 메르데린 공작의 옷은 엉망이 되어 있
었다. 하지만 그는 자신의 모습에 아무런 신경도 쓰지 않은 채 그저 눈
가를 닦기에 바빴다. 눈물을 대충 닦아낸 메르데린 공작은 옆에 서 있
던 서 클루에게 손을 내밀었다.

"검을. 그리고 노이에스 장군은 무릎을 꿇으라."

휘리는 다시 무릎을 꿇었다. 클루 경에게 검을 받아든 메르데린 공작
은 검을 높이 들어올렸고 군중들은 가까스로 조용해질 수 있었다.

"나 다벨 공작 프란체스코 릴파인 엔 돌리안 메르데린은 거룩하신

주님의 광휘 아래 그대 휘리 노이에스를 다벨의 기사, 그리고 볼지악 자작으로 명하노라."

굉장하다고밖에 말할 수 없을 것이다. 기사의 고행도 거치지 않았고 충성 서약도 뛰어넘었으며 군주의 맹세와 기사의 맹세 모두 생략된 채 메르데린 공작은 단숨에 휘리 노이에스에게 작위를 내린 것이다. 하지만 그 중에서도 가장 눈길을 끄는 대목은 메르데린 공작이 '거룩하신 주님의 광휘 아래' 작위를 내린 부분이다. 당연히 메르데린 공작에게는 그럴 자격이 없다. 그것은 법황과 그의 대리인, 그리고 황제만이 사용할 수 있는 말이다. 메르데린 공작은 휘리 노이에스에게 작위를 내림과 동시에 만방에 대고 제위에의 야욕을 분명히 표현했다고 말할 수 있다. 휘리는 약간 당황했지만 정중하게 고개를 숙였고 메르데린 공작은 검으로 그의 어깨를 가볍게 쳤다.

마침내 휘리 노이에스가 볼지악 자작 휘리 경이 되어 일어났다. 병사들은 조금 전까지 적을 도륙하던 그 무기를 하늘로 높이 쳐들어 휘리 경의 탄생을 축하했고 볼지악 요새 내의 모든 사람들 역시 아낌없는 환호와 박수를 보내었다. 휘리는 쑥스럽다는 얼굴로 메르데린 공작을 바라보았고 공작은 그의 어깨를 두드리며 말했다.

"서 휘리! 저들에게 손을 흔들어주도록. 자넨 그들의 영웅이야."

휘리는 겸손하게 고개를 끄덕인 다음 몸을 돌려 사람들을 향해 손을 흔들었다. 사람들의 환호가 더욱 높아졌다. 그 환호 속에서 휘리는 메르데린 공작을 향해 몸을 돌렸다.

"로드. 정말 감사합니다. 하지만 지금 전 작위보다 더 받고 싶은 것이 있군요."

"응? 뭔가. 무엇이든 말해 보라."

공작은 정말 무엇이든 들어줄 생각이었다. 하지만 휘리의 대답은 공작을 꽤 당혹스럽게 만들었다.

"볼지악 요새 내의 모든 병에 대한 사용권입니다."

바스톨 장군은 우울한 얼굴로 말했다.

"사트로니아를 떠난 이후로 가장 큰 손실이군. 빌포 중대장의 후임을 맡은 백부장에게 부하들을 잘 위무하라고 전하게. 필요한 것이 있는지 물어보고."

"그렇게 했습니다. 솔티 백부장은 그저 서 소사라를 포로로 잡을 경우 자신들에게 넘겨달라고 요청하더군요. 그건 좀 곤란하지 않겠냐고 말해 줬습니다만 쉽게 고집을 꺾을 것 같지 않군요."

"서 소사라…… 빌포를 쓰러뜨린 자의 이름인가?"

"예. 경장보병대의 중대장입니다."

"아, 그 경장보병대. 잠깐. 뭐라고 했지? 서 소팔라? 그 노예 부대의 중대장과 무슨 관련이라도 있나?"

"형제입니다. 림파이어 가문의 형제 기사로 이것이 첫 복무인 모양입니다만, 팔라레온, 다케온, 록소나 등지에서는 믿기 어려울 정도의 전과를 세워온 모양입니다. 서 소팔라는 원래 1중대, 즉 중장보병을 맡고 있던 중대장이었는데 그것을 더블원 센츄리온에게 맡기고 그 자신은 노예병을 이끌고 있습니다. 하긴, 그런 잡병들에겐……"

"우수한 지휘관이라도 붙여줘야 힘을 쓸 수 있으니까. 그래서 1중대 장이라는 명예를 버렸단 말인가?" 바스톨 장군은 갑자기 짓궂은 미소를 지었다. "가일즈 부관. 자네라면 그럴 수 있겠나?"

가일즈는 너무나도 당연하다는 듯이 고개를 끄덕였다.

"저는 군인입니다. 명령에 복종할 것입니다."

"아, 미안. 그래. 자넨 공화국의 군인이지. 하지만 다벨은 아니야. 그 젊은이들은 귀한 가문의 자손들일 거라고. 그러니 그들에게 그건 쉬운 일이 아니지. 내가 질문을 잘못 했군."

가일즈는 잠깐 고민하다가 조심스럽게 말했다.

"쓸모없는 명예나 자존심 때문에 실리를 벗어나가게끔 하는 체제라면, 그것은 이미 자신이 저급한 것임을 드러내고 있지 않나 생각합니다."

"계급 사회는 엉터리다 이 말이군. 하지만 그것에 목숨까지도 거는 사람들도 있지."

"미련한 짓입니다."

"하지만 그들은 거꾸로 우리들을 비난할지도 모르네, 가일즈 부관."

"예?"

"인간이라면 당연히 가지는 지배욕—피지배욕도 포함시키세—을 가지지 않은 체, 속으론 전혀 그렇지도 않으면서 상대를 자신과 동격으로 대우하는 체하는 위선자라고. 말로는 모두가 평등한 공화국이라지만,

정말 주님께 맹세코 상대를 자신과 동격으로 대우한다고 말할 자 있을까?"

"그런 사람은 없을 겁니다. 누구에게나 자신이 가장 중요한 것임은 당연합니다. 그리고 우리 공화국은 바로 그런 사실을 인정해 주는 체제로 알고 있습니다. 자신에게 자신이 가장 중요하다는 것을 인정하는 것은, 동시에 타인에겐 그 자신이 가장 중요할 거라 여겨주는 이타 정신의 시발점이 됩니다. 바로 그것이야말로 공화국 정신의 정수 아닐까요."

"그리고 위대한 거짓말의 정수지."

"예?"

바스톨 장군은 희미하게 웃으며 단검을 뽑아들었다. 그러곤 나무 탁자 위에 두 개의 선을 나란히 그었다. 위의 것은 1인치 정도, 그리고 그 아래의 것은 2인치 정도의 길이였다. 바스톨 장군은 단검을 탁자 위에 탁 던진 다음 가일즈 부관을 올려다보았다.

"이 두 개의 선을 보게. 하나는 약간 짧고 하나는 약간 길지?"

"예? 그렇군요."

"그 단검을 이용해서 이 두 개의 선을 똑같게 만들어보게. 단 내가 그은 선은 건드리지 말고."

가일즈 부관은 이게 무슨 데샨 카라돔 농담인가 생각했다. 하지만 바스톨 장군은 항변을 기다리기보다는 재치 있는 대답을 기다리는 얼굴을 하고 있었다. 그래서 가일즈 부관은 얼떨떨한 기분으로 생각에 잠겨들었다. 하지만 답은 떠오르지 않았고, 그래서 가일즈 부관은 솔직하게 말했다.

"모르겠습니다."

바스톨 장군은 다시 단검을 뽑아들었다. 장군은 두 개의 선 아래에 5인치 정도 되는 긴 선을 그었다. 손목을 꺾어 단검을 다시 테이블에 던져 꽂은 바스톨 장군은 그의 부관을 올려다보았다.

"알겠나?"

"죄송합니다만……"

"이제 먼저 그었던 두 개의 선은 이 마지막 선에 비하면 '똑같이 짧은' 선이 되었네. 평등해진 거지."

가일즈 부관은 자신도 뭔가를 깨달을 수 있고 언외언을 읽어낼 정도의 지성은 가지고 있다는 표정을 짓기 위해 애썼고, 참담하게 실패했다. 부관의 얼굴을 보던 바스톨 장군은 너털웃음을 터뜨렸다.

"이게 바로 공화제일세. 선들을 하나도 건드리지 않는다는 것은, 그래. 자네가 말한 그 개인을 인정한다는 것이겠지. 개인들을 인정해 주면서도 그들을 평등하다고 느끼게 하려면 그것보다 월등하게 긴 선, 그것에 비해 보면 작은 선들의 장단은 잘 드러나지 않을 정도로 긴 선을 만드는 수밖에 없지. 그 긴 선은 무엇이든 상관없지만 보통은 조국이라는 환상이 잘 이용되지."

"조국이…… 환상이라고 하셨습니까?"

"그건 환상이야. 물론 국가라는 것은 실재하지. 하지만 그건 검이나 마차나 배 같은 것과 마찬가지로 사람이 만들어 사용하는 것이야. 하지만 조국이라는 것에는 도구의 개념 이상의 환상이 있지. 마차나 배를 위해 죽는 사람은 없어도 나라를 위해 죽는 사람이 있는 것은 그 때문이지. 그렇듯 그 환상은 유용해…… 무엇보다도 조금 전 보여줬듯이 사람들로 하여금 자신들이 똑같이 평등하다고 여기게 만들 때 특히 유용하지."

그제서야 가일즈는 바스톨 장군이 무슨 말을 하는지 깨달을 수 있었다. 장군은 이렇게 말하고 있었다. 공화국의 정수는 나와 네가 똑같이 중요하다고 생각하는 정신이 아니라, 너나 나나 저 조국에 비해 보면 똑같이 가소롭다고 생각하는 정신이다…… 가일즈는 고개를 가로저었다.

"하지만……"

"일찌기 우수한 개인들이 한 모든 일을 보게. 자넨 공화제가 개인의 중요성을 인정한다고 말했지만, 진정 개인의 중요성을 알고 그것을 발휘한 자들은 결국 나라를 뛰어넘고 체제를 뛰어넘었지. 그것이 어떤 체제이든, 모든 체제는 그들의 중요성을 인정해 주기는커녕 억눌렀기 때문이지. 그래서 그들은 그것을 뛰어넘거나 파괴해 버릴 수밖에 없었지. 아달탄 대왕, 록소드라, 가이너 카쉬넵, 손필 대공, 하이낙스, 그리고…… 키드레이번."

"예?"

바스톨 장군은 미소를 지을 뿐 마지막 이름에 대한 설명을 덧붙이거나 하지는 않았다. 대신 결론을 내리는 태도로 이렇게 말했을 뿐이다.

"결국은 일자와 다수의 문제야. 그리고 똑같이 개인을 억누르는 다수라는 점에선 귀족제든 공화제든 거기서 거기일세."

그리고 바스톨 장군은 말 끝을 약간 이상하게 끝맺었다.

"이건 전장의 막사에 어울리는 주제가 아니군. 자넨 이 노마의 부관

488

이지 말벗이 될 필요는 없네. 이만 물러가 쉬게."

가일즈는 혼란스러워하는 얼굴로 대충 인사 비슷한 것을 건네고 물러갔다.

바스톨 장군은 테이블의 촛불을 보다가, 다시 그 촛불 아래에 자신이 그어놓은 선을 보았다. 그의 얼굴이 조금 붉어졌다.

'나는 말이 많아서 큰일이군.'

아슬아슬했다. 그가 꺼내었던 이름들의 마지막은 사실 '키 드레이번'이 아니었다. 그는 '바스톨 엔도'라고 말하려 했다. 입밖으로 나오기 직전 가까스로 키 드레이번의 이름을 대기는 했지만 만일 그게 좀 늦었다면 바스톨 엔도는 젊은 부관의 얼굴을 똑바로 못 쳐다보게 되었을 것이다.

'너는 이제 왕이 아니다. 바스톨 엔도. 짧은 선이 된 거지. 정신 좀 차려라. 그러니, 오늘 낮처럼 그런 짓은 하지 말았어야지.'

그러나 바스톨 엔도 장군은 자신이 테이블에 꽂혀 있던 단검을 손이 하얗게 되도록 움켜쥐고 있다는 사실을 깨닫지 못하고 있었다.

봄부터 그의 정신 활동의 가장 많은 부분을 차지하고 있었던 것은 휘리 노이에스에 대한 생각이었다. 그러나 그를, 한 개인으로서의 휘리 노이에스를 직접 만난 것은 오늘 낮이었다. 그리고 그 순간 바스톨 장군은 자신의 의식을 뚜렷이 한 점에 집중시킬 수 있게 되었고 개인인 그를 향해 개인의 검을 뽑아들었다. 그 순간 사트로니아나 다벨은 장군의 의식 속에 존재하지 않았다.

수십 명의 여인에게 동시에 키스할 수는 없다. 그리고 그 점에선 검 또한 마찬가지다. 한 남자를 위해서만 뽑아들 수 있는 것이 검이다. 그리고 어쩔 수 없이 사령관이 아닌 무인이 되어야 했을 때 바스톨 장군은 참으로 오래간만에 희열을 느끼고 있었다.

검이 부딪혔을 때 장군은 거의 환성을 지를 정도로 흥분해 있었다. 일격이 교환되고 나서 둘은 거의 동시에 자신이 상대에게 치명상을 입히지 못했다는 것을 깨달았다. 휘리는 팔에, 그리고 장군은 허리 쪽에 상처를 받았지만 둘은 모두 고삐를 놓치지도 않았고 자세가 흐트러지지도 않았다. 장군의 암살은 실패한 것이다.

뒤쳐졌던 바스톨 장군의 호위병들이 달려오는 것을 보자 휘리는 곧 말머리를 돌렸다. 경장기병들 또한 다시 움직였다. 휘리는 달려가기 직전 바스톨 장군에게 말했다.

"충고하겠다. 후퇴 신호를 보낼 때가 되지 않았나?"

경장기병들에 의해 포위되면 사트로니아군은 후퇴할 수도 없을 것이다. 휘리는 말을 달려갔다. 허리의 상처를 잊은 채 그 뒷모습을 바라보던 바스톨 장군은 곧 체념한 듯한 미소를 지었다. 그리고 바스톨 장군은 창백한 얼굴로 달려온 가일즈 부관에게 전군 후퇴의 명령을 내렸다.

그리고 다음 번엔 7군단과 8군단 모두 나올 것이다. 그들이 합류해 버린 이상 바스톨 장군의 실인형 재주는 더 이상 쓸 수 없게 되었다. 바스톨 장군은 두 배로 늘어난 적을 상대할 전략에 대해 골몰하기 시작했다.

소복이 떨어져내린 달빛은 출렁이는 밤바다 위에서 부드러운 윤무를 계속하고 있었다. 바라미는 한손으로 돛줄을 잡은 채 자유호의 돛대 위에 서 있었고 그런 그녀의 모습은 당직 선원들에게 기이한 인상으로 다가섰다. 하지만 선원들은 마치 참견하지 말라는 명령을 들은 것처럼 그 모습엔 눈길조차 주지 않았다. 그들의 정신 건강을 위해서도 그것이 좋은 일일 것이다. 어두운 밤하늘을 배경으로 하얀 옷자락을 나풀거리며 돛대 위에 서 있는 여인의 모습은 그들의 잠자리를 악몽으로 장식할 좋은 소재가 될 것이다.

그래서 선원들은 바라미의 발 앞쪽, 돛대에 걸터앉아 있는 벨로린의 모습은 보지 못했다. 검은 옷차림과 검은 살결 때문에 똑바로 바라본다 해도 보긴 어려웠을 것이다.

바람이 불었다.

바라미는 그 바람에 맞춰 가볍게 몸을 한두 번 출렁거렸다. 다시 똑바로 돛대 위에 선 라미는 먼바다를 바라보며 말했다.

"킬리 스타드를 선택했다고?"

"응."

"그가……"

"응."

"그래. 다른 쪽은 누군지 말해 줄 수 있나?"

"바라미."

"이젠 선택했잖아. 벨로린. 난……"

"짐작을 확인받고 싶다는 것이군."

라미는 주춤하는 얼굴로 벨로린의 옆얼굴을 바라보았다. 하지만 벨로린은 평온한 표정으로 밤바다를 바라보며 말했다.

"짐작대로야."

"그럼?"

"휘리 노이에스."

라미의 얼굴이 크게 일그러졌다가 다시 조용히 펴졌다.

"나를 위해서?"

"킬리에겐 그의 여자 때문에 미안해서라고 말했지."

"나를 위해서군. 네가 킬리가 아닌 휘리를 선택했다면 난 도저히 막을 수 없었겠지. 너의 전지성(全知性)이 그와 결합한다면……"

라미는 그에 따르는 결과를 입밖으로 꺼내놓기 어려웠다. 그것은 가공할 정도라는 말로도 표현하기 힘든 강력한 힘일 것이다. 킬리 선장이 불과 얼마 전에야 깨달은 벨로린의 강력한 능력, 미증유의 정보력으로 활용될 수 있는 힘이 휘리 노이에스와 결합된다면,

"반왕이 당장 탄생했겠지. 나를 동정한 건가, 벨로린?"

"그럴 수도."

"모욕이군…… 동정심을 가진 하이마스터."

"그런가? 추억을 가진 하이마스터."

라미는 입을 다물었다. 벨로린은 부두 가까이에서 반짝거리는 물결을 보며 말했다.

"이제 우리들 서로의 영원히 아물지 않는 상처를 찔러대는 일은 그만두고 싶어졌겠지만, 난 한번 더 그렇게 해야겠어. 바라미. 네가 선택하기는커녕 아직 그들을 찾아내지도 못한 것은 바로 네 약점 때문이다. 네

492

판단력의 절반쯤은 키 드레이번이 베어낸 모양이고 나머지 절반은 1035년 전 그 남자와 함께 묻혀 아직도 살아나지 않았어."

"그만둬."

벨로린은 고개를 돌려 라미를 바라보았다.

"내가 우리들 중 가장 먼저 그들을 찾아낸 것은 내 전지성 때문이 아니야. 알겠지만 내 전지성은 그런 것엔 발휘되지 않아. 난 내 약점에 충실했을 뿐이지. 널 동정했다고? 그럴 수도 있겠지. 하지만 더 정확하게 말한다면, 난 킬리에게 값없는 동정심을 보내었을 뿐이야. 사실을 말해 줬다는 것에 대한 별로 대단하지도 않은 미안함을 가져봤던 것뿐이지. 그리고 그때 알았지. 정확하게 누구인지를."

벨로린은 말 끝에 갑자기 웃음을 지었다.

"킬리와 휘리. 운율이 잘 맞는데."

"너니까…… 노래의 불꽃 벨로린. 너의 전지성은 규칙 자체에 대한 체화 때문에 일어나는 것이고, 규칙은 네 앞에서 자연히 물화한 모습으로 나타나겠지."

"그 철탑에서 많은 것을 보고 많은 생각을 쌓았구나, 바라미."

"그래도 아직 찾지는 못했지."

벨로린은 갑자기 거친 미소를 지어보였다. 만약 인간들 중 누군가가 그 미소를 보았다면 스스로 불러일으킨 광기 속에 소멸해 버릴 것 같은 끔찍한 표정이었다.

"나는 판데모니엄의 하이마스터. 너에게 악마의 조언은 줄 수 있겠지."

"뭐?"

"너 자신을 봐. 넌 타워이자 인슬레이버야. 처녀처럼 막아서지만 요부처럼 유혹하지. 과거로부터 현재까지 이어져 있는 뱀인 너는 고정이지만 동시에 움직임이야."

라미는 다시 벨로린을 내려다보았다. 하지만 벨로린은 더 이상 말할 생각이 없었다.

"그것이 나…… 그럼 내가 찾아야 되는 짝은……?"

"악마의 조언이야. 조심해, 바라미."

벨로린의 경고에 대해 라미는 싸늘한 웃음으로 대답했다.

"역시 동정심을 가진 건가?"

공성전은 바스톨 장군에게뿐만 아니라 휘리 노이에스에게도 역시 고려의 대상이 아니었다. 볼지악 요새 내에서 농성전을 벌여봤자 휘리 노이에스가 얻을 수 있는 것은 아무것도 없다. 다만 힘겹게 얻었던 팔라레온과 다케온을 다시 잃을 뿐이다. 따라서 휘리 노이에스가 바로 다음날 7군단과 8군단 전체를 거느린 채 요새 밖으로 나왔을 때 바스톨 장군은 별로 놀라지도 않았다. 그들은 모두 이 전투가 그들 둘의 회전으로 끝나게 될 것임을 알고 있었다.

그래서 바스톨 장군은 볼지악 요새 앞쪽에 최선을 다한 결투장을 만들어두고 있었다. 장군은 휘리 노이에스로 하여금 볼지악 요새 자체를 등지게 하기 위해 요새를 정면으로 바라보는 식으로 진을 쳤다. 이것은 양날의 검이다. 휘리는 배후 쪽으로 행동의 폭이 좁아지게 되는 것이지만 동시에 요새로부터 지원 사격을 받을 수도 있을 것이다. 하지만 장군은 요새로부터의 지원 사격에 의한 실보다는 7군단과 8군단이라는 두 개 군단을 좁은 전장 속에 몰아넣었을 때의 득이 더 크다고 보았고 그의 참모들 역시 그에 동의했다.

휘리 노이에스는 장군의 뜻을 받아들인 듯 볼지악 요새를 등지는 형태로 진을 쳤다. 7군단이 가세했기에 그의 병력은 1만을 넘어서고 있었다. 그 많은 인원이 요새 앞쪽의 좁은 지역—요새이므로 그 전방이 좁은 것은 당연하다—에 밀집하자 기동성은 바랄 수도 없게 되었다. 그래서 휘리는 전통적인 진형을 깨끗이 포기하고는 기병들을 전방 배치했다. 멀리서 그 모습을 보던 바스톨 장군은 헛웃음을 지었다.

"저 친구, 록소나에서 서 브라도에게 배운 것인가?"

7, 8군단 연합 병력은 그야말로 서 브라도 스타일로 진형을 짜고 있었다. 진형은 크게 두 열로 나뉘어 있었다. 전열엔 7군단과 8군단의 중장기병 1,600기를 중앙 배치하고 그 좌우로 각자 350기, 그리고 500기의 경장기병들을 배치하고 있었다. 그리고 후열엔 역시 양군단의 중장보병 3,600명을 중앙 배치하고 좌측엔 1700명 가량의 노예병, 우측엔 경장보병 3,000명을 배치해 두었다. 한마디로 중앙에 모든 주력을 배치시킨 형태였다. 포병은 데리고 나오지 않았는데 그들은 모두 요새 위쪽에서 사트로니아군을 향해 포문을 열어놓고 있었다.

장군의 옆에서 역시 다벨군의 포진을 보고 있던 가일즈 부관은 조심스럽게 말했다.

"이상하군요. 마치 중앙 돌파를 원하는 것 같습니다."

"그리고?"

"중앙 돌파한 중장기병들로 하여금 반전하여 아군의 배후를 치게 함과 동시에 보병들을 전진시켜…… 앞뒤로 공격을 가할 생각일 것입니다. 그 방법이 아니면 2열로 나뉜 부대를 이용할 방법이 없습니다. 하지만 그것은 불가능할 텐데요."

장군은 고개를 끄덕이고 사트로니아군의 중앙 쪽을 바라보았다.

중앙은 철통 같은 방어진이 형성되어 있었다. 마차 방어진과 더불어 창을 든 경장보병 300명, 그리고 3,700명 정도의 중장보병들에 의한 심층 방어진이 형성되어 있었다. 그리고 왼쪽엔 1,800기 가량의 중장기병, 오른쪽엔 1,400기 가량의 경장기병이 배치되어 있었고 300명의 궁수대는 경장기병의 뒤쪽에 배치되어 있었다. 1,600명 가량의 경장보병은 예비대로 중장기병의 뒤쪽에 배치되어 있었다. 진형 상에서 사트로니아군의 유리한 점은 확연히 드러나고 있었다. 상대방의 중장기병을 막아야하는 중앙은 창병과 120문 가량의 대포로 구성된 마차 방어진으로 완벽한 방어가 되어 있었고 좌우의 기병들은 상대의 기병들의 숫자를 훨씬 압도하고 있었다. 설령 상대편의 중장기병이 중앙이 아닌 좌측이나 우측으로 공격한다 하더라도 돌파당하지는 않을 것이다. 이런 차이는 좁은 전장에서 어쩔 수 없이 부대를 2열로 배치해야 되는 다벨군과 넓은 지역을 이용하여 부대 전체를 펼쳐보일 수 있는 사트로니아군의 차이에 기반하는 것이었다. 10,750명 대 9,100명으로 숫자가 더 적은 사트

496

로니아 측이 월등히 유리한 입장을 쥐고 있는 것은 요새를 바라보는
식의 진형을 선택한 바스톨 장군의 판단이 정확함을 잘 나타내주고 있
었다.

진형에서 아무런 문제를 발견하지 못한 바스톨 장군은 이제 문제는
하나밖에 남지 않았다고 생각했다.

"과연 휘리 노이에스가 바위에 머리를 들이박을 것인가 하는 것이
문제군. 중앙은 아닐 거야."

"예. 의사를 타진해 볼까요?"

"그래. 공격 개시."

8월 25일 제4시. 사트로니아군의 최전방에 배치되어 있던 대포가 불
을 뿜었다.

마차 위에 놓아둔 대포는 물론 명중률이 엉망이 된다. 단단하게 고정
된 것이 아니기 때문에 대포를 발사할 때마다 사격 각도가 비틀려버리
는 것이다. 게다가 너무 큰 대포 또한 사용할 수 없다. 후퇴 반동이 큰
대포를 사용하면 마차 자체가 반동에 의해 심하게 움직이게 된다. 그렇
게 되면 대형 전체가 흐트러지게 되는 것은 순식간이고 마차 방어진의
본래 취지가 무색해지는 것이다. 따라서 제4시에 시작된 사트로니아의
대포 사격은 소구경 대포에 의한 마구잡이 사격이었다.

이런 사격은 제압 사격이라기보다는 가일즈 부관의 말대로 '의사 타

진'에 가까운 것으로 큰 효과를 기대하기 어렵다. 하지만 볼지악 요새 앞쪽의 좁은 지역에 밀집하듯이 서 있던 다벨 중장기병들은 호된 맛을 봐야 했다. 그대로 서 있다간 선 자리에서 전멸될 판국인지라 휘리 노이에스는 중장기병들에게 돌격을 명령했다. 그 돌격 방향을 놓고 사트로니아군, 다벨군, 그리고 볼지악 요새 내의 인원들 전부의 관심이 주목되었다. 과연 휘리 노이에스는 중장기병을 어느 방향으로 돌격시킬 것인가.

"좌측입니다!"

가일즈는 고함을 내질렀다. 바스톨 장군은 그럴 줄 알았다는 듯이 고개를 끄덕였다.

합리적인 판단이다. 중앙의 마차 방어진은 중장기병으로 통과하기 어렵다. 따라서 좌측 아니면 우측으로 공격이 시도되어야 할 것이다. 그리고 다벨군의 중장기병 1,600기는 사트로니아의 좌측에 있는 중장기병을 노리고 돌격했다. 바스톨 장군 좌익 쪽을 향해 외쳤다.

"나가서 영격하라!"

사트로니아의 1,800기의 중장기병 역시 빠르게 뛰쳐나갔다. 바스톨 장군은 다벨군의 중장기병들이 넓은 곳으로 나와 활개치게 내버려둘 생각은 조금도 없었다. 그리고 사트로니아 중장기병들은 상대를 박살내지 못해 안달하고 있었다. 볼지악 요새 위쪽으로부터 포환과 화살이 빗발처럼 날아들었지만 사트로니아 중장기병들은 아랑곳하지 않았다. 바로 전날 죽었던 빌포 중대장의 복수를 위해 이를 갈고 있던 솔티 백부장은 목청껏 외쳤다.

"빌포! 다벨 놈들의 피를 받으소서!"

다벨측 1,600기, 사트로니아측 1,800기로 합계 3,400기의 중장기병들이 전장 왼편에서 정면으로 맞부딪혔다. 창대가 부러지고 갑옷이 꿰뚫리며 말이 비명을 지르며 쓰러졌다. 그러나 그들이 맞부딪히기 직전, 다벨군의 경장기병들은 이미 움직이고 있었다. 휘리는 후열의 보병들이 전장에서 고립되는 지경을 막기 위해서 전열의 기병들을 최대한 빨리 움직일 생각이었다.

그러나 휘리에게 그런 약점이 있음을 누구보다 잘 알고 있는 바스톨 장군은 바로 그에 맞는 진형을 구축해 두고 있었다.

다벨 경장기병 중 좌익에 있던 500기의 경장기병은 사트로니아의 우익에 있는 1,400기의 경장기병을 향해 돌격했다. 바스톨 장군은 빠르게 명령을 내렸고 사트로니아 우익의 경장기병들은 역시 앞으로 뛰쳐나가며 다벨 경장기병들을 영격했다. 바스톨 장군은 볼지악 요새 앞쪽에 거대한 역 초승달 모양의 진형을 만들어 다벨군을 반포위할 생각이었다. 그리고 그것은 맞아들어가고 있었다. 좌우에서 돌출한 기병들은 모두 상대방의 기병을 압도하고 있었고 중앙엔 단단하기 짝이 없는 방어진이 형성되어 있었다. 남은 기병은 하나. 다벨군 우익에 서 있던 서 기리우의 350기 가량 되는 부대뿐이었다. 바스톨 장군은 상당한 자신감 속에서 그들의 행보를 관찰했다.

서 기리우의 부대는 중앙을 향해 돌격하고 있었다. 바스톨 장군은 씁쓸하게 웃었다. 휘리는 기병들을 다 치워야 했고 이 좁은 전장에서 그들을 보낼 곳이라곤 어차피 중앙밖에 없었다. 기병에겐 돌격 거리가 있어야 하므로 다른 방향은 불가능하다. 바로 바스톨 장군이 그렇게 만든 것이지만, 바스톨 장군은 그 순간 다른 방도가 전혀 없었기에 그가 유도하는 대로 움직일 수밖에 없는 휘리를 동정하며 마차 방어진 쪽으로 명령을 내렸다.

장군의 명령에 따라 대포 옆에 서 있던 포병들은 재빨리 물러났고 창병들은 15피트쯤 되는 그들의 장창을 들어올려 마차 너머로 앞쪽을 겨냥했다. 마차 방어진 앞쪽으로 고슴도치 같은 창의 벽이 생겼다. 서 기리우의 보잘것없는 부대는 마차 방어진으로부터 돌출된 장창에 닿자마자 분쇄될 것이다. 그리고 그 다음은 후열에 있던 중장보병들이 달려올 것이다. 바스톨 장군은 마차 방어진 뒤쪽에 있던 중장보병대에게 명령을 내리려 했다.

그러나 다음 순간 그의 눈매가 일그러졌다.

"저건 뭔가!"

뭔지 물어볼 필요도 없었다. 그리고 망원경을 들어올릴 필요도 없었다. 하지만 바스톨 장군은 그렇게 외친 다음 망원경을 들어올렸다. 중앙을 향해 다가오고 있는 서 기리우의 부대는 모두 오른손에 불꽃을 들고 있었다. 그리고 망원경을 통해 관찰한 바스톨 장군은 그들이 불 붙은 병을 들고 있음을 알아차렸다. 그는 망원경을 거의 팽개치듯이 내려놓으며 외쳤다.

"이런! 갇힌다. 본대, 앞으로—!"

그러나 그런 명령은 수행 불가능했다. 포병과 창병이 자리 바꿈을 하고 있던 마차 방어진에서는 급격한 움직임이 일어나고 있었고 따라서 그보다 더 뒤쪽에 있던 중장보병들이 앞으로 나갈 수 있는 길은 없었다. 그것이 가능해지려면 훨씬 더 많은 시간이 필요했겠지만, 서 기리우의 경장기병들은 이미 무서운 속도로 달려들고 있었다. 그리고 마차 방어진의 왼쪽 부분에 도달한 경장기병들은 그들만이 가능한 기동성으로—게다가 350기라는 적은 숫자 때문에 더 용이하게—방향을 바꾸었다.

서 기리우의 경장기병들은 마차 방어진 앞쪽을 죽 지나가며 손에 들고 있던 화염병을 집어던졌다.

마차들 위로 불 붙은 화염병이 날아들자 곧 맹렬한 화염이 솟구쳤다. 마차 위에는 대포만 있는 것이 아니었다. 포병들이 철수하면서 가지고 나오긴 했지만 그래도 창병들과의 급격한 자리 바꿈 때문에 미처 회수하지 못한 장약들이 놓여 있었다. 그 위로 불길이 쏟아지자 마차 방어진에는 끔찍한 폭발이 일어나며 삽시간에 화염의 벽으로 바뀌고 말았다.

경장기병들을 기다리고 있던 창병들은 비명을 올렸다.

폭발을 정면으로 받고 즉사해 버린 창병들은 차라리 운이 좋았다. 불이 붙은 채로 달리는 창병, 몸에 붙은 불을 끄기 위해 뒹구는 창병들은 마차 방어진 이편에 지옥 같은 광경을 만들어내었다. 그러나 마차 방어진에 그런 재난을 선사한 서 기리우의 부대는 그것을 감상하기는커녕 그대로 계속 오른편으로 달렸다. 그리고 전장의 오른쪽에는 다벨 경장기병들과 싸우고 있던 사트로니아군의 경장기병들이 있었다. 서 기리우의 부대는 바로 그 사트로니아 경장기병들의 옆구리를 찔러들어갔다. 500기라는 적은 숫자를 맞이하여 기세를 올리고 있던 사트로니아 경장기병들은 뜻하지 않은 방향에서 달려드는 서 기리우의 공격에 주춤하지 않을 수 없었다.

바스톨 장군은 불의 벽이 된 마차 방어진을 보며 이를 악물었다. 기병 돌격을 막기 위해 단단하게 연결되어 있던 마차들은 쉽게 분리할 수 없었고 게다가 불이 붙은 이상 그것을 단시간에 치워버리는 것은 거의 불가능에 가까울 것이다. 그리고 그 불의 벽 때문에 전장 전체의 모습은 다벨군에 절대적으로 유리한 모습으로 바뀌어 있었다. 볼지악 요새 앞쪽의 좁은 땅은 불의 벽이 생기자 입구가 둘인 폐쇄 지역으로 바뀌어 있었고 그 양쪽의 입구는 바로 사트로니아의 기병들이 막고 있었다.

그러나 무엇보다 나쁜 점은, 다벨군의 모든 병력은 그 폐쇄 지역 안쪽에 있었지만 사트로니아군의 본대인 중장보병들은 그 폐쇄 지역 바깥에 있다는 점이었다.

'좁은 곳을 더 좁게 만들어…… 이점을 찾는단 말인가!'

바스톨 장군은 이 굉장한 발상에 대해 신음을 흘렸다. 어쨌든 바스톨 장군은 방어의 달인이다. 그리고 그가 아닌 다른 장수였더라도 아군이 더 넓은 지대에 포진할 수 있다면, 그 이점을 살리기 위하여 전장의 확대를 막는 방어진을 형성했을 것이다. 그러나 휘리 노이에스는 전장을 확대하려 애쓰는 대신 상대방이 그렇게 나올 것을 예상하여 화염병을 준비한 다음 전장을 더 좁혀버렸다. 그리고 '기동성이 상실되는 협소한 지대'라는 단점이 '더 좁게'가 더해지자 오히려 장점으로 바뀐 것이다.

그러나 감탄하고 있을 시간은 아니었다. 바스톨 장군은 맹렬하게 외쳤다.

"경장보병, 진군! 그리고 궁수대도 진군하라!"

우겨넣는다, 고 표현해야 할 것이다. 바스톨 장군은 폐쇄 지역 안쪽으로 중장보병을 투입시키기 위해 양쪽 입구에 압력을 가했다. 그의 명령에 따라 좌익 후방에 있던 경장보병들이 앞으로 진군했다. 하지만 그들의 앞쪽에서는 사트로니아 중장기병들이 싸우고 있는지라 경장보병들은 더 이상 전진할 수 없었다. 바스톨 장군은 고래고래 고함 질렀다.

"중장기병─! 중장기병! 대오를 흩어라. 솔티 백부장! 사이를 비우라고!"

중장기병들이 약간 듬성듬성하게 서준다면 그 사이로 경장보병들이 전진할 수 있을 것이다. 하지만 복수심에 눈이 뒤집혀 있던 솔티 백부장은 사령관의 명령을 듣지 못했다. 설령 들었다 하더라도 그의 명령대로 대오를 흩기는 어려웠을 것이다. 저 뒤쪽에 있던 다벨 보병들이 이미 움직이기 시작했기 때문이다. 그것도 노예병, 중장보병, 경장보병들 전부가 전장 왼편을 향해, 즉 바로 사트로니아 중장기병들을 향해 움직이고 있었다.

휘리는 전장 왼편에 총력을 기울이기로 결정했다. 사트로니아 중장기병들은 지휘관을 잃고 백부장에 의해 지휘되고 있었기 때문에 둔할 것이라는 판단에서였다. 또한 전장의 오른편에서는 다벨 경장기병들이 사트로니아 경장기병을 반포위한 채로 잘 싸우고 있었다. 그래서 휘리는 모든 보병들을 전장 왼편으로 전진시켰다.

그리고 어깨 너머로 그 움직임을 보자마자 다벨 중장기병을 이끌고 있던 서 켈커는 빙긋 웃으며 명령을 내렸다.

"모두들 오른쪽으로 돌아라!"

사트로니아 중장기병들과 싸우고 있던 다벨 중장기병들은 계속 싸우면서 오른쪽으로, 즉 전장 왼편을 향해 움직였다. 그리고 그들이 비워준 자리로 3개 보병대가 모두 뛰어들었다. 결과적으로 폐쇄 지역의 왼쪽 입구로 들어간 사트로니아 중장기병은 무려 4개 부대의 포위를 당한 셈이었다.

상황이 그렇게까지 진전되자 복수심에 미쳐 날뛰고 있던 사트로니아 중장기병대의 솔티 백부장도 아찔한 기분을 느꼈다. 뒤로 물러나려 해도 아군의 경장보병들이 뒤를 막고 있었다. 바스톨 장군은 이를 갈며 경장보병대에게 왼쪽 후방으로 움직일 것을 명령했다. 중장보병대를 빨리 폐쇄 지역 안쪽으로 집어넣는 것도 중요했지만 중장기병들을 폐쇄 지역 안쪽에서 고사시킬 수는 없었다. 사트로니아 경장보병들이 왼편으로 물러나자 중장기병들은 그들이 비워준 자리를 통해 뒤로 물러나려 시도했다.

하지만 그것마저도 쉽지 않았다. 4개 부대의 맹공을 받고 있는데다 그중엔 전투 발발 후 10분 동안은 이길 부대가 없다는 서 소팔라의 노예병이 끼어 있었던 것이다.

"우—우우우우—!"

서 소팔라는 괴성을 지르며 흉갑까지 벗어던진 채 날뛰고 있었지만 그럼에도 불구하고 더 미쳐 날뛰고 있는 그의 노예병들에게 강렬한 인상은 주지 못하고 있었다. 노예병들은 투망을 던지고 사이드(scythe)와 밀리터리 포크를 휘두르며 악귀처럼 사트로니아 중장기병에게 달려들었다. 솔티 백부장은 중장기병들을 폐쇄 지역 바깥으로 끌어내기 위해 무진 애를 써야 했다. 그가 가까스로 폐쇄 지역의 왼쪽 입구를 벗어났을 때였다.

"갈 때 가더라도 내 망토는 돌려주고 가시지!"

솔티 백부장의 눈에서 불똥이 튀었다. 그는 고개를 돌렸고 그들을 공격하고 있던 4개 부대 중 경장보병을 주시했다. 그들 가운데서 오만한 자세로 그를 바라보고 있는 기사를 발견하는 것은 쉬운 일이었다.

"너희들의 천박한 대장이 내 망토를 가져갔단 말이야. 그건 비싼 거라고."

솔티 백부장은 그 이름을 알고 있었다. "소사라! 소사라 림파이어!"

"서 소사라다."

다음 순간 솔티 백부장은 지금까지 중장기병들을 끌어내려 애썼던 것도 잊어먹은 채 다벨 경장보병대를 향해 돌격하고 있었다. 그리고 가일즈 부관은 그가 모시고 있던 상관의 근엄한 입에서도 쌍욕이 나올 수 있다는 사실을 깨달아야 했다.

왼쪽 입구는 돌격을 감행한 솔티 백부장의 활약(?)에 힘입어 다시 막혀버렸다. 그 좁은 입구를 경계로 바깥쪽에서는 사트로니아 경장보병과 중장기병이 쳐들어갔다. 하지만 그 입구 안쪽에서는 다벨군의 중장기병, 노예병, 중장보병, 경장보병들의 네 개 부대가 밀고나왔다. 도저히 뚫릴 리가 없는데도 불구하고 솔티 백부장의 불타는 복수심은 그로 하여금 그 입구를 떠나지 못하게 만들고 있었다. 바스톨 장군은 혀나 입술뿐만 아니라 이 또한 훌륭한 발성 도구임을 증명해 보이며 오른쪽 입구 쪽을 보았다. 그곳에서는 사트로니아 경장기병들이 두 개로 나뉜 다벨 경장기병들에 의해 여전히 반포위 상태로 싸우고 있었다. 두 개 부대를 합쳐봐야 850기였기에 1,400기인 사트로니아 경장기병들의 60% 수준밖에 되지 않았지만 서 기리우의 베테랑 경장기병들은 측면 기습의 효과를 아직까지도 충분히 발휘하고 있었고 그래서 숫자가 더 많은 사트로니아 경장기병들이 오히려 밀리는 기색을 보이고 있었다. 따라서 바스톨 장군이 아무리 이를 갈아보았자 우측 입구 또한 안쪽으로 밀고 들어가긴 힘들 것 같았다. 불의 벽 바깥에 있던 사트로니아 중장보병은 칼 한 번 휘둘러보지 못하고 전장에서 이탈되어 버린 것이다.

전장을 바라보고 있던 가일즈 부관이 턱을 떨며 말했다.

"강제 돌파를 명할까요?"

바스톨 장군은 아직까지도 기세좋게 타오르고 있는 불의 벽을 바라보았다. 기병도 아닌 중장보병들에게 저기를 강제 돌파하게 하는 것은 말도 안 된다. 그런 명령을 내린다면 병사들은 명령을 거역할지도 모른다. 바스톨 장군은 고개를 가로저었다. 차라리 그들이 아직 그에 대한 존경심을 가지고 있을 때를 이용하여 안전한 퇴각을 하는 편이 훨씬 낫다.

"물러난다."

"장군님!"

"팔라레온까지 물러나 로드 데자크와 폴라리스에게 도움을 청하자. 어차피 우리의 목적은 팔라레온 해방군이었으니 그 목적은 이미 달성한 셈이다."

거짓말이다. 그와 하드루스 대통령, 그리고 폴라리스는 알고 있을 것이다. 그는 다섯 번째의 검을 꺾기 위해 온 것이다. 그러나 바스톨 장군은 거꾸로 그 검에 찔렸다. 노장군은 분루를 삼키며 말을 이었다.

"후퇴 명령을 내려라."

가일즈는 다시 한번 바스톨 장군을 바라보았지만 말을 하지는 않았다. 그 역시 이 상황에서 전세를 역전시키는 것은 말도 안 된다는 것을 잘 알고 있었다. 타의에 의해 그렇게 된 것이지만 어쨌든 본대 중장보병은 전장 바깥으로 이미 이탈되어 있다. 그들은 안전하게 후퇴시킬 수 있을 것이다.

하지만 가일즈가 입을 열었을 때 그 목소리가 흐느끼는 것은 어쩔수 없었다.

"본대—후— ㅇ흐흑!"

가일즈는 말을 잇지 못한 채 기어코 눈물을 흘리고 말았다. 고국을 떠난 이후로 한번도 진 적이 없다. 하지만 어제와 오늘, 그들은 휘리 노이에스에게 철저하게 농락당했다. 그 순간 가일즈의 머릿속에는 그와 비슷한 연배인 젊은이의 이름이 똑똑하게 각인되고 있었다.

부관이 말을 제대로 못하고 있는 것을 본 바스톨 장군은 손수 명령을 내리기로 했다. 그는 잠시 허탈한 표정으로 전장을 둘러보았다. 하지만 그는 자신이 찾는 것이 존재하지 않음을 잘 알고 있었다. 희망은 어디에 있는가.

"장군님!"

바스톨 장군은 깜짝 놀라서 가일즈를 바라보았다.

가일즈는 입에 거품을 문 채 손을 흔들고 있었다. 순간 노장군은 이 젊은 장수가 너무 큰 충격에 미쳐버렸음을 깨달았다. 전쟁터라는 극단적인 공간에서는 그런 사람이 많이 나타나며 전쟁터를 전전하며 반평생을 보낸 노장군은 그런 일을 잘 알고 있었다. 바스톨 장군은 조심스럽게 부관을 바라보았다.

"가일즈 부관?"

"장군님, 장군님! 후퇴하셔서는 안 됩니다!"

"어, 가일즈. 마음이 아프다는 것은 잘 아네. 그래. 후퇴하지 않겠어. 그럼 되지? 자, 진정하게."

"예! ……예? 아, 아니. 장군님, 전 미친 것이 아닙니다! 절 진정시킬 필요는 없단 말입니다. 진정하셔야 되는 건 장군님 쪽입니다!"

"가일즈 부관. 걱정 말게. 난 진정하고 있네."

"저쪽을 보시면 그러지 못하실 겁니다!"

가일즈 부관은 팔을 어깨에서 뽑아내기라도 할 듯한 기세로 전장의 오른쪽 후방을 가리켜보였다. 바스톨 장군은 천천히 고개를 돌렸고, 그리고 다음 순간 그의 부관이 미치지 않았음을 알게 되었다. 그리고 그와 동시에 미친 건 자신이 아닌가 하는 의심을 느꼈다.

장군은 거칠게 눈을 비볐다. 하지만 그것은 그대로 조금 전과 마찬가지로 그 자리에 있었다. 얕은 둔덕의 정상 위로 나란히 선 그들의 모습은 장엄했다. 곧게 선 깃발은 언덕 위를 치닫는 바람에 펄럭이고 있었고 햇빛에 반짝이는 갑주는 눈이 부실 지경이었다. 나란히 선 말들의 씩씩한 모습은 엄한 기상을 드러내고 있었고 그 위에 올라탄 기사들은 창을 곧바로 내지른 채 전장을 굽어보고 있었다.

508

빠—바바바바—

맑은 나팔 소리가 울렸다.

다음 순간 둔덕 위로 거대한 흙먼지가 피어올랐다. 기사들의 돌격이 시작된 것이다. 둔덕을 타고 기사들은 파도처럼, 산사태처럼 짓쳐 내려왔다. 그리고 바스톨 장군은 그 은빛 격류의 첨단부에서 하얀 수염을 흩날리며 달려오는 노기사의 모습을 발견할 수 있었다. 바스톨 장군은 목이 터져라 함성을 질렀다.

"서 브라도—!"

8월 25일 제5시. 볼지악 요새 앞쪽에는 초록빛 옷을 입은 자가 하나 더 있었다. 그리고 두 번째 음유시인은 그 옷의 의미 그대로 전투에는 참여하지 않고 있었다.

둔덕 위에 남아 있던 바탈리언 남작은 가슴속에서 끓어오르는 희열감에 몸을 내맡기고 있었다. 가까스로 대어온 길이었다. 비자 록소나에서 서 브라도가 사라졌을 때만 해도 남작은 그가 제국으로 돌아갔으리라 생각하고 있었다.

하지만 그는 비자 록소나에 있던 그의 지인들 중 한 명인 골도 백부장에게서 이상한 낌새를 눈치 채었고 그를 다그친 결과 놀라운 사실을 알게 되었다. 골도 백부장은 서 브라도가 서 하빈저와 함께 록소나 기병들을 이끌고 다벨로 떠났다고 말했다. 바탈리언 남작은 당혹하여 외쳤다.

"황제의 명령을 무시하고?"

"아니오. 어찌 서 브라도가 황제 폐하의 명령을 무시하겠습니까. 서 브라도는 제국으로 돌아가시는 겁니다."

"뭐라고? 그게 무슨 말 …… ."

"그리고 황제 폐하께서선 그가 어떤 길을 통해 돌아오라고 말씀하신 적은 없습니다. 게다가 우리 록소나가 약간의 병졸들로 하여금 그 분을 배웅해서는 안 된다고도 하지 않으셨지요."

바탈리언 남작은 골도 백부장이 한번도 본 적이 없는 표정을 지어보임으로써 그를 꽤나 즐겁게 만들었다. 그러나 곧 정신을 가눈 남작은 사납게 으르렁거렸다.

"이 악마! 그걸 이제서야 말해 줘? 내가 왜 이곳에 온 건지 알면서!"

골도 백부장은 실실 웃으며 뭐라 변명했지만 남작은 그 말을 듣지 못했다. 남작은 이미 자신의 짐과 자신의 말이 있는 곳으로 달려가고 있었기 때문이다. 그대로 록소나를 떠난 남작은 끔찍한 강행군 끝에 조금 전에야 가까스로 돌격 준비중인 서 브라도와 서 하빈저, 그리고 록소나 기병들을 따라잡을 수 있었다. 그리고 당황한 얼굴로 그를 바라보고 있는 서 브라도에게 따져묻듯이 외쳤다.

"시간 잡아먹지 않겠습니다. 한마디만 해주십시오!"

"……여기까지 왔으니, 스스로 확인하시오."

바탈리언 남작은 얼굴을 좀 붉힌 다음 연대기 작가답게 스스로 확인하기로 했다. 그가 물러나는 것을 보며 서 브라도는 부드러운 미소를 지었다. 그러나 그는 곧 얼굴을 굳힌 다음 록소나 기병들을 살육의 파도로 만들어 눈앞의 전장을 향해 흘려보내기 시작했다. 그리고 그 자신은 그 파도의 가장 앞쪽에서 빛나는 포말이 되었다.

록소나 기병들은 전장의 오른쪽, 즉 경장기병들이 싸우고 있던 곳을 목표로 돌격하고 있었다. 그 모습을 확인한 바스톨 장군은 급히 경장기병들에게 후퇴 명령을 내렸다.

"뒤로 빠져라! 길을 여는 자가 오리라!"

다벨 경장기병들은 적은 숫자로도 사트로니아 경장기병들을 농락하고 있었지만 숫자가 더 많은 그들을 붙잡아두진 못했다. 그리고 사트로니아 경장기병들이 후퇴하자 그들과 자리를 바꾸듯이 그들이 빠져나간 자리로 록소나 중장기병대가 뛰어들었다.

제일파가 도착한 순간 총체적인 소음들의 향연과 함께 다벨 경장기병대는 이미 수십 피트나 물러나고 있었다.

그리고도 아직 여력이 남았다는 듯이 록소나 중장기병들은 그대로 다벨 경장기병들을 밀어붙이고 있었다. 말들은 아예 튕겨나갔고 땅에 떨어진 다벨군은 비명을 지를 사이도 없이 피범벅의 시체가 되었다. 투구가 사방으로 날아다니고 있었고 그 중엔 속이 비지 않은 것도 있는 듯했다. 록소나 중장기병들의 숫자는 1,600기 정도. 하지만 다벨 경장기병대는 16,000기의 공격을 당하는 기분이었다. 그 광포한 돌격은 다벨 경장기병대를 이끌고 있던 서 기리우에게는 낯익은 광경이기도 했다.

"이 노망꾼, 또다시 남의 싸움에!"

서 기리우는 저주의 말들을 쏟아내며 말을 달렸다. 싸운나기보다는 밟고 지나가는 식으로 다벨 경장기병을 유린하고 있던 서 브라도는 다벨군 가운데서 솟아오르듯이 뛰쳐나오는 한 다벨 기사의 모습에 찬탄을 보내었다. 그러고는 그가 서 기리우임을 알아차리곤 함박웃음을 지었다.

"오래간만이군, 젊은 친구!"

"나한테 인사할 시간 있으면 오랜 시간 동안 얹고 다녔던 네 늙은 머리에나 작별인사를 보내시지!"

서 기리우는 검을 어깨 뒤로 눕혔다. 서 브라도는 싱긋 웃으며 플레일을 돌렸고 그 모습을 본 서 기리우는 방패를 끌어당겼다.

"두 번은 당하지 않……!"

서 브라도는 플레일을 휘두르는 대신 내려쳤다.

플레일의 쇠사슬이 방패에 걸쳐진 순간 그 쇠구는 그대로 아래로 떨어지며 서 기리우의 머리를 강타했다. 투구가 일그러지는 소리는 꽤나 장엄해서 주위의 기병들이 모두 돌아볼 정도였지만 서 기리우만은 다른 소리를 듣고 있었다. 서 기리우는 이름 모를 새들의 노랫소리를 들으며 낙마했다. 투구 속의 그의 얼굴은 헤벌레 웃고 있었다.

서 브라도는 플레일의 쇠사슬을 회수하며 '정말 재미있는 젊은이군'이라고 말하듯이 고개를 조금 가로저었다. 하지만 그는 곧 다음 상대를 향해 플레일을 휘두르고 있었다.

바탈리언 남작이 이미 꿰뚫어보았던 것처럼, 아무런 약속이 없었음에도 불구하고 바스톨 장군은 자신감에 차서 경쾌하게 명령을 내리고 있었다.

"본대! 마차들을 우회하여 록소나군을 따르라! 공격 목표는 적군 경장보병이다!"

서 브라도는 흘깃 보는 것만으로도 사트로니아군이 폐쇄 지역의 한쪽 입구를 열어야 된다는 것을 알아차렸다. 그리고 이제 바스톨 장군은 서 브라도가 오른쪽 입구를 열어줄 것임을 알고 있었다. 오른쪽 입구를 막고 있던 다벨 경장기병들은 서 브라도의 맹렬한 공격에 뒤로 물러났고 이미 이동하고 있던 사트로니아 중장보병대는 그 입구를 이용하여 폐쇄 지역 안쪽으로 침입해 들어갔다.

전투가 시작된 후 지금까지 움직이지 못하고 있던 사트로니아의 본대가 드디어 전투에 투입된 것이다. 그대로 사트로니아 본대와 록소나군이 전장의 우회기동을 성공시킨다면 거꾸로 포위진 속에 갇히는 것은 다벨측이 될 것이다. 하지만 본영에서 전장을 바라보고 있던 휘리는 별걱정 없는 얼굴이었다. 그리고 본대를 진격시키면서도 바스톨 장군 역시 아슬아슬하다는 생각을 떠올리고 있었다.

다벨군이 사트로니아의 좌익에 입히고 있는 피해가 너무 컸던 것이다.

전장 왼편에서 4개 부대의 공격을 받고 있던 사트로니아 경장보병과 중장기병은 이미 기진맥진한 상태였다. 만약 사트로니아 본대와 록소나군의 우회기동이 성립되기 전에 좌익이 무너진다면 다벨군을 포위진 속에 가두는 것은 불가능한 일이 될 것이다. 바스톨 장군은 독촉하는 심정으로 서 브라도를 바라보았다. 그리고 멀리 둔덕 위에서 그 광경을 바라보고 있던 바탈리언 남작 역시 서 브라도를 바라보며 소리 없는 응원을 보내고 있었다. 설령 그가 고함을 지른다 해도 들을 사람은 없겠지만, 남작은 자신이 입고 있는 초록빛 옷 때문에 차마 그렇게는 하지 못했다.

그리고 그 소리 없는 응원을 들었다는 듯이, 서 브라도는 최초의 기세를 아직까지 연장시키며 다벨 경장기병들을 밀어붙이고 있었다.

"서 브라도! 서 브라도!"

다벨 경장기병들은 죽을 때까지 그 이름을 잊을 수 없게 되었다. 록소나 중장기병들은 서 브라도의 이름을 구호라도 되는 것처럼 외치며 진격해 들어갔고 그 사나운 기세 앞에 다벨 경장기병들은 초단위로 최전방이 바뀌는 수모를 겪고 있었다.

"서 브라도! 서 브라도!"

다벨 경장기병들 또한 용맹한 이들이었다. 만약 상대가 록소나 중장기병만 아니었다면 그들의 용감성을 의심할 사람은 드물 것이다. 하지만 이번 상대는 바로 그들을 베테랑으로 만들어주었던 상대였다. 마른 모래에 떨어진 물방울처럼, 최초의 일인이 느낀 공포는 곧 최대 다수의 공포로 바뀌었다. 이미 지휘관을 잃은 다벨 경장기병들은 말 그대로 파도에 무너지는 모래성처럼 지리멸렬하게 후퇴하기 시작했다. 바스톨 장군과 바탈리언 남작은 거의 동시에 환성을 질렀다.

"서 브라도!"

그러나 그 환성의 끝에서 그들은 거의 동시에 불안감을 느꼈다.

그리고 문객이었던 바탈리언 남작보다는 바스톨 장군 쪽이 그 불안감을 정확하게 분석해 내었다. 남작이 고개를 갸웃거리고 있을 때 바스톨 장군은 이미 미심쩍은 어조로 혼잣말을 하고 있었다.

"너무…… 들어간다?"

서 브라도는 이명 같은 것을 느꼈다.

그의 주위에서 벌어지고 있는 전투의 격음들 사이로 이상하게 부드럽게 들리는 소리가 있었다. 투구 속으로 날벌레가 들어온 것이 아닌가 생각될 정도였다. 서 브라도는 플레일을 잠시 회수하여 쇠사슬을 손에 든 채 주위를 둘러보았다.

그리고 고민은 순식간에 사라졌다. 서 브라도는 다시 그의 팔로 플레일을, 그리고 그의 굳센 정신으로 록소나 중장기병들을 동시에 휘둘러 대었다. 그리고 저 멀리 사트로니아 본영에선 바스톨 장군이 비명을 올리고 있었다.

"더 들어가지 마! 제기랄!"

그리고 바로 그때, 전장 좌측에서 싸우고 있던 다벨 중장보병과 경장보병이 모두 우측으로 이동하기 시작했다.

그 앞쪽에는 방금 폐쇄 지역으로 들어온 사트로니아의 본대가 있었다. 사트로니아 본대의 숫자는 상대편의 반밖에 되지 않는다. 서 브라도의 록소나군이 합류해야만 전력이 비슷해질 테지만—바스톨 장군이 기대하던 것도 바로 그것이었지만—록소나 중장기병들은 후퇴하는 다벨 경장기병들을 쫓아 이미 볼지악 요새 바로 앞까지 진격하고 있었다. 필요없는 짓이었다. 서 브라도가 당연히 포위진 형성에 나설 것이라고 믿었던 바스톨 장군은 배신감 비슷한 기분까지 느꼈다.

이제 전투는 크게 세 군데서 일어나고 있었다. 전장 좌측에서는 다벨 중장기병과 노예병들이 사트로니아 중장기병과 경장보병을 상대하고 있었고 다벨 측이 더 우세했다. 두 개 부대가 빠져나갔지만 다벨군은 이미 괴멸의 증후를 보이고 있는 사트로니아군을 손쉽게 처리하고 있었다. 그리고 그곳에서 빠져나온 다벨 중장보병과 경장보병은 전장 중앙에서 사트로니아 중장보병에 맞서 싸우고 있었으며 역시 다벨 측이 우세했다. 숫자 자체가 월등히 많은 것이다. 그리고 전장 저 위쪽에서는 록소나군이 다벨 경장기병들을 밀어붙이고 있었으며 그곳에선 록소나측이 우세했다. 하지만 그것은 이제 불필요한 싸움이 되었고 그들이 빨리 돌아오지 않는다면 다른 두 전장의 사트로니아군이 무너질 판국이었다. 바스톨 장군은 들릴 리가 없는 함성을 지르고 있었다. 그 목소리에는 울음기 같은 것마저 섞여 있었다.

"지금이라도 돌아와! 서 브라도, 제발!"

서 브라도는 다시 이명 비슷한 것을 들었다. 두 번째로 들었던 그 소리에 서 브라도는 조금 전보다 더 주춤거렸다. 그는 자신이 느꼈던 것을 어떤 신호로 간주했다. 내가 무엇을 놓치고 있는가?

서 브라도는 주위를 둘러보려 했다. 하지만 전장 전체를 통틀어 가장 치열한(일방적이긴 하지만) 전투가 벌어지고 있던 그곳에서는 시야를 확보하는 일이 쉽지 않았다. 서 브라도는 다벨 경장기병을 빨리 쫓아버리고 다른 곳을 관찰하기로 결심했다. 어려운 일은 아닐 것이다. 이미 지휘 관도 없는 상태에서 다벨 경장기병들이 지금까지 버틴 것만 해도 대단한 일…….

다벨 경장기병들 사이에서 이상한 환성이 터져나왔다.

록소나 중장기병들이 외치던 '서 브라도! 서 브라도!'에 응수라도 하듯 다벨 경장기병들이 다른 말을 외치기 시작한 것이다. 그리고 그 함성과 함께 다벨 기병들은 다시 힘을 얻었다는 듯이 전열을 재정비하고 있었다. 전투 도중의 부대가 이 정도의 움직임을 보여준다는 것은 놀라운 일이었다. 서 브라도는 그 움직임이 어디에서 시작되는가를 면밀히 관찰했다.

그때, 터질 듯한 함성과 함께 다벨군 한가운데서 초록빛 기사가 뛰쳐나왔다.

"서 휘리!"

서 브라도는 플레일을 단단히 고쳐잡으며 상대를 바라보았다. 초록빛 갑옷을 두른 젊은 기사가 그를 향해 달려오고 있었다. 지금껏 본영에서 기다리고 있다가 낙마한 서 기리우를 대신하여 다벨 경장기병들을 지휘하기 시작한 8군단 사령관 휘리 노이에스였다.

"서 브라도?"

휘리는 확인하듯 질문했다. 서 브라도는 미소 지으며 고개를 끄덕였다. '온통 젊은이들뿐이군, 이곳엔.' 휘리는 검을 뿌렸다가 다시 고쳐쥐며 비웃듯 말했다.

"제국으로 돌아가신 줄 알았습니다만."

"무사가 돌아갈 곳이 전장 이외에 어디겠소."

"무엇을 위해? 당신이 지킬 것은 이곳에 없습니다."

서 브라도는 잠시 말을 멈춘 채 투구 아래로 보이는 휘리의 얼굴을 주시했다. 그러곤 뭔가를 발견했다는 듯이 고개를 끄덕이며 말했다.

"대지의 머릿돌에서도, 더 높은 곳을 찾는 이리가 있소."

휘리는 흠칫했다. 그는 의아함으로 두 눈을 찡그리며 서 브라도를 바라보았다. 하지만 서 브라도는 다시 웃으며 말을 마쳤다.

"내 터져버린 심장엔 전장의 피가 필요했던 모양이오."

이번엔 휘리가 말을 멈췄다. 대신 그는 눈으로 질문했다. '알고 있습니까?'

서 브라도는 약하게 고개를 끄덕였다. '알고 있다.'

휘리는 차분히 검을 들어올려 서 브라도를 겨눴다. 그리고 서 브라도는 그에 응수하듯 플레일을 휘둘렀다. 탄력이 붙은 플레일은 점점 날카로운 음을 내며 회전했다.

황제를 욕하는 것은 용감한 행위지만 사트로니아 대통령을 욕하는 것은 미련한 행위라는 말이 있다. 비슷한 말로 황제의 귀가 듣지 못하는 말은 있지만 사트로니아의 귀가 듣지 못하는 말은 없다는 말도 있다. 물론 모두 다 왕년의 소제국 사트로니아의 막강한 정보력을 나타내는 말이다.

그러나 핸솔 추기경이 파덴트 시의 사트로니아 상관으로 하여금 자신을 초청하게 만든 것은 그들의 정보력을 이용하기보다는 그들에게서 펠라론까지의 여행 경비를 울궈내려는 생각에서였다. 여행 경비를 울궈낸다는 말은, 그 말의 속뜻과는 달리 어쨌든 축복으로 간주되는 것이다. 고위 성직자의 여행에 경비를 제공하거나 조력을 베푸는 것은 영광으로 생각되기 때문이다. 따라서 핸솔 추기경은 파덴트의 사트로니아 상관으로 하여금 영광스러운 순례행의 후원자 역할을 할 수 있도록 배려를 베풀었다고 할 수 있다.

데스필드는 냉소하며 말했다.

"영광스러운 순례행?"

파킨슨 신부는 부드럽게 웃으며 말했다.

"나에 대해서는 적용되는 말이잖느냐?"

"하긴 그렇군요. 어쨌든 당신은 펠라론으로 순례하러 간다고 할 수 있으니. 뭐, 본인은 불만 없수다. 덕분에 이렇게 계산도 끝내었고."

데스필드는 묵직한 가죽 주머니를 들어올렸다. 그것은 새로 그들의 후원자가 된 사트로니아 상관장을 심장마비에 걸릴 뻔하게 만들면서 추기경이 그로부터 받아낸 돈으로 데스필드가 다림으로부터 이곳까지 두 성직자를 패스파인딩해준 대금이었다.

데스필드는 가죽 주머니를 배낭에 집어넣고는 몸을 일으켰다.

"그럼, 펠라론까지 즐거운 여행 되쇼."

핸솔 추기경은 쓸쓸한 얼굴이 되었고 파킨슨 신부 또한 안타까운 표정으로 말했다.

"이봐. 데스필드. 정말 우리하고 같이 안 갈래?"

"당신들하고? 뭐하러. 이 상관에서 교통편을 제공할 테니 펠라론까지의 길을 못 찾아갈 것도 아닐 텐데."

"그럼 뭐 다른 급한 일이라도 있느냐?"

"글쎄. 남쪽에 일거리가 있을 것 같수. 미리온 산맥 남쪽으로는 누군가 길잡이를 해주길 원하는 당신들이 많을 거 같지 않소? 급히 떠나야 하지만 어디로 떠나야 할지는 모르는 당신들."

"웅? 그 벌처를 찾아보려는 것 아냐?"

"엥? 당신을 뭐하러."

파킨슨 신부는 한숨을 푹푹 내쉬었다.

"……도대체 너라는 놈 정말 이해를 못하겠다. 어쨌든, 이렇게 하면 안 되겠냐? 난 펠라론에 갔다가 내 일을 마치면 다시 테리얼레이드로 돌아갈 거다. 너 나를 따라왔다가 거기까지 같이 가지 않겠냐?"

"이거 보쇼. 대금이 얼마가 될지 짐작도 못하는 모양인데, 펠라론부터 테리얼레이드까지의 패스파인딩이라면 엄청난 액수가 될 거요."

"망할 놈. 동향 사람들끼리의 애정을 좀 발휘하면 안 되냐."

"어억. 웃기지 마쇼. 본인은 패스파인더고 패스파인더에겐 패스가 고향이오. 무슨 동향."

파킨슨 신부는 결국 붉으락푸르락거리며 입을 다물었다. 핸솔 추기경은 아쉽다는 듯이 말했다.

"안타깝군요. 당신과 좀더 많은 시간을 같이 하고 싶었는데."

"패스가 겹치면 다시 만나게 되겠지. 그럼 안녕히들 계쇼."

데스필드는 한시라도 머물고 싶지 않다는 듯이 대충 인사하고 방을 나섰다. 그 뒷모습을 쳐다보지도 않던 파킨슨 신부는 그가 나가고 나서야 불쾌한 듯이 말했다.

"망할 녀석. 부리나케도 떠나는군. 그렇게도 같이 있기 싫었나."

핸솔 추기경은 빙긋 웃으며 데스필드를 변호했다.

"뭐, 그는 패스파인더잖소. 그리고 패스파인더는 항상 움직여야 되는 사람으로 알고 있소. 목적지를 찾는 것이 아니라 길을 찾는 것이니 그럴 수밖에. 우리가 싫어서 그렇게 떠나는 것은 아닐 거요. 신부님."

추기경의 말대로 데스필드는 사트로니아의 상관을 나오자마자 계속 걸었다. 물론 목적지가 있는 것은 아니었다. 그리고 목적지가 없이 무작정 걷는 사람에게 흔히 찾아오는 불안감은 그에겐 전혀 상관없는 말이었다. 차라리 산보하는 사람처럼 데스필드는 경쾌하게 걸었다.

파덴트 시를 가로지르던 데스필드는 문득 눈에 들어오는 주점을 발견했다. 다시 패신저를 구하려면 주점이나 여관이 좋을 것이다. 데스필드는 배낭을 한번 추어올린 다음 마치 그곳을 찾아온 것처럼 그대로 주점으로 들어갔다.

안으로 들어선 데스필드는 어둑어둑한 실내에 적응하기 위해 잠시 멈춰섰다. 주점은 작았고, 손님은 별로 보이지 않았다. 아무래도 패신저를 찾는 것은 어려울 것 같았다. 그냥 나갈까 고민하고 있는 그에게 갑자기 주점 주인으로 짐작되는 키 작은 사내가 다가섰다.

"빨리 오셨군요?"

데스필드는 멍한 얼굴로 주인장을 바라보았다. 하지만 주인장은 자신의 앞치마 주머니를 뒤적거렸다. 앞치마 주머니에서 약간 묵직해 뵈는 꾸러미를 꺼낸 주인장은 데스필드에게 그것을 내밀었다. 너무나 자연스러운 동작이어서 데스필드는 자신도 모르게 그것을 받아들었다. 그러자 주인장은 다시 그를 올려다보며 고개를 갸웃거렸다.

"아아. 한 잔 하시고 갈 거요?"

"아니, 밥 먹으려고. 배가 고프네."

데스필드는 천연덕스럽게 대답한 다음 역시 그러기 위해 찾아왔던 것처럼 가까운 테이블에 앉았다.

"되는 대로 대충 챙겨주쇼."

주인장은 고개를 끄덕이고 부엌 쪽으로 걸어갔다. 데스필드는 햇빛이 잘 드는 테이블 위에 주인으로부터 받은 꾸러미를 올려다놓고는 잠시 그것을 노려보았다.

"자, 이게 뭘까."

꾸러미는 손수건으로 둘러싸여져 있었다. 데스필드는 매듭을 풀었고 그러자 안에서 접혀 있는 종이 하나와 약간 길고 화려한 나무 상자 하나가 나왔다. 데스필드는 일단 종이를 펼쳤다.

그것은 편지였다. 굵고 힘있는 글씨가 가지런히 배열되어 있었다.

'존경하는 데스필드. 난 조금 전 이곳의 주인장에게 이 물건을 건넸어. 그리고 다시 돌아올 때까지 잠시 맡아달라고 했지. 주인은 자네를 나로 착각하고 이것을 자네에게 건넨 거야. 내가 누군지 알겠지?'

데스필드는 희미하게 웃었다. "벌써."

'일면식도 없는 사이에 갑작스럽게 이런 편지 보내서 미안하군. 하지만 자넨 내 이름을 들어봤을 테고 나 역시 자넬 알아. 그러니 아는 사이라 치고 이런 무례한 편지 용서해 주게. 이미 열어봤는지 모르겠지만, 나무 상자 안에 든 것은 대금이야. 난 자네에게 의뢰를 하나 하려고 하는 거야.'

데스필드는 잠시 읽기를 중단하고 나무 상자를 흘끔 바라보았다. 그러나 의뢰의 내용이 더 궁금했기에 데스필드는 다시 서신 쪽으로 눈을 돌렸다.

'자네 패신저였던 파킨슨 신부 이야기를 좀 하세. 그가 말했는지 모르겠지만 아마도 자넨 그가 왜 그곳으로 가려 하는지 짐작하고 있을 거야. 그는 펠라론 게이트에 들어갈 생각이지. 이제 의뢰 내용을 말하겠네. 자네는 펠라론까지 파킨슨 신부를 따라가주게. 그리고 그가 그 안으로 들어가려 할 때 그를 도와주게. 상자 속에 든 것은 내 의뢰에 대한 대금임과 동시에 그때 자네에게 도움이 될 물건이지.'

"제멋대로군."

'제멋대로의 의뢰에다 막무가내인 대금 지불이지만 맡아줄 것이라고 믿네. 당장은 별 일도 없잖아? 그리고 내가 지불하는 대금에 만족할 거라고 믿네. 그럼, 즐거운 여행 되기를 바라네.'

편지는 그렇게 끝나고 있었다. 서명이 없다는 점이 약간 특이했다. 데스필드는 편지를 옆으로 치워놓고는 나무 상자를 끌어당겼다. 자세히 본 나무 상자는 꽤나 고가의 물건으로 보였다. 데스필드는 그것을 열었다.

안에는 파란 비단으로 안감이 대어져 있었다. 그리고 파란 비단 가운데로 아름답게 생긴 단검이 하나 놓여 있었다. 만져보기도 전에 데스필드는 그것이 데자크 가의 가보 스완 대거임을 짐작할 수 있었다. 단검을 들어올린 데스필드는 조심스럽게 검집에서 단검을 뽑아보았다.

칼날은 놀랍게도 투명했다. 어떤 각도에서는 거의 칼날이 보이지 않을 정도였다. 만져보고 싶은 유혹을 느꼈지만 데스필드는 자신을 억제한 다음 그것을 테이블 표면 위에 던져보았다.

어지간히 무딘 단검이라도 별 무리 없이 꽂혔을 테지만 스완 대거는 테이블에 꽂히는 대신 힘없이 미끄러졌다. 데스필드는 고개를 끄덕이며 다시 스완 대거를 들어올렸다. 역시 살아 있는 것을 베어야 되나. 당장은 죽일 만한 것이 없었기에 데스필드는 그것을 다시 상자 속에 넣고는 상자를 닫았다.

잠시 후 그는 자신의 머리를 난폭하게 긁어대었다.

"아, 젠장. 도대체 어떻게 다시 당신들과 합류하지? 지금 찾아가면 당신은 별의별 비아냥을 다 해댈 텐데."

데스필드에겐 자신이 우연히 이곳으로 들어오게 된 것이라는 점은 별 문제가 되지 않았다. 그도 패스파인더고 벌쳐도 패스파인더였으므로. 그래서 그의 고민거리는 오로지 달걀 품은 암탉 같은 얼굴을 하고 있을 파킨슨 신부에게 어떻게 찾아가느냐 하는 것뿐이었다.

바탈리언 남작은 쌉쓸한 얼굴로 우필을 들어 잉크병에 담갔다. 그리고 그 자세 그대로 상념에 빠져들었다. 때마침 들려온 종소리가 아니었다면 언제까지라도 그 자세로 굳어 있었을 것이다. 얼핏 정신을 차린 남작은 심호흡을 하곤 다시 글을 썼다.

'서 브라도의 사망은 록소나 중장기병들에게 커다란 충격이었다. 짧은 시간이지만 서 브라도와 함께한 시간 동안 그들은 그때까지의 그들을 뛰어넘은 존재가 되어 있었다. 그전까지도 그들은 최강의 기병이었지만, 서 브라도의 지휘를 받은 이후론 그들은 서 브라도 그 자체가 되어 있었다. 뭐라고 말하면 좋을까…… 그들은 그 이전까지는 단단한 바위들의 모임이었다. 하지만 서 브라도와 결합된 이후로 그들은 마치 성곽과 같은 것이 되어버렸다. 단순한 바위의 집합보다 설계자의 정신이 담긴 성곽이 더 강력한 것은 당연한 이치다. 하지만 그 설계의 정신, 결합의 묘가 빠져버리면 성은 무너지는 법이고 그때의 폐허는 단순한 바위들의 모임보다 더 못한 것이 된다. 서 브라도의 사망 이후에 보여준 록소나 중장기병들의 모습이 바로 그러했다. 그들을 도저히 최강의 기병이라 부를 수는 없었다. 서 하빈저의 침착하면서도 참을성 있는 지휘가 아니었다면 그들은 전장에서 빠져나오지도 못한 채 전원 전사하거나 포로가 되는 수모를 겪었을 것이다. 서 하빈저는 다시 한번 그 특유의 침착함과 인내심으로 주군에게 봉사했다 하겠다.'

바탈리언 남작은 그에 뒤이어 다벨 경장기병의 전장 재투입, 사트로니아 본대의 패주 등을 담담한 어조로 써내려갔다. 물론 한마디 덧붙이는 것은 있지 않았다.

'차라리 서 브라도가 오지 않았더라면 바스톨 장군은 본대를 안전하게 후퇴시켰을 것이다. 하지만 바스톨 장군은 서 브라도를 믿었기에 본 대의 중장보병들을 전장에 투입시켰고, 그래서 팔라레온, 혹은 폴라리스로 되가져갈 병력마저 잃고 말았다. 결국 그는 수하의 참모 약간 명과 함께 간신히 탈출했다. 따라서 이 전투의 승패가 다벨 쪽으로 기울어진 것은, 볼지악 자작 휘리 노이에스의 우수한 부대 운용과 지휘에도 기반할 뿐만이 아니라 서 브라도의 참전, 그리고 그의 전사에도 많은 영향을 받았다 할 수 있을 것이다. 그렇다면 여기서 의문이 든다. 서 브라도는 왜 황제의 명령을 왜곡하면서까지 이곳으로 왔고, 이곳에서 죽었는가.'

우필이 멈췄다.

바탈리언 남작은 종이를 바라보며 약속에 대해 생각했다. 그의 안에서 연대기 작가인 그와 명예를 중시하는 인간인 그가 한동안 맹렬한 싸움을 벌였다. 가정과 가설, 변명과 증명이 그의 속에서 소용돌이쳤고 무서운 갈등 속에서 바탈리언 남작은 약한 신음을 흘리고 있었다.

그때 누군가가 그의 어깨를 두드렸다.

남작은 고개를 돌렸다. 나이 지긋한 신부 한 명이 안쓰러운 얼굴을 한 채 그를 바라보고 있었다.

"괜찮으십니까, 형제?"

"예? 아, 괜찮습니다. 수사님."

"신음을 흘리고 계시던데요."

"아무것도 아닙니다…… 제가 너무 시끄러웠습니까? 죄송합니다."

신부는 고개를 살짝 가로저었다. 신부는 남작이 쓰고 있던 것을 흘끔 바라보았지만 그것을 읽는 것 같지는 않았다. 그저 예의상 관심을 보여주는 것 같은 시선으로 종이를 보던 노신부는 몸을 돌리며 말했다.

"이젠 사람들이 없습니다."

남작은 떠나가는 신부의 등을 보다가 재빨리 주위를 둘러보았다. 그의 말대로였다. 넓은 교회 안에는 바탈리언 남작만 남아 있었다. 물론 관 주위를 지키고 있는 사람들이 있긴 했지만 모두 수도사나 수련사뿐이었다. 남작은 부드럽게 웃었다. 늙은 신부는 남작이 다른 사람의 시선이 없어질 때까지 기다리고 있음을 눈치 챈 것이다.

남작은 지금껏 앉아 글을 쓰고 있던 예배석에서 일어났다.

저 앞쪽으로 관이 보였다. 제단 앞쪽에 놓인 관은 크고 화려한 것이지만, 동시에 쓸쓸해 보이기도 했다. 남작은 다시 조심스럽게 주위를 둘러보았지만 조금 전까지도 교회 내에 가득하던 다벨인들은 모두 사라지고 없었다. 아마도 승전 잔치에 참석하기 위해 서둘러 떠나간 모양이다. 물론 다벨인들이 망자에게 작별 인사를 보내는 그를 보더라도 뭐라 하지는 않겠지만 바탈리언 남작은 조용히 작별 인사를 하고 싶었다.

관이 눈앞에 다가왔다. 남작은 걸음을 멈추고 관 속을 바라보았다. 그곳에 그가 있었다. 브라도 잇사 크레이탄 켄드리드. 혹은, 그런 이름으로 불리던 유체.

깨끗이 씻겨지고 정갈한 옷이 입혀져 있었지만, 죽음의 손길이 훑고 지나간 그의 모습에서 바탈리언 남작은 생전의 그를 찾기 어려웠다. 남작은 뭐라 말할 수 없는 당혹감을 느꼈다. 시체를 한번도 보지 못했던 것은 아니다. 아니, 상처 입고 찢겨진 무수한 시체들을 보았다. 하지만 남작은 깨끗한 서 브라도의 모습에서 말할 수 없는 생경스러움을 느꼈다. 남작은 자신도 모르게 뒤로 한 발자국 물러났다.

"고인의 옛모습을 찾기는 어려울 것입니다."

바탈리언 남작은 고개를 돌렸다. 다시 그 늙은 신부였다. 신부는 인자하게 웃으며 말했다.

"그 분은 이제 모든 것을 버리고 주님께 가셨으니까요. 남겨진 것은 그의 육신일 뿐입니다. 굳이 당신이 기억하시는 옛모습을 찾으시려 애쓰실 필요는 없습니다."

"……이 분이 주님 곁으로 가셨을지 모르겠습니다."

"예?"

수도사는 고개를 갸웃했지만 남작은 더 말하지 않았다. 그는 재빨리 고인에게 인사를 보낸 다음 자신의 자리로 돌아왔다. 노신부는 멀거니 그의 등을 바라보았지만 빠른 걸음으로 자신의 자리로 돌아온 바탈리언 남작은 조금도 머뭇거리지 않고 단번에 썼다.

'그는 복수로도 찌르지 못한 자신의 목을 찌를 검을 찾아낸 것이다. 다섯 번째의 검 휘리 노이에스. 따라서 나는 이것을 우리 주님이 바라지 않으시는 죽음, '자살'이라고 정의한다.'

바탈리언 남작은 우필과 종이를 챙겨든 다음 그때까지도 당혹한 얼굴로 그를 바라보고 있는 노신부에게 다시 걸어갔다.

"고해는 말로 해야만 합니까?"

"무슨 말씀이신지?"

"그러니까 말을 할 수 없는 벙어리 같은 사람 말입니다."

"그러면 다른 방법을 사용할 수도 있습니다만."

"잘됐군요. 이것은 제 고해입니다."

노신부는 남작이 내미는 종이 뭉치를 보고는 다시 당황한 얼굴로 남작을 바라보았다.

"이게 고해라고요?"

"그렇습니다."

"아, 이 무슨…… 그리고 전 고해신부가 아닙니다."

"신부님이 아니면 전 이것을 누구에게도 맡길 수 없습니다. 부디 이것을 받아주십시오."

남작은 반강제로 그것을 내밀었고 노신부는 얼떨결에 종이 뭉치를 받아들었다. 자신이 쥔 종이 뭉치를 바라보던 신부는 고개를 갸웃하며 말했다.

"고해라면, 그럼 아무에게도 보여주지 말라는……?"

"바로 그렇습니다. 감사합니다."

그리고 남작은 몸을 돌렸다. 손에 종이 뭉치를 든 채 멍하니 남작의 뒷모습을 바라보던 노신부는 잠시 후 그것을 펼쳐보았다. 고해를 받아들이려면 읽어야 되니까.

그리고 신부는 더 놀랐다. 무슨 죄가 적혀 있을 거라는 신부의 생각과는 전혀 다른 내용이었기 때문이다.

교회 밖으로 나온 남작은 가슴 깊이 숨을 들이마셨다.

밤이었다. 저 멀리 볼지악 요새 본성이 환하게 빛나고 있었다. 본성에 보이는 창문마다 불빛이 요란했고 요새 곳곳의 누벽과 흉벽 위에는 횃불이 찬란하게 타오르고 있었다. 그리고 저 아래쪽 대로에서는 사람들의 노랫소리와 환성이 메아리치고 있었다. 횃불이 이곳저곳에서 정신없이 춤추고 웃음 소리는 끝이 없었다. 오랜 기간 동안 불안과 공포를 달래며 농성전의 고통을 참아온 그들에게 마침내 찾아온 미칠 듯한 승전의 밤인 것이다. 아마도 볼지악 요새 내에서, 아니 다벨 전체에서 기뻐하지 않는 것은 그뿐인 것 같았다.

그리고 서 브라도를 위해 눈물 흘리는 것 또한 그뿐인 것 같았다.

눈물을 닦아낸 바탈리언 남작은 다시 본성을 바라보았다.

불이 환한 본성을 향해 남작은 빈손을 내밀었다. 그의 손가락은 안으로 구부러져 컵을 쥔 것 같았다. 남작은 가상의 건배를 보내며 나직하게 말했다.

"어쨌든 축하드립니다. 볼지악 자작. 당신은 당대 최고의 무장 두 명을 하루 동안, 한 전투에서 모두 격퇴시켰습니다. 당신의 친구든 당신의 적이든 그것이 칭송받을 일임을 부정할 자는 없을 것입니다. 그리고 나는 내 늙은 영웅에게 베풀어준 당신의 손길에 감사합니다."

남작은 빈손을 도로 당기다가 문득 손을 멈췄다. 그러곤 불야성을 이루고 있는 본성을 향해 두려워하는 시선을 보내며 말했다.

"볼지악 자작. 나는 그 검, 그 차가운 검이 받아낼 피가 앞으로 얼마나 되는지 궁금합니다."

"내 예견대로잖은가! 하하하!"

다벨 공작 프란체스코 메르데린이 너무 많이 마시고 있다는 점은 누구의 눈에도 분명했다. 그의 옆에 앉아 있던 휘리는 자신의 술잔에 술을 때려붓는 공작의 모습에 약간 곤혹스러워하는 미소를 지었다. 술병이 빌 때까지 기울여 결국 술잔 밖으로 더 많은 술을 부어놓은 공작은 빈 술병을 집어던지며 다시 웃었다.

"솔직하게 말함세, 서 휘리. 자네가 8군단을 거느리고 다벨을 떠날 때까지만 해도 내 결정에 대해 감히 반론을 제시하려 드는 작자들이 많았다네."

"이해합니다."

"그래, 물론 기분 나빴겠지." 휘리는 그냥 웃어버렸다. "하지만 나만은 믿고 있었어. 자네는 분명히 돌아올 것이며, 그것도 내 왕국을 가지고 돌아올 것이라고 믿었어. 그래서 난 아무런 변명을 하지 않았다고!"

"믿어주셔서 감사합니다."

"왜 그랬냐고? 이 친구 취했구먼." 휘리는 그저 술잔만 기울였다. "말했잖아! 나는 자네를 믿고 있었다고! 그래서 직접 보여줄 생각이었던 말이야. 그럼 찍소리 못할 테니까. 그리고 봐! 그렇게 되었어!"

메르데린 공작은 다시 술병을 들어올리며 외쳤다.

"자넨 이제 명실상부한 영웅이야! 다벨의 영웅이 되었다고!"

"과찬의 말씀이십니다."

"내 말대로지? 낭중지추와 같은 그댄 반드시 만인들로 하여금 자네를 인정하게 만들 거라고 했잖아. 그렇게 되었어! 하하하!"

"어쩌다 보니 그렇게 된 것입니다."

"아냐, 아냐. 절대로 어쩌다 보니가 아냐." 휘리는 공작이 자신의 말을 알아듣자 더 놀라버렸다. 메르데린 공작은 테이블을 탕탕 내리치며 판결이라도 내리듯이 말했다. "자넨 영원한 영웅이라고!"

"사람들은 그리 오래 기억하지 않을 겁니다."

"천만에, 천만에. 누가 잊겠는가. 오늘 자네가 보여준 모습을!"

"글쎄요. 일은 기억하더라도 감정은 잊혀지겠지요."

"감정? 아. 그거야 어쩔 수 없는 일 아닌가."

"그렇겠지요."

휘리는 몸을 일으켰다. 메르데린 공작은 여전히 웃으며 그 모습을 바라보았고 휘리는 그런 그에게 부드러운 미소를 지어보였다.

"사람들이 오랫동안 기억하는 동물이라면 좋을 테지만, 그렇지 못하니 어쩔 수가 없군요. 오늘 안에 이렇게 해야겠습니다."

그리고 휘리는 검을 뽑아 단숨에 공작의 얼굴을 내리쳤다.

공작의 웃는 얼굴은 그대로 반쪽이 되어 테이블 위에 고꾸라졌다. 반대쪽에 앉아 있던 클루 경은 비명을 지르며 검을 뽑아들었지만 그의 곁에 앉아 있던 서 소팔라가 촛대를 들어올리는 것은 보지 못했다. 서 소팔라는 촛대를 휘둘러 서 클루의 뒤통수를 침착하게 내려친 다음, 촛대를 집어던지고 다시 술잔을 들어올렸다.

테이블 곳곳에서 유사한 일들이 짧게, 그리고 격하게 일어났다. 1분 후 메르데린 가에 충성스러운 이와 그렇지 않은 이들은 일목요연하게 구별되게 되었다. 전자는 모두 칼에 맞거나 쓰러졌던 것이다. 그리고 후자는 대부분 메르데린 스쿨의 최고 엘리트들이었다. 메르데린 공작이 최고의 정성을 들여 가꿔내었던 자들.

교육이 과했다고 말하긴 어려울 것이다. 합리성 이외의 모든 것을 거부하도록 철두철미하게 교육받았다고 말하는 것이 정확할지도. 그런 합리성을 가지고 있는 자들답게, 암살을 끝낸 그들의 모습에서 격한 호흡이나 다급한 시선 교환 같은 것은 찾아보기 어려웠다. 서 소사라는 여전히 술을 마시고 있는 그의 형에게 눈치를 줬지만 서 소팔라는 고개를 갸웃거리며 말했다.

"왜?"

"그만 좀 마셔, 형."

"이건 좋은 술이라고. 아깝잖아."

서 소사라는 한숨을 내쉬며 휘리를 바라보았다. 휘리는 피 묻은 검을 든 채 공작을 내려다보고 있었다. 그의 얼굴은 마치 이렇게 말하고 있는 듯했다. 나도 이런 식은 싫습니다, 공작. 하지만 내가 다벨의 영웅인 동안에, 사람들이 나에게 환호를 보내고 있을 때 해치워야 하지 않겠습니까? 하지만 휘리가 입을 열었을 때 서 소사라는 전혀 예상치 못한 말을 들었다.

"서 소사라. 내 얼굴을 한 대 쳐줘."

소사라는 당황하여 휘리를 보았지만 휘리는 눈을 감은 채 얼굴을 내밀었다. 소사라는 입술을 비죽거렸다.

"그러지요, 뭐."

서 소사라의 일격은 사정 봐주거나 하는 것은 아니었다. 휘리는 거의 턱이 돌아갈 뻔한 충격 때문에 몇 발자국이나 물러나야 했다.

"괜찮으십니까?"

서 소사라의 질문에 휘리는 턱을 만지작거리며 우는 소리를 했다.

"말이 되는 질문을 해라, 젠장. 턱이 찌그러진 것 같아."

"왜 그런 명령을?"

"이제 내 얼굴 너무 환하지 않지?"

서 소사라는 너털웃음을 터뜨렸다.

"예. 이제 주군 암살의 비보를 들은 충신의 얼굴 비슷하게 되었군요."

휘리는 고개를 끄덕이고는 서 소팔라 쪽을 흘끔 쳐다보았다.

"빨리 끝내고 일하세. 우린 바빠."

소팔라는 기분좋게 술잔을 들어보였다. 그 모습에 미소 짓던 휘리는
몸을 돌려 문 쪽을 향해 걸어갔다. 물론, 지금껏 사트로니아와 내통하면
서 그들을 이곳까지 끌어들인 다벨 내부의 '비밀 결사'에 의해 다벨 공
작 프란체스코 메르데린이 살해당했음을 만방에 알리고 그 유가족들을
보호하기 위해서다.

여담이지만 그 '비밀 결사'에 이름을 붙여줄 것인가 말 것인가에 대
해 서 소사라와 휘리는 격론을 벌였다. 서 소사라는 이름을 가진 편이
사람들로 하여금 실체감을 느끼게 해주며 애져버드가 그렇듯 어떤 이
름은 실체보다 더 오래 남는다고 주장했다.

"그러니까, 우리가 만드는 이 있지도 않은 비밀 조직을 실체감 있게
만들어주기 위해선 이름을 붙여주는 것보다 더 좋은 건 없단 말입니
다."

그러나 휘리는 고개를 가로저었다.

"자네 말은 맞아. 하지만 바로 그래서 안 돼. 그 실체감이 너무 진해지면, 사람들은 자네 말마따나 애져버드의 경우처럼 너무 오랫동안 기억하게 돼. 그럼 언젠가 탄로난단 말이야. 난 수십 년쯤 후에 탄로나는 건 아무 상관 하지 않겠어. 하지만 수년 내는 곤란해. 일을 못하니까."

서 소사라는 할 수 없다는 표정으로 휘리 노이에스에 찬성했다. 하지만 두 사람은 그 '비밀 조직'의 우두머리에 대해서는 처음부터 의견 일치를 보였고 그래서 다벨 총사령관 클루 멕켄지 경은 아무런 어려움 없이 그 비밀 조직의 수령으로 취임(?)했다. 자기가 똑똑하다고 믿는 사람들은 왜 클루 멕켄지가 싸우는 족족 바스톨 장군에게 진 것인지 잘 알겠다는 듯이 고개를 끄덕이게 될 것이다. 그리고 공작의 가족을 보호하기 위해 달려간 휘리 노이에스의 행동에 대해서는 칭송을 보내게 될 것이다.

복도를 걸어가는 휘리의 걸음은 활기찼다. 활기차지 않으면 이상한 일일 것이다. 휘리 노이에스는 어제 자작이 되었고 오늘은 공작(당분간은 '대리'가 붙겠지만)이 되었다. 그러면 내일쯤은?

서 소사라에게 한 대 때리게 하면서까지 얼굴을 진정시켰지만, 휘리 노이에스는 자신도 모르게 자꾸 볼이 실룩거리는 것까지는 어쩔 수 없었다.

〈4권에서 계속〉

# 폴라리스 랩소디 3

1판 1쇄 펴냄  2015년 12월 18일
1판 5쇄 펴냄  2020년 10월 13일

**지은이** | 이영도
**발행인** | 박근섭
**편집인** | 김준혁
**본문 일러스트** | 김종수
**펴낸곳** | 황금가지

**출판등록** | 2009. 10. 8 (제2009-000273호)
**주소** | 135-887 서울 강남구 신사동 506 강남출판문화센터 5층
**전화** | 영업부 515-2000  **편집부** 3446-8774  **팩시밀리** 515-2007
**홈페이지** | www.goldenbough.co.kr

도서 파본 등의 이유로 반송이 필요할 경우에는 구매처에서 교환하시고
출판사 교환이 필요할 경우에는 아래 주소로 반송 사유를 적어 도서와 함께 보내주세요.
06027 서울 강남구 도산대로 1길 62 강남출판문화센터 6층 민음인 마케팅부

ISBN 979-11-5888-034-7 04810
ISBN 979-11-5888-031-6 (세트)

㈜민음인은 민음사 출판 그룹의 자회사입니다.
황금가지는 ㈜민음인의 픽션 전문 출간 브랜드입니다.

# 이영도

1972년생. 경남대학교 국어국문학과 졸업. 1998년 여름, 컴퓨터 통신 게시판에 연재했던
첫 장편 『드래곤 라자』가 출간되어 100만 부를 돌파함으로써 한국에 판타지 시대를 열었다.
『드래곤 라자』는 일본, 중국, 대만 등에서도 출간되어 베스트셀러가 되었다.
라디오 드라마, 만화, 온라인 게임, 모바일 게임 등으로 만들어졌을 뿐 아니라,
고등학교 문학 교과서에 수록되며 그 가치를 인정받았다.
이후 『퓨처워커』, 『폴라리스 랩소디』, 단편집 『오버 더 호라이즌』을 차례로 발표하였으며,
장대한 구상 위에 집필하여 2003년 내놓은 대작 『눈물을 마시는 새』는 한국적 소재를 자연스럽게 녹여낸 판타지
대하 소설로 이영도 붐을 새롭게 했다. 2005년에는 후속작 『피를 마시는 새』가 출간되었다.
2009년에는 『드래곤 라자』와 『퓨처워커』의 뒤를 잇는 『그림자 자국』이 출간되어
문화관광부 우수 교양 도서에 선정되었다.